ドナウ民話集

Deutsche Märchen aus dem Donauland

パウル・ツァウネルト［編］

Paul Zaunert

小谷 裕幸［訳］

Hiroyuki Kodani

冨山房インターナショナル

パウル・ツァウネルト［編］
Paul Zaunert

ドナウ民話集

Deutsche Märchen aus dem Donauland

小谷 裕幸［訳］
Hiroyuki Kodani

In Verbindung mit Viktor v. Geramb, J.R.Bünker,
P.Romuald Pramberger, Siegfried Troll und Adolf Schullerus
herausgegeben von Paul Zaunert

11.-16. Tausend

Einbandentwurf:Hans Hermann Hagedorn
Gesamtherstellung:Buchdruckerei AG Passavia, Passau

ドナウ川

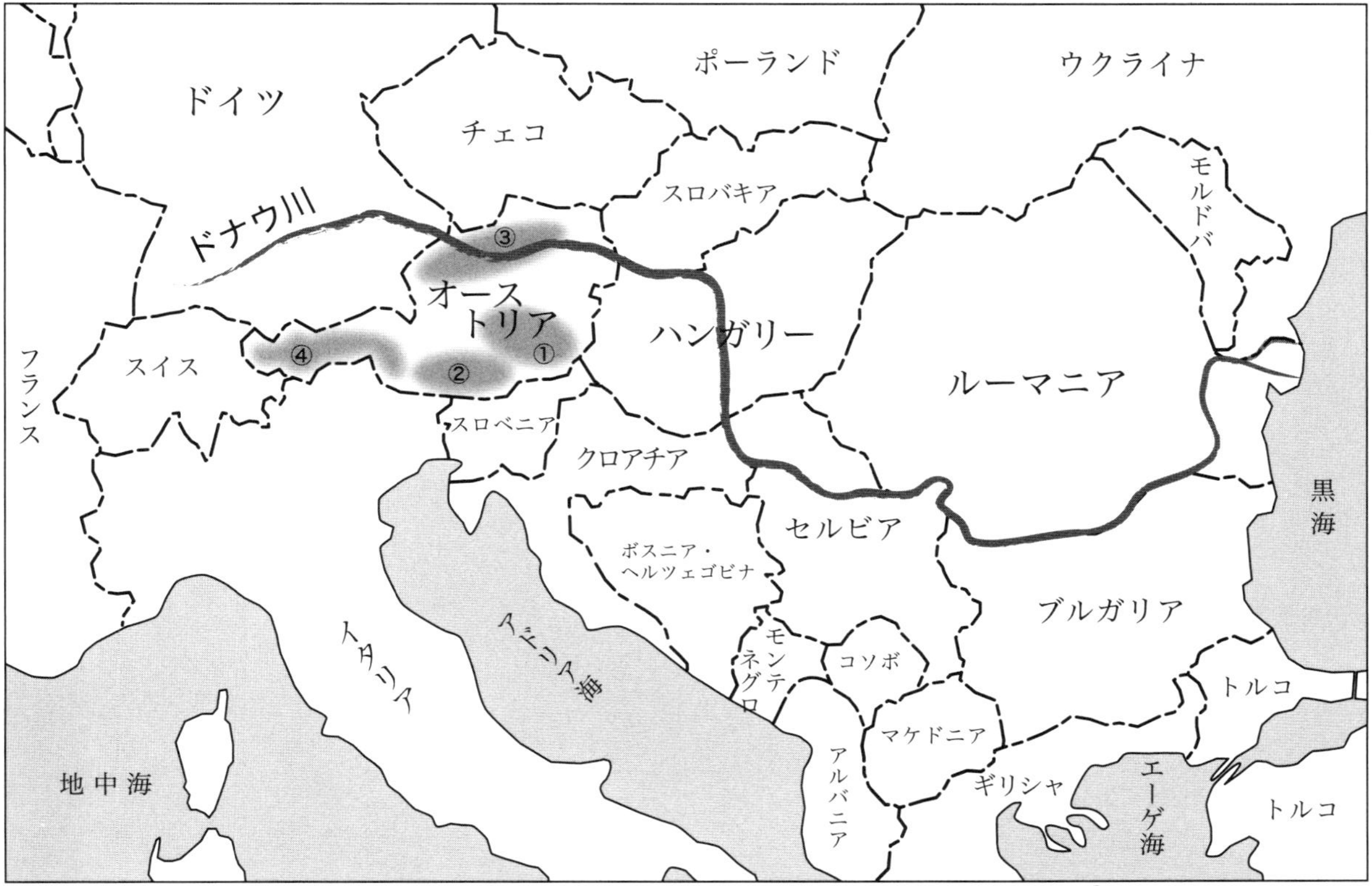

①シュタイアーマルク地方　②ケルンテン地方　③オーバーエスターライヒ及びニーダーエスターライヒ地方　④チロール及びフォーアアルルベルク地方

目次

I　シュタイアーマルクの民話　*Märchen aus der Steiermark*　16

第1話　若いオオカミ　*Der junge Wolf*　16
第2話　聖アントニウスと殺し屋カール　*Sankt Antonius und der Mörder Karl*　21
第3話　騎士の手のない奥方　*Die armlose Rittersfrau*　25
第4話　赤い小人《こびと》　*Das rote Mandle*　30
第5話　地獄　*In der Hölle*　39
第6話　カステラ　*Da Guglhupf*　45
第7話　世間知らずのハンス　*Vom dummen Hansl*　48
第8話　陽気なハンス　*Der lustige Hansl*　53
第9話　金の袋をかついだ聖クリストフ　*Sankt Christoph mit dem Geldsack*　57
第10話　十二人の盗賊と水車小屋の娘　*Die zwölf Räuber und die Müllerstochter*　62
第11話　息子たちとの再会　*Die wiedergefundenen Söhne*　68
第12話　白い子ネコたち　*Die weißen Katzerl*　75
第13話　勇敢なオンドリ　*Der tapfere Hahn*　79
第14話　貧しい靴職人　*Der arme Schuster*　84
第15話　魔法の帽子　*Das Wunschhütlein*　90

第16話　隊長ローザと三人の巨人　*Der Hauptmann Rosa und die drei Riesen*　92
第17話　不死鳥とフロリバンダ鳥　*Die Vögel Phönus und Floribunda*　96
第18話　伯爵の子　*Das Grafenkind*　118
第19話　強情《ごうじょう》な仕立屋　*Der verstockte Schneider*　126
第20話　漁師の二人の息子　*Die zwei Fischerbuben*　131
第21話　黒の女　*Bei der schwarzen Frau*　149
第22話　家畜商人になった聖者　*Der Heilige als Viehhändler*　156
第23話　魔法使いの弟子　*Der Zauberlehrling*　158
第24話　囚《とら》われの身の魔物と金持ちユリウス　*Der gefangene Schratl und der reiche Julius*　163

II　ケルンテンの民話　*Märchen aus Kärnten*　170

第25話　盗賊の花嫁　*Die Räuberbraut*　170
第26話　勇敢なハンス　*Der tapfere Hansl*　181
第27話　白鶫《しろつぐみ》　*Die weiße Amsel*　192
第28話　うそとまこと　*Die Lüge und die Wahrheit*　209
第29話　はだかの娘　*Das nackentige Dirndl*　219

第30話　こげ茶のミヒェル　*Der schwarzbraune Michel*　226
第31話　悪　妻　*Das ungute Weible*　234
第32話　王さまの花嫁　*Die Königsbraut*　235
第33話　公正な裁判官　*Der gerechte Kadi*　238
第34話　黒い王女　*Die schwarze Königstochter*　242
第35話　主任司祭と居酒屋の亭主と農夫　*Pfarrer, Wirt und Bauer*　249
第36話　隠者と貴族　*Der Einsiedler und der Edelherr*　251
第37話　女の知恵にはかなわない　*Über die Weiberlist steht nichts auf*　252
第38話　賢いシュテルン　*Ta' g'scheite Stea'n*　262
第39話　宝物殿《ほうもつでん》の中の農夫　*Ta' Paua' in da' Schatzkamma'*　264
第40話　貧しい農夫のずる賢い息子　*Ta' apgedrahte Keischla'pua*　265
第41話　信心深い女　*'s frumme Weible*　271

III　オーバーエスターライヒとニーダーエスターライヒの民話　*Märchen aus Ober- und Niederösterreich*　272

第42話　背の低い床屋　*Vom Balbiermanndl*　272
第43話　王女と隠者　*Von der Königstochter und dem Einsiedler*　279

第44話 怖がることを知りたがったハンス Vom Hans, der gerne das Fürchten gelernt 286
第45話 年取った旅芸人と黄金の靴の話 Das Marl vom alten Spielmann und den goldenen Schuhen 294
第46話 商人の三人の娘の話 Das Marl von den drei Kaufmannstöchtern 297
第47話 名づけ親をさがす貧乏な織物師 Vom armen Weber, wie er einen Gevattern gesucht 306
第48話 田舎《いなか》教師が灰の水曜日の儀式をする羽目に Wie der Schulmeister einascheln hat müssen 311
第49話 われらが主なる神とペトロと木こりたち Von unserem Herrn, dem Petrus und den Holzknechten 314
第50話 ペトロがはげ頭であるわけ Warum der Petrus glatzköpfig ist 315
第51話 ミルクがこぼれたわけ Warum die Milch übergeht 317
第52話 寿命《じゅみょう》の話 Die Parabel von der Lebenszeit 318
ヨーゼフ皇帝の話 Vom Kaiser Joseph 321
第53話 ヨーゼフ皇帝と愛馬 Kaiser Joseph und sein Lieblingspferd 321
第54話 ヨーゼフ皇帝とソーセージを持った歩哨 Kaiser Joseph und der Wachposten mit der Wurst 323
第55話 ヨーゼフ皇帝と大修道院長 Kaiser Joseph und der Prälat 325
第56話 ヨーゼフ皇帝と元帥《げんすい》 Kaiser Joseph und der Feldmarschall 327
第57話 おちびの仕立屋 Der kleine Schneider 329

Ⅳ　チロールとフォーアアルルベルクの民話　*Märchen aus Tirol und Vorarlberg*　336

第58話　クワックワッ、ハンス　*Hansl Gwagg-Gwagg*　336

第59話　男の子と大男たち　*Der Knabe und die Riesen*　343

第60話　プルツィニゲレ　*Purzinigele*　350

第61話　野人　*Der wilde Mann*　358

第62話　貧乏な母親がたくさんの亜麻布を手に入れ、再び失った話
Wie ein armes Mütterchen zu vieler Wäsche kam und dieselbe wieder verlor　361

第63話　巡礼の旅　*Auf der Wallfahrt*　364

第64話　夫婦　*Eheleute*　365

第65話　悪魔とお針子　*Teufel und Näherin*　366

第66話　地獄の門番　*Der höllische Torwartel*　368

第67話　悔《く》い改めた泥棒　*Der reuige Dieb*　370

第68話　神さまのご褒美《ほうび》　*Gottes Lohn*　372

第69話　しゃれこうべ　*Das Totenköpflein*　382

第70話　雷神　*Der Tunda*　384

第71話　かたくなな農夫　*Der unversöhnliche Bauer*　387

第72話　継母《ままはは》　*Stiefmutter*　388

第73話　賢い坊や　*Der kluge Bub*　399

V　ヘアンツェンラントの民話　*Märchen aus dem Heanzenlande*　400
第74話　王子の呪《のろ》われた花嫁　*Die verwünschte Prinzenbraut*　400
第75話　気位の高い水車小屋の娘　*Die hoffärtige Müllnerstochter*　406
第76話　酔っぱらいの仕立屋　*Der besoffene Schneider*　409
第77話　王さまと三人の兵隊　*Ta Këinich unt saini trai Suldat'n*　414
第78話　病気の農婦　*Die kranke Bäuerin*　418
第79話　下男《げなん》　*Der Hauskmecht*　420

VI　ドイツ語島ハヨシュの民話　*Märchen aus der deutschen Sprachinsel Hajós*　424
第80話　緑ズボンの怖いもの知らず　*Dr Griahöslar Fürchtanichts*　424
第81話　親指小僧　*Der Däumling*　428
第82話　怖がり屋のミカエル　*Grusl-Michael*　432
第83話　三匹の動物　*Die trei Tiarla*　442
第84話　若い王女　*Die junge Königstochter*　447

Ⅶ　ジーベンビュルゲンの民話　*Märchen aus Siebenbürgen*　452

第85話　バラの娘　*Das Rosenmädchen*　452
第86話　いたずら好きの下男　*Der lose Knecht*　462
第87話　ジプシーと三人の悪魔　*Der Zigeuner und die drei Teufel*　466
第88話　千の痣《あざ》を持つたくましいヴィラ　*Der tausendfleckige, starke Wila*　473
第89話　三回殴り殺された合唱指揮者　*Vom dreimal totgeschlagenen Kantor*　480
第90話　男の子とヘビ　*Der Knabe und die Schlange*　486
第91話　耳の聞こえない家畜番たち　*Die tauben Hirten*　498
第92話　幽閉《ゆうへい》された王女　*Die versteckte Königstochter*　502
第93話　白鳥女房　*Die Schwanenfrau*　509
第94話　褒美《ほうび》と天罰《てんばつ》　*Lohn und Strafe*　515
第95話　墓掘り人夫　*Vom Totengräber*　520
第96話　鉄のハンス　*Der eiserne Hans*　523
第97話　隣の男のオンドリと隣の女のメンドリ　*Der Hahn des Nachbars und die Henne der Nachbarin*　530
第98話　ヴェームス鳥　*Der Vogel Wehmus*　533
第99話　シャツ一枚ない女房　*Die Frau ohne Hemd*　544

カバー絵・本文挿絵　濱　愛子

凡例

一　本書はパウル・ツァウネルト編『ドナウ川流域ドイツ語民話集』を訳出したものである。原書の初版はドイツの出版社より一九二六年に出されたものであるが、本書は一九五八年版を使用した。

二　本書は百話からなる民話集であるが、配列は原書が地域別に区分してあるのでそれを踏襲した。

三　原注は方言の中でも際立って特殊なものを共通ドイツ語で言い直したものがほとんどすべてであるので、訳出しなかった。

四　訳注は該当する字句の直後に〔　〕書きで記載した。

五　解説は訳者が最大の関心を寄せている民話の国際的視点、いわば比較民話学的な立場から書き進めた。そのため、本書の民話の基本的な枠組みを前提としながら、諸外国の民話との関係、さらには日本の民話との関係なども視野に収めつつ、多くの国々で見られる民話が本書に見当たらないことにも言及し、民族、宗教を越えて共有するものとしないものを指摘して、本民話集の特異性の一端を紹介した。

ドナウ民話集

Deutsche Märchen aus dem Donauland

I シュタイアーマルク〔オーストリアの中部から東南部地方〕の民話

Märchen aus der Steiermark

第1話

若いオオカミ *Der junge Wolf*

昔、一人の織物師《おりものし》がいた。十一人の子だくさんで、救いようのないほど惨《みじ》めな貧乏《びんぼう》暮らしをしていた。そんなところへさらにもう一人、十二人目の子どもが生まれることになった。これまで織物師の子どもたち全員の洗礼に立ち会ってきた名づけ親は、十一人目の子どものときでさえ不満たらたらだったのに、またもや織物師が洗礼の立ち会いを頼みに来た。名づけ親は十一人でもう十分、一ダースもの名づけ親になるなど真っ平、金持ちの商人の女将《おかみ》さんのところにでも頼みに行け、あの人ならたくさん金を持っているから、と言って父親の頼みをにべもなく断った。

そういうわけで、かわいそうに織物師は、まず教会に行って一生懸命《いっしょうけんめい》お祈りをした後、商人の女将さんのところへ行き、洗礼に立ち会ってくれるよう頼んだ。けれども、商人の心臓は女将さんが持っているターラー銀貨〔十六～十八世紀に通用したドイツ銀貨〕よりも固くて、「お前さんの女房が生むのはオオカミさ」と激しく罵《ののし》り、おまけに「それに、オオカミは自分で自分を養《やしな》えるだろ」とたたみかけて織物師の願いをはねつけた。

織物師は家へ帰る道々、胸がつぶれる思いだった。名づけ親を断られたことよりも、罵り文句のほうがこたえた。怒りがこみ上げてきて、恐ろしい顔つきになり、無気味な呪いの文句を発し、額《ひたい》に青筋《あおすじ》を立てて家の窓から拳《こぶし》をつき出し、商人の家に向かって大声で怒鳴った――「お前は貧乏人をあざ笑ったが、今にそのお返しがあるぞ」。

それから何日も経たないうちに、織物師の女房が子どもを生んだ。かわいいことこのうえない子どもだった。同じように、お腹に子どもがいた商人の女将さんも子どもを生んだ。けれども、それはオオカミの子だった。

商人の家の人たちの驚きは、もちろん途方もないものだったが、それよりも腹が立ったのは、オオカミの子は生まれてすぐに母親のベッドの下に潜《もぐ》り込み、そこから一歩も動かなかったことだった。オオカミの子は、そのまま七年間、飲み食いはいっさいせずにベッドの下で過ごし、どんな方法をもってしても、そこから外へ引き出すことができなかった。

やがて七年が過ぎたとき、オオカミの子はベッドの下から勢いよく飛び出し、暖炉《だんろ》の後ろに駆け込み、そこでまた七年の間じっとしていた。それから両親を呼び、結婚したいので花嫁を探して来るように言いつけた。商人の女将さんがそれは無理だといくら言っても無駄だった。オオカミの子は、もう暖炉の後ろで過ごすのはうんざりだ、結婚するんだと言い張った。そこで父親は町の家々をまわり、農家を次々とたずねて、結婚年齢に達した娘さんがいたら、息子、つまり暖炉の後ろにうずくまっている若いオオカミと結婚してもらえないかと頼んだ。

オオカミはしだいに恐ろしい形相になり、すぐに結婚できないなら、両親の家はおろか両親まで滅ぼしてしまうぞと脅《おど》した。そこで商人の女将さんは教会に行き、神さまに熱心に祈った。けれども疲れから、お祈りしながら眠り込んでしまった。そのとき、家の召し使いが最初に出会った娘が息子の嫁になる、という夢を見た。女将さんは教会からもどると、さっそく二人の召し使いに、二人が最初に出会う娘を家へ連れて来るように、と言いつけて送り出した。

二人の召し使いはあてもなく、貧しい人々が住んでいる町外れまでやって来たが、最初に出会ったのは、とてもきれいな、しかしとても貧しい娘だった。実は、この娘は織物師の十二番目の子どもだった。召し使いは娘に、商人の家にいっしょに来るように言った。娘はちょうど買い物に行く途中で、商人の家は特別の寄り道ではなかったが、自分にどんな用があるのか合点がいかなかった。というのも父親が、自惚《うぬぼ》れ屋で頑固者《がんこもの》の商人の女将さんの悪口をいつも言っていたからである。だから、商人の女将さんが部屋の中で椅子をすすめ、親しげに、娘や家族の様子をたずねたときには、娘は呆気《あっけ》にとられた。さらに、年取った女将さんが若い息子、つまり暖炉の後ろに隠れているオオカミと結婚してくれと頼んだときには、娘の驚きはいっそう大きくなった。娘は、「はい」とも「いいえ」とも言わず、まず自分でよく考えてみなければならない、それに、両親とも相談したい、とだけ答えた。

娘が父親にそのことを伝えると、父親は娘にただ「はい」とだけ言うように言いつけて、後で主任司祭のところへ相談に行くように忠告を与えた。娘は言われたとおりにした。主任司祭は、娘に勇気を出し、自分がこれから言うことに忠実に従いさえすれば万事うまくいくから、と次のように言った。娘はスカートを九枚はき、オオカミが暖炉の後ろに隠れている部屋で九本のローソクに火をつけ、九本のロザリオを繰《く》りながらアヴェ・マリアを唱《とな》えるように、ただし、一回唱える毎にスカートを一枚脱《ぬ》ぎ、ローソクを一本消すように、と言った。さらに、最後のアヴェ・マリアを唱えたら、ドンと音がする、そして何かがドアのところへ落ちてくるだろうから、それを拾《ひろ》って真っ赤に燃えている暖炉に投げ込み、その後、暖炉の後ろを見るように、と言いつけた。

娘は主任司祭に言われたとおりにすべてを完璧《かんぺき》に実行した。九枚のスカートをはき、タイルが熱くなって灼けつくほどどんどんと薪をくべ、九本のローソクに火をつけ、それからお祈りをはじめた。アヴェ・マリアを一回唱えるたびにスカートを一枚脱ぎ、とうとう最後に唱え終わった後には、肌着だけの姿になっていた。娘が九本目のローソクを消した途端《とたん》、まるで家全体が崩れ落ちるかと思われるようなものすごい音がして、何か重たい物がドアに倒れかかった。

娘は素早くドアを開け、それが何かも確かめもせずに、泣き声のような音をたてる包みをドアの敷居から拾い上げ、肌着に包んで、暖炉の中へ押し込んだ。それからオオカミの方を見ると、暖炉の奥には美しい若者がすわっていた。若者は大喜びし、自分を救い出してくれた娘に礼を言い、両親の前にも姿を見せて、織物師の末の娘と盛大で楽しい結婚式を挙げた。

第2話
聖アントニウスと殺し屋カール
Sankt Antonius und der Mörder Karl

昔、一人の農夫が女房と暮らしていた。これほど貧しい人がいるのかと思えるほど、ひどく貧《まず》しい人で、食べ物も何もなく、何かを買う金も一クロイツェル（十三〜十九世紀の南ドイツ・オーストリア・スイスの小額貨幣）も持っていなかった。ある日、農夫はこんな貧乏はもうこりごりだと思い、すべての望みを捨て、森へ行って首を吊ろうとした。しかし、森の中へ入ると、緑の猟師《りょうし》服を着た見知らぬ男に出会った。その男は農夫を呼び止めて質問した。

「お前さん、どこへ行きなさるのじゃ。なぜそんなに悲しそうな顔をしとるんじゃ」。哀《あわ》れな農夫は男に自分の惨《みじ》めで苦しい生活を洗いざらいぶちまけた。

「それだけのことなら」とその男は言った。「お前さんを助けるのはたやすいことじゃ。わしはお前さんに、お前さんが欲しいだけの金をやろう。じゃが、条件が一つある。お前さんは、お前さんがまだ知らないことを約束してくれなくてはならん。そしてその約束は、お前さんの血で証文《しょうもん》を書いてもらわにゃならん」。

その条件は農夫にとってはなんとも奇妙なものに思われたが、自分が知らないことなら、約束したってかまわんさ、と心の中でつぶやいて気を紛《まぎ》らわせ、取引に応じた。すると、猟師はその場で農夫にどっさりと金を与え、農夫はいっぺんに金持ちになり、喜び勇んで家へ帰った。

農夫が家にもどると、女房が、自分は妊娠しているみたいで、神さまが二人に子どもを授けてくださりそうだと告げた。それを聞いた農夫は心臓を突き刺されたようなショックを受けた。自分がだれと取引をしたのか、すぐにわかったからだ。

猟師はだれあろう、悪魔そのものだった。農夫は悪魔と知らずに自分の子どもを与える約束をしてしまったのだった。すっかり打ちのめされた農夫は、悪魔とのいきさつの一部始終を女房に話して聞かせた。女房は声を上げて泣き出し、悲しさのあまり気が狂ったようになった。

月が満ち、女房は玉のように美しい男の子を生んだ。夫婦は男の子に洗礼を受けさせ、アントニウスという名をつけ、子どもをただ神さまのため、神さまへの奉仕のためだけに生きていくよう教育すると固く誓い、その子を全面的に神さまに捧げた。そうすれば、その子が地獄へ堕《お》ちることはないだろうと考えたからだ。夫婦は誓いを尊いものと考え、その誓いをきちんと守った。アントニウスは成長し、善と正義の人となり、主への奉仕に身を捧げ聖職者《せいしょくしゃ》となった。そして、まったく人気のない森の奥深くへと入って行き、隠者としてこのうえなく厳しい戒律《かいりつ》の中で生き、とても敬虔《けいけん》な心の持ち主だったので、ついには聖者の列に加えられることとなった。

同じころ、大きな森の中に一人の恐ろしい強盗が住んでいた。これまで何人も人を殺していたので、「殺し屋カール」と呼ばれていた。この悪漢《あっかん》は人を一人殺すたびに、古い一本の木に釘《くぎ》を一本打ち込んだ。その数があまりにも多いので、木の幹は釘で埋めつくされ、さらに一本打ち込むすき間もないほどになり、木は枯れてしまっていた。

あるとき、聖アントニウスは森の中を歩いていると殺し屋カールに出会った。殺し屋カールがアントニウスにどこへ行くのか、とたずねると、アントニウスは「地獄へ」と答えた。「地獄なんかに何の用があるんだ」と殺し屋がたずねると、「地獄へ証文を取りに」とアントニウスは答え、さらにつづけた――「昔、私の父が私を悪魔に売りつけたときのものなので」。

殺し屋はこれを聞くと心配になり、地獄へ行ったら、そこで自分のことも何か話題になっていないか探ってきてほしいと聖者に頼んだ。アントニウスは頼みを聞き入れ、地獄へ向かった。

アントニウスは、地獄の扉をノックすると中へ通されたので、自分の証文を渡すように強く頼んだ。けれども何千ショック〔昔の数量の単位で、一ショックは六十〕もいる悪魔たちは皆、その証文のことは知らないと言い張った。これに悪魔の大王ルシファーが怒りを爆発させた。大王は、悪魔を一人一人調べ上げ、その証文を持っていることがわかったら、その悪魔は殺し屋カールの椅子にすわらせるぞ、と脅した。これには悪魔たちの顔も恐怖で引きつった。なにしろ、その椅子はすべての拷問台のうちでも、もっとも恐ろしいものだったからだ。たまりかねて、一人の年老いた、いかがわしい悪魔が足を引きずりながら進み出て、例の証文を差し出して言った――「殺し屋カールの椅子にすわるくらいなら、こんな証文など何百枚でも出しますぞ」。

こうして聖アントニウスは証文を受け取り、この世へもどる旅路につき、再びあの森を通ったところ、殺し屋カールがはやばやと待ち構えていて、地獄で自分について何も話がなかったか、と真っ先にたずねた。「話がありましたぞ！」と聖者は言って、何もかも話して聞かせてやった。するど殺し屋カールはじっと考え込んでから聖アントニウスに、心の底から悔《く》い改めているので贖罪《しょくざい》をさせてください、と頼み込んだ。聖アントニウスは殺し屋カールに、贖罪のために干《ひ》からびた木が再び葉をつけ、花が咲くようになるまで、裁縫用の指ぬきでひたすら水を運びつづけよ、と言いつけた。

それから何年も何年も経ったある日、アントニウスは従者を一人連れて、森の中を旅していたところ、ある方角からなんとも芳《かんば》しい香りが漂《ただよ》ってくるのに気がついた。聖者は従者をその方角に向かわせ、その芳香《ほうが》の出所を調べさせた。信心深い従者が香りをたどって進むと、辺り一帯にむせ返るほど甘い香りを放つ木のところへ行き着いた。木の下には、長いひげをはやした白髪の老人が跪《ひざまず》き熱心に祈りを捧げていた。従者はそれを見て、聖者のところへもどり、不思議な光景を報告した。そこで聖者自身もそこへ行って見ると、それは悔い改めた老殺し屋カールだとわかった。聖者は老殺し屋カールがひたすら贖罪し、どんなに深い信仰の心をもっているのかを見て取った。そこで聖アントニウスは手を掲《かか》げ、祈りを捧げている老人に祝福《しゅくふく》を与えた。すると聖者の祝福の言葉が終わるか終わらないうちに、老人はゆっくりと崩れ落ち、雪のように白いハトが天空に向かって飛び立って行った。

第3話
騎士の手のない奥方
Die armlose Rittersfrau

昔、街道沿いに天下屋という居酒屋《いざかや》があった。女将《おかみ》はなかなかの美人で、人や物を運ぶ仕事に携《たずさ》わる者たちは皆、美人女将の元へ足しげく通った。

ところが、女将の娘が成長し、女将よりもずっと美人になると、人々は「天下屋の美人娘のところへ行こう」と言いはじめた。母親はすっかり頭にきて、人知れず娘を亡き者にするいちばんよい方法は何だろうか、と下男に相談を持ちかけた。もちろん、下男ははじめはそんな話に耳を傾けなかったが、結局のところ、山と積まれた金の誘惑には勝てず、恐ろしい女将の望みをかなえて娘を亡き者にする気になった。言うまでもないことだが、下男は証拠として、眼と舌と肘《ひじ》までの両腕を持ち帰ることを女将に約束させられた。

こうして、下男は娘といっしょに森へ入って行き、自分は娘を殺さなければならない、と言った。娘は死ぬほど驚き、絶対この世に生かしておいて欲しい、自分を殺したことで下男の魂が傷を負うことがないように、と頼み込んだ。下男は結局頼みを一部受け入れ、たまたま通りかかった犬を打ち殺して両眼と舌を切り取り、残酷な女将に両手を持ち帰るために、娘の両腕を切り落とした。この出来事があってしばらくの間、美しい娘はどこへ行ったのか、と言われたものの、やがては世の常で、再び「天下屋の美人女将のところへ」が合い言葉となった。

娘は腕を切り取られた姿のまま森の中をさまよい、やがて果樹園へやって来た。ひどい飢えに苦しんでいたので、半分しかない腕を伸ばして、リンゴの枝を曲げて口へ持っていった。庭番の男が娘をじっと見ていたが、娘が手首のない腕をした、なんとも哀れな姿であることを知ると、娘がしたいようにさせておいた。

けれども、城の主君である騎士に次の日も内緒にしておくことはできなかった。騎士は夕方、娘の近くに忍び寄って様子を探った。娘を見て、娘がとても美しかったので、騎士は娘に何一つ不自由はさせない、仕事もしなくてよいから自分のところへ来て住む気はないかとたずねた。すると、娘は喜んで騎士に従い城に入った。騎士は娘の美しさの虜《とりこ》になってしまい、結婚して妻にした。

それからほどなくして、騎士は戦争に行かなくてはならなくなり、長い間、城を留守にした。その間に奥方はこの世にまたとないほどかわいい双子を生んだ。奥方は大喜びで手紙を書かせ、子どもたちの名は何とするか、騎士にたずねた。その手紙を特使のポケットに入れ、主君を追って戦場へ行かせた。旅の途中、特使が美人女将の店に立ち寄ったところ、何でも知りたがる女将は、特使にぶしつけな質問の矢を浴びせた。それで女将は、騎士の妻が自分の実の娘であり、下男が自分を騙《だま》していたことをすぐに悟《さと》った。けれども今さら後悔してもはじまらないので、予《あらかじ》め眠り薬を混ぜておいたワインを特使にしきりにすすめ、カタツムリのようにのろまな特使が寝入ると、この悪女将は手紙をすり替えて、奥方は身体に障害のある子どもを生んだと手紙に書いた。

ぐうたらの特使がようやくのことで主君の戦場にたどり着き、主君が短い手紙を読んだとき、その驚きはたいへんなものだったが、自分が帰るまではさしあたり何もしないように、と奥方に手紙を書いた。ところがこの怠《なま》け者《もの》の特使は城へ帰る途中で、またもや美人女将の店に寄り道をした。すると女将はワインに粉薬を混《ま》ぜて、特使に浴びるほど飲ませた。特使が眠ると、女将は今度も主君の手紙をすり替えて、言語道断にも、奥方は子どもともども片づけてしまえ、と書いて特使のポケットにそっと入れた。特使がその手紙を城代に渡すと、城代《じょうだい》〔城主の代わりに城を守る人〕は手のない母親と子どもたちを哀《あわ》れに思い、子どもたちを奥方の胸の上にくくりつけて逃がしてやった。奥方はこうしてさまよっていたが、やがてカンカン照りの夏の暑さに喉《のど》の渇《かわ》きを覚えた。

森の手前に湖があったので、奥方は喉の渇きを癒《いや》そうと身を屈《かが》めると、子どもが紐《ひも》をすり抜け、湖に落ちてしまった。この世でいちばんかわいそうな奥方は絶望のあまり張り裂けんばかりに叫びながら、助けを求めてまわりを見まわしたところ、横に二人の男が立っていた。聖ペトロと聖ヨハネで、子どもたちはもう洗礼を受けたのか、とたずねた。

奥方が、洗礼はまだ受けておりません、と言うと、二人の使徒は双子に洗礼を施《ほどこ》した。それから奥方に、切断された腕をしばらくの間静かに湖水に浸しておくよう忠告した。奥方が言われたとおりにしたところ、なんと手が元どおりになった。ただ、両腕とも切断されたところには赤いしま模様が残った。奥方は二人にどれほどお礼を言いたかったことか。ところが、二人の姿は影も形もなかった。

森の外れ、湖からさほど遠くないところに、かつての木こり小屋があった。奥方はその粗末な小屋に住みついた。一頭の雌《メ》ジカが毎日やって来て、子どもたちと奥方にミルクを飲ませてくれた。

戦争が終わり、騎士は奥方に会えることを楽しみにしながら城へもどってみると、城は以前と変わらず上品な美しさを保っていたが、奥方と子どもたちの姿はなかった。城代は、騎士からどんな手紙を受け取ったか、二人の元気な男の子をどんなに哀《あわ》れに思ったかを話した。騎士はぐうたらな特使を厳しく問いつめ、奥方の母親が一切の責めを負うべきことが明らかになった。

そこで騎士は魔女裁判を開き、美人女将をその悪行ゆえに責めたてた。その結果、裁判官はこの悪逆非道《あくぎゃくひどう》の女将に火あぶりの刑を宣告《せんこく》し、女将は焼き殺された。けれども、それで騎士が家族を取りもどしたわけではない。騎士は、城で喜びとなるものは何一つなく、もっぱら城を出て狩りに明け暮れたが、心中密かに奥方と子どもたちの手がかりを探り、望みは捨てていなかった。

それから何年か過ぎたある日、騎士が再び狩りに出かけると、辺りは急に暗くなり、道に迷って西も東もわからずに、ほとんど真夜中まで森の中をうろついた。そして、森の中に小さな明かりが見えたので、そちらへ行ってみると、それは今にも崩れ落ちんばかりの、見捨てられたような木こり小屋だった。騎士が小さな窓越しに中をのぞいてみると、顔色の悪いみすぼらしい女の人がいた。女の人は騎士の奥方にとてもよく似ていて、その人の足元に七歳ぐらいの二人の男の子が元気に遊んでいた。道に迷い疲れ果てていたので、ドアをたたき、「中へ入れてください」と頼んだ。そして、一晩の宿を求めたところ、女の人は騎士に苔《こけ》を敷き詰めたベッドをすすめ、自分と子どもたちは土間に寝た。

けれども騎士は寝つくことができなかった。苔のベッドが暖かすぎたので、手をダラリとたらした。これが女の人の目にとまり、男の子の一人に「ペーターや、お父さまの手を中へ入れてお上げなさい」と言った。女の人は、この男の人が自分の夫であることがすでにわかっていたのだった。騎士は自分の耳を信じることができなかった。自分を納得させるために、もう一度手をダラリとたらした。すると女の人がもう一度、「ハンスや、お父さまの手を中へ入れてお上げなさい」と言った。

騎士はもはやベッドの中でじっとしていることができず跳ね起きるや、その女の人の名前を呼んだ。そして、互いに再会を喜び、キスしたり抱きしめたり、もう果てしがなかった。

次の日、騎士は奥方と子どもたちに豪華な服の数々を届け、高らかな歓呼の声に包まれて城へ帰って行った。二人の男の子は命の恩人の雌ジカも離さなかった。

第4話

赤い小人《こびと》 *Das rote Mandle*

昔、騎士がいた。騎士には一人息子がいて、フルートとツィター〔オーストリア・南ドイツ地方に広く伝わる弦楽器〕の演奏がとても上手にできた。すでに二十歳ほどになったある日、息子は住む家も食べ物もない貧しい人から、とても美しく、早く結婚をしたがっているが、ふさわしい人が現れずいまだに結婚できない公爵令嬢《こうしゃくれいじょう》の話を聞かされた。息子は、自分こそふさわしいのではないか、と希望を抱いた。そうなれば、きっと公爵の後釜《あとがま》になれるというわけだ。そこでお姫さまに手紙を書いたのだが、手紙は楽器ほどに上手ではなかった。ただ、そんなことは今にはじまったことではない。なにしろ騎士たるもの、学校に行って勉強することなどなかったのだから。

「親愛なるお姫さま」と書き出し、「お姫さまはお姫さまにふさわしい人が現れなくて、まだ独身でいらっしゃるとお聞きました。また、わたしはまだ若い身です。わたしがお姫さまにふさわしい者かどうか、ぜひおたずねしたいと存じます。領主の若い息子ハンスより」。

息子は召し使いにこの手紙を持たせて、公爵令嬢のもとへ行かせた。召し使いがもどって来るまでにはいくらか時間がかかったが、ついに返事を持って帰って来た。その結果、喜びと結婚への思いはしばしの夢で終わった。お姫さまの返事によると、息子の手紙から判断して、息子はあまりに愚かで、公爵領のヒツジ飼いにすらなれない、ましてや、騎士になるとか、女王の夫君になることなどあり得ない、というものだった。

これは息子の心にいつまでも残る痛手を与えてしまった。息子は恥をかかされたので、公爵令嬢とその高慢さにしたたかに復讐《ふくしゅう》することを決心した。息子は父君に、自分はまだ騎士にはならない、しばらく冒険の旅に出てさまざまな困難に打ち克ち、そうしてはじめて、再び帰って来て結婚のことを考えたい、と申し出た。それから上等な服とツィターとフルートを荷物にまとめ、受洗祝《じゅせんいわ》い〔受洗者が洗礼立会人からもらう金〕をしっかりしまい込んで、両親に別れを告げ城を出て行った。

道中で、住む家も食べ物もない貧しい人に出会ったので、息子はボロ着一式を買い取って背中にかつぎ、ボロ着をいちばん上にはおって旅をつづけ、公爵の城にたどり着いた。

息子は城の別館の管理人のところへ行き、ヒツジ飼いの仕事はないかとたずね、自分はこの領地でその仕事につきたいと申し出た。

「ありがたい、お前さん！　ちょうどよいところへ来てくれた」と管理人が言った。「前のヒツジ飼いを昨日ちょうど追い出したばかりだったのだ。そいつもそれまでの連中と同様、まったくの役立たずだったのだ。一頭また一頭とヒツジが次々に姿を消してしまう、するとその晩は決まって公爵さまがひどく苦しまれるのだ。だから気をつけろ！　わしらのところでヒツジ飼いをするのは楽なことじゃないからな」。

こうして領主の息子ハンスは、身分を知られることなくヒツジ飼いの仕事についた。実際、仕事をはじめてすぐにわかったのだが、公爵家のヒツジ飼いは決して楽なものではなかった。三百頭のヒツジを足下《あしもと》の悪い窪地《くぼち》を通って、まわりが暗くなるほどこんもりと茂った森の中へ追い込まなければならなかった。森の中には丘があり、丘の上には崩れ落ちた城があり、目に入るもので城壁の形をしたものは、もはやほとんど何もなかった。

けれども息子はためらうことなくその森にヒツジを追い込んだ。一日目、みごとに務めを果たした。夕方ヒツジを数えてみると、三百頭のうち、一頭も欠けてはいなかった。こうして最初の一週間はずっと変わりがなかった。

一方でヒツジ飼いの仕事は、他に特にすることがなければなんとも退屈なもので、ヤギ飼いよりもずっと退屈だった。息子は古い城のあらゆる場所をすぐに調べ上げ、すぐ下手にあたる場所に崩れ落ちた門のアーチを見つけた。そして、そのすぐそばにヒツジの群れを見渡すのにちょうどよい石があった。そこでやおらフルートを取り出すと、ヒツジや子ヒツジたちに向かって音色を響かせはじめた。

音色が響きはじめて間もなく、赤い服を着てとても長い白ひげを生やした、小さな小さな小人《こびと》が下手の城門から姿を現し、まるで子ネズミのようにひっそりとヒツジ飼いの音色に耳を傾けた。

ヒツジ飼いは興にのってフルートを吹きまくり、小人のことは目に入っていなかった。夕方、小屋へもどってヒツジを数えると、今度もヒツジの数は間違いなく同じだった。

ヒツジを追い、フルートを吹き鳴らして一週間が過ぎたころ、何気なくまわりを見ていると、赤い小人の姿が目に入った。けれども息子は驚いた風もなく、落ち着いてフルートを吹きつづけ、小人は耳を傾けた。

こうして一週間、また一週間と過ぎ、小人がフルートを吹く息子のところへやって来て演奏に聞き入り、ついには演奏やヒツジについてお互いにおしゃべりをするようになった。公爵の城では人々が皆、早くも不思議がっていた。なにしろ公爵は、このところ眠れない夜がずっとなくなり、ヒツジ飼いは一頭もヒツジを失ってはいなかったからだ。そしてこのことはお姫さまの耳にも入っていた。

いつの時代も女の人はそうなのだが、このお姫さまも好奇心《こうきしん》が旺盛《おうせい》で、新しいヒツジ飼いを見にヒツジ小屋へと降りて行った。ヒツジ飼いは、小屋の横のこざっぱりとした、きれいな見かけの良い部屋をあてがわれ、そこには藁《わら》を敷《し》いた大きなベッドにシーツ、羊毛《ようもう》の掛け布団、枕、そして雨でずぶ濡《ぬ》れになって帰ってきたときに暖まることができる暖炉と、豪華な衣裳を収めた長持ちがあった。このときヒツジ飼いはちょうど食事を終えてツィターを奏でているところだった。それはそれはとてもすばらしい音色だったので、外にいるナイチンゲールもうたうのを止めて聞きほれるほどだった。お姫さまも窓の外で立ち止まり、ツィターの音色に耳を傾け、うれし涙を流しながら、これほどにすばらしい腕前の奏者がどうしてただのヒツジ飼いで収まっているのか考えていた。それからというもの、お姫さまは毎日昼間に窓の側にやって来るばかりか、夕方、部屋へ入ろうとドアの取っ手をつかみはするものの、ドアを開けることはなかった。けれどもあるとき、ドアが開き、中へ招かれた。

それから後もお姫さまは夕方になると決まって、美しい顔立ちの楽士のところへやって来ては、楽の音色《ねいろ》に耳を傾け、すてきな音楽を心の底から楽しんだ。

そしてある夜、ついに事件が起きてしまった。お姫さまは、どうしてそうなったのかまったくわからなかった。お姫さまは悲しくなって出て行った。なぜなら、楽士はどうしたって騎士ではなくヒツジ飼いだったのだから。

それでも、それから後もお姫さまは毎夕やって来ては、ツィターの演奏で泣いたり、笑ったりしながら過ごした。息子は毎朝ヒツジを牧草地へ追い立てては、小人と議論したり、自分がどのようないきさつでヒツジ飼いになったのか、自分が恥をかかされ、どう復讐しようかと考えていたが、今はお姫さまを好きになってしまい、結婚したくなった。そして、二人の間にどんなことがあったかなど、あれやこれや話をした。これに対して小人は、これまでのヒツジ飼いたちは小人に石を投げつけたりしたので、ヒツジと過ごして運のよいことは何一つなかった、といった話をした。

一年が終わり、新しい年がはじまった。息子は冬の間もヒツジの群れを追い立てなければならなかった。なぜなら、窪地の中にはまったく雪が積もらなかったからだ。そしてとうとう公爵の召し使いたちがひそひそと陰口《かげぐち》を交わすようになり、つまるところ、それは公爵の耳にも入ってしまった。公爵はお姫さまを厳しく聞きとがめたが、お姫さまは相手がだれなのかいっさい秘密をもらさなかった。お姫さまには父君の誇り高さがわかりすぎるほどわかっていたからだ。絶望のどん底にいた公爵に、城つきの年老いた聖職者が「公爵さま、主なる神におたずねなさるがよろしかろう！」と忠告を与えた。そこで公爵は領国中の全騎士を召集し、全員が一騎討ちをすること、最後の勝者が姫を得ること、なんとなれば、老聖職者の言うところによれば、子どもの父親が勝者となるように主なる神はお導きになるであろうから、と伝えた。

夕方、お姫さまはヒツジ飼いのところへやって来て、父の公爵が決めたことやヒツジ飼いがただのヒツジ飼いでしかないことがとても残念だ、と語った。そして記念にと言って、王冠とお姫さまの名前を刺繍した小さな布切れを贈り、ヒツジ飼いに別れを告げた。

ヒツジ飼いは次の朝、物思いにふけりながらヒツジをいつものとおり古い城へと追い立てて行った。ところが目の前に完全な姿の城がそびえ、もはやがれきの山ではなくなっていた。そして、いつもの石があった場所には石のベンチがあり、年老いた小人がすわっているのを見たときの驚きのなんと大きかったことか。「ヒッ、ヒッ、ヒ」と小人が笑いながら手招きをしたので、ヒツジ飼いがそちらへ行くと、小人は門をくぐって城の中に案内した。いちばん奥に大広間があり、おびただしい数の武器が壁にかけてあった。「お前にぴったりくる武器を選ぶがよい。そしてお前の最愛の人を得るために馬で出かけるがよい。お前はいつもわしに親切にしてくれた。そしてわしの部下にもいろいろと気を配ってくれた。じゃからお前には天運が授けられるであろう」。小人はさらにヒツジ飼いを厩舎《きゅうしゃ》へ連れて行った。そこにはたくさんの血統のよい馬がいて、その中の三頭には鞍《くら》がつけてあった。栗毛《くりげ》、黒、白の馬だった。「お前の戦いは三日に及ぶであろう。毎日それぞれ元気な馬に乗るがよい」。こう息子に忠告して、小人は姿を消した。

ところで、ヒツジの群れはどうなったのだろうか。

息子は武具に身を固め馬に乗って出かけたが、見ると、小人がヒツジの群れの中にいて、ヒツジたちが小人のまわりに押し合いへし合い集まっていた。息子はこれで何の心配もなくなり、すでに決闘がはじまっている会場へと駒を進めて行った。戦いは凄《すさ》まじいものだった。というのも、どの騎士も、いずれは領国を支配する公爵になる楽しみがあったからだ。どんなに戦おうと、兜庇《かぶとびさし》〔合戦のとき頭部を保護する武具〕を上げず、正体を知られないままだった領主の息子ハンスは、どの戦いにおいても勝利者になったのだった。けれども、兜を脱ぐようにと命じられると、駿馬《しゅんば》〔足が早く優秀な馬〕は大きく跳ね上がったかと思うと、柵をヒラリと飛び越えて、姿を消した。そして夕方、ヒツジ飼いはヒツジを追って魔法の城の横にある足下の悪い窪地からもどって来た。

次の日、息子は黒毛の馬で乗り込み、最後にはその馬もまた、大きく飛び上がって姿をくらましたので、またもや勝利者がだれか、わからないままだった。

こうして三日目になった。息子は雪のように白い馬にまたがり、黄金の武具に身を固め、兜には小さな王冠を飾って乗り入れた。人々の視線は皆、彼に集まった。今日の息子は、昨日までとは比べものにならないほど巧みに戦った。ただ、最後の試合で不運にも相手の槍が息子のふくらはぎに刺さり血を流した。兜を脱ぎ、名前を名乗るべきときに至り、堂々たる勝利者はだれだろうかと満場が固唾《かたず》をのんで見守っていると、白馬はまたもや大きく飛び跳ねて、柵を越えて走り去った。そして、今度もまた、夕方、ヒツジたちは足下の悪い窪地を通ってヒツジ小屋へと連れもどされた。ヒツジ飼いは血を流し、足を引きずりながら、群れの後についてもどってきた。

小屋へもどるとベッドにすわり、お姫さまからもらったきれいな布切れをふくらはぎの刺し傷に当てがった。次の日、ヒツジ飼いは高い熱が出て、ヒツジを追うことができなかった。しっかり者のヒツジ飼いを心配した領地の管理人は城つきの医者を呼びにやらせた。医者は王冠とお姫さまの名前の入った布切れを見つけ、刺し傷を見ると膏薬《こうやく》を傷口にていねいに塗り、しっかりと包帯を巻いてから、その布切れを持ってすぐさま公爵のところへ出向き、一部始終を報告した。公爵はヒツジ飼いを呼びにやらせた。

いまや城でヒツジ飼いは自分の身分を語った。自分は領主の息子であること、罵られたことでお姫さまに復讐をしようとしたこと、ヒツジ飼いになり、とても上手にフルートとツィターを演奏したこと、丘の上に小人がいたこと、ヒツジ小屋にお姫さまが来たこと、そしてついに事件が起きたことも。さらにまた、魔法の城で見た騎士の間や馬小屋のこと、試合のたびに栗毛馬、次に黒毛の馬、最後は白馬に乗り、柵を大きく飛び越えたこと、刺し傷を負《お》ったことを話した。

公爵は話にじっと耳を傾けていたが、やがて次のように言った。

「さようないきさつならば、そなたこそわが娘の婿《むこ》である。娘と添《そ》い遂《と》げるがよい！」。

ドン！　まるで全世界が溶けてしまうかのような大音響がわき起こった。領主の息子ハンスが、足下の悪い窪地の上手《うわて》にある城にかけられていた魔法を解いたのだった。年老いた小人は、実は何年も昔、偉大な王さまでたいへん誇り高いお方だったのである。隣の国の侯爵《こうしゃく》とは、実は公爵の父君だったのだが、この人が王さまの娘に結婚の申し込みをしたところ、王さまに見下され、罵られ、拒否されてしまった。そのため若い求婚者が城に魔法をかけてしまい、ヒツジ飼いが公爵の娘と結婚するまでは城の魔法が解けない定めになっていたのだった。

こうして願いがかなえられ、楽士が偉大な王さまとなった。けれども、王さまは愛着《あいちゃく》と謙虚《けんきょ》な清い心をもって、いつも古い城を訪れた。

第5話
地 獄
In der Hölle

昔、強大な王さまがいた。王さまにはとても美しい娘がいたが、ある日、そのお姫さまが草原を散歩していたところ、恐ろしい竜が空から舞い降りて来て、死ぬほどの恐怖に身をこわばらせた娘をつかむや、地獄へ連れて去った。竜は他でもない、悪魔そのものだった。

王さまは地獄の竜が娘を連れ去ったと聞くと、すっかり取り乱し、娘を地獄から救い出した者には自分の王国を与え、娘と結婚させるというお触れを出した。これを知って実にたくさんの人々がやって来て、地獄へと押しかけようとした。けれども、どんなに手を尽くしても、だれ一人地獄へ行く道を見つけることができなかった。

ある日、夫を亡くし、貧乏でとても苦しい生活をしている女の人の勇敢な息子が王さまの前へ進み出て、お姫さまを救い出すことに挑戦したいと名乗りを上げた。王さまはその若者にも同じ約束を繰り返したので、若者は竜探しの旅に出発した。

若者は歩きつづけて、出会う人はだれかれなく、これが地獄へ行く正しい道かどうかたずねた。醜い老婆とも出会ったが、あまりにも醜かったので、つい地獄へ行く道をたずねるのを忘れてしまった。ところが老婆のほうから若者にたずねた。

「どこからおいでじゃな、そしてどちらへおいでじゃな。お前さんの道はどこへ通じておるのかの」。

「おっ、おれはな、地獄へ行くところよ」と言い、「ところがその道が見つからんのよ」。

「お前さん、そういうことかい」と老婆は話をつづけた。「お前さんが地獄へ行こうとしなさるのなら、この棒を持って行かんとな。ほら、わしが小腋《こわき》に挟んでおる、この棒じゃ！　それから黒いオンドリのところへお行き、一軒の家の前の路地におるでな。お前さんはそのオンドリを追っかけ、羽を一本抜き取るのじゃ。その次には黒い雄ヤギに出会うじゃろう。そいつはたぶん角で突いて来るはずじゃ。じゃが、あごひげを一本引っこ抜け。それから後のことはそのうちわかるじゃろう」。

これだけのことを言うと、老婆は若者に棒を与えた。それで若者はもっとお礼を言おうとしたが、老婆はさっさと行ってしまい、追っかけて行くことができなかった。追いかけようとすると、棒がそうさせなかった。

棒が若者に道を教えた。こうして旅をつづけるうち、とある農家にたどり着いた。家の前に黒いオンドリがいた。ところがオンドリは棒を持った旅人を見るや逃げ出し、羽をバタバタさせて走り去った。けれども地獄探しの若者のほうが足が速く、すぐに追いついた。オンドリはあらんかぎりの声で鳴き叫んだが、若者は黒い羽を一本引き抜いた。

若者は二、三歩、歩いてから黒い羽を帽子に刺した。次に道の真ん中に黒い雄ヤギがいて、角の生えた頭を地面に突き立てていた。地獄探しの若者が身構えるよりも早く、荒くれ雄ヤギは突進して来て、若者を突き飛ばした。しかし若者のほうも負けてはいなかった。すぐに起き上がった。雄ヤギがまたもや突進して来たが、若者はそのあごひげをわしづかみにするや、ほとんど半分ほどもちぎり取ってしまった。雄ヤギは悲鳴を上げながら家の方へと逃げて行った。

ハンスはひげの中からいちばんみごとな物を選び、黒い羽といっしょに財布の中にしまい込み、棒は長靴の中へ差し込んで、心もウキウキと出発した。こうして若者は地獄の門にたどり着いた。しかし残念なことに、門は閉まっていた。それで、さてどうしたものかと思案した。

そうだ、棒を使ってみようと若者は考え、棒で門を叩いた。すると門がパッと大きく開き、「何の用だ！」と赤い服を着た背の低い男が若者に肩を怒らせて叫んだ。「地獄の門を乱暴に叩きおって、手形は持っておるのか！」。そこでハンスは財布の中に手を突っ込み、黒いオンドリの羽と黒い雄ヤギのひげを門番の鼻先に突きつけて見せた。すると門番は「通ってよし」と無愛想に言って、ハンスに道を開けた。ところが、これから先どちらへ行ったものだろうか。三本の道が地獄へ通じていたのだ。「あの人はお姫さまだから、真ん中の道が正しいはずだ」とハンスは考えた。そこで棒にたずねたところ、棒も真ん中の道だと教えてくれた。

その道を行くと、一つの部屋に行き着いた。中に娘が三人いた。けれどもハンスが戦って倒さなければならない竜はどこかへ飛んで行って、いなかった。そこでハンスは娘たちに、自分は三人を助けに来た、竜が留守をしている今がいちばんよいチャンスだと言った。すると「いいえ、だめです」と一人が言った。「今はもうそんな時間ではありません。竜がいつ帰って来るかわからない時間なのです。でも、じゃ、わたしたち、どうすればよいのでしょうか」。すると若者は、自分は竜と戦うと言った。けれども娘たちは、それは無理だと言った。思案の末、娘たちはある策を思いついた。若者は一日目は一番目の娘のベッドの下で、二日目は二番目の娘の、そして三日目は三番目の娘のベッドの下で横になること。でも四日目は、娘たちが知るかぎりでは、竜はどっちみち飛んで出かけるはずだった。

夕方になって竜が帰って来た。すさまじい音を立てながら部屋の中へ入って来ると、鼻をヒクヒク言わせながら、「人間の肉の匂いがするぞ」と大声を上げた。「おやまあ、何を勘違いしているの」と一番目の娘が言った。「炒《い》り小麦のスープがこぼれちゃったのよ。だからそんな匂いがするのよ」。竜はそれを聞いて納得し、頭を両方の前足の間に突っ込んですぐに寝入った。

次の朝、竜はまた飛び出して行き、昼間、地上で過ごした。ハンスは三人の娘のそばでとても楽しく過ごした。三人の娘はそれぞれ美しさに差があった。夕方になると、二晩目の娘のベッドの下にもぐり込んだ。それから間もなくして竜が帰って来て、すさまじい音を立てながら部屋の中へ入って来ると、鼻をヒクヒクいわせながら、「匂いがするぞ、人間の肉の匂いがするぞ」と大声を上げた。「おやまあ、何を勘違いしているの」と二番目の娘が言った。「わたしが子牛をつぶしちゃったのよ。だからそんな匂いがするのよ」。竜はそれを聞いて納得し、頭を両方の前足の間に突っ込んで、すぐにまた寝入った。

その次の日もまた飛び出して行き、一日中人間のところで過ごした。この日もハンスは三人の女友だちとともにとても楽しく過ごし、夕方になると三番目の娘のベッドの下にもぐり込んだ。それから間もなくして、すさまじい音を立てながら竜が帰って来て、辺りを嗅ぎまわりながら、「匂いがするぞ、匂いがするぞ、人間の肉の匂いがするぞ」と大声を上げた。「おやまあ」と三番目の娘――ハンスがいちばん好きだったお姫さま――が笑いながら言った。「何を勘違いしているの、わたしのオンドリをつぶして小屋にぶら下げているからよ」。竜は納得して、頭を両方の前足の間に突っ込んで、すぐにまた寝入った。

けれども四日目の朝はとても早くに、仕事がいっぱいあるので帰りはとても遅くなる、と大声を上げながら飛び出した。四人はいよいよ出発の準備をすることにした。馬車で行くためには、地獄の馬車がいるとか、御者は自前で腕のよいのがいる、といったことを話し合い、四人は大急ぎで出発した。ハンスは前方、雄ヤギの側、娘たちは馬車の中に席を取り、黒毛の馬たちが街道を猛烈な速さで突き進んだ。その途中、とつぜん黒毛の馬たちが立ち止まり、棒立ちになった。黒い雄ヤギが頭を低く下げて言った――「わたしのひげを返してください」。ハンスは財布を手早く取り出し、雄ヤギに毛を投げつけた。すると雄ヤギは脇へ飛びのいた。

馬車が街道をそれほど進まないうちに、今度は黒いオンドリが馬の頭のところに飛んで来て、「コケコッコウ、わたしの羽を返してください」と言った。ハンスは羽をオンドリに勢いよく投げつけ、町に向かって道を進んだ。途中、醜《みにく》い老婆も立ちはだかって、棒を返せと要求した。それから四人は順調に町へ馬車を飛ばし、町を抜けて城へ入って行った。

城では年老いた王さまが娘の帰りを大喜びで出迎えた。その後、賑やかな結婚式が挙げられ、大宴会が開かれたことは言うまでもない。ハンスの母親も出席した。その母親がわたしに出来事の一部始終を語って聞かせてくれたのだ。他の二人の娘は若い王さま夫婦の元をはなれずに城に残ったとさ。行ってみてごらん。ひょっとしたら、娘の一人と結婚できるかもしれないよ！

第6話
カステラ *Da Guglhupf*

昔々、ずっと昔、あるところに城があった。けれども、そこには人間は一人も住んでいなかった。城からあまり離れていないところに一軒の粗末な家があり、性悪な女と二人の娘が住んでいた。姉のほうはナニイといい、美しくて気だてのよい働き者だったが、妹のリスルは母親そっくりな、地獄から出て来たような娘だった。

ナニイは母親と妹から、これでもかこれでもかというほど痛めつけられたり、意地悪されたりで、およそ気に入られることがなかった。二人はナニイが死んでしまえばよいのに、と心の底から願っていた。だから、母親はナニイに始終言っていた。「上の城に登って行って灰で鉢形のカステラを焼いておいで!」。気だてのよい娘は言われたとおりに城へ登って行っては、灰でカステラを焼いていた。カステラが焼き上がるとすぐ、戸口に奇妙な連中が入って来た。子犬とネコとオンドリだった。三匹はさっそく話し合いをはじめ、ナニイに言った。「あなたが焼いたお菓子の分け前をわたしたちにもちょうだいよ」。娘はとても驚いたが、それぞれに気前よくカステラを分けてやった。三匹は礼を言って、後で何かお礼の品物を上げると言った。

三匹が壁のすきまから抜け出るとすぐ、炭のように真っ黒な悪魔が二人、ヒョコヒョコと足を引きずりながら出て来た。それぞれが金のつまった袋を一つずつ担いでいたが、それをナニイの足元に投げつけ、「どうだい、びっくりしただろう」と言って外へ出て行った。「だめ！」と気だてのよい娘は心の中で考えた。こんなものをほったらかしにしてはいけないわ。娘は金を一つにまとめて、母親のいる家へ持って帰った。母親は自分の願ったように事が運ばなかったことを知り、ナニイを叱りつけた。

「お前なんか悪魔に食いちぎられりゃよかったのに、このできそこないめが！」。そう言いながらも、金はちゃっかり取り上げた。「しめしめ」と母親は心の中でほくそえんでいた。これはよいもうけ口だわい。わたしにはがまんのならないあのナニイが、これほどの金を持って帰るのなら、わたしのかわいい娘のリスルは何を手に入れることだろうて。

次の日、「お前も城へ登ってお行き！」と母親はリスルに言った。「そしてあそこで灰でカステラを焼いておいで！」。いじわる娘のリスルは城へ登って行って、言いつけどおりに、ナニイと同じように灰でカステラを焼き上げた。するとまたもや三匹の動物が入って来て、分け前を要求した。ところが娘はケチだったので、知恵を働かせて、まず金を払うよう要求した。リスルは考えていたのだ。二人の悪魔にそれぞれ二袋ずつ金の袋を持って来させよう、それ以外は一歩も譲るつもりはない、と。

ところが三匹はこの要求に応じようとしなかった。それでカステラを手に入れることなくさっさと姿をくらました。入れ替わりに、二人の悪魔がすぐに姿を現したが、金の袋は持っておらず、リスルをすぐさま食いちぎろうとした。

リスルは三匹の動物に向かって、「助けてちょうだい、三匹にも後でいくらかあげるから」と金切り声で呼びかけた。けれども三匹は言った。「お前はわたしたちに最初何もくれなかったじゃないか、お前なんか信用できないし、助けてもやらないよ」。そう言って再び姿を消した。二人の悪魔はあっという間に性悪なリスルをばらばらに食いちぎった。

リスルがいつまで経っても家へ帰って来ないので、母親は心配でいやな予感がした。それで様子を見に行くと、娘の骨があちこち散らばっているばかりだった。母親は気が狂ったようになり、その場から逃げ出した。それからというもの、だれも母親の姿を見た者はなかった。

気だてのよいナニイは、しばらくは性悪の母親のことを思って泣いていたが、どっさり金を持っていたので、後には立派な働き者の男の人と結婚し、幸せいっぱいに暮らした。

第7話
世間知らずのハンス *Vom dummen Hansl*

昔、一人の母親がいた。母親にはみすぼらしい農家（小屋）が一軒と、十四歳になるハンスという男の子がいた。ハンスは世間知らずだったが、やがて賢くなった。

母親が税金を納めなければならなくなったとき、箱の中から一枚の亜麻布《あさぬの》を取り出しハンスに渡し、町の週の市で売って来るように言いつけた。ハンスは町に行き、六クロイツェル〔十三～十九世紀の南ドイツ、オーストリア、スイスの少額貨幣〕の売値を書いた小旗を立て、その横の荷箱の上に商品の亜麻布を置き、どうやったらもっとよい値段で売ることができるか、いろいろ考えた。それで自分が賢い子だと思われないようにした。というのも、ずるい仕立屋《したてや》が近づいて来て、亜麻布がいくらするのかとたずねたからだ。「六クロイツェルですが」と答えると、仕立屋は間髪を入れずに「買った」と大声を出した。男の子がどんなに逆らっても無駄だった。仕立屋は財布から金を取り出し、ハンスに六クロイツェルを払い、大笑いしながら亜麻布を持って立ち去った。家に帰ると、母親はハンスのばかな取引にカンカンになって怒り、さんざん叱りつけたので、ハンスは次はもっと賢い商売をすると約束した。

次の週の市の日、ハンスは雌《めす》ヤギを連れて町へ行き、売りに出した。ところでハンスは町へ行く前に、受洗祝いの二十ターラー銀貨〔十三～十九世紀のドイツの貨幣〕をポケットにしまい込んでいたが、仕立屋が市場をうろついているのを見て、その二十ターラー銀貨を突っ込んだ、雌ヤギの肛門《こうもん》に。ほどなくして仕立屋がハンスに気がつき、もう一回うまい取引をしようと「このやせヤギはなんぼじゃい」とハンスにたずねた。「五十ターラーでさ」とハンスは答えた。「ほら見てくださいよ。こいつはまたもや二十ターラー銀貨を放り出すところですよ。こいつの調子次第で多かったり少なかったりしますがね。でも今までのところ、毎週最低一枚は放り出しますよ」。このとき雌ヤギは糞《ふん》をし、糞とともに二十ターラー銀貨が地べたに落ちた。あっけに取られてこれを見ていた仕立屋は、ハンスに五十ターラー払って、雌ヤギを家へ連れて帰った。

一週間後、商売がはじめてうまくいったのに気をよくしたハンスは、やせて年を取った雌牛《めうし》を市場へ連れて行き、その肛門に一ターラーを突っ込んだ。仕立屋がやって来て、ハンスに気づき、またハンスとうまい取引をしたいものだと考えた。

「この老いぼれ牛はなんぼじゃい」。

「五百グルデン〔十四～十九世紀のドイツおよび近隣諸国の金貨（銀貨）〕だよ！」とハンスは答えた。「うちじゃターラーなど放り出さなくても、ミルクを出すやつが欲しいので、こいつは手放すのさ。ほら見てよ。ちょうど今また一ターラー落とすところさ。こいつの気分次第でターラーが多かったり少なかったりするけどね。でも、今のところ、週最低一枚は放り出しますよ」。

ターラー銀貨が糞といっしょに地べたに落ちると、「買った！」と大きな声を出しながら、仕立屋は五百グルデンをハンスに渡し、老いぼれ牛を家へ連れて帰った。ハンスは足取りも軽く母親の元へ帰り、これで母親は上等な雌牛を買って、貧乏暮らしを長らくしなくなった。

こうして母親と息子は粗末な家で長い間暮らしていたが、その間、町では仕立屋が雌牛と雌ヤギに張りついて、銀貨を放り出すのを待ちつづけていた。けれども、それはまったく骨折り損のくたびれもうけだった。それでとうとう堪忍袋《かんにんぶくろ》の緒《お》が切れて、ハンスのあばら屋へ押しかけ、ハンスのいかさまをこらしめようとした。けれども家には年取った母親しかいなかったものだから、母親をさんざん罵《ののし》った。そのころハンスは野原に出かけ、スズメバチの巣をちょうど袋の中にぶち込むところだった。その作業もうまくいって、ハンスは袋の上の口をしっかり縛りつけた。

ハンスが家に帰って来たときには、仕立屋のつもりつもった怒りの虫は治まっていた。というのも、老母をこてんぱんにやっつけていたからだ。それでまたもやハンスのことが気になって、「そこに持っておるのは何じゃ」とハンスにたずねた。「ああ」とハンスは言った。「おいらが手に入れたこいつのことですかい。この袋の中に入っているこいつはね、ものすごい値打ちものでしてね。なにしろ正しい扱い方をすれば、百歳までも生きられるんですよ。いいですか、部屋を閉め切ります。下着も脱ぐほど暖めます。それから袋の口を開けます」。

この長寿の霊薬が仕立屋は喉から手が出るほど欲しくなり、財布から十グルデン取り出し、袋を担いで大喜びで家へ帰った。家に帰ると仕立屋は、奥さんや子どもたちを呼び集め、窓をきっちり閉めて暖房をがんがん効かせ、なにしろ百歳まで生きたいものだから、全員下着に至るまで全部脱いでしまった。そして、仕立屋は大まじめな顔つきで袋の口を開けた。すると荒れ狂ったスズメバチの群れがわっと飛び出し、家族全員を情け容赦なく刺して痛めつけた。仕立屋家族の痛みは途方もないものだったので、仕立屋はハンスを亡き者にすることに決めた。

仕立屋は樽を買い、それを雇い人の職人と力を合わせて手押し車に乗せ、ハンスの家まで行った。家に着くと、ハンスを取り押さえ、激しく抵抗するハンスを樽の中に押し込んだ。そして樽に蓋をして、池の中へ放り込むことを本気になって考えた。やがて夕方になり、夕べの祈りのときを告げる鐘の音が町の時計から響き渡った。ちょうどそのころ、仕立屋たちは教会の前を通りかかったので、手押し車をその場に置きっぱなしにして、教会に入って行った。ハンスを溺れさせるのはその後でよいと考えたのだ。少々心配になってきたハンスは、樽の栓の口越しに大声を出した。すると、たまたま通りかかった旅人がこの叫び声を聞きつけ、樽の中に向かって、中にいるのはだれかとたずねた。「おお」とハンスは大きな声で言った。「わたしは王になる定めの身の者、されど、王になどなりたくないのだ」。すぐに助け出してやれると旅人は考え、樽を開け、ハンスの代わりに自分が王になろうとして、樽の中に収まった。

仕立屋と職人はもどって来ると、樽を転がして行って、池の中へ放り込んだ。樽が転がった先の下手に漁師がいて、樽を拾い上げ、ずぶぬれの旅人を樽の牢獄から解放してやった。その明くる日、日曜日だったのだが、ハンスは仕立屋のところへ駆けつけて、池に投げ込んでもらい、おかげできれいな物をたくさん見つけ、手に入れたと礼を言った。この日、暇だった仕立屋と職人は、自分たちもそれを見ようと決心して池に飛び込み、哀《あわ》れ、溺《おぼ》れてあの世への旅をすることとなった。

第8話
陽気なハンス *Der lustige Hansl*

昔、一人の若者がいた。生まれてこの方悲しみに暮れることがなくて、いつも満ち足りて朗らかにしていた。だから皆から「陽気なハンス」としか呼ばれていなかった。あるとき、陽気なハンスは一年で五ペニヒ（昔のドイツの少額貨幣）の給金で、農家に奉公をしていた。一年間ずっと誠実に正直に奉公したので、一年が経ったとき、農夫のほうもハンスに対して同じように誠実に正直に、約束どおりの給金五ペニヒをきっちり払った。

「運試しをつづけてみようか」と言って、陽気なハンスは農家を後にした。道中ずっとしこたま陽気にうたをうたい、大声を張り上げ、飛び跳ねていた。住む家も食べ物もない人が道端に腰を下ろしていたが、ハンスを見て、こんなつらい時期にどうしてそんなに陽気でいられるのかとたずねると、「おれさまはな、一年間で給金を五ペニヒ稼いだからよ」とハンスは満足そうに答えた。「おれさまは旦那さまに誠実に正直に奉公したから、旦那さまもおれさまに誠実に正直に払ってくださったのさ」。すると住む家も食べ物もないその人は、一ペニヒ恵んでくださいと頼んだ。「くれてやるぞ！」と陽気なハンスは言って、住む家も食べ物もないその人に一ペニヒ恵んでやった。住む家も食べ物もないその人は、なんどもお礼を言った。

ハンスは旅をつづけた。すると、すぐまた住む家も食べ物もない人に出会った。住む家も食べ物もないその人に今度も同じことを言われ、二ペニヒ目を恵んでやった。そしてそのようにして次々と四人、住む家も食べ物もない人に出会い、そのたびごとに住む家も食べ物もない人の貧しさ、惨めさがひどくなっていき、五人目になるともう貧乏のかたまりで裸同然の、よぼよぼの老人で、「お恵みを」の声も蚊の鳴くようなものだった。「おれさまの残りの最後の一ペニヒをくれてやるわい！」と陽気なハンスは大声で言った。「おれさまはまた稼げばいいんだ」と言って、持ち金の最後の一ペニヒを恵んでやった。

すると老人は心の底からお礼を言って、「わしから三つのものを差し上げましょう。じゃが、絶対に忘れてくださるな！」。そこでハンスは、狙ったら何でも撃ち落とせる銃、ハンスが弾けばどんな人でも踊り出さずにはいられないバイオリン、そして三番目に、もしハンスが死ぬようなことでもあれば、そのときは天国にしてくれと頼んだ。ハンスは望みの物をその場で受け取って、なんどもお礼を言って老人に別れを告げた。それからも旅をつづけ、相変わらず陽気にうたをうたったり、大声を張り上げていた。

ハンスがそのようにして旅をつづけていると、一人のお坊さんに出会った。お坊さんに、どうしてそんなに陽気でいるのかと聞かれたので、ハンスは自分が農家で一年間奉公したこと、それに対して給金五ペニヒをもらったこと、五人の住む家も食べ物もない人に出会ったこと、その人たちに全財産の五ペニヒを恵んでやったこと、五番目の住む家も食べ物もない人がお礼にと言って、ハンスが狙えば何でも撃ち落とせる銃、ハンスが弾けばどんな人でも踊り出さずにはいられないバイオリン、そして最後に、もしハンスが死ぬようなことでもあれば、そのときは天国に、という三つの贈り物をもらった話をして聞かせた。

するとお坊さんは、「たった今あそこのイバラの茂みに小鳥が飛び込んで行ったから、銃で狙って見せてくれ。落ちるかどうか見たいから」。「わかりました。やってみます」とハンスは陽気に言った。「お坊さまが拾いに行ってくださるなら」。そう言ってハンスがイバラの茂みに向かって銃を発射すると、小鳥は茂みの中へ落ちていった。お坊さんがイバラの茂みに入って小鳥を拾い上げようとしたとき、ハンスはバイオリンを弾きはじめた。そのとたん、お坊さんはイバラの茂みの中で踊りはじめ、とげで着ている物はずたずたになり、身体中引っかき傷やらかき傷で痛めつけられた。

お坊さんはかんかんになって怒り、裁判官のところへ行って、陽気なハンスはひどい人間で、おたずね者の流れ者だと訴えた。陽気なハンスは捕らえられ、絞首刑《こうしゅけい》に処されることになってしまった。今や絞首台に立たされ、刑吏が首に縄をかけた。それでもハンスは相変わらず陽気で、大声を張り上げ、うたをうたいながら、自分はいつも陽気である、生まれてこの方、不都合なことは一度もなかった、それなのに死ねというお裁《さば》きなら喜んで死ぬ、けれども死ぬ前に一つだけ願いをかなえて欲しい、「一度だけバイオリンを弾かせて欲しい」と言った。

役人たちもそれを認めた。ところがハンスがバイオリンを手にして弾きはじめるや、人々は皆、踊りださずにはいられなくなって、刑吏は絞首台から転落し足の骨を折ったが、それでも片足で踊りつづけなければならなかった。ハンスはバイオリンを弾きつづけ、うたをうたい、大声を張り上げながら得意満面、ずらかった。残された人たちは踊りつづけなければならなかった。

もしまだ止めてなければ、今でもまだ踊りつづけているだろう。陽気なハンスはそれからもずっと長生きして、もっとまともな暮らしをして天国へ旅立った。

第９話

金の袋をかついだ聖クリストフ *Sankt Christoph mit dem Geldsack*

とても貧しいお人好しの娘がいた。七年の間、聖クリストフにお祈りを捧《ささ》げ、どうかお助けくださいい、せめて人並みにおしゃれをしたいし、仕方なく人から物を恵んでもらって暮らしている母親にも何か着る物を恵んでくださいとお願いした。娘は自分用には特にコルセットときれいなスカートをお願いした。

ついに娘の願いが聞き届けられ、ある晩、あばら屋に聖クリストフさまが金のいっぱい詰まったリュックサックを引きずりながらやって来た。聖クリストフさまがドアを叩くと、年取った農婦が目をさまし、外に向かって、「いったいどちらさまで？」と大声を出した。

「クリストフさまじゃ」と聖者は言った。「わしは娘さんがいつもわしに願っておったお金を持って来てやりましたぞ」。

すると年取った農婦は起き上がり、外を見に行った。ドアを開けて外を見ると、大男が立っていたので、腰を抜かすほど驚き、慌ててドアを閉め、「お前、起きなさい。そして外へ出てごらん、クリストフさまが来られて、玄関のドアが埋まるほどどっさり袋に詰めてお金を持って来てくださってるわよ」と大声で娘を起こした。そこで娘も起き上がって外へ出た。そして見上げるような大男の聖者と、とてつもない量の袋を目にするや、持ち前のお人好し丸出しになじりはじめた。

「あんたって、ひどい人ね！　こんなにたくさん持って来るなんて。こんなにたくさんのお金をどこへ置けっていうの」。

すると聖者は腹を立て、娘に平手打ちを食らわせて言った。「わかった、もっと賢い人間を探そう。金の使い方を知っていて、お前のようにまぬけでない人間をな！」。

そう言いながら聖者は袋を再び担ぎ上げ、立ち去った。その途中、十字架像のある場所にさしかかり、そこで大きな袋を降ろして休憩した。

日が昇るころ、一人の上品な騎士がカレッシェ〔軽快な四輪馬車〕に乗って通りかかり、十字架像のところで馬車を止めさせ、降りて来て、

お祈りを捧げた。この騎士は信心深い人で、いつものとおり、十字架像と礼拝堂のあるところではかならずお祈りをするのだった。騎士が聖クリストフを見ると、とても神々《こうごう》しいお方に見えたので、さっそくお祈りを捧げてから歩み寄り、どのようなお方で、ここで何をしておられるのか、とたずねた。

「わしはクリストフさまじゃ」と聖者は説明した。「ある貧しい家の娘が、もう七年間もわしに金を恵んでくださいとお祈りを捧げておったが、いざ恵んでやろうとすると、あのバカ娘め、金の使い方を知らんときとる。だがお前さんは使い方を知っておいでじゃろうな？」。

すると騎士は聖者に向かって、そのお金で喜んで立派な施設を作ります、神さまの御心《みこころ》にかなうような、恥ずかしくないお金の使い方をすでに心得《こころえ》ておりますと言うと、「よかろう」と聖クリストフは言った。「お前さんは賢い物言いのできるお方じゃ。この金はお前さんに上げよう」。騎士は礼を言って、召し使いに袋を馬車に積み上げるのを手伝うよう命じた。ところが袋を積み上げると、馬車はつぶれてバラバラになってしまった。「気にするな！」と騎士は言って、召し使いを城へ走らせ、ただちに六頭立ての馬車を用意させた。六頭立ての馬車が届けられ、重い荷物を城へ運んだ。別れ際、聖クリストフは言った。「お前さんがもっとたくさん金が入り用なら、遠慮はいらんぞ。お前さんの城にお前さんを訪ねて行くからな」。騎士は礼を言って、一行は城へ帰って行った。

騎士はさっそく立派な施設を建てはじめた。教会を建て、人々が川を渡って教会へ来ることができるように橋をかけ、校舎や救貧院《きゅうひんいん》〔貧しい人々を救う施設〕を建てた。ところがとうとう例の金が底をつきはじめた。自分の財産にも手をつけなければならなくなったので、思い迷いながら独り言《ひとごと》を言った。「お前のすることにも限度があるぞ。お前には子どもたちがいる。ここで全財産を使い果たしたら、子どもたちは将来なんと言うだろう」。このとき、聖クリストフのことが再び頭に浮かんだので、引きつづきお助けください、とお願いをした。というのは、騎士は今や聖クリストフの助けを願ってもよいと考えたからである。すぐに聖者が姿を現し、騎士に新たに金を持って来てくれた。「もっと入り用かね？」と聖クリストフがたずねると、「はい」と答え、「私が私の計画を全部実行しようとしますと、多分もっと必要になることでございましょう。けれども、人は神さまのご好意を試すことは許されません！」と答えた。「お前さんは賢い物言いのできるお方じゃ」と聖クリストフが言って、さらに、「だがお前さんがさらに望むなら、ただわしのことを頭に思い浮かべさえすればよいのじゃぞ」とつけ加えた。

今や騎士は改めて立派な施設をたくさん作った。孤児院、教育施設、貧しい子どもたちのための学校、養老院、その他、およそ必要な物をすべて。

今度もまた騎士は金が底をついた。まだ全部は完成していなかった。それで、またもや自分の財産に手をつけたが、聖クリストフにお願いすることはもうしなかった。ところが、聖クリストフは呼ばれもしないのに姿を現し、金はいらないのかと騎士にたずねた。けれども騎士は、「人は神さまのご好意を試すことは許されません。私ははじめた事業は自分自身の財産で仕上げることができると信じております」と答えた。聖者は騎士に三回質問したが、騎士は三回とも同じ答えだった。そこで聖クリストフは言った。「お前さんは賢い物言いのできるお方じゃ。だが、お前さんが建物を完成させるのに必要なだけの金はすぐにも持って来てやるぞ。お前さんは自分の財産に手をつけることはないのだぞ」。そしてまたもや金を持って来た。ただ以前ほどたくさんではなかった。というのも、地下の財産がもう底をついていたのである。だからといって、尊い騎士がはじめた建物を完成させるには十分の額だった。

その間に、あの貧しい召し使いの娘は、騎士が聖クリストフのあの金をもらっていたことを聞きつけていた。それで尊い騎士のところへ出かけて行って、自分こそ聖者が例のお金を最初に運んでもらった娘だと話し、その中からほんの少しだけおすそ分けしてくれれば、自分はつらい召し使いの仕事をしなくてすむし、母親が人から物を恵んでもらって暮らしをしていかなくてもすむから、と助けを求めた。

騎士は娘の言葉を信じ、城へ迎え入れたが、母親のほうは救貧院へ送り込んだ。母親はそこで手厚く保護され、面倒を見てもらった。こうして皆、良い暮らしができるようになった。

第10話
十二人の盗賊と水車小屋の娘 *Die zwölf Räuber und die Müllerstochter*

何年も前のこと、森の外れの、とある水車小屋で事件は起きた。それはまったく、とてつもない事件だった。

水車小屋に住んでいる親方には息子が一人と娘が三人いた。そして水車小屋では年老いた見習が働いていた。ある年のこと、クリスマスの季節が再び巡ってきたとき、末の娘――この子がいちばん賢かった――がなんとも奇妙な夢を見た。それによると、朝課《ちょうか》〔聖務日課の朝の祈りで、もとは夜中、後には午前二時の祈りで、ふつう賛歌とともに捧げられる〕の夜は、娘は家に残れ、そうすれば一家は大きな不幸を免れる、と言うものだった。そのため娘は、家の者がみな教会へ行っている間、自分は家に残ると言って譲《ゆず》らなかった。

祭壇《さいだん》だけに点《とも》したオイルランプがほの暗い光を放つ暗い部屋で、娘はのぞき窓を開けてその側にすわり、夜の闇《やみ》に向かって耳をすましました。というのも、娘は自分が遭遇《そうぐう》するにちがいないと予感した出来事が、どうも実際に起きてしまうのではないかと考える性格だったのだ。案の定、事件はさっそく起きた。娘は雪をキュッキュッと踏みしめる音を聞き、十二の人影が水車小屋めがけて大股《おおまた》に歩いて来るのを見た。娘は子ネズミのように息をひそめ、その人影がヒソヒソと話しをする声を聞いたのだった。

「窓からは入れないぞ。どの窓にも格子がはまっているからな。ドアにもかんぬきがかかっている。地下室の窓しか開いてないぞ。あそこなら簡単に入れる、一人ずつ順番にな」。

そこで娘は勇敢にも素早く祭壇のランプを手に取るや、それを持って地下の小部屋に駆け込んだ。そのため、地下室の窓はほんのり明るくなった。娘は肉切り台を窓の方へ押しやり、ケマーテン〔オーストリアの地方名〕産の肉切り斧《おの》を持って身構《みがま》えた。その直後、十二人の盗賊が地下室の窓のところへやって来て、用心深くガラス窓を外し、一人目を中へ入らせた。

けれどもその一人目が地下室の中へ身を乗り出して、頭を肉切り台の上にのばすや、間髪《かんはつ》を容《い》れず斧が振り下ろされ、頭が部屋の隅に転がった。すると娘は首のない盗賊を引っつかんで、地下室の中へ引きずり込んだ。

そして同じことが二人目、三人目と次々に行われ、十一人目まで終わった。

けれども十二人目は首領《しゅりょう》で、他の連中より抜け目がなかった。首領には地下室の静かさが不自然だった。また、怪《あや》しそうな人影にも気づいていた。それで用心しながら中へ忍び込もうとした。そしてもう少しのところでやられるところだった。娘が打ちかかるのが早すぎたので、斧を打ち込んでも首領の頬に傷をつけただけだった。首領は素早く後ずさりして逃げ去った。

ほどなくして家の者たちが帰って来た。ドアを叩いても、はじめ娘は中へ入れようとしなかった。けれども、皆で大声で呼びかけたので、ようやくドアを開け、自分がしたことを話して聞かせた。皆はその話をすぐに信じようとしなかった。けれども実際に十一人の死体を見ると、娘の勇敢《ゆうかん》さを褒《ほめ》め讃《たた》え、皆で森の外れに深い穴を掘り、首なしの死体と首とを埋《う》めた。

冬が過ぎ、春が来て、夏が来た。

ある日、顔に包帯《ほうたい》を巻いた見知らぬ小粋《こいき》な見習職人が水車小屋を訪ねて来て、仕事の口はないかとたずねた。もともとそこで働いている職人はもう高齢で、かなり老いぼれていたので、その職人にさらに助手をつけることに、親方は何の異存もなかった。新任の見習いはとても働き者で従順《じゅうじゅん》だったので、やがて仕事仲間からも水車小屋の家族からも気に入られた。それには良家の出であるという話もおおいに役立った。「そうなんです。わたしの家族は町なかの出で、裕福なんです」としばしば言っていた。「わたしの父も動力装置の製粉機を持っていて、わたしにいずれは製粉業をやれということなんですが、まずは他人さまのところで修業《しゅぎょう》するように、父から言われております」。

家中で一人だけ、この男に気を許さない者がいた。それは末の娘だった。娘はこの男をとても煙《けむ》たがっていた。自分でもどうしてなのかわからなかったが、できるだけ近づかないようにしていた。ところがこの男はよりによってこの娘に目をつけたようだった。男は機会さえあれば、娘の後をしつこく追い回した。それだけなく、水車小屋の皆に、お嫁さんに欲しいのはこの娘で、もう心に決めているとまで口に出して話していた。そうしたある日、男は親方の前に進み出て、末の娘をお嫁にくださいと申し込んだ。年取った親方は、これほど品のある義理の息子が持てることをたいそう喜んだ。けれども、親方が台所で末娘の返事を聞きたいと言うと、娘はすっぱり、きっぱり「お断りします」と答えた。親方は求婚者の男に他の二人の娘の一人ではどうかとすすめたが無駄だった。「末の娘さんか、さもなければこの話はなかったことにするかです」と男は言った。

それから何週間か仕事尽《ず》くめの日が過ぎたが、見習いはこれまで以上にまじめに働いた。そして改めて親方の前に出て、結婚の申し込みをした。親方は今度は娘を厳しく問いつめたが、どんなに脅《おど》してもすかしても、娘の答えは依然として「お断りします」だった。けれども、これでへこたれる見習職人ではなかった。はた目にもうれしくなるほど働いた。それで親方はわがままな娘を甘やかし過ぎたと反省し、見習職人がもう一度求婚してくれれば、娘に有無を言わさず結婚を承諾《しょうだく》させようと決心した。

数週間後、見習職人が改めて親方の前に来て結婚の申し込みをすると、親方はもう迷いはなく、一も二もなく承諾した。娘を呼んで来させ、求婚を承諾するよう命令し、第四の戒律〔ルターの聖書、プロテスタントとカトリックの公教要理によって「十戒」にもちがいがあるが、ここではカトリックの公教要理「あなたの父と母を敬え。これは、あなたの神、主が賜わる地で、あなたが長く生きるためである」を想定した〕を忘れないようにと言い渡した。これに対して娘は、「お父さんたちにはよいお話でしょうね。でもわたしには真っ平なことよ」と答えた。見習職人は頓狂《とんきょう》な声を上げて大喜びして、数日の休暇を願い出た。そして三日後、こぎれいな馬車に乗ってもどって来た。見習職人の話では、花嫁に実家の動力装置の製粉機を見せるために、ということだった。

娘はいやいやながら——花婿がどんなに優しく振舞おうとも——馬車に乗り込んだ。そして花婿と一緒に去って行った。まず暗い森の中へ入り、それから森の中の草地を抜けて、植林して何年も経たない山林にやって来た。そこは若木がパラパラと空に向かって伸びていた。

「きれいな場所だ」と花婿が言った。「ここで休もう。木の切り株がすわるのにちょうどよい。そこへおかけ。そして、どうして私の頭がチクチクするのか見ておくれ。害虫ではないよな」。そう言いながら花婿は娘の膝に頭を載せ、頬から布切れをはがした。娘は頬に傷跡があるのを見ると、自分の花婿が十二人目の盗賊だとわかり、恐怖のあまり心臓が激しく打った。花婿は娘の心臓の動悸が激しいことを知り、やおら起き上がるや言い放った。「そうか、やっときさまだとわかったぞ。きさまはおれさまの手下を十一人も殺《や》ってくれたな。今度はその礼にきさまを素っ裸にして皮をはぎ、それで鞭《むち》を作ってきさまを死ぬほどしばいてやる！」。

「ねえ、あなた」と恐怖に怯《おび》えながら娘は懇願《こんがん》した。「ちょっとだけお情けをください。三回助けを呼ばせてちょうだい！」。

「好きなようにするがいいさ」と花婿は言いながら短刀を研《と》いだ。「どうせだれにも聞こえやせんわい」。

そこで娘は数歩後ずさりして、森の奥めがけて大声を上げた。「お父さん、大好きなお父さん、どうか助けに来てちょうだい！　あの人、私を殺そうとしているの。私の皮をはいで、鞭を作ろうとしているの」。どんなに叫ぼうと、ざわめきの音を立てたのは風に揺れる木々だけだった。それ以外に何の音もしなかった。娘はもう一度森の奥めがけて大声を上げた。

「お母さん、大好きなお母さん、どうか助けに来てちょうだい！　あの人、私を殺そうとしているの。私の皮をはいで、鞭を作ろうとしているの」。

今度もまた、木々のざわめき以外、他には何の音もしなかった。盗賊は短刀を研いでいたが、いよいよ三度目、娘は森の奥めがけて前よりもさらに大きな声を上げた。

「お兄さん、大好きなお兄さん、どうか助けに来てちょうだい！　あの人、私を殺そうとしているの。私の皮をはいで、鞭を作ろうとしているの」。叫び声がまだ終わらないうちに、かわいそうに娘は身につけている最後の一枚まではぎ取られ、唐松にロープで縛りつけられた。

ところがこの叫び声を狩りをしていた兄が聞きつけ、すぐに犬を行かせた。娘が震えながらヨロヨロとしている間に、犬が盗賊に襲いかかり、噛みついて地面に引き倒した。まもなく狩人《かりうど》も到着し、盗賊をあっさりと打ち負かし、木に縛りつけて射殺した。それから娘が服を着るのを手伝い、刃物一式を馬車の物入れにしっかりとしまい込んで、馬車の向きを変えて、娘といっしょに家へ帰った。

兄が妹をどのように救い出したのか話をしたときの家族の驚きのなんと大きかったことか。そして、その後もたいそうな喜びようだった。

第11話

息子たちとの再会 *Die wiedergefundenen Söhne*

昔、スウェーデンに一人の王さまがいた。王さまにはたいそう美しいお妃《きさき》さまと、そのお妃さまよりも、もっと美しい娘のお姫さまがいた。ある日、その美しいお妃さまが亡くなった。そのため王さまは絶望のどん底に沈み、娘のお姫さまに、王さまの城に住んで、まったく人に知られないようにして、王さまと結婚するようにと伝えさせた。

けれどもお姫さまは身震いしながらこの申し出をはねつけ、母親の思い出をそんな風にして汚すくらいなら、むしろ死を選ぶと宣言した。そしてお姫さまは、王さまがいったん思いついたことは絶対に思いとどまらないことを知っていたので、だれ一人知られることなく、こっそりと城を抜け出した。港に大きな外国船が停泊していて、ちょうど出航の準備が整っていたので、お姫さまは船主に、船に乗るなら運賃はいくらかかるのかとたずねた。すると船主は、お前さんのようにきれいな娘さんなら運賃はいらないと答えた。こうしてお姫さまは船に乗って遠く大海原に出て行った。すると船乗りたちがお姫さまのところへやって来ては、粗野な態度を見せるようになり、しだいに厚かましくなってきた。お姫さまは一人ぼっちで、自分の力ではどうすることもできなかったので、神さまに助けてくださいとお祈りをした。すると神さまはこの願いを聞き届け、すさまじい嵐を起こした。それで船はバラバラに砕け散った。

お姫さまは海に投げ出されたが、板切れにつかまることができた。そして波に流されているうちに、とある陸に流れ着いた。そこには美しい城があり、それはそれは大きな庭園に囲まれていた。ところが庭園と浜辺の間には高い城壁が築かれており、一本の木の枝が城壁越しに垂れ下がって、波打ち際まで伸びていた。お姫さまはその枝に手を伸ばしてつかむや、それを伝って城壁の上まで、少しずつ、少しずつ、よじ登った。

けれどもお姫さまはズブ濡れで、精も根も尽き果てていたので、庭園の草むらに身を沈め、鈴なりになっているリンゴをほおばった。すぐ近くにベンチがあり、ちょうどそのベンチが心地よい日射しを浴びていた。お姫さまはとりあえず飢えをしのぐと、自分はあそこでベンチに横になり、そうしながら衣類を乾かし、ぐっすり眠ったらどうかと考えた。

お姫さまが寝入ってからまだそれほど経たないうちに、王さまが大きな庭園を歩いていて、きれいな女の人が眠っているのを目にした。王さまはそっと歩み寄って、女の人がズブ濡れなことを知り、これは人魚の娘が眠っているのだとすぐに考えた。お姫さまは目を覚まし、目の前に王さまがいるのでとても驚いた。それで王さまに、自分も王家の出であり、船に乗って父親の前から逃げ出したこと、嵐が船乗りたちの上に襲いかかったこと、船がバラバラに壊れたことなど、お姫さまが海を渡ってこの王さまの庭園にやって来たいきさつを説明した。

王さまはお姫さまを見捨てなかった。城に引き取り、きちんとお姫さまにふさわしいもてなしを与え、召し使いをつけた。何日かして、王さまはお姫さまに結婚してお妃になる気はないかとたずねた。お姫さまも王さまのことが好きになっていたので、「はい」と言って承知した。けれども、王さまの年取った母君はこれに大反対で、二言目《ふたことめ》には人魚の話をもちだし、人魚は不幸の源だと言って止まなかった。

それでも、結婚式が盛大に執り行われた。国中が大変な喜びようだったが、一人、年取った母君だけは違っていた。暗い顔つきで部屋に閉じこもり、なんとかして義理の娘を厄介払《やっかいばら》いしたいと頭をひねった。手はじめに、若い息子の王さまに、義理の娘は疑わしい人物だという手紙を書き送った。けれども王さまは母君の心を見透《みす》かしていた。するとこ今度は、母君は若いお妃さまにいかがわしい恋文を送り、それらの恋文が偶然息子の手に入るように仕向けた。けれども、この企《たくら》みも王さまには通じなかった。

このような具合で、結婚式が行われて早くも三年の月日が流れた。このころ、隣の国の王がこの国に戦争をしかけてきた。それで若い王さまは出陣しなければならなくなり、何年も城を留守にした。王さまが出陣して何日も経たないうちに、若いお妃さまは床に臥《ふ》し、ほれぼれするような双子の王子の母となった。すると年取った母君は絶好のチャンス到来とばかりに、手紙を書く仕事に取りかかり、息子宛に、人魚の娘に関して、自分の判断がいかに正しかったか、人魚の娘は二匹のマーモット〔リス科の動物〕の子を生んだという手紙を書いた。それでもやはり王さまは嘘《うそ》つきの年取った母君よりも、自分のお妃さまの味方《みかた》だった。それで、二人の子を心を込めて育てるようにと命令した。

けれども年取った母君は早速、宮廷の役人をそそのかして、若いお妃さまに二人の子どもを連れて城を出て行くように命じさせ、さもないと、床一面にナイフの刃を上向きに立てた塔の中に投げ込むと脅《おど》した。そのため、かわいそうに、若い母親は二人の子どもを大切にくるんで、城を出て行くしかなかった。そういうわけで、若いお妃さまは何の当てもなく城を後にした。

若いお妃さまはしばらく街道を歩いて行ったが、年取った母君が子どもたちを殺そうと思うのではないかと心配になり、二日目は街道から外れた畑や草地の中を横切って歩くことにした。そのようにして二人の子どもを背負って草地の中を進んでいたところ、橋のない大きな川にさしかかった。あちこち歩き回って小さな橋でもないかと探してみたが、無駄だった！　どう考えても、子ども二人を連れて川を渡ることはできなかった。

そこで若いお妃さまは川岸の苔の上に一人の子を置き、もう一人を連れて川を渡ろうとした。けれども、その子を向こう岸に置いて二人目を連れにもどろうと川に入った途端《とたん》、禿鷹《はげたか》がやって来て、子どもめがけて舞い降りるや、子どもをさらって飛んで行った。ちょうどそのとき、雌のライオンが川岸にやって来て、首に金の鎖《くさり》を巻いた子を目にすると、大きな口を開けてくわえるや、その子を連れ去ってしまった。

子どもを奪《うば》われた母親はただ立ち尽くすしかなかった。絶望に打ちひしがれながら川を渡り、近くの大きな町に行き着き、そこでどこかのお屋敷で働き口を見つけて、仕事で寂《さび》しさを紛《まぎらわ》せようと考えた。すぐに探していた仕事が見つかり、まるまる十三年の間、身を粉《こ》にして働きながら陰日向《かげひなた》なく働いた。

けれども日が落ちて、仕事から解放されてゆっくりできるようになると、決まって二人の子どものことを考え、子どもたちが獣に食い殺されたとはどうしても信じようとしなかった。そしてその思いが強くなればなるほど眠れなくなり、そういうときは、「二人の子どもに再会できる、ただし、そのためには遠く遠く、はるかトルコのスルタンの元に行かなければならない」という夢を幾度も幾度も見たのだった。そうなるともうじっとしてはおられず、奉公を辞めることを申し出て、旅に出ることにした。お金を貯《たくわ》えていたので、船に乗った。けれども船がもうすぐトルコに着こうかというときになって、船員たちがお妃さまが持っているよりもずっとたくさんの船賃を要求した。お妃さまがそんなにたくさんは払えないと言うと、船員たちはお妃さまを殴り殺して海に投げ込むと脅かした。けれどもそのとき、一人の年取ったユダヤ人が仲裁に入り、激しく興奮した船員たちをなだめ、足りない金額を払って、お妃さまを飯《めし》炊《た》き女として町へ連れて帰った。ユダヤ人の屋敷では、お妃さまは給金をいっさいもらえなかったが、その他の点では不都合なことは何一つなかった。こうしてたくさんの仕事をこなしているうちに、またもや五年の歳月が流れ、ある日、庭園で花摘みの仕事をしていた。

さて、お妃さまにはバラ、忘れな草、その他の花々を集めて、きれいな花束を作らせることにして、われわれは目を転じて、若い王さまを見てみよう！

お妃さまがお城を追放された後、若い王さまは、戦争が終わり、妻と二人の子に会えることを心から楽しみにして城へもどって来た。ところが、三人がいないと知ったときの王さまの怒りはどんなに激しかったことか。王さまが真っ先に疑いの目を向けたのは、狡猾《こうかつ》な年取った母君だった。けれども妻がどこへ行ったのか聞き出すことができなかったので、妻と子どもたちを探す旅に出かけ、ひたすら探しつづけて、とうとうトルコにまで来てしまった。トルコでは世界中のありとあらゆる国からやって来た兵隊をたくさん募《つの》って、母子探しの応援をさせた。けれども、これまでのところ、すべて徒労《とろう》に終わった。

ユダヤ人に雇《やとわ》われた飯炊き女が庭園で花を摘んでいたちょうどその日、二人の若い兵隊が庭園のそばを通りかかり、お互いに自分の体験したことを語り合っていた。

一人の兵隊が言った。「ぼくは高い木の上の禿鷹の巣にいるところを山番の人に発見されたんだ」。するともう一人の兵隊が言った。「おやおや、ぼくのほうもよく似た話だ。一人の猟師が、ぼくを雌のライオンから、ちょうどぼくを食おうとした矢先に奪い取ってくれたんだ。ぼくは首のまわりに金の鎖を巻いていたそうだ」。

これを聞くや、飯炊き女は花を放り投げ、全速力で庭園を飛び出し、二人の兵隊を抱きしめた。二人の兵隊は最初、自分たちに何が起きたのかまったくわからなかった。けれども今、とても美しくて悲しそうな顔つきをした見知らぬ女の人が自分たちの母親であり、二人は兄弟であることを知った。そして、二人の雇い主の王さまは、二人の父親だったことを一挙に知ることとなった。

二人の兵隊は母親と連れ立って大喜びで町へと急ぎ、母親を王さまのところへ連れて行った。長年に及ぶ深い悲しみのために、母親はひどく変わり果ててはいたが、それでも王さまはすぐにお妃さまであることを認めた。こうなればもちろん、スルタンのところで盛大な祝宴が催されたことは言うまでもない。

他方、王さまはこの不幸のいっさいの元凶《げんきょう》を知り、長い旅路を経て城にもどるや、年取った狡猾な母君を捕え、実の母親とはいえ、四頭の馬に四方バラバラに引っ張らせて四つ裂きの刑に処した。そして、王さまはその後、末永くお妃さまと幸せに暮らしたそうだ。

第12話
白い子ネコたち *Die weißen Katzerl*

昔、一人の王さまがいた。王さまには息子が一人と、とても美しいお妃《きさき》さまがいた。けれどもお妃さまは、息子がまだほんの赤ん坊のときに亡くなった。王さまはお妃さまを心から愛していたので、お妃さまを失ったことをひどく悲しみ、宮廷が喪に服して一年が過ぎても、王さまは自分の王国に再びお妃さまを迎える気にはならなかった。

だから、王さまと結婚したいとある女がどんなにがんばっておしゃれをしても、その願いはかなわなかった。この女がどんな格好をしたか、想像して欲しいもんだ。ダイアモンドで飾り立て、それも、かさ張るほどごてごてと。それでもこの女の恋は実を結ばなかった。それでこの女は身を引いたが、恥をかかされて心が穏やかなわけがなく、腸《はらわた》が煮えくり返るほどの怒りようだった。

そこでこの女は王さまと宮廷に、性悪《しょうわる》さむき出しに身の毛もよだつ悪行を働いた。実はこの女は年を取った魔女だった。だから全身を飾りたてたダイアモンドはすべて魔法で作り出したものだった。女は暗くて貧相《ひんそう》なあばら屋に帰って来ると、一息入れることもなく、台所の大きなかまどに火を入れ、ありとあらゆる薬草をかき集めて鍋に投げ込んだ。それにおぞましい魔女の呪文を唱え、呪いをかけたので、火が炎の束となってメラメラと燃え上がった。

すると、空が不気味に一変し、雪が降り、稲光りが走り、雷鳴がとどろき出した。さらに、城は大きな岩山の炉《ろ》と化し深く積もった雪に埋もれ、王さまや王子さま、宮廷の人々は皆、カラスになってしまい、ゆっくりと安らぐこともなく、岩山のまわりを飛び回り、なんとも痛ましい声で鳴くのだった。そして、岩山には大きな穴があいていて、そこから水が流れ出し、庭園は水に覆われて湖となり、一年のほとんどの間、氷で閉ざされていた。

「お前は長い間、呪《のろ》いをかけられたままで過ごすのじゃ」と性悪な魔女が言った。「一人の娘が特別の馬車に乗って湖を渡り、岩山の中へ入って行って、年取ったカラスにキスをするまではな」。

ところで、この年取った魔女には娘が一人いた。この娘も母親同様に性悪だったが、ただ娘のほうはまったくの間抜けで、魔術は何一つ身につけていなかった。とうぜんのこと、伯爵を夫とすることなど無理な話で、宿無しの物乞《ものご》い同然の木こりとしか結婚できなかった。

いやはや、これはまたなんという夫婦だったことか。貧乏は底なしで、口げんかや取っ組み合いばかり。はじめ夫はとても優しくて、妻に対しても、彼自身の子どもに対すると同様、愛情があった。けれども後には妻に対して乱暴になり、すぐさま手を振り上げる始末だった。ついには、最初に結婚した妻の忘れ形見である彼自身のかわいい娘としか優しい言葉を交わさなくなった。

けれども父親が留守の間、意地悪な継母《ままはは》はそれだけ却《かえ》って娘に対して意地悪になった。それで、娘は気の進まないことをなにかと無理矢理させられることがしばしばだった。乱暴な夫が怖いばかりに、妻はこの娘を死へ追いやることを思いとどまっただけなのだった。

さて、木こりのあばら屋にはネコがいて、雪のように白いなんともかわいらしい四匹の子ネコを生んだ。そこで心の優しい娘が四匹の子ネコの世話をした。娘のたった一つの楽しみは、この四匹の白い子ネコだった。だがある日、意地悪な継母は娘に四匹の子ネコを殺すよう命じることを思いついた。それも、凍りついた池に穴をあけて、その中で四匹の子ネコを溺れ死にさせろ、というものだった。

娘は胸がつぶされそうになって泣きながら、かわいい子ネコを捕まえた。そして凍った池へと下りて行った。子ネコを袋に入れ、右手には氷を割るためのつるはしを持って。娘は岸辺に来ると、氷に穴をあけはじめた。けれどもとても悲しかったので、胸が苦しくなって転んでしまい、激しく泣いた。四匹の子ネコも袋の中で暴れ出した。

そして、自分ではどうしてなのか全然わからなかったのだが、娘は氷にあけた穴の横でちょっとの間うとうとしてしまった。そのとき、まるでだれかが娘に向かって、「乗るんだ、乗るんだ！」と呼びかけているような気がした。

娘が目をさますと、目の前に黄金でできたなんともみごとな橇《そり》があり、雪のように白い四匹の子ネコが前につながれていた。それで娘は子ネコたちを撫《な》でてから橇に乗り込んだ。娘が乗るとすぐ、子ネコたちは橇を引きはじめ、橇が走ったすぐ後から氷がメリメリと音を立てて割れたものの、矢のように速く湖の上を渡り、岩山へとまっしぐらに突き進み、橇は岸辺の洞穴へ入って行った。そこで娘が橇から降りて、洞穴の中の様子を調べている間に、橇は子ネコもろとも見えなくなってしまった。娘がどんなに探しまわっても、あるのはただ荒々しい岩山だけだった。あちこち苔が生えていたが、子ネコたちの手がかりは何もなかった。けれども洞穴のいちばん奥、そこは真っ暗だったが、そこに二つの仄《ほの》かな灯《あか》りがぼんやりと浮かび上がっていた。「何かしら」と娘は考えた。そして恐れることなく二つの小さな灯りに近づいて行った。するとそこには年取ったカラスが一羽、金切り声を上げて、首に小さな布切れが巻きつけてあった。

「あら！」と娘は声を上げた。「かわいらしい小鳥じゃないの、なんて哀れな姿なの。それに病気なんだわ！」。そう言いながら病気のカラスを抱き上げて、キスをした。

すると大音響がして、世界がまるで粉々になり、岩山が崩れ落ちるのではないかと思われるほどだった。一瞬の後、辺りを見回すと、娘は明るい大広間の真ん中にいて、目の前に一人の王さまが立っていた。王さまはあっけに取られている娘に、誠心誠意心のこもったキスをしながら言った。「そなたはわしたちを救ってくれた！　よって、そなたをわが息子の花嫁とし、われらが王国の王妃とする！」。その後、盛大な祝宴が張られた。

で、わたしもそこに居合わせ、ご相伴《しょうばん》に預かったのだが、そのとき料理に首を突っ込み過ぎて、他の料理は食べられずに、料理の中に落っこちてしまったんだ。すると料理人は、わたしを肉の塊だと言って、わたしを宿無しの物乞いに与えたので、宿無しの物乞いはわたしをリュックサックに詰め込んでここに連れて来た、ってわけだ。わたしが知っているのは、こんなところさ。

第13話
勇敢なオンドリ *Der tapfere Hahn*

昔、一人の農夫がいた。農夫は百羽のメンドリと一羽のオンドリを飼《か》っていた。このオンドリが冒険の旅に出て、世の中を見てまわりたいと、ある日メンドリたちをまわりに集めて言った。「この農家の暮らしもそろそろ退屈になってきた。でもおれたちはまだ若いし元気もある。だからおれたちの力を試《ため》そうと思うんだ。どうだい、ここからこっそり抜け出して、広い世間に出て行って、冒険の一つもしてみようじゃないか。お前たちのうちで、根性のある奴はついて来い。だが、肝っ玉の小さい奴はここに残るがいい」。

この提案はメンドリたちを喜ばせた。そこで全員行動を共にすることに決めた。そして、リーダーにはオンドリがなるという条件がつけられた。次の朝、夜が明けはじめたころ、一行は出発した。しばらく行くと、雄牛《おうし》に出会った。雄牛は野原で草を食べていたが、にぎやかな旅の一行に出会ってびっくりし、「どこから来て、どこへ行くところだね」とたずねた。そこでオンドリが雄牛に、自分たちの計画を話して聞かせ、自分たちといっしょに世の中を見てまわらないかと誘った。雄牛はこの誘いに喜んで応じ、連れ立って旅をつづけた。

それからあまり行かないうちに、元気なヤギに出会った。こちらも退屈な暮らしにうんざりしているので、自分も一度は旅に出たいものだと言った。「まともな奴なら」とオンドリが言った。「ぐずぐず考えたりはしないよ。前へ進めだ。ヤギさんよ、いっしょに行こう」。ヤギも大乗り気で仲間に加わった。

昼近く、一行はとある池にさしかかった。池ではガチョウが陰気《いんき》な顔をして、いつまでもぐるぐると円を描いて泳いでいた。「けっこうな商売だな！」とオンドリが大声で呼びかけた。「おい、おれたちを見ろよ。おれたちは世の中を見てまわって楽しんでるんだ。自由な暮らしだぞ」。するとガチョウは、自分たちも仲間に入れてもらえないかと頼んだ。オンドリが承知すると、ガチョウたちも一行に従ってヨタヨタと歩いてついてきた。

そのすぐ後、ネコに出会った。ネコはこの世も終わりと言わんばかりに、哀れな鳴き声を出した。「おい、きょうだいよ」とオンドリが言った。「お前さんはいったい全体、どうしてそんなに悲しそうな顔をしているんだい」。するとネコは、自分がもう年を取っていて、ネズミ一匹捕まえられないので、主人に追い出されたと言った。「恩を忘れるのは世の習いってやつか」とオンドリが言った。「でも、そんなこと気にするなよ。おれたちについて来いよ」。もちろんネコもその気になって、すぐに行動を共にした。

夕闇が迫るころ、さらに年を取った犬が仲間に加わった。年を取ったため、飼い主に餌をもらえなくなったのだった。それで、犬もとても陽気で大胆な一行に会えたことをこのうえなく喜んだ。辺りはますます暗くなってきた。おまけに暗い森の中へ入ってきた。もう道が見えなくなったので、森の中で夜を過ごすことに決め、大きな木の下で横になった。けれどもオンドリは木のてっぺんまで飛び上がって、どこかにちょっとした明かりでも見つからないかと、周囲を見まわした。果たせるかな、明かりが見えた。一行のすぐ近くの木々の間からぼんやりと光がこぼれていた。「明かりがあるところは」とオンドリは考えた、「人間もいるはずだ。するとこの木の下よりもましな寝場所があるだろう」。オンドリは仲間のところへ飛び下りて、明かりが見えた方角に仲間を案内して行った。一行がしばらく暗闇の中を手探りで進んでいたところ、とつぜん小さな明かりが二本の木の間でちらちらしたかと思うと、だんだん明るくなって、ついに一軒の農家にたどり着いた。オンドリが「中へ入らせてください」と頼むと、農家のおやじさんがドアを開けてくれたので、自分と仲間のために一夜の宿を願い出た。

農家のおやじさんはめずらしい群れをじろじろと眺めて、後ろ頭をかきながら言った。「そりゃ、お前さん方をお泊めする気はやまやまなんですが、お前さん方がひどい目に遭いそうなんですよ。実はね、毎晩二匹のオオカミがわが家へやって来るんです。で、そのオオカミのために毎日食卓の引き出しにパンを一個置いとかなきゃならないんです。そうしないと、わしのところの物を何もかも食い尽くしてしまうんです。もしお前さん方が連中に見つかりでもすれば、お前さん方はおしまいです」。

「おやじさん、おれたちのことを見損なってくれちゃ困ります」とオンドリが言った。「たかが二匹のしょぼくれオオカミごときで、おれたちが怖がるとでも思っているんですか。それしきのことなら、どうか安心しておれたちを泊めてください」。

　農家のおやじさんは完全に納得して一行を中へ入れた。オンドリは全員を集めて作戦会議を開き、守りを固めることにした。オンドリはそれぞれに持ち場を指示した。ガチョウは食卓の下、ネコは炉端、雄牛は納屋の脱穀場、ヤギは中庭、犬は堆肥《たいひ》置き場、そしてオンドリ自身はメンドリたちといっしょに屋根の上、という具合に配置についた。

　真夜中ごろ、二匹のオオカミがやって来た。一匹は家のドアの外で見張りにつき、もう一匹が家の中へ忍び足で入って来た。食卓に近づき、引き出しからパンを持ち出そうとした。けれども、これは見ものだったね。オオカミにいったい何が起きたと思う？　ガチョウがガアガアわめきながらオオカミ目がけて襲いかかり、大きく羽を広げて洗濯棒でバタバタと打ちかかった。オオカミはぎょっとしてかまどに跳び上がり、明かりをつけようとした。するとネコがオオカミの顔目がけて跳びかかり、目を引っかいた。うめき声を上げて、オオカミは中庭へ飛び出した。すると今度はヤギが跳びかかって、力のかぎりオオカミの背中に角を突き立てた。オオカミが堆肥の山の上でよろめいていると、今度は犬が皆に負けじと、オオカミの後ろ足に噛みついた。オオカミは死にもの狂いで脱穀場に向かって走った。けれども、これこそ運の尽きだった。雄牛がオオカミを角で突き刺して投げ上げたり投げ下ろしたりしたから、たまったものではなかった。オオカミは虫の息で門口《かどぐち》にたどり着いた。すると、オンドリが喉も裂けよとばかりに屋根の上から叫んだ。「おれさまも奴らをかわいがってやるぞ！」。

二匹のオオカミは必死になって逃げて行った。ねぐらにもどると、打ちのめされたほうのオオカミは相棒に言った。「おい、お前、おれたちはもう絶対あの農家には行かないことにしよう。このごろあそこには奉公人がうじゃうじゃいるぞ。まだ死なずにもどれただけでも喜ばんとな。最初、食卓へ近づいたのよ。すると二人の洗濯女が来て、洗濯棒でおれの身体をさんざん打ちのめしてくれやがった。それでかまどに跳び上がって、火をつけようとしたら、あの家のいちばん下のちっこい奴、おれの顔を直撃して、目を引っかきよった。慌てて中庭へ行くと、今度は使用人の奴がいて、おれの背中がへこむほど砥石《といし》入れで突きやがってよ。で、今度は堆肥の山の方へ行くと、あの農家の上の子がおれの足を折りやがった。それで脱穀場に行ったら、またまた使用人が待ち構えていやがって、熊手《くまで》でおれを突き刺し、投げ上げたり投げ下ろしたりしたりさ。屋根の上からは、『おれさまも奴らをかわいがってやるぞ！』だ」。それでオオカミたちは金輪際《こんりんざい》この農家には近寄らないことに決めた。動物たちは翌朝、農家のおやじさんから手厚いもてなしを受け、さらに多くの楽しい冒険ができる世間へと旅をつづけた。

何年か経ち、一行が再びこの農家に立ち寄ったとき、農家のおやじさんは、あの夜以来もうオオカミに悩まされることはまったくなくなったと言って、一行に山盛りの贈り物をくれたので、それからというもの、一行は安楽な暮らしをつづけた。

第14話
貧しい靴職人 *Der arme Schuster*

昔、一人の貧しい靴職人がいた。もう何をどうしてよいやらわからないほど惨《みじ》めで哀《あわ》れな暮らしをしていた。それである晩森へ出かけて行った。小鳥でも他のだれでも、ともかく不幸な自分に知恵を貸してくれるものはいないかと思ったのである。

靴職人が森へ入って行くと、岩穴があった。その前に大勢の盗賊が集まって、かなりにぎやかだった。一人一人金のいっぱい詰まった袋を担ぎ、円陣を組んで首領を待っていた。靴職人に気がつかなかったのは、もしかすると仲間の一人に思われていたのかもしれない。

ついに首領《しゅりょう》が現れた。岩穴に近づきながら言った。「岩よ、開け！」。たちまち岩が二つに分かれて開き、全員が奥に消えると、再び岩は閉じられた。そのすきに靴職人は森を抜け、もう一度もどって来たのだが、その間ずっと「岩よ、開け！」と口まねをしていた。

そして盗賊が全員再び岩穴を離れて、遠くへ出かけて行ったことを確かめると、運試しをした。岩の前に立ち、「岩よ、開け！」と大声を上げた。するとたちまち貧しい靴職人の前で、岩が二つに分かれた。靴職人は素早く中に駆け込むと、袋を一つよいしょと肩に担いで、岩穴から外へと飛び出し家へ帰った。

その家のことだが、ちょっと見てやってくれ。母親がたった一枚しか手元に残っていなかった小銭で大きな棒パン〔一般に一kg程度〕を買って帰ったときの、お腹を空かせた子どもたちの喜びようを！

けれども、靴職人は金の山を一枚一枚数えるのは難儀《なんぎ》に思えたので、食料品を扱う金持ちの店へ一リットル枡《ます》を借りに行かせた。守銭奴《しゅせんど》の商人は、貧しい靴職人の女房がパンに支払ったターラー銀貨にさっそく好奇心を刺激されたのだが、それが今度はあの貧しい靴職人が何の用があって一リットル枡などを必要とするのか、ますます気になってしかたがなかった。それで枡の底にハチ蜜を塗りつけておいた。靴職人が金をはかり終わって、一リットル枡を金持ちの食料品商に重ね重ねの礼を言って返させたとき、この商人が驚いたことに、ターラー銀貨が一枚、枡の底にくっついていたのである。慌てて商人は靴職人のところへ駆けつけて言った。「お前さんは銀貨をはかったようじゃな。ところがお前さんが貧乏だということはだれでも知っておるぞ。それなのに、いったいどこからそんなにたくさんの銀貨を手に入れたのじゃ。お前さんが正直に言わないと、裁判官さまに訴え出てやるからな」。

靴職人がどんなに悪いことはしていないと言っても無駄だった。結局、しぶしぶながら本当のことを言わなければならなかった。商人は明くる日まで待たなければならなかった。夜が明けると、商人はロバを荷車につなぎ、森の奥の岩穴へと出かけて行った。岩穴に着くと、大声で「岩よ、開け！」と言った。するとこの商人のときも同じように、岩が二つに分かれたので、商人は袋を一つ、また一つと運び出しては荷車に積み込んだ。

一方、盗賊たちは岩が開け放たれていたことに最前から気がついていたので、自分たちの盗品を横取りした者をとっ捕まえるために、あまり遠出はしていなかった。案の定、洞窟にもどってみると、洞窟はまたもや大きく開け放たれており、その前にロバが荷車につながれていた。待つほどもなく、またもや商人が金の入った袋を洞窟から息を切らせながら引きずり出して来た。盗賊たちは商人に襲いかかり、手足を縛り上げ、八つ裂きにした。警告のために、商人の身体の半分は洞窟の前に吊るし、残りの半分は洞窟の中に転がしておいた。それがすむと、また意気揚々と盗みの仕事に出かけて行った。

商人の女房はその間ずっと、そしてその日の夜もずっと、夫の帰りを待っていたが、無駄だった。それで靴職人のところへ行き、不安やら心配やらを訴えた。自分も災難を恐れていた靴職人は、商人を探しに出かけ、用心深く辺りをうかがいながら、森の中の岩穴へとやって来た。すると思わず鳥肌が立った。商人の身体の半分が木に吊り下げられているではないか。そこで岩穴の前に立ち、再び「岩よ、開け！」、と呪文を唱えた。すると再び岩の口が開いたので、盗賊の巣窟へと下りて行った。なんと、そこには商人の体の残り半分だけでなく、荷車につながれたロバもいた。

靴職人は死体の二つの部分を荷車に載せ、大慌てで村の商人の女房のところへ駆けもどり、女房に死体とロバを引き渡した。女房は村のおしゃべり名人の仕立屋に死体を縫い合わせてもらい、盛大な葬式をして埋葬してもらった。

盗賊たちは、巣窟がまたもや大きく開け放たれているのを見つけ、おまけに死体が消えてなくなっているのに気がつくと、手下《てした》の一人を村へ行かせ、下手人《げしゅにん》を探すことにした。手下はちょうど袖が破れていたので、仕立屋へ行き、あれこれ探りを入れることを思いついた。そしてこの村のおしゃべり名人は盗賊に、一から十まで洗いざらいをしゃべり、あろうことか、靴職人のあばら屋まで教えてやった。

盗賊は靴職人の家にこっそり忍び寄り、玄関戸の下側にチョークで印をつけ、靴職人の家だとわかるようにしておいた。ところが、靴職人にはとても賢い女中がいて、盗賊が印をつけるのを見ていた。「あれ？」と女中は心の中で言った。「あなたはどうしてあたしたちの家に印をつける必要があるの」。そこでチョークを手に取り、どの家の玄関戸にも、その下側に印をつけた。

夜になり、盗賊たちがやって来て、印をつけた家を探したが、どの家にも同じ印がついていたので、例の手下が自分たちをかついでいると思い、頭に血がのぼり、短刀を引き抜くや、偵察に行った手下を刺し殺した。

しばらくの時が過ぎていた。靴職人がたまたま家を改築し、宿屋にしようとしていた。ちょうどそのとき、盗賊たちは再び偵察《ていさつ》を送って、下手人を探させた。偵察員の盗賊は本業は左官だったので、靴職人の家の取り壊しをした左官たちのところへ出かけて行って、根掘り葉掘り聞きまわった。左官たちは偵察員の盗賊に、靴職人が全くとつぜんに金持ちになったこと、森から金のいっぱい詰まった袋を家へ持って帰ったそうだ、という話をして聞かせた。盗賊には十分な情報だった。盗賊は靴職人の家の玄関戸の上側に前もって決めてあった印をつけた。けれども、ちょうど玄関戸を水で流してきれいにしようとしていた女中が×印を発見し、後で印をきれいさっぱりと洗い流してしまった。

夜になり、またも盗賊たちがやって来て、印をつけた家を探したが、戸の上の部分に×印のついた家は一軒も見つからなかった。盗賊たちは、偵察に送られたこの手下も自分たちをかついでいると思って、今度もまた短刀を引き抜いて、刺し殺した。

こうなったらもう首領自ら出番だ。手下どもと違って、首領は金持ちの靴屋の亭主が自分たち盗賊の動きを探り、盗みを働いた抜け目のない奴だと、ほぼ目星をつけていたのだ。けれども策略を実行するには、時間が必要だった。そうこうしている間に靴屋が経営する宿屋が完成した。大きくて堂々たる建物だった。といっても、靴屋の亭主は昔と変わらず貧しい人たちの仲間だったし、使用人にとってはよい主人だった。それに賢い女中も亭主の下で奉公をしていたし、亭主の抱えている問題は女中の問題でもあった。

ある日、村に金持ちの油売りがやって来た。馬車には三十七個の油の大樽が積んであった。油売りは靴屋の亭主のところで自分と車夫たちの宿を取った。馬は広い馬小屋に入れ、樽は中庭に見張りもつけずに置かせた。

しっかり者の女中が何の気なしに油のあるところへ行き、ポンプを使って二、三リットルの油をくもうとしたところ、樽同士がお互いに声をかけ合っていた。ところが、一つだけ声がしない樽があった。これが本当に油の入っている樽だった。女中は急いでその樽のところへ行き、油を抜き取り、かまどでぐらぐらと煮て、盗賊全員が窒息死するまで樽の栓の口の中へ注ぎ込んだ。それから床につき、ぐっすり眠った。

翌朝、油売りは樽の中で手下が全員死んでいるのを見つけると、何もかも放ったらかして姿をくらました。その分、復讐の炎はめらめらと燃え上がった。行商人になりすまして村の中を歩きまわり、やがてだれが手下に油を注ぎ込んだかを知った。けれども、女中を亡き者にするのはまだ無理だった。

首領は、カーニバルの舞踏会は大混雑するので、女中を連れ去るのには絶好のチャンスで、盗賊の巣窟で娘を拷問にかけ、痛めつけることができると考えていた。そのため、上品にめかし込み、シルクハットをかぶって舞踏会に現れ、賢い女中にさっそく近寄った。けれども、女中は首領が考えていたよりも賢くて、この男が油売りに化けた盗賊であることを見破った。不意に巡査たちに取り囲まれ、逮捕された。そして数々の罪に対して死刑の判決が言い渡された。

靴屋の亭主はというと、こちらは今でも何か必要な物があると、そのときどきに岩穴へ行って、「岩よ、開け！」と言っていた。女房が亡くなり、かしこい女中が妻になった後は、彼女も同じように岩穴へ行って、身を飾る品々をやはりたくさん手に入れた。

もしお前さんが岩穴へ行って、「岩よ、開け！」と言ったら、お前さん、耳飾りが見つかるかもしれないよ。

第15話
魔法の帽子 *Das Wunschhütlein*

昔、一人の老兵がいた。老兵は魔法の帽子と魔法の杖を持っていた。「パンとワインをそっくり用意！」と言って老兵が帽子をまわすと、そのたびに願いの物は何でもすぐに目の前に現れた。

この老兵が世の中をめぐりめぐって、美しい国にやって来た。そして、ここに美しい城を出現させようと決めた。それで杖を地面に突き立てて言った。

「城を出せ、家具一式をつけて！」。

するとたちどころに城が姿を現し、召し使いたちが老兵を城主と仰いで、いそいそと仕えたのであった。

左官も大工もいないのに、いきなり新しい城が出現したという不思議な話は、町中の噂話の種になった。そのため、王国の税務署は老兵に書類を送り、城に対して莫大《ばくだい》な税金を課した。けれども老兵は一文たりとも税金を納めなかった。

すると王さまは配下の兵隊を動員して押し寄せ、城を取り囲んで攻撃を開始した。これに対して老兵は帽子をまわして言った。

「一万人の精鋭《せいえい》部隊をわが城の前に配置せよ」。

たちどころに帽子から一万人の兵隊が行進しながら出て来て、王さまの軍隊に襲いかかり、王さまは撤退するしかなかった。それからというもの、この年取った城主は税務署に煩《わずら》わされることはなくなった。

第16話
隊長ローザと三人の巨人 *Der Hauptmann Rosa und die drei Riesen*

昔、一人の粉屋がいた。粉屋には二人の子どもがいて、男の子はゼップ、女の子はローザという名前だった。ある日、巡査が直接粉屋へやって来て、王さまが戦争をはじめたので、兵隊を求めており、息子のゼップの名前も召集令状の名簿に載っていると言った。これを聞くと当然のこと粉屋は気が変になり、女房も同じように変になった。けれども娘のローザがすぐに二人をなだめて言った。「ゼップを家に残しておきたいのなら、ゼップに代わって私が戦争に行くわ！」。

両親はゼップを手元にとどめた。ローザはだれにも知られることなく鋏《はさみ》を手にして髪を切ってしまい、着ている女物の衣装を脱ぎ捨て、軍服に身を包んで戦場へと出かけて行った。

こんなことをしたからと言って、ローザの頭がおかしくなったわけではなかった。むしろ頭の使い方からいえば、男の兵隊が束になってかかってもかなわないぐらいで、伍長だったときには、敵をこてんぱんにやっつけて全滅させた。ローザはとても勇敢でしっかり者だったので、隊長になり、王さまの前に出頭するよう命じられた。新任の隊長は威風堂々《いふうどうどう》と馬にまたがり、城へ馬を進めた。ちょうどそのとき、お姫さまが窓から外をながめていた。お姫さまは王さまのところへ行って頼んだ。「今、敵を打ち倒した隊長が来るところよ。お父さまは隊長に気前よくご褒美を上げてくださらなくてはね。それと、あの隊長のこと、わたしとっても好きになったので、わたしの夫にしてください！」。

はじめ、王さまにはお姫さまのこの言葉は思いもよらないことだった。それで、何も関知しない振りをしようとした。けれども、しばらくすると、しだいに態度をやわらげ、王さまの前に出頭するために隊長がやって来たときには、二人をすぐにも結婚させることにし、結婚式をいつにするかも決めてしまった。

結婚式が終わり、隊長——実はローザなのだが——は、休暇をもらって両親のいる故郷へ帰って行った。そして休暇が終わったとき、ローザは前とは別の道を通って城へ帰った。その途中、とある風車小屋へやって来た。小屋の側には巨人が横になっていて、片方の鼻の穴から息を吹き出して風車をまわしていた。「おい、お前さん、役に立ちそうだね」とローザは巨人に言った。「ついて来てくれ。そしたら百グルデン〔十四〜十九世紀のドイツおよび近隣諸国の金貨（銀貨）〕上げるからさ」。すると巨人は風車を止めて、ローザの後について来た。

二人があまり行かないうちに、二人目の巨人に出会った。巨人は菩提樹《ぼだいじゅ》を日傘《ひがさ》代わりにしていた。そこでローザは巨人に言った。「おい、お前さんも役に立ちそうだね。さあ、ついて来てくれ。そしたら百グルデン上げるからさ」。するとこの巨人も、つべこべ御託《ごたく》を並べることもなく、二人の後について来た。

三人がほんの少し行ったところで、三人目の巨人に出会った。巨人はシャベルで道路をぬかるみだらけにしていた。そのため、人々はぬかるみにはまり込んで身動きできなくなっていた。「おい」とローザは言った。「お前さん、そこで何をしているんだい」。「追っ手を来させないようにと思ってね」と三人目の巨人が答えると、「さあ、行こう、そんな事は放っといて！」とローザは巨人に言った。「私について来るほうがましだぞ！　百グルデン上げるからさ」。すると巨人はシャベルを肩に担《かつ》いで、他の二人の巨人と並んでローザの後について来た。

同じころ、お姫さまは王さまに、お姫さまが結婚した隊長は女だとこっそり打ち明けた。それで、隊長とは元どおり縁のない関係にもどるにはどうしたらよいか、みんなで相談した。

さて、お妃さまがいて、一帯でお妃さまほど速く走ることのできる人はいなかった。王さまはこれを利用して計略を考えていた。ローザが再び町に入り、三人の巨人を宿屋に泊めてやり、自分は城へ上って行った。城では隊長の到着を大歓迎し、この日を祝うため、町外れにある泉の水を杯一杯、お妃さまよりも速く持って帰るのはだれか賭けをすることにした。これを聞いて隊長ローザが笑ったので、王さまは言った。「よく考えたらどうじゃ！　もし妃のほうがお前よりも速ければ、そのときはお前は死ななければならない。お前のほうが速ければ、わしはお前に宝物殿から存分に褒美を取らせてつかわそうぞ」。

そう言った後、王さまはお妃さまと隊長ローザに同じ杯を渡し、二人は走った。お妃さまは泉へ、隊長ローザはなんと居酒屋へ二人目の巨人を呼びに。巨人は二、三歩で泉のそばへ来て、杯に水を満たしたのはいいが、その後は草むらの中にごろりと横になって、眠ってしまった。その間にお妃さまも泉へやって来て、同じように水をくむと、全速力で城へ向かった。城壁からは、たくさんの人々が目をこらした。その中には隊長ローザの姿も混じっていた。そのとき隊長は、巨人が草むらの中で横になって眠っているうちに、お妃さまはもう町の近くまで来ていることに気づいた。そこで隊長は一人目の巨人にアシの矢を鼻息で吹き飛ばさせた。矢は飛んで行って、眠っている巨人の鼻先に刺さった。巨人は目をさまし、二、三歩で市の門に到着し、そこで隊長ローザが杯を受け取り、足取り軽く王さまのところへ走り寄った。少しおくれてお妃さまが到着し、王さまの前で倒れ込んでしまった。お妃さまはもう息も絶え絶えだった。

約束どおり、ローザは莫大な額の金をもらい、それで巨人たちに借りを返した。巨人たちはお礼の気持ちから、もう少しばかりの距離を、と粉屋までローザと行動を共にした。王さまは、隊長に金をたくさんやり過ぎたと後悔して、慌てて兵隊を集め、隊長ローザを追わせた。それに気づいたローザは、三人目の巨人に道を掘り返させ、ひどいぬかるみにさせた。そのため追っ手はぬかるみにはまって、身動きができなくなった。

巨人たちは引きつづきローザのためにたくさんの袋に入った金を粉屋まで運び、それから森へ帰って行った。ローザと粉屋の家族は生涯名声をほしいままにして暮らした、とさ。皆さん、追っ手がまだぬかるみにはまっているかもしれないよ。見に行ったらどう？

第17話
不死鳥とフロリバンダ鳥 *Die Vögel Phönus und Floribunda*

昔、一人の王さまがいた。王さまにはヤーコプ、ヨーゼフ、ハンスという名前の三人の息子がいた。ヤーコプは浪費家で、ヨーゼフは高慢ちき、ハンスは愚図《ぐず》だった。

ある日、王さまが病気で床につかなければならなくなり、とても悲しい気持ちになり、笑うことがまったくなくなった。宮廷医や町医者がやって来て手を尽くしたが、どの医者も王さまに不足しているものが何かわからず、王さまを前にして途方にくれてしまい、助けることはできなかった。そのとき、田舎の浴場主〔公衆浴場の理髪師兼外科医〕がやって来て、王さまの病気を診断して病名をつけ、それから、自分自身では何の役にも立てないが、「王さまが不死鳥とフロリバンダ鳥という二羽の鳥の鳴き声を聞けば、絶対に役に立つことは知っている」と言った。

そこで王さまは、二羽の鳥を持って来た者には存分に褒美を与える、それよりなにより、王国の半分を報酬として与える、というお触れを広大な王国全土に出した。すると、年長の息子、つまり浪費家のヤーコプが父の前に名乗り出て、二羽の鳥をなんとかして持って帰ることに挑戦したいと申し出た。これに対して王さまは、ヤーコプ王子に厩舎でいちばん優れた馬に馬具をつけ、宝蔵《たからぐら》から千ドゥカーテン〔十三〜十九世紀のヨーロッパの金貨〕を出して与えるよう命じた。王子は豪《ごう》華絢爛《かけんらん》たる衣装に身を包み、馬にも黄金のくつわと手綱《たづな》をつけ、町を出て行った。町の人々は総出で王子を見送ったが、王子がいなくなったので税金が安くなると互いに陰口を言い合った。

王子は、病気の王さまのために一刻も早く二羽の鳥を持って帰る気など微塵《みじん》もなく、居酒屋を見つけると、どの店にも立ち寄った。居酒屋がないとなると、すぐに喉が渇いて仕方がなかった。そんな風にして七カ月、あちこち馬を乗りまわしては、どこでもかしこでも酒を飲みまくり、ついに、とある町にやって来た。そこは「浮かれ天国」という名の町だった。市の門のところに、白髪を長くのばし、灰色のあごひげを生やした老人がすわっていて、何か恵んでくださいと頼んだ。けれど、王子はポケットに手を入れることさえいやがるほどの無精者だったので、老人に何も恵んでやらなかった。こうしてこの浮かれ者は町の中へ馬を乗り入れると、同じような浮かれ者たちに出会い、夜も昼も飲んだくれて、自分が父親に二羽の鳥を持って帰るために馬で出かけて来ていることをすっかり忘れてしまっていた。

こうして一年が過ぎ、その間王さまはジリジリしながら王子の帰りを待っていたが、しだいに悲しみが深くなっていった。そこで、「王さまに不死鳥とフロリバンダ鳥を持って来た者には存分に褒美を取らせる、たとえそれが王国の半分になろうとも」というお触れを再び広大な王国全土に出した。すると今度は次男で、高慢ちきなヨーゼフが名乗り出て、厩舎で二番目に優れた馬と、宝蔵から千ターラー〔十六～十八世紀のドイツの銀貨〕が与えられた。きらびやかな衣装に身を包み、馬にも銀製のくつわと銀製の馬具をつけ、誇らしげにふんぞり返って町を出て行った。町の人々は総出で高慢ちきな王子を見送ったが、王子がいなくなったので、いつも帽子を取ってお辞儀をすることはもうしなくてもよくなった、と互いに言い合った。

王子はしかし、病気の王さまにいち早く二羽の鳥を持って帰ろうという態度は微塵も見せなかった。この王子はどこの居酒屋にも立ち寄らなかったが、街道の近くにある城とみると必ず立ち寄って、そこに二、三日滞在することになんのためらいもなかった。この王子もまた、七カ月後に「浮かれ天国」という町へやって来た。市の門のところに、今度も老人がすわっていて、何か恵んでくださいと頼んだ。けれども王子はポケットに手を入れることさえいやがるほど高慢ちきだったので、老人に何も恵んでやらなかった。こうしてこの高慢ちきな遊び人は、町の中へ馬を乗り入れ、他の遊び人たちと出会い、来る日も来る日も遊びほうけていた。そして自分が父親に二羽の鳥を持って帰るために旅に出ていることをすっかり忘れてしまっていた。

こうして二年目が過ぎたが、その間王さまはジリジリとしながら待った。そしてしだいに悲しみが深くなっていった。そこで、「王さまに不死鳥とフロリバンダ鳥を持って来た者には存分に褒美を取らせる、たとえそれが王国の半分になろうとも」という三度目のお触れを広大な王国全土に出した。すると末っ子のハンスが、自分が父王のために二羽の鳥をみごと手に入れるつもりだと名乗り出た。これに対して王さまは、王子に旅の支度をするよう申しつけた。すると、末っ子を失うことをいちばん心配していたお妃さまが反対した。「ですが王さま、ちょっとお考え直しになってくださいませ。わたしたちの子どもはハンスの他にはもういないんですよ」。実際、ハンスは母であるお妃さまにいつもとても従順で、だれにもまして率先して味方になっていたのである。「なに、あのような愚図の子に何の用があろうか」と病気の王さまはお妃さまに言い返し、さらに、「どうしたって、王座につけるような器ではない」と言った。

そうして、ハンスに厩舎に残った最後の、見栄えのしないよぼよぼの馬を与え、鉄製のくつわに粗末な皮の馬具をつけさせ、宝蔵から百ターラーを旅費として持たせた。こうしてハンスは街道をひたすら進んだ。ただ、ハンスか痩せ馬のどちらかが用を足すとき以外は。夜は納屋に入って干し草の中にもぐり込んで眠り、馬は牧草地に放してやった。こうして六カ月を過ごすうち、ハンスも「浮かれ天国」という名の町にやって来た。

市の門のところにみすぼらしい老人がすわっていて、ハンスに何か恵んでくださいと声をかけた。ハンスはためらうことなくポケットに手を入れ、最初に手にあたった二十ターラー銀貨を渡した。すると老人は立ち上がり、ハンスに金を返しながら言った。「お前さん、町の中へ馬を乗り入れるのはおやめなされ。町を迂回《うかい》なさるがよい。さもないと、一年前と二年前の二人の王子のような目に遭いますぞ」。ハンスはその忠告に従い、再び町の外へと馬を向け、「それはそれとして、ちょっと教えてください」と老人にたずねた。「わたしが不死鳥とフロリバンダ鳥という二羽の鳥を見つけるかもしれない道は、どこにあるのでしょうか」。

「おお、なんと痛ましいことじゃろうて」と老人が答えた。「お前さんがこの道を進んで町をぐるりとまわれば、たぶん正しい手がかりが得られよう。じゃが、鳥を手に入れるのは楽ではないぞ。

鳥たちはだれも入ることができない城におるのじゃ。一方の側には深くて広い池があり、反対側は壁のように切り立った断崖が奈落の底までつづいておる。それでも鳥を手に入れようというなら、お前さんはその城に入って行かねばなりませんぞ」。

「親切なお言葉、ありがとうございます」と王子ハンスは老人に礼を言って、その後町をぐるりとまわり、街道に沿って何週間も馬を進めた。そしてついに藁《わら》屋根の、高くて口の大きい煙突のある農家にたどり着いた。その農家は古くて薄汚れた感じで、家の裏側の壁の一部ははがれ落ちていた。けれどもハンスはお腹が空いていたので、遠慮を忘れて中へ入って行った。最初に入ったのは居間だった。けれどもだれもいなかった。次に煤《すす》けた台所へ入った。ここにも人の姿はなかった。ところが暖炉には鉢や大鍋がいくつか置いてあり、料理が湯気を立てていた。ハンスはもう死ぬほどお腹が空いていたが、食べさせてくださいと頼もうにもだれもいないので、やむなくスプーンを手にして、鉢や大鍋から手当り次第に口に入れた。

その後で馬にも餌を食べさせた。疲れていたし、暗くもなったので、居間に入り、ベッドにもぐり込み、すっかり夜が明けるまでぐっすりと眠った。それから飛び起きて台所へ行くと、またもや食事の用意がすでにできあがっていた。

外へ出て、馬に鞍《くら》をつけるために馬小屋へ行こうとしたとき、目をぎょろつかせた一人の男が煙突に吊り下げられているのが目に入った。ぎょっとして馬小屋に向かうと、牛小屋から出て来た老婆に出会った。それでハンスが、煙突に吊り下げられているのにまだ生きている人はどんな罪を犯したのかと聞くと、「わしらのところではな、借金したまま死ぬ人間は、その借金を返し終わるまでは、ずっと吊り下げておく習わしがあるのじゃ。返し終わったらやっと埋葬されるのじゃ。じゃが、吊り下げられておることを承知しておくために、目は生きたままなのじゃ。そうすると、自分のまわりで何が起きたか、何でも見られるからの。あの煙突にぶら下がっておる男はの、わしに二四グルデンの借金を残したままなのじゃ」。これを聞いたハンスは、腰の巾着《きんちゃく》に手を突っ込んで二四グルデンを払い、屋根の上へ登って死人を降ろしてやった。それで目が閉じられた。それから王子は主任司祭を訪ね、死人のためにきちんと埋葬するよう手配し、墓地について行った。

ハンスが再び馬に乗ろうとしたとき、おいぼれの痩せ馬がよい餌のおかげでまるで子豚のように丸々と太った白馬になっていた。ハンスはもう上機嫌で池と岸壁のある城を探しに馬を進めた。二週間も旅をしたかと思われたところ、彼方《かなた》に堂々たる城が忽然《こつぜん》と現れた。城の窓は日射しを反射してきらきらと光っていた。ハンスはなおも深い森を通り抜けなければならなかった。そして森の反対側へ出てみると、二つの城門のある高い城が目の前にそびえ立っていた。一方の城門は左側にあって、高々と切り立った岩壁の上にあり、大きな大きな篭がついた昇降機《しょうこうき》が突き出るように吊り下げられており、もう一方の城門は右側にあって、その前方に大きな湖が横たわっていて、城門には小舟がないとたどり着くことはできそうになかった。ハンスは馬と並んで湖畔に立ち、左右を見た。小舟はどこにも見あたらなかった。どうしたものかといろいろ頭をひねってみたが、無駄だった。

　と、突然、「ヨハン」という声がした。それも何回も何回も。ハンスは辺りを見まわした。けれども見えたのは森と、うっそうと茂ったハシバミの薮《やぶ》だけだった。他には何も見えなかった。そして三度目の声がしてやっと、キツネが目に入った。キツネは少し離れたところにあるビャクシンの下に立っていた。

「おや、キツネさんかい、私の名前を呼んだのは」とハンスがけげんな顔でたずねると、キツネが言った。「そうですよ。もちろん、あなたの名前を呼んだのはわたしですよ」。そこでハンスはさらにたずねた。「ねえ、キツネさんよ、何かいい知恵はないかねえ。あそこの城にはどうやったら行けるんだい。わたしの父親が病気でね、とても寂しい思いをしているんだ。だから不死鳥とフロリバンダ鳥という二羽の鳥の鳴き声を聞かせて上げたいんだよ。そうすれば病気が治るんだ。それで今こうして湖のそばに立っているんだけれど、不死鳥とフロリバンダ鳥という二羽の鳥を取りに行けないんだよ」。

「だったら、お前さんのその白い馬をそっと木につないでおくだけのことです」とキツネは答えた。「そしたらわたしの背中に乗ってください。わたしがお前さんを湖を渡って城門まで運んで行って上げます。そして城門の前で塔の時計が十二時を打つまで待つのです。一回目の鐘が鳴ったら走って中へ入り、三階まで駆け登るのです。そこの玄関の間に篭《かご》がぶらがっています。その中に鳥たちがいるのです。でも急いでください。最後の鐘が鳴るときには、城から出てください」。

王子はためらいも見せず、小さなキツネのほっそりした背中に乗った。キツネは全速力で鏡のように光る湖の上を走り、王子は城門の前の階段に腰を下ろして、時計が鐘を打ちはじめるまで待った。

時計が一つ目の鐘を打つと、王子は城門に飛び込み、美しい玄関の間へ入って行った。そこはすべて銀色に輝いていた。一瞬王子は立ちすくんだが、すぐにはしごを伝って二階へ駆け込んだ。そこはすべてが黄金色に輝いていたので、またもや王子は一瞬立ちすくんだが、別のはしごを伝って三階に駆け込んだ。そこはダイアモンドと宝石できらめいていた。おおすごい、なんと美しいことか！　ここでもまた一瞬立ちすくんだが、大広間に通じる玄関の間のドアの横に吊り下げられている籠に手を伸ばした。ところがそのとき、時計が最後の鐘を打ち鳴らした。すると大広間のドアから城の王さまが玄関の間へ入って来て、黄金の籠を両手で抱えた鳥泥棒を見て、厳しく問いつめた。「お前はその籠をどうするつもりなのだ」。そこでハンスは必死になって語りはじめた。「わたくしの父親がずっと病気なのでございます。そしてとても悲しい思いをいたしております。それで父親に不死鳥とフロリバンダ鳥という二羽の鳥の鳴き声を聞かせて上げたいのでございます。そうすれば父親はまた元気になります。それで王さま、わたくしは今、こうして王さまの前に立っております。わたくしに十分な敏捷さが備わっておりませんでした」。王さまは「二羽の鳥はお前につかわそう」と前より穏やかな声で言った。「もしお前がわしに、この世でいちばん美しいお姫さまを連れて来てくれればな」。

このような事情で、ハンスは籠を再び元あった場所に吊るし、しょんぼりとはしごを降り、城門の前へもどって行った。けれども城門の前でキツネを見ると、再びいつもの自信がわいてきて、キツネにことの成り行きを話して聞かせた。

「おお、なんと痛ましいことでしょう」とキツネが言った。「お前さんがぐずぐずしていたから、今までしてきたような長い旅をもう一回しなけりゃならないんだ。それだけの旅をするなら、この世でいちばん美しいお姫さまが住んでいる城へ行けます。さあ、わたしの背中にお乗りなさい。お前さんをその城まで連れて行って上げましょう」。そこでハンスが再びキツネのほっそりした背中に乗ると、キツネは風のように速く、夜も昼も、何週間も、何カ月も走りつづけ、この世でいちばん美しいお姫さまが住んでいる城へハンスを連れて行った。

城門に着くとキツネが言った。「いいですか！　塔の時計が十二時を打つまでここで待つのです。一つ目の鐘が鳴ると城門が開きます。そうしたら急いで中へお入りなさい。そして右手のほうの一番目、二番目の大広間を通って、三番目へ入って行くのです。どの大広間にもお姫さまがおります。けれども美しさは同じではありません。三番目のお姫さまがいちばんきれいです。そのお姫さまを連れて来るのです。塔の時計が鐘を打ち終わる前に城を抜け出すよう心がけることです」。

そこで王子は城門の横にある石のベンチに腰を下ろし、時計が鐘を打ちはじめるまで耳に神経を集中させた。そして時を告げはじめるや、城門の扉が両側にさっと開いたので、大急ぎで玄関の間から一番目の大広間へと入って行った。大広間はまばゆいばかりの銀一色で、かわいらしい青色のベッドになんとも美しい娘が横になっていた。ハンスは一瞬たじろぎ、立ち止まった。それからさらに二番目の大広間へ駆け込んだ。そこは燦然《さんぜん》と輝く黄金一色で、かわいらしい緑色のベッドには、一番目よりずっと美しい娘が横になっていた。またもやハンスは一瞬たじろぎ、立ち止まった。それからさらに三番目の大広間へと駆け込んだ。そこはダイアモンドや宝石がふんだんにちりばめられ、まるで太陽のように明るく輝いていた。かわいらしいバラ色のベッドには、これまで見た中でいちばん美しい娘が横になっていた。その美しさに目がくらみ、ハンスは一瞬たじろぎ、立ち止まった。けれども娘の手をつかむと、娘はすぐに立ち上がった。ところがそのとき、時計が最後の鐘を打った。すると四番目の大広間からこの城の主である王さまが姿を現し、ハンスに歩み寄って、脅しつけるようににらみながら、厳しい口調でたずねた。「お前はわしの娘をどうするつもりなのだ」。そこでハンスは必死になって語りはじめた。

「わたくしの父親は王さまでございます。そしてずっと病気なのでございます。それでとても悲しい思いをいたしております。それで不死鳥とフロリバンダ鳥という二羽の鳥の鳴き声を聞かせて上げたいのでございます。そうすれば父親はまた元気になります。それでわたしが篭をつかんだとき、わたしは捕えられてしまい、その王さまにこの世でいちばん美しいお姫さまを連れて行かなければならなくなったのでございます。そうすれば鳥がいただけるのでございます。それなのに王さま、わたしはこうして王さまの前に立っております。わたしに敏捷さが備わっておりませんでした」。

これに対して王さまは、「姫はお前に与えよう」と前より穏やかな声で言った。「もしお前がわしに、この世でいちばん足の速い馬を連れて来てくれればな」。

このような事情で、ハンスはお姫さまの手を再び放し、しょんぼりと三つの大広間を通って城門の前へもどって行った。けれども城門の前でキツネを見ると、再びいつもの自信がわいて来て、キツネにことの成り行きを話して聞かせた。

「おお、なんと痛ましいことでしょう。お前さんって人は、なんて不幸な人間なんだ」とキツネが言った。「お前さんがぐずぐずしていたので、この世の果てまで旅をしなければならないんだ。それだけの旅をすれば、厩舎にこの世でいちばん足の速い馬がいる城に行くことができます。こうなったら仕方がありません。わたしの背中にお乗りなさい。お前さんをそこまで連れて行って上げましょう」。ハンスはまたもやキツネのほっそりした背中に乗った。キツネは風のように速く、山を越え谷を越え、昼も夜も、何週間も何カ月も走りつづけた。そしてこの世でいちばん足の速い馬がいる城へハンスを連れて行った。

城門のところでキツネが言った。「今度こそいいですね！　塔の時計が十二時を打つまでここで待つのです。一つ目の鐘が鳴ると城門が開きます。そうしたら厩舎に駆け込むのです。そこにいる三番目の馬です。その馬は豪華な鞍をつけていて、鞍の下は黄金の毛布で飾られております。馬具には宝石やダイアモンドをちりばめています。その馬がこの世でいちばん足の速い馬なのです。ぐずぐずしていてはいけません。構えて革ひもを切り落とすのです！　わたしがお前さんを助けて上げられるのもこれが最後ですからね」。

そこで王子はナイフを手にして、いつでも飛び込めるように城門の側に立った。そして時計が鐘を打ちはじめるや、城門の扉がさっと開いたので、中へ突進した。他の馬には目もくれず、三番目の、黄金の鞍をつけた馬の首皮を切り裂き、馬を横木から勢いよく外し、鞍に飛び乗ると、塔の時計が鐘を打ち終わる前に飛ぶような速さで城門を抜け出した。そしてこの世でいちばん美しいお姫さまのいる城へと馬を飛ばした。王子はまるで風のような速さで大気を切り裂いて突っ走り、馬を休ませるのはほんの短時間だった。

王子はやっとのことで城の近くまで来ると、馬の歩みを落とした。すると目の前に親友のキツネが立っていて、次のように言った。「馬のことはうまくやりましたね。でも、お前さんがキツネのようにずる賢く立ちまわれば、お前さんはお姫さまを手に入れるだけでなく、馬も手放さずにすむでしょう。お前さんが城に着くと、王さまはすでにお姫さまを連れて、城門のところでお前さんを待っていることでしょう。そうしたら、お前さんがお姫さまと去って行く前に、お姫さまも馬に試乗してみる必要があるのではないか、と王さまに申し上げたらどうですか。そしてお姫さまがお前さんといっしょに馬に乗ったら、息つく間も惜しんで、風のように素早く姿をくらますのです！」。

ハンス王子が城門へゆっくりとした足取りで馬を乗りつけると、この世のものとも思われないほど美しいお姫さまを連れた王さまに出会った。王さまが言った。「わが娘よ、ここへやって来たのは、わしに世界でいちばん足の速い馬を連れて来た王子だ。お前は王子といっしょに安心して旅に出るがよい」。

王子は鞍の上からうやうやしく挨拶し、「お待ちください、王さま！　馬はお優しいお姫さまの代わりになるものでございます。お姫さまがわたしといっしょに異国へ旅立つ前に、お姫さまが馬をお試しになってはいかがでしょうか」。「お前の申すことはもっともじゃ」と王さまは答えて、娘自ら馬に乗って試してみるよう命じた。

お姫さまが王子と並んでよい具合に鞍上に収まると、王子は馬に拍車を当て、全速力で駆け去った。まるで疾風のように速く。はじめ王さまは馬の走り具合を満足そうに見つめていたが、二人がどんどん遠くへ去って行くのを見ると、異国人を追跡するために召集をかけた。けれども主馬頭《しゅめのかみ》〔宮廷の馬を司る長官〕は言った。「どうしてあの他国者に追いつけましょうや。もうずっと先を行っておりますうえ、この世でいちばん足が速い馬に乗っているのでございます」。

ハンスはお姫さまといっしょに、不死鳥とフロリバンダ鳥という二羽の鳥が黄金の鳥籠に入れられている城の近くに来ると、馬をそれまでよりもゆっくり進ませた。すると、目の前に親友のキツネが立っていて、語りかけた。「お前さんは、その娘さんのことではうまくやりましたね。でも、お前さんがキツネのようにずる賢く立ちまわれば、お前さんは魔法の鳥を手に入れるだけでなく、その娘さんも手放さずにすむでしょう。お前さんが城へ行くと、城門では王さまが黄金の鳥籠を提げて、ジリジリしながらお前さんを待っていることでしょう。そうしたら、お前さんが二羽の鳥を受け取って立ち去る前に、王さまに対して、娘さんも小鳥の鳴き声をお聞きになってみてはいかがでしょうか、と申し上げたらどうですか。そして娘さんが鳥籠を手にしたら、息つく間も惜しんで、風のように素早く姿をくらますのです！」。

ハンス王子が岩壁のそばの城門へゆっくりとした足取りで馬を乗りつけると、黄金の鳥籠を持った王さまが、昇降機に乗ってハンスのところまで降りて来て、語りかけた。「さあお前たち、わが小鳥たちよ、お前たちはわしのために毎朝美しい声を聞かせてくれた。この世でいちばん美しいお姫さまの代わりとなって、この異国人と安心して旅をするがよい」。

王子はうやうやしく挨拶して言った。「お待ちください、王さま！　お姫さまはすばらしい小鳥たちの代わりになるものでございます。ですからお姫さまがまず小鳥たちの鳴き声をお聞きになることこそ、適切で褒め称えるべきことではないでしょうか。ですからその篭をこちらへお渡しください。一回鳴いた後で交換いたしましょう」。「お前の申すことはもっともじゃ」と王さまは答えて、美しい花嫁に黄金の鳥篭を渡し、お姫さまがまず小鳥たちの鳴き声を聞けるようにした。

ところがお姫さまが鳥篭を手にするや、王子は馬に拍車を当てて、疾風のように走り去った。必死で馬の尻尾をつかんでいた王さまは、ばったりとうつぶせに倒れ、指をくわえて見ているしかなかった。遠くの森まで来て王子の白馬は草を食い、たっぷり休養したところで、再びお姫さまを乗せ、王子は黄金の鞍に収まって鳥篭をしっかりと抱きかかえた。二人はのんびりと旅をつづけ、二週間の後、大きな煙突のある家までやって来た。そこでもまたキツネが現れ、王子に言った。「もう一つお前さんに警告しておきたいんだけど、お前さんが『浮かれ天国』の町に入ったら、ぜったい死刑台の肉を買ってはいけません！」。

死刑台の肉だって！　とハンスは考えながら野原を越えて、とうとう「浮かれ天国」の町に着いた。市の門のところにまたもやみすぼらしい老人がすわっていて、何か恵んでくださいと頼んだ。ハンスはこのときもみすぼらしい老人に、腰の巾着から二十ターラー銀貨を取り出して与えた。するとその老人は今度も立ち上がって、王子に金を返し、警告した。「入ってはいけません。入ってはいけません！　悪の巣窟です、この町は。迂回して外側をまわりなされ！」。

王子は「親切なおじいさん」と答えた。「わたしたちはただ、馬で通り過ぎるだけです。どこにも足を止めたりはしません」。

「お前さまが気の毒でなりませぬ」とみすぼらしい老人が言った。「なにしろお前さまはお人好しじゃからのう。わたしはただ通り過ぎるだけです、とだれもが申される。四年か五年前にここに来られた二人の王子さまも、たぶん同じことをおっしゃったのでございましょう。お二人は持ち金全部浪費し、とうとうこの地の習慣で絞首刑を言い渡されるほどの借金をお作りになった」。

「絞首刑ですって？」と王子はびっくりした声を出した。王子には思い当たる節があったのだ。絞首刑を言い渡されたのは、王子の二人の兄だろうと思ったのだ。王子はもう市の門のところでぐずぐずしていられなくなり、馬に拍車を当てた。お姫さまは王子に一生懸命《いっしょうけんめい》に合わせた。早くも町の広場で死刑執行を知らせる鐘が打ち鳴らされるのを王子も耳にしたが、折しも薄汚い荷車に載せられて、王子の目の前を二人のごろつきが刑場へと連行されて行った。王子にはその二人が自分の兄たちだとすぐにわかったので、絞首台まで二人について行った。王子はそこで裁判官たちに二人の兄の借金を全額返済したが、王子の友であるあの赤毛のキツネが言った「死刑台の肉を買ってはいけません！」という警告は、頭からすっかり消し飛んでいた。王子はお姫さまといっしょに再び「浮かれ天国」という町から出て行った。二人の兄は、その後から歩いてついて来た。

一行は半年の間のんびりと旅をつづけ、ついに再び自分たちの王国に足を踏み入れた。先頭をハンスとお姫さまが馬で進み、その後に身分の高い二人の兄、死刑台の肉が徒歩で従った。この二人こそ、死刑台の肉だった。それも三回も。

このとき、ヤーコプがヨーゼフに言った。「おい、お前、おれたちのような利口者がこんな恥さらしになり、罵られながら、愚図《ぐず》の後をのこのこついて城へもどるというのは、おれにはどうにも我慢がならない。おまけに、あの愚図めがお父上の病気を治し、王さまになるんだぞ」。「たしかにそうだよな」とヨーゼフが答えた。「だからよう、奴を襲って、殺してしまおうよ」。「町へ行く途中に深い古井戸がある」とヤーコプが言った。「あそこで奴をだまして、突き落としてやろう。そうすれば、おれたちの恥は全部、知られずにすむわけだ」。

それで二人の兄は、とても疲れたうえに、靴ずれで歩くことができないと哀れっぽい声を出しはじめた。ハンスにもひと休みして欲しいし、馬にも水を飲ませるちょうどよい機会であり、また、自分たち自身も喉が渇いているので、ぜひとも水を飲みたい、しかもおあつらえむきにそこに古井戸があり、うまい水がある、と言った。ハンスに異存はなかった。二人の兄は水を飲み終えると、口々に水のうまさを褒めそやした。ハンスも水を飲もうと身を屈めた。すると二人のならず者はハンスに襲いかかり、井戸の中へ突き落とした。これが、ハンスが二人を死刑台から救い出したお礼だった。恐怖のあまり、お姫さまは悲鳴を上げた。けれども、その悲鳴を聞いた人は近くにはいなかった。おまけに、二人の兄はお姫さまが人殺しのことをだれかに一言でももらそうものなら、お姫さまも井戸へ投げ込むと脅した。それでお姫さまも殺されるのが恐くて、沈黙を守ると約束した。

それからは上の二人の王子が足の速い馬にまたがり、鳥篭はお姫さまに持たせて、夕方近く王国へと入って行った。王子二人が帰国したうえに、二羽の小鳥もいるということで、歓呼《かんこ》の声のなんと大きかったことか。王さまさえも、奇跡の鳥が近くに来ていると聞いただけで、いくらか身体の調子がよくなったような気がした。

けれども町の人々が皆、それを喜んだわけではなかった。あの浪費家が帰って来たのでまた税金が上がる、と言う者もあれば、あの高慢ちきがもどって来たのでまたもや帽子を取ってお辞儀をしなければならない、と言う者もあった。そして城では主馬頭や馬番《うまばん》たちが、厩舎《きゅうしゃ》に連れて来られた馬は世界でいちばん足の速い馬だと聞いて、首をかしげた。というのも、その馬はまるでよぼよぼの廃馬のようにうなだれ、いちばん上等なカラス麦さえ口に入れようとしなかったからだ。

お姫さまは頭がおかしくなって寝込んでしまい、一言も口を聞かなかった。鳥たちもうなだれるか、羽の中に頭を突っ込んで、餌も食べなければ鳴きもしなかった。他方王さまは、死にそうなくらい鳥の鳴き声を聞きたくて、鳥たちが到着する前よりも体調が悪くなったような気分だった。二人の王子は町へくり出しては、憤懣《ふんまん》を酒にぶちまけていた。この二人が帰ったことを歓迎する声は、短期間だけのものだった。今や城内では、何もかもがぎくしゃくしてきた。

　話変わって、ハンスは井戸の底にいたが、兄たちを信用し過ぎたこと、親友の言葉に耳を傾けなかったことに、深いため息をついていた。おまけに腹も空き、とても苦しくなったので、悲しさのあまりキツネを求めて、ああ、せめてキツネが来てくれて、自分を助け出してくれたらいいのに、と大声を上げた。ハンスが大声を上げ、キツネを呼んだところ、親友の赤い頭が井戸の手すりに現れ、底にいるハンスを見た。「おや、お前さん、お前さんかい、お前さんはこんなところに一人でいるのかい」と言い、さらにつづけた。「お前さん、馬や娘さんや鳥たちはどうしたんだい」。

「やっ、ありがたい、キツネさんよ！」とハンスは答えた。「二人の兄にこんな目に遭わされているんだ。二人はわたしをこの井戸の中に突き落としたんだ」。

「だから、言ったでしょ」とキツネがハンスに答えた。「お前さん、わたしの言うことに従わず、死刑台の肉を買ったりしたからです。もう一度お前さんに手を貸すとしましょう。でも、わたしの尻尾でお前さんを引っぱり上げることしかできませんからね」。

　そう言ってキツネはくるりと向きを変えて、尻尾を井戸の中へ垂らした。挑戦すること三度目にして、ようやく王子を引き上げることに成功した。キツネは前足を上げて言った。「今度こそ、お前さんはわたしの言うことを忠実に守ることです。いいですか、わたしがお前さんを助けるのもこれが最後ですからね。お前さんは、お前さんが最初に出会う男とお前さんの着ている物を交換しなければなりません。たとえそれがひどいごろつきであっても、ためらってはいけません。

が、お前さんは破滅です。これも知っておいて欲しいのですが、わたしはお前さんがそうしないと、お前さんは破滅です。これも知っておいて欲しいのですが、わたしはお前さんが

ハンスは町を目指して、元気よく街道を歩いた。その途中、ボロ着をまとった、虱《しらみ》だらけの渡り者の馬医者（馬の病気の治療もする蹄鉄工）と出会った。着ている物はまるで目をそむけたくなる代物だった。はじめハンスはその男をやり過ごした。けれども赤い友人の警告を思い出して、その男に着ている物の交換を申し出た。それに対してその男は、ハンスが自分をからかっているだけだと考え、ハンスに食ってかかり、罵《ののし》った。けれどもハンスが本気で言っているのだと知ると、取引に応じた。

ハンスは今や馬医者の格好をして町に入り、城の台所で何か食べさせてくれるよう頼み、スープを出してくれた台所女中から、ほやほやのニュース——王さまは前にも増して容態が悪くなり、二羽の鳥はまったく鳴かず、お姫さまはいつも悲しみに沈み込み、高貴な馬は餌をまったく食べようとせず、元気なくうなだれていることなど——を仕入れた。「だいじょうぶ、だいじょうぶ。馬のことはあっしがすぐに治して差し上げますよ」。ハンスは使者を立てて、自分は馬医者だと名乗り出た。馬医者との触込みで女中に案内されて主馬頭のところへ、そして主馬頭に案内されて厩舎へと出かけて行った。そこはまるで町中のようにごった返していた。獣医が入れ替わり立ち替わり、馬に塗り薬や粉薬をつけまくり、たくさんの獣医が立ったままで、ああでもないこうでもない、と話し合っていた。そこへハンスが入って行き、手の平に小さな砂糖のかたまりを載

せ、それを馬に食べさせた。高貴な馬は自分の主人を見るや、頭を持ち上げていななき、食べはじめた。

ボロ着を着た他所者《よそもの》の馬医者が異国の馬を治したという話は、まるで火事のように城中に広まり、それは王さまの耳に届いた。その男が馬を治した、その男は奇跡を起こす医者だ、そのような男なら鳥を鳴かせることもできるかもしれない、これで自分たちはだれもかれも助かる、と王さまは考えた。それで、その馬医者を呼び寄せるよう命令した。ハンスはボロ着姿のまま、というのも、他にどうしようもなかったので、王さまの寝室へ入って行き、黄金の鳥篭に向かって二回、息を吹きかけた。すると鳥たちは目を開け、ハンスを見つめ、それが自分たちの主人だとわかると、小さな頭をもたげ、背のびをして、鳴きはじめた。それはたいへん美しい音色だったので、王さまの心臓はすぐに治ってしまった。

「そなたは馬と二羽の鳥の病気を治してくれたのだから」と王さまはベッドから飛び下りながら、元気のよい声で言った。「どうだ、奇跡を起こすお人よ、そなたは人間の治療もできるのではないか。お姫さまがおってな、何週間もこの城で病気のまま、笑顔を見せるでもなく、物を言うでもなく、ほとんど泣いてばかりなのだ」。

「王さま、あっしはお姫さまにも効く薬を持っているような気がいたしますが」と馬医者のハンスは答えて、お姫さまの部屋へ案内してもらった。そこでハンスがお姫さまの名前を呼ぶと、お姫さまは身体を起こした。ハンスがお姫さまの目をのぞき込むと、お姫さまは相手がハンスだと知り、あっけに取られている王さまの前で、飛び起き、抱きしめ、キスをした。

けれども、ハンスが自分の素姓を明かしたときには、王さまの驚きはもっと大きくなった。そして二人の年上の王子が実の弟であり、命の恩人であるにもかかわらず、古井戸のところで仕出かした恥ずべき悪行を聞くと、今度は大きな怒りの炎が燃え上がった。王さまは喉が裂けるほどの大声で叫んだ。

「あの者めらがわが宝蔵をもはや空にせんように、そして町の民たちの怒りを買わないようにするために、死刑台の肉を死刑台へ連行せよ！」。

これを聞いた町の人々は、おお、税金がもう上がらず、いつもいつも帽子を脱いでお辞儀をしなくてもよくなった、と言って喜んだ。

高くそびえる城の中では、ハンス王子と美しいお姫さまとの結婚式がにぎやかに祝われ、不死鳥とフロリバンダ鳥は最高に美しい音色で花を添えた。厩舎では高貴な馬が鼻高々にいないないて喜んだ。

結婚式の宴にはわしも末席でご相伴《しょうばん》に預かり、ことの一部始終が語られるのを聞きましてな。

そして今、わしはこうしてここで、それをお前さん方に話して聞かせたところなのだ。

第18話

伯爵の子 *Das Grafenkind*

昔、一人の伯爵がいた。伯爵は運の悪い人で、洗礼を受けた子どももいれば、まだ受けていない子どももいたが、ともかく子どもたちは皆、生まれてすぐに死んでしまった。

そこで、なんとかしてせめて一人だけでも生きながらえさせようと思い、伯爵は次に子どもが生まれたら、貧乏のどん底にいる人に洗礼の立ち会いを頼むことに決め、伯爵夫人も同意した。

今や再び伯爵夫人がお産の床についたとき、伯爵は子どものために貧乏な名づけ親を求めて、行き当たりばったりに馬で出かけたところ、森の中でやっとこさで篭を背負ったよぼよぼの老人に出会った。「こんにちは」と伯爵は老人に声をかけた。

「お前さんにちょっとお願いしいことがあるのですがね」。

「わしのできますことなら喜んで」と老人は答えた。

「お前さん、わたしの子どもの名づけ親になってはくださるまいか」。

「そんなことならお安い御用でございますよ。ですが、お前さまは高貴な家柄のお方でいらっしゃるが、わしは貧乏で、年を取って力もねえ者でごぜえます。これでは大してお役に立ちますまい」。

「お前さんが名づけ親になってくださる、それだけでよいのですぞ」と伯爵は言った。「そしてお前さんが貧乏なほうが、わたしには都合がよいのです。お前さんご自身は何も洗礼の祝いをはずんでくださるには及びません。むしろ、わたしがお前さんのご親切にお返しを差し上げます」。

こうして話がまとまり、伯爵は老人を馬に乗せ、城へと帰って行った。城では男児の誕生に沸き返っていた。老人が名づけ親となって、洗礼式に立ち会った。洗礼式が終わり、宴会も幕を閉じたとき、老人は伯爵に、ほんの少しの間だけ自分と子どもの二人だけにさせてもらえないかと頼んだ。伯爵は喜んで承知し、召し使いや奉公人を全員、他の部屋へ下がらせ、伯爵自身は伯爵夫人のところへ行ったのだが、一人の召し使いだけがドアの鍵穴から広間の中をのぞき込んで、いったい老人が伯爵の子どもをどうするのか、と興味津々で見つめた。

老人は子どもと二人だけになると、子どもを揺り篭から抱き上げてテーブルの上に寝かせ、おむつを脱がし、その上に黒い石で三つの文字を書いて言った。「ペーターというのがお前の名前だよ。わしは洗礼のお祝いのお金は一ターラーも上げられないよ。じゃが、お前が七歳から十四歳の間は、もし何か望むことがあれば、何でもかなえられるからの」。そう言ったかと思うと老人の姿は消えてしまい、二度とその姿を見る者はなかった。

伯爵に仕える物好きで油断のならない召し使いは、ことの一部始終を目と耳に収めたので、これでひと儲けする気になった。召し使いには、ある島で召し使いの金で暮らしているトゥレスルという名の愛人がいた。召し使いはこの愛人の手を借りて、一計を案じた。

召し使いが何週間かジリジリとしながら待っているとようやく、伯爵夫人が部屋で一人で過ごす時期が来た。召し使いは台所に駆け込み、すのこで組んだ篭の中にいるオンドリの首をはねるや、伯爵夫人の部屋へと駆け上がり、伯爵夫人の口のまわりに血だらけのオンドリの首をなすりつけた。そして血のついた短刀をベッドの上に置き、気を失った伯爵夫人の横にいる赤ん坊を連れ出し、愛人に育てさせるために、彼女が住んでいる島へ連れて行った。

伯爵がもどってみると、伯爵夫人は気を失っていて、血のついた短刀と血だらけの口が目に入った。伯爵は伯爵夫人が子どもを食い殺したと信じて疑わなかった。そのため、怒りに駆られ、伯爵夫人をベッドから引きずり出して、「城の裏手にある犬小屋に吊り下げておけ」と命じ、伯爵夫人が生きているかぎり、ずっとそこに吊り下げて、食べ物は犬の餌しか与えないと固く誓った。

こうして七年近くが過ぎ、召し使いは相変わらず城で仕えていたが、ある日、召し使いは伯爵の前へ進み出て、自分はどこか別の場所で仕事をしてみたいので、賃金を貰いたいと申し出た。伯爵はこの召し使いにとても慣れ親しんでいたので、なんとかして思いとどまらせようと説得したが、何を言っても無駄だった。召し使いは考えを変えず、愛人の元へと去って行き、ついに結婚した。

結婚式の宴が終わり、召し使いは七歳の男の子を呼び寄せて話した。「わたしがお前に言い聞かせることを、お前はそっくりまねして言うんだぞ！」。それから召し使いは旅支度をして、男の子に「ぼくはぼくの二人のお伴といっしょに、ここからずっと離れた森の真ん中に行きたい」

と言わせた。するとたちまちのうちに、三人は暗い森の中に立っており、木々はざわめき、日の光はまったく入って来なかった。「いいか、もう一度お願いをするんだ、ペーター」とかつての召し使いが言った。「ぼくは、ここに広い庭園と美しい花園のある大きなお城が欲しい」。すると、その願いもたちまちのうちにかなえられた。新しい召し使いたちや男の子の教育係が忙しく立ち働き、かつての召し使いとその妻は、今や城主となり、男の子が十三歳になるまで恵まれて豊かな暮らしをした。二人が望むことは何でも、男の子がかなえてくれたのだった。

ある日のこと、今や年を取った召し使いは妻に言った。「おれはちょっと出かける用事がある。夜までもどって来ないが、その間にお前は男の子を殺しておくのだ」。なんとひどいことを言われたことか。妻は男の子を愛していたので、それはつらいことだった。妻は実際、男の子を実の子のように可愛がっていたのである。男の子は、母親が何かで苦しんでいることをすぐに見抜き、問いただした。けれども妻は何も打ち明けなかった。

夫は夕方帰宅するや、真っ先にたずねた。「お前は、あの子を殺したか」。すると妻は「あたしには、とてもそんなことできやしない」と正直に答えた。すると夫はまたもや帽子を手に取って言った。「それじゃ、明日は絶対にやるんだ。さもないと、まずいことが起きる」。

次の晩が来ると、男の子は母親にたずねた。けれども、妻のほうは、今度も男の子を殺す気になれなかった。夜、夫が帰宅し、前の晩と同じ質問をした。「お前は、あの子を殺したか」。妻の答えは前の晩と同じだった。「あたしには、とてもそんなことできやしない」。すると夫はまたもや帽子を手に取って言った。「じゃ、明日帰るからな！　たとえ今すぐでなくても、お前とあの子の命がかかっているんだからな。今晩のうちに殺すのだ」。年寄りは出かけて行った。

次の日、妻がまたしても激しく泣いたので、男の子は、どうしてそんなに悲しんでいるのかとたずねた。それで午後になると、妻は男の子に、自分は男の子を殺すように言われている、と白状した。「へえ、たったそれしきのことなら」と男の子が言った。「だったらお母さん、お父さんに言ってよ。お母さんはぼくを殺して地下室の樽の下に埋めたと。お父さんはたぶん、調べたりはしないよ」。母と息子は示し合わせたとおりにして、男の子はすぐに姿を消した。どこに向かって歩いて行ったのか、方角すらわからなかった。

夜になって年寄りが再び帰って来て、「お前、あの子を殺したか」とたずねた。妻は「殺したわ。そして地下室の樽の下に埋めたわ。でも、教えて。どうしてわたしがあんなひどいことをしなきゃならなかったの？」と言った。「お前がやきもちを焼いて、おれを悩ますことがもうないようにするためさ」と夫は答えた。「お前は、おれがあの子を他の女に生ませたと言っていたからな。いいか、あの子は伯爵の子どもなんだ。そして貧乏な名づけ親が赤児と二人っきりになったとき、あの子が七歳から十四歳までの間は、あの子が望みのものを願いさえすれば、望みがかなえられる、と言ったのをちゃんとこの目と耳で確かめたんだ。そこでおれは、伯爵夫人があの子を食い殺した、と伯爵が信じるように仕組んだのさ。おれはあの子の利用価値を知っていたから、あの子を連れてトンズラしたのさ。おかげで奥方さまは今でも子どもを食い殺した罪をかぶせられて、城の裏手の犬小屋に吊り下げられているというわけさ。今まではあの子はおれたちが欲しいと思うものを、願《がん》をかけて手に入れてくれた。だが、あの子もどんどん賢くなってきた。あの子はおれたちにとって、危険な存在になるだろう。だから、あの子を始末させたのさ」。

すると男の子がベッドの下からはい出てきて――男の子はベッドの下に身を潜めて、話の一部始終を聞いていた――大声で言った。「やい、願をかけるぞ。お前は牧羊犬《ぼくようけん》になれ、そしてトゥレスル母ちゃんはきれいなマンネンロウの花束になって、ぼくの帽子の飾りになるんだ！」。たちまち願はかなえられ、男の子は伯爵の城へ旅立った。

城まではとても長い道のりだったが、「城へ行きたい」と願をかけると、たちまち犬を連れて城門の前に立っていた。男の子は、狩りの下働きになれないかと頼むために、伯爵のところへ案内してもらった。仕事柄、犬の餌を持っていたので、城の裏手にある犬小屋で実の母親に会うことができた。

「お前は申すまでもなくまだ幼い」と伯爵が言った。「だが、お前が上手に狩りができるなら、試してやってもよいぞ。さあ、出かけて行って、ウサギを撃って来い！」。そう言って伯爵は男の子に銃を渡した。男の子は猟に出かけたが、ウサギの姿はなかった。「そうだ」と男の子は独り言を言った。「ぼくはなんてのんきにウサギを探しているんだろう。ウサギよ出て来い、と願をかけるだけでよいのに」。

実際、二十歩ほど前方にウサギがうずくまっているではないか。それもみごとなウサギだった！

ということはつまり撃つだけのこと、楽々仕とめた。伯爵はこれに大喜びし、男の子を雇うことにした。

男の子は伯爵にノロシカやアルプスカモシカ、オオカミなど、めったに手に入らない毛皮獣やビーバーを持ち帰った。そうしてまだ一年も経たないうちに、伯爵は男の子をまるで実の子のようにかわいがった。男の子が自慢で、隣人たちに腕の立つ狩人を抱えていることを見せびらかそうとして、皆を狩りに招待した。隣人たちは皆で合わせてようやっとウサギ、ノロシカ、シカ、キツネ、オオカミを一頭ずつ仕とめただけなのに、男の子は一人で優に一ダースを超える獲物を仕とめたので、隣人たちはしきりに感心した。

狩りの後、大宴会が催された。その大宴会に伯爵は男の子を招いた。けれども男の子はどうしても招きに応じなかった。それで伯爵が、男の子が要求するであろう願いをもしかなえることができるならかなえてやると誓い、ようやく男の子は招待に応じ、こう言った。「犬小屋にいる女の人も宴会に出席していただかなければなりません！」。伯爵の狼狽《ろうばい》ぶりはたいへんなものだった。なにしろ二人の立場はまるで正反対だったからだ。けれども伯爵は伯爵夫人を犬小屋から連れ出し、身体を洗い、髪を整え、美しい装いをさせ、男の子は伯爵夫人の横に甘えるようにすわった。

ひととおり食事がすむと、宴会に出席した人は、一人一人自分の生涯を語らなければならなかった。最後に男の子に順番がまわってきた。全員が興味津々だった。けれども、男の子の話は簡単だった。「ぼくの父は伯爵です。伯爵には子どもが一人しかいません。それがぼくなのです。伯爵はぼくに貧乏な名づけ親をつけました。その貧乏な名づけ親はぼくと二人きりになったとき、七歳から十四歳の間、ぼくはどんな願いでもかなえられるだろう、とぼくに言いました。ところがそのとき、卑劣《ひれつ》な召し使いが鍵穴から盗み聞きをして、台所へ駆け込み、オンドリの首をはね、その血をぼくのお母さんの口のまわりに塗りつけました。それからぼくを誘拐して、その妻のところへ連れて行きました。お母さんは実の子をむさぼり食ったと思われて伯爵から憎まれ、城に住むかわりに、城の犬小屋をあてがわれました。そしてそこで、ぼくはお母さんと再会したのです」。

これを聞くや、伯爵夫人は悲鳴のような叫び声を上げた。なにしろ、自分の無実を実の子が証明してくれたのだから。そして男の子が牧羊犬に「お前はもう一度召し使いになり、お前、マンネンロウの花束よ、お前はもう一度召し使いの妻になれ」と唱えたときの驚きは途方もないものだった。

男の子の呪文が実現し、その場に居合わせた人々は皆、これ以上ないほど喜び、伯爵に、そしてなによりも伯爵夫人に、お祝いの言葉を贈った。そして、男の子は得意になって呪文を唱え、靴釘を大工にして、カールヒャウ〔オーストリアの景勝地〕まで行かせてしまった。

わたしもその場に居合わせていたので、お前さんたちに、そこがどんなに愉快な雰囲気だったか、こうして話して聞かせているってことさ。

第19話
強情《ごうじょう》な仕立屋 *Der verstockte Schneider*

われらが主キリストがまだこの世におられたころ、キリストが聖ペテロといっしょに旅をしたことがあった。その途中、二人は仕立屋に出会った。仕立屋はすぐに二人の道連れになった。街道を行くうちに、大きな森の中に入った。三人ともお腹が空いたので、休憩して食事をすることに決めた。仕立屋がヒツジをつぶして火に焙《あぶ》った。けれども他の二人が食事をはじめる前に、こっそりとヒツジのレバーをつまみ食いして全部平らげてしまった。他の二人はレバーには一かけらもありつけず、残りの肉を仕立屋といっしょに食べた。食事をし、休憩も取ってから、三人は再び旅路についた。

三人は、とある町にやって来た。町中に黒い布切れが掲げられており、人々は皆大きな悲しみに包まれていた。そこで、これはどうしたことかとキリストがたずねると、人々はキリストに何もかも詳しく話して聞かせた。それによると、お姫さまが危篤なのに、だれも助けることができず、王さまは、お姫さまを元気にした者には、銀貨がつまった篭《かご》を三つくださる、ということだった。

そこで主は城へ入り、お姫さまが臥《ふ》せている部屋へ入って行った。けれども、お姫さまはもう息をしていなかった。それなのに主はペテロを部屋の中へ入れ、ドアを閉め、仕立屋には部屋の外で待つよう命じた。これには仕立屋はがまんがならなかった。なにしろ仕立屋は物好きな男だったので、ぜひとも立ち会いたかったのだ。そのため、鍵穴から中をのぞいて、目にしたことをすべてしっかりと頭に入れた。

主は死んだお姫さまの体をつかみ、四つの部分に切り分けた。その後、その四つの部分を改めて、とてもていねいに、きれいにしてつなぎ合わせ、「はい、お起きなさい！」と言った。すると、お姫さまは起き上がり、はつらつとして健康そのものだった。

主は、銀貨の入った三つの篭を褒美として受け取ると、その中から自分のために一ターラーを受け取り、聖ペテロと仕立屋のために二十ターラー銀貨を三枚だけ受け取った。仕立屋は頭に血が上り、いったい全体、主はどうしてそれ以上の金を受け取らないのか、と罵《ののし》った。

三人は旅をつづけ、とある町に入った。そこでもまた、町中に黒い布切れが掲げられ、深い悲しみに沈んでいた。というのも、この町でもお姫さまが危篤状態にあったのだ。そこでお姫さまを助けることができた者には、銀貨がいっぱいつまった篭が三つ用意されていた。今度も主は、自分が病人を助けるつもりだと宣言した。するとさっそく城の中へ迎え入れられた。けれども主が着いたときには、お姫さまはすでに息を引き取っていたが、主は死んだお姫さまが横たわっている部屋へペテロを連れて入り、今度も仕立屋はドアの外に閉め出した。

仕立屋は、またこっそりと鍵穴から中をのぞいた。主は亡きがらを四つの部分に切り分け、それぞれをきれいにして、それらを再びつなぎ合わせ、お姫さまを生き返らせた。そして主は今度もまた、褒美の中から、自分のために一ターラー、ペテロと仕立屋のためにそれぞれ二十ターラー銀貨を三枚、受け取っただけだった。仕立屋は気が収まらず、主が今度もそれ以上の金を受け取らなかったことに怒り狂った。「こうなったら、お前さんたちと関わるのはもうごめんだ。わしは一人で行く。お前さん方にできることは、わしにもできるわい」。こう言うと、仕立屋は二人と別れ、主と聖ペテロは自分たちの道を、仕立屋は仕立屋の道を行った。

さほど行かないうちに仕立屋は、とある町に入った。そこは町中に黒い布切れが掲げられていた。というのもお姫さまが重病で、だれもお姫さまを助けることができなかったからだ。そのため、お姫さまの病気を治すことができた者には、大金が約束されていた。その額は明らかにされてはいなかったが、さっそく仕立屋は、自分がお姫さまを治してみせると名乗り出て、お姫さまのところへ案内された。仕立屋が行ったときには、お姫さまはまだ生きていた。けれども仕立屋は手際よくお姫さまを切り裂き、ばらばらにし、それぞれの部分をまたつなぎ合わせた。ところがお姫さまは死んだままだった。

もはや万事休す。仕立屋はただではすまなかった。がんじがらめに縛り上げられ、法廷に引きずり出され、死刑の判決を受けた。すでに仕立屋が死刑台に立って、首に縄が巻きつけられているところへ、たまたま主キリストと聖ペテロが通りかかった。主キリストは死刑執行人たちに「待たれよ！」と声をかけた。死刑執行人たちは、王さまのご赦免でも出たのかと思い、刑の執行を中断した。

主は仕立屋に歩み寄り、たずねた。「お前さんはヒツジのレバーを食べたということを白状するかね。もしお前さんが白状するなら、お前さんが命拾いできるように助けて上げるよ」。けれども仕立屋は、「とんでもない！　わしは食ってはおらんです」と答えた。「ではこの人をさっさと吊るしてください！」と主は死刑執行人たちに言った。死刑執行人たちは仕立屋の首に縄をかけた。

主がもう一度たずねた。「お前さんはレバーを食べたのかね。白状しなさい。そうすれば命は助かるよ！」。またしても仕立屋は大声で言った。「まさか、とんでもない。わしはレバーなんぞ、食ってはおらんです！」。すると主は死刑執行人たちに仕立屋を生かしておけ、その代わり、お姫さまは自分が生き返らせるつもりだと言った。それで死刑執行人たちは仕立屋を釈放し、仕立屋は再びキリストとペテロについて来た。三人は町へ引き返し、主はお姫さまを生き返らせ、褒美として、またもや自分のために一ターラー、ペテロと仕立屋のためにそれぞれ二十ターラー銀貨を三枚、受け取っただけだった。

この後、三人はそろって新たな旅をはじめ、ある大きな河にさしかかった。そこには橋がかかっておらず、しかしどうしても河を渡らなければならなかったので、主は河の中に入り、杖を水の上にかざした。すると流れの真ん中で水が両側に分かれ、杖の川上側は水の流れが止まり、川下側は流れていった。主とペテロが前を歩き、仕立屋が後について行った。ところが仕立屋が河床《かわどこ》の真ん中にさしかかったとき、主は水を集め、仕立屋を首まで水につからせた。そうしておいて、主は、仕立屋にレバーを食べたと白状すること、さもないと溺れ死にさせると警告した。けれども仕立屋はまたもや、ちがう、レバーなど食ってはいない、と言って認めなかった。そこで主は、水を仕立屋の口の高さまで上げ、それからもう一度たずねた。それでも仕立屋は、知らない、レバーなどまったく食った覚えがない！　と否定した。主は穏やかな顔つきで水を再び両側に分け、三人そろって向こう岸へ渡った。

岸に上がって主は、褒美としてもらった三ターラー全部を取り出して言った。

「ペテロよ、ほらお前に一ターラー上げよう。仕立屋よ、ほらお前に一ターラー上げよう。そうして、ほら、ここにある三枚目の一ターラーはレバーを食べた者のものだ！」。

すると仕立屋が跳び上がって、嬉しそうに大声で言った。

「レバーを食ったのはわしです！」。

第20話
漁師の二人の息子
Die zwei Fischerbuben

何年も前のこと、湖のそばの小さな家に貧乏な漁師が妻と暮らしていた。夫婦には子どもがなく、ぜひとも欲しいものだと願っていた。ある晩、漁師が湖の橋の近くで大きな魚を捕まえ、その頭は馬に、尻尾に近い部分は犬に、そして、真ん中の部分は妻に与え、尻尾は軒《のき》の下に埋める夢を見た。

一回目の夢を見たときは、漁師は気にもかけなかったが、三度も同じ夢を見たものだから、湖水が川に注ぎ、橋が対岸を結んでいる場所へ行き、そこで釣りをした。すると、まさしく夢に出てきたのと同じような大きな魚が餌に食いついてきた。素早くその魚を釣り上げて、夢で見たとおり、頭は雌馬に与え、真ん中の部分は妻と二人で分け合って食べ、尻尾に近い部分は犬小屋で鎖につないだ雌犬に与え、尻尾は家の土台の横の軒の下に埋めた。

ほどなくして馬が子を宿し、犬も妊娠し、妻にもある変化が起きた。雨樋《あまどい》の近くでは、二振りの刀が生えてきて、ゆっくりと、しかし絶え間なく伸びていた。

時が流れ、漁師は二振りの刀を引き抜き、布にくるんで長持ちにしまった。漁師は元気な二人の男の子の父親となり、雌犬は二匹の犬に乳を飲ませ、馬は二頭の子馬を生んだ。

今や漁師とその妻は、当然のことながら、それまでよりも仕事が増えた。なにしろ二人だけですべての世話をしたのだから。子どもたちは学校に行かなければならなくなり、森の木のようにすくすくと育った。

二人の子どもが二十歳近くなり、漁師がそろそろ年を取ったと感じるようになったとき、漁師は二人の息子を呼んで言った。「いいか、お前たち、これから先もお前たちを二人とも養っていくのは楽ではない。お前たちの力からすれば、ここでの漁師の仕事は少なすぎる。おまけにこの湖は小さすぎる。だからお前たちのうちの一人は、他所《よそ》で何か別の仕事をする決心をしてくれないか」。これに対して、「お父さん」と二人が言った。「ぼくたちは、どちらが出て行くべきか相談するよ。でもその前に、狩りで運試《うんだめ》しをしようと思うんだけど」。

二人は何回か、狩りに行った。けれどもそのやり方は、今の時代のやり方ではなく、大きな網を広げて、その中に餌《えさ》を置くものだった。そうしておいて、遠くから大きな音を立てて獣を追い立てる、獣が網に近づく、餌を発見する、そして網の中へ入る、という具合だ。運試しの初日には若い猟師は二人とも、それぞれ網にクマを、二日目にはライオンを捕まえた。けれども不思議なことに、クマもライオンも初めは網の中で大暴れしたが、刀で触れるや否や、まるで二匹の犬のようにおとなしくなった。

その後、二人の息子の一人、ゼップは、馬に鞍をつけ、刀を金具で締め、グラスの中に半分は砂を、残りの半分は水を入れ、それを兄弟に渡して言った。「では兄弟のハンスよ、おれはこれから見知らぬ土地に行くつもりだ。それで、このグラスをお前にやる。これをお前の寝室の日の当たらない場所に置いといてくれ。この中の水がきれいに澄んでいたら、おれの身に変わったことはない。だが、砂が水の中へ渦を巻いて舞い上がり、水が濁ってきたら、そのときは頼む、そのときはお前の助けが必要なのだ」。ゼップはそう言うと、家族に別れを告げ、馬にまたがり、旅立って行った。犬とクマとライオンがお伴をした。

ゼップはこうして九カ月にわたり国中を旅したが、仕事探しはしなかった。食べ物は動物たちが誂《あつら》えてくれた。ゼップは世間をじっくり見たのだった。

旅をつづけているうちに、ゼップはとある町にやって来た。その町はなんとも異様だった。黒い旗が屋根から吊るされ、黒いカーテンが窓にかかり、通りで出会う人たちは皆、暗くて深い悲しみに沈んだ顔ばかりだった。

ゼップは近くの居酒屋に立ち寄り、四頭の動物にも快適なねぐらをあてがってやった。ゼップはワインのグラスを傾けながら、亭主の方を振り向いて、どうして町全体が悲しみに沈んでいるのかとたずねた。

「おお、よくぞ聞いてくださった」と亭主が答えた。「お客さん、ご存じないところをみると、お客さんはこの町へ来られて、まだほんに日が浅いようですね。まだ二日あるんですが、そうなったら、わたしらは皆、この町を出て行かなきゃならんのですわ。さもないと、破滅なんです。いいですか、町の前に湖がありましてな、そこには巨大な竜が棲《す》んでいるんです。その竜は、息だけで、湖に近づくものならなんでも湖の中へ引きずり込んでしまうんです。怪獣がここに棲みついてからというもの、わたしらはその怪獣に毎日、乙女《おとめ》を一人、生け贄《いにえ》に捧《ささ》げなくちゃならなくなったのです。王さまは、その竜を倒した者はお姫さまと結婚させる、と何度もお触れを出しました。けれども竜退治に挑戦した人は皆、悲運に見舞われてしまいました。こういうことで、わたしらの町にはもう最後の一人しか、若い娘が残っておらんのです。明日はお姫さまが城から連れ出され、あさっては竜のところへ連れて行かれることになっているんです」。

次の朝が来た。ゼップは早々《はやばや》と起きだし、犬、クマ、ライオンを連れて、馬で町を出て湖の近くにやって来た。湖は早くも細波《さざなみ》が立っていた。。ゼップが着いてまだ一息もしないうちに、町から黒い行列が出て来た。お姫さまだけは真っ白なドレスに身を包んでいた。町外れまでのほんの短い区間だけ、人々の群れがお姫さまについて行った。そこで別れが告げられ、そこからはお姫さま一人になった。お姫さまは壁のように真っ青な顔をして湖岸へと進んで行き、ゼップのいるところへやって来た。

けれども、ゼップがお姫さまに声をかけて、自分がお姫さまと町を竜から解放するつもりだと言ったときには、竜のほうもすでに生け贄を受け取りに近づいていた。そのとき、ゼップの命令で、ライオンとクマが猛然と怪獣に襲いかかった。激しい戦いが繰り広げられた。ゼップは刀を振り上げ、怪獣に切りかかり、あっという間に巨大な頭を胴体から切り離した。血が川のように流れ出たので、湖全体が赤く染まった。頭がい骨が急な斜面を水の中へ転がって行ったが、それより早く、犬がその頭がい骨を引きもどした。

うれしさのあまりほとんど気を失いかけていたお姫さまは、命の恩人の足元に倒れかかりながら、王さまの約束どおり、今やゼップが自分の愛しい花婿となり、王国の後継者であると言った。漁師の息子は、勝利と、それによって手に入れたすばらしい賞賛に大喜びし、誇らしい気持ちになった。けれども、広い世界はとても素晴らしいものに見えたので、もっと旅をつづけたいと思った。「ですが、一年と一日後に」とゼップは言った。「わたしはもどって参ります。そしてお父上にあなたをお嫁にくださいとお願いするつもりです。約束します。竜が死んだことを示す証拠として、怪獣の舌を持ってお帰りください」。

「では、わたしのほうもあなたに確かな印となる贈り物を差し上げます」とお姫さまが言った。「あなたがお帰りになったときに、あなたがあなたのご活躍に対するお礼を受け取れるように」。

そう言いながら、お姫さまは指輪、ネックレス、二人の名前が書いてあるハンカチをそれぞれ半分にしてゼップに渡した。それから二人は別れ別れになり、ゼップは動物たちといっしょに見知らぬ土地へ、お姫さまは喜びの歓声を上げながら、自分の城へと帰って行った。

ところが、お姫さまが両端が地面まで垂れ下がった竜の舌を重そうに引きずりながら森の外れにさしかかったとき、炭焼き人と出会った。炭焼き人は、お姫さまが運んでいる大きな舌を見て、そのような異様な物にはどんな事情があるのか、とお姫さまにたずねた。そこでお姫さまは、見知らぬ男の人が絶体絶命の危ない瞬間に竜を退治してくれたが、なおも見知らぬ土地へと旅をつづけた話をして聞かせた。

「それなら、その舌はわたしに運ばせてください！」と炭焼き人は言うと、竜の舌をひったくるや、左手でお姫さまの手をつかみ、右手にナイフを持って怒鳴った。「どっちがいいか選ぶんだ！黙っているか、それとも死ぬか。お前は、お前のおやじの王さまに、おれが竜を殺したと言え。いいか、誓うんだ、おれさまが竜を殺したとな。いやなら、お前をこの場で殺す。そして炭焼き窯に投げ込んでやる。お前が竜に殺されなかったとは、だれも思わんからな」。お姫さまは恐怖に怯《おび》え、炭焼き人の命令に従った。けれども、お嫁さんになるのは一年と一日経ってからにしてくれ、と要求した。炭焼き人はこの要求を受け入れて、お姫さまと並んで歩いて、人々の歓呼の声の中を町へと入って行った。だれも彼も、竜を退治したとして、炭焼き人を褒めそやした。炭焼き人はどうやって竜を退治したか、数えきれないほど嘘《うそ》の話を重ねた。

こうしてお祭り騒ぎをしているうちに、一年があっという間に過ぎ、お姫さまが炭焼き人の妻になるときがきた。結婚式が行われる前の日、漁師の息子が再び四頭の動物を連れて、かつてなじみの安宿のおやじのところに立ち寄った。そして、おやじから、明日、お姫さまと竜を退治したという炭焼き人の結婚式が行われる、という話を聞いた。

「そうかい、そうかい」とゼップは手足を伸ばしてあくびをしながら言った。「それはまた、ずいぶん耳寄りな話だな」。そう言って、寝室へ入った。

次の朝、ゼップは安宿のおやじに言った。「宴会ではどんなごちそうが出るんだい。結婚式の焼き肉を一切れぐらい食べてみたいものだ」。そう言うと、小さな篭を借りて、紙切れに何かを書きつけ、篭に入れ、取っ手を犬にくわえさせた。犬はすぐに通りを走り、城の見張り全員をすり抜けて、悲しい気持ちで過ごしているお姫さまの元へと駆けつけた。お姫さまは犬を見るなり、うれしさのあまり大声で笑い出し、犬を台所へ連れて行き、結婚式の焼き肉の上等な一切れを篭の中へ入れてやった。犬は一直線に居酒屋へ戻って行った。

「焼き肉が手に入ったか」とゼップは言って、犬の口から篭を受け取った。「でも、結婚式のワインはどうやったら手に入るのかな。小ビン一本まるまる入ったワインが欲しいもんだ」。そう言うと、ゼップは篭をクマの口にくわえさせ、紙切れと空ビン一本をその中に入れた。クマは行き先を心得ていて、唸《うな》り声《ごえ》を上げながら裏通りを抜けて、見張り全員の横をかすめて、のっしのっしと城の中へ入り、お姫さまのところへたどり着いた。お姫さまはクマを目にするや、犬のときよりももっと朗らかな笑い声を立てた。お姫さまはクマから小ビンと紙切れを受け取り、その小ビンに上等なワインをいっぱい入れ、クマを再び帰らせた。クマはヨタヨタしながらまっすぐ居酒屋へと向かった。

「うん、まだ甘いデザートも足りないな」と、あっけに取られてものも言えないおやじを横目に、「甘いデザートももらうとしよう」。ゼップは、今度は篭をライオンの口にくわえさせ、紙切れを入れた。ライオンは一直線に城へ向かい、恐怖に怯えた見張りの間を走り抜け、お姫さまを訪ねた。お姫さまはまたもや心の底から声を出して笑いながら、台所から上等な甘いデザートを持って来た。ライオンは宙を飛ぶ勢いで居酒屋へと向かった。「これで万々歳だ」と若者は笑いながら、安宿のおやじを誘って、いっしょにごちそうを楽しんだ。

お姫さまの許婚者《いいなずけ》はこの一部始終を見ていたので、気まぐれな女心に腹を立て、こんな野獣に好き勝手に町中をうろつかせるとはとんでもないことだ、と野獣たちを捕まえるように命令した。警察はさっそく動物たちの居場所を突き止め、若者に食事が終わり次第、猛獣たちを引き渡すよう要求した。「いや、それはできません」と若者は警官たちに答えた。「わたしは、わたしの動物たちとは離れません。わたしは動物たちといっしょに行くつもりです。他でもないお城へね」。

このようなわけで、警官たちは若者をその動物ともども、王さまの城へ連行した。けれども、客たちが宴会場からのぞいて見ることのできる城の中庭へ一行が入って来ると、動物たちがすさまじい音を立てた。犬は吠え、クマはうなり、ライオンは咆哮《ほうこう》をとどろかせたものだから、窓がビリビリと震えた。そこで客たちは席を立ち、窓の方へ行って外をのぞいた。王さまもお妃さまも。けれどもお姫さまは中庭へと駆け降りて、歓声を上げながら若者の首に抱きついた。

これにはもちろん、王さまもたいそう驚き、これはどうしたことかとたずねた。「はい、王さま」とお姫さまが答えた。「このお方こそ、竜を倒して、わたしを救ってくださったお方なのです。宴席にいるあの男ではありません。あの男は、あの男が竜を退治したと言わなければわたしを殺す、と脅していたのです。けれども、もう黙っているわけには参りません」。

「王さま」とニセ花婿が言った。「お姫さまは見も知らぬ下品な男の首にぶら下がるほど、気が触れておられるようです。この男が竜を退治した者だとお姫さまがおっしゃるなら、この男は証拠を見せるべきです。わたしは竜の舌を町へ運んで参りました。わたしが勝者です。この者は偽りを申しております」。

するとお姫さまが黙ったまま、持っていた半分の指輪、半分のネックレス、引き裂かれたハンカチを王さまの前に差し出したので、若いゼップも自分が持っている片ほうを添えると、「これ以上まだ証拠が必要でしょうか」とお姫さまが言った。王さまが合図を送ると、兵隊たちが炭焼き人を逮捕し、牢獄へ連行した。ゼップはお姫さまと並んで階段を上り、三頭の動物たちが二人に従った。壇上では、ゼップがお姫さまの横の、先ほどまで炭焼き人がすわっていた席に着き、大歓声の中で結婚の宴が行われた。次の日、教会で結婚式が行われ、新婚の二人が教会を出たとき、ニセ許嫁者の炭焼き人は大砲の弾丸となって町の上空を飛んで行った。

結婚して迎えた初めての夜、若い王さまは、そのまばゆいばかりの刀を自分と妻のベッドの間に突き立て、ドアの外では三頭の動物が眠った。これほど忠実な見張りは他にはいなかった。

若い王さまはベッドに入る前、窓から外を見た。すると遥か彼方、木々におおわれた山の頂上に小さな明かりが見え、その明かりはぱっと明るく燃え上がることもあれば、ほとんど見えなくなることもあった。

「ねえ、妻よ」と若い王さまがたずねた。「あの小さな明かりは何なのか、教えてくれないかい」。

「ねえ、あなた」と妻が答えた。「あなたはあの明かりはご覧にならなかったことになさるほうがようございます。と申しますのは、あそこには魔法にかけられた城があって、あそこへ行った者で、帰って来た者はこれまで一人もいないのです」。

二人は黙ったまま床についた。けれども若い王さまは眠ることができず、魔法にかけられた城のことや、どうすれば魔法を解くことができるのか、どうしても頭から離れなかった。

そうして朝になった。若い王さまは夜明けを待たずにベッドを抜け出し、朝食をとり、馬に鞍をつけさせた。犬は大喜びで若い王さまに飛びつき、クマは満足げになり、ライオンは雄叫《おたけ》びを上げたので、城の窓がビリビリと震えた。若い王さまは妻に向かって、あの魔法にかけられた城がどうなっているのか調べたい、もちろんさっさと帰るように努力するつもりだ、と言った。

若い王さまはそう言って城を発ち、一日中いくつもの森を抜け、夕方になってようやく、魔法にかけられた城に着いた。若い王さまは馬から飛び下りたが、そこには家来《けらい》がいなかったので、自分で馬を厩舎に入れた。それから城の中を歩いた。すべてが死に絶えたようなありさまだった。台所に入ると、食べ物が調理されていた。食堂のテーブルには食事の用意ができ上がっていた。それも四人分。そこで若い王さまは上座に着き、三頭の動物たちは椅子にすわり、全員が席につくや、テーブルには湯気の立つスープが並べられ、全員がそれを飲み、若い王さまはワインと思われる飲み物を、動物たちは水と思われる飲み物を飲んだ。

こんな風にして、一同は時計が十一時を打つまでなごやかにテーブルを囲んだ。そうしているところへドアをノックする音がしたので、ゼップが「お入り」と大きな声で言うと、「ああ、あの旦那はたちのよくない犬を連れているわ。もし旦那が犬から毛を一本引っこ抜いてくださったら、あの犬をつなぐんだけどな」と外で声がした。けれどもヨーゼフは面倒になってテーブルを動かず、外の声は勝手にしゃべらせておいて、相手にしなかった。

半時間後、またもやドアをノックする音がしたので、ヨーゼフが「お入り！」とまたもや大きな声で言うと、「ああ、あの旦那はたちのよくない犬を連れているわ。もし旦那が犬から毛を一本引っこ抜いてくださったら、あの犬をつなぐんだけどな」とまたもや外で声がした。このときヨーゼフは、もしかするとこれらの言葉の中に魔法を解く鍵があるのではないかと考えたが、はっきりしたことが少なすぎたので、すわったまま動かなかった。

十二時になり、またもや例のものがドアに近づき、ノックした。ヨーゼフが三度目も「お入り」と大声で言うと、「ああ、あの旦那はたちのよくない犬を連れているわ。もし旦那が犬から毛を一本引っこ抜いてくださったら、あの犬をつなぐんだけどな」とまたも外で声がした。そこでヨーゼフが犬に手を伸ばし、毛を一本むしり取るや、一瞬にしてヨーゼフと動物たちは石になった。

漁師のもう一人の息子ハンスは、ゼップと髪の毛一本にいたるまでそっくりで、この間、来る日も来る日も年老いた父を助けて漁《りょう》をしていた。そして毎日、忠実に自分の部屋に置いてあるグラスを見て、兄弟がどんな具合でいるか確かめていた。水はいつも澄んでいた。ところがある日（ゼップが石にされたちょうどその日）、グラスの中で砂が荒れ狂って沸き立っていた。驚いたハンスは、グラスを両親に見せて言った。「お父さん、お母さん、おれは旅に出なければなりません。ゼップの身に悪いことが起きているのです」。

両親はハンスに祝福を与えた。ハンスは馬に乗って街道へと旅立って行った。足りないものは何一つなかった。刀は腰帯に吊るし、何グルデンか袋に入れ、後に犬、クマ、ライオンが従った。ハンスは馬に行きたい方角に勝手に行かせた。というのも、ハンスはさしあたりどこへ行ったらよいのか、さっぱりわからなかったからだ。馬のほうもハンスと同じだった。

こうしていく週間も旅をつづけているうちに、お姫さまが夫の喪に服している都にやって来た。ハンスには、何もかも

わけがわからなかったが、市の門からさほど離れていない居酒屋へ行けば、もしかすると兄弟のことが何かわかるかもしれないと考えた。

ハンスが酒場に入ると、亭主が慌てて帽子を取り、客たちも帽子を脱いだ。安宿のおやじが大声で言った。「手前どもは皆、陛下が冒険の旅から動物たちと無事におもどりなさいましたことを、なんとお喜び申し上げたらよろしいのでしょうか。お城で陛下のお姿を再びごらんになられましたら、お城でのお喜びはいかばかりでございましょう！　とりわけお優しい奥方さまにおかれましては、陛下がお亡くなりになられましたとして、喪に服しておられましただけに、なおさらお喜びのことと存じます。けれどもわたしとしたことが、なんとよけいなおしゃべりをしてしまったことでございましょう。さあ、どうぞ、さっそく一杯お召し上がりくださいませ、若さま。いちばん上等なワインでございます。そして急いでお城へおもどりくださいませ」。

これでハンスは、ここでは自分の兄弟が王さまであり、冒険の旅に出たまま、まだ帰っていないことをすぐに悟った。それで、兄弟にしかるべき救いの手を差し伸べるために、一計を案ずることにした。そのため、自分が王さまであり、お姫さまの夫であると人々に信じさせるのが最善のように思われた。

若い王さまが帰還したという話はたちまち町中に広まり、とても疲れていたのに居酒屋でゆっくりすることもなくハンスが城へ入って行くと、早くもお姫さまが途中まで迎えに出ていて、抱きしめるやらキスをするやら、どうしてこんなに長く帰って来なかったのかと、わざとすねたりした。城ではハンスが生まれてこの方口にしたことのないごちそうが山のように出された。ハンスは、こんなぜいたくな暮らしよりも、危険な冒険を選んだ兄弟を内心で「愚か者！」と罵った。ハンスとお姫さまが寝室に入ると、ハンスは兄弟がしたのとまったく同じように、二つのベッドの間の床に刀を突き立てた。そして、まだほの暗い中、窓から外をじっと見つめていると、こんもりと茂る高い山の上に、遠く明かりが見えた。

そこでハンスはお姫さまに、あれは何の光なのかとたずねた。これに対して、「あなた、何をおっしゃってますの」とお姫さまが答えた。「あの明かりのことをもうお忘れになったの。あなたが旅に出かける日の前の晩、わたしはあなたに申しましたわ。あそこには魔法にかけられた城があり、その城の魔法の呪いを解こうとした者で、生きて帰って来た人はこれまで一人もいなかった、と」。「それなら明日、わたしはあそこへ行って運試しをしてみよう」。若者はそう言うと眠りについた。

翌朝ハンスは、夜明けを待たずにベッドを抜け出し、朝食をとり、馬に鞍をつけさせた。犬は喜んで吠えまくり、クマもつられて唸り声を上げ、ライオンは雄叫びを上げたので、窓ガラスがビリビリと震えた。

ハンスは城を後にして、一日中いくつもの森を抜け、夕方になってようやく、魔法にかけられた城にたどり着いた。馬から飛び下りたが、馬の世話をしてくれる下僕《げぼく》は姿を現さなかったので、自分で厩舎につないだ。それも、まるで石の彫刻のように硬直して立っている馬の隣に。

それからハンスは城の中を歩いてみたが、大きな城の中で動くものは何一つなかった。台所へ入ると、食べ物が調理されていた。けれども料理係の姿はなかった。ハンスがさらに歩いて行くと、食堂に入った。そしてそこで、ハンスの兄弟と連れの動物たち三頭が、石になって固まってすわっているのを見たときの驚きの、なんと大きかったことか！　ハンスは兄弟をなで、キスをし、横にすわった。犬は犬の、クマはクマの、ライオンはライオンの横にすわった。ハンスも動物たちも、すでにテーブルに並べられているごちそうをふさいだ気持ちで黙々と食べた。ハンスはどうすれば兄弟を呪縛から解き放つことができるか、あれこれ知恵をしぼった。そうして十一時まで席にすわったまま過ごし、痛ましい石像を見つめた。

十一時になるとドアがノックされた。ハンスが「お入り！」と大きな声で言うと、「ああ、あの旦那はたちのよくない犬を連れているわ。もし旦那が犬から毛を一本引っこ抜いてくださったら、あの犬をつなぐんだけどな」と戸口の外で声がした。けれどもハンスはとても疲れていたので、その声を無視し、犬は吠え立てたが、ハンスは声のするほうへ振り向こうともしなかった。

半時間後、またもやドアをノックする音がした。ハンスが「お入り！」と大声で言うと、またもや、「ああ、あの旦那はたちのよくない犬を連れているわ。もし旦那が犬から毛を一本引っこ抜いてくださったら、あの犬をつなぐんだけどな」と外から声がした。そこでハンスは忠告に従おうと考え、手を伸ばして、犬の毛を引っこ抜こうとしたところ、犬がハンスに向かって歯をむいて逆らったので、ハンスは手を引っ込めるほうがよいと判断した。

けれども十二時になり、またもや何者かがドアに近づき、ノックした。ハンスが今度も「お入り！」と大声で言うと、三回目も同じ声がした。「ああ、あの旦那はたちのよくない犬を連れているわ。もし旦那が犬から毛を一本引っこ抜いてくださったら、あの犬をつなぐんだけどな」。ハンスは、これはあまりにも冗談が過ぎると思い、すっくと立ち上がり、ドアに駆け寄り、さっと開けた。ドアの外に出て見ると、目の前に黒い姿の女が立っていた。ハンスは動物たちに素早く合図を送り、その女に脅しをかけた。「なんどもなんども、よくもふざけたことをしやがって！見ろ、このおれの兄弟を！　兄弟の魔法を解くんだ。さもないと、この動物たちにきさまを食いちぎらせるぞ！」。

「お前さんの犬たちは、わたしに対してほとんど力がありません」と女は言った。「けれどもお前さんの兄弟、この城全体、そしてこのわたしをも救えるかどうかは、お前さんの手に握られております。と言っても、お前さんは明日の真夜中まで待たねばなりません。十一時と十二時の間に、一匹のヘビが地下室を矢のように速く走りまわりますから、お前さんはそのヘビに狙いをおつけなさい。お前さんがヘビから三滴の血を採ると、わたしたちは救われます」。

そう言ったかと思うと、女の姿は消えてしまった。ハンスは横になって、間もなく寝入った。三頭の動物たちは頼りになる見張りよろしく、ハンスのベッドのまわりに寝そべった。

ハンスにとって、次の日はあっという間に過ぎていった。食事はいつも食べたいと思えば、すぐに食卓に用意された。城はどこでも歩きまわることができた。一つとして、開かないドアはなかった。何もかも、ちょうど片づけが終わったばかりのようなありさまだった。もう何百年もそのままだったのかもしれない。庭園もきれいに手入れが行き届き、噴水は日射しを浴びて踊るように噴き出していた。けれども庭園にも、広い城のどこにも人影はなかった。石にされた馬の横にいた馬だけが、ハンスが入って来て、餌をたっぷりはずんだときに、うれしそうにいななないただけだった。石にされた客たちは、身じろぎもせずにテーブルにすわったままだった。

ハンスは夜、石にされた客たちの横にすわって、盃で上等なワインを飲んでいたが、時計が十一時を告げると、素早く刀を腰につけた。同時に、ドアがさっと開き、黒いヴェールの女が目の前に立っていた。動物たちに伴われて、ハンスは女に従った。けれども地下室へ通じる階段で、三頭の動物たちは後ずさりした。ハンス一人が地下室へ下りて行き、地下室の真ん中に立った。ほの暗い明かりの中で、四本足のヘビが見えた。隅から隅へ矢のように、それもハンスの身をかすめるほど近くを走りすぎた。

刻一刻と時間がすぎ、ハンスはもう数えきれないほどなんども刀で魔界のヘビに打ちかかり、一度は命中させた。けれども刀がヘビの体に食い込むところまではいかなかった。かすり傷を負わせることはできたが、出てきた血は一滴だけだった。いよいよ時計が十二時の鐘を打とうとしかけたとき、ハンスは全神経を集中してヘビに飛びかかり、一つ目の鐘が鳴ったとき、がんじょうな頭蓋を切り裂いた。すると雷鳴がとどろき、地下室の壁が揺れ、衝撃でハンスの右手から刀がすべり落ちた。地下室が真昼のように明るくなり、居心地がよさそうになった。それまではまったく気づかなかったドアから、晴れやかな姿の女の人が現れ、ハンスに歩み寄って、呪いを解いてくれたことに礼を言い、それからまた、姿を消した。

ところが階段から、年老いた王さまと兄弟のゼップに付き添われて、この世のものとも思われないほど美しいお姫さまが降りて来て、呪いを解いてくれた人を抱きしめた。ハンスの犬は喜んでハンスに飛びつき、もう一頭の犬が満足いくまで吠えまくり、二頭のクマはじゃれ合って取っ組み合って、床を転げまわった。二頭のライオンは待ってましたとばかりに、床を叩いて吼《ほ》えた。

ハンスが、救済されたゼップを見たときの喜びのなんと大きかったことか！　こぼれるほどごちそうが盛られた食卓では、ゼップが冒険談や、妻への憧れのあまり死にそうだ、といった話をした。食事が終わると、ゼップは自分の城へ帰り、ハンスは両親を堂々たる円蓋《えんがい》馬車で迎えに行かせ、城を挙げて結婚式の準備に取りかかった。

それでな、わしは旅をしていて、ちょうど結婚式が盛大に行われていたとき、台所へ入って行って、ごちそうのおこぼれにあずかろうとしたのじゃが、意地悪な台所女に火かき棒で台所から追い払われてしまった、ってお粗末な話じゃ。

第21話
黒の女
Bei der schwarzen Frau

昔、七人の子持ちの、とても貧しい農夫がいた。いちばん上の娘が十二歳になったとき、農夫は、娘が多少とも稼ぐなら家の暮らしも楽になるから、娘に仕事口でも探してやらずばなるまい、と胸算用《むなざんよう》した。農夫は娘の着る物を袋に詰め込んで、娘を連れて出かけた。

二人がしばらく街道を歩いていると、一台の馬車が近づいて来た。けれども馬の姿はなかった。二人が馬車とすれちがったとき、馬車が自分のほうから止まった。その馬車は真っ黒で、その窓から、これも真っ黒な女の人が外をのぞいていた。「ねえ、ちょっと」とその女の人がだしぬけに言った。「お父さん、あなたは娘さんを連れて、どちらへお出かけなの?」。

「はい」と農夫は返事をした。「娘が多少とも稼げるように、なんとか娘に仕事口を探してやらんといかんのです」。

「さあ、どうぞ」と女の人は言った。「ほら、お金を一包み差し上げますよ。これで当分は暮らせます。来週の今日、また娘さんを連れてここへいらっしゃい」。貧しい農夫に異存はなかった。馬車は走り去った。

そして一週間後、娘は自分の持っていく物をきちんとまとめた。農夫の親子と女の人が同じ場所で落ち合った。黒の女は農夫に再び金を与え、言った。「これであなたは一生涯使えるだけのお金を手に入れました。娘さんがちゃんとしさえすれば、娘さんにも悪いことにはならないでしょう」。そこで娘は馬車に乗り込み、女の人の横にすわり、二人は走り去った。

しばらく走ったところ、とある城に着いた。二人が玄関の間を通って城の中に入ると、玄関のすぐ横に小部屋があった。黒の女は娘を小部屋に連れて入り言った。「いいですか、ここがお前の部屋です。お前はここで暮らすのです。お前が何か欲しくなったら、お前はそれを頭に思い浮かべさえすればよいのです。今、これが欲しい、と思えば、欲しい物が目の前に出てきます」。そう言うと黒の女は出

て行った。けれどももどって来て、手には百個の鍵の束を持っていた。

「さあ、わたしについておいで」と黒の女は言った。「それぞれの部屋に番号がついています。お前は百の部屋の片づけ以外、何もしなくてよろしい。でも、一日に全部の部屋ということではありません。今日はこの部屋を片づけ、掃《は》くのです。そして明日は別の部屋です。お前は毎日、一つの部屋を掃除するだけでよいのです。けれども、百番目の部屋だけは、お願いだから、絶対入らないように。お前が三年経っても禁止された部屋に足を踏み入れなければ、お前は自分で自分の幸運を引き寄せるのです」。

こうしてほぼ三年が経ち、残るは二週間だけとなった。そのとき娘はふと考えた。「そうだ！この百番目の部屋には、いったい何があるのかしら？」。それで、ドアをぱっと開けて、ほんの一瞬、部屋の中をのぞいたところ、中に黒の女がいたが、もう真っ白で、つま先だけがまだ黒だった。それで娘は慌ててドアを閉め、自分の部屋に駆け込んだ。けれども自分の部屋にもどってみると、すでに黒の女が待ちかまえていて、たずねた。

「お前は百番目の部屋に入っていましたか、それとも入っていませんでしたか」。

「入っておりません」と娘は答えた。「わたしはあの部屋に入っておりません」。

「お前にもう一度たずねる」と黒の女は語気を強めた。「お前はもう食べる物はもらえない。飲む物も、もう、だめ。お前が本当のことを言わないなら、お前には、もうどの部屋にも入ることを許しません！　お前はあの部屋に入っていましたか？」。

「いいえ」と娘は答えた。「わたしはあの部屋には入っておりません」。娘がそう言うか言わないうちに、娘は深い森の中に立っていた。食べる物も飲む物もなく、みすぼらしい服しか身につけていなかった。娘はしばらくの間、森の中で暮らした。

この森の近くに都があり、若い王子さまが住んでいた。この王子さまがあるとき、思いもよらない夢を見た。それによると、起きて、狩りに行き、見つけたものは何であれ自分自身と同じように愛しなさい、というもので、王子さまは夢があまりにも奇妙なので、目が覚めてしまったが、気にしないことにして、寝返りを打ってまた眠った。けれども寝入るとすぐにまた同じ夢を見た。王子さまは今度もその夢を無視した。けれども三度目も同じ夢を見たので、起き出して、狩り仲間を起こし、娘のいる森へと入って行った。王子さま一行がしばらく狩りをしていたところ、犬たちがとつぜん激しく吠えて、ある場所からどうしても動こうとしなかった。「待った！」と狩人たちは考えた。きっとシカがいるのだ。

ところが一行がその場所へ行ってみると、大きな岩があって、そこに深い洞窟があった。王子さまが中をのぞき込むと、そこにはみすぼらしい服を着た娘がいた。王子さまはその娘のためにマントを投げ込んでやった。するとその娘がすぐに出て来たが、それはこの世に並ぶ者がないほど魅力的な女性だった。そしてその娘は真心があり、気だてがよかったので、夢のとおりのことが実現した。王子さまは自分自身と同じように、その娘を愛し、妻として城に連れて帰った。

一年後、娘はこのうえなくかわいらしい男の子に恵まれた。ところが三日目の夜、思いがけず黒の女がやって来て、揺りかごのそばに立ってたずねた。「今やお前はお妃さまです。そしてこうして子どもがいます。そこで改めてたずねますが、お前は百番目の部屋に入っていたのですか」。

「いいえ、そんなことはしておりません」と若いお妃さまは言った。

「わたしはお前から子どもを取り上げる。そしてお前は耳が聞こえなくなる」。黒の女が語気を強めて、もう一度たずねた。若いお妃さまが今度も否定すると、黒の女も子どもも、姿が消えてしまった。これには城中から激しい怒りがわき起こった。そして王子さまの母親が言った。「なんともあの女は、子どもをどうにかしたのです！」。けれども若い王子さまの心は揺るがなかった。

一年後、二人目の男の子が生まれた。この子は、最初の子よりもかわいさが勝っていた。けれども生まれて三日目の夜、黒の女が最初の子どもを連れて、早くもまた揺りかごのそばに立っていた。「ごらん。これがお前の子どもだよ。この前と同じ言葉を聞くがいい。お前にたずねるが、お前は百番目の部屋に入っていたのですか」。

「いいえ、そんなことはしておりません！」と若いお妃さまは答えた。

「お前！」と黒の女が甲高い声で脅すように言った。「わたしはこの子も連れて行くよ。そしてお前はもう一言ものが言えなくなる。お前はあの部屋に入っていたのですか」。このときにはまだ、若い母親は「いいえ」と言うことができた。しかしその後は、もう一言も言葉を発することができなかった。黒の女と子どもたちは姿を消し、年老いたお妃さまは「あの女は最初の子どもを失い、今度は二人目の子どもを失った」と言ったが、今回も相手にされなかった。若い王子さまは考えた。「では、わたしが警戒し、見張りを立てよう」。

今度は三人目の男の子、これがいちばんかわいかったのだが、この子が生まれたとき、歩哨がぐるりと取り囲んだ。ただ若いお妃さまの部屋だけは、一人も歩哨が立たなかった。

またも三日目の夜が来て、黒の女が揺りかごのそばに立っており、二人の男の子を連れていたが、前と同じ質問をした。「ほら、これがお前の二人の子どもだよ。お前は以前と同じように、ものを言うことも聞くこともできるんだよ。いいかい、もう一度たずねるからね。お前は百番目の部屋に入っていたのですか。今度はこの男の子も連れて行くからね。そしてお前はまったく目が見えなくなるんだからね！」。けれども若いお妃さまは、やはり、「いいえ」と言った。若いお妃さまはこのときにはまだ、黒の女がお妃さまの三人の子どもたちとともに姿を消すのを見ていたが、その後は、もう何も見えなくなってしまった。

三人目の男の子の場合もことの経過は同じだったので、年老いたお妃さまは「ほら、みたことか。お前はなんという魔女を連れて来たのでしょう。あの娘が何をしでかし、どこの馬の骨だかわかったものじゃありません」と自信満々に言った。王子さまは、どんな手を打っても何の役にも立たなかったので激しく怒り、年老いたお妃さまの言うことを信じてしまい、裏切り者の若い母親を火あぶりの刑に処すると宣言した。

若い母親は連行され、早速処刑台に立たされ、死刑執行人が早くもたいまつを振りまわしていた。ところがそこへ、とつぜん、黒い馬車が乗りつけ、その中には三人のこどもたちを抱きかかえていた黒の女がいた。黒の女が馬車から降り、子どもたちを連れて、火あぶりの薪の山に近づき、言った。「お前にたずねるが、これが最後の最後です。お前は火あぶりにされるのだからね！お前はあの部屋に入っていましたか、それとも、そうではありませんでしたか？」。ところが、今度もまた、答えは「いいえ」だった。

若い母親がそう言うか言わないうちに、黒の女はまるで雪のように真っ白になり、「よろしい、もう一度あの城におもどりなさい。何もかも、かつてお前がいたときの状態のままです。わたしにはわかっていたのです。お前はあの部屋に入ってはいなかったのです。お前はただ中をのぞき込んだだけです。万が一、お前が自分はあの部屋に入っていましたと言おうものなら、わたしはお前をずたずたに引き裂いて、埃や灰にしてしまっていたでしょう。お前は今、わたしを完全に救ってくれました。あの城はお前のものです。そして火あぶりの薪の山は、お前にありもしない罪をかぶせた者たちにこそふさわしい」。

するとと、黒の女の言葉どおり、性悪な年老いたお妃さまは残酷な火あぶりの刑を受け、若い王子さま夫妻は、三人の王子さまといっしょに、それから先、長らく幸せに暮らした。

第22話
家畜商人になった聖者 *Der Heilige als Viehhändler*

一人の母親があるとき、息子を雌牛《めうし》売買の市へ行かせた。母親は息子に、ちゃんとした値段でしか雌牛を売ってはならない、そして悪徳商人の口車に乗らないように気をつけなさい、と言い含めた。息子が市場へやって来ると、売買が行われていたが、そこにいる人々は皆、そろって悪徳商人だとわかった。だれも彼も自分のほうが相手より上だと自慢し、負けず劣らず口達者だった。それで息子は雌牛をだれにも売らず、また家へ連れて帰ることにした。

その途中、石積みの十字架の前を通りかかると、その中に聖者の立像があった。そこで息子は、ここは一つ試しに聖者に雌牛を売りつけてみようと考えた。ところが聖者はまったくの無言、ずっと沈黙を保ったままだった。「これは絶対、悪徳商人ではないな」と考えた息子は、雌牛を十字架につないで、家へ帰った。

家に帰ると、息子は母親に、この日あったことを話して聞かせた。すると母親は「だから、母ちゃんは言ったじゃないの、雌牛は悪徳商人には売るなって」と怒って罵りはじめた。母親は、すぐに雌牛を探して、家へ連れて帰るように息子をせき立てた。

息子は慌てて十字架のところへ引き返したが、雌牛の姿はもうなかった。そこで息子はお祈りをしたり、大声で嘆いたり、聖者の悪口を言いはじめた。けれども聖者は身じろぎもせず、一言も言葉を発しなかった。息子はとうとう頭に血が上り、棒を振り上げて、聖者の頭を叩いた。

するとと、なんということか！　頭が宙を飛んで地面に転げ落ちた途端、大量の金がざくざくと落ちてきた。聖者は、息子にたっぷりお代を払ったのだった。

第23話
魔法使いの弟子 *Der Zauberlehrling*

一人の貧しい女の人に、一人息子がいた。息子は十四歳になると家具職人の弟子になった。間もなく仕事場では鉋《かんな》、金槌《かなづち》、鋸《のこぎり》を上手に使いこなすようになり、仕事がないとき、特に日曜日には、ありとあらゆる本を読みあさり、読み書きもよく学んだ。

息子は見習期間を終えると、旅に出て、ある日森の中へ入り込んだ。森の中を真夜中まで歩いたが、森の外れに出ることはできなかった。そこで木に登り、辺りを見まわした。すると、遠くに小さな明かりが見えたので、一直線にその明かり目指して進み、森のど真ん中にある一軒の小屋にたどり着いた。少なくともほんの何時間かでも過ごせる宿が見つかり、息子はどんなに喜んだことだろう。それで浮き浮きした気分で窓を叩いた。すると老人が戸口に現れ、何が望みなのかとたずねた。「一晩泊めていただければありがたいのですが」と家具職人が答えた。「それと、夕食のカラス麦でも残っておりましたら、少々お恵みくださいませんでしょうか」。老人は家具職人を居間に案内し、壁に取りつけたテーブルを倒し、「テーブルよ、食事の用意を！」と言った。すると、とびきりのごちそうがテーブルに並んでいた。

家具職人はもちろん、ごちそうをたらふく食べた。なにしろ生まれてこの方、これほどのごちそうを口にしたことはついぞなかったのだ。それでそのお礼を老人に思ったまま言うと、老人はニヤリと笑って、家具職人に質問した。

「ちょっとたずねるが、お前さん、字は読めるのかね？」。

「ほんの少ししか読めません」と家具職人が答えると、「よかろう」と老人は笑顔で言った。「それならお前さんを雇って上げよう。仕事はわしの本を一頁一頁、埃《ほこり》を払うことじゃ」。

そう言って老人は新しい使用人を、棚に本がずらりと並んだ部屋に案内した。それから老人は旅に出て三年の間、留守にした。その間、家具職人はこれらの本で勉強し、すべての魔法の術について、高度な技を身につけた。というのも、それらの本はすべて魔術の本だったのだ。家具職人が食事をしようとするときは、テーブルを壁から倒して、「テーブルよ、食事の用意を！」と言った。するとただちに欲しいものが手に入った。

老人が帰って来て、埃を払う仕事に十分満足したので、家具職人が給金を請求すると、たっぷりとはずんでくれた。家具職人はその給金を持って年取った貧しい母親の元へ帰り、かなりの年月にわたって、母といっしょに安楽な暮らしをつづけた。けれどもその金がなくなると、母親に言った。「おれは犬に姿を変えるから、母ちゃんはおれを市場へ連れて行って、四十グルデンで売っておくれよ」。そして、そのとおりのことが行われ、母親はすばらしい猛犬の買い手を見つけた。それは肉屋で、その犬を子牛を追うのに使ってみたところ、何日間か、とてもよい働きをしたので、その犬に大満足だった。けれどもある日、どうしたことか、犬の姿が見えなくなった。家具職人は意気揚々と家へ帰ったのだった。

やがて例の四十グルデンも底をついてきたので、家具職人は馬に姿を変え、母親に対して、「自分を市場へ連れて行き、売り値として四百グルデンを要求すること、けれども売った後は、手綱を取り外すこと、さもないと自分が不幸な目に遭う」と言った。

一方、魔法使いの老人は、自分の魔術の本が何頁もなくなっているのに気がついた。それはつまり、かつての使用人が魔術を覚えたにちがいない、ということである。そこで使用人探しに出かけ、使用人のいる町へ入り、市場へやって来て、白馬がかつての使用人が変身したものであることをすぐに見破った。

そこで魔法使いの老人は母親に近づき、白馬のことであれこれ質問をして、確かめてから買い取った。母親が手綱を外そうとしたところ、魔法使いはそれをさせず、馬には手綱をつけておくのがどこの町でも常識だと言い、母親がどんなに逆らっても、なんの役にも立たなかった。母親は手綱を持たずに家へ帰るしかなかった。魔法使いの老人は白馬を馬小屋につなぎ、一杯ひっかけるために居酒屋へ入って行った。なにしろ、かつての使用人をうまくふん捕まえることができて、上機嫌だったのだ。

そのころ白馬は、居酒屋の下男にささやくように声をかけはじめた。下男が不思議に思って白馬に近づくと、白馬は手綱を外してくれと頼んだ。ちょうど下男が端綱を外そうとしているところに魔法使いの老人が入って来て、怒りもあらわに白馬をまるで地面から浮き上がらせんばかりに荒々しく引っぱった。すると手綱が古くてとめ金が外れてしまった。とその瞬間、魔法使いの手には、外れた手綱だけが残り、一羽の鳥が馬小屋から勢いよく飛び去った。すると魔法使いは禿鷹《はげたか》に姿を変え、風のようにその鳥の後を追った。あと一息で捕まえられるほどに近づいたとき、二羽の鳥は王さまの城の近くにやって来た。城の前の庭園にはとても美しいお姫さまがすわっていた。

鳥は素早く黄金の指輪に姿を変え、お姫さまの膝に飛び込んだ。お姫さまはとても驚いて、すぐにその指輪をはめてみた。するとまるで測ったようにぴたりと合った。これでは魔法使いも追跡を中断しなければならなかった。だが、諦めたわけではなかった。

このころ、お姫さまの父親で、高齢の王さまは病気だった。国中の医者が医術を試みたが無駄だった。お姫さまが指輪をはめた日から何日か経ったころ、たいそう経験豊富な博士がやって来て、王さまを診察し、王さまの病気を治して上げた。広大な王国中が、それをとても喜んだ。

「わが王国の半分を報酬として受け取るがよい」と王さまは医者に言った。

「はい」と医者は控えめな物腰で言った。「ほんのささやかなものをちょうだいするだけで十分でございます。お姫さまのお指にはまっておりますす金の指輪をいただきとうございます。他には何もいりません」。この医者は魔法使いだった。

だが、その前の夜、すでに家具職人は指輪から姿を変えてお姫さまの前に現れ、二人は早くも愛を交わして、夜通し互いにこのうえなく楽しい時間を過ごしていた。いまや大きな危険が迫ってきたので、若者はお姫さまに、お姫さまが指輪を渡すとき、うっかりした素振りで指輪を落としてくださいとお願いした。

博士が指輪を正に受け取ろうとした瞬間、お姫さまは思いがけずに指輪を落としてしまった。すると指輪は小さくて、ほとんど見えないくらいのキビの実に変身し、床板のつぎ目に入ってしまった。すると博士は王さまや侍臣たちの前で、あっという間にメンドリに姿を変え、キビの実をつつき出そうとした。けれども、キビの実は一瞬のうちにキツネに姿を変え、キツネはメンドリの首をかみ砕いた。家具職人は再び人間の姿にもどり、王さまにお姫さまをお嫁にくださいと願い出た。この後、楽しい結婚式が挙げられた。

第24話 囚《とら》われの身の魔物と金持ちユリウス *Der gefangene Schratl und der reiche Julius*

昔、ユリウスという名の桁違いの大金持ちの領主がいた。広大な領地や美しい城の数々を持っていたうえに、学問を身につけ哲学を修めていたが、結婚生活には不満を積もらせ、嫌気がさしていた。あるとき、退屈しのぎに城のまわりをぶらつきながら、物思いにふけっていた。そうして、これまで人が足を踏み入れたことのない、へんぴな場所にやって来ると、とつぜん、とてもか細い声がした――「頼む、お願いじゃ！」。その声は絶え間なく聞こえるのだった。

ユリウスは見上げたが、裂け目や割れ目がいっぱいある古い城壁の一隅の他には何も見えなかった。それなのに、またもや「頼む、お願いじゃ！」とか細い声がした。ユリウスはその声の出所に狙いを狭めて見つめてみた。けれどもやはり何も見えなかった。三度目の声がした――「頼む、お願いじゃ！」。そこでユリウスは、大きな声で言った。「いったい、その声はだれなのだ。そんなに何度も何度も頼みごとをするとは？」。すると城壁の割れ目の一つから叫び声がした。「わしは魔物で、小さな箱に閉じ込められておるのじゃ。お前さんの先祖が百年前、わしを城壁の中へ閉じ込めたのじゃ。わしはお前さんの先祖のために、いろいろ役に立つことをしてやった。頼む、お願いじゃ。わしを今すぐ外へ出しておくれ。わしはお前さんにちゃんと恩は返すでな」。

するとユリウスは、ぜひ一度生身の魔物を見たいという気になった。というのも、魔物については、とてもたくさんのことを聞いていたからだ。ユリウスは城壁のあちこちを探して、窪みの一つに古い小箱がはめ込まれているのを見つけた。ユリウスはその小箱を取り出した。ところがその小箱はとても古くてボロボロになっていたので、ユリウスは壊してしまった。そのとき小箱から魔物が飛び出し、ユリウスの驚きはとてつもなく大きかった。魔物はすぐさま近くに張ってあった物干用のひもの上にぴょんと跳び乗り、大喜びしながら身体を揺さぶり、さも満足そうに小さな足をぶらぶらさせながら、あっけに取られているユリウスを小さくてずるそうな目で見つめた。魔物は赤い燕尾服、黄色いズボン、帽子には羽飾りという、全身これ古風なスペイン風の衣装に身を包んでいた。腰の小さな袋を手で叩いたので、袋の中に金がずっしりと入っている音がした。

「さあ、お望みのものを言ってくれ」と魔物がユリウスに言った。「欲しいと思うものを言いさえすればよいのじゃ。金なら、お前さんが欲しいだけ、いくらでも手に入るぞ」。

「いいや」とユリウスが答えた。「金ならたっぷりある」。

「ならば、欲しいのは学識かな」と魔物がたずねると、「いいや、学識もわたしには十分に備わっておる」とユリウスが言った。

「それとも、名声とか尊敬とかが欲しいのかな」。

「それも、わたしにはある」と大金持ちの領主が答えた。

「それじゃ、ひょっとすると、世界を見てまわりたいとか?」。

「そうだ、それがいい!」とユリウスは叫んだ。

「わかった!」と魔物が言った。「それじゃ、お前さんを船長にして上げよう。そして、わしはお前さんに仕える。そして何もかも、まるでお前さんが自分でしたようにして見せよう」。

こうして、ユリウスは船長になり、魔物がその召し使いになった。

天候に恵まれている間は、大金持ちの領主には何もかも満足で、船に乗って七つの海を航海することは、大いに気に入った。けれども、魔物があるとき恐ろしい嵐を起こすと、ユリウスはすっかり弱気になってしまい、旅はもうこりごりだと言って、他に何か別のことをさせてくれと魔物に言った。「わかった。で、何がお望みかな?」と魔物がたずねたが、ユリウスにはこれといって何もなかったものだから、魔物はユリウスを将軍にしてやろうと言った。老将軍が戦死する、ユリウスがすぐにその任に当たる。大金持ちの領主はこの考えに満足したの

で、魔物は領主を将軍にした。けれども魔物自身は鸚鵡《おうむ》に姿を変え、将軍の馬に乗り、将軍が命令すべきことをすべてこっそり将軍に耳打ちした。けれども、戦場の肉弾相打《にくだんあいう》つ殺し合いは、ユリウスには何の喜びも与えなかった。ユリウスはこの新しい名誉ある地位にもやがて満足しなくなった。

そこで魔物はユリウスに「スルタンにしてやろう、スルタンならどうしたってこの世でいちばん偉大な支配者だから」と言った。「それはよかろう！」とユリウスが言ったので、魔物はユリウスをスルタンにした。けれども、トルコ帝国のお偉方《えらがた》が表敬訪問をすると、ユリウスはもうそれだけで嫌気がさしてしまい、お偉方たちがユリウスの前に身を投げ出して、「手前どもを亡き者になさってください。しかし手前どもの元におとどまりください！」と頼んだにもかかわらず、ユリウスはとどまろうとはしなかった。というのも、ハーレムのカーテンが引かれ、妃嬪《ひひん》たちが両腕を広げて新しい王さまを迎えようとすると、女嫌いのユリウスは恐怖心に襲われ、召し使いに命令した。

「わたしをすぐに別のものにしてくれ！　こんなところにおるくらいなら、隠者になりたい！」。

「わかった！」と魔物は言った。「お前さんの願いはかなえて進ぜよう。たった今、隠者が一人荒野で息を引き取ったところなのでな」。

ぱんぱんにふくれ上がった太鼓腹のユリウスは、腹ばいになって寝入った。そして目をさますと荒野の真ん中にいて、すっかり隠者の姿になっていた。「これだ！」とユリウスは言った。「これがいいのだ。わたしはここに居ることにする！」。けれども、ユリウスの喜びは今度も長くはつづかなかった。やがて不機嫌になった。

二日が過ぎ、完全に一人きりになってだれもいない身になってしまうと、ユリウスはまたも忠実な召し使いを呼び出して言った。「お前はわたしにお返しをする義務がある。わたしに別の暮らしをさせてくれ！」。「そろそろ」と魔物が言った。「お前さんのために用意できる場所ももう一つきりしかない。この暮らしもだめだというなら、もうこれ以上の手助けはできない」。もう一つきりの場所とはどういうことかとユリウスがたずねると、魔物はユリウスに、大きな修道院の庭師が手紙を持って遠くへ派遣された。この庭師はユリウスに瓜二つで、しっかり者の美しい妻、三人の庭師、二、三人の見習い、四人の子どもがいる。もしユリウスがこの庭師になりたいのであれば、その庭師は旅の途中、深い川を渡らなければならないので、その庭師を川に転落させ、ユリウスをその身代わりの庭師にしてやる、と言った。この話は大金持ちの領主の望むところだった。

そして、魔物はユリウスに言ったとおりのことをすべて実行した。魔物は、庭師を川へ転落させ、ユリウスがその庭師になりすまして、庭師の家の妻のところへ帰って行った。けれどもユリウスは髪の毛一本にいたるまで庭師に似ていたので、妻も子どもたちも、ユリウスが本物の父でも主人でもないことに気づくことなく、ユリウスを尊敬し、つき従った。ユリウスはこのことがとても気に入り、仕事を終えて、家族揃ってなごやかにくつろぐとき、とても幸せで満足だった。

けれども、魔物は面白くなかった。魔物は、自分の主人が幸福でいるのが、我慢ならなかったので、それをぶち壊しにかかった。そこである日、年寄りの格好をして庭師の妻を訪れ、自分は魔物で悪魔の一族であり、庭師の召し使いに化けていると正体を明かし、今の庭師が妻の夫だというのは真っ赤な嘘だと言った。魔物は妻に、魔物の主人のユリウスと妻の本当の夫についての出来事の一部始終を話してやり、それを証明するために、妻の目の前で、妻が望むものに姿を変えてみせると言った。

けれども、妻はそれを信じなかった。妻は魔物を追いはらい、魔物とのやり取りのすべてをユリウスに話して聞かせた。ユリウスは、魔物が言ったことはすべて本当の話だと告白し、またもや自分の幸福が消え失せていくのかと悲しんだ。けれども、庭師の妻はしっかり者で、まだ何もかもうまくいく、ただし、主任司祭のところへ自分といっしょに行って、キリスト教徒としての洗礼を受けなければならない、と言った。

この話は、大金持ちの領主にとって、考えるまでもなく望ましいことだったので、喜んで同意した。けれども、それがまったく気に入らない者がいた。それは魔物だった。魔物は妻のところへ三度もやって来た。あの手この手で妻に思いとどまらせようとしたが、妻のほうが上手《うわて》で、魔物が三度目に来たときには、小さな針箱を用意して、魔物はひどい人間だ、争いばかり起こそうとする、お前さんが魔物だなんてとても信じられない、と魔物に向かって言った。魔物は「ならば証明して見せる」と改めて言った。すると、「いいわ、もし本当にそうなら、わたしの目の前で針箱の中へ入れるほど小さくなって見せて」と妻が言った。その言葉が終わるか終わらないうちに、魔物は小さく小さく身体を縮めて、針箱の中に収まった。すると妻は針箱の蓋《ふた》をばたんと閉めたので、魔物はまたもや囚《とら》われの身となってしまった。ユリウス夫婦は針箱を持って船に乗り大海原へと航海に出た。針箱に重い大きな石をくくりつけて海に投げ捨てた。そこは海でいちばん深い場所だった。

こうして二人は性悪な魔物を厄介払いして、死ぬまで満足で幸せな暮らしをした。

II ケルンテン〔オーストリアの南部地方〕の民話
Märchen aus Kärnten

第25話
盗賊の花嫁 *Die Räuberbraut*

中世の時代、人々の間にはまだ迷信がはびこり、土曜日の夜、野外にはぞっとするようなことがたくさんある、と信じられていた。

あるとき、人々が集まってお祈りをすませて、肝《きも》試しの話になった。だれもが口々に、おれは怖くないぜ、おれも怖くないぞ、おれだって、と言って際限《さいげん》がなかった。その中に一人、金を持っている者がいて、「もしお前らの中で、怖がらない者がおるなら、夜中の十一時と十二時の間に墓場へ行って、おれのお袋の墓に短剣を突き刺して来いよ。二週間前に死んだお袋のな。いちばんほやほやの墓だ。それをした者には二百グルデンやるよ」と言った。するとだれもが言うのだった。「おれは行かないよ、おれはだめだ、おれもだ！」。

ところがそこに粉屋の娘がいた。若くて、生き生きして、美人で、勇気のある娘だった。娘は言った。「わたしが行く！　物騒《ぶっそう》なことなんて起こりっこないわ。二百グルデンなんて、そう手っ取り早く簡単には稼げないもの」。

娘は短剣を手にして、十一時と十二時の間に墓場へと出かけた。ところが娘が教会のそばを通り過ぎたとき、教会の扉の前に十二頭の馬がいて、教会の中には盗賊の群れがいた。娘は構わず進んで墓地に向かい、墓石のところで芝生をはがして持ち上げ、短剣を振り下ろした。娘が墓地を立ち去ったとき、すでに六頭の馬に鞍がつけられ、盗賊の群れが教会で略奪した物を積み込んでいた。

そこで粉屋の娘は六頭の馬の綱をほどいて、家へ引いて帰った。父親を起こし、二人で素早く馬の積み荷を降ろし、馬小屋につなぎ、盗んだものを隠した。

盗賊たちは六頭の馬がいなくなったのに気がつくと、怒りの炎を燃え上がらせ、巣窟へ帰ってから親分が言った。「なんとしても、どいつが図々しくもおれさまの馬どもを盗みやがったのか突き止めにゃならん」。

盗賊たちはそれぞれに労働手帳を持って工芸職人として出かけ、何か変わったことはないか探り出して、半月後に再び巣窟に集合することにした。盗賊の親分は伯爵を名乗って、立派な馬車を仕立て、御者《ぎょしゃ》と召し使いを連れて、村へと出かけて行った。村に着くと、親分は居酒屋に立ち寄り、何か変わったことはないかたずねた。居酒屋の亭主は何も知らなかったので、自分は花嫁探しの者だと嘘を言って、自分にふさわしい花嫁を知らないかとたずねた。亭主は、どこで伯爵の娘を見つけることができるか、それは伯爵ご自身がいちばんよくご存じでしょう、と答えた。ところが伯爵は、自分は貴族の身分の者はいらない、むしろ、生き生きしていて、若くて、勇気のある庶民の娘がよい、と言った。

　すると亭主は伯爵に粉屋の娘をすすめた。「お好みのタイプで、おまけに金持ちです。ただ、あの粉屋がどこで財産を手に入れたのかは存じません」と言った。そこで伯爵は粉屋の家を紹介してもらい、粉屋に娘さんと会わせてくれと頼んだ。粉屋は大喜びし、娘を呼んだ。娘は身だしなみを整えて現れ、自分が粉屋の娘だと名乗った。娘は伯爵を十分に信用したわけではなかったが、父親のたっての望みだったので、結婚に同意した。結婚の契約がまとまると、伯爵は、早くも一週間後には式を挙げたい、自分のところでは花婿が結婚式に呼ぶ客は全員男で、花嫁は全員女を呼ぶ習わしがあるので、自分としてはぜひともそうしたいと言った。粉屋はそれに同意した。

　けれども伯爵が立ち去ったとき、粉屋の娘はひそかに馬車の後部の荷物置き場に身を潜めた。盗賊の親分は村を出ると、だれにも聞かれる心配はないと思って、二人の子分に向かって言った。「ついに突き止めたぞ、どいつがおれたちの馬や宝物を盗んだのか。他でもない、粉屋の娘だ」。

そして、その娘をどう始末をつけるか、どうやって懲《こ》らしめてやろうかと相談した。娘はそのやり取りをすっかり耳にした。けれども、盗賊たちが森の奥深く入るまで、馬車からは降りなかった。割れた岩のある、とある場所で馬車が止まり、そこで盗賊の一人がつまみを押すと、草の生い茂った扉がさっと開いた。盗賊たちが中へ馬車を乗り入れたとき、粉屋の娘は素早く飛び下りて、木の洞《うろ》に身を隠した。

他の盗賊たちは皆、すでにもどって来ていた。親分は、王さまがお妃さまとお姫さまを連れて旅をしているという話だ、その王さま一行を丸ごとふん捕まえるために、すぐに出発しなければならないと言った。盗賊たちが巣窟から出て行くと、娘は素早く中へ忍び込み、何から何までじっくり品定めをした。死体がごろごろ転がっている場所にも行った。ところがあまり時間が経っていないにもかかわらず、早くも盗賊たちはお妃さまとお姫さまを連れて帰って来たものだから、粉屋の娘は万事休す、外へ出られなくなった。そこで娘は慌てて上着を脱いで丸め、死人の間にもぐり込み、丸めた物を枕にして、死人の服を何枚か引ったくって身体の上に手早くかぶせ、盗賊たちに簡単には見破られないようにした。

盗賊たちはお妃さまの手を切り離した。手には高価でみごとな指輪がはまっていたのである。それから首をはねた。手はよりによって粉屋の娘の胸の上に落ちた。お姫さまについては、盗賊たちは縛って目隠しをし、両手を後ろ手に縛り上げた。お姫さまは若くて美しかったので、親分は殺させず、自分の身近に置くと言った。盗賊の一人がお妃さまの指輪のはまった手をつかもうとして、あわや粉屋の娘の温かい胸に触りかけたとき、親分が怒鳴った。「手はそのままにしておけ。この洞窟にあるものはなくなりはせん。それよりさあ出発だ。もう一丁、王さまの奴をふん捕まえるんだ！」。

盗賊たちが再び出て行くと、粉屋の娘は素早く起き上がって、身繕《みづくろ》いし、出て行こうとした。お姫さまはこの巣窟にまだだれかいると気がつくと、助けを求めた。けれども粉屋の娘は、自分はお姫さまの綱をほどくことはできない、まず自分が助からなければならない、お姫さまはじっと我慢しなければならない、そうすればきっと助けてもらえるだろう、と言い残した。

娘が再び巣窟の外に出ると、途中で干し草を運ぶ人に出会った。娘はその頭《かしら》に、荷馬車の中の一台から干し草を半分降ろして、自分を干し草の中へ包み込んでくれと頼み、たっぷり酒手《さかて》をはずんだ。干し草を運ぶ人がちょうど娘を干し草の中に押し込んで動き出したとき、盗賊たちがやって来て、ちょうど馬たちに干し草が欲しいところだったと親分が言った。

「そうですかい」と頭が言った。「干し草はお売りできないんですよ。旦那方のお気持ち次第ですが、明日も干し草を運びますんで、そしたら餌が手に入りますさあね！」。

「干し草なんかどうでもよい。お前たちはその干し草の中に人間を隠しておるはずじゃ！」。

とは言ったものの、盗賊の親分も確信があったわけではない。それで、投げ槍で干し草をめったやたらと突きまくれ、と手下に命令した。粉屋の娘はこれを聞き、慌てて短く祈りを唱えた。一本の投げ槍が娘の胸のところまで届いたが、怪我をするまでには至らなかった。

干し草を運ぶ人たちは再び道を進んで行き、安全になったところで娘を再び自由にしてやった。娘は家へ帰り、伯爵が何者かを父親に話した。そして裁判所に訴え出た。

結婚式の日となって、花婿は二十四人の客とともに姿を現した。けれども花嫁のほうはまだ一人も客がいなかったので、娘は悲しみに暮れて泣いた。

花婿は娘がどうして悲しんでいるのかとたずねた。

「記念日は喜びの日ではないか、楽しく愉快にしなくちゃ」。

「わたし、夢を見たの。その夢をどうしても忘れられないの。その夢で、もう胸が苦しくってたまらないの」と花嫁が言うと、花婿が言った。

「夢はいつだっていいもんだよ。何かいい夢を見たら、そのときは楽しいもんだ。何か悪い夢を見ても、その夢が本当ではなかったら、気分が晴れて楽しいじゃないか」。

その日もはや黄昏時《たそがれどき》となり、花嫁は夢の話をした。「わたし、こんな夢を見たの。わたしは盗賊の巣窟にいたの。そしたら、そこには二十四人の盗賊がいて、お妃さまとお姫さまをさらって来て、お姫さまを後ろ手に縛り上げ、目隠しをしたの。そのお姫さまは親分が自分用に生かしておこうとしたの。お妃さまは手を切り離され、首をはねられたの」。そう言いながら花嫁はそのお妃さまの手を引っ張り出して、自分がまさしく盗賊の巣窟にいた証拠として、その手を投げつけた。

家はすでに軍隊にぐるりと取り囲まれており、合図一つで四方八方から兵隊がなだれ込み、盗賊たちを一網打尽にした。その三日後、全員が絞首刑に処され、親分一人だけは手下が絞首刑にされるのを見届けなければならなかった。ところが、いざ親分を絞首刑にしようとしたところ、縄はもぬけの殻で、親分の姿は消えていた。しかし手紙が残されており、それには、「あいにくだったな。今回はまんまといっぱい食わされたが、きさまはそのうち、おれさまの手で成敗《せいばい》してやるからな」と書かれていた。

粉屋の娘はこの手紙を読むと、故郷ではもはや身の安全は保てないと思い、旅に出て、園芸の修業をした。それから男の庭師になりすまして、都に上って行った。

都で娘は王宮の庭園に職を得た。腕がよかったので、やがて王さまはその庭師を大いに重用《ちょうよう》した。庭師は並外れた美男子《びだんし》でしっかり者だったので、お姫さまが庭師に惚れ込んでしまった。けれども庭師はまるでつれない態度を取ったので、お姫さまの怒りを買ってしまった。それでも庭師は態度を変えようとしなかったので、お姫さまは庭師にあからさまに色ごとの話を持ちかけた。そして、自分を好きになってくれないなら、庭師を解雇するよう父親に訴え出ると言った。すると庭師は、自分自身が女の身だから、お姫さまを愛することができないと言った。それでお姫さまは、庭師は女だと父親に告げた。

それで王さまが、娘はなぜ男の姿をして旅をしているのかとたずねたので、娘は王さまに何もかも説明し、盗賊の親分が執拗に自分をつけ狙っていると話した。これに対して王さまは、娘は王さまの元にとどまりさえすればよい、そうすれば四六時中、城には見張りがついているので、これ以上安全な場所はない、と言った。ところが盗賊の親分は、粉屋の娘が王さまのところで庭師になっていることを早くも嗅ぎつけていた。

親分は酒保《しゅほ》商人になりすまして、睡眠薬を入れた火酒を持って見張りに近づいた。一回目はうまくいかなかったが、二回目か三回目には成功した。歩哨を酔いつぶし、庭師が寝ている部屋へ忍び込んだ。けれども庭師がすぐに親分だと見破って、間髪を容れず、警報を鳴らした。王さまがこれを聞きつけ、壁にかけてあった剣をつかむや、酒保商人を倒そうとした。酒保商人は自分には歯が立たないと察知するや、さっと姿をくらましたが、一通の手紙を残していた。そこには、王さまが庭師を解雇しなければ、自分は王さまの領国内で強盗や人殺しを働く、粉屋の娘はなんとしても自分の手で死に至らしめなければならない、と書かれていた。王さまは、どのような手段も何の役にも立たず、たった一人の人間のせいで、自分の国で強盗や殺人、放火をされてはならないと考え、庭師を解雇するほかはないと思うに至った。

粉屋の娘は、もう何をどうしてよいのやら、わからなかった。そのとき、ある年を取った聖職者のことを耳にした。この聖職者は大きな困難をかかえている人をすでに大勢助けた人だった。娘は聖職者のところへ行って、自分の難儀《なんぎ》を一切合切《いっさいがっさい》打ち明けた。

「そういうことか」と聖職者は言った。「事態がすでにそういうことであれば、わしがお前さんにして上げられる忠告は一つだけじゃ。お前さんは自分からすすんで盗賊の巣窟へ行き、素直に身を委ねることじゃ」。聖職者は娘に祈祷書《きとうしょ》を持たせ、それを読んで熱心に祈ること、もう一冊は盗賊の親分に渡し、親分がそれを受け取るよう頼め、と言った。「そうしたら、もしかしてまた何か変化が起こり、助けとなるものが現れるやも知れぬ。お前さんが盗賊の巣窟へ行くと、盗賊の親分が、お前さんがかつて潜んでいた木の洞の中に立っておるじゃろう」。

娘が盗賊の巣窟へ行くと、親分が本当に木の洞の中に立っていた。それで娘は親分に近づき言った。「わたしがあなたの手にかかってどうしても死ななければならないのなら、あなたのお好きなようにどうぞ。わたしはもうばらばらにされてもいいわ。でも、一つだけお願いがあるの。この本をわたしから受け取って欲しいんだけど」。

盗賊の親分は言った。「何を抜かすか、この腐《くさ》れ肉女め。お前を取っ捕まえようと思えば、お前なんぞ、すぐに見つかるんだ」。これに対して粉屋の娘は、「わたしがあなたの手にかかってどうしても死ななければならないのなら、わたしはもう逃げたりはしないわ」と答え、改めて親分に本を受け取ってくれと頼んだ。親分は本を受け取り、巣窟の中へ入って行った。親分はその間に、早くも二十四人の盗賊を新たに集めていた。親分は盗賊たちに言った。「お前らの中で、この腐れ肉女を六週間、痛めつけてくれる奴がだれかおらんか」。

すると二十四人の中から大男の盗賊が名乗り出た。「おれがその腐れ肉女をたっぷり痛めつけてやりますぜ。一週間目は縛ったままで転がしておき、二週間目はこいつはずっと人間の血を飲まなくちゃなりません。三週間目はずっと人間の肉を食わせます。そしてその後は、また何か別のことを考えつくでやんしょう」。

ところが数日後、親分がやって来て言った。「おれたちはあの女を懲らしめたり痛めつけたりするのはもう止めよう。おれと奴は二人でいっしょに死ぬことにする。それで、おれたちに目隠しをしてくれ。そして、おれが自分で合図を出す。おれが一と言ったら、お前たちは剣に手をかけろ。二と言ったら、剣を抜き放て。三と言ったら、おれたち二人の首をはねてくれ。それじゃ、まず目隠しをしてくれ！」。

ところが二人が目隠しをされ、親分が合図を出して三と言っても、二人の首は飛ばなかった。親分は目隠しを外し、どうして盗賊どもは自分の命令を実行しないのか、と怒鳴る。親分が見まわすと、剣という剣が宙に飛び、盗賊どもの手は硬直して、だれ一人身動きできなくなっていた。そこで親分は、「今やっとわかったぞ。おれさまよりも何かもっと偉いものがあることが」と言って、娘といっしょに巣窟を出て、巣窟の前で、娘はあの本をどこで手に入れたのかを聞いた。

そこで娘が親分に老聖職者の話をすると、親分はぜひその老聖職者のところへ案内してくれと娘に頼んだ。粉屋の娘が盗賊の親分といっしょに老聖職者の元を訪れると、盗賊の親分は、自分が犯した数々の罪は許される可能性がないのか、と哀願《あいがん》した。

老聖職者が、「それはわしの力の及ぶところではない。罪を許す力を持っておるのは、より高きところにおわすお方じゃ」と言ったが、盗賊の親分は何度も何度も懇願し、自分は盗賊として死にたくない、まっとうなキリスト教徒になるつもりだと言った。すると聖職者は言った。「お前さんが盗賊の親分ならば、お前さんは多くの人の命を奪い、どう猛な野獣として生きておったのじゃ。それでもまっとうなキリスト教徒になろうというのであれば、お前さんは森の中へ入って、もう一度、七年の間、野獣のような暮らしをせねばならん。じゃが、それはどう猛な野獣のようにではないからの。お前さんは寒さからも暑さからも身を守ってくれる服を脱いで裸になり、雑草や薬草、草木の根で命をつながねばならん。そうして七年間、それに耐えしのぐことができたなら、お前さんは神さまにお慈悲を乞うことができ、お前さんの罪も許されるのじゃ」。

するとと盗賊の親分は粉屋の娘に、七年間自分を待ち、自分を裏切らないでくれと頼み、七年経っても自分が来なければ、他の男と結婚してもよい、と言った。これに対して粉屋の娘は、盗賊の親分の頼みを受け入れた。

七年後、盗賊の親分が粉屋の娘のところへ再びやって来た。

「お前は昔おれの花嫁だったが、もう一度花嫁になるのだ。ただし、盗賊の花嫁ではなく粉屋の屋敷で暮らす花嫁だ」。

こうして盗賊の親分は花嫁のおかげで、まっとうなキリスト教徒になり、粉屋の屋敷にとどまった。

第26話
勇敢なハンス *Der tapfere Hans'l*

昔、農夫がいた。農夫には息子が二人いた。一人はハンス、もう一人はイルグルという名前だった。二人の息子が成長し、それぞれ好きな女の子ができたので、夜になるとかなり頻繁に出かけて行った。けれども、父親はそのような息子の行いを見捨ててはおけず、二人が女の子のところへ行くときには、太い鞭を持って待ち伏せし、息子たちを打ち据えた。

ハンスとイルグルは、自分たちはもう一人前の大人になっているのに、いつまでも鞭で打たれるのはあんまりだという気になった。そこでハンスがイルグルに、「おれたちが力を合わせておやじから鞭を奪い取るというのは、それほどひどく悪い事じゃないよな」と言うと、イルグルもそれに賛同した。またもや夜、父親が鞭を持って待ち構えていると、ハンスとイルグルは力を合わせて父親から鞭を奪い取ったが、それ以上のことは何もしなかった。

それからというもの、二人の息子はこれまで以上にしげしげと女の子のところへ出かけて行ったので、父親は二人にどのような見せしめをしてよいものやら見当がつかなかった。父親は主任司祭のところへ行って、事情を説明した。

主任司祭が言った。「お前さんは、息子さんたちがどこへ行き、どこで女の子たちと会っているか、ちゃんと調べることですな」。

父親は言った。「そのことなら、わしにはようわかっております。息子どもは二人とも、小高い山を抜けて、ある村で女の子に会っております」。

「そう言うことなら、話は簡単じゃ」と主任司祭が言った。「わたしは悪魔の衣《ころも》を持っておりますでな。それをお前さんにお貸ししよう」。

主任司祭は悪魔の衣を探し出して、農夫に貸した。農夫はそれを着て、鏡をのぞき込んだ。「いいですねえ」と農夫は言った。「これはまさしく悪魔ですね」。そう言いながら、農夫は自分でも怖いと言って、悪魔の衣を脱いで主任司祭にていねいにお礼を言い、それを持って家へ帰った。

それから何日か経って、農夫は、今日は息子どもが女の子のところへ行くはずだと考えて、暗くなると家を出て、回り道をして、息子たちがやって来るにちがいないと見当をつけた山に入り、素早く悪魔の衣を身につけた。

家ではイルグルがハンスに、ハンスも女の子のところへ行かないのかと言った。けれどもハンスは言った。「いいや、今日はおれ、行かないよ。今日はどうもその気になれないんだ。どうしてなのか、自分でもわからないんだけど」。これに対してイルグルは、「おれは行くぜ！」と言った。するとハンスが、「お前はすぐまたもどって来るさ」と言った。イルグルが家を出て、山の中へ入って行くと、悪魔が現れた。イルグルは自分に言い聞かせた。「きさまはおれさまに危害を加えるわけないよな」と言って十字を切った。けれどもイルグルが悪魔に近寄ると、それはぞっとするような悪魔だった！　イルグルは恐怖で身が縮み、家へ駆けもどり、ハンスに言った。「今日、悪魔が出たぞ」。するとハンスが言った。「お前が一人で出かけたら、糞をチビることははじめっからわかっていたさ」。

　他方、父親は考えていた。「わしはもう少し待とう。ハンスの奴が来るかもしれん。奴のほうがずっと肝っ玉が太いからな。イルグルの奴がハンスに絶対しゃべっておるじゃろうて」。

　ハンスはすっくと立ち上がり、身支度を整えた。そして山の中へ入って行くと、予想どおり悪魔に出会った。「やい、きさまはおれさまに危害を加えることはできない！」と言って十字を切った。そう言いながら悪魔に近づくと、悪魔の醜悪さはいちだんと増して、火を吐いた（これは本当にその通りだった）。そこでハンスは考えた。悪魔のコンチキショウめ、きさまを楽にしてやろうじゃないか！　素早く身をひるがえして家の馬小屋に取って返し、鉄製の熊手《くまで》を手にするや、再び大急ぎで悪魔のところへもどると、「きさまが自分で悪魔だと言うなら、きさまは悪魔だ。そうすると、きさまなんぞにお情けは無用というもんだ！」と言って、悪魔の土手《どて》っ腹《ぱら》に鉄の熊手を突き刺した。すると悪魔が言った。「ハンス、ハンス、今お前が突き刺したのはお前のおやじだぞ！」。

「なんだって？」とハンスが言った。「おれのおやじは悪魔なんかじゃない」。けれどもハンスは少し冷静になって考えた。「これはおやじの声にそっくりだ！」。ハンスが悪魔の衣をはぎ取ると、それは正しくハンスの父親だった。けれどもすでに事切れていた。

ハンスは父親を抱え上げ、背中に担いで家へ運んだ。翌日、自分で役所に出頭し、もう一度女の子のことや、罪を犯した者は皆行くことになっている幽霊の城へ自分も行くのだろう、といったことを考えていた。三日目にハンスは幽霊の城に連れて行かれた。食べ物があてがわれ、ハンスは自分で料理ができたので、看守たちには何の面倒もなかった。

一日目、ハンスは幽霊の城の中をうろつきまわったが、何も見えなかったし、何の音も聞こえなかった。そこで考えた。昼間に料理をするのは止めよう。昼間の時間は楽につぶせる。でも、夜は長いだろう、と。

暗くなったので、ハンスは料理をしようと、独り言を言った。「付け合わせがないと、肉団子や雑炊《ぞうすい》のようなものは作れないぞ。肉団子はまずい。雑炊を作ろう」。

ハンスが火をつけて料理をしていると、黒ネコがやって来て、暖炉の右上に跳び乗った。そこでハンスが言った。「おやおや、ネコもいたのか。お前、いったい昼間はどこにいたんだい。おれはお前をどこでも見かけなかったぞ。お前も腹を空かしているだろう。ネズミはそういないだろうからな」。ハンスがそうやって黒ネコと話していると、二匹目のネコが現れて、暖炉の左側に跳び乗った。ハンスが二匹目と話しているところへ、さらに三匹目が現れた。これは大きな黒ネコで、これも暖炉の上に跳び乗ると、今にも食いかかりそうな恐ろしい形相で、ハンスの顔をのぞき込んだ。そこでハンスが言った。「どうしてお前はそんなに怖い顔をしておれをにらむんだ。おれはお前に何も悪いことはしていないぞ」。するとその大きな黒ネコがおもむろに口を開いて、身体の小さい二匹に威嚇するような声で言った。「奴をひっ捕まえろ！」。二匹の小さいネコは言った。「そんなこと、わたしたちにはできません。ご自分でお捕まえなさいな」。するとハンスはぼうぼうと燃えている木切れを暖炉から引っ張り出し、「この糞野郎め、おれさまを捕まえるんなら捕まえてみろ」と言いながら、ネコたちをドアの外に追い出し、ネコめがけて燃えさしの木切れを投げつけた。

ハンスが再び暖炉のところへもどって来ると、黒い無頼漢《ぶらいかん》が暖炉の右側に立っていた。それでハンスが言った。「お前さん、いったい昼間はどこに隠れていたんだい。おれはどこでもお前さんを見かけなかったぞ」。無頼漢はしかし何の返事もしなかったので、ハンスが言った。「お前さん、さぞかし腹が減っているだろう。これまで何か食べる物はあったのかい」。

ハンスは料理を作り終えると、無頼漢に言った。「雑炊ができたよ。雑炊鍋を持っておくれ。おれは明かりを持って行くから」。無頼漢は雑炊鍋を手に取ったので、二人は奉公人部屋に入って行った。ハンスが言った。「おれはスプーンを持っているんだ。もしお前さんがいっしょに食事をしたいなら、自分でスプーンを探しておいで」。それで無頼漢が壁に向かって行くと、壁の中のドアがさっと開いた。これはハンスがそれまでは見たこともないものだった。無頼漢はその中へ入って行き、手早くスプーンをつかむと、再びもどって来た。ハンスが鍋の中へ一回スプーンを入れると、その間に無頼漢は十回もスプーンを入れて、鍋の雑炊をすくった。そこでハンスが言った。「お前さんはなんと恥知らずな男なんだ。おれがもともと自分のために料理したのに、口に入れるのはお前さんばっかりだ」。そう言いながらハンスは無頼漢の前に鍋を突き出して、「いっそのことお前さん一人で全部食えよ。おれはもう食う気がなくなった」。

無頼漢が雑炊を平らげてしまうと、ハンスが言った。「今度はちょっとトランプでもしようや。夜が長いと退屈だから。おれは眠りたくないんだ」。黒い無頼漢はまたもやドアを素早く抜けて行くと、トランプと金がいっぱい詰まった帽子を二つ持って来た。一方の帽子をハンスの前に突き出し、もう一方は自分の手元に置いた。二人がしばらくトランプ遊びをしていると、ハンスのほうが金のいっぱい詰まった相手の帽子を勝ち取った。すると黒い男はまたもや姿を消した。

早朝、看守が、ハンスがまだ生きているかどうか確かめに来た。「いったい、おれはどうしてもう生きていてはいけないんだ。おれたち、食べる物がほとんどないんだよ。二人前持って来てよ！」。看守は出て行って、人間が二人いるとハンスが言っていると管理人に告げた。すると管理人は、ハンスは一人だけでいるはずで、もう一人いるというのはハンスの妄想だろうと言ったが、それでも看守に、二人前食べ物を持って行ってよい、と言った。「あの者が余分に欲しがっているとは、どうにも合点がいかん」。

昼間、ハンスはまたもや城内をあちこち歩きまわったが、どこにも何も目につかなかったし、どこからも何の音もしなかった。壁にドアも見当たらなかった。暗くなったので、再び火をおこして料理に取りかかった。料理もいよいよ出来上がりというころ、またもや黒い無頼漢が現れた。ハンスがその男と、いったい昼間どこにいたのか、城中その男を探しまわった、などと話している間に、もう一人無頼漢が現れ、暖炉の左側に腰をかけ、雑炊鍋の中をのぞき込んだ。そこでハンスが二人目の男に言った。「いったいお前さんは昨日はどこにいたんだい。今日になってやっとこさ出て来るなんて」。雑炊が出来上がった。そこでハンスは二人目に言った。「今日はお前さんが雑炊鍋を奉公人部屋へ運んでくれ。それからお前さんのほうは明かりを持って行ってくれ」と一人目に言った。「おれは手ぶらで後から行くからさ」。

ハンスは雑炊鍋のところにすわってから、二人に向かって、二人は自分でスプーンを探して来なければならないと言った。すると二人は即座にスプーンを持って現れ、あっという間に鍋を空にした。そこでハンスが再び、ちょっとトランプ遊びがしたいと言うと、二人は手際よくトランプを持って来て、それぞれ金のいっぱい詰まった帽子も持って来た。そこでハンスは、今日、自分は金のいっぱい詰まった二つの帽子を賭けて遊ぼう、と考えた。三人でしばらくトランプ遊びをしたところ、ハンスは金のいっぱい詰まった他の二人の帽子をせしめ、黒い男たちはまたもや姿を消した。

早朝、看守がまたやって来てたずねた。「お前さん、まだ生きていなさるのか」。これに対してハンスが答えた。「どうしておれがもう生きていちゃいけないんだい。それはそれとして、食う物が相変わらずほとんどないんだけどな。二人前しかくれなかったろ。でも全部で三人いたんだ。それで看守が管理人にその話を告げると、管理人が言った。「それは妄想のせいじゃ。ハンスは恐れおののいておるのじゃ。食事は三人前運んでもよいが、囚人にはもうそれも不必要じゃろう。

二晩ならしのいだ者はままおった。しかし三晩もしのいだ囚人は前例がない。三日目の朝には皆、切り刻まれて城内に転がって死んでいるのだ」と。

三日目、再び暗くなった。ハンスはまた雑炊作りに取りかかった。十五分後、一人目の黒い男が姿を現し、さらに十五分後に二人目が、さらにその十五分後に、ひょろっと背の高い黒い無頼漢が現れ、ハンスを見下ろすように屈み込み、まるでハンスをずたずたに食いちぎらんばかりの凶悪な形相でハンスの顔をのぞき込んだ。ところがハンスのほうはあっさりと、「お前さん、どうしてそんな目でおれを見るんだい。おれはお前さんに何も悪いことはしていないよ」と言った。そうしている間に雑炊ができ上がり、ハンスはひょろ長の黒い男に向かって、「昨日鍋を運んだのはこの人だったから」と言って、雑炊鍋を運ぶよう指示した。それから、「お前さんは明かりを持って行ってくれ」と二人目に言った。「おれと一番目の人は手ぶらで後から行くからさ」。

四人が奉公人部屋へ入ったとき、ハンスは今度も彼ら三人にスプーンを取って来させ、三人はスプーンで次から次へと実に素早くすくったので、ハンスがすくう機会はほとんどなかった。そこでハンスはスプーンで三人の指をたたきながら言った。「今度はおれが腹一杯食う番だ。お前さんたちはその後にしか食っちゃいかん！」。黒い男たちの番になると、彼らはまたたく間に平らげた。そして再びトランプ遊びがはじまった。遊びのとき、三人の黒い男のだれ一人言葉を発する者はいなかったが、ハンスは金のいっぱい詰まった帽子を三つとも巻き上げた。ハンスは恋人のことを考えた。「おれが自由の身になったら、あの娘はおれのことをどんなに喜ぶことだろう。

おれはあの娘に何でも買ってやるぞ。でも今は哀れな罪人で、動きが取れない！」。

　トランプ遊びが終わったとき、ひょろ長の無頼漢がいきなりしゃべり出した。「ハンスは勇敢な若者だ。ハンスはこれまでやるべきことを立派にやり遂げた。みごとな振る舞いもこれで十分だ。大きなヒキガエルが現れて、ハンスの右肩に跳び乗る。十五分過ぎると二匹目の大きなヒキガエルが左肩に跳び乗る。さらに十五分過ぎると大ヘビが現れて、ハンスの足の先から頭のてっぺんまで巻きついて、ハンスの顔をのぞき込む、らんらんと鋭い目つきでな。ハンスは身の毛もよだつ思いをするだろう。だがハンスは恐れてはいけない。また、大ヘビが巻きついているのをほどこうとしてもいけないし、ヒキガエルをたたき落としてもいけない。ハンスがこれに従わなければ、引き裂かれて塵と灰にされてしまうだろう」。ひょろ長がそう言うと、三人の黒い男たちは姿を消した。

　十五分後、城内がざわつきはじめ、ドアが大きく開け放たれ、まるで子牛ほどもあろうかという大きなヒキガエルが、ずっと離れたところからハンスの右肩目がけて跳び乗ったものだから、ハンスの身体に激痛が走った。もしすぐに一匹目と同じ重さの二匹目が来たらどうしよう、とハンスが考える間もなく、またもやザワザワと音がして、二匹目のヒキガエルも現れた。一匹目と同じ大きさだったので、ハンスはすっかり押しつぶされてしまった。「うーん、二匹でこんなに重いのなら」とハンスは言った。「このうえ大ヘビまで加わったら、もうどうなるんだろう！」。

　そう言う間もあらばこそ、またもザワザワ、ミシミシ、とまるで城が崩れるのではないかというような音がして、とぐろを巻いたヘビが現れた。それはまるで干し草を固定する支柱のような大物だった。ヘビはハンスの足の先から頭のてっぺんまでぐるぐると巻きつき、まるで舌で刺し殺さんばかりに、ハンスの顔をのぞき込んだ。そこでハンスは、もうとても立ってはいられない、ヒキガエルやヘビたちがすぐに離れてくれないなら、床に倒れるにちがいないと考えた。それで独り言を言った。「持ちこたえられるかぎりは持ちこたえるんだ。持ちこたえられなくなったら、つぶされるまでだ」。

ハンスがそう考えたとき、三匹はそろって身を離し、目の前に三人の白い男が立っていた。ひょろ長の男が次のように言った――ついにハンスがその勇敢さによって、三人を救ってくれた。三人は農夫たちから多くの財産を巻き上げた保護官であり、彼らの物欲と不正のせいで魔法をかけられていた。もしハンスが三人を救済してくれていなかったら、三人とまったく同じような四人目の悪徳保護官が同じ目に遭っていただろう、と。ここに昔の文書の入った包みがある。それを読むと、彼らが農夫から奪い取った物品がわかる。これらはすべて返却されなければならない。さらにもう一枚書類があって、ハンスが役所を引き継ぎ、いまの管理人は免職とし、ハンスの下で豚飼いとなることができると書いてある、と。

その後、三人はハンスを案内して城内をまわった。かつては見えていなかったすべてのドアが今や目に見えるようになった。最後に彼らはある部屋に入った。そこには大きな金の山が三つあり、一つの山は銅貨ばかり、もう一つは銀貨ばかり、最後の一つは金貨ばかりだった。ひょろ長の男は言った。「銅貨は貧しい人たちに必要とされるだけ与えなさい。銀貨については、城があった場所に教会を建立し、その教会は設備を完璧に備え、鐘を吊るした塔も建てることです。そうすれば主任司祭がすぐに入って行って、礼拝を行うことができます。それでも残った銀貨はすべて教会に寄進するのです。銀貨の残りから一ペニヒ〔古い小額貨幣〕たりとも、あなたは自分の懐に入れてはなりません。ただし金貨は全部、あなたのものです」。

そう言ったかと思うと、三人の男の姿は消えてしまった。ハンスは恋人と結婚し、城の管理人になった。

第27話
白鶫《しろつぐみ》
Die weiße Amsel

昔、王さまがいた。王さま自身が宮廷いちばんのおどけ者で、余興を考えつく人だった。いつも余興で楽しませることができたので、王さまのまわりにはいつもたくさんの人が集まった。けれどもやがて王さまは耳が聞こえなくなり、症状はどんどん進行していったので、王さまと話をするには大声を出さなければならなくなり、それがいやになって、身分のある人たちが王さまの元を訪ねることもだんだん少なくなってしまった。それで王さまはしだいに時間を持て余すようになり、ついには宴会を開いて、領主、伯爵、将軍、さらには、軍医や町医者までも大勢招待した。そして宴会が終わりを告げるにあたって、自分の聴力が再び取りもどせるように知恵を授けてくれる人がいないか、いたらぜひ名乗り出てもらいたいと頼むのだった。

すると知恵を授ける人が一人いて、もし王さまが白鶫を探し当てて、その鳴き声をお聞きになれば、聴力を再び取りもどすことができるでしょうと言った。王さまがその話と訪問に礼を言うと、客たちは帰って行った。

ところで、王さまにはローベルト、エンゲルベルト、フランツという三人の王子がいた。ローベルトは王さまに、白鶫を探すために広い世間に出て行かせてくれと頼んだ。王さまは、ローベルトはまだあまりにも未熟なので、見知らぬ世界へ出て行くのをとても許す気にはならなかった。けれどもローベルトが執拗に頼み込むものだから、王さまもとうとう同意して、一頭の馬を与え、たくさんの金を持たせた。それでローベルトは見知らぬ国の大きな町にやって来た。そこは毎日ダンス音楽やら娯楽で明け暮れ、領主や伯爵、貴婦人たちがいっぱい集まったので、そこでうつつを抜かしているうちに、王子は父親のことなどすっかり忘れてしまい、持っていた金をどぶに捨てるように浪費した。そんな具合に一年が過ぎ、ローベルトは手紙一本書くこともせず、すでに何度も借金で拘禁されていた。

その年が過ぎても、ローベルトは帰って来なかった。それで二人目の王子のエンゲルベルトが旅に出たいと父親に申し出た。長男が帰って来ないことで悲しい思いをしているところへ、今度は二人目の王子が旅に出ようとしていることで、王さまの心はますます辛かった。けれども次男は一歩も引かず頼み込むものだから、王さまは次男にも馬一頭と、長男に与えたのと同じ額の金を与えた。エンゲルベルトは旅立って行った。次男は長男と同じ道をたどり、同じ町へ入って行った。今度も同じく音楽があり、間もなく長男にも出会った。二人は互いにキスを交わした。次男は長男の借金を返済してやり、二人はそろってこれまで同様の楽しい生活をつづけた。こうして二年目が過ぎていったが、二人は父親のことは考えもしなかった。

今や二人のどちらも城へ帰って来なかったので、三番目の王子、フランツが旅に出たいと言い出した。それで父親は、「お前はわしのただ一人の頼りの綱だ。わしが何かと話ができるただ一人の者じゃ。そのお前までもわしを置き去りにしようと言うのか」と言った。けれどもフランツは断固として願いを取り下げることをしなかったので、ついに父親はフランツに旅を許し、二人の王子に与えたのと同じだけのものを与えた。

ただ、フランツは二人とは別の方角に馬を進め、とある町に入ると、熱心に白鶫のことをたずねまわっているうちに墓地へ来た。そこにはベンチが置いてあり、その上にハシバミで作った鞭が二本置いてあった。フランツにはなぜそのようなことがしてあるのか合点がいかなかった。そのとき、葬列が近づいて来るのが見えた。葬列が墓地の前で止まると、人々は棺から死体を取り出し、ベンチの上に寝かせて、ハシバミの鞭《むち》でさんざんぶちのめした。どうしてそのようなことをするのかとフランツがたずねると、この死者は不品行な生活をしたので、生前の生き方に合わせた埋葬をするのが習わしだ、という答えだった。

けれどもフランツは、死人に埋葬後も醜聞《しゅうぶん》から縁を切らせるべきではないという風習の立会人になりたくはなかったので、そのような風習は許されない、自分の国では死んだらすべてが許され、平穏と安らぎが与えられなければならない、と言った。これに対して、葬列の人たちは、「この死人は借金を残したのです。ですから鞭で罪を購《あがな》わなければなりません」と言った。それなら自分がその借金を引き受けるので、死者を安らかに埋葬するようにと言った。そして、主任司祭にも金を払い、自らも埋葬に立ち会い、死者はきちんと正しく埋葬された。

その後フランツはさらに旅をつづけ、長い旅の末、森の中へ入った。するととつぜん、目の前に一匹のキツネが現れ、フランツに親しそうに挨拶をして、「フランツ、あなたはいったいどちらへ行くのですか、教えてください」と語りかけた。フランツは、はじめ、キツネが人間の言葉をしゃべることができることにとても驚いた。フランツは、キツネが罠にかかっているのか、調教されているのか、それとも魔法にかけられているのかわからなかった。

キツネが、自分はフランツの案内役と助手になるつもりだと話をつづけたところ、フランツは、なぜ自分が旅に出たかを語って聞かせた。するとキツネが言った。「お前さんがもう一日行程分旅をすれば、お前さんは森の中の小さな庭にある粗末な家にたどり着きます。小ぎれいで気持ちのよい家ですが、そこには野人が住んでいます。その野人はありとあらゆる鳥を飼っていて、白鶫も二羽、年のいったのと若いのとを飼っています。お前さんはそこで奉公をさせてくれと頼むことです。六週間前、野人は奥さんを亡くしました。ですから、お前さんが仕事口を探していると言えば、あの野人は助かることでしょう。そしてその男がお前さんに、お前さんは何ができるかとたずねるでしょう。そうしたら、薪を運ぶ、水をくんで来る、家を掃除するなど、貧乏な母親から教えてもらったことなら何でもできる、それに鳥の扱いも心得ている、と言うのです。そうすれば、野人はお前さんを雇うでしょう。しばらくすると野人は旅に出るはずです。野人が出て行ったら、白鶫を取り出しなさい。若いほうではなく、年のいったほうをです。もしお前さんが若いほうを取り出したら、お前さんには不都合なことが起きます。わたしのほうはもっとひどいことになります」。そう言って、キツネは姿を消した。

フランツには、キツネが言っていたとおりに事が運んだ。フランツが小屋へ行って戸口に立つと、野人が姿を現した。フランツは野人に挨拶をし、キツネに教えられていたとおりに頼み事を持ち出した。野人のほうもフランツを雇うことにして、しなければならない事を細かに指示した。フランツは何事もやりとげたので、野人はフランツに大いに満足だった。三週間後、野人は、旅に出るつもりなので、これからはフランツが一人で万事をこなすようにと言った。これこそ、フランツが今か今かと待っていたことだった。

フランツはさっそく年のいったほうの鶉を篭から外へ出した。ところが鶉をじっと見ていると、とても陰険な表情をしており、まるで年老いたメンドリのように見えた。羽毛は体中抜け放題だった。フランツは老鶉を再び篭にもどし、若いほうを外に出した。こちらのほうがなんといってもずっときれいだ、と胸の内で考えた。けれども鶉を持って外へ出ると、鶉は耳をつんざくような金切り声を上げたり低い声で鳴いたりしたので、その鳴き声が野人の耳に届いてしまった。つまり、野人はまだそれほど遠くまで行ってはいなかったのだ。野人はたちまちもどって来て、フランツを打ちすえようとした。

フランツはお情けをくださいと嘆願し、白鶉を金を出して買いたいと申し出た。けれども野人は鶉を売ってはくれなかった。フランツは、野人が自分の罰を免じてくれる気があるなら、どこか別のところでお役に立てないか、と改めて許しを乞うた。「よかろう」と野人が言った。「ここから一日の旅程のところに伯爵領がある。その伯爵はみごとな白馬を持っている。もしお前がその白馬を連れて来てくれたら、お前に白鶫をやってもよい」。

フランツは暗い思いで歩いていた――ああ、おれはキツネの言うとおりにしておけばよかったのに！。すると思いがけなくまたもやキツネが現れて、「フランツ、元気かい？」とたずねた。フランツがキツネに悩みを訴えると、キツネが言葉をつづけた。「わたしはお前さんにもう一度手を貸しましょう。伯爵は馬番を求めています。が、伯爵は先ずお前さんに何ができるか質問するでしょう。それでお前さんは、台所で薪割りができるし、馬の扱いにもよく慣れていると言わなければなりません。ただ言っておきますが、その白馬は性悪でね、よく突っかかったり噛みついたりするんです。はい、これが塗り薬です。これを手の平に塗りなさい。そして馬の背中を前から後ろへ、後ろから前へと撫でるのです。伯爵はお前さんを喜んで雇ってくれるでしょう。三週間したら伯爵は旅に出、お前さんを厩舎の管理人にするでしょう。すると箱の鍵を受け取ります。その箱には鞍が三つ入れてあって、一つは鉄製、一つは銀製、もう一つは黄金作りです。伯爵が旅に出たら、鉄製の鞍を取り出しなさい。他の鞍はだめです。鉄製の鞍を馬につけて、野人のところへお行きなさい」。

キツネは姿を消した。フランツは伯爵のところへ行くと、キツネが指示していたとおりのことを全部言った。伯爵はフランツを連れて厩舎へ行き、フランツのするべき仕事の指図をした。また伯爵は、白馬には毎日きれいにブラシをかけるよう指示した。他の馬たちもみごとなものばかりだったが、白馬のみごとさは群を抜いていた。また白馬は噛みついたり突っかかったりするので、それになによりフランツは顔なじみではないので、と注意を与えた。フランツは塗り薬を手にすると、馬の背中に塗りつけた。「この白馬は」とフランツは言った。「わたしに危害を加えることはありません。気の荒い馬にも、もう何度もブラシをかけたことがあります」。伯爵は、白馬が噛みつきも突っかかりもしないことを不思議に思いつつも、馬の扱いにこれほど慣れた使用人を雇ったことを喜んだ。

一週間後、伯爵はもう一人使用人を雇い入れた。それでフランツは厩舎の管理人になり、白馬の面倒を一人でみることになった。伯爵は三つの鞍が納めてある箱の鍵をフランツに渡し、その後旅に出た。伯爵が出て行くと、フランツは鍵を手にして、箱を開け、箱の中から鉄製の鞍を取り出し、馬につけた。ところがフランツは考えた。なんといっても銀製の鞍のほうがずっとみごとだだと。フランツは鉄製の鞍を外し、再び箱にもどし、銀製の鞍を取り出し、馬につけ、しげしげ眺め、大満足だった。ところがフランツは考えた。黄金作りの鞍だともっとずっと似合うだろうと。フランツは再び銀製の鞍を外して、黄金作りの鞍を箱から取り出して白馬につけ、じっくり眺めた。これでやっと心の底から納得した。フランツは白馬にまたがり、出発した。けれどもどの道を行かなければならないのかわからず、伯爵の後を追ってしまった。伯爵はフランツを見ると、烈火の如く怒り、怒りに駆られてフランツを刺し殺そうとした。

フランツはお情けをくださいと嘆願し、白馬を金を出して買いたい、自分は王の息子であり、伯爵が要求するだけのものは出すと言った。けれども伯爵は、白馬をどのような値段でも売ろうとはしなかった。それでフランツは改めて許しを乞い、もしかしたら、別のところで伯爵のお役に立つことができるのではないかと申し出た。すると伯爵が言った。「わしが狩りの途中、娘が行方不明になってしまった。フロリグンデという美しい娘でな、これまで何人も娘を探しに人を送り出したが、何の手がかりも得られないのだ。もしお前が娘を連れもどしてくれたら、わしはお前の盗みの行為を許し、お前に白馬をやってもよい」。

フランツは伯爵の娘を探す旅に出たものの、気持ちはひどく沈んでいた――キツネの言うとおりにしておけばよかったのになあ！

そのとき、またもやキツネが姿を現し、「フランツ、元気かい？」。

「まずいことになったんだ」とフランツが言った。「お前の言うとおりにしてさえおれば、万事うまくいったのに、伯爵につかまってしまったのさ」。

するとキツネが言った。「お前さん、わたしの言うとおりにしないかぎり、お前さんはいつもまずいことになり、わたしのほうはもっとまずいことになります。でもお前さんが美しいフロリグンデを手に入れるために、もう一度お前さんを助けて上げましょう。

あの娘さんは悪魔にさらわれて、今は下の地獄にいるのです。なにしろあの娘さんは自分の美しさを法外に鼻にかけていたからです。三番目の地獄にいて、悪魔が娘さんの膝枕で眠っているのです。地獄の扉の前には大きな石があって、その下に地獄の魔法の鍵が隠してあります。お前さんが一番目の扉を開けると、三つの扉がいっせいに開きます。一番目の地獄にいるのは皆、大きなヒキガエルばかりです。いちばん呪《のろ》われた連中です。二番目の地獄にいるのは皆、大ヘビです。二番目に呪われた連中です。三番目の地獄にフロリグンデがいます。お前さんは三分以上ぐずぐずしていてはいけません。さもないと身の破滅です。お前さんはフロリグンデの右側のお下げ髪をつかみ、右手に三回巻きつけて悪魔を突き飛ばし、急いで地獄から抜け出すのです」。

フランツはキツネに言われたとおり、すべてをきちんとこなした。三回ジャンプして、美しいフロリグンデといっしょに地獄の外に出た。フランツが扉を閉めると、ヒキガエルが前足で扉を強く叩いたので、扉がギイギイと鳴った。フランツは素早く鍵を引っこ抜き、それを再び石の下に隠した。今や二人は手に手を取って早足で逃げ出した。二人は疲れたので苔の上に腰を下ろし、一息入れた。フロリグンデは、フランツが地獄から救い出してくれたことを心の底から感謝し、彼女の名前が刻まれ、高価な宝石をふんだんにちりばめた黄金の指輪を指から抜き取ると、それをフランツに記念として与えた。

それから二人は伯爵の領地へと向かったが、二人がお互いに幸せを感じ満足して歩みを進めていると、またもやキツネが現れて、フランツに元気かとたずねた。「今は元気だよ」とフランツが言うと、キツネが「お前さんがわたしの言うとおりにしているかぎり、お前さんは無事だし、わたしのほうはもっと具合がいいのです。お前さんは美しいフロリグンデを白馬の代償として引き渡してはいけません。馬と人間を交換するものではありません。お前さんがあちらへ着くと、伯爵はこれ以上ないほど喜んで、うれしさのあまり宴会を開いてくれるでしょう。七日間か八日間もです。その後伯爵は自分の手で白馬の背に黄金作りの鞍を載せてくれ、美しいフロリグンデが白馬をお前さんのところに連れて来るでしょう。お前さんは、白馬にまたがったら、美しいフロリグンデに別れのキスをするのを忘れておりましたと言わなければなりません。お前さんにフロリグンデがキスをしようとすると、お前さんはフロリグンデを馬の背中の上に引き上げ、素早く走り出すのです」。

そして、そのとおりのことが行われた。伯爵は七日間もつづく祝宴を挙げたが、フランツはその後も数日間城にとどまった。美しいフロリグンデは王子を好きになっていて、王子が去って行くことを悲しんでいた。けれども王子はまだずっと父親のことを考えていたので、旅立たなければならなかった。王子は白馬にまたがると、最後に別れのキスがしたいと言って屈み込み、フロリグンデは鐙《あぶみ》に足をかけ、フランツに向かって背伸びをした。王子が彼女の腰に手をまわすや、馬の上に引き上げ、さっと駆け出した。伯爵が他の馬に鞍をつけ、馬を飛ばして王子を追いかけようとしている間に、王子はすでにずっと遠くまで逃げていた。

フランツは安全なところまで来たと思って馬の歩みをゆるめた。白馬はすでにひどく疲れていたのである。そこへ再びキツネが現れた。それでフランツはとても喜んだ。キツネはフランツにまたもやよい知恵を授けた。「お前さんは白鵜のために白馬を手放す必要はありません。お前さんが野人のところへ行くと、男は小屋の前に立っていて、白馬が手に入るというので笑顔を見せるでしょう。それで白鵜をもう持って来ているでしょう。そうしたらお前さんは男に言いがかりをつけて、それは若い鵜ではなくて、年のいった鵜であり、自分が欲しいのは若いほうの鵜だと言うのです。けれども野人はお前さんを説得にかかるでしょう。で、野人が年のいった鵜を取りに行った隙に、お前さんは若い鵜を持ってさっさと逃げ出しなさい。その際、バラを三本折り取りなさい。あわやというときには、その度ごとにバラを一本、お前さんの右肩越しに後ろへ投げつけるのです」。

フランツが野人のところへ着いたとき、まだ白鵜を手に入れていなかったので、馬から下りなかった。野人は早くも両手で若い鵜を持って戸口に立っていた。そこでフランツが鵜のことで言いがかりをつけると、野人は怒って年のいったほうの鵜を取りに家の中へ入って行った。その隙にフランツは若い鵜を持って、さっさと逃げ出した。

けれども道が悪く石ころだらけだったので、それほど速く馬を走らせることができなかった。早くも背後にざわめきがしたので振り返ると、野人がすぐ近くに迫っていた。フランツは一本目のバラを手にすると、右の肩越しに後ろへ投げつけた。すると険しい断崖がそびえ立つ深い谷が出現し、辺り一面山だらけになった。そのため野人はぐるりと谷を遠回りするしかなかった。その隙にフランツはたっぷり距離をかせいだ。しばらくすると、また背後でざわめきがしたので振り返ると、野人が早くもすぐ背後に迫っていた。フランツは二本目のバラを右の肩越しに後ろへ投げつけた。すると風でめちゃめちゃに荒れた状態の太古の森が、フランツと野人の間に大きく立ちはだかった。野人が森を迂回している間に、フランツは大きく距離をかせいだ。するとまたもやとつぜん、フランツはざわめきを耳にした。振り返ると、野人がすぐそこまで迫っており、怒りの形相ものすごく、炎を吐いた。フランツは三本目の、最後の一本のバラを右の肩越しに後ろへ投げつけた。そして振り返ると、大きな汚水の湖がひろがり、野人はその汚水の中で浮かぶことも泳いで渡ることもできなかった。そこで身を屈めて湖の水を飲み干すと、大量の汚水にやられてたちまち死んでしまった。

フランツが再び美しい景色の場所に着くと、キツネがまた現れて、「フランツ、元気かい？」。「気分はルンルンだ。もう望みは全部かなえられたよ」とフランツが答えると、キツネは「でもお前さんは、もう一度厳しい試練に耐えなければなりません。忠告しておきますが、お前さんはカラスの肉だけは買ってはいけませんよ」。そう言うと、キツネは姿を消した。フランツは考えた。「自分にはまだたくさん金があり、どんな居酒屋にだって入れるし、鳥の肉などあてにすることなどない」。

数日後、フランツは大きな町にやって来た。町の手前に二つの絞首台が設けられていた。ほどなくして、絞首刑にされる二人の人間が連行されて来た。その二人が自分の兄たちであることにフランツは気がついた。そこで刑吏たちに言って、多額の金を払って二人を自由の身にもどし、今や白鶇、白馬、美しいフロリグンデ、二人の兄たち、とすべてがそろい大喜びした。

全員そろって旅をつづけたが、兄たちはフランツの幸運に妬み心を抱いた。大きな河にさしかかったとき、その河には橋がかかっていたのだが、二人の兄たちは密かに相談の上、一人が左側を歩き、もう一人が右側を歩いて、一人がフランツを鞍から引き上げ、もう一人が馬から引きずり降ろし、欄干越しに河の中へ投げ込んだ。美しいフロリグンデは、彼女が秘密をいっさいもらさないと誓いを立てなければ、彼女も水の中へ投げ込むと脅された。

けれどもフランツが水に沈み、再び浮かび上がったところ、キツネが泳いで来たので、フランツがキツネの尻尾にしがみつくと、キツネは彼フランツを岸の上へと引き上げてくれた。そしてキツネが言った。「お前さんがわたしの言うとおりにしないならば、お前さんはいつだって困ったことになり、わたしのほうはもっと困ったことになるのですよ。わたしは言いませんでしたか、お前さんはカラスの肉など買ってはいけませんと！　でも、まあもう一度助けて上げましょう。お前さんは今着ている服を全部取り替えなければなりません。たとえ今よりずっと粗末な服であろうともです。この向こうの森の中に一人の隠者が暮らしています。お前さんはその人のところへ行って、食べることができて、毒ではない草木の根や草を見せてくれとお願いしなさい。その隠者はしかし、お前さんを受け入れようとはしないでしょう。だからお前さんはなおいっそう熱心に頼み込むのです」。

こういう次第でフランツは森の中へ入り、隠者を訪ねて行った。フランツが町から来た上品な出の人間と見た隠者は、お前さんのような種類の人間に用はないと言った。けれどもフランツは繰り返し、しつこく頼み込んだ。「もしわたしが世間の人たちの望むとおりのことをしたら、わたしは罪を犯すことになります。でもそれをしなければ、わたしは人々から罵られます。ですからお願いです。わたしをおそばに居させてください！」。

今やフランツも隠者として暮らしたので、恐ろしいほど退屈した。一日がまるでいつもの一週間よりも長いものに思われた。けれども七年の間辛抱《しんぼう》しなければならなかった。フランツはさらに辛抱をつづけた。長くとどまればとどまるほど、一月が、あるいは一日が、そして一年がどのようなものかわからなくなってしまった。長い年月の間に髪の毛は背中から腰まで垂れ下がり、ひげは胸のところまで伸びて、もはやだれか見分けがつかなかった。ある日、木の下で根を掘りながら、七年がくるのはいつのことか、キツネが呼びに来ないところをみると、キツネは撃ち殺されたか、罠にかかったのだろうか、とつらつらと考えていると、キツネが現れて言った。「今日が丸七年目の日です。お前さんはいよいよ故国の城へと帰ってよいのです。でも王子さまとしてではありません。お城で奉公先を探すのです」。

そこでフランツは王宮の執事を訪ねて、仕事の口を求めた。他にあてがう仕事がないということで、執事はフランツに鶏の世話をさせた。やがてフランツは城の中がどうなっているのか知った。美しいフロリグンデはいつも悲しい思いをしていた。八日後にはローベルトと結婚する定めに置かれ、フロリグンデがローベルトを受け入れなければ、彼女の命はなかった。鵜は生きてはいるがうたうことはなく、白馬もひどく弱っていた。

ところが馬番が王宮から出て行ったので、フランツがその後釜にすわり、再び白馬のそばにいるようになると、白馬は一日、一日と快方に向かい、鵜も再びやさしく鳴きはじめた。フロリグンデは白馬がいつも好きだったので、始終厩舎にいる白馬のところへやって来て、馬番ともおしゃべりをしたりした。ある日、フロリグンデがまたやって来たとき、フランツは彼女に指輪をはめた手をさし出した。フロリグンデはその指輪を見ると、その指輪の何たるかを知り、気を失った。フランツが慌てて彼女の手首をさすったところ、彼女が再び我に返ったので、どうしたのかとたずねた。するとフロリグンデは、「わたしはそれとそっくり同じ指輪を持っていましたの。でも、それが同じ物だなんてあり得ないわ。だって、わたしがその指輪を差し上げたお方は水の中に落ちてしまったのですから」。フランツはしかし、自分は兄たちが水の中へ突き落とした当のフランツなのだから、これが彼女の指輪だというのはあり得ることだと言った。

フランツは、フロリグンデが王宮のだれにも指輪のことは一切話さないこと、ただフランツの父親にだけ、いつか遠くまで散歩に出かけた際に彼女から明らかにするよう頼んだ。「父は散歩のことであなたの申し出を断ることはないでしょう。だって、白鶫が鳴くようになり、父親は以前のように親しみやすく朗《ほが》らかになり、耳も元どおりよく聞こえるようになったのですから」。

万事約束どおり事は運んだ。王さまは大宴会を開いて、宮中の位の高い人たち全員だけでなく、異国の人たちをも招待した。二人の王子も同席した。宴会が終わりを告げるころ、王さまは白鶫のことで忠告をしてもらったこと、昔と同じように耳がよく聞こえるようになったことについて、大いに感謝を述べた。そして、王さまはある夢を見た、その夢をどうしても忘れることができないので、その話をしたいとつけ加えた。

あるとき一人の若者が二人の兄弟を金を払って絞首台から救い出してやったところ、二人の兄弟はそのお礼に、後日その若者を水の中へ投げ込んだ。そのような兄弟はどのような裁きを受けて然るべきなのか、結論が出るまでは夢をふり払うことができない、このことについて宴会に出席した客は全員、一人一人自由に発言してもらいたいと言った。客たちは皆、王さまの希望に添って自由に意見を述べた。最後に二人の兄弟の順番になった。一人が言った。「そんな奴は鋸を使って、バラバラに切り刻むに値します」。もう一人が言った。「そんな奴は、もうノロノロとしか歩けない老いぼれ馬四頭を使って、手と足のそれぞれに綱をつけて、四方向に引っ張らせるに値します」。すると王さまが言った。「お前たちは、お前たち自身に判決を下したのだ」。

この後、フランツは美しいフロリグンデと結婚し、二人はともに幸せに暮らした。

ある日、フランツは散歩の途中で、後から追いつこうとしている妻を待っていると、フランツの前にキツネが現れ、「フランツ、元気かい？」とたずねるた。フランツは「幸せそのものさ。たとえ天国の扉が開かれようと、行って見ようとは思わないね」と言った。けれどもキツネは言った。「お前さんはまだ、今まででいちばん厳しい試験に合格しなければならないんだよ。お前さんの奥さんはかわいい子どもさんを授かるだろう。その赤ん坊をお前さんはお前さん自身の愛用の剣で二つに切り裂かなければならないんだ。もしお前さんがそれをしないなら、お前さんの子どもたちも、そしてお前さんの王国も、もう幸運に恵まれることはないだろう。けれども、もしお前さんがそれをしたら、お前さんの美しいフロリグンデはもっとたくさんのかわいい王子たちを授かることができるし、お前さんが戦争をすれば、勝利はいつもお前さんのものだ。そうするとお前さんはいつも幸せになり、わたしはもっと幸せになるのです」。それだけ言うと、キツネは姿を消した。

フランツの妻、美しいフロリグンデはなんとも愛らしく美しい王子を生んだ。産婆がその王子を王さまのところへ連れて行ったところ、王さまはその子の両足をつかみ、愛用の剣を鞘から抜き放ち、子どもを真っ二つに切断しようとした。けれども王さまが剣を振り上げたとき、思いもよらないことに、王さまは剣をそのまま振り降ろすことができなくなった。振り返ると、背後に白髪の老人が立っていて、剣をしっかりとつかまえて言った。「フランツさん、それでよろしい。意志はすでに成就されましたぞ。わたしがだれだか知りたいですか」。「わたしに不都合なことが起きないなら、ぜひとも知りたいものだ」とフランツが言うと、老人が言った。「わたしは、お前さんが墓地の門で借金を返してくれて、不名誉から守ってくれたうえ、主任司祭に金を払って、埋葬にも立ち会ってもらった者なのです。わたしはまた、お前さんをずっと導き、教えを授けたあのキツネなのです。純粋に感謝の気持ちで、わたしはお前さんのためにそうしたのです」。

老人は王さまに祝福を与え、一瞬にして姿を消した。

第28話
うそとまこと *Die Lüge und die Wahrheit*

街道を一人の旅人が歩いていた。別の旅人に出会い、何をして暮らしているのか、どんな仕事をしているのかとたずねた。「うん、わたしは車大工をやっとります」とたずねられた旅人が答えると、「わしは鍛冶屋《かじ》でさあ」とはじめの旅人が言った。「それじゃ、いっしょに旅をしないかい。鍛冶屋は車大工がいないと困るし、車大工は鍛冶屋がいないと困るからさ」。鍛冶屋は車大工に名前を聞いた。「わたしはまことという名前じゃ」。「わしはうそという名前じゃ」と鍛冶屋が言った。二人が連れ立って街道を旅していると、うそがまことに向かって、近ごろでは真実を語るよりも、うそのほうが幅を利かせていると言った。するとまことが言った。「わたしの名前はまことであり、真実にこだわるね。なんと言ったって、真実で世の中を渡るのがいちばん楽だからさ」。

二人はさんざん言い合った末、うそとまことのどちらのほうがより出世するか、裁判所に訴え出ることにした。そして勝ったほうが相手を好きなように始末してよいことに決めた。裁判所は、上手にうそをつけるほうが、真実を語る場合よりも世渡りが楽だと宣告した。けれどもまことは譲らなかった。まことは別の裁判所、より上級の裁判所に訴え出ることにした。すると、まことの努力はまたしても徒労に終わった。裁判所の判決はまたしても、「堂々とうそをつき、騙すことができる者のほうが、真実を語る場合よりも世渡りが楽である」だった。けれどもまことは言った。「わたしはまことという名前であり、真実にこだわります。どうしてわたしがうそよりも楽に世渡りをしてはいけないんですか」。そこで二人は三つ目の裁判所に訴え出た。それは最高裁判所だった。ところが最高裁判所でもうそのほうが世渡りは楽であり、これ以上に信じられるものはない、と宣告した。

二人は旅をつづけた。森を抜けると家畜の放牧地の泉のある場所に出た。ベンチがあり、緑のきれいな放牧地だった。そこで二人がベンチに腰掛けると、うそがまことに言った。「これでわしが三度とも勝った。だから、わしはお前さんを好きなように始末したいもんだ。それでお前さんの両足をたたき切ることにするよ」。

まことは、これから先も歩いて行けるように、そして野獣に食われないようにするために、どうせ切り取られるのなら両手にしてくれと頼み込んだ。けれどもうそはまことを罵り、「お前さんがこれから先も真実を貫こうとするのなら、もはや両足がなくてもうまく世渡りをするだろうさ」と言った。うそは車大工から斧を取り上げ、車大工の両足をたたき切り、立ち去った。けれどもまことは強い人間だった。ベルリン式の背嚢《はいのう》から下着を取り出して、出血をしないように、自分で両足に包帯を巻いた。

夜になった。車大工は野獣の餌食《えじき》にならないようにするには今夜どこで過ごそうかと考えた。するとモミの木が目に入ったので、それによじ登った。モミの木は二股に分かれていたので、その二股のところで夜を過ごした。車大工がうずくまっていると、肉づきのよいクマが現れ、水を飲み、そのまま居すわった。そこで車大工は、「早くも猛獣が現れた、ずたずたにされ、食いちぎられそうだ」と考えた。そのほぼ半時間後、丸々と太ったオオカミが現れ、これも泉へ来て水を飲み、同じく居すわった。しばらくして今度ははち切れそうに肥《こ》えたキツネがやって来て、同じように水を飲み、これもまた居すわった。車大工はモミの木の上のほうに潜んで、「木の上にいて運がよかった、危うくあの獣たちに食い殺されるところだった」と考えた。

　オオカミが話のきっかけを作って、クマに言った。「やあ、いとこのクマさんよ、お前さんは実に肉づきがよいが、そんなに肉づきのよいクマなど見たことがないよ。いったいどんなうまい話があるんだい」。クマは、ここから二時間のところに都があり、そこには水がまったくなくて、家畜に水を飲ませるには泉まで家畜を追って行かねばならない。そのときはもう、好き放題に家畜をものにする

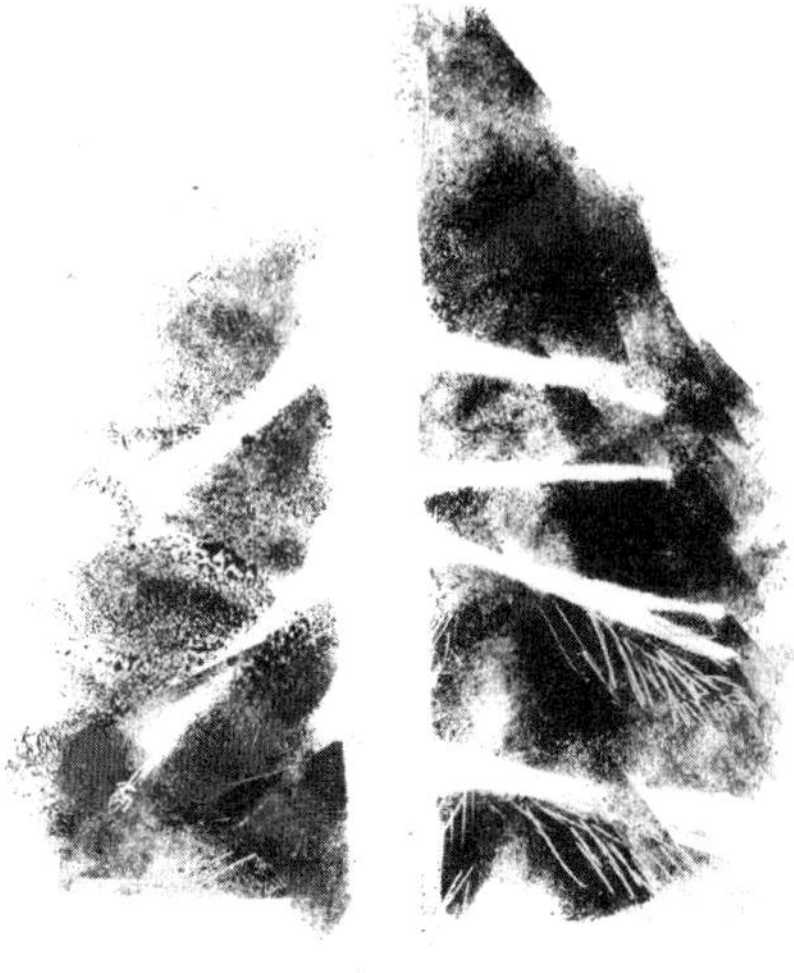

と言った。これに対してオオカミが言った。「でも、もし水が見つかれば、町の人はもう家畜を外へ追い立てることもなくなり、ものにすることも、もうできなくなるよ」。するとクマが、「町の中ですでにあちこち探しまわって試掘《ためしぼ》りをしたが、どこにも見つからなかった」と言った。「もともと町には水がいっぱいあったんだけどな。ある魔女が魔法をかけて、水を菩提樹《ぼだいじゅ》の中に閉じ込めたんだ。けれど、そのことはだれにも知られていないんだ。それに菩提樹を町の人は偶像《ぐうぞう》として崇《あが》め、菩提樹に祈りを捧げるんだ。夜も昼も見張り番が立っていて、菩提樹に何事も起こらないようにしているんだ。でもな、菩提樹に四方から穴をあけて、芯のところまで掘っていったら、町全体に十分なだけの水があるんだよ」。

「でも、お前さんがそんなに丸々と太っているのはどうしてなんだい。お前さんのように太っているオオカミは、そんなに簡単にはお目にかかれないんだが」とクマがたずねると、オオカミが答えた。「わたしはお前さんよりも楽をして暮らしているからさ。わたしは料理した肉が手に入るんだが、お前さんは生でしか食えないだろ。お姫さまがもう長いこと病気で寝ていて、お姫さまは若い子牛のスープ以外は口にしてはいけないんだ。それで肉は下水だめに捨てられる。で、わたしは夜そこへ行く。そしてたっぷり肉にありつけるというわけさ」。

でも、もしお姫さまがいつか健康になるか、死ぬことにでもなればオオカミはもう肉にありつけない、とクマが言うと、オオカミが答えた。「お姫さまは健康になることもなければ、死ぬこともない。王さまは国の内外からすでにたくさんの腕のよい医者を呼び寄せたが、お姫さまが健康になるか死ぬか、どちらにしても彼女を救うことのできる者は一人もいなかったんだ。でも、実は救う手段はあるんだ。運河があってね、石橋が渡してあるんだけれど、そこに大きな石のプレートが沈めてある。そしてその下に大きなヒキガエルがいる。そのヒキガエルを捕まえて、それを粉にして、粉薬として飲めば、どんな人間だって健康になるんだ」。

今度はオオカミがキツネに、「お前さんはいったいどうしてそんなに安楽な暮らしをして、はちきれるように肥えているのか」とたずねた。するとキツネが言った。「殿方や淑女たちは鳥肉を好む。ところがそれは町の中では手に入らない。それで、町の外に住んで家畜を牧場に追い立てて暮らす庶民のところで手に入れるんだ。そんなとき、自分はしばしば馬小屋に入ったり牧場へ行ったりすると、すぐにも鴨《かも》や家鴨《あひる》、あるいは七面鳥《しちめんちょう》が手に入る。それだけでもう、何日かは生きられる」。するとオオカミが言った。「でも猟師が見張りに立つと、お前さんはもう何も奪えないし、猟師に撃たれて死ぬことになる」。これに対してキツネは「どうやっても食い物がもう何も手に入らないとなったら、自分の足を食いちぎることができる。なにしろ、放牧地にある根が生えていて、それで足をこすると、足があっという間にまた生えてくるんだ。そうすると、またどこへでも行きたいところへ走って行けるんだ」と答えた。

夜もはや終わり、三匹の獣は再び森の奥へ姿を消した。車大工は野宿をしていたモミの木から降りて、考えた――わたしはまことという名前だ。そしてあくまで真実にこだわるのだ。あの三匹がお互いに話し合っていたことは、真実の可能性がある。もしキツネの足が生えてくるのだったら、わたしの足も生えるはずだ。でも、わたしはその根とやらを知らない。だから、まず宣誓をして、正しい根に行き当たるまで、ありとあらゆる根をこすりつけてみなければならない。

　車大工は考えたことをすぐ実行に移した。するといきなり両足が元どおり生えてきた。それで再びベルリン式背嚢を背負って、都に向かった。

　途中、とある居酒屋に立ち寄り、亭主に何か食べる物と新鮮な水をもらえるかとたずねた。亭主は水はとても値が張り、ワインのほうがずっと安いのに、どうしてワインを飲まないのか、水は二時間もかけて森から運ばなければならない。そして、それがどんなに大仕事かを言うのだった。まことが、自分は医者であり、町には病人はいないのかと聞くと、「おりますとも、お姫さまがもう長らく重病を患っていらっしゃって、王さまはすでにたくさんの腕の立つ医者を呼び寄せたが、だれも役に立つことができなかった」と亭主が言った。するとまことが、「もし王さまが城へ行くことをお許しくだされば、自分がお姫さまを健康にするつもりだ」と言った。

　そこで亭主は王さまに使者を立て、自分の居酒屋に腕の立つ医者が立ち寄っていて、その人がお姫さまの病気を完治させるつもりだ、と伝えた。王さまはその医者を呼びに行かせ、もしお姫さまが健康を取りもどせば、褒美は存分にはずむと言った。医者が王さまの元へ着くと、医者は王さまに向かって、自分はすでに長らく旅をしていて金がない、それで前払いをお願いしたいと申し出た。王さまは、いくら欲しいのかとたずねた。「お金を少々、そして鉄の棒一本と鉄製のシャベルを一丁、お願いします」と医者は言った。

医者はそれらを受け取ると、橋のところへ行って、火をおこし、鉄製のシャベルを真っ赤になるまで火の中へ入れておいた。それから鉄の棒を手にして、石のプレートを持ち上げて外し、真っ赤に灼けた熱いシャベルをヒキガエルの下側に差し込み、ヒキガエルを捕まえ、それで粉末を作った。その粉末を小さな紙袋に入れ、そのような袋を十二袋、お姫さまのところへ持って行き、毎日朝晩、一袋ずつ飲むように、六日後また様子を見に来ると告げた。六日が経ち、医者が訪れると、お姫さまはすでにほとんど健康を取りもどし、とても満足していた。

そこで医者はお姫さまにさらに六袋渡し、医者が再びお姫さまを訪ねたときには、お姫さまは完全に生気を取りもどし、健康になっていた。そこで王さまが言った——自分はすでに腕の立つ医者をとてもたくさん呼び寄せたが、一人としてお姫さまを助けることができなかった。いくら金を積んでも医者の優れた腕に報いることは全然できない、だから、医者にお姫さまを妻として与え、さらに王国をも与えるつもりだ。けれども医者はそれを望まず、「王さまはご存命であって、まだご自身で王座に就いて統治することがおできになる」と断った。この言葉に王さまは大満足で、「ならば自分の死後支配者となるがよい。それまでは副王の位に就くがよい」と言った。

副王は今や王さまに菩提樹に穴を開ける許可を求めた。けれども王さまは、菩提樹に傷をつけてはならない、民衆が菩提樹を神と崇《あが》めている、もしそのようにして傷をつけでもすれば、町で反乱が起きる恐れがある、と答えた。これに対して副王は、「菩提樹がだめになることはありません」と言い、さらにつづけた。「あの木の中には、町全体が必要とするに十分な量の水が入っているのです。もし王さまがそれを信用してくださらないのなら、わたしはその事に自分の首を賭けます」。すると王さまは、副王が穴を開ける大工と六人の家来を連れて菩提樹のところへ行くことに同意を与えた。

副王が菩提樹に四方から穴を開け、四つ目の穴で穴開け機を引き抜くも、水は一滴も出なかった。家来たちは副王の首をはねようとした。けれども副王が、自分はもっと深く穴を開けたい、穴はまだ幹の中心に達していないと言って、もう一度穴開け機を当てがい、穴開け機を引き抜いたところ、四つの穴から大量の水が流れ出したので、大工たちは慌てて水を樹の皮で水路に導かなければならなかった。さもないと、地下室がことごとく水に浸かってしまうからであった。

ここに至り副王は、すべての城門において、町に出入りする旅行者の職人から労働手帳を差し押え、副王に届けさせるよう、王さまに請願した。副王は労働手帳をすべて自分で調べ上げるつもりなのであった。副王はこれも認められた。それからおよそ二、三年が過ぎたころ、「うそ」という名前の「鍛冶屋」を職業にする労働手帳が届けられた。副王はその手帳を自ら持って城門へ行き、鍛冶屋に言った。「わたしは副王になった。今度はわたしの権限で、お前が放牧地へ行き、お前がわたしの両足をぶった切った泉のところへ行かねばならない」。二人がその場に着くと、副王もまた、鍛冶屋の両足を切り落とそうとした。すると鍛冶屋は副王に、どうか足はそのままにして、両手だけを切ってくださいと懇願した。けれども副王は、「わたしも頭をさげた」と言い、「お前もわたしに対していっさい憐れみの心を示さなかった。お前がうそでうまく世渡りをするつもりなら、わたしが足なしで成し遂げたと同じように、お前ももっとずっと出世するだろう。わたしが副王になったのだから、お前は多分皇帝にでもなることだろうよ」。そう言うと副王は斧を手にして鍛冶屋の両足を切断し、立ち去った。

うそは、これから自分は何をしようか、と胸の内で考えた。そしてベルリン式背嚢から肌着を取り出して、切断された両足に包帯にして巻いた。辺りを見回すと、殺風景なモミの大木があった。それは、かつてまことが夜通し過ごした木だった。夜間に野獣に殺されないようにと、鍛冶屋もその木へはって行ってよじ登り、二股に分かれた場所にうずくまった。鍛冶屋がそうしていると、背の高いクマが現れた。見栄えのしないやせたクマだった。水ももはや口にしていなかったが、むしろ何か食い物を欲しがっていた。それから間もなくして、大きなオオカミが現れた。オオカミは、俗に世間で言われるように、オオカミのように飢えていた。泉のまわりを嗅ぎ回ったりはしなかった。そこへキツネが現れた。両足がなかった。切断された後の短い断端だけで移動して来たのだった。

「お久しぶり」とオオカミがクマに言った。「ところでいとこのクマさんよ。いったいお前さんのそのざまはなんだい」。

「それはそうだが」とクマがオオカミに言った。「いったい、お前さん、そのざまはなんだい。おれはここで空き腹を抱えて難儀ばかりよ。人間どもは水を見つけたんだ。それでもう奴らは家畜を町の外へ追って行かなくなったんだ。いったい、お姫さまはどうしたんだ」。

「そのことだけどな」とオオカミが言った。「人間どもはヒキガエルを見つけてな。それで粉薬をお姫さまに飲ませたものだから、お姫さまはぴんぴんするほど元気になった。おかげでもう下水貯めに流れてくる子牛の肉にはありつけなくなり、難儀と空き腹に苦しめられているのさ」。

「まあ、こういうことだったんだが」と言って、次にキツネに話を向けた。「で、お前さんのほうはその後どんな具合なんだい。お前さんは、自分には何も足りない物はないと言っていたくせに、おれたち三匹の中でいちばん哀れな姿をしているじゃないか。お前さんにはもう足がないじゃないか。おれたちにはまだ自分の足があるぞ」。

するとキツネが言った。「おれはすっかり裏切られてしまったのよ。鳥どもには猟師が張りつけられててよ。それでおれさまはもうあのごちそうにはありつけなくなっちまったのさ。木や草の根を食いつなぐしかないのよ。絶対だれかが立ち聞きしたにちがいない。なぜって、おれたちは三匹だけでないしょ話をしていたんだから。だれがここにいたのか、見当もつかない」。

こう言ってキツネは鼻面をひくひくさせてあちこち見回し、モミの木の上にうそがいるのを発見した。「けしからん奴がおれたちを裏切ったんだ！　おれには足がない。おれには何もできない。お前さんたち、見てみろ。奴を捕まえるんだ」。クマとオオカミは地面を掘り返し、モミの木が倒れるまで根を引き抜きはじめた。モミの木が倒れると、クマとオオカミとキツネがうそに襲いかかり、うそはずたずたに食いちぎられた。

第29話 はだかの娘 *Das nackentige Dirndl*

昔、商人がいた。息子が三人いて、商品を仕入れに行くとき、いずれは自分の力で仕入れをする際の要領を覚えられるようにと、上の二人の息子を連れて行った。あるとき、売り物の商品が再び底をついたので、上の二人の息子に、二人だけでシチリアへ行くように命じた。「お前たちには楽しいことだろうが、わしはもう気が重い」。これを末の息子——ヨハンという名前だった——が聞いて、父親に自分もいっしょに行かせてくれと頼み込んだ。上の二人の息子は聞く耳を持たなかったが、ヨハンは譲らず、断固として頼んだので、父親は言った。「どうしてヨハンを行ってはいけないと言うんだ。ヨハンが世間を見て歩いても、ヨハンに損はないよ」。そう言ってヨハンに三百グルデン持たせ、気に入った物があったら買えるようにしてやった。そして、ヨハンが何を買おうと上の二人の息子には関係ないと言った。

三人がシチリアに着き、宿屋に泊まると、長男が宿の下男に、次の朝は早く起こすように言った。けれども、そのことは末の息子には内緒にした。そして亭主に対して、「末の息子が外出しないよう見張ってくれ、さもないと、なじみのない大きな町で迷い子になってしまい、勝手がわからないだろうから」と言った。

翌朝、末の息子、ヨハンが目を覚ますと、上の二人はもう出かけていた。ヨハンも宿屋を出ようとすると、亭主が押し止めようとした。けれどもヨハンは言った。「ご心配なく、わたしはちゃんと文字が読めるんです。どこへ行くか、どうやってもどって来るか、わかっていますよ」。

ヨハンは町で迷いうろうろしながら、とうとう町外れの墓地にやって来た。墓地の門の前には広い台があって、その上にハシバミの棒が置いてあった。ヨハンが珍しがって、これはいったい何のための物だろうかと立ったまま眺めていると、葬列がやって来た。人々は亡骸《なきがら》を棺《ひつぎ》から出してその台の上に載せ、棒で打ち据《す》えようとした。ヨハンがどうしてそのようなことをするのかとたずねると、その人たちが言うには、「こいつは百グルデンの借金を残したままなんでしてな。それで百回棒で打たれるんですよ」。するとヨハンが言った。「わたしはそんな光景は見たくありません。百グルデンはわたしが払いますよ」。人々はそれに満足し、死者は埋葬された。ヨハンもいっしょに行って、墓前でお祈りをした。

それからさらにヨハンが歩いて行くと、皮革職人の街に来た。犬たちが集まってヨハン目がけて吠えかかった。その中に白いプードル犬もいた。犬たちに何かあったのかと、皮革職人が見に来た。するとヨハンが立っていて、プードル犬をじっと見つめているのが目に入ったので、その犬を買いたいのかとたずねた。ヨハンが値段を聞くと、「五十グルデンでさあ」と皮革職人が答えた。そこでヨハンはそのプードル犬を買い、連れて歩いた。

しばらく行くと、奴隷商人の街に入った。窓際に娘が一人いて、下を見下ろしていた。十二歳ぐらいの娘だった。ヨハンはこの娘が大いに気に入った。けれどもほかの窓には奴隷商人が立っていて、ヨハンがその娘に釘づけになって見つめているのに気がついた。ヨハンはさっそくその娘の値段をたずねた。奴隷商人は百グルデンを要求した。ヨハンが同意したので、奴隷商人は肌着しか身につけていない娘をヨハンのところへ連れて下りた。ヨハンは今度ははだかの娘を持つことになった。それでその娘に着る物も買ってやらなければならなかった。これで三百グルデンがきれいになくなった。

ヨハンが宿屋にもどると、二人の兄はもどっていて、商品もすでに積み込みが終わっていた。二人はヨハンが娘と犬を連れてやって来るのを見ると激怒し、ヨハンを置き去りにし、断固として同道させないと言った。けれども宿の亭主が二人の兄に反対した。「お前さんたちは、いったいどうして弟さんを置き去りになどしようとなさるんですか。弟さんが一人で、お金もなしにどうやって帰れると言うんですか。何かよくないことをなさったのなら、お父上がきっと罰をくだされましょう」。

そこで二人の兄は折れて、ヨハンを娘とプードル犬ともども道連れにした。彼らが家へ帰ってみると、父親はすでに商店を二軒買っていて、二人の兄たちがそれぞれに独立して商売をし、所帯を持てるようにしていた。父親自身の家はヨハンに与えると決めていた。そして、ヨハンが娘とプードル犬を買ったことをなんらとがめることはなかった。「ひょっとして運のよいことがあるかもしれない」と思ったのである。

父親はヨハンをよその町の商業学校に行かせ、娘は家に残った。商人とその妻はやがて娘を大いに気に入った。なにしろ娘は分別があり、行儀がよく、品よくきれいだったのである。しばらくすると、娘は町中でいちばんの美しい乙女となった。ヨハンが商業学校での勉学を終えたので、両親が迎えに行こうとしたところ、娘は自分も連れて行って欲しいと頼んだ。三人がその町へ着くと、娘はヨハンを真っ先に出迎えるのは自分にさせてもらえないかと頼んだ。娘がヨハンにそれほど好意を寄せていることが、商人とその妻には気に入った。娘はヨハンを見るや、その首に抱きつき、ぎゅっと抱きしめ、唇といわず頬といわずキスの雨を降らせた。一行が家に帰ったとき、両親は二人が互いに気がおけない仲だと見てとった。それで商人がその妻に言った。「あの二人を結婚させてやらないと罰が当たるぞ」。ほどなく結婚式が挙げられ、その後、ヨハンが父親の商売を引き継いだ。

それから何年かして商品が底をついたので、ヨハンが旅に出なければならなくなった。すると妻は、彼にシチリアへ行くべきではない、行くべきはコンスタンチノープルだと言った。そう言って一枚の旗を渡し、彼が船に乗り込んだら、船にその旗を立て、三発の大砲を撃たせるよう、また下船するときも同様に三発の大砲を撃たせるように、と言った。

ヨハンがコンスタンチノープルに着くと、下船する際に三発の大砲を撃たせ、旗も立てた。ところがこれを一人の大佐が耳にし、目にしたので、慌てて皇帝のところへ駆けつけ、異国の商人が皇帝陛下にしか許されていない振る舞いをしていると報告した。そこで皇帝はその商人を逮捕し、絞首刑に処するよう命じた。

三日後、ヨハンは死刑台へと連行された。けれどもその際、例の旗もいっしょだった。たくさんの群衆が押しかけた。その中に一人の上品な女の人が旗のすぐ後を歩いて、その旗をよくよく観察した。彼女は、それが美しい巧みな技で作られた旗であり、人間の皮膚で作られたものであることを知った。そしてその中心部に何か白い部分があって、その白い部分にはトルコ語で何かが書かれているように思われた。行列が死刑台のすぐ近くまで来たとき、その女の人は袋から白い布切れを取り出し、それで合図を送った。それで群衆が旗をよく見ると、その白い部分にはまさしくトルコ語で、トルコの皇帝はこの異国の商人に船一杯の上等なビロードと絹、その他高価な品々を贈ること、なんとなればこの商人は、トルコ皇帝のために、その娘を買い取って奴隷の身から解放し、娘は今、この異国の商人の妻として幸せに暮らしているから、と記されていた。

大佐はこれを読むと、皇帝に報告した。そこで皇帝は自ら足を運んで商人を自由の身にし、ヨハンは死刑台の代わりに、船一杯の贈り物を受け取った。ところが大佐は皇帝に向かって、海賊がうようよと出没しているから、皇帝は義理の息子を護衛なしでは航海をさせてはいけない、一中隊の兵士を船に乗せるように、そして差し支えなければ自分がその指揮をとるつもりだ、と申し出た。この申し出は皇帝には望ましいことだった。大佐は商人といっしょに船に乗り込んだ。大佐は頭の中で、どうすれば皇帝の娘の後を追いかけ、スルタンの義理の息子になれるか、いつも考えていた。そしてある晩、すでに船が大海原の真ん中に出たころ、大佐は商人を呼び出して、あそこに大きな海の怪物がいると言った。それで商人が船端から身を乗り出して見下ろそうとしたところ、大佐は商人の足を捕まえて海の中へ突き落とした。商人は水の中に沈んだが、波が商人の身体を再び浮かび上がらせたとき、怪鳥グライフが現れ、商人を自分の巣へ運んで行った。大佐は喜んだ――雛たちがすぐにも商人をきれいさっぱりと平らげるだろう。

大佐が商人の妻のところへやって来たので、商人の妻が夫のことをたずねると、大佐は、商人には不運な出来事があって、怪鳥グライフに連れ去られたと説明した。「ですが、わたしがあなたの失ったものの埋め合わせをし、あなたさまをお守りする所存でございます。もしお気に召しますならば、しばらく後に結婚することもできましょう」。けれども商人の妻は、「わたしのほうでは、そんなにさっさと事は運びません。わたしたちは結婚して七年になります。わたしは夫の喪に服すのも七年にするつもりです」。大佐はそれで満足としなければならなかった。

まだ七年が経ったわけでもないのに、大佐は早くも結婚の支度を整えた。ところが挙式の日がきて、すでに準備万端整ったとき、怪鳥グライフが商人を再び商人の実家へ運んで来て、戸口の前に降ろした。商人は台所へ入り、そこのベンチに腰を下ろした。髪は七年の間に長く伸び、あごひげは胸の辺りにまで垂れ下がり、全身野人の風体だったので、その正体がわかる者はなかった。

ちょうど花嫁が台所へ入って来て、万事が滞りなく準備されているかどうか調べた。白いプードル犬が彼女の後からついて来た。この犬はこの七年間というもの、ただの一度も彼女から離れたことはなかったのに、このときは彼女から離れ、貧しい身なりの物乞いのところへ駆け寄り、膝の上に跳び乗り、顔をなめまわし、尻尾を振った。すると花嫁が言った。

「これはまた、どういうことなの。このプードル犬、わたしから離れたことなどこれまで一度だってなかったわ。それが今、わたしから離れ、物乞いのところへ行くなんて！」。

「そのとおり」と物乞いが言った。「この犬はわたしを知っているのです。わたしがこの犬を買ったのですから」。

この言葉で花嫁は一瞬にしてことの次第を読み取った。台所から出て行って、風呂の用意をさせた。物乞いは風呂に入れられ、散髪をされ、あごひげを剃られた。それらすべてが終わると、妻はその物乞いの正体を確認し、喜び、首に抱きつき、キスをした！　妻はヨハンが七年前に着ていた花婿の晴れ着を持って来て、「今度もまた、七年前と同じように、わたしたちの本物の記念日を祝いましょう」と言った。

一方、大佐は逮捕され、薪の山の上に載せられ火あぶりにされた。七年にわたって商人に食べ物を運びつづけた怪鳥グライフは、ヨハンがシチリアで買いもどして埋葬してやった、あの死者だった。

第30話

こげ茶のミヒェル *Der schwarzbraune Michel*

昔、貧しい農夫がいた。子だくさんで、本人はもう年を取り、病弱だった。そのため家族は飢えと難儀に苦しんでいた。貧しい農夫は、もうこりごり、自分の人生そのものに決着をつけようと、ロープの切れ端を持って森へ出かけて行った。けれども首を吊るのに手ごろな木が見つからなかったので、しばらくの間森の中をうろうろとした。そこへ狩人が現れた。全身緑色の服装をして、帽子には曲がった羽を飾り、悪魔のように少し足を引きずるようにしていた。狩人は貧しい農夫に、森で何をしているのかとたずねた。貧しい農夫は言った。「首をくくる木を探しているんだけど、どうも手ごろなのがなくてな」。

これを聞いて狩人は貧しい農夫に言った。「どうしてまた、首などくくるんだね」。

農夫は答えた。「家族が大勢いるうえ、わし自身もう稼ぐことができないんでね」。

狩人がまた言った。「そんなことでお前さん、首をくくることなんかないよ！　お前さんが知らないものをわたしにくれれば、わたしはお前さんにたっぷり金をあげるよ」。

「わしが知らないものなど、お前さんに上げることなどできないよ」。

「お前さんが知らないものだから、簡単にくれるさ」。

貧しい農夫は頭をひねったり腕組みしたりして長いこと考えた。狩人は次々とまくしたてた。それで貧しい農夫は同意したので、狩人が言った。

「羽ペンと紙はちゃんと持っているんだが、インクは持ち合わせがないんだ。お前さん、指に傷をつけて血を出してくれ。そしてその血で署名してもらわねばならん」。

貧しい農夫が言われたとおりのことをすると、狩人は一度姿を消して、金の詰まった大きな荷物を持って再び現れた。それはとても大きくて、貧しい農夫は三度に分けてやっとの思いで家まで運んだ。

貧しい農夫の年を取った女房は、一回目は金の包みのことは何も気がつかなかった。二回目もまだ気がつかなかった。貧しい農夫が三度目に帰って来たとき、女房はたずねた。

「お前さん、今日はいったい何をそんなに重そうに運んでいるの」。

貧しい農夫は言った。「わしはうまい取引をしたのよ。森へ行ったら、狩人に会ってな。わしが狩人にわしの知らないものを上げたら、わしにたっぷり金をくれると言うわけよ。わしは自分の血で署名させられたけどな」。

貧しい農夫の女房は大声で言った。「お前さんはまたなんてことをしてくれたの！　お前さんは、お前さんの子どもがまだお腹にいるときからもう売りとばすのかい」。

貧しい農夫は言った。「わしは何もやましいことはしとらんぞ。もう長いことお前とは寝とらんからな」。

女房は言った。「お前さんたち男ってものは、いつもそうなのよ。お前さんは酔っぱらって帰って来て、あたしを寝かせてくれなかったじゃないの。それで子どもができたのよ」。

貧しい農夫は後悔したが、さりとて他にどうすることもできなかった。

いよいよ月が満ちて、女房はかわいい男の子を生んだ。その子は成長し学校へ通った。母親は子どもにパンを与えるとき、いつも泣いた。それに気づいた男の子は、母親にたずねた。

「ねえ母ちゃん、母ちゃんはぼくにパンをくれるとき、どうしていつも泣くの。ぼくは母ちゃんの子どもじゃないの。それとも、他の兄ちゃんや姉ちゃんたちほど、ぼくがかわいくないの」。

「そんなことありゃしないわ」と母親が言った。「お前は子どもたちの中でいちばんかわいいんだよ」。

「嘘ばっかり」と子どもが言った。「じゃ、母ちゃんはいつもどうして泣くの」。

「それはね、お前の父ちゃんがね、お前がまだわたしのお腹にいるときに、お前を悪魔に売ってしまったからなの。それも、父ちゃんの血で署名してね」。

この話を聞いて、子どもの心臓は張り裂けそうになり、その子は言った。「ぼく、しっかりした子になって、ちゃんと勉強する。学校を卒業したら、なんとか助かるようにするよ」。

子どもは学校を卒業すると、家を出て行って、天使が毎日天から食べ物を運んでくる聖人の隠者に教えを乞いに行った。子どもは隠者にことの次第をすべて語り、助けてもらえないかとお願いした。老人は言った。「それは難しいことじゃ。なんとなれば、署名は地下の地獄にあるからじゃ。

わしはできるかぎり力を尽くして、お前さんを助けて上げよう。お前さんはこげ茶のミヒェルを訪ねて行くがよい。この男はわしの兄弟でな、盗賊と魔法使いの親分をしておる。どうしてかと言うと、この兄弟は悪魔の長、ルシファー〔サタンの別名〕と懇意にしておって、子どもも何人かおる。そして、その子どもたちはかさぶただらけじゃ。これはルシファーには具合が悪い。さあ、香油《こうゆ》を上げる。お前があそこへ行ったら、こげ茶のミヒェルのためにと言って、奴の子どもたちにこの香油を塗り込んでやれ。三日か四日もすれば、かさぶたは消え、子どもたちの病気は治るからの」。

男の子が盗賊の巣窟に入って行くと、そこには拉致《らち》された居酒屋の女将がいた。女将が言った。「坊や、いいこと、ここからお逃げなさい。ここは盗賊と魔法使いの巣窟なんだよ。こげ茶のミヒェルがもどって来たら、お前さんをすぐにも打ち殺させるわよ」。男の子は言った。「ぼくは医者なんですよ。こげ茶のミヒェルの子どもたちのかさぶたを治して上げるつもりなんです」。けれども居酒屋の女将は言った。「お前さんはまだ若いし、経験も足りないよ」。けれども男の子は、子どもたちを治してやると言って聞かなかった。「だったらお前さんを隠してあげなくちゃ」と女将は言った。「お前さんを秘密の部屋に隠しましょう。わたしはなんとか言いつくろわなくちゃね。でないと、あの男はお前さんとわたしを殺させるからね」。

こげ茶のミヒェルがもどって来ると、女将は男の子がしようとしていることを真っ先に話した。こげ茶のミヒェルは高慢な、もったいぶった口調で、男の子はまだ小さくて若い、これまでかなりの腕の医者たちに診させたが、だれにも治せなかったと言った。けれども男の子は譲らず、「三日か四日で子どもさんを治してみせます」と言った。するとこげ茶のミヒェルが言った。「そこまで言うなら、一つ試してみようじゃねえか。だが、ガキどもが治らなかったら、きさまを殺させるからな」。そう言って、こげ茶のミヒェルは子どもたちを連れて来た。男の子は子どもたちに香油を塗った。三日後、子どもたちのかさぶたは跡形もなくきれいに治った。

そこでこげ茶のミヒェルは、謝礼をどうすればよいかたずねた。男の子は、自分がまだ母親のお腹にいたときに、父親が悪魔に自分を与えると血で署名して約束したことを話した。それで、こげ茶のミヒェルが署名したものを、自分のためにもう一度取り返してくれないかと懇願した。それは自分は持っていない、それは地獄にあると言って、こげ茶のミヒェルは言葉をつづけた。「それなら、ルシファーを呪文でここに呼び出さずばなるまい」。

ルシファーが現れ、男の子をじっと見つめ、「この子はおれのものではない」と言った。男の子がもう一度頼むと、ルシファーは、三人そろって地獄へ行かなければならないと言った。三人が地獄へ着くと、ルシファーは大きな帳簿を取り出して、ちょうど将校が兵隊にするように、悪魔の名前を全員読み上げた。そして、だれがここにいるこの男の子を買ったのかとたずねた。悪魔たちは一人一人この男の子をじっくり見定めて、「こいつはわしのものではありやせん」と言った。

そこでルシファーが思案していたところ、曲がり足のフィストフェルス〔吐き気を催させる悪魔〕

がいないことに気がついた。この悪魔はいつも地上をうろつきまわっては人間を買い集める輩《やから》だった。悪魔の上官が慌てて曲がり足のフィストフェルスを呼び出し、この男の子は曲がり足のフィストフェルスのものかとたずねた。

「そうでがす」と曲がり足のフィストフェルスが言った。「こいつはあっしが買いやした」。

「この男の子はこげ茶のミヒェルの子どもたちの病気を治してくれた。署名をよこせ」とルシファーが言うと、「署名は渡しやせん。このガキはあっしのものです」。

「きさまが署名を渡さないと言うのなら、悪魔全員できさまを襲わせるぞ」。

「どうぞご自由に。署名は渡しやせん」。

「きさまが署名を渡さないというのなら、地獄の底から天空まで届く柱を立てさせるぞ、鋸《のこぎり》の歯と刀を張りめぐらした物をな。きさまはそれをよじ登ったり降りたりしなきゃならんぞ」。

「どうぞご自由に、署名は渡しやせん」。

そこでルシファーが言った。「きさまが署名を渡さないと言うのなら、きさまをこげ茶のミヒェルのところの風呂に投げ込んでしまうぞ」。

フィストフェルスはこれを聞くと、慌てて言った。「それはやめてください。あんなところにあっしを投げ込まんでください。そんなことをされるくらいなら、署名を渡します」。

男の子は署名を手に入れ、大喜びしながらさっさと地獄を抜け出した。

ところがこげ茶のミヒェルは地獄からもどって来ると、一人でつらつら考えた——あの風呂はなんとも恐ろしく物騒なものにちがいない。何をしてもフィストフェルスをたじろがせることはできなかった。悪魔全員で奴を襲わせることも、突起物のある高い柱をよじ登ったり降りたりすることも奴を怖がらせることはなかった。なのに、奴がおれの風呂に投げ込まれることよりも、むしろ署名を渡すことを選ぶとは。おれはなんという物騒な風呂を持っていることか！　止めた。風呂に投げ込まれるくらいなら、改宗してまっとうなキリスト教徒になろう。

こげ茶のミヒェルは、自分の盗賊の巣窟を出て、懺悔《ざんげ》をするために聖職者を訪ねようとした。ところがどこへ行っても、とっくに人々に知られており、人々は主任司祭館の扉をミヒェルの前で閉ざし、中へ入らせなかった。ミヒェルがさらに旅をつづけていると、一人の聖職者に出会ったので、その人のところで懺悔をしようとした。ところがその聖職者はミヒェルを怖がり、逃げてしまった。こげ茶のミヒェルは心の底から懺悔をしたいと思ったので、後を追っかけた。ところが石につまずき、倒れて死んでしまった。けれども彼は心の底から懺悔をしようとしていたので、慈悲《じひ》がかけられ、天国へ行った。

すると、天使の一団がまとまって彼につき従った。けれども天使がミヒェルに随行したために、隠者のところを三日の間、留守にしてしまった。それで天使が帰って来たとき、隠者が天使にたずねた。「お前がこんなにも長く留守にするとは、いったい何事じゃ。一日留守にすることはこれまでしょっちゅうあった。二日留守ということも一度はあった。じゃが、三日も留守ということは、ついぞなかったことじゃが？」。

そこで天使が言った。「わたしたちは大罪人に付き添っていたのです。あなたのご兄弟、こげ茶のミヒェルです。これには天使の大群が同行しなければならなかったのです。天国では、大罪人が懺悔をしたとなると、大きな喜びとなりますので、わたしもいっしょに行ったのです」。

「そういうことだったのか」と聖なる隠者は言った。「わしの兄弟のこげ茶のミヒェルがそれほど多くの天使を連れて天国へ行ったというなら、わしが天国へ行くときには、どれほどの天使がいっしょに行くのじゃ」。

これに対して天使が言った。「あなたはとても信仰の厚いお方ですから、たぶんわたし一人とだけで天国へ行くことになるでしょう」。

すると隠者は激怒し、天使に向かって言った。「きさま一人とだけで天国へ行くというのであれば、むしろ悪魔の群れと連れ立って地獄へ行くほうがましじゃ」。

隠者がそう言ったかと思うと、ザ、ザ、ザ、ザ、ザァ！　何十万人もの悪魔が現れ、隠者を捕まえて、こげ茶のミヒェルの風呂に投げ込んだ。

第31話
悪妻 *Das ungute Weible*

昔、金持ちの農夫の女房が亡くなった。その直前に新しい主任司祭が任命された。農夫はミサの料金を支払う必要があるのかどうかたずねた。

「いいえ」と主任司祭は言った。「奥さんは多分よい場所〔天国〕に行かれることでしょう」。主任司祭が言おうとしたのは、その農夫は貧乏だということだった。

ところがそのうち、主任司祭はその農夫が金を持っているということを知った。それで農夫にミサの料金を払ってくれ、奥さんはよい場所にはいないと言った。

「いいや」と農夫は言った。「わしは金輪際《こんりんざい》ミサの料金は払いませんぞ。女房はずっと悪妻でしたから。あの女、いったんこうと決めたら、テコでも動きゃしねぇです」。

第32話 王さまの花嫁 *Die Königsbraut*

昔、一人の王さまがいた。王さまは花嫁を求めていた。けれども王さまが満足するだけの十分な美しさを持った女の人はいなかった。ところがあるとき、一人の女の人が城の前の広場を横切っているのを見た。王さまはその女の人が気に入った。王さまは、その女の人をそのうち教会で見ることもあるだろうと考えていた。けれども教会の中で見かけることは一度もなかった。

ある日、その女の人が再び中央広場を横切ったとき、王さまはその女の人に歩み寄り、自分と結婚する気はないかとたずねた。その女の人は、王さまと結婚します、けれども条件があります、と言った。それによると、夫婦になる日の前三日と後三日の間は市門を閉鎖し、だれ一人外へ出ることも、中へ入ることも許されない、そしてそれぞれの市門の前には見張りを立てなければならない、というものだった。

王さまはそれに同意し、夫婦になる日の三日前から結婚式がはじまったとき、一人の老人が市門の前の見張りのところへやって来て、自分を町の中へ入れるように、町の中でしなければならない大事なことがあると言った。それに対して見張りの隊長は、今は王さまの結婚式が行われていて、結婚式がつづいている間はだれ一人町の中へ入ることも、外へ出ることも許されていないと言った。けれども老人は、是非とも中へ入れてもらわなければならない、急を要することがある、見張りの隊長は歩哨を王さまの宴席に派遣してもらいたい、と言って譲らなかった。兵隊が城に行き、宴席へ行って、用件を伝えると、花嫁が言った。「王さまがおたずねでございます。もしその老人が、神さまが最大の奇跡をお起こしになったのはいつかを知っているならば、その老人は町へ入ってもよろしい」。

見張りが老人に伝言を伝えると、老人は言った。「神さまは人間をお創りになったとき、最大の奇跡を起こされました。この世の中に何百万人もの人間がいて、皆同じ姿をしているのに、お互いに簡単に区別がつきます」。そこで見張りは考えた。「これは賢いお方にちがいない。これほどのお方なら、町によいものを持ち込んでくださるはずじゃ」。

見張りは答えをもらって再び王さまの宴席にもどった。すると花嫁が言った。「王さまがおたずねでございます。もしその老人が、神さまの全能よりも偉大な物が何であるかを知っているならば、その老人は町へ入ってもよろしい」。見張りは再び市門のところへ行き、老人に質問を伝えた。

すると老人は言った。「もし神さまの御心の寛《ひろ》さが神さまの全能よりも偉大でないとするならば、多くの人間は破滅し、呪《のろ》われた存在になるにちがいありますまい」。

そこで、見張りは再びその答えを持って王さまの宴席にもどった。すると花嫁が言った。「王さまがおたずねでございます。もしその老人が、天国と地獄とがお互いどれほど離れたところにあるかについても知っているならば、その老人は町へ入ってもよろしい」。

見張りがその知らせを持って老人のところへもどると、老人が答えた。「王さまがそのような質問をなさるのであれば、それは、王さまの右側にすわっておられるお方に対してだけなさるべきです。そのお方はすでに天国と地獄に行っておられます。そのことなら、そのお方がいちばんよくご存じのはずです」。

見張りがその答えを王さまの宴席にもたらすと、花嫁は窓から外へ飛び出し、老人は市門の前から、それぞれ姿を消した。

第33話
公正な裁判官 *Der gerechte Kadi*

トルコに「公正な裁判官」と呼ばれる裁判官がいた。裁判長はこの話を聞くと、その裁判官が公正な裁判官と呼ばれ、自分がそう呼ばれないので、その裁判官を妬《ねた》ましく思い、評判を失墜《しっつい》させようと企《たくら》んだ。

裁判長はイギリスの農夫の姿に身をやつし、その公正な裁判官が審理を行う日に、白馬に乗って公正な裁判官のところへと向かった。裁判長が馬で進んでいると、道端に足を引きずりながら歩く男がいた。その男は、市門のところへ乗りつけて施し物を集めたいので、裁判長は馬を降り、自分が馬に乗るのを助けてほしいと頼み込んだ。

ところが二人が市門に着き、イギリスの農夫が馬を取りもどすために、足を引きずりながら歩く男を馬から降ろそうとすると、その男はなんと、「この馬はわしのものですぞ。わしは歩けねえんだから。わしが買ったってことよ」と言うではないか。二人が言い争っていると、大勢のトルコ人がわっと集まって来て、その全員が足を引きずりながら歩くこのトルコ人を応援した。イギリスの農夫はなす術もなく、裁判官に訴え出なければならなくなった。そして担当になったのが、あの公正な裁判官だった。

裁判長が裁判所へ行くと、争いごとを抱えた二組が順番を待っていた。

搾油屋が肉屋で肉を買い、金貨で払ったが、当然いくらかのおつりがもらえるはずだと思っていたのに、肉屋はいっさいおつりを返さなかった。搾油屋は肉屋の手をわしづかみにして言った。「さあ、裁判官さまのところへ行こうじゃないか」。こういう次第で二人が訴え出たのだった。

油搾屋が言った。「肉屋はあっしにびた一文返さねえんです」。肉屋が言った。「搾油屋はわしが先におつりを払ったのに、てんで金貨を渡そうとしないんでさ」。すると裁判官が言った。「その金貨をわたしに渡しなさい！」。裁判官は金貨をガラスのコップに入れ、それに水を注ぎ、明日改めて来るように命じて、搾油屋と肉屋を家へ帰らせた。

二番目は、年のいった女房を連れた農夫と金持ちの商人だった。

農夫が言った。「この女はあっしのものなんですが、この商人がそれを受けつけんのです」。

商人は言った。「この女は手前のものでございます」。

女房はできれば商人の妻になりたいと願っていたので、「この商人がわたしの夫でございます」と商人の側に立った。

すると裁判官が言った。「その女は一晩わたしのところにとどめ置くことにする。お前たちはどこかで一夜の宿を探し、明朝再びここへ来るがよい」。そうして裁判官は、彼の寝室の隣の事務室に女のための寝床を用意させた。

イギリスの農夫と男の番になった。

足を引きずりながら歩く男は言った。「この白馬はあっしのものです」。するとイギリスの農夫も、「この白馬はわたしのものでございます」と言った。裁判官はその白馬を厩舎に連れて行かせ、その晩ずっと餌を与えさせなかった。そしてイギリスの農夫と足を引きずりながら歩く男に、明日再びここへ来るようにと言った。

次の日、三組の訴訟人が再び姿を現し、裁判官は搾油屋と肉屋の件からはじめた。

「わたしの見るところ」と裁判官は言った。「金貨を入れた水の上に油が浮いておる」と肉屋に向かって言った。「お前は金貨が悪銭だということをよく承知しておったが故に、ぎゅっと握りしめておったのじゃ。お前は搾油屋につり銭を返さねばならぬ。そして罰として、両足に鞭打ちの刑を受けるのじゃ」。

次は二番目の組である。「お前がたっぷり寝ていたから」と裁判官は農夫の女房に言った。「わたしは、お前を起こし、わたしが調べものをすることができるようにと、書類をわたしのところへ持って来るよう申しつけたな。ところがお前は何もかも乱雑にしたまま持って来た。もしお前が商人の女房であったなら、そのようなことはしなかったであろう。お前は農夫のものだ。商人のものではない」。そして裁判官は、商人が農夫の妻を誘惑した罪で、商人の腹に鞭打ちの刑を命じた。そして農夫に対しては、女房がよからぬ考えを起こさないよう、女房にもっと働かせるように言った。

次は三番目の組である。裁判官はイギリスの農夫と足を引きずりながら歩く男に厩舎に行くよう命じた。そこには同じような白馬が何頭かいた。公正な裁判官は足を引きずりながら歩く男に、どれが自分の馬かとたずねた。足を引きずりながら歩く男は言った。「ここにいるこいつでごぜえやす！」。それは正解だった。そこで今度はイギリスの農夫に、どれが自分の馬かとたずねた。イギリスの農夫も、同じ馬を指差して言った。「これがわたしのものでございます！」。「ヒ、ヒ、ヒーン！」。白馬は自分の主人が話すのを聞くと、その声で主人を見分け、腹を空かせていたので、すぐにそれを訴えた。そこで裁判官はイギリスの農夫に言った。「白馬はお前のものだ！」。そして足を引きずりながら歩く男に向かって言った。「この恥知らずめが！　両足に鞭打ちの刑を申しつける」。

ここで裁判長は自分の素姓《すじょう》を明らかにして言った。「わたしはあなたの評判がよいことを妬《ねた》んでおりました。それで、あなたに悪巧《わるだく》みをしようとしました。が、今わかりました。あなたはわたしより賢いお方です。そして、あなたの名声ももっともなことです」と。

第34話
黒い王女 *Die schwarze Königstochter*

昔、高齢の王さまとお妃さまがいた。二人の間には子どもがなく、お妃さまはなんとしても子どもが欲しかった。その町の川に石積みの大きな橋がかかっていて、その真ん中の右側には十字架像が、左側には悪魔ルシファーの像が石に彫られていた。お妃さまはしばしば十字架像のところへ出かけては、子どもを授かりますように、とお祈りを捧げた。けれどもお祈りはなんの効き目もなかったので、今度はルシファーのほうへ行って、ルシファーを褒め称えた。それから三カ月が過ぎ、お妃さまはおめでたに気づいた。お妃さまはそれを王さまに告げ、王さまを喜ばそうとしたのだが、王さまには身に覚えがなかった。けれども、良くも悪くも大騒ぎはしなかった。

半年後、王さまは祝祭を催し、その間にお妃さまは炭のように黒い王女を産んだ。王女は、一時間で他の子どもが一年かかって成長する大きさになった。二十四時間で一人前の背の高さになったが、言葉は一言も発しなかった。王女があっという間に成長したので、王さまは食事を共にするようにした。食事がお開きになったとき、黒い王女が言葉を発し、次のように話した。

「不幸せなお父さま、不幸せなお母さま、これから不吉な時間が参ります。その時間が来ると、わたしは死ぬ定めになっております。わたしが死んでしまいましたら、教会の中の中央祭壇の奥の霊廟《れいびょう》に埋葬してください。そしてわたしが埋葬されたら、毎晩霊廟に見張りの男を一人立ててくださらなければなりません。そしてもし見張りの男がその場を離れでもしたら、困ったことになります。持ち場を離れることが度重なりますと、事態はさらに悪くなります」。

王女はそう言ったかと思うと、ばったりと倒れ死んでしまった。王さまは教会の霊廟を掘らせて、黒い王女を安置した。夜、男が一人見張りに立たなければならなかった。早朝、寺男が行ってみると、そのとき四時の鐘が鳴ったのであるが、見張りの男はばらばらにされていた。そして同じような事態が何日にもわたって次々と起こり、毎晩、男が一人ずつ、なんともぞっとするような姿で命を奪われなければならなかった。

軍隊は早くも不満を募らせ、忠誠を拒否した。王さまは反乱を恐れ、義理の父親も王さまだったので、その義理の父親に書簡を送り、軍隊を一個連隊貸してくれるよう頼んだ。義理の父親はさっそく一個連隊を派遣した。その中に三人の兄弟がいて、一人は大隊長、一人は中隊長、そしてあと一人はルドルフという名前の兵卒だった。このルドルフ、兵役に就いているより、刑務所にいる期間のほうが長かった。兄弟たちはルドルフと縁を切りたがっていたので、絞首刑か銃殺刑にさせたがっていたが、そこまでの悪事は働かなかったので、ルドルフを亡き者にすることはできなかった。

「中隊長の兄弟よ」と大隊長が言った。「一つ、ルドルフを厄介払いしようではないか。いちばん先に見張りにつくのはあいつでなくちゃ」。ルドルフは命令を受けると、自分をいちばん最後にするとか、そもそもそんな任務につかせないことだってできるのに、と兄弟たちに猛烈に食ってかかった。けれども何を言っても無駄だった。ルドルフは任務につくしかなかった。それでまだ任務につく前に、教会の主任司祭のところへ行き、祈祷書《きとうしょ》と清めたチョークをくださいと頼んだ。

ルドルフは教会へ連れて行かれると、中央祭壇の前に跪《ひざまず》き祈祷書を開いて、十時四十五分まで祈りを捧げた。十時四十五分の鐘が鳴ったとき、ルドルフは自分がどこに隠れたらよいものかわからなかった。「おれが椅子の下にもぐって寝れば、すぐにお陀仏になってしまうだろうな。おれが聖者さまの像の後ろに登っておれば、そのままおさらばだろうって。そういうことなら、説教壇の上へ登ろう」。

ルドルフは説教壇に登り、チョークで階段の踏み板一枚一枚に十字架を描き、それから説教壇の上に身を潜めた。十一時の鐘が鳴ると、王女がめらめらと燃え立つ姿で霊廟の中から現れ、「ルドルフ！」と大声で叫んだ。王女にはルドルフの姿が見えなかったので、椅子という椅子を投げ散らかし、聖者像をことごとく叩き落とした。ようやくルドルフが上の説教壇にいるのを見つけたが、踏み板に十字架が描かれているので、登って行くことができなかった。そこで王女は椅子を積み上げて階段を作り上まで登って来て、まさにルドルフにつかみかかろうとした瞬間、十二時の鐘が鳴った。王女は再び黒い身となって横たわり、椅子も聖者像も皆、元あった場所に収まった。そこでルドルフは説教壇から降りて行って、黒い王女を再び霊廟の中へ引きずって行って安置し、それから感謝の祈りを捧げた。

寺男が四時の鐘を鳴らしに来て、見張り番が中央祭壇の前で跪き、祈りを捧げているのを目撃した。寺男はそれを主任司祭に報告した。主任司祭は、寺男にその見張り番を自分のところへ連れて来るように言った。主任司祭はルドルフの勇敢さを褒め称えた。そして再び見張りに立つよう、その代わり昼間はずっと非番にすると言った。けれどもルドルフは答えた。もう一度見張りに立つくらいなら、兵隊として勤務するほうがましだと言った。すると主任司祭は王さまに書簡を送り、見張り番は無傷のままであったと伝えた。

王さまは、同じ人物がもう一度見張り番に立たなければならないと命令した。ルドルフは内心思った。「あんなことは二度とごめんだ。おれはいっそのこと脱走して、一日中居酒屋にしけ込むよ」。夜になったので、ルドルフは脱走しようとした。そしてまさに町を出て半ば安心したとき、道端によぼよぼのキタ－ラ〔古代ギリシャの弦楽器〕弾きがすわっていて、語りかけた。「ルドルフ、脱走するでない。お前さんには幸運が訪れるじゃろうから」。ルドルフは言った。「きさまがそんなによくわかっているのなら、きさまが行きゃいいのよ」。キタ－ラ弾きが答えた。「わしは兵隊じゃないんでね」。

二人はしばらく言い争っていたが、キタ－ラ弾きが懇々《こんこん》とルドルフを説得し、ルドルフは再び見張りに立つ気になったが、キタ－ラ弾きはさらに、「今日は説教壇に登ってはいけない」と言った。「今日はお前さんは聖母マリアさまの後ろに登るがよい。そこじゃと黒い王女もお前さんをそう簡単には見つけ出せないじゃろう。お前さんを見つけたとしても、そのときはもう遅すぎるじゃろうて」。

ルドルフは再び教会に入ると、中央祭壇の前で十時四十五分まで祈りを捧げ、それから聖母マリア像の後ろに登った。十一時の鐘が鳴ったとき、黒い王女が再び炎の姿で現れたが、一日目の夜よりもずっとおぞましい姿だった。黒い王女はルドルフを見つけることができないので、また も椅子を辺り構わず投げ散らかし、聖者像をことごとく打ち砕いた。黒い王女は脅したりすかしたりしながら誘いをかけたが、ルドルフは姿を見せなかった。それでもついにルドルフを発見すると、黒い王女はまたもや椅子を積み上げて階段を作り、いちばん上の椅子に登ったと同時に十二時の鐘が鳴った。椅子はそれぞれすべて元の位置にもどり、聖者像も元どおりになり、黒い王女も再び床に横たわっていた。ルドルフは前の晩と同様に黒い王女を墓穴にもどした。

寺男が、中央祭壇のところでルドルフを見つけ、再び主任司祭のところへ連れて行かなければならなかった。主任司祭はルドルフに今回も見張り番に立つよう話し、十四ドゥカーテン〔ヨーロッパの十三〜十九世紀の金貨〕を与えた。けれどもルドルフは見張り番の話はまったく受けつけようとしなかった。王さまに主任司祭からその話が伝えられると、ルドルフは三度目の見張り番の任務を命じられた。その代わり、昼間はずっと非番にしてもらえるという条件だった。

けれどもルドルフはまた脱走しようとした。今回はもうあの年寄りのキタ一ラ弾きに会わないようにと、街道には向かわず、畑や野原を横切って行くことにした。昼間は居酒屋で四時まで意気軒昂《けんこう》だった。それから脱走し、畑や野原を横切り森に差しかかったところ、またしても老キターラ弾きがすわっていて、「ルドルフ、脱走するでない！　お前さんは自分で幸運を招くことができるのですぞ」と言うではないか。ルドルフは言った。「それならきさまが行けばいいんだ。きさまにだって運が向いても悪かないだろ。ききさまのほうがおれよりよほど哀れな身の上じゃないか」。キターラ弾きが言った。「同じことを言わすでない。わしは兵隊ではないのじゃ」。そして延々とルドルフを説得し、ルドルフはまたもや説き伏せられた。

「今日お前さんは決して聖母マリアさまの後ろに登ってはならん。今日は墓穴のところへ行って、目を閉じておらねばならん。今日黒い王女はさらにおぞましく荒れ狂うじゃろう。じゃが物好きは禁物じゃ、目をあけてはならん。さもないと、お前さんは命がないぞ。十一時の鐘が鳴ったら、お前さんは墓穴の中に入れ、そしてその中で横になるのじゃ。背嚢《はいのう》を枕にして、銃を右側に置き、両手は胸の上で交差させる。ちょうど兵隊が棺台《ひつぎだい》に寝かされておるようにじゃ。黒い王女はお前さんを脅したりすかしたりするじゃろう。じゃが、黒い王女がお前さんを右側から攻撃して来ず、『ルドルフ、起き上がりなさい！』と言わんかぎり、お前さんは目をあけてはならん」。

こうしてルドルフはまたもや教会に連れて行かれ、再び十時四十五分まで祈りを捧げた。十時四十五分の鐘が鳴ると、墓穴のところへ行き、十一時の鐘が鳴ると、ザワザワと音がしたので、墓穴の中へ下りた。背嚢を枕にし、銃を右側に置き、両手を胸の上で交差させ、ちょうど兵隊が棺台に横たえられているときのような姿勢になった。

今や黒い王女は教会の中を暴れまわり、まるで教会は燃え上がって崩れ落ちんばかりのありさまだった。黒い王女はルドルフを脅したりすかしたりしたが、見つけ出すことはできなかった。十二時が迫るほどに、いっそう荒れ狂った。そして墓穴のところへやって来て叫んだ。「ルドルフ、起き上がりなさい、さもないと火で焙《あぶ》り出すわよ！」。けれどもルドルフは目をあけず、身じろぎもしなかった。十二時の鐘が鳴ると、黒い王女はルドルフの右手をつかみ、「ルドルフ、起き上がりなさい！」と言った。ルドルフが目をあけると、黒い王女は雪のように白く美しい乙女の姿に変わって墓穴のそばに立っていた。ルドルフは立ち上がり、マントを脱ぎ、乙女に着せかけてやった。なにしろ乙女を素っ裸のまま自分の横に突っ立たせておくわけにはいかなかったからだ。そうして、ルドルフは見張り番の任務から解放されたので祈りを捧げ，乙女も悪魔から救済されたので祈りを捧げた。

寺男が四時の鐘を鳴らしに来たとき、二人が中央祭壇の前で跪《ひざまず》いているのを見た。寺男は、美しい乙女が番兵と並んで跪きお祈りをしている、と慌てて主任司祭に報告した。主任司祭は慌てて王さまに書簡を送り、王さまはルドルフに王となるよう命令し、自分の娘を連れて来させ、豪華な衣服を作らせた。そしてその週のうちに二人は結婚し、今やルドルフは王さまとなった。

第35話
主任司祭と居酒屋の亭主と農夫 *Pfarrer, Wirt und Bauer*

主任司祭と農夫が居酒屋に入った。居酒屋の亭主もまじえて話がはずみ、自分たち三人の中でだれがいちばん信仰が厚いかということになった。三人とも意見が合わなかったので、隠者のところへ出かけ、自分たち三人の中でだれがいちばん信仰が厚いかたずねた。

するると隠者が「それはわしにはわかりようがない。なにしろわしはお前さん方の行状を見ておらんからの」と言った。すると三人は、隠者が今わかる範囲で言ってくれさえすればよいと言って、同じ質問をもう一度した。すると隠者は、三人ともそれぞれ別々の方角に別れて行って、暗くなるまで歩くこと、そしてそれぞれが体験したことを明日語って聞かせるようにと言った。

次の朝早く、三人は再び隠者を訪ねた。主任司祭は語った。「わたしはリンゴの木のところへ行き着きました。夕方、頭上には木がとても重みに耐えられないほどたくさんのリンゴがなっていました。その木の下にわたしは腰を降ろし、眠りました。朝早く目が覚めてみると、どこをどう探しても、リンゴは一個しかなっておりませんでした」。

居酒屋の亭主が語った。「わたしは大きな池にさしかかりました。池には水が満々とたたえられておりました。池のそばでわたしは横になり、眠りました。目が覚めてみると、池には水はほんの少ししか残っていませんでした」。

農夫が語った。「わしは野原へ出ましたです。野原には納屋がありまして、下は家畜小屋、上は干し草置き場になっておりました。野原には一ショック〔昔の単位で六十〕の若いヒツジがおりました。夜の間にひどい嵐になりました。それでわしは考えました。『若ヒツジたちは家畜小屋に入りたいのではなかろうか』と。わしは若ヒツジたちが中へ入れるようにと家畜小屋の木戸を開けてやりました。ところが子ヒツジを一頭連れた母ヒツジが入る余地がなくなりました。それでその親子のヒツジは嵐の中、戸口で過ごすしかありませんでした」。

隠者が主任司祭に言った。「夕方、木にとてもたくさんなっていたリンゴ、それと同じくらいにたくさんのミサの代金が、お前さんには支払われた。じゃが、お前さんがミサで朗詠したのは、リンゴが朝、木の上になっていたほどでしかなかった」。隠者は居酒屋の亭主に向かって言った。「夜の間に池から消えてしまったほど大量の水を、お前さんが売ったということ。そして、本物の飲み物は、朝、池に残っていたほどの分量でしかなかったのじゃ」。そして農夫に対して言った。「お前さんはたくさんの人を泊まらせた。じゃが、幼い子どもを連れた女の人のためには、お前さんは部屋を空けることをしなかった。そのため、悪天候の中、その女の人は外の牧場に放ったらかしにされたのじゃ」。

第36話 隠者と貴族 *Der Einsiedler und der Edelherr*

一人の貴族が馬で狩りに出かけ、森の中で隠者に出会った。そこで、貴族は隠者に向かって、森で何をしているのかとたずねた。

隠者は言った。「うん、お祈りじゃ！」。

貴族は隠者に言った。「そうか、お前さんはいったい四六時中祈っていられるのかね」。

隠者は言った。「できるとも、もちろんじゃ！」。

そこで貴族は隠者に言った。「もしお前さんがわたしのために心をこめて主の祈りを唱えてくれるなら、わたしはお前さんにわたしの馬を上げよう」。だがその馬には、黄金の馬具がつけられていた。隠者は声高らかに祈りはじめた。

「天にましますわれらの父よ……。さて、馬具のこともお祈りをするかね？」。

第37話
女の知恵にはかなわない *Über die Weiberlist steht nichts auf*

とある谷間に豪農と貧しい農夫の二人が住んでいた。貧しい農夫は次々と不幸に襲われて、すっかり落ちぶれてしまった。そこで、豪農のところへ行って、もう一度家畜を買うために四百グルデン貸してくれと頼んだ。豪農は四百グルデン貸してやった。それで貧しい農夫はもう一度家畜を買った。けれども夏になって、高原の牧場に雷雨が降り注ぎ、またもや家畜を失ってしまった。それからさほどしないうちに、家屋敷が全焼した。今や貧しい農夫は家屋敷をすべて失い、借金だけが残ったのだが、豪農の女房が夫に言った。「お前さん、いいかい。あの貧しい農夫の財産を探ってみなさいよ。あの人はお前さんに借金があるでしょ。あの人にはもう家はなし、家畜もなしよ。で、お前さんがあの人の財産を差し押さえる訴えを起こしたら、あの人、どうやって払ってくれるでしょうね。お前さんが貸したあのお金を取りもどすとしたら、財産がいくらあるか、簡単にわかるわよね」。豪農は、「お前の言うとおりだ」と言って、貧乏な隣人に返済を迫った。貧しい農夫は意気消沈し、途方に暮れた。けれども彼には家政婦がいた。

家政婦はとても頭の回転が速く、貧しい農夫に向かって、伯爵のところを訪ねるようにと言った。伯爵は貧しい農夫に同情してくれるだろうし、実際、農夫たちのもめ事を裁いて、すでに寛大な心をたびたび見せてくれていると言うのだった。貧しい農夫はその忠告に従った。伯爵は、しかし、その金は何のために必要なのかとたずねた。そこで貧しい農夫は自分の不運、隣人が借金の返済を迫って訴訟を起こしたことを説明した。それに対して伯爵が言った。

「その金を今お前さんに渡すわけにはいかない。一週間後にもう一度わたしのところへ来るがよい。お前さんの隣人にも、お前さんと同じ日に来るよう、呼び出しをかけるからな」。

一週間後、二人の農夫が伯爵の元を訪れると、伯爵は二人に謎掛けをした。二人は、いちばん大きいものは何か、いちばん美しいものは何か、いちばん豊かなものは何か、答えるように言われた。二人は一週間後に答えを用意する羽目になった。もし豪農がちゃんと当てたら、貧しい農夫は借金を返さなければならない、しかし豪農が当てられず、貧しい農夫が当てることができたら、豪農は返済を受けたものとし、元金も利子も請求してはならない、というものだった。伯爵は貧しい農夫に対して、豪農が謎解きができるかどうか、見ておくようにと命じた。

豪農が仏頂面をして帰宅すると、女房がどうしたのかとたずねた。豪農は言った。「一週間後にいちばん大きいものは何か、いちばん美しいものは何か、いちばん豊かなものは何か、答えを言わなくてはならんのだ。世間は広い。わしはどうやってたずねまわったものだろうか」。

女房が言った。「そんなこと、なんてことない話よ。いちばん大きい雄牛ならわが家の家畜小屋にいるし、女の中でいちばんの美人といえば、世界広しといえどもこのあたしよ。そして伯爵さまに次いで金持ちといえば、このあたしたちよ」。

貧しい農夫が家に帰ると、家政婦が同じように伯爵が何を言ったのかとたずねた。そこで貧しい農夫は、いちばん大きいものは何か、いちばん美しいものは何か、いちばん豊かなものは何か、当てるようにと伯爵が謎を出し、それを一週間後に答えなければならないと言った。

「だれにこんなことがわかると言うんだ？　世間は広い。一週間でたずねまわることなど、できるわけがない！」。

ところが家政婦にしたら、「そんなこと、どうということもない話ですわ。いちばん大きいのは地球そのものでしょ。旦那さんが井戸を掘るとしますね。そして深く掘る。それからその二倍も三倍も掘るとします。けれどもとても狙った深さのところまで届きはしませんわ。そして、いちばん美しいのは五月という月です。庭や森の木々、野原や畑の花が美しく萌え出て、小鳥という小鳥がさえずり、動物という動物がうれしそうに跳ねまわる季節です。この季節をおいて、五月という月ほど美しい季節が他にあるとお思いですか？　そして、いちばん豊かなのは、神さまのお恵みですわ。わたしたちは春になると種を肩に担いで畑に行き、秋には馬車に何台も収穫でき、それで人間も動物も一年中暮らすのですから」。

二人の農夫が伯爵のところへ行くと、伯爵はまず豪農にたずねた。すると豪農が言った。「いちばん太った雄牛を、手前どもは家畜小屋に持っております。一帯でいちばんの美人は手前の女房でございます。そして伯爵さまに次いで豊かなのは、手前どもでございます」。

すると伯爵は、「お前さん方が私に次いで豊かであるというなら、お前さんは四百グルデンぐらい、なくても困りはしないな」と言い、次に貧しい農夫にたずねた。貧しい農夫は言った。「いちばん大きいのは大地そのものでござぜえます。例えばわしが井戸を掘ったとします。そして深く掘ったとします。さらにその二倍も三倍も深く掘ったとします。それでも狙った深さのところには届きません」。

伯爵は豪農にたずねた。「今の話は正しいかね」。豪農は、「この人の言い分をひっくり返すことはできません」と言った。貧しい農夫は話をつづけた。「いちばん美しいのは五月という月でごぜえます。庭や森の木々が芽吹き、野原や畑で花が咲き乱れ、小鳥という小鳥がさえずり、動物という動物がうれしそうに跳ねまわるのです。いったい、このような五月という月以上に美しいものが他にごぜえますでしょうか」。

伯爵は豪農に、貧しい農夫が言ったことは正しいかどうかたずねた。豪農は、「そのとおりでございます」と言った。貧しい農夫は話をつづけた。「いちばん豊かなのは神さまのお恵みでごぜえます。わしたちは春になると種を肩に担いで畑に行き、秋には馬車に何台も収穫でき、それで人間も動物も何もかも暮らすのですから」。

伯爵は豪農に、貧しい農夫が言ったことは正しいかどうかたずねた。豪農はまたしても、「そのとおりでございます」と言った。伯爵は「お前さんはこれで三回とも、そのとおりでございます、と申したな」と言い、さらに、「これでお前さんは貸金を返してもらったことになり、元金も利子も請求してはならん。さあ、家へ帰ってよろしい」。

けれども貧しい農夫に対しては、だれが謎解きの手助けをしたのかとたずねた。貧しい農夫は、「わしの家の家政婦でごぜえます」と言った。伯爵がたずねた。「その家政婦は若いか、それとも年増《としま》か。結婚しているのか、それとも独り者か」。貧しい農夫は、「家政婦は若い独り者でごぜえます」と答えた。すると伯爵は、その家政婦をこれこれの居酒屋に必ず来させるように言い、来るべき時刻も指定した。

貧しい農夫は家に帰り、家政婦にこの話を伝えた。家政婦は指示された日に、小ぎれいな服装をして居酒屋へ行った。居酒屋では伯爵がすでに料理の用意をさせており、二人はテーブルについた。家政婦は伯爵と食事を共にしなければならなかったが、その際、伯爵は家政婦に根掘り葉掘り質問攻めにした。ところが家政婦がどんなことにも見事な返答をしたものだから、伯爵はそれがたいそう気に入り、結婚を申し込んだ。これに対して家政婦は、伯爵ほどの金持ちが貧しい農家の娘にちょっかいを出すのは伯爵の品位にもとる、伯爵はどうしたって金持ちの高貴な家柄の娘と結婚できるのだから、と言った。けれども伯爵は、自分が大真面目であることを示すために、手からこぼれるほどのドゥカーテン金貨を家政婦に与えた。

すると家政婦は、伯爵は金持ちであり、自分は貧乏である。もし二人が結婚の約束を取り交わすと、自分にとって貧乏が障害になる、と言った。けれども伯爵がひたすら説得したので、とうとう家政婦も結婚に同意した。ただし、伯爵には一つ条件があった。それは、家政婦が妻となったら、陰で農夫たちにあれこれ手助けをしてはならない、そんなことをしたら、その後の三日間しか伯爵のところにはとどまれない、ただし、どんなものであれ、自分がいちばん好きなものを持ち出してもよい、というものだった。家政婦はそれに同意した。

こうして二人は結婚し、折り合いもよく、お互い相手に対して大いに好意を持った。

何年か経って、すべての家畜は伯爵のところに届け出なければならない、というお触れが出た。それで農夫たちは、すべての家畜、雄牛、雌牛、馬、ヒツジのほか、各自が所有する家畜を伯爵のところへまとめて連れて来た。一頭一頭が記録された。先ずは豪農たちが、次に穀物農家、最後に零細農夫たちがやって来た。

その中に一人の貧農の男がいた。この男には子を孕《はら》んだ雌馬が唯一の財産だった。時が満ち、産気づいた。雌馬が子馬を産んだとき、その場にはたまだれも居合わせなかった。子馬は雌馬から離れると、雄牛の群れの中に紛れ込んだ。子馬は雄牛のところで乳を探した。雄牛の飼い主の農夫がちょうど登録を済ませ、下僕たちに家畜を連れて帰るよう命じた。このときになってやっと、彼らは雄牛の群れの中に子馬がいるのを発見した。雄牛の飼い主は大喜びで言った。「こんなところでわしの雄牛が子馬を産んだぞ」。その言葉はまるで野火のように八方に伝わった。

これを貧農の男も耳にし、慌てて自分の雌馬のところへ駆けつけた。すると雌馬はもう出産を終えていて、子馬の姿はなかった。子馬は自分のものだと貧農の男は言ったが、雄牛の飼い主は、子馬を連れて来させようとはしなかった。とうとう雄牛の飼い主の農夫と貧農の男の言い争いになり、事は伯爵のところへ持ち込まれ、伯爵が裁定を下すことになった。

伯爵の裁定はこうだった。「子馬は自分の母親をよく知っておるだろう」。すると雄牛の飼い主が言った。「子馬はわたしのものに間違いございません。なにしろ、私の雄牛のところにいたのですから」。そして堂々と子馬を他の家畜といっしょに家へ連れて帰った。

貧農の男は、もしあの子馬を売って、税金を払った後なら、また何か口にするものでも買えたのにと悲嘆に暮れた。この話をかつて自分の家で家政婦をしていた伯爵夫人を知る貧しい農夫が耳にした。貧しい農夫は貧農の男に、伯爵夫人に助言してもらえ、と慰めの言葉をかけた。けれども貧農の男には、そんな大それたことはとてもできなかった。すると貧しい農夫が言った。「奥方さまのところへさっさと行くことだ。奥方さまはご自身が貧乏の味をご存じだから、きっとお前に知恵を授けてくださるはずだ」。

貧農の男は、まっすぐ伯爵夫人のところへ行き、助言を願い出た。ところが伯爵夫人は、「そのような事でしたら、あなたは伯爵さまに直接ちゃんとお話をなさいませ」と言った。「わしにどうしろ、とおっしゃるんでごぜえますか」と貧農の男はたずねた。「わしにはどうしてよいか見当もつきません」。だが、伯爵夫人の話では、伯爵は朝早く決まった時間に起床し、部屋の中を二、三回行ったり来たりする。それから窓辺へ歩み寄り、窓をあけ、パイプにタバコを詰めるという。「いいですか、こんな風になさいませ。あなたは朝早く伯爵さまの窓の前にあるモミの木に登ることです。するとあなたが木に登っているのが伯爵さまのお目にとまり、何が望みなのかとおたずねになられるでしょう」。

貧農の男は朝早く起き出し、城の庭園に入り、モミの木に登った。伯爵は窓辺へ歩み寄り、パイプに火をつけ、貧農の男がモミの木に登っているのを見つけた。そこで伯爵はたずねた。「お前さんはそんな高いところで何をしているのかね」。貧農の男は、「魚釣りです！」と答えた。伯爵は、「そんな高いところでどうやって魚が釣れるのかね」とたずねた。貧農は、「わしにここで魚釣りができないなら、雄牛が子馬を産むこともできないはずでごぜえますが」と答えた。すると伯爵は、「下へ降りて来なさい！」と言って、急ぎ足で庭園へ降りて行き、だれが貧農の男に知恵を授けたかをたずねた。「わしは自分の思いつきでいたしやした、伯爵さま」と貧農の男は答えた。けれども伯爵は、「お前さんにもっとましな頭の働きができていたら、もっと前に答えが出たはずだ。さあ、白状するんだ。だれがお前さんに入れ知恵したのだ。白状しないと牢にぶち込むぞ！」。そこで貧農の男は心の中でつぶやいた――もしわしが牢にぶち込まれたら、だれがわしの雌馬の乳搾りをするだろう。おまけにわしの雌馬に炎症が起きてしまう。子馬も雌馬もいなくなるのだ。そこで貧農の男は言った。「ご勘弁くださいまし、伯爵さま。奥方さまがわしに知恵をお授けくださいやしたんで」。すると伯爵は言った。「家へもどるがよい。お前さんは、お前さんの子馬を取りもどしたことがわかるだろう。子馬がお前さんのものだということはよくわかった」。

その後伯爵は急いで伯爵夫人のところへ行き、言った。「わたしはお前にどんな条件を出したか、よもや忘れてはおるまいな。お前はもう三日だけ、ここにとどまってもよい。そして、お前にとっていちばん大切なものを持って行くがよい」。伯爵夫人は答えた。「わたしたちは楽しく契《ちぎ》りのワインを飲みました。今度は穏やかに別れのワインを飲みましょう」。

伯爵夫人は、部屋つき女中をこっそり薬局へ行かせ、睡眠剤を手に入れ、それを自分の愛用のグラスに注ぎ、「さあ、別れのワインをいただきましょう」と伯爵に言って、自分のグラスにワインをなみなみと注ぎ、さらに伯爵の愛用のグラスにもなみなみとワインを注いだ。それから自分のグラスを伯爵の前へ突き出し、自分は伯爵の愛用のグラスを手に取って言った。「お別れのワインです。なみなみと注いだわたしのワインをあなた、ぐっとお飲みくださいませ。わたしはあなたのワインを飲み干しますから」。

その後伯爵夫人は、御者に急いで馬と馬車を用意するよう言いつけ、かつて家政婦をしていた貧しい農夫の元へ部屋つき女中を行かせて、お願いだから二、三日、伯爵夫人に部屋を貸してくれるようにと伝えさせた。伯爵が睡眠剤のせいでテーブルに突っ伏したまま眠り込んだところを見計らって、伯爵夫人は従僕《じゅうぼく》たちに指図して、伯爵を用心しながら馬車へ担ぎ込ませた。それから自分もその馬車に乗り込んで、御者に貧しい農夫の家まで馬車を走らせるよう命じた。

馬車が貧しい農夫の家に着くと、伯爵夫人は従僕たちに命じて、伯爵を部屋の中のベッドに寝かせ、自分もその傍《かたわ》らに身を横たえた。

伯爵が目を覚ましたところ、まるで何もかも見知らぬものばかりだったので、まるで事態が飲み込めなかった。ところがそのとき、横に伯爵夫人の姿があったので、「おいおい、いったいここはどこなんだ」とたずねた。伯爵夫人は、「あなたはなんとおっしゃいましたこと？　わたしは後三日はあなたのそばにいてもようございましたわね。わたしにとっていちばん大事なものを、わたしは持って行ってもようございましたわね。あなた以上に大事なものがほかにありまして？」と言うと、伯爵の首に抱きつき、唇を重ねた。すると伯爵が言った。「参った、参った。女の知恵にはかなわない。二人で城へ帰ろう」。

第38話
賢いシュテルン　*Ta' g'scheite Stea'n*

牛の仲買人が農夫のところにやって来て、売り物になる雄牛《おうし》を二頭持っていないかとたずねた。農夫は言った。「雄牛を二頭持ってはおるが、その中の一頭は額に白い星形《シュテルン》があって、とてもきれいで賢いので、わしは手放す気はありませんぞ」。仲買人は言った。「その牛をわたしに譲ってくれ！　そんなに賢いなら、その牛に学問をさせてやるから」。すると農夫が言った。「もしお前さんが牛に学問をさせてやってくれるなら、牛はお前さんにただで差し上げよう。もう一頭は買い取ってくだされ」。仲買人は安くて手に入れた二頭の牛を連れて帰って行った。

数年後、仲買人がまた農夫のところへ雄牛はいないかと言ってやって来た。内心、「もしかすると、またもやバカ安で雄牛が手に入るやも知れん！」と考えていた。

ところが農夫は仲買人のことをすぐに思い出し、「あのシュテルンはいったい何をしているかね」とたずねた。仲買人は聞き返した。「えっ、どんなシュテルンのことかね」。「お前さんはちゃんと知っていなさるくせに」と農夫が言った。「わしがお前さんにただで差し上げたじゃないですか。そして、その牛に学問をさせる、とお前さんは言ってたじゃないですか」。

「えっ、あっ、ああ、あのシュテルンさまのことですか……。あ、あの方ならもう主任司祭になっておられますぞ！」と言って、仲買人はシュテルンという名の主任司祭がいる、はるか遠方の教区を教えた。すると農夫は「それは一度訪ねて行かないといけませんな」と言った。

農夫は出かけることにして、シュテルンのいる教区ではたぶんめずらしいと思われるであろう上等なみやげ物を荷物にまとめた。農夫が教区に着くと、泉のそばに料理女がいた。農夫はいきなり質問した。「あのシュテルンはいったい、どこにおられるのかね」。料理女はまじまじと農夫を見つめ、このよそ者がシュテルン主任司祭さまのことをたずねるのに、「さま」も「主任司祭」もつけないことをけげんに思った。

料理女は言った。「あの方をお連れしましょうか」。

農夫が言った。「わしが自分のほうから行くよ」。

料理女が言った「あの方は書斎におられます」。

農夫はノックもしないでドアをあけ、書斎に入った。「おい、久しぶり、シュテルン！」。

主任司祭は農夫をじっと見つめ、思った。「この男は気でも狂っておるのかな」。

農夫はもう一度言った。「おい、シュテルン、お前はわしの名前を知っておるよな。お前は子牛のころから一人前の雄牛になるまで、わしのところにいたのじゃから！」。

すると主任司祭は「この男はどうやら完全に気が狂っている！」と思い、スペイン杖〔籐製の杖のこと〕をつかむや、農夫をドアの外に叩き出した。

第39話　宝物殿《ほうもつでん》の中の農夫　*Ta' Paua' in da' Schatzkamma'*

ある農夫が夢を見た。

王さまの宝物殿に入ったところ、そこに王さまがいて、農夫に言った。「お前はどの種類の金もいくらかずつ持って行くがよい。ただし、一種類の金を取るたびに、お前の身につけたものを何か捨てなければならない。そして、いちばん小額の金からはじめるのだ」。

農夫は勇んで仕事に取りかかり、それぞれの種類の金を片手いっぱいつかんだが、その都度身につけているものを一つずつ脱ぎ捨て、クロイツェル貨を帽子に入れ、グロッシェン貨を短い上着で包み込み、ゼクサー貨を下着に丸め込んだ。

ドゥカーテン金貨――これがいちばん値打ちのあるものだった――に手が届いたときには、農夫はもう何も身につけているものはなかった。そこでどうしたものかとしばらく思案した。

そして閃《ひらめ》いた。農夫はしゃがみ込むや、糞をたれた。「これもおれが身につけているものの一部だ」とほくそ笑んで、しゃがみ込み、力んだ。体がすっと楽になった。

農夫は裸でベッドに寝ていたので、尻は糞まみれになった。

第40話

貧しい農夫のずる賢い息子

Ta' apgedrahte Keischla'pua

貧しい農夫に三人の息子がいた。いちばん年上の息子が父親に言った。「親父、おれは奉公に出るつもりだ。家にいたって仕事があるわけでもなし、食う物もないし」。父親が言った。「そうか、そうか。行っていいぞ、わしは構わんからな」。

長男は奉公先を探しに出かけ、とある農家で自分に向いた仕事がないかとたずねた。「あるとも」と農夫が言った。「子ヒツジ飼いが欲しかったところだ。だが一頭も失ってはいかん。腹を立ててもいかん。わしはすぐ腹を立てる奴は我慢がならんのでな。もしお前が腹を立てようものなら、手をぶった切ってやるからな」。

朝になると、農夫は長男のために百頭の子ヒツジを数えながら厩舎から出してやり、一日分の食糧として、細切れのパン一切れを持たせた。

夕方、子ヒツジ飼いの長男が家にもどると、農夫が路地で待ち構えていて、子ヒツジが全部もどって来たかどうか数をかぞえた。一頭も欠けてはいなかった。農夫は長男に夜遅くまで夕食を待たせたが、その量はほんのわずかで、しかもろくな代物ではなかった。

二日目も同じことが繰り返された。農夫は長男にたずねた。「お前、腹を立てているのか」。

長男は言った。「腹に半分ほどしかないうえに、あんなろくでもない食い物なのに、それでも腹を立てるなと言うんですかい」。

農夫は長男を薪小屋へ連れて行き、左手をぶった切った。

長男は父親のいる実家へ帰り、自分の身に起こった出来事を話した。

「よし」と次男が言った。「おれが行く」。このとき次男は、自分ならもっとうまくやれると考えていた。けれども、次男も長男とまったく同じ目に遭った。

今度は三男が名乗り出た。「親父、今度はおれが行く」。父親は言った。「お前だって行っていいぞ。だがな、上の二人のように片手になってもどって来るんじゃないぞ」。

「大丈夫」と三男が言った。「絶対金を持って帰って来るからね！」。

若者は出発し、農夫のところへ行った。「旦那さん、子ヒツジ飼いはいりませんか」。

農夫は言った。「いるぞ。いることはいるんだが、でも腹を立てるのは御法度《ごはっと》だぞ。わしは腹を立てる奴は我慢できんのでな」。

若者が言った。「おれも我慢ができません。おれは腹を立てる奴の敵なんです」。

農夫が言った。「お前が腹を立てたら、手をぶった切るからな」。

若者が言った。「でも、旦那さんが腹を立てたら、そのときは、おれが旦那さんの手をぶった切りますからね」。

二人は書面で契約を取り交わした——腹を立てた者は、手をぶった切られるものとする。

朝、農夫は厩舎から百頭の子ヒツジをかぞえて引き出し、若者に一日分の食べ物として細切れのパン一切れを持たせた。

夕方、若者が帰って来ると、農夫は子ヒツジが全部そろっているかどうか数をかぞえた。全部いた。若者は夜遅くなっても夜食はもらえず、もらえてもろくな代物ではなかった。しかし若者は頭の回転が速かった。今に見ていろ、と内心で思った。

二日目、若者は街道沿いで子ヒツジの放牧をした。そこへ商人がやって来て、子ヒツジを売る気はないかとたずねた。

若者は五十頭売って、商人に言った。「さっさとお金を払って、さっさと連れて行ってください！」。若者は金を手にすると、居酒屋に飛び込み、しこたま飲み食いした。それから急いで子ヒツジのところへもどり、夕方、家に連れて帰った。

農夫はこの日も路地で待ち構えていて、子ヒツジの数をかぞえた。農夫は言った。「今日、お前は子ヒツジを失くしたな。五十頭しかおらんぞ！」。

若者は言った。「旦那さん、かぞえ間違いをしていますよ。ちゃんと百頭いますよ」。

「そうか」と言って、農夫はもう一度かぞえた。「五十頭だけだぞ！」。

若者は言った。「旦那さん、五十の二倍は百ですよね」。

農夫は怒鳴った。「そんなことぐらい知っとるわい。だが、ここには五十頭の子ヒツジしかおらんじゃないか！」。

若者は言った。「旦那さん、もしかしたら腹を立てているんですかい？」。

「いいや」と農夫は言った。「腹を立ててなんかいないぞ」。

若者は言った。「それならいいんですが」。

農夫は言った。「明日はお前には子ヒツジの世話はさせん。雄牛の面倒をみろ」。

農夫は朝、ありつける餌などまったくない開墾地に雄牛を連れて行けと命令した。「何時間か、そうだな、三時間で雄牛に腹一杯食わせるんだぞ。口をあけて笑うほどにな」。

若者は農夫の命令にどう対応したものか思案した挙げ句、雄牛の上唇を切り取った。そして放牧を切り上げる時間になると、家へ連れて帰り、農夫に言った。

「ほら、雄牛は全部、ちゃんと歯を見せているでしょう」。

農夫は罵りはじめた。なにしろ、雄牛の上唇がなくなっているのを見せられたのだから。

若者は言った。「旦那さん、腹を立てているんですかい？」。

「いいや」と農夫は言った。「腹を立ててなんかいないぞ。だが、明日はお前に雄牛の面倒はみさせん。明日は小麦の刈り入れ作業に女が三十人来る予定だ。お前は刈ったものを集めて束ねる仕事をするんだ。わしが昼から穀物倉庫に入れられるようにな」。若者は言った。「パンを一切れでも、もらえませんかね」。

若者はまともに小麦を束ねようとはしなかった。畑から出て行き、居酒屋の亭主のところへ行き、一束だけ残して小麦を全部売り払った。そして亭主には、使用人、馬、馬車を総動員して、さっさと運び去るように、と言った。農夫が馬車で畑へ乗りつけたときには、小麦は一束を除いて、陰も形もなかった。畑では若者がすわり込んで、パンを食っていた。

農夫は怒鳴り声を張り上げた。「いったいぜんたい、小麦はどこにあるんだ？」。

若者は言った。「旦那さんはおれに小麦の束をまとめて縛るようにと命令したじゃありませんか。おれはもう仕事を片づけましたぜ。これが最後の束です。ほかのがどこにあるかって？　おれは知りませんよ」。そしてさらにつづけた。「旦那さん、腹を立てているんですかい？」。

「いいや」と農夫は言った。「腹を立ててなんかいないぞ、わしは」。

農夫は考えた——奴にはもうちょっと頭を使わにゃならんぞ。奴をこの世から亡き者にする手を考えんといかん。そこで若者に言った。「家の下側にトネリ

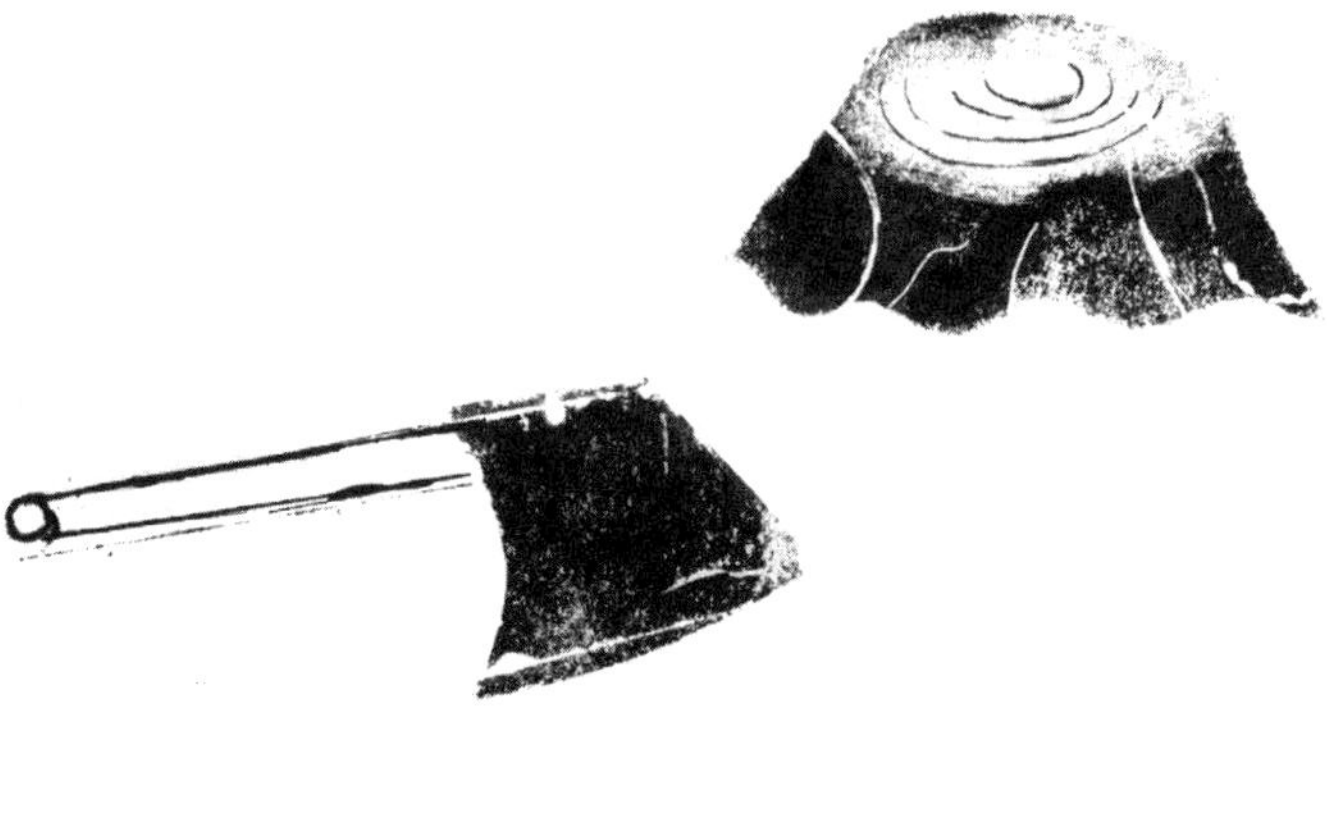

コの大木がある。こいつが大きく下に傾いている。これをわしは切り倒すつもりだ。お前、トネリコが下へ落ちないように突っ張るのだ」。

農夫は若者をトネリコの下側へ押しやって、木を押し上げさせようとした。木の下敷きにして若者をあの世に送ろうという魂胆だった。

農夫がしばらく斧を打ち込んでいると、手が痛くなってきた。それで若者に言った。「家へもどって、女房から二股の皮の手袋をもらってこい」。

若者は家の中へ入り、農夫の女房に言った。「旦那さんがどうしてあんなとんでもないことを言ったのかわからないんですが、旦那さんはね、おれがおばさんと半時間毛布にくるまっていろと言ってますよ」。

女房が言った。「何をばかなこと言ってるの」。

若者は玄関口から顔を出して、農夫に向かって叫んだ。「ねえ、旦那さん、どっちもですか、どっちもですか」。

農夫はむっとした顔つきで怒鳴り返した。「当たり前だ、どっちもだ」。

若者は女房、娘の両方と過ごし、それからさっさと姿をくらまし、金を持って父親の元へと帰って行った。

第41話
信心深い女 *'s frumme Weible*

一人の女が巡礼の旅に出て、主に祈りを唱えた。「わたしたちに今日も日々のパンをお授けください」。と言ったかと思うと、つづけて言った。「そして、もしわたしにパンをお授けくださいますのなら、白パンをお願いいたします。わたしは白パンのほうがずっと好きですし、神さまにはどちらをお授けになっても同じでしょうから」。

III オーバーエスターライヒとニーダーエスターライヒ〔オーストリアの北部地方〕の民話

Märchen aus Ober- und Niederösterreich

第42話

背の低い床屋 *Vom Balbiermanndl*

あるところに一人の領主がいた。資産家として広く世間に知られ、そのうえに尊敬もされていた。この領主にはすでに長らくお抱えの、背の低い床屋がいて、床屋は毎週水曜日と土曜日に領主のひげを剃《そ》りに行かなければならなかった。

冬というと、寒さ、風、雪にたっぷり見舞われるのが常だが、ある日、寒風が吹き荒れ雪がどっさり降り積もり、骨の髄《ずい》にこたえるほど寒くなったので、用事のある人以外はみな外出など真《ま》っ平御免《ぴらごめん》と家にいた。この日はたまたま水曜日で、床屋はこれほどの悪天候なら、たとえ行かなくても首になるわけでも、とんでもない過ちを犯すことにもならないだろうと考えて、領主のところへ出向かなかった。

もちろん、これは床屋には許されないことだった。

土曜日になり。床屋は道具をまとめて領主のところへ出かけて行った。階段を上り、ドアをノックした。するとドアが勢いよく開けられ、領主が憤怒の形相ものすごく、床屋に向かって突進して来るのが目に入った。床屋は自分の身に何が起こったのかまだきちんとのみ込めないまま、階段から転がり落ち、なんとそれで、死んでしまった。

領主はこれに大ショックを受けた。なにしろ自分が床屋を死に至らしめるとか、これほど悲惨な結果を引き起こすなど考えてもいないことだったからだ。領主は事態をどう収拾すべきか、何をすべきか考えた。ここで仕出かしたことが露見するのではないかと心配した。

そこで床板を二、三枚はがして死んだ床屋を放り込み、床板をまた元のようにもどした。それで、ここで何が起きたか、だれにも感づかれなかった。

それから領主は別の床屋を探し、これまでの床屋がもう来なくなったので雇ったという噂を広めさせた。それで、かつての床屋がどこへ姿を消したのか、だれにもわからなかった。

このことがあってからというもの、夜になると城では静まるときは一刻もなかった。

十二時の鐘が鳴るや、さっそくはじまった。ひっきりなしに階段を駆け上る音、ドアを出たり入ったりする音、そうでないときはありとあらゆる騒音雑音がし、ついには重い物が階段を落下するような音がした。それで領主はたいへん不安になり、ひどく気に病み、夜な夜な恐怖に怯《おび》えた。城内のほかの者たちもこの騒ぎに気がついたが、だれ一人、これが何を意味し、何が原因なのか知る者はなかった。領主一人だけが知っていたが、そのことについてはだれにも一言ももらさなかった。そういう次第で、召し使いたちが一人、また一人と城を去り、領主夫人までもがもう城にとどまろうとはしなかった。領主はその意思を尊重して住まいを変えることにし、領主自身も城を出ることを喜んだ。

城が売りに出された。けれども次の持ち主は長くはつづかなかった。領主は再び苦境に陥った。例のものがまたもや暴れ出したからである。こうして城は三度も売りに出されたが、その都度突き返された。それで世間のあちらこちらで、城の中では何か不気味なことがあり、あの城にはだれも住めない、とうわさされるようになった。そのためだれ一人城を訪れる者もなく、無人のまま放置されるしかなかった。

城からあまり遠くない場所に一軒の居酒屋があった。領主はその亭主に城の鍵を預け、だれか城を買おうという者でもあれば、亭主がその客のために城の鍵を開けるように言いつけていた。また、だれか逗留《とうりゅう》したいという者があれば、宿賃なしで逗留が許されていたので、人々はわんさと押しかけて來たが、二晩も城で過ごすことができる者は一人もいなかった。それで、その後一人として城に入る勇気のある者は現れなかった。実際、事態は深刻だった。夜になるや否や、もうだれも城へ行く勇気はなく、できることなら、だれもが城を避けた。

あるとき、一人の兵隊がやって来て、居酒屋に立ち寄り、一晩過ごしたいので、泊まらせてくれと頼んだ。酒場の窓越しの眺めがとてもきれいだったので、兵隊はテーブルに陣取り、グラスを前に置いて、ずっと城を眺めつづけた。酒場の窓越しの眺めはとてもきれいだったが、これほど美しい城がいったいだれのものなのか、何も知らなかった。

そこで亭主は城のいきさつについて、そして以前は何事もなかったという話を洗いざらい話して聞かせた。「城がああなってから、もう結構な時間が過ぎましたなあ。この数年、だれ一人として城にとどまることができた者はおりませんでな」。

兵隊はその話を信じようとはしなかった。「そんなばかなことがあるもんかい。そんなことはあった例《ためし》もないし、こんなところであるはずもない。まったくあり得ないよ」。

「ご自分で確かめてください」と亭主は言った。「なんでもないと言いなさるなら、ご自分でお買いなさいよ。だれでも領主さまから買えますでな。お金なんぞたいしてなくてもね、この城は。ローソクを二、三本差し上げましょう。それと、暇つぶしに読み物も。テーブルや安楽椅子はあそこにもありますよ。みんなあそこにあったのです。城に来た人はすわれるのです」。そして、城の中で困ったことがあればいつでも駆けつけるし、酒場はいつでも開けておくと言った。

兵隊はぐずぐずしていられなくなり、鍵を預かりグラスを空けるとすぐに出発した。ほどなくして城に着いた兵隊は、物珍しそうにのぞいたり、感心したりと忙しかったが、何もかもがとてつもなく気に入り、領主から城を買い取る金をどこで工面するか、真剣に考えた後、腰を下ろしてしばらく読み物を楽しみ快適に過ごした。

十一時十五分の鐘が鳴るや、とつぜん城の中がざわめき出した。階段を上ってくる音、ノックの音、ドアを出たり入ったりする音、かと思うとまるで怒鳴るような声が聞こえ、その後何か重い物が階段から落ちるような音がした。兵隊は普段ならそう簡単にびくつく男ではなかったが、この晩にかぎっては全身総毛立《そうけだ》つ思いがした。その後静かになり、それを喜んだ。

そして、十一時半の鐘が鳴ると、またもや同じように騒動がはじまった。兵隊はできればここから逃げ出し、亭主のところへもどりたかった。けれどもそれは思いとどまった。今度もまた騒動は治まった。

真夜中、ドアを叩く音がした。けれども兵隊は「お入り」と言う勇気はなかった。ドアが開き、年老いた背の低い老人が入って来た。ひげ剃り道具を小脇に抱え、テーブルへ近づいてきた。ひげ剃り道具をバラバラと取り出し、剃刀《かみそり》を研《と》ぎながら、兵隊にテーブルに着くよう指示した。兵隊は恐怖のあまり、わけがわからないままにおとなしく席に着いた。考えられることはただ一つ、もう命がなくなるのだと肚《はら》を決めたものの、事件など起きるはずはないと大見栄《おおみえ》を切った自分の底抜けの浅はかさを心から後悔した。そして、もう一度生きながらえることができたならば、二度と再び傲慢にはならない、絶対に、と心に誓った。

そのような具合で兵隊がすわっていると、老人が石鹸をつけ、ひげを剃った。老人は実直な職人のように、手際よく上手《じょうず》に仕事をこなした。ただほかの職人とは少し流儀《りゅうぎ》がちがって、一言もものを言わなかった。兵隊は自分の身には何も悪いことは起きないと知っていくらかほっとしたが、代金を払ったものかどうか迷った。けれども思い切って払うことにし、古い二十シリング銀貨（聖母マリアの像が刻印された、いわゆる「聖母像」のことか）を財布から取り出し、神さまの名を唱えながらテーブルの上に置いた。

背の低い老人はその銀貨を手に取り、壁に投げつけた。壁には大きな石がはめ込まれていたが、突然その石がはがれ落ち、そこから金がドサッとこぼれ落ちて来て、金貨、銀貨が山をなし、大変な量だった。老人が口を開いた。「いいかね、この金はお前さんのものじゃ、嘘じゃない、お前さんのものじゃ。これはお前さんが命をかけてくれたことへの礼じゃ」。

今までそんなことをした者はいなかったのだ。「わしはやっと救われたのじゃ」と老人は言って、さらに城の中で騒音をかき立てたのは自分であり、伯爵——領主のこと——に階段から突き落とされ、転倒して死んでしまい、ここに埋められたことを語った。そして、自分が兵隊に城を買ってやる、これからはもういつも静かで、だれも恐れる必要はない、と言った。そう言うが早いか、それまで見えていた姿が見えなくなり、年老いた老人は二度と姿を現さなかった。

兵隊は金の山のそばに立ったものの、そのすべてが自分のものとはどうしても信じる気にならなかった。兵隊はここに至ってようやく、自分の身に起こったあれやこれやの出来事にすっかり疲れを感じはじめたので、すぐに金の山の横で床に転がり、たちまち正体もなく眠ってしまった。

日の出とともに兵隊は起き上がり、宝物をハンカチに包み、亭主のところへもどって行った。亭主はお客のことが心配やら不安やらで、夜通し一睡もせず、いったいお客がちゃんと帰って来るかどうか、片時も怠りなく目を開け、耳をそばだてていた。そして兵隊はてっきり命を落としたとしか思っていなかった。だから兵隊が意気揚々と元気に姿を現したときには、亭主はどれほど喜んだことか。兵隊は自分の身に起こったことを残らず話して聞かせた。そしてハンカチに包んでいた金貨銀貨を、これは自家製のワインを飲ませる亭主のものだといって、亭主に差し出した。けれども城の鍵は自分の手元に残し、残りの金を全部亭主に差し出した。というのも、前の日、すでに亭主が城の値段を兵隊に話していたからだ。

兵隊は今や城主となった。そして幸せで満ち足りた暮らしをした。だれも兵隊のことを妬《ねた》む者はいなかった。なぜなら、兵隊は正直に誠実に稼いだのだから。

一方、伯爵は、万事がこのような具合に進展し、あのかわいそうな年老いた、背の低い床屋もようやく永眠できるようになったので、万々歳だった。

兵隊がまだ死んでいなければ、あの美しい城で今日も生きていることだろう。

第43話
王女と隠者 *Von der Königstochter und dem Einsiedler*

昔、一人の王さまがいた。王さまにはマリアという名の王女が一人いて、王女を見ることが許された者なら皆喜ぶほど、並外れて美しかったうえに、心根が優しかったので、広大な王国中の人々から愛されていた。ましてや、父親の王さまは一人娘のこととて、王女のことならどんなことでも許した。その王女に悪魔が取りついた。

王さまは深い悲しみに打ち沈み、かわいそうな王女をどうやったら救えるのか、あれこれいろいろ考えたが見当もつかなかった。王さまは、もしかして災難をなくする方法を知っているかもしれないと聞くと、身分の貴賤にかかわりなく、だれでも呼び寄せ、その忠告に耳を傾けた。けれどもどいかなる努力も徒労《とろう》に終わり、何一つ実を結ばなかった。

そんなある日、王さまの城から遠く離れた大きな森で、まったくの一人暮らしをする隠者の話をする者があった。もしそのような隠者であるならば、奴――あの性悪《しょうわる》な敵――を退治することができるだろう、という話だった。

王さまは王女を連れて旅をした。果たせるかな、人里離れた土地にたどり着き、その隠者に出会った。王さまは隠者に向かって、自分がどんな災難に見舞われているか、もし隠者がこの王女を、自分の哀れな娘を、悪魔から解放してくれたらと話し、頼み、拝み、いつまでも頼み込んだので、とうとう隠者は王さまから王女を預かることに同意した。王さまは、自分はたびたびやって来て確かめると言って、再び自分の城へ旅立って行った。

それから三日目に一人の狩人——実は悪魔で隠者のことをよく知らなかった——が隠者のところへやって来て、言った。「お前は清廉潔白《せいれんけっぱく》な隠者じゃないのか。なのに若い女をそばに置いている。恥を知れ、この野郎！」。けれども隠者は狩人のことばにさほど耳を傾けず、さっさとその場を立ち去った。

次の日、また一人やって来た。見かけは、そう、まるで隠者のようだったが、これもまた昨日と同じ悪魔だった。「いったい、お前さんはわたしたちにどこまで恥をかかせる気なのじゃ、人間を女房にするとは！」と悪魔はまるで隠者の仲間のような振りをして言った。悪魔にまるで娼《しょう》婦《ふ》を侍《はべ》らせているかのように言われつづけたので、隠者はおいおいと泣くしかなかった。「いったい、わたしにどうしろと言うんだ。いったい、わたしはどうすればよいと言うのだ。わたしはあの娘をあの人に送り返すことなどできはしないんだ」。

悪魔は言った。「話は簡単じゃ、あの娘の首をはねよう。わしが手伝うよ。あの娘を岩山の大きな石の下へ担いで行こう。そうしたらだれにもわかりはせん。それでわしたちはまた、まっとうな人間に見られるという寸法よ」。そしてひたすら説得したので、隠者はその気になり、悪魔がすべきだと言ったとおりのことをした。二人は王女を担いで行き、その後、悪魔は立ち去った。

悪魔がまだそれほど遠くまで行かないうちに、隠者はやっと自分が何を仕出かしたのかを悟り、なんとも心配になってきた。

その次の日、また悪魔が、今度は悪魔の正体を現してやって来た。「お前さんがまあ、人殺しとはな」と悪魔は言った。「すごいじゃないか、なんとも聖人らしい生き方をしたものだ。娼婦を引き入れたと思ったら、こんどは人殺しかい！」。そして、これからはもう聖人面《せいじんづら》して祈ることなどもってのほかだ、もう悪魔の一族になったのだ、気楽に暮らすがよい、もう信心深くするには及ばない、とたたみかけた。

隠者は心を締めつけられたようになり、激しく泣いた。それで懺悔《ざんげ》に行けば、もっと気持ちが楽になるのではないかと思い、主任司祭のところへ出かけた。けれども主任司祭は、自分の力で隠者に赦免を与えることはできない、別の聖職者、もっと位が高く、自分よりももっと多くのことができる人のところへ行かなければならないだろう、と言った。隠者は、まだ手遅れではない、すぐに司教のところへ行こうと考えた。司教は、隠者が仕出かしたことを打ち明けたとき、少なからず衝撃を受けた。そのため、自分にもそのような赦免《しゃめん》を与える力はないが、もし隠者が高い山脈——司教はその名を教えた——から水を持って帰り、その水があれば何か助かる道があるかもしれないが、それがないことには自分には何もできない、と言った。

そこで隠者は鉢を借りて、山脈の中へと分け入った。隠者ははるばる歩いて山脈の上にたどり着き、山の中を必死に探した。けれども徒労に終わった。一滴のしずくも見つからなかった。それでも空っぽの鉢を抱えて、水なしですごすごと司教のところへ下りて行く気にはなれなかった。それでは司教が自分を受け入れてくれるわけがないことがわかっていた。溝という溝、窪地という窪地、およそ少しでも水気のものがたまっていそうなところを探しまわった。けれどもすべては無駄であった。一滴のしずくにも出くわさなかった。

隠者は全身綿のように疲れ果てて、正体なく踞《うずくま》った。隠者は身を横たえ、すっかり気力をなくし、自分が仕出かしたことをひどく気に病み、身悶《みもだ》えするほど心の底から後悔した。すると目に涙が浮かび、その涙がしたたり落ちた。そこではっと気がついた、聴罪《ちょうざい》司祭が彼に何を課したのかを。隠者が鉢の上に覆いかぶさると、涙がその鉢にたまりはじめた。彼は泣きじゃくった、心から大泣きに。そのため、涙だけで鉢はほとんど半分たまった。そこで勇気を奮い起こして、その涙の水を持って司教のところへ赴《おもむ》いた。

司教はその水をどこで手に入れたのかと厳しく問い質《ただ》した。「山の中で」そのようなことはあり得ない。何故なら司教はあの山の上に水などないことを知っていたのである。それで隠者は、鉢に水をどうやってためたかを事細《ことこま》かに話さなければならなかった。隠者の行いは正しかった。彼は心底悔い改めたので、司教はついに彼の罪を許すことができた。けれども贖罪《しょくざい》は容易《たやす》いことではなかった。隠者は晴れた空を見上げることが許されなかった。目で見ることが禁止された。そして我らが主なる神の徴《しるし》が現れるまでは、まるで野の獣《けだもの》のように両手両足を使って移動しなければならなかった。

隠者は感謝の気持ちを抱いて贖罪の行《ぎょう》を受け入れ、両手両足を使って元の一人住まいの場所へもどり、申し渡されたとおりの暮らしをした。草木の根と雑草を食べ、行はたっぷり七年間つづいた。

他方王さまは、いっこうに王女を目にすることがなかったので、人々は王さまが悲しみと心の痛みのあまりの大きさに耐えきれないだろうと噂した。王さまは隠者が住んでいた森の中を、アリが通る隙間もないほどあちこち、しらみつぶしに探させた。けれども王女は見つからなかった。こうして何年かが過ぎ、王さまは、王女を失ってしまった、王女はもう生きてはいない、と無理矢理に思い込むほかなかった。

そうしたある日、王さまはこの一帯で狩りをすることを思いついた。けれども、この一帯が王女を失ったのと同じ森だとはついぞ思ってもいなかった。多くの貴顕《きけん》の士とその奥方たちが集まった。ところが、だれ一人弓を射る機会に恵まれなかった。まったくだれも。王さまがすんでのところで狩りを止める合図を出させようとしたとき、突然、野獣に遭遇した。それは贖罪中の隠者だった。クマのような前足に、髪もひげもぼうぼうで、正真正銘、野獣の風体だった。王さまはこの異様な動物を目にするや、家来たちに矢を放つよう命じた。けれども狙われたほう、哀れな野人は一言も言葉を発することは許されていなかった。そのため家来たちは先を争って矢を放ったが、命中しなかった。そのかわり、野獣を生け捕りにすることに成功し、一行はこの動物を追い立てて城へ帰って行った。

城内には早くも奇妙な獣を捕まえて連れ帰ったことが知れ渡り、それを見ようと上を下への大騒ぎとなった。王さまの親戚筋からも若くて美しい夫人が来た。夫人は腕に生まれて九カ月の小さな子どもを抱いていた。その子が野獣を見るや否や、身を起こして、「ヨハン」と言った。「立つがよい、お前の罪は許されたのだ」。

これこそが、そうだ、天のご利益《りやく》だったのだ。

贖罪者は地面から身を起こし、長い年月の後やっと再び口を開くことが許されたので、自分こそが王さまから王女を預かった隠者であり、王女の死には自分に罪がある、その償いとして、このような荒んだ暮らしをしなければならなかったことを告白した。そして最後に、王さまに与えた痛みと悲しみのすべてに許しを乞うた。王さまは隠者を許した。ただ、隠者が王女をどこへ隠したのかだけは言えと命じた。それからひげを剃り、体を洗ってもらって、隠者は王さまと家来たちを案内して、王女を隠した場所へ行った。

ところがなんという奇跡か！　一行は王女が生きていることを発見した。首は再びつながっていたのである。ただ刃物が当てられた首には赤い筋が一本、残っていた。それを除いては、王女は元気そのものであった。というのも、守護天使が王女にずっと食べ物と飲み物を運んでいたからである。このような次第で、王さま、王さまの親類縁者、家来たちすべてにとって、これほど大きな喜びはなかった。一行は歓喜の声を上げながら王さまの城へと帰って行った。

王女の体にはもう悪魔は取りついていなかった。それは見てすぐわかることだった。すべての人が幸せになり、喜びに満ち溢れ、隠者もすべての苦しみから解放された。
もしかすると、いまもまだ、みんな生きているかもしれないよ。

第44話
怖がることを知りたがったハンス *Vom Hans, der gerne das Fürchten gelernt*

昔、農夫の息子がいた。体格の良い息子だった。あるとき息子が父親に言った。「家は退屈で仕方がない、もう居られたもんじゃない。だから広い世間を旅してみたい。怖いことがどういうことか知りたいんだ」。父親は長いこと「うん」と言わなかった。けれども息子ハンスは父親の言うことなどどこ吹く風、まるで聞く耳を持たなかった。結局、父親もあきらめた。

ハンスは別れを告げると、暇乞《いとまご》いをしながら、どんどん、どんどん歩いて旅をつづけ、とある森にさしかかった。さっさと抜け出したくなるほど、大きな森だった。早くも暗くなり、家か納屋か、せめて覆いをかけた干し草の山にでも行き着けば、夜を過ごせるのにと思った。そうやって歩いていると、とつぜん物音が聞こえた。馬車が走る音だった。しばらく耳をすませていると、音が大きくなってきたのでハンスは待つことにした。

それは木炭を運ぶ馬車で、「やあ」と御者《ぎょしゃ》が言った。「お前さん、どこからおいでじゃ」。さらにつづけて、「こんなおそい時間に」と言った。「おれは怖がることがどういうことかを知りたくて、あちこちと旅をしてるのよ」。これに対して御者が言った。「そんなことならお前さんに手を貸すのは簡単なことよ。この森を出たところに居酒屋がある。そこで馬を休ませんといかんのだ。

そこからすぐのところに死刑台があってな、それぞれの死刑台に一人ずつ吊り下げられておるのよ。五十グルデン賭けないか、お前さんは刑場にずっとおることはできやせんからの」。

二人は居酒屋に着くと、テーブルに五十グルデンを並べて、もしハンスに勇気があって、夜の十二時を過ぎても死刑台のところに居つづけるほど男気があるならば、その金はハンスのものに、そうならなかった場合には御者のものにすることで、二人は手を打った。

十一時になると、御者はハンスを刑場に連れ出した。「いいか、もしおれが行って、お前さんを大声で呼んでも姿を現さなかったら、お前さんは五十グルデンの負けということだぞ」。木炭運搬人は居酒屋へ引き返し、暖かい部屋でくつろいで過ごした。

一方ハンスは、すでに秋、それも晩秋だったので火を焚いた。強い風が背中に激しく叩きつけたので、炎がめらめらと燃え上がり、死人たちがぶらぶらと揺れた。ぞっとするような眺めだった。ハンスは考えた。「かわいそうな奴らだ。おれが少し暖めてやろう」。ハンスは死人を火の方へ引きずって来て、しばらく火に当たらせていたが、死人の体はこわばったままだったので、死人たちをもう一回ひっくり返して、火の中に入れた。ハンスは少々頭にきた。「やい、お前さんたちよ、何の効き目もないようだから、また吊り下げることにするよ」。そう言いながら、死人を全員元の場所へ吊り下げた。

時間が経ち、御者がやって来て、「ハンヅ〔ハンスが訛った発音〕、生きているか？・」と大声で呼んだ。「ハンヅ、生きているか？・」。「おお」とハンスが言った。「ちょっとこっちにおいでよ、どんなに楽しかったか聞かせてやるよ。ここは風がとても冷たくてね。で、おれは考えたのよ。奴さんどもはかわいそうだ、一つおれが暖めてやろうってな。そしたら死肉の奴さんたちが、まあ次から次へと火の中へ落ちてきたのよ。わかるだろ、すっかり焼けただれているのが」。確かにすっかり黒こげになっていた。ハンスは居酒屋へもどり、気前よく金を使い、なおも少しばかり飲んでから床についた。明くる朝、二人とも再び旅に出た。

ハンスは旅を再開し、どんどん遠くへ行った。そしてとんでもなく大きな町にやって来た。町に入ると、疲れと空腹とのどの渇きとで、ちょっとばかり居酒屋に立ち寄ることにした。

店の客とおしゃべりがはずんだとき、ハンスはこの町で何をしているのか、仕事は何かとたずねられた。ハンスは「あちこち旅をしてるんでさ」と答え、さらに「怖がることを知りたくてね」と言った。するとこんな話を聞かされた――それならちょうどよい機会だ。町の外に魔法をかけられた城があって、その魔法を解いた者は、王さまの三人の娘のうちの一人と結婚できる。

そこでハンスは城へ行って、王さまの前に名乗り出た。すると王さまはハンスに、「魔法をかけられた城で蛮勇をふるって過ごすために、たくさんの剣を持っているのか」とたずねた。「わたしは怖がることを知りたくてあちこち旅をいたしております」とハンスが言うと、王さまは、「わしはそなたの寿命を縮めたくはない。もう何人もが挑戦し、そのだれもが命を失ってしもうた。もしそなたが城の魔法を解いてくれたら、娘たちのうちの一人をそなたに与えよう」と言った。王女は三人とも、とても魅力的なうえに、このうえなく品があった。

こういう次第でハンスは、もし無事に生きながらえたならば、町の城から見ることができるように、三日目に合図として旗を出せと告げられた。門番がハンスに同行して、城へと案内した。門番は、「さあ、階段を登るがよい」と言い、次に「さあ、広間へ入って行け」と言ってから、自分だけは町の城へ引き返して行った。ハンスは登って行った。この城には飲み食いする物は存分にあり、ハンスは飲んだり食べたり、何一つ不自由はなかった。ただ寒さだけは少々こたえた。「薪があれば」とハンスは考えた。「なにしろもう秋だ。だから暖炉を暖めてもよかろう」。ハンスが長い廊下を抜けて行くと、台所があった。そこには薪がふんだんにあった。「これで、もうよし」とハンスは考えた。「薪がこれだけあれば凍えることはない」。ハンスは暖炉に火をつけ、居場所を作って、パイプを取り出しスパスパとやった。そうしているうちに十一時になった。と、とつぜん、三匹の黒褐色のネコが現れてしゃがみ込み、トランプ遊びをしないかと誘って来た。ハンスは言った。「おれも仲間に入れてくれ、おれはずっと見物以外何もすることがなくて、むしゃくしゃしてたんだ。少々退屈だったのよ」。

ハンスのゲームは長くつづかなかった。三匹のネコはハンスの金を全部巻き上げた。そこでハンスは考えた。「さてどうしたものか」。ハンスはネコたちに言いがかりをつけ、けんかになった。「さては」とハンスは言った。「お前らはゲームはお手のものだな。どのカードも全部知ってたんだろ」。そう言いながらハンスは早くもまたゲームに加わった。「お前らはまず爪を切らなくちゃね」。「切らなくちゃね」とネコたちが言った。長くてずっしりとした剪定鋏《せんていばさみ》があった。「さあ」

とハンスが言った。「ぴったりくっついてここに並んですわれ。そしてお祈りをするときのように指を突き出せ、まっすぐにだ。同時に行くからな」。ハンスは一回きりで全部の爪を切り離した。ハンスはこれで三つの金の山を全部手に入れ、自分が取られた金も取りもどした。ハンスはその金は放ったらかしにした。どのネコも盗むことはできないし、拾い集めることができないから。やがて十二時の鐘が鳴ると、三匹のネコは一瞬のうちに姿を消した。

ハンスは横になり、ぐっすり眠った。明るくなると再び飲み食いをして、散歩に出かけた。「今夜はまた何が起きるのかな」と考えた。こうして再び夜になり、ハンスは台所へ行って、火のそばでたばこを吸った。再び十一時になり、城の中が大騒動になり、何もかもが崩れ落ちて砕け散るような音がした。まさしく恐ろしい音だった。十一時の鐘が鳴ると、煙突の口からいきなり足が一本落ちてきた。ハンスはそれを拾って暖炉の壁に立てかけた。それから間もなくして、二本目の足が落ちてきた。ハンスは考えた。「こんどは胴体も落ちてくるぞ」。その後ちょっと間をおいて腕が一本、そしてまた一本、落ちてきた。「ふん！」とハンスは言った。「次は頭の番だな。だって、頭とけつはつながっているもんな」。

実際頭も落ちてきた。ハンスが体のあちこちを組み立てると、一人の年取った小人《こびと》ができ上がった。ひげは真っ白で、それも膝まで届くかというほど長かった。その小人が、「わしはひげを剃ってもらわにゃならん」と言い、「さもないと、お前さんを殺すことになる！」と言った。そこでハンスは、「このちびの奴め、おれがきさまを組み立ててやったのだ。こんどはバラバラにしてやるわい」と考えて、頭の皮をはぎ、足をバラバラに引っぱがした。そうしているところに十二時の鐘が鳴り、騒動は治まり、何もかも再び姿を消した。ハンスは横になり、翌朝まで眠った。

ハンスは昼間は再びあちこちとうろつきまわり、あれこれ見物して暇つぶしをした。夜になると再び台所へ入った。十一時になった。ほの暗い明かりが浮かび上がってきた。死人に野辺の送りの祈りをするときのようにゆらめき、どんどん近づいたかと思うと、ドアが開いて棺が運び込まれた。担《かつ》ぎ手は大人数で、ハンスがすわったままだったので、棺を暖炉のそばに降ろし、担ぎ手が棺の外側を横からドンドンと叩いた。

ハンスは、「おい」と言った。「そのちっぽけなハンマー、そのちっぽけなクルミの柄、そのちっぽけなクルミの飾りで、いったい何をするつもりなんだ。いったいそこに何が入れてあるんだ」。けれども彼らは何も言わず、何ももらさなかった。ハンスは暖炉のそばから飛び上がって行って、棺のふたを引っぱがした。棺の中には小人が横たわっており、それは煙突の口から落ちてきたものをハンスが組み立ててまたバラバラにした、あの白いひげの小人だった。

小人がまくしたてはじめた。「もしお前さんがわしのひげを剃っていたら、お前さんはおしまいじゃった。わしも助からなかったじゃろう」。ハンスは城内で騒動があったが、いったい何事だったのかとたずねた。「わしはな、年老いた王なのじゃ、とても年を取った」と小人は言い、「哀れな者どもがやって来て、お恵みをとせがんだ。そいつらは首をはねられ、穴へ放り込まれたのじゃ」とつづけた。ハンスは小人に、ついて来い、と言われ、地下室へ下りて行った。「ここにその首があるのじゃ」と小人は言った。「こいつらは殺されたときのままじゃ。何も悪いことはしていなかったのに、哀れな者たちだ」。「他に何か」とハンスがたずねた。「もう何もないのかい？」。小人は「ない」と言い、さらに、「ここは安穏《あんのん》になった。そしてもう何事も起こるまい」と言った。その言葉が終わるや否や、すべてが消え去り、再び元の城にもどった。

城のまわりはすっかり荒れ果てていて、見渡すかぎり荒涼としていたのだが、ハンスが次の日の朝、窓から外を眺めると、城のまわりにはなんとも美しい庭園が広がっていた。この世のものとも思えないほどの美しさで、どんなに見ても見飽きることがなかった。

ハンスは、自分がまだ生きていることを町の人がわかるように、旗を立てた。その後、城の王さまのところへ出かけた。王さまが言った。「そなたは実に勇敢であった。そして城の魔法を解いてくれた。故に、わしの娘たち三人のうちの一人と結婚するがよい」。ハンスは欲のない若者で、しっかり者だったので、真ん中の娘を選んだ。盛大な結婚式が行われ、その日が結婚記念日となった。王さまはハンスに、ハンスが魔法を解いた城を贈り、すべてがハンスのものになった。黄金も銀も、その他、城で見つかったものすべてが、まるで山のようにあった。そのため、二人は裕福で仲睦《なかむつ》まじい暮らしをした。

けれども怖がること、これはどうしてもハンスは知ることができなかった。

しばらく結婚生活がつづいたが、ある夏のこと、とんでもなく暑い、嫌になるほどじめじめした日のこと、ハンスは眠たくなったので少しばかり横になった。ハンスはチョッキのほかに、申し訳程度の肌着とシャツを身につけていた。女性たちがいて、王女もいたのであるが、その王女があることを思いつき、姉妹に言った。「ねえ、ちょっとお願い」と言ってつづけた。「あの方が怖がることを知るためにはわたし、何をしたらよいのかしら」。それに対して、「水をあの方の胸の上にどさっとかけてやりましょう。それならあの方にもすぐに効き目があるわよ」と姉妹が言うので、すぐに実行した。ハンスは水をかけられたとたん、暑くてたまらないところへ、氷のように冷たい水をかけられたものだから、飛び上がって身震いし、ひどい衝撃を受けた。ハンスは笑いながら、「わかったぞ」と言った。「おれは今、やっとわかったぞ、怖がるってことが、どんなことか。ついにわかったぞ」。ハンスは心底そう思ったのである。

さて、王さまはすでに高齢となり、少々痛ましい姿になっていたので、ハンスを呼び寄せ、彼に王座と王国を譲った。こうしてハンスはヨハンと名を変えて王さまとなり、若い妻がお妃さまになった。もし二人が死んでいなければ、今でもまだ、国を治めていることだろう。

はい、おしまい。

第45話
年取った旅芸人と黄金の靴の話
Das Marl vom alten Spielmann und den goldenen Schuhen

昔、一人の年取った旅芸人がいた。年がら年中広い世間を旅まわりで過ごし、行く先々でバイオリンを弾き、それに合わせてうたをうたい、雀の涙ほどの稼ぎで細々と暮らしていた。あるとき、礼拝堂があるところへやって来た。善良さを絵に描いたような人だったので、中へ入り、神さまを称える祈りのうたを、これ以上ないほど精一杯みごとにバイオリンを奏でながらうたった。旅芸人がこうして一心不乱に心を込めてうたい、バイオリンを奏でていたところ、とつぜん、黄金の靴の片方が落ちてきた。ちょっと待った、と旅芸人は独り言を言った。「なんと並外れて美しく、みごとな光を放っていることか、この靴は。もらっていこう。贈り物としてはささやかなものじゃ。じゃが、それで満足するのが人の道というものじゃ」。

けれども旅芸人は、その靴が黄金でできていることに気がついていなかった。旅芸人は旅をつづけ、とある農家にたどり着き、農夫に靴を引き取ってくれるかどうか、そしてそれと引き換えに少々何かもらえるかとたずねた。「めっそうもない、ごめんだね、お前さん」と農夫は心の中でつぶやいた。「その靴は、お前さん、盗んだんだろ。そうだろ、わしが買い取れば、お前さんには都合がよいのだろう」。農夫はまた考えた。「この靴は上物だ。自分が今まで知っているかぎり、革製ではないな」。そこで、「それを持って市場の靴屋にお行きなさい。靴屋なら買い取ってくれるでしょう。わしにはとても手が出せませんや」と言って旅芸人に道を教え、靴屋の建物がどんな様子をしているか説明した。

旅芸人は市場へ行き、うたをうたい、バイオリンを弾き、靴を持ち出した。靴屋の親方が買う気がないかどうかたずねたが、親方にも、この品物は怪しい物に思われた。それで旅芸人に、「その靴だと、わしには修理ができませんな。それは革ではないですからな」と言いながら、金細工師のところへ行くようすすめ、その金細工師ならきっとその靴を買ってくれるだろうと言って、名前と道順を教えた。

年取った旅芸人はその気になって町へ行き、金細工師の家を見つけ、いつものうたをうたい、靴を買うようもちかけた。けれども金細工師はその靴が黄金製であることをすぐに見抜き、「いいですとも、自分が買いましょう。ただ、ちょっとだけ待ってください」と言いつつ、巡査を呼びにやらせた。二人の巡査がすぐに駆けつけ、「どこでその靴をくすねたんだ」と厳しく尋問した。「天に在《まし》します神さまは、わしがこの靴を盗んだのではないことをご存じです」と言って、旅芸人は礼拝堂にどうやって入り、バイオリンを弾きながらうたっているところへ、どうやって靴が落ちてきたかを詳しく説明した。巡査は「盗品ではないだと」と言ってバイオリン弾きを連行しようとした。老辻音楽師は今や自分が拘禁されると知って訴えた。「わしはこの靴を礼拝堂の中で拾ったのであって、何も悪いことはしておりません」となんとも悲痛な声を出し、巡査に今一度その礼拝堂に行って、少しばかり演奏することを許してもらえないかと懇願した。巡査たちはこの老人に哀れを催《もよお》し、それを許した。老人は礼拝堂の中へ入って行った。巡査たちは外にとどまり、中から聞こえてくるバイオリンの音色とうたにしばらく耳を傾けた。けれども待ちきれなくなった巡査たちは演奏を止めるよう怒鳴りつけ、「靴なんぞ落ちてくるわけがない！」と言って、老人をこばかにした。けれども老人はそれにめげず、寄せつけもせず、みごとに奏でてうたった。

二人の巡査は外で待つのがばからしくなり、自分たちも中へ入った。中では老人が立ったまま真心の限り、力の限りバイオリンを奏でて厳かなうたをうたっていて、心の乱れは微塵もなかった。それからさほど時間が経たないうちに、とつぜん黄金の靴が落ちてきた。今や靴は揃いの一足となった。巡査たちは、老人の話には嘘などまったくなく、どこで靴を手に入れたのかを知り、信仰心の厚いうたがこの哀れな人間を救ったことを認め、今までどおりの自由な身にしてやった。

旅芸人は二つの靴を持って再び金細工師のところへもどった。金細工師はそれを二つとも買い上げた。これで旅芸人はにわかに大金持ちになったので、もう旅まわりをする必要がなくなり、安楽に暮らすことができた。晩年はさぞ心安らかな日々だったのではないだろうか。

第46話
商人の三人の娘の話
Das Marl von den drei Kaufmannstöchtern

昔、一人の商人がいた。正直でしっかり者だった。真面目に働いて、神さまの前に出ても恥ずかしくないようにして稼いだ莫大な財産があった。

商人には三人の娘がいた。

その中の一人、いちばん末の娘は穏やかで朗らかな性格だった。家事一切を一手に引き受けていそいそと働き、根気強かった。そしてだれに対しても何の分け隔てもせずに親切だったので、だれからも好かれ、異口同音に褒めそやされた。けれども上の二人の娘は、自惚《うぬぼ》れが強く高慢で、二人のまわりには気障《きざ》に飾り立てた豪商の息子たちが群がっていた。けれども娘たちはその息子たちを笑い者にし、二人にとっては、だれ一人として見栄えのよい者はおらず、だれ一人として十分な金持ちはいなかった。待ち望んでいたのは、よりいっそう身分の高いお方一人だけだった。

ところが世間でよくあるように、この金持ちの商人も災難に見舞われた。商いの品が海に沈んでしまったりとか、詳しいことは言えないが、質《たち》の悪い人間たちが損害を与えたりで、財産のほとんどすべてを失ってしまい、落ちぶれてしまった。

ただ、町から離れた田舎《いなか》にささやかな屋敷がまだ残っていて、果樹園と二、三頭の雌牛を飼える程度のわずかばかりの草地があった。今や商人の家族はここで暮らしを立てることになった。家の中、厩舎《きゅうしゃ》、外の庭で家事をこなし、およそありとあらゆる仕事の一切を取り仕切ったのは末の娘だったが、上の二人の娘はわがまま放題で、妹を蔑《さげす》み、恥だと言うのだった。一家はこうしてしばらくの間、成り行きまかせでこの小さな屋敷で過ごした。

そんなある日、商人に一通の手紙が届いた。手紙には、商人がどこそこへ行けば、以前持っていた商品を、それも大量に取りもどすことができると書かれていた。この知らせは家中の朗報となった。商人はさっそく旅支度を整えた。家の前には手綱をつけられた馬と、馬を取り囲んで三人の娘が立っていた。商人は娘たちに別れを告げ、「みやげは何が欲しいか」とたずねると、「きれいなドレス」。娘の言いそうなことだった。「おしゃれなパーティードレス」と上の二人が力をこめて言った。末の娘は「ドレスなど欲しくありません。もしその気になったら、バラを三輪お願いします」と言った。末の娘はいつも花を見ては喜んでいたのである。するとまたもや姉たちから、末の娘は利口な振りをして、父親が無駄な出費をしないようにと言って、父親のご機嫌取りをしている、と意地悪なことばが浴びせられた。二人は末の娘に対して、「鼻をつまみたくなるほど臭い厩番《うまや》」からはじまって、ありとあらゆる品のない罵《のの》り文句を口にした。

父親は旅立って行った。財産を求めて――これは父親の言葉だった――どんどん、どんどん、馬がかつて歩いたことのないほど遠くまで、ただひたすら突き進んだ。幸か不幸か、馬はもう先へ進めなくなった。商人は思った――家が一軒でもあれば、旅を中断して一休みできるのに！

郵便はがき

恐れ入ります
が切手をお貼
りください

1 0 1 - 0 0 5 1

東京都千代田区
神田神保町一の三冨山房ビル 七階

冨山房インターナショナル
読者カード係行

お名前	（　　歳）男・女		
ご住所	〒 TEL：		
ご職業 又は学年		メール アドレス	
ご購入 書店名	都道 府県　市 郡 区　書店	ご購入月	

★ご記入いただいた個人情報は、弊社の出版情報やお問い合わせの連絡などの目的以外には使用いたしません。

★ご感想を小社の広告物、ホームページなどに掲載させて頂けますでしょうか？

【 はい ・ いいえ ・ 匿名なら可 】

書　名

本書をお買い求めになった動機をお教えください。

本書をお読みになったご感想をお書きください。
すべての方にお返事をさしあげることはかないませんが、
著者と小社編集部で大切に読ませていただきます。

やっとのことで大きな建物の前にたどり着いた。けれどもそれは目を疑うほど美しい城だった。馬を預けることができる人がいないかと探したが、だれも見つからなかった。だれも。本当にだれも。なのに、門もドアも、どこもかしこも開けっ放しだった。そこで商人は思い切って中へ入った。厩舎はすぐに見つかった。馬をつないだ。餌は十分にあった。馬に餌と水をたっぷり与えて、心地よい寝場所も作ってやった。商人は自分のほうも空腹を覚えたし、のどの渇きもひどかった。それで何か飲み食いできるものが見つからないかと、遠慮なく中へ入って行った。

中には部屋があった。それも生半可な数ではなかった。それに、今まで見たことがないほど豪華な部屋だった。けれどもどこを探しても、人影はなく、全部無人だった。それでさらに進んで行くと、ある部屋に行き着いた。そこには食事の用意がされていて、料理も飲み物も、およそ欲しいと思われる物はすべてそろっていて、山のように盛りつけてあった。後は野となれ山となれとばかりに、商人は思い切ってかぶりついた。他に身を救う手だてはなかった。

まもなく夜になり、暗くなった。後はベッドさえあれば文句はなかった。それでベッドがどこかにないかと探しまわらなければならなかった。再びある部屋へ入ると、ベッドがあった。目が覚めるほどみごとなベッドだった。その横に棺が置いてあった。商人は横になったかと思うと、すぐに寝入った。そして夢を見た。夢の中では、ベッドの横にある棺には金がぎっしり詰まっていて、それはすべて自分のものであり、かつて失った損害を埋め合わせる額だった。

明くる朝、商人は上機嫌だった。食卓にはまたもや、ありとあらゆる上等で高価な料理が山と並べられているではないか！　そこで商人はまず馬に餌を与え、水を飲ませ、ブラシをかけてやり、その後で自分の腹を満たした。てきぱきとくつわをはめ、鞍を置いて、厩舎から馬を引き出した。いざ乗ろうとしたところ、庭にこの世のものとも思われないほど美しい三輪のバラをつけたみごとなバラの木があるではないか。商人はひらめいた。末の娘のことが、そして娘がみやげに欲しがったもののことが。

商人がそのバラを手折ろうとした瞬間、とつぜん思いがけないことが起きた。轟音《ごうおん》のような音が城のほうから響いてきて、何もかも恐ろしく揺れ動いた。商人は身の毛が逆立った。ドスンドスンという音とともに地面が揺れ、背丈は馬ほどもあり、頭は雌豚《めすぶた》さながらの野獣が現れ、商人に向かって突進して来るではないか。

野獣はかっと大きく口を開けたので、商人は命を奪われると思い、土下座して頼んだ——自分の行方を家族に知らせるために、故郷へ帰ることを許してくれるならば喜んで死ぬ、そのために三日間だけ時間が欲しい。野獣は、商人が再びもどって来る話など、はなから受けつけようとしなかったが、商人が神かけて誓うと必死に頼み込んだので、不承不承《ふしょうぶしょう》同意し、商人の願いも受け入れてやった。「そうなんです」と商人は言った。「わたしの願いは一つだけです。わたしが昨夜見た夢が本当で、ベッドの横にあった棺の中にお金がいっぱい詰まっており、それがわたしのものだというのであれば、わたしは家族のために喜んで死にます」。商人の願いはかなえられ、「お前が家へ帰ったときには、棺はもうお前の家に届いておる」と野獣が告げた。

『都鄙問答』と石門心学
―近世の市場経済と日本の経済学・経営学
由井常彦 著
日本的経営の諸原則は石田梅岩にある。
ISBN978-4-86600-060-2
2,400円

社会力の時代へ
―互恵的協働社会の再現に向けて
門脇厚司 著
危機的状況にある人類社会、今何が必要か。
ISBN978-4-86600-048-0
1,800円

死にゆく子どもを救え
途上国医療現場の日記
吉岡秀人 著
アジアで一万人を救った小児外科医の記録。
ISBN978-4-902385-74-8
1,300円

国境なき大陸 南極
きみに伝えたい地球を救うヒント
柴田鉄治 著
地球があぶない！ ただひとつの解決策とは！
ISBN978-4-902385-79-3
1,400円

人類新生・二十一世紀の哲学
人間革命と宗教革命
林兼明 著
古語研究を基に多彩な思索で人類救済を説く。
ISBN978-4-9900727-3-5
3,000円

和の人間学
―東洋思想と日本の技術史から導く人格者の行動規範
吉田善一 著
社会や科学技術に役立つ日本的人間力を探究。
ISBN978-4-905194-67-5
1,800円

〔エッセイ〕

家事調停委員の回想
―漂流する家族に伴走して
中島信子 著
様々な事件に関わってきた著者による実話。
ISBN978-4-86600-035-0
1,800円

日本人の祈り こころの風景
中西進 著
現代の世相を軸に、日本人の原点を探る。
ISBN978-4-905194-26-2
1,600円

私は二歳のおばあちゃん
アメリカ大学院留学レポート
湯川千恵子 著
還暦で米国留学！バイタリティあふれる奮闘記。
ISBN978-4-902385-43-4
1,600円

心に咲いた花 ―土佐からの手紙
大澤重人 著
第56回高知県出版文化賞受賞
高知県を題材として、人々の強さ、優しさ、苦しみ、悩みを生き生きと描いた人間ドラマ。
ISBN978-4-905194-12-5
1,800円

泣くのはあした ―従軍看護婦、九五歳の歩跡
大澤重人 著
看護婦として日本の旧陸軍と中国八路軍に従軍した一人の女性の波乱万丈の生涯を描く。
ISBN978-4-905194-95-8
1,800円

アフリカゾウから地球への伝言
中村千秋 著
三十年にわたる研究調査から学んだ地球の未来。
ISBN978-4-86600-011-4
1,800円

〔文学〕

吉田健一ふたたび
川本直・樫原辰郎 編
気鋭の書き手たちが描く新しい吉田健一。
ISBN978-4-86600-057-2
2,500円

森の時間
前登志夫 著
自然と人間の深奥を捉えた名篇、ここに甦る。
ISBN978-4-905194-69-9
1,800円

山紫水明綺譚 京洛の文学散歩
杉山二郎 著
江戸っ子学者による博覧強記の京都の話。
ISBN978-4-902385-93-9
2,400円

おなあちゃん ―三月十日を忘れない
多田乃なおこ 著
東京大空襲を生き延びた十四歳の少女の実話。
ISBN978-4-902385-69-4
1,400円

新版 ドイツ詩抄 珠玉の名詩一五〇撰
山口四郎 訳
音読にこだわったドイツ詩集の決定版。
ISBN978-4-902385-59-5
2,200円

ドナウ民話集
パウル・ツァウネルト 編 小谷裕幸 訳
ドナウ川流域で語られてきた話１００編の初の邦訳。
ISBN978-4-86600-017-6
4,800円

中国雲南省少数民族民話選
木霊の精になったアシマ
張麗花・高明 編訳
中国雲南少数民族が語り継ぐ人間愛。
ISBN978-4-86600-066-4
2,800円

地名は警告する 日本の災害と地名
谷川 健一 編
北海道から沖縄まで、各地の第一人者による災害地名探索。
ISBN978-4-905194-54
2,400円

東日本大震災詩歌集 **悲しみの海**
谷川 健一・玉田 尊英 編
深い悲しみときびしく辛い状況に向き合い、拭えない想いを紡いだ詩歌のアンソロジー。
ISBN978-4-905194-40-8
1,500円

津波のまちに生きて
川島 秀一 著
気仙沼に生まれ育ち、被災した著者が、大災害の状況と三陸沿岸の生活文化を語る。
ISBN978-4-905194-34-7
1,800円

海と生きる作法 ―漁師から学ぶ災害観
川島 秀一 著
東日本大震災から六年、漁師にとっての「復興」は？ 漁師の自然観・災害観に学ぶ。
ISBN978-4-86600-025-1
1,800円

安さんのカツオ漁
川島 秀一 著
一人の船頭の半生から見たカツオ一本釣り漁。土佐―三陸、震災からの復興を願う強い絆。
ISBN978-4-905194-85-9
1,800円

裸足の訪問 ―石仏の源流を求めて
坂口 和子 著
石の神や仏への想いの原点を探った旅の記録。
ISBN978-4-86600-068-8
1,800円

〔芸 術〕

ドヴォルジャーク―その人と音楽・祖国
黒沼ユリ子 著
ドヴォルジャークの音楽と人間がよみがえる。
ISBN978-4-86600-051-0
2,800円

ヴァイオリンに生きる
石井 髙 著
ヴァイオリン作り五十年の職人が修業時代からヴァイオリンの魅力まで存分に語る。
ISBN978-4-905194-96-5
1,800円

ヘンリック・ヴェニャフスキ
―ポーランドの天才バイオリニスト、作曲家
エドムンド・グラプコフスキ 著
足達 和子 訳
一九世紀の天才演奏家・作曲家の波乱に満ちた生活と活動を浮きぼりにした初の評伝。
ISBN978-4-86600-013-8
1,800円

四季のふるさと うたのたより【新版】
―なつかしい童謡・唱歌・こころの歌とともに
望月 平 編・文 近藤 泉 絵
昭和世代に贈る珠玉のうたの絵本。楽譜付
ISBN978-4-86600-059-6
1,800円

あたしのまざあ・ぐうす
北原 白秋 訳 ふくだ じゅんこ 絵
北原白秋と注目の絵本作家ふくだじゅんこ―ふたりが織りなす、美しくも、摩訶不思議なまざあ・ぐうすの世界。
ISBN978-4-905194-10-1
1,800円

放浪の画家 ニコ・ピロスマニ
―永遠への憧憬、そして帰還
はらだ たけひで 著
「百万本のバラ」で知られるグルジアの伝説の画家・ピロスマニの生涯。初めての評伝。
ISBN978-4-905194-14-
2,200円

出雲大社
―中野晴生写真集
中野晴生 写真
壮大で美麗な写真で表した出雲大社の全体像。
ISBN978-4-86600-064-0
6,800円

雲岡石窟《うんこうせっくつ》―仏宇宙《ぶつうちゅう》
《東山健吾 文 八木春生 解説》
六田 知弘 写真
中国三大石窟の一つ、雲岡。これまでほとんど紹介されなかった西方窟に、日本人写真家が初めて足を踏み入れた撮り下ろし作品。
ISBN978-4-902385-98-4
26,000円

曼荼羅と仏画に挑んだ
小倉尚人 永遠の求道
小倉 幸夫 編
いまだ世に知られていない天才画家の作品と生涯。
ISBN978-4-86600-065-7
3,500円

谷川健一全集 全24巻

柳田国男、折口信夫と並ぶ民俗学の巨人・谷川健一。
古代・沖縄・地名から創作・短歌まで、幅広い文業を網羅。

各6,500円　揃156,000円
菊判　布表紙　貼函入り
月報「花礁」付き
セット ISBN978-4-905194-60-6

- 第一巻 古代一　白鳥伝説　ISBN978-4-902385-26-7
- 第二巻 古代二　大嘗祭の成立 他　ISBN978-4-902385-65-6
- 第三巻 古代三　古代史ノオト 他　ISBN978-4-902385-48-9
- 第四巻 古代四　神・人間・動物 他　ISBN978-4-902385-73-1
- 第五巻 沖縄一　南島文学発生論　ISBN978-4-902385-30-4
- 第六巻 沖縄二　孤島文化論（抄録）他　ISBN978-4-902385-45-8
- 第七巻 沖縄三　甦る海上の道 他　ISBN978-4-905194-39-2
- 第八巻 沖縄四　海の群星 他　ISBN978-4-902385-61-8
- 第九巻 民俗一　青銅の神の足跡 他　ISBN978-4-902385-40-3
- 第十巻 民俗二　女の風土記 他　ISBN978-4-902385-84-7
- 第十一巻 民俗三　わたしの民俗学 他　ISBN978-4-902385-68-7
- 第十二巻 民俗四　魔の系譜　常世論　ISBN978-4-902385-28-1
- 第十三巻 民俗五　民間信仰史研究序説 他　ISBN978-4-905194-25-5
- 第十四巻 地名一　日本の地名 他　ISBN978-4-902385-34-2
- 第十五巻 地名二　地名伝承を求めて 他　ISBN978-4-905194-17-0
- 第十六巻 地名三　列島縦断 地名逍遥　ISBN978-4-905194-31-6
- 第十七巻 短歌　谷川健一全歌集 他　ISBN978-4-902385-80-9
- 第十八巻 人物一　柳田国男　ISBN978-4-902385-89-2
- 第十九巻 人物二　独学のすすめ　折口信夫 他　ISBN978-4-902385-54-0
- 第二十巻 創作　最後の攘夷党 他　ISBN978-4-902385-94-6
- 第二十一巻 古代・人物補遺　四天王寺の鷹　人物論　ISBN978-4-905194-08-8
- 第二十二巻 評論一　常民への照射（抄録）評論 講演　ISBN978-4-905194-05-7
- 第二十三巻 評論二　失われた日本を求めて 他　ISBN978-4-905194-49-1
- 第二十四巻 総索引　総索引　年譜　収録作品一覧　ISBN978-4-905194-52-1

ミッチーのことばあそび ひらひらきらり 新版

オノマトペ ー英語の世界

はせ みつこ 作
中畝 治子 絵

絵がきこえてくる、声にしたくなる、オノマトペの世界。おとなも子どもも楽しめる一冊。

ISBN978-4-905194-75-0　2,300円

ゲルニカ

ーピカソ、故国への愛

アラン・セール　文・図版構成
松島 京子 訳

ゲルニカはなぜ描かれたのか、何を語っているのか。幼少期の生活や絵から、ゲルニカの制作過程までをたどり、その魅力に迫る。

ISBN978-4-905194-32-3　2,800円

こういう次第で、商人は田舎の家を目指して旅をした。家に帰り着くと棺はもう届いていた。自分は家にとどまることは許されていない、すぐまた旅に出て、死ななければならない、野獣が自分をのみ込む、それも自分が大胆にも盗もうとした三輪のバラのせいで、という商人の話は痛ましいかぎりであった。上の二人の娘にはこれだけの話で十分だった。二人は末娘に向かって、父親が死ななければならないようになった責任は、ひとえに末娘のせいだと言って罵り、耳をふさぎたくなるような残酷な言葉を浴びせかけた。

「困ります、お父さま」と末娘は言った。「わたしのせいでお父さまがお亡くなりになるなんて、そんなことはあってはなりません。わたしが行きます。わたしがお父さまの代わりに死にます」。

上の二人の娘にとっては、それは願ったりかなったりだった。けれども父親はそれを許そうとしなかった。末娘はしかし、それには耳を貸さず、旅立って行った。両親は熱い涙を流したが、上の二人の娘は、財産を末娘と分け合う必要がなくなるのを喜んだ。それに求婚者たちがまた、以前のように押し掛けてくると確信した。

商人の若い娘は馬に乗って、父親が教えてくれていた道を進んだ。目的地に着いたとき、父親と同じように、城中が開け放たれているのを見た。門をくぐり、庭を抜けて、馬をつないだ。浮き浮きした気分というわけではないにしても、どこか歓迎する気持ちがあって、野獣は遅かれ早かれ姿を現すのだから、却って何もかもけりがつくと考えた。けれども野獣はどこからも出て来なかった。

それで娘は城の中を歩きまわった。娘があるドアの前に立つと、ドアには金文字で、「われらが新女王さまのためのお部屋」と書かれていた。娘が中へ入ると食卓があり、料理が並べられていた。それで娘は飲み食いをして、美味しさを満喫《まんきつ》した。そうなると体中にどっと疲れが出て、横になれるところを探しに行った。ほどなくあるドアの前に来た。ドアには、「われらが新女王さまのための寝室」と書かれていた。その部屋のなんときれいで豪華なことか！　天国へ入るみたいだと娘は思った。娘はそこでぐっすりと眠った。

翌朝おそくになって、ようやく目を開けまわりを見て、その豪華さに目を見張った。けれどもすぐに我に返り、自分がなぜここにいるのか、これから先なにが起きるのかを思い、涙を流しながら死ぬ準備をはじめた。するととつぜん、父親が話していた身の毛もよだつような唸《うな》り声が聞こえてきた。ドスンドスンと音がだんだん近づいてきて、野獣が荒々しく入って来た。娘はすぐさま自分が父親の代わりに来て、父親のために死ぬこと、父親が自分のためにバラを折り取ったこと、自分はいつ死んでもよい、と告げた。「今日はまだだ」という答えが返ってきて、野獣は再び大きな音を立てながら去って行った。すさまじい唸り声は長い間、野獣の去った方角から聞こえてきた。

昼間ずっと、商人の子どもは城中をぶらついていたが、とある部屋に入ると本棚があって、豪華な本がたくさん並んでいた。そしてその一冊一冊に、「われらが新女王さまのために」と書かれた金文字が読み取れた。娘は本を手に取り、気の向くままにパラパラとめくり、空腹とのどの渇きを覚えると、料理が盛られている部屋を知っていたので、好きな物を好きなだけ飲んだり食べたりした。

このような暮らしが九日間つづいた。野獣は毎日、娘が食事をすませたところにやって来た。けれども娘に何の危害も加えず、娘の横に腰かけ、ときには娘のご機嫌取りまでした。娘は次第にそれになじんでいき、野獣に少しは好意を持つようになり、野獣がやって来る物音が聞こえると喜んだりもした。野獣は娘の信頼をかち得たと感じるや否や、娘にキスをしてくれと言い出した。それも一度ならず、次第に何回もせがんだ。娘は身震いした。そんなことをさせられるくらいなら、いっそ死んだほうがましだと考えた。そんなときはいつも、野獣は悲しそうにその場から去って行った。

ある日、娘が食卓に着くと、金の指輪が皿にのせてあったので、それを指にはめてみると、指にぴったりだった。野獣が再びやって来たとき、自分がこの指輪をはめてもよいかどうかたずねた。「いいとも、その指輪はお前のもので、その指輪を使って、いちばん好きなもの、いちばん求めているものを願うことができる」と野獣が言った。そうなると娘は、実家で何か変わったことはないか、姉たちは結婚しているかどうか、母と父は何をしているか、母と父は自分のことで死ぬほど気に病んでいるのではないか、どうしても知りたくなった。野獣が言った——寝るときは指輪をはずして横に置き、朝には元どおり指にはめることを忘れてはならない、もし忘れると、災難がふりかかる。指にはめていないときは実家に帰っており、すべてを見ることができる。

それを使って娘は、姉二人が、今また足しげく通うようになった男たちと結婚し、父と母は心配と悲しみのためにとても老け込み、自分がもう生きてはいないのではないかと思い込んで、死ぬほど泣き暮れている姿を見た。

このような具合で、野獣と商人の娘は、しばらくは互いになかなか幸せな暮らしをした。ただ、野獣がキスをしようとしたときだけは、娘は野獣の言いなりにならず、そのため、野獣は悲しい気持ちになった。

「まだ他に望みがあるのか」と野獣がたずねると、「はい、両親と話ができ、あなたは何の危害も加えないこと、自分はまだ生きていること、自分は元気で暮らしていることさえ伝えられたら」と娘が言った。「床につくときには再び指輪をはずすこと、目が覚めているときは、両親のところに帰っていること、一時間は両親と話をしてもよいが、時間が来たら指輪を再びはめることを忘れてはならない」と野獣が言った。娘はそのことを神かけて誓わなければならなかった。けれども一時間が過ぎたときには、娘はもはや指輪のことを考えなかった。そして指輪のことを考えると、「いや、もうあんなところへはもどらない、いったいなぜあのような野獣と暮らさなければならないのか」と思うものの、その考えも長つづきせず、自分が約束を守らなかったことが気になりだした。それどころか、野獣が恋しくなってきて、胸が締めつけられるような気持ちになった。そこで娘は両親に別れを告げ、再び指輪をはめた。

すると娘は再び城の中にもどっていた。けれども野獣の姿はどこにも見えなかった。娘は大声で呼んだり嘆いたりしながら城中を歩きまわった。何も見えず、何の音もしなかった。それで娘は急いで庭に下りた。するとそこに野獣が倒れていた。野獣はぴくりとも動かなかったので、死んでいると娘は考えた。苦しさと悲しさのあまり、娘は野獣の醜さを忘れて、野獣の上に覆いかぶさり、キスをした。するととつぜん、野獣の姿が消えてしまい、娘の前には美しい若者が立っているではないか。若者はある王さまの息子であった。美しい城も城の中にある物もまわりにあるすべてが若者のものだった。

若者は辺り一帯で並ぶ者がないほど美しい王子だった。ところが、王子をぜひとも夫にしたいと願った女を妻にしなかったために、年取った魔女が王子を醜い野獣に変え、野獣にキスをする勇気のある女の人だけが、キスによって王子を解き放つことができる、という魔法をかけたのだった。そして、それができたのがこの娘だった。

その後若い王子と商人の美しい娘は結婚した。というのも、娘も王子が大好きになっていたのだ。やがて王子は王さまになり、娘はお妃さまになり、このうえなく仲睦《なかむつ》まじく楽しく暮らしたそうだ。二人の姉たちは、幸せをつかんだ末娘を少々妬《ねた》んだが、両親は娘の城を訪ねる旅に出て、心の底から幸せな気持ちを味わったそうだ。

この話は本当にあったもので、この人たちが死んでいなければ、まだ生きているはずさ。

第47話
名づけ親をさがす貧乏な織物師
Vom armen Weber, wie er einen Gevattern gesucht

あるところに貧乏のどん底にいる、大がつくほど貧乏な織物師《おりものし》がいた。たいそうな子だくさんで、もう名づけ親になってもらえる人はいなかった。今度もまたちょうど一人子どもが生まれることになったのに、洗礼式に立ち会ってくれる人が見つからず、心配で胸がつぶれる思いをしていた。

そこで織物師はちゃんと洗礼式に立ち会ってくれそうな人が見つからないものかと、悲痛な思いで家を出て旅をした。そのようなことで思い悩みながら街道を歩いていると、一台の馬車と出会った。二頭のつやつやと黒光りする毛並みの馬が前につけられ、中には上品で身分の高い男の人が二人乗っていた。二人は、なんとも惨めで暗い顔をした貧乏人の男が近づいて来るのを見て馬車を止めさせ、いったいどうしてそんなに悲しそうな顔をしているのかとたずねた。そこで織物師は二人に、妻がもうすぐ子どもを生むところなので、自分について来て、洗礼式に立ち会ってくれる人がいればよいのだが、立会人がいないのだ、と窮状《きゅうじょう》を訴えた。二人の貴人は大いに同情して助力を惜しまない態度だったが、織物師はもう一つその気にならなかった。織物師にしてみれば、二人は名づけ親になってもらうには上品すぎるように思われたからだ。そこで織物師はお礼を言って、さらに街道の旅をつづけた。

織物師がかなりの道のりを歩いたころ、ガチャガチャという音をたてながら近づいて来る者があった。それは他でもない、死神だった。織物師は死神に悩みを打ち明けた。「お前さんがわしに親切にしてくださり、洗礼式に立ち会ってくださるなら、お前さんはうってつけのお方だ。お前さんの前では、人はだれも差別がないですからね」。「そうじゃ」と死神が答えた。「洗礼式の立会人は務まるがな。しかしわたしはお前さんに何も贈り物が上げられない。実際わたしは何も持っていないんでね」。

こういうことで、織物師は死神を連れて家に帰り、教会へ行き、また家に帰った。織物師は、名づけ親の死神が贈り物は何も持っていないことを知っていたが、それでも満足し、喜んだ。「わたしはお前さんに短いフロックコートなら上げられる。これでお前さんにはいつか、幸運と繁栄が約束されよう」。死神は織物師に短いフロックコートを与えた。それはあまり見栄えがしなかった。「お前さんがこれから先、重い病気の人のことを耳にしたら、その人のところへ行くがよい。お前さんはしかし、要求することは」と死神が言った。「許されない」。死神はそう言って去って行った。

ある日、織物師がとある一軒の家の前を通りかかった。その家は立派な造りで、大旦那のものだった。織物師はその家で嘆いたり泣いたりする声を聞いた。何事があったのかと織物師がたずねると、その家の前に立っている人たちが話してくれたのだが、この家の主人は桁違いの大金持ちで、質《たち》の悪い病気にかかり、激しい痛みに苦しんでいる、医者という医者がもう手遅れで助からないと言っている、ということだった。それで織物師は名づけ親の死神が話していたことを思い出した――織物師が重病人のベッドのところへ行けば、死神もそこに姿をみせ、死神が病人の右側に立てば、病人はまだ助かる可能性がある。「飲みやすい薬を用意しておくことじゃ、かなり甘いのをな。病人はそれできっと治る」。けれども死神が左手に立っているのを見たら、何の望みもなく、どんなに手を尽くしても無駄だ。

織物師が病人のところへ行くと、というのは、病人のところへ案内してもらったということなのだが、死神がもう来て立っていた。死神は右手に立っていた。そこで織物師は病人に話しかけた。「お前さまは死になさることはございません、旦那さま。わたしが旦那さまの病気を治して進ぜましょう」。「お前さんはいったいどうやってわたしの病気を治してくれるつもりかね。もう医者であれ、理髪師兼外科医であれ、手当り次第に診てもらっておるが何もかも無駄じゃった。ああ、わたしを治してくれる者など、もうだれもおりはせん」。

けれども病人は織物師が差し出した飲み物を口に入れると、少し楽になった気がした。そして次第に元気になり、間もなく病気が病人から逃げてしまい、病人は昔どおり再び健康になった。

今や旦那は自分を救ってくれた織物師に、謝礼はどうすればよいかたずねた。「旦那さまのお志《こころざし》にお任せいたします、旦那さま」。というのは、織物師は何も自分からは要求することは許されていなかったのである。そこで旦那は織物師に喜んで気前よくお礼をはずんだので、織物師の家ではそれ以来、貧乏で難儀をすることはなくなり、妻子ともどもよい暮らしをすることができた。

何年かが過ぎて、異様な風体の客が「織物師」という看板のある小さな古い木造の家に立ち寄り、親戚を訪れた。それはだれあろう、死神だった。「今日お前さんはわたしといっしょに来てもらわねばならん。親戚の織物師さんよ」と死神は織物師に言った。二人は連れ立って出かけ、遠い道のりを歩いて行った。二人は太古の樹木の立ち並ぶ大きな森へと入って行った。道が森の真ん中を走っていた。それから死神が織物師を少し脇道へ連れて行くと、広々としたみごとな草原に出た。

草原の眺めは尋常なものではなかった。というのは、そこにはかぞえきれないほどのローソクがずらりと立てられており、まるで牧草地全体が燃えさかっていると言ってもよいかのようだった。二人は森の中の草原に入って行った。「あんなにきれいな、あれは何ですか」と織物師がたずねると、「うん」と死神は言った。「親戚のお方よ、これはそう、これはパラダイスですぞ」。

「では、あの明かりは？」。

「明かりだと？　ああ、お前さん、あれは人間の寿命なのじゃ。これは長い、これは短い」。

牧草地全体にローソクが立っているのが見わたせた。

「そしてもうすぐ寿命が尽きる人間の場合、明かりがとても短くて、長くない。そして消えてしまう。人間はだれでも自分のローソクを持っているのだ」。

織物師は慌《あわ》ててたずねた。

「わしのもここにあるんですかい？」。

「もちろんあるとも。とうぜん、ありますぞ」。

「いったいどこです、いったいどこです？　名づけ親さん、いったいどこにあるんですか？」。

「すぐ横に立っている」。

なんと、もうすぐ消えかかっているではないか。織物師はたまらず、死神にもっと長いのをとせがんだ。織物師にしてみれば、今、暮らし向きも順調で、生きることはまだとても値打ちがあったのである。すると死神は真顔になって言った。

「お前さんはわたしに言わなかったかい。わたしにとって、金持ちも貧乏人も、身分が高かろうが低かろうが、違いはないと。どの人間もわたしにとっては同じだと」。

したがって、死神は織物師のために何も便宜《べんぎ》を図ることはできないのだ。

「わたしは、いいかね、あの者たちのところにも行かねばならんのだ」と死神は言って、急いでつけ加えた。「ほら、織物師さん、見るがよい。あそこにも一本、消えかかっているのがある」。

この瞬間、織物師のローソクは消えてしまった。

さて、わたしのローソクもそんなに長くは燃えないだろう。神さまの御心《みこころ》のままに。

第48話 田舎《いなか》教師が灰の水曜日の儀式をする羽目に

Wie der Schulmeister einascheln hat müssen

あるとき、主任司祭と田舎教師が居酒屋にすわり込んで、丁々発止《ちょうちょうはっし》、大いに盛り上がり、楽しく過ごした。

この日は謝肉祭の火曜日だったのだが、主任司祭は少々飲みすぎてしまい、二人は明け方三時ごろ、連れ立って店を出て、家路につかなければならなかった。もう灰の水曜日になっていたのである。「しまった」と主任司祭は言った。「わたしの頭がすっきりしないなら、わたしは今日、村の人に灰の儀式〔教会で司祭がシュロの枝を焼いて作った灰で信者の額か頭に十字の印をつける〕をすることができない。おい、お前さんよ」と主任司祭は田舎教師に言った。「お願いだから、わたしの具合がひどく悪いときは、お前さんが今日の儀式をやってくれないと困るんだが」。「えっ、うん」と田舎教師。「それならそうと、ちゃんと言っといてくれとかなくちゃ困るよ」。

六時にはもう田舎教師を呼びにやらせた。というのも田舎教師は同時に、ミサの侍者《じしゃ》でもあったからだ。そこで田舎教師は出かけて行った。

「いいかね」と主任司祭は言った。「お前さんは今日、ちゃんと灰の儀式をしてくれなくちゃ困るよ、村の人たちに」。

「わかった。でも、いったい何を言わなくちゃならんのだい」。

「そうだなあ」と主任司祭は言った。「いいかい、こう言うんだ。人を想え。人は塵《ちり》から生まれ、塵に帰る」。

「お前さん、わたしは、そんなの覚えられないよ」と田舎教師。

「いいよ、じゃ、こう言うんだ。『人間よ、汝は塵から生まれ、再び塵に帰るであろう』」。

「これは紙に書きとめておかんと」。

事ここに至り、田舎教師は紙片に書きとめ、その紙片をズボンのポケットに押し込んで、帰宅した。「あのな」と田舎教師は年取った妻に言った。「おれは今日灰の儀式をしなきゃならないんだ。主任司祭さんが具合がよくないんでね」。このときにはもう時間が迫っていた。「お前さん、少しは身ぎれいにして行かないと」と妻は言って、少し上等な服を探した。その間に早くも十五分の鐘が鳴った。田舎教師はそれまで着ていたものを脱ぎ、手早く着替えて、教会に入って行った。村の人たちはすでに待ち構えていたので、田舎教師はまっすぐ祭壇に向かい、すぐに灰の儀式に取りかかり、真っ先にしたのは、ズボンの中から紙片を取り出すことだった。

紙片はもちろん見つかるわけがなかった。今さら祭壇からは降りられない。儀式をはじめるしかなかった。この期に及んで、ラテン語はできなかった。ドイツ語の唱え文句も知らなかった。それでも儀式をはじめて、こう言った。

「皆さん、考えてください。わたしが家にあるズボンの中に何を入れているかを」。

田舎教師はこう言った後、何百人もの信者に延々と、額に灰で十字架を描く灰の儀式を行った。教会中が大笑いになり、沸き返ったことは言うまでもない。

第49話
われらが主なる神とペトロと木こりたち
Von unserem Herrn, dem Petrus und den Holzknechten

われらが主なる神がまだ地上に在《いま》し、ペトロとともにあちこち旅をしていたとき、たまたま一軒の木こりの小屋に来合わせた。そこはとても楽しい雰囲気だった。というのは、そこに住み込んで暮らしている木こりたちが仕事じまいをして、ちょっとした踊りをしていたのである。するとペトロもぜひとも踊りの輪に加わりたくなったが、木こりたちはペトロを仲間に入れなかった。するとペトロはカンカンになって怒った。「神さま」とペトロはわれらが主なる神に向かって言った。「奴らのために鋼《はがね》と鉄の枝を生やしてください！」。「それはやり過ぎではないかな」とわれらが主なる神は言った。「あの者たちがどうにかこうにか切れるほどに鋼と鉄の枝を生やせというのは」。けれどもこのとき以来、木には枝が生えるようになった。それまでは木に枝はついていなかった。

第50話
ペトロがはげ頭であるわけ *Warum der Petrus glatzköpfig ist*

どうしてペトロははげ頭なのだろうか。

われらが主なる神とペトロが物乞いをしながら歩いていると、焼き菓子のよいにおいが鼻をつき、気分がよくなった。「ねえ、見てきておくれ」とわれらが主なる神が言った。「お前さん、何か手に入れてきておくれ」。

「ねえ農家の奥さんよ、お願いだ」とペトロは言った。「わたしとわれらが主なる神はとてもお腹が空いている。ね、わたしら二人に何か少しばかり恵んでくれないかね」。

切れ端《はし》が与えられた。けれどもなんという切れ端だろうか。大きくて、まるで聖地で作られるような代物で、油で焼き上げたものだった。農家の奥さんが、そのような菓子を三切れペトロに与えたのだった。

ペトロは素早くその中の一切れを帽子の下に隠し、われらが主なる神のところへもどった。

「はい、どうぞ」とペトロが言った。「あの奥さんがわたしに二切れくれました。これをどうぞ、こっちはわたしのです」。

「そうかい、そうかい」とわれらが主なる神が言った。「あの奥さんがお前さんにくれたのはこれだけかい」。

「これだけです」とペトロは言って、ほかにはもらっていないとつけ加えた。

われらが主なる神が言った。「ちょっと帽子を脱いでごらん。三切れ目はいったい、だれのものかね、えっ？」。

ペトロは言った。「これはわたしのものでもありませんし、神さまのものでもありません」。

すると、「そうかい」とわれらが主なる神が言った。「嘘をついた罰を与える。今日からお前さんは、はげ頭だ」。

なにしろ、三切れ目には髪の毛がいっぱいこびりついていたのである。

第51話
ミルクがこぼれたわけ *Warum die Milch übergeht*

あるところに鍛冶屋《かじや》の女房がいた。そこに人々がキリストを十字架に磔《はりつけ》にするために釘を注文しに来た。このとき女房は、たまたまミルクの鍋を暖炉にかけているところだった。慌《あわ》てて鍛冶場へ行き、夫に急いで釘を作るように言った。そして、女房が再び暖炉にもどって来たとき、ミルクは既にすべて溢《あふ》れ出てしまい、ミルクのよい匂《にお》いが家中に漂《ただよ》っていた。以来、ミルクは寝返ると言われるようになった。

第52話 寿命《じゅみょう》の話 *Die Parabel von der Lebenszeit*

われらが主なる神がこの世界を創造したとき、神は生き物の一つ一つに決まった年数の寿命を与えた。

その最初はロバだった。われらが主なる神はロバに対して、「お前は何年生きるつもりだね、三十年ではいけないかな」と言うと、「おお、神さま」とロバが言った。「それはわたしにはいくらなんでも長すぎます。考えてもみてください」。そして、「わたしが運ばなければならない荷物といいますと、それは穀物袋なのですが、人間がパンを食べることができる物でして、それ以外にも荷物が山とあるのです。お願いです、わたしの寿命を短くしてください」と懇願した。「そうか」と主なる神が言った。「わたしはお前に十八年を免じてやろう」。それでロバは、十二年生きなければならなかった。

次に来たのは犬だった。

「お前なら三十年は容易く生きられるじゃろうて」。

「それは、困ります」と犬が言った。「それはいくらなんでも多すぎます。考えてもみてくださ い、神さま。方々かけずりまわり、ほえつづける身ですよ。それがいったんかみつく歯がなくなったりでもすると、わたしは建物の隅から隅へとよたって行っては、唸《うな》るしかないのですよ」。

「そうか」と主なる神が言った。「わたしはお前にも十二年を免じてやろう」。それで犬は、十八年生きなければならなかった。

つづいて来たのはサルだった。サルに対して、われらが主なる神は言った。「お前のことじゃから、三十年はゆうに生きられるじゃろう。お前はロバや犬とちがって、仕事をすることも走りまわることも必要じゃないからな。お前はふざけてさえおればよいのじゃからな」。

「おお、神さま」とサルが言った。「それが話がぜんぜん違うのです。わたしはしょっちゅう人間たちを笑わせるために、嫌で嫌でしょうがないことを、笑顔でやらなきゃならないんです。きびが雨あられと降ってきても、わたしにはそれを食べるスプーンがありません。そうかと思えば、人間に酸っぱいリンゴを渡され、それにかじりつかなくてはならないんです。すると人間たちは大笑いします。わたしは顔をしかめるだけです」。

「そうか」とわれらが主なる神が言った。「ではお前にも十年を免じてやろう」。それでサルは、二十年生きなければならなかった。

次に来たのは人間だった。「お前は三十年生きられるとしよう」とわれらが主なる神が言った。「お前は三十年生きることができる」。

それに対して人間は、「それではわたしには少なすぎます」と言った。「わたしは家を建て、木々を植えたりするつもりですし、そうすると木々が美しく咲きほこり、実をつけはじめます。それなのに死ななければならないとは」。

「そうか」とわれらが主なる神は言った。「わたしはお前にロバの十八年をおまけしてやろう」。

「それでは、わたしには少なすぎます」。

「そうか」とわれらが主なる神が言った。「それならさらに十二年おまけだ、犬の年を」。

「それでも、わたしにはまだ少なすぎます」。

「それではもう一つおまけで、十年与えよう。サルがもらいたがらない十年をな。お前はこれで満足せんといかんぞ」と言って、主なる神はたしなめた。

こうして人間は三十という人間らしく生きる年数をもらい、ロバの十八年をもらった。その間は荷物を運んでしっかり働かなければならない。それから犬の十二年をもらい、そのときには早くも少々厄介者《やっかいもの》になり、かたくなになる。そしてサルの十年をもらい、人間は世間の笑われ者となり、子どもたちからばかにされる。

ヨーゼフ皇帝の話 *Vom Kaiser Joseph*

第53話 ヨーゼフ皇帝と愛馬 *Kaiser Joseph und sein Lieblingspferd*

兵隊とか宮廷つきの鍛冶屋〔昔、鍛冶屋は鍛冶屋の仕事をしながら、馬の治療も手がけた。後の軍隊の獣医〕は、馬については目が肥えているものだが、そのような連中で、一度でも都にいたことのある者なら、多分、たいていの人が、ウイーンの宮廷には美しさといい、品といい、なんともみごとな馬がそろっていることを語り草にしたことであろう。

それは他でもないが、皇帝の愛馬のことだ。

徳の誉《ほま》れ高いヨーゼフ皇帝のところにも厩舎に一頭、すでによぼよぼでもはや何の役にも立たないが、恩赦で生きながらえている雄馬がいた。この馬がまだ若かったころは、乗馬に用いられ、ミルクのように真っ白で、目を見張るほど美しく、少しもじっとしていず、上機嫌そのものだった。主君に対しては、都にあっても戦場にあっても忠実一途であったので、皇帝は他のどの馬よりもこの馬に愛着を持っていた。家来たちはその馬に対して細心の注意を払うよう厳命されていた。実際、皇帝陛下は白馬が死んだと言って来る者でもあれば、その者は絞首刑に処すると言ったという噂が流れたほどであった。

けれども、どのように手をつくしても無駄だった。ある朝、馬はもはや藁《わら》の寝床から起き上がることはなかった。だれもそのことを皇帝に伝える勇気がなかったが、報告しないわけにはいかなかった。なにしろ皇帝は毎日やって来ては、愛馬を眺めるのが習わしだったから。そこで家来たちは、宮廷道化師《どうけし》に何かよい知恵はないかと相談した。「たったそれだけのことなら、わたしが皇帝にそれとなくお知らせしますぞ」と言って、宮廷道化師は家来たちを安心させた。

皇帝はまだベッドの中だった。まだ朝が早かったのである。けれども道化師は主君の寝所に入って行って、大げさに音を立てながら、棒のようにばったり倒れ込み、四つん這いになった。それで皇帝は、それはどういうことなのかと不審に思った。

「陛下」と道化師は言った。「白馬が厩舎でこんな風になって倒れております、ばったりと」。

「なにっ、あれが死んだのか！」と言って、皇帝は少なからずショックを受けた。

「これはこれは、絞首刑にされるのは陛下でございます。陛下は死んだということばを真っ先にお口にされました」と道化師は言った。

第54話
ヨーゼフ皇帝とソーセージを持った歩哨《ほしょう》
Kaiser Joseph und der Wachposten mit der Wurst

ヨーゼフ皇帝がまだ王子だったころの話。一人の兵隊がいた。始終ひどく腹を空かせて難儀がっていた。そのため、ソーセージを買っては、マントの中に隠し、歩哨に立って行ったり来たりしなければならないときは、ソーセージをところどころ、少しずつかじっていた。

その姿を、散歩していて通りかかったヨーゼフ王子が目撃した。王子は兵隊に向かって、「兵隊たる者、歩哨に立っているときは何も物を食ってはならないということを知らないのか」と言葉をかけた。もちろん承知している、しかしながら、食べ物がとても少ないので腹が減ってたまらず、がまんができない、と兵隊は答えた。王子は兵隊に自分が何者であるかを推測させた。

「お前さんは、まあ商売人の息子かもな」と兵隊は言った。

「違う、自分はそうではない」。

「あなたは将校さまでしょう」。

「それも違う」。

「いったい何さまなんですかね」。

「わたしは王子だ」。

「わたしは捧げ銃をすべきでありました！」。

「そうだとも、もちろんお前はそうすべきであった」。

「お願いでございます。わたしは敬礼ができませんので、ソーセージを持っていてくださいませんでしょうか」と兵隊が言った。

ヨーゼフ王子はソーセージを受け取り、兵隊は捧げ銃をして言った。

「わたくしのほうから申し出をさせていただきます。わたくしにロバの刑〔不倫をした夫婦、勤務上の軽度の過失を犯した兵隊に科せられる刑罰。二枚の木製の板を合わせて馬またはロバを作り、背中には尖った鉄がはめてある。その背にまたがり、足には罪の大きさに応じた重さの錘《おもり》がつけられる〕をお科しくださいませんでしょうか」。

「それには及ばない」と王子が答えた。「だが、宴の席で一度、お前の話をぜったいばらしてやるからな」。

第55話
ヨーゼフ皇帝と大修道院長 *Kaiser Joseph und der Prälat*

ヨーゼフ皇帝はあるとき馬車で国内をまわった。そしてとある修道院の前を通り、門の上に掲げられている碑文が皇帝の目を引いた。

「これなる地にありては、われらいかなる憂いもなく生きてあり」。

皇帝は胸の内で考えた――そうか！　わたしには心配が山ほどあるのに、修道院の聖職者たちには何の心配もないのか？

皇帝は馬車を降り、大修道院長のところへ案内させた。

「何の心配もないのか、聖職者たちにも何か心配があるだろう」と皇帝はたずねてから、「幸福と不幸とはお互いにどれほど隔たっているか」と皇帝は大修道院長に謎かけをした。三日後にまた来るので、それまでに大修道院長は謎を解いておかなければならない。大修道院長は沈思黙考《ちんしもっこう》、考えに考え抜いた。けれどもどうしても正しい答えは出てこなかった。

早くも三日目となった。大修道院長の心はまったく上の空、修道院の中庭をうろうろ歩きまわり、胸がつぶれるほど悲痛な心境だった。そのとき、修道院の豚飼いが中庭に入って來た。豚飼いは、大修道院長が心配事を抱えていることをすぐに見てとり、いったいどうしてそんなに思いつめたような様子をしているのかとたずねた。

するとと大修道院長が言った――自分は謎を解かなければならない、今日皇帝がおいでになる、幸福と不幸とはお互いにどれほど隔たっているか、答えを聞きに。

「それならわしが解けますだ」と豚飼いが言った。「ですが、あなたのお召し物をわしに貸してくださらなければなりません、管長にして、いとも畏《かしこ》き大修道院長さま」。

豚飼いは大修道院長の衣《ころも》を身につけ、大修道院長の安楽椅子に深々と身を沈めた。ほどなくして皇帝が姿を現した。「どうだね」と皇帝はたずねた。「幸福と不幸とはお互いにどれほど隔たっているかね」。「半時間でございます」。「なんだと、それはまたどうしてじゃ」と皇帝がたずねると、「半時間前はわしはまだ豚飼いをしておりました。ところが今は、こうして大修道院長になっております」。

すると皇帝が言った。

「そちはそのまま大修道院長に納まっておるがよい。そして大修道院長は豚飼いになるがよい」。

第56話
ヨーゼフ皇帝と元帥《げんすい》
Kaiser Joseph und der Feldmarschall

ヨーゼフの母君の下に元帥がいた。それはちょうど、例えば一人の農婦がいて、牧童頭を抱えていた夫が死に、農婦にその責任がまわってくる、といったのと同じで、テレージア皇后は元帥を抱えていた。皇后は皇帝に先立たれ、ヨーゼフがまだ王子であったが故である。

元帥は宴の席でまったく品がなく、音を立てたりするので、ヨーゼフ王子はそれがいつも嫌で嫌で仕方がなかった。無作法もいいところ、深皿からこぼすやらテーブルの上に散らかすやら、ほんとうに始末が悪く、とても人間の食事とは言い難いありさまだった。この期に及んで、王子は元帥を宴席からどうやって追い出したものか、見当もつかなかった。

あるとき、王子は散歩に出た。たまたまある場所で歩哨《ほしょう》のいるところに来合わせた。歩哨はおならをした、それも大きなのを。それはちょうど王子が目の前を通りかかったときだった。

「あの者はあれをしょっちゅうやらかすことができるのかね」と王子が言った。「お許しください」と兵隊は言った。「わたしはおならがたまってたまって、たまらないのでございます。これは、わたしにはどうすることもできないのであります」。

王子は家来を通じて兵隊にドゥカーテン金貨を一枚与えて、「これで甘い物でも菓子でも買うがよい」。そして家来に言った。「この者の腹に入る物を存分に食わせるように、存分に、たらふく（これでおならがしたたかたまる）」。そして明日十一時に来るようにと場所を指示した。兵隊は王子が指定した場所に姿を現した。その後王子がやって来て、兵隊を連れて行き、宮廷人の式服を着させた。兵隊は式服を身につけて、王子とともに宴席に連なった。王子はテーブルに近づくと、母君のところへ行って告げた。

「母君さま、今日は特別の客を宴に招きました」。

それから王子は兵隊を自分の隣に着席させ、兵隊にこう言った。

「わたしがお前の足を踏んだら、一発かましてくれ！」。

元帥がまたもや見苦しい振る舞いをしたところ、王子は兵隊を少しだけつついた、横を少しだけ。王子は二度目、三度目とつついた。途端におならの音がはじけた。

皇后は言った。「これはまたなんという不始末な」。「母君さま」と王子は言った。「テーブルの上でつばを吐くより、テーブルの陰でおならをするほうが分別があるというものではございませんか」。このときを境に、元帥は二度と宴席に姿を見せることはなかった。

食後、王子は兵隊を外へ連れ出した。兵隊は式服を脱がされ。元の軍服を再び身につけ、酒手《さかて》をたっぷりはずんでもらった。王子の企てはまんまと成功した。

第57話

おちびの仕立屋 *Der kleine Schneider*

昔、一人の貧乏な日雇い労務者がいた。妻と三人の子どもを抱えて、食うや食わずの暮らしをしていた。長男は十四歳になると、錠前師のところで徒弟〔中世ヨーロッパでは徒弟から修業をはじめて、職人を経て親方になり、ようやく店を持つことができた〕になった。次男も同じ道を歩いた。けれども末っ子のハンスの番になると、徒弟修業をはじめるにはまだあまりにもひ弱かったので、しばらくの間は父親のガチョウを飼う仕事をさせられた。

この日雇い労務者の家にときたま老婆が来ることがあった。老婆は並の人間にはない力を持っていると世間で言われていた。それで母親は老婆に、かわいいハンスをどうしたものかと相談した。老婆は言った。「おやおや、それなら仕立屋にならせなさいな。手に職さえあれば、食うに困ることはないからね。それならいいですか、これは小さな指ぬきです。これをハンスにお上げなさい」。こう言いながら、老婆は母親に小さな指ぬきを渡した。ハンスがガチョウを連れて家に帰ると、母親はハンスにその指ぬきを渡した。ハンスは老婆になんともかわいらしい仕草で礼を言ったので、老婆はそれがうれしくて、鋏《はさみ》もおまけした。それから、鋏と指ぬきは、自分が与えたもの以外は決して使わないようにと命令した。

早くも次の週、ハンスは同じ村の仕立屋に行った。ハンスは魔法の指ぬきを持っていたので、ほどなくどの仕立職人よりも上手に縫うことができた。ハンスは次に裁断も習う必要があった。これもハンスの鋏を使うと、実にうまくできた。そのため、親方から職人の免許が与えられた。ハンスは隣の町へ行った。けれどもその町ではだれもハンスを雇おうとはしなかった。なにしろハンスはまだほんの六歳の男の子だったから。それでもやっと仕立屋の未亡人のところで仕事が見つかった。未亡人はハンスの腕がとてもよかったので、間もなく十人いる職人たちの主任に抜てきした。職人たちの妬《ねた》みは頂点に達し、怒りを爆発させた。というのも、職人たちはハンスよりもずっと年上だし、未亡人の下でもう何年も働いていたのだから。それで職人たちは仲間内で言い合った。「おれたちは、このひよっこの奴をかわいがってやらないと腹の虫が治まらん。だって、あんなちびっ子がおれたちの職人頭だなんて、とてもがまんがいかない」。

職人たちはハンスがほかの鋏を使って裁断したことがないことに気がついていた。それでハンスから鋏を取り上げて、自分たちで使おうと画策した。思い立ったら、すぐ実行に移した。職人のうちの一人がある日、ハンスから鋏を奪い取り、それを使ってフロックコートを裁断した。職人は、鋏が自然に前へ前へと裁断して行き、手は後からついていくことに気がついた。ところが思いも寄らないことが起きた。職人がフロックコートを広げてみると、それは背中の曲がった人用のものだった。一方の袖は他方のそれより半エレ〔一エレは五〇〜八〇センチメートル〕長かった。職人は悪態をつき、罵り、鋏を投げ捨てた。そして職人仲間で相談して、ハンスを、妖術を使ったという理由で訴え出ることにした。けれどもハンスはそれを察知し、逃げ出した。

ハンスがすでに二、三日旅をしていたところで、とある町にたどり着いた。その町ではすべての人が粉袋をかぶっていた。ハンスが市門を通過しようとしたところ、間髪を容れず、粉袋をかぶった二人組、それも赤色の粉袋の男たちに取り押さえられ、建物の中に引きずり込まれ、黒色の粉袋をかぶった男たちが集まっているところへ突き出された。この黒色の粉袋の男たちは裁判官だったのだが、その中の一人が何もかも壊れてしまいそうなほど激しく拳でテーブルを叩きながら、怒鳴りつけた。「きさまはなんという服装をしてこの町に入って来たのじゃ。そして名前はなんと申すのじゃ」。

「ぼくは仕立屋で、ぼくが着ているものは最新流行のものですよ」とハンスが言った。

「いったいぜんたい、きさまは承知していないのか」とその裁判官はハンスを怒鳴りつけた。「この町に足を踏み入れる者はだれであれ、袋をかぶらなければならないのだぞ。そして、きさまはこの法律を犯した罪により、鞭打ち百回の刑に処せられるのだ。また、きさまは承知しておらんのか、この町に足を踏み入れる仕立屋はだれであれ、王女さまを賭けて大男と戦わなければならないのだぞ」。

「なんですって。ぼくが、いったい、どうしてそんなことを知っていましょうか」とハンスはあきれ果てたように言った。

「知らなかったということで罪を免れることはできない」と裁判官は答えた。「きさまは大男と戦わなければならない。じゃが、鞭打ちの刑は免除してやる。どっちみち、きさまは大男と戦って一巻の終わりじゃからな」。

それもよかろう、今度も少々手間が省けるから、とハンスは考えた。ハンスは二人の兵隊に連行されて監獄に入れられ、翌朝までそこにいるように言われた。獄吏《ごくり》はこの小さな仕立屋の男の子を哀れに思い、一晩中ハンスのそばに付き添っておしゃべりをした。「ねえ」とハンスはたずねた。「教えてください。いったいどうしてこの町の人は、袋をかぶって歩きまわっているのですか。いったいどうして仕立屋は、みなさんのところでこんなに憎まれているのですか。仕立屋という立派な仕事がこんなにひどい罪になるなんて、ぼくにはどうしてもわかりません」。

「それはな」と獄吏が言った。「わしがお前さんにここで話して聞かせよう。わが国の先のお妃さまは、それはそれはとても見栄っ張りなお方でな。来る日も来る日も七着の新しいドレスをお召しになられるほどじゃった。このため恐ろしくたくさんのお金が使われたが、そのぜいたく病が王女さまにまでうつらなければ問題はなかったのだが、王女さまのほうが、母君よりも桁違《けたちが》いに症状がひどかった。なにしろ一日中ドレスを着たり脱いだりすることしかなさらなかった。これには王さまの堪忍袋の緒が切れてな。お妃さまを追放し、王女さまを塔に閉じ込め、大男に見張りをおさせになった。そして住民は全員、袋をかぶるようお触れをお出しになり、仕立屋は王国から追放とされた。仕立屋が王さまのご不幸の原因だという理由でじゃ。そして、この町に二度と再び足を踏み入れることを禁じられたのじゃ」。

翌朝、まだ夜も開けきらないうちに、ハンスは裁判所の役人と兵隊に連行されて森へ行った。一行が大男のいびきが聞こえるほど近くまで来たとき、役人たちはひたすらまっすぐ進むよう命令して、ハンスを置き去りにした。とつぜんハンスの目の前に、かつてハンスに指ぬきと鋏をくれた老婆が現れ、「そら、ハリネズミと鳥をあげるからね。この二つをだいじにしておくんだよ。そしてこれを二つとも上手に使うんだよ」と言って姿を消した。

ハンスがどんどん歩いて行くと、とつぜん大男の声が聞こえ、身の毛もよだつような姿が木の反対側から現れるのが見えた。「おい、ちっこいの、ちびのへぼ助、きさまがおれと勝負しようというのか。よかろう、じゃあ、いいか、どっちが球を遠くまで転がせるかだ、おれさまかきさまか。これが九柱戯場《きゅうちゅうぎ》だ」。大男はそう言うと、袋から球を一個取り出して、遠く遠くへ転がした。これに対してハンスはハリネズミを走らせた。するとハリネズミは大男の球よりも遠くに行くまで転がるのを止めなかった。大男はむっとした顔つきで怒鳴った。「この勝負はまあこれでいいことにしよう。きさまの勝ちだ」。

「次はこっちだ。いいか、この塔は十六階建てだ。で、おれはその十六階に命中させてみせるからな！」。けれども大男の投げた石は十三階までしか届かなかった。「どうだ、今度はきさまも投げてみろ！」。ハンスは鳥を空高く飛び上がらせた。すると鳥は塔のはるか上を飛んで行った。

「今度もきさまの勝ちということだな」。

「次はどっちが高く跳べるかだ」。大男はそう言うと、楢《なら》の木を跳び越えた。「そんなことかい」

とハンスは言った。「じゃお願いだから、このポプラの木を弓にように曲げておくれよ。ぼくが高さを測るからさ」。大男はポプラの木を大きくたわめた。するとハンスがその梢《こずえ》にしがみついた。「もう手を放してもいいよ」とハンスが大男に向かって叫んだ。「ちゃんとわかったよ、この木の高さが」。大男は手を放した。ハンスはポプラの木に高々とはね飛ばされ、大男が跳び越えた楢の木よりも高い木を二、三本跳び越えて行った。

するといと大男が大声で言った。「きさまは命拾いをしたぞ、おまけに王女さまも手に入れたのだぞ！」。それから大男はハンスを高々と抱き上げたので、四階の窓越しに王女の姿を見ることができた。ハンスはさっそく窓から入って行った。

その後ハンスと王女は王さまのところへ行き、大男が敗れたことを報告した。

王さまはハンスに王女と王国を譲り与え、ハンスは妻とともに末永く暮らした、とさ。

さて、新しい王さまは魔法の道具を使って何をしたと思う？　王さまは鋏を使って悪い人間を裁断してよい人間を作りだし、指ぬきを使って切り落とされた頭や腕、脚を改めて縫い合わせたので、それからというもの、すべての人間が昔と同じように、再びとても生き生きと健康になったそうだ。そんなことなど信じられない、と言う者がいるなら、構うことはない、勝手にそう言わせておけばよい。

IV チロールとフォーアアルルベルク〔オーストリアの西部地方〕の民話

Märchen aus Tirol und Vorarlberg

第58話

クワックワッ、ハンス *Hansl Gwagg-Gwagg*

昔、一人の母親がいた。息子が三人いて、いちばん末の息子はハンスという名だった。あだ名がいろいろつけられていたが、ともかく大間抜けだった。母親には三人の息子のほかに、小さくて粗末な家が一軒あったが、狭すぎて三人の息子がそろって結婚生活をするわけにはいかなかった。母親はいったいどうしたものか、ああでもない、こうでもない、と長いこと考えあぐねていたが、どのような疑いや諍《いさか》いも引き起こさないような、ある考えを思いついた。

それで屋根裏部屋へ上がって行って、亜麻《あま》の綛糸《かせ》〔綛という紡いだ糸を掛けて巻く器具から外した一定の長さを巻いた糸のこと〕を三束手にして、三人の息子が午後のおやつを楽しんでいる居間へと降りて行った。母親も席に着き、三束の綛糸を前に並べてこう言った。「いいかね、お前たち、あたしたちの家屋敷はちっぽけなものさ。だから三組の家族が住むには狭すぎるよね。それであたしゃお前たちのうちのだれを後継ぎに選んだものか、ずっと胸を痛めてたのさ。さあ、ここに亜麻の綛糸があるから、それぞれお前たちの好きな女の子のところへ持ってお行き。これでいちばん上手に紡いだものを持ち帰った者にあたしたちの家屋敷を持たせることにするからさ。そのときには、その者が女の子を妻として連れて来てもいいことにするからね」。母親はそう言って亜麻の綛糸を三人の息子に分け与え、再び戸口から出て行った。

上の二人の息子たちは喜んで大はしゃぎし、それぞれ考えた。「これはしめた。おれの彼女はこの辺りじゃいちばんの紡ぎ手だ。あと何週間かで結婚式とはな」。早くもその日の晩に二人はそれぞれの恋人の家に行って亜麻の綛糸を渡し、母親の話を伝えた。

ところがハンスには、この話はまるで取りつく島のないものだった。この亜麻の綛糸をどうしたものか、まったく見当がつかなかった。夕方になって亜麻の綛糸を持って出かけたものの、何の当てもなく、沼地をひとしきりぶらついていた。考えることはただ一つ、紡ぐのが上手な娘をどこで見つけられるかだった。それで、キョロキョロ景色を見物するどころではなかった。

とつぜん、ハンスにひっきりなしに呼びかける声が聞こえた。

ハンス、あんた、どこ行くの、
クワッ、クワッ。
ハンス、あんた、どこ行くの、
クワッ、クワッ。

ハンスはひっきりなしにこう言われて、呆気《あっけ》にとられて、いったいだれが間の抜けた大声を出しているのか、あちこち探しまわった。けれども、どこを見わたしても人の姿はなかったが、声の元らしい水たまりがすぐ近くにあった。ハンスがその水たまりに近づくと、大きなヒキガエルがハンスに向かってパチャパチャと音を立てながら近づいて来るのが見えた。ヒキガエルはなんとも優しい目つきでハンスを見つめながら、相変わらず言いつづけた。

ハンス、あんた、どこ行くの、
クワッ、クワッ。
ハンス、あんた、どこ行くの、
クワッ、クワッ。

そこでハンスはことの次第を話して聞かせた。いま手にしている綛糸のために紡ぎ手を探さなければならないこと、もしその紡ぎの仕事が上手に仕上がったら、その娘を妻にする、と。ヒキガエルは熱心に耳を傾けていたが、話が終わると再び大声でひっきりなしに叫んだ。

ハンス、あたしを連れてって！

クワッ、クワッ！
ハンス、あたしを連れてって！
クワッ、クワッ！

ヒキガエルがなんとも哀れっぽい声で頼むのを聞くと、ハンスは綛糸を手に取ってヒキガエルの前に投げつけ、なおかなりの時間その場に突っ立っていた。というのは、この不格好な生き物がその亜麻をどうするのか気になったからである。

ヒキガエルはその綛糸を素早くくわえるや、数本の低い木のまわりをまわった。ハンスにはいったい何がどうなるのかまるでわからず、腹を立てながら立ち去った。ハンスはほとんど髪をかきむしらんばかりであった。ばかなヒキ

ガエルなんぞに大事な綛糸を投げたことを後悔し、青くなって自信のない独り言をつぶやいた。「おまえはまたもやお利口なことをしたもんだな。亜麻をちゃんと手元においておいたら、ともかく何かは持っていたわけだ。ところがいまはもう、何も持っていやしないじゃないか」。

明くる日、ハンスは昨日の晩のことがまた頭に浮かび、ヒキガエルが綛糸をどうしたのか見に行ってみようという気になった。もしかすると、まんざら悪い話にならないのではないかと考えたのだ。

ハンスは家を出て、水たまりに向かった。低木のまわりに極細のより糸の大量の綛糸がぴんと張られているのを見たときには、腰を抜かすほど驚いた。ヒキガエルがまたもやパチャパチャ音を立てながら近づいて来て、まん丸な目でハンスを見上げながら言った。「すぐにわかるわよ、ハンス。あんたのお兄さんたちの亜麻はあんたのものほどきれいに紡がれてはいないし、家屋敷はあんたのものになるのよ。でも、いいこと、ハンス。そのときには、あんたはあたしと結婚しなくちゃならないのよ！」。

これを聞くと、ハンスは顔をしかめた。けれどもヒキガエルはハンスをいたずらっぽく見つめ、しばらくそのしかめっ面を眺めた後で、さらに言葉をつづけた。「あんたがいったんお家を手に入れたら、ぐずぐずしないでね。あたしたちの結婚式をしきたりに従って三回告知してもらい、それから教区教会でおごそかに歌ミサをしてもらうの。たとえあたしがまだ姿を現さなくても、それであんたの髪の毛が真っ白になるなんてことはなしよ。でも、歌ミサの間はあたしの花嫁衣裳は僧侶控室に置いといてね。そうしておいてくだされば、何もかもきっとうまくいくわ。じゃ、ごきげんよう、ハンス！」。

「さようなら、ヒキガエルちゃん」と言って、ハンスはなおしばらくの間、まるで張りついたようにそこに突っ立っていた。それから綛糸を持って再び家に帰った。ハンスは母親により糸を見せた。母親は、いったいどうすればこれほど細い糸を紡ぐことができるのかわからなかった。兄たちもそれぞれより糸を持って帰った。けれども、それはハンスの綛糸とはおよそ比べ物にならず、それで家がだれの物になるかの話は簡単にけりがついた。

ハンスはヒキガエルの話もして聞かせ、自分は主任司祭のところへ行って、結婚の告知をしてもらうつもりだと言った。すると母親と兄たちは腹の皮をよじらせて大笑いし、よくもそのようなことを思いつくもんだと、その間抜けぶりをこき下ろした。けれどもハンスはあくまでも自分の計画にこだわり、主任司祭を訪ねた。主任司祭もハンスの思いつきに思わず笑ってしまったが、ハンスはそれに気後れすることなく、自分の熱い思いを力説した。「とにかくですよ、主任司祭さまは私のために告知をして、結婚式の歌ミサをしてくださらないと困ります」。主任司祭もついに折れて、ハンスは気分よく家へ帰った。二週間後、新郎新婦の告知がなされ、挙式の日となった。

ハンスは婚礼の行列とともに教会に入った。しかし、あらかじめ僧侶控室に花嫁衣裳を掛けておいた。歌ミサが始まった。グロリア〔栄光の賛歌〕、クレド〔信経〕とつづいた。しかし花嫁の姿はいっこうに見えなかった。ハンスは心配顔で僧侶控室のドアにちらちら目をやった。けれども姿を現す者はなかった。歌ミサがそろそろ終わりそうになると、花婿はかわいそうに、教会に住みついたネズミの穴にでも姿をくらましたいほどの気持ちになった。

僧侶控室にいた人たちも、本当に何か姿を現すのかとか、ハンスがまたもや大間抜けを仕出かしたか、と気になって外をのぞいた。人々がハンスの大失態だと思っていた矢先、とつぜん、あのヒキガエルがピョンと飛び出して来て、僧侶控室の中へパチャパチャ音を立てながら入って行った。醜い生き物は物珍しそうに辺りを見まわしていたが、花嫁衣裳が目に入ると、ひとっ飛びでその中にもぐり込んだ。「ややっ！」と教会の小僧や侍者たちが驚いていると、とつぜんこの世のものとは思われないほど美しい乙女が花嫁衣裳を身につけ、動き出したかと思うと、礼拝堂の中へ入って行って、ハンスの横に跪《ひざまず》いたときには、目を皿にした。

ハンスはと言えば、もうびっくりしてほとんど茫然自失、まともに花嫁を見ることができなかった。花嫁はそれほどに美しかったのである。教会にいた人々は祭壇にいる主任司祭などそっちのけで、皆が皆、背伸びして美しい花嫁を少しでもたくさん見ようとした。

歌ミサは順調に幕を閉じ、主任司祭は祭壇から降りて、花嫁花婿を夫婦とした。それから二人は居酒屋へくり出して、飲み食いやダンスを楽しんだ。ハンスはなんとも美しくしっかりした妻を得て、楽しい日々を送った。

第59話
男の子と大男たち *Der Knabe und die Riesen*

ずっと昔、一人の大男がいて、大暴れしていた。大男はとても力持ちで、大木をまるで柳の枝や藁《わら》の束のようにねじ曲げ、大岩を遠くまで投げ飛ばしたりするのだった。このようなことで大男はいい気になり、何かと機会があれば人々を苦しめた。人々は苦しみから逃れることを願う気持ちは強かったが、だれ一人大男と戦う勇気のある者はなかった。やっとある策略を思いつき、大男が歩きまわる庭園に穴を掘った。それはそれはとても大きな穴で、芝や小枝で穴の口を覆い隠した。

案の定、その後大男がやって来て庭園をぶらついていたが、ついに落とし穴に転落した。大男は唸り声を上げて怒るのなんの、山々や木々がビリビリ震えるほどだった。人々は唸り声を聞くと、落とし穴のところへ駆けつけて、魔法の縄で大男を縛り上げた。なにしろ魔法の縄でなければ、この大男だとまるで細い糸のように引きちぎっただろう。それから穴蔵に閉じ込めた。これで大男は空腹とのどの渇きに苦しめられることになった。

このとき、一人の幼い男の子が野獣のような男をかわいそうだと思って、毎日何か口にできるものを届けた。というのも、人々も大悪党の様子を探るために小さな男の子をすすんで穴蔵へ降りて行かせたからである。すると大男は男の子に、両手を縛っている縄をほどいてくれと頼んだ。男の子は、しかし、そこまで思い切ったことはできなかった。人々に怒られるのが怖かったからである。けれども大男が何度もしつこく頼み、あれこれ甘い約束をするものだから、男の子もついその気になった。「おいらが大男の手を自由にしてやったって、何も困ることなんかあるものか。両足は縛られているし、逃げ出すことなんてできっこないよ」。そう思って大男の手を縛っている縄をほどいてやった。

けれども、大男がこんどは自分で足を縛っている縄を引きちぎったときには、腰を抜かさんばかりに驚いた。男の子は泣きじゃくった。めちゃくちゃお仕置きされそうで怖かったのである。すると大男は、男の子をなだめにかかった。「泣くでない。心配はいらん。お前は親切だったからいいものをやるからな。わしについておいで。そうすれば、お前にお姫さまと王笏《おうしゃく》と王冠を手に入れさせてやるからな」。男の子は長くはぐずぐずしなかった。なにしろ父親にこっぴどくぶたれることを恐れていたので、さっさと大男について深い森の中へと入って行った。

二人は長いこと歩いた末、空き地に出た。そこはうっそうと茂ったモミやカラマツの林にぐるりと囲まれたところで、十二頭のクマと十二頭の馬が放牧されていた。手前に乗用馬がいて、尻は黄金色に輝いていた。大男は男の子に言った。「お前は十二頭のクマと十二頭の馬の世話をするんだ。怖がるんじゃないよ。お前に竪琴《たてごと》をやる。お前がこれを弾けば、動物どもはお前の言うことを聞き、まるで子ヒツジのようにお前について来るからな。それから大男が現れてお前を殴り殺そうとしたら、身を守れ。そいつがお前を取っ捕まえようとしたら、『倒れろ！』と三回どなれ。それから、ほら、これをやるから、この棒でそいつを叩くのだ、頭をな。すると、そいつはすぐに死んでしまうからな。

ところが、すぐまた、別の大男が現れるだろう。そして言うだろう。『やい、小僧。きさまはなんでおれさまの弟を殺しやがったんだ。いいか、ただじゃすまんぞ』。奴はお前を殺しにかかるだろう。だが、一番目の大男のときと同じことをするんだ。そうすれば、奴はお前を危ない目には遭わせないだろうからな」。二番目が死ぬと三番目で、三人の中でいちばんの大男が現れて言うだろう。『やい、小僧。きさまはなんでおれさまの弟二人を殺しやがったんだ。いいか、代わりにきさまの命をもらってやるからな』。そいつは鉄の棒でお前を殴り殺そうとするだろう。そしたら、お前はすぐに三回言うんだ、『倒れろ！』と。すると奴はお前の足元に倒れるからな。そしたら、それでお前はそいつを殺すというわけだ。三人全部始末したら、黄金色の尻をした馬に乗って都に行くがよい。そこでお前は運に恵まれて、べっぴんのお姫さまと結婚できるのだぞ」。

そう言って大男は離れて行って、森の中へと姿を消した。

男の子が竪琴を弾きはじめると、なんとも美しい音色が鳴り響いたので、この世でこれ以上甘いメロディーはないほどだった。クマさえも寄って来て、男の子の足元に転がって耳を傾けた。馬たちも草むらで口を動かすのを止め、まるで根が生えたように突っ立ち、木々にとまった鳥たちもさえずるのを止めて聞きほれた。そんなところへ突然、林の中から騒々しい音がしたかと思うと、恐ろしそうな大男が空き地へ飛び出して来て、「やい、小僧。なんできさまはおれさまのクマや馬の世話などしやがるんだ。いいか、だだじゃおかないからな」。大男は怒りのあまり、らんらんと火の出るような目をして怒鳴りつけた。けれども大男がいざ飛びかかろうとすると、男の子が三回、「倒れろ！」と叫んだ。すると長身の悪党はまるで倒木のように男の子の前に長々とぶっ倒れた。男の子がただちに棒で野蛮人の頭を叩くと、一瞬にしてその野蛮人はぴくりとも動かなくなった。

一息つく間もなく、二番目の大男が現れた。一番目の大男よりもずっと大きく、恐ろしげだった。そしてさきほど話があったように、男の子を打ち殺しにかかった。けれども男の子はこの大男をも倒した。ついに森に住む三番目の荒くれ男がめりめり音を立てながら現れた。その目は怒りのあまり、まるで二輪の火の車のようにめらめらと燃え上がり、まだ遠く離れているのに、わめき声で木々が揺れ動いた。「やい、小僧。きさまはなんでおれさまの弟二人を殺しやがったんだ。いいか、代わりにきさまの命をもらってやるからな」。そう怒鳴るや、荒くれ男は男の子に向かって突進した。男の子も負けてはいなかった。「倒れろ！」と三回叫ぶと、恐ろしい荒くれ男はまるで棒のように男の子の前でばたんと倒れた。すかさず男の子が頭を叩くと、荒くれ男はもう、うんともすんとも言わなかった。そこで男の子は考えた。「これで人殺しの奴は三人とも片づけた。こいつらが何を持っているか一人一人調べてやれ。全部おいらのものだからな」。男の子はすぐに実行した。一番目の大男の袋には鉄の鍵が、二番目のには銀の、三番目のには黄金の鍵があった。男の子はその三つをすべて自分の物にして、不思議な竪琴を手に持って、黄金色の尻をした馬にひらりと跳び乗り、大男たちが出て来た辺りの森の中へと飛び込んで行った。森の中で男の子は馬を走りに走らせた。けれども古い木のほかには何も見えず、どこまで行っても鳥のさえずり以外、何も聞こえなかった。

男の子がなおも長い時間馬を走らせていると、やっと森が開けてきて、広々とした緑の広場に出た。そこには豪壮な城がそびえていて、城の奥には広大な庭園が広がり、色とりどりの花がうっとりするような香りを放ち、美しい樹木には極上の果実がなっていた。これは男の子にはうれしい光景であった。なにしろとても疲れていたし、お腹も空いていたから。男の子は城の中へ入ろうとした。ところが門は一つしかないのに、それは閉まっていた。おまけに庭園には塀がぐるりと巡らされており、とても乗り越えられるものではなかった。そこで、「もしかしたらどれかの鍵で城は開けられるかも」と考えた。男の子は門に近づいて、黄金の鍵で試してみた。しかし、それでは目的を果たせなかった。それで銀の鍵を取り出した。けれども、それも錠に合わなかった。

ところが三つ目の鍵で扉が開いた。男の子は天井の高い広間に入った。生まれてこのかた見たこともないほど豪勢なものだった。広間は黄金と銀で輝いていた。白い大理石の階段が二階に通じていた。それを上って行くと、鍵のかかった扉の前に出た。男の子はそれを銀の鍵で開けた。厨房《ちゅうぼう》に入り、さらにその奥にある食事の間に入って行った。そこには料理が山と用意されており、極上のごちそうばかりであった。それは肉から魚、焼き肉からパイ、果物からワイン、ともうまるで夢のような料理だった。空き腹の男の子は、迷わず席に着き、ありとあらゆるごちそうをお腹いっぱい味わいつくした。それからソファーに寝そべって、すぐに眠り込んだ。

男の子が再び目を覚ましたとき、高い窓からはすでに朝日がまぶしいまでに射し込んでいた。男の子はソファーから飛び起きて、軽く食べ物を口に入れ、それから城の中を見てまわった。ある扉の前に来ると、それは全体が黄金造りだった。けれども鍵がかかっていた。そこで黄金の鍵を取り出して、その扉を開けた。と、なんときらびやかな眺めであろうか。文字どおり目がくらんだ。四方の壁は目映《まばゆ》いばかりの黄金色に輝き、宝石がきらきら光り、すべての置物が高価な同じ材料で作られていた。男の子は、これほどの豪華さを前にして頭の整理がつかず、まるで石になったように突っ立っていた。

全体をたっぷり見た後は、それぞれの品物を一つ一つじっくりと眺めた。その中に黄金の服があった。まるで太陽のような輝きを放っていた。これは自分用だと思い、試しに着てみた。なんと、それはまるで誂《あつら》えたように、男の子にぴったりだった。小躍りしながら壁の大鏡に姿を映して見た。それから部屋の中を気取った格好で歩きまわっていると、黄金造りの鞍《くら》が目に入った。男の子は有頂天になった。「ややっ、これはおいらの馬にぴったりだ」。そして鞍を抱えて中庭へ一目散に駆け下り、馬につけるとひらりと跳び乗り、都めがけて一直線に風のように走らせた。

都に着くと、大人も子どもも男の子の後をついて来た。これほど見事な馬の乗り手はだれも見たことがなかったからだ。男の子は、とある宿屋に立ち寄り、そこで一晩を過ごした。旅の竪琴弾きだと名乗り、人々にあらゆる曲を奏でてみせた。すると、容姿の美しさもさることながら、演奏の腕前はそれをしのぐと褒《ほ》めそやされ、老いも若きも男の子の音楽に心を奪われた。やがて町中がこの美しい旅芸人の話でもちきりになり、話は宮廷にまで届いた。するとお姫さまは、これが王さまの一人娘だったのだが、父親にその他所者《よそ》の竪琴弾きを城に来させるように、自分もそのメロディーを聞きたいから、と頼み込んだ。父親は竪琴弾きを城に連れて来るよう命じた。

竪琴弾きがやって来た。彼がまだ演奏をはじめる前から、人々は彼に好感を抱き、彼が弦に手をかけたときには、まるで天使が奏でているようだと思った。だれもが悲しみも嘆きも忘れ、美しいお姫さまの心は、春の雪のように溶けてしまった。お姫さまはこのすてきな旅芸人がいなければこの世に楽しみなんてないも同然と思うくらいに、竪琴弾きに好意を寄せたのである。王さまは竪琴弾きに宮廷にとどまるよう命じ、丁重にもてなした。

ほどなくして、竪琴弾きはその腕前と雄々しさですべての人の心を捉えたので、王さまは自分の娘を妻として与え、結婚式が祝われた。豪華絢爛《けんらん》なこと、これ以上の式はなかった。竪琴弾きは式に貧しい両親も招待した。両親は、息子が大男たちとの出来事を微に入り細にわたって話して聞かせるまでは、自分たちの子どもがどうしてこれほどの幸運に恵まれたのか理解できなかった。祝宴が終わると、彼は花嫁とともに森の中の、あの豪華な大男の城に移り、老王が王冠と王国を譲るまで幸せそのものの日々を過ごした。

第60話
プルツィニゲレ *Purzinigele*

ずっとずっと大昔、大金持ちで強大な伯爵がいた。果てしなく広がる広大な領地を持ち、欲しいと願うものはすべて手に入れていた。それだけでなく、優しい妻もいて、彼女は輝くばかりに美しく、天使のように愛らしかった。二人はすでに何カ月か幸せに満ちた暮らしをしていて、一日がまるで一分にしか思えないほどの日々を過ごしていた。ある日、伯爵は狩りに出かけ、どんどん、どんどん、森の奥深く入って行った。狩りに夢中で、今まで来たこともないほど遠くまで足を伸ばしたので、家来たちからすっかり離れてしまった。

一人で森の中にいると、目の前にとつぜん小人《ネルゲレ》〔チロル地方のバルディゲシュタイの民話に登場する小人〕が現れた。小人はほんの三シュウ〔一シュウは約三十チセン〕しか身長がないうえ、ひげは膝まで伸びていた。小人は怒りで目をかっと見開いて言った。「こんなところで何をしておるんじゃ。ここはわしの土地だぞ。お前さんはこのままではすまんぞ。お前さんは生きてこの森を出ることはかなわんからな。それがいやなら、お前さんの奥さんをわしにくれることじゃ」。

伯爵が受けた衝撃は並大抵ではなかった。この森の小人のこと、その強さ、性悪さは、まだ子どものころ、年取った乳母から聞いていたからである。さて、この際どうしたものか。名案が浮かぶどころか、伯爵はおたおたするばかりで、拝み倒して甘い約束をする以外に窮地を逃れる手だてはなかった。「お許しを」と伯爵は言った。「わたしはあなたの土地に足を踏み入れたことを知らなかったのです。もう二度と絶対にいたしません」。

小人は、しかし、追及の手をゆるめず、激しく詰めよった。「お前さんに言ったとおり、ただではすまんのよ。お前さんの命をくれるかね。それとも奥さんをくれるかね」。

「お望みのものをおっしゃってください。何でも差し上げます」と伯爵は言った。「ただ、妻だけはご勘弁ください！」。

すると小人はしばらく考えを巡らせて、こう言った。「それじゃ、お前さんの運命は、お前さんの奥さんの手に委《ゆだ》ねることにしよう。お前さんにひと月の猶予をやろう。奥さんがこの期間内に三回の内にわしの名前を言い当てることができたら、奥さんは自由の身とし、お前さんのもののままじゃ。それができなかったら、奥さんはわしのものじゃ」。

伯爵はとりあえずほっとした。けれども心には重いしこりが残った。伯爵は引き返した。小人が道案内をした。二人とも気難しい顔つきで、一言も言葉を交わさなかった。しばらく歩いて、太古の昔からある苔むしたモミの木のところまで来ると、小人は立ち止まって言った。「ここまでが、わしの土地じゃ。ほかの木よりも九倍も古いこのモミの木のところで、お前さんの奥さんを待つことにする。わしの名前がなんというのか、奥さんは一回につき三度、それを三回以内に言い当てればよいのじゃぞ！　じゃが、お前さんが約束を守らなかったら、お前さんはろくなことにはならんからな」。小人はそう言って、さっさと森の奥へ姿を消した。

城へ帰る伯爵の足取りは重かった。胸がつぶれる思いだった。城に近づけば近づくほど胸はふさぎ、悲しみが増した。伯爵が門のすぐそばまでもどったとき、伯爵の帰りを待って窓から外を見ていた伯爵夫人は、伯爵を出迎え、夫が再び帰って来たことをとても喜んだ。けれども伯爵がいつもとは違って、打ちしおれているのに気づき、何があったのかと心配してたずねた。二人は城に入り、部屋に入った。伯爵は、小人と出会い、伯爵夫人をわがものにしようとしていること、最終的にどのような条件が出されたかを詳しく語った。

伯爵夫人はその話を聞くと、まるで死人のように顔が蒼《あお》ざめ、美しく上品な頬に涙がしたたり落ちた。楽しみも喜びも城から消し飛び、城内は悲しみに包まれて静まり返った。伯爵夫人はいつもせり出し窓のところにすわって、自分の幸せがなんと短かったことか、とあれこれ思いを巡らしたが、そうでないときは城内の礼拝堂で祈りをささげたり、泣いたりした。伯爵ももはや狩りに出かけることもなければ、馬上試合に顔を出すこともなくなった。かつて先祖が使っていた古い安楽椅子に身を沈め、右手に頭をもたせかけて物思いに耽《ふけ》るのだった。しかし、何を考えているのか、自分でもわからなかった。

こうして一日また一日、一週間また一週間と過ぎて行き、ついに残り三日となった。そこで伯爵夫妻は城を出て森に向かい、ずんずん歩いて、苔むすモミの古木が見えはするが、まだずっと距離のある地点まで来たが、伯爵はそこで立ち止まり、伯爵夫人が一人先へ進んだ。普段なら小鳥たちがさえずり、リスが飛び跳ね、白や赤い野バラが咲きほこる楽しい森だったのに、伯爵夫人は一人重い心を引きずりながら悲しそうに歩いて、とうとうモミの木のところまでやって来た。そこにはすでに小人が待ち構えていた。緑と赤をあしらった服を着て、伯爵夫人を見るとにたにたと、だらしない笑い顔をした。小人は伯爵夫人にぞっこんだったのである。

「さあ、わしの名前を言い当ててみてくれ、伯爵夫人！」。小人はせかせかした口調で、まるで正しい名前など言い当てられるものかと言わんばかりの態度で言った。

そこで伯爵夫人が当てずっぽうに言った。「モミの木、カラマツ、マツ」。伯爵夫人は、小人は森に住んでいるので、名前はきっと木に因《ちな》んだものだと考えたのである。

ところが小人は破顔一笑、森中に響きわたるような歓声を上げ、「奥さんは外れじゃったですな！」とすっとんきょうな声で言った。「今日よりは明日のほうがうまくいくかどうかですなことと次第で奥さんはすぐにわしの女房よ！」。

伯爵夫人は、小人がモミの木のそばに立ったまま意地悪い笑顔で見送る中を、下を向いてしょんぼりとモミの木から離れて行った。伯爵夫人はすぐに夫を見つけ、自分がうまく言い当てられなかったことを話した。二人は来たときよりもずっと暗い表情で城へと引き返した。悲しい一日だったが、その日の残りの時間もあっという間に過ぎ去り、やがて夕方になった。そして、それにつづいて、つらく救いのない夜が来た。

次の朝、ヒバリがやっと鳴きはじめたころ、伯爵夫妻は早くも起き出して、互いに苦境を嘆き合った。その後城の礼拝堂に行き、祈りをささげ、それから城を出て緑の森に向い、ずんずん歩いて苔むすモミの古木が、見えはするがまだずっと距離のある地点まで来て、伯爵はそこで立ち止まり、伯爵夫人が一人先へ進んだ。普段なら森は楽しい場所だった。小鳥たちがさえずり、花は芳香を放ちながら咲きほこり、リスは二本足で立っていた。しかし伯爵夫人は目に涙をためてモミの木に向かって歩いて行った。伯爵夫人がモミの木のところに着くや否や、森の小人がさっと現れた。今度は青と赤をあしらった服でめかし込んでいた。伯爵夫人を再び目にすると、ににたと、だらしない笑い顔をした。伯爵夫人にますますぞっこんになっていたのである。

「さあ、わしの名前を言い当ててごらん、伯爵夫人！」と催促した。すると伯爵夫人が当てずっぽうで言った。「カラス麦、ポレンタ〔イタリア風のトウモロコシ粥〕、ハシッシュ〔麻薬の一種〕」。伯爵夫人は、小人はひょっとして穀物の名前をつけているのではないか、と考えたのである。

小人はこれを聞くや、森中に響きわたるように大笑いして、「お前さん、外れじゃったな」と歓声を上げた。「明日のほうがうまくいくかも知れませんな。それとも、奥さんはわしのものよ。するていと、明日のうちに、もう結婚式かな」。

その日の残りの時間は悲しみのうちに過ぎて行き、ぼんやりと過ごしている間に夕方になり、暗い夜になった。伯爵夫妻はまんじりともできなかった。

朝まだほの暗いうちに早くも二人は起き出して、城の礼拝堂に行き、心をこめて祈りをささげ、それから城を出て美しい緑の森へと向かった。朝はまだとても早くて、小鳥さえもまだ多くは巣にこもって寝ている時間だった。小川だけがさらさら、ザワザワと音を立てた。そして、朝のそよ風が木々の小枝の中を吹き抜ける以外、まだすべてが静まり返っていた。

二人はずんずん進んで、苔むすモミの古木が見えはするが、まだずっと距離のある地点まで進んで行った。そこで伯爵は美しい伯爵夫人にキスをした。涙が一滴、伯爵のひげを伝わった。妻にもう一度会えるかどうかわからなかったからである。けれども伯爵夫人は、今日のほうが落ちついていて、心臓も前日、前々日ほど激しく打つことはなかった。伯爵夫人がモミの木のところに着いたときには、小人はまだ姿を現してはいなかった。それで伯爵夫人がさらに奥へ進んで行くと、それまで見たこともないほど美しい小道に出た。小道の両側は勢いのよいバラの茂みがあり、まるで生け垣のようになっていた。

伯爵夫人が小道をたどって行くと、やがて小さな谷に出た。そこには最高に美しい花々が咲き、丘の上にはブドウやイチヂクの木々があった。原っぱの中央にこぢんまりとした家が立っていて、とても感じがよかった。伯爵夫人は小さな谷やこぢんまりとした家を見ると、悲しみもつらさも忘れた。小窓が朝日を浴びてきらきらと明るく輝き、小さな煙突から青い煙が立ち昇り、中では歌声が響いていた。家の中もまわりの景色のように美しいのかと思い、つま先歩きでそっと小窓に忍び寄って中をのぞくと、なんともすてきな台所だった。台所では鍋がぐつぐつ煮え、椀からは湯気が立ち昇っていた。炉端に森の小人が立ってあれやこれやかき混ぜながら、満足至極の様子でうたっていた。

カラス麦ぐつぐつ、キャベツじゅうじゅう、
伯爵の奥さん　知らぬが仏、
わしは　プルツィニゲレなんじゃわい。

伯爵夫人はすっかり聞いてしまった。家にそっと忍び寄ったときと同じように、音を立てずに立ち去り、小人に追いつかれないように急いでモミの木のところにもどった。伯爵夫人はモミの木にたどり着くと、もううれしくてうれしくて、小人がくるのが待ちきれないほどだった。だが伯爵夫人が長い時間ジリジリ待つ必要はなかった。小人が現れた。今日はこれまでよりも一段とめかし込んでいた。赤地に黄金をちりばめた服を着て、まるで朝日のような輝きを放っていた。

「さあてと、言い当てっこするのも今日が最後じゃからな」と小人は伯爵夫人に話しかけ、まるで、「ほい、鳥さんよ、お前はもう罠《わな》から逃げられないからな」と言おうとしているかのような目つきで伯爵夫人を見た。

伯爵夫人は答えを言いはじめた。「プル…」と言いながら、出題者の小人から目を離さなかった。

「外れ！　まあ後二回は当てっこしてよいがな！」と小人は言った。

「ツィーゲ」と伯爵夫人がつづけた。

すると小人の顔に一瞬、かすかな赤みが射した。それからちょっと考え込むように見えた。しかし、こう言った。「さっさと答えをおっしゃい。チャンスは後一回だけですぞ」。

「プルツィニゲレ！」と伯爵夫人は得意満面に叫んだ。小人は自分の名前を聞くと、憤激して

目をギョロギョロさせ、ブルブル震えながら両手を握りしめ、わめき散らしながら薮の中へ姿を消した。危機を脱した伯爵夫人は、伯爵が今か今かと待ち構えている場所へと急いだ。二人が再会したときの喜びはとてつもないものだった！　伯爵と伯爵夫人は城に帰還し、家来たちの喜びに包まれた。この城で二人はその後もなお、未だ例がないほど幸せな夫婦として長い年月を暮らした。

で、プルツィニゲレはどこに行ったかですと？

奴はものすごい剣幕《けんまく》で一目散に逃げ出し、以来姿を見せたことはない。

第61話

野人 *Der wilde Mann*

昔、一人の母親がいた。母親には、とてもしっかりした賢い子どもがいた。ある日母親は、森へ行ってイチゴを摘むように、と子どもに言った。近くの町で売るつもりだったのである。子どもはすぐに「はい」と言って、篭《かご》を持って森の中へ入って行き、すぐにイチゴで真っ赤になった場所に行き着いた。さっそくきれいなイチゴ集めにとりかかり、篭をいっぱいにしようとした。けれども、それは長くはできなかた。というのは、間もなく大変恐ろしい雷のような声がしたので、森中が振動し、子どもの心臓が早鐘を打ったのである。

子どもが驚いて顔を上げると、目の前に火炎のようにもじゃもじゃの髪に、赤いひげをはやした大男が立っていて、怒鳴りつけた。「きさまはおれさまのものだ。ここで会ったが百年目ってことよ」。こう言いながら大男は子どもを捕まえると、小脇に抱えて大股で森の中へ入って行き、長い時間太古の森の中を通り、見知らぬ土地にやって来た。

そこには大きくて豪勢な家が、奇怪な木々のど真ん中に立っていた。そこで赤ひげの大男は子どもを降ろし、その家に住むとても年取った魔女に引き渡した。魔女は子どもを見ると、さもうれしそうににこにこしながら、子どもに家中を見せて歩いた。けれども、一つの部屋だけは見せなかった。魔女が言った。「ここがお前が仕事をするところだよ。お前は家中を拭いたり掃いたりするんだよ。もしお前が一つでも部屋の掃除を怠ければ、お前は痛い目に遭うんだからね。ただし、お前に見せなかった部屋があるよね、あそこには絶対入ってはいけないよ。言うことを聞かなければ命がないからね」。

子どもは何事も言われたとおり正直にすると約束した。その直後、魔女は姿を消した。子どもは豪華な屋敷でまったくの一人きりになり、命令された仕事をした。朝早くから夜おそくまで働き、大小さまざまな部屋をすべてきれいにした後でなければ休まなかった。ただ、禁止されていた部屋だけは、その前を通りすぎるだけで、中をのぞくことすらしなかった。こうして三日間、子どもは魔女に言いつけられたことをした。

けれども、四日目になると、罰を受ける怖さよりも、好奇心のほうが強くなった。それで禁止された部屋にこっそり忍び込んだ。すると、なんとしたことか。その部屋には黄金の馬車があり、馬車には黄金の馬がつながれており、黄金の鞭《むち》がさしてあった。そこで子どもは考えた。「これに乗れば楽ちんだろうな」。子どもが乗り込むと、馬車はすぐさま一目散に走り出した。馬車は風のように速く走ったが、ものの十五分もしないうちに、野人の恐ろしい声が聞こえてきた。野人は大声でわめき、罵声《ばせい》を浴びせた。それで大地が揺れ、子どもを殺して亡き者にすると脅した。

子どもは川のほとりの野原にやって来た。そこではちょうど村人たちが草を刈って干し草を作っていた。子どもは村人たちになんとかして助けてくれと頼んだ。すると村人たちは、身を隠せと言った。すぐに馬は走るのを止めた。子どもが黄金の馬車から降りると、馬車は風のように速く走り去った。子どもは窪地に身を潜めた。けれども、そうしたか否かという瞬間に、早くも野人が火炎のようにもじゃもじゃの髪を振り乱しながら、怒りの形相ものすごく駆け寄って来て、黄金の馬車に乗った子どもが通りすぎなかったかとたずねた。村人たちは、子どもが通りすぎたと答えた。すると野人はさらにたずねた。「だとしたら、奴はどうやって川を渡ったんだ」。これに対して村人たちは答えた。「子どもは首に石をぶらさげて川に飛び込んでね。そして向こう岸でまた顔を出してたよ」。野人はこの話を聞くと、川へ行って大きな石を首にぶらさげ、水の中へ飛び込んだ。野人は愚かにも、水の勢いに負けて溺れて死んだ。こうして子どもは命拾いし、母のいる家へと帰ることができた。

第62話

貧乏な母親がたくさんの亜麻布を手に入れ、再び失った話

Wie ein armes Mütterchen zu vieler Wäsche kam und dieselbe wieder verlor

昔、高い山の上の人里離れた寂しい村にとても貧乏な母親がいた。絵に描いたような貧乏暮らしで苦労をしていた。ある日、優しい村人に物乞いをするために、杖を手にして下の谷間へと降りて行った。うっそうと茂ったモミの森を抜けて行くと、山女《やまおんな》が住んでいる岩壁へ出た。すると焼きたてのパンのいい香りが漂ってきたので、貧乏な母親は、「ああ、こんなにひもじいお腹に、せめて一切れのパンでもあればなあ！」と考えた。すると、そう願うや否や山女が大きな一塊のパンを持って現れ、「ほら、これを上げる、腹ぺこさん！」と言って、母親にそのパンを与えた。

驚いた母親はお礼を言おうとした。しかし、山女は一瞬にして岩陰に消えた。母親は空腹も治まり、新しい力もみなぎってきたので、さらに歩いて行って、谷間に着いた。けれどもこの谷間には、とても意地悪で高慢《こうまん》な人たちが住んでいて、この貧乏な母親には何一つ恵んでやろうとせず、かえってあざけったり痛い目に遭わせたりした。母親は昼間はくたくたになるまで歩き、夜は野天《のてん》で寝るしかなくて、寒さで眠ることができなかった。

そこで「こんな村にいても無駄だ。また家へ帰ろう」と考えた。けれども母親が家へ帰ろうと

すると、とても冷え込んできて寒さで震え上がった。というのも、母親が身につけていたのは、あちこち破れたボロボロの服だったからである。もし絶対に無くならないパンが元気の素になっていなかったならば、母親は道中で行き倒れになっていたことだろう。母親が山女の住む岩壁のところに再びたどり着いたとき、そこの晒場《さらしば》にずっしりとした一巻きの亜麻布《あさぬの》が置いてあるのが目に入った。そこで母親はため息をついた。「ああ、こんな亜麻布がせめてほんの一枚でもあればなあ！　そしたら上等な肌着が作れて、寒さで震えることもないのに」。

母親がこの願いを口にした途端、またもや山女が手に綛《かせ》〔紡いだ糸を巻き取る道具〕を持って現れ、暖かくいたわるように言った。「ほら、この綛も持ってお行き、素寒貧《すかんぴん》〔まったくお金を持っていないこと〕さん！　この綛は、お前さんが自分で願わないかぎり、無くなることはないからね。だから、お前さんがこの綛を手に持つときは、『ああ、お前なんか無くなってしまえ！』と言ってはいけませんよ」。こう言ったかと思うと、山女は再び姿を消し、母親はにこにこしながら道中を歩いて家にたどり着いた。

家に着くと、疲れたので椅子に腰かけ、糸を巻きはじめた。ところがいくら巻いても巻いても、糸は途切れることがなかった。母親は織物師に仕事を山と持ち込み、先ずは亜麻布で支払いをし、次に自分用の肌着を作り、残りは売りつけた。亜麻布の織物師はこの母親からだけでも次から次へと仕事があり、母親は美しい反物で大儲けしたので、何の心配もなく、安楽な暮らしができた。こうして歳月が流れ、母親はますます裕福になった。

村人たちは、母親が大量の糸やお金をどこで手に入れたのか不審に思ったが、母親に対して後ろ指を指すことはできなかった。しかしあるとき、母親は近所の意地悪女と口げんかをすることがあった。二人ともすっかり頭に血が上り、近所の女が言った。「いいかげんにおし、くそばばあ！皆知ってるんだからね、あんたのいい男があんたに糸を持ち込んでいるってことは」。

こんな風に長い時間、二人は互いに罵り合い、わめき散らし合った。ついに母親は腹を立てて家へ帰り、再び糸を巻きはじめた。けれども、しばらく不機嫌なまま糸を巻いていたところ、思わず、「このいまいましい糸め、さっさと無くなっちまえ！」と言った。

これを口にした途端、願いはかなえられ、糸、亜麻布、金が消え失せ、その糸で織った服さえもボロボロになって飛び散った。母親はすっかり老け込み、素っ裸《すっぱだか》で椅子にすわり、以前よりももっと貧乏になった。

第63話
巡礼の旅 *Auf der Wallfahrt*

ブレゲンツの森の奥に住む夫婦が、あるとき連れ立って、アインジーデルン〔スイスの有名な巡礼の地〕へ巡礼に行くことになった。けれども悪路つづきで、道がひどくぬかるんでいたので、汚れた身でアインジーデルンにお参りするのはいけないと思い、女房はスカートを思いっきりからげて歩いた。

二人がそのようにして旅をつづけていると、二人を見た人たちが皆、後ろを振り返って笑うので、女房は何か変だなと思った。

「皆、なんであんなにばか笑いしてるのかしら」と夫にたずねた。

「そりゃ、お前が尻を見せて歩いているからじゃないのか」。

「なんてこと、どうしてあんたはそれをもっと早く言ってくれなかったの」。

「だって、お前はそんな格好で巡礼をすると誓ったじゃないか」。

第64話
夫婦
Eheleute

エッツの谷の女房が日曜日の晴れ着を着て、ザウテンスクロイツという聖地の礼拝堂に行く途中、近所の女房と出会った。

近所の女房がその女房に、「いったいどこへ行くのか」とたずねると、その女房が言った。

「どこへ行くかだって？　ザウテンスクロイツへよ。夫のことで言いたいことがあるのよ」。

すると近所の女房はこう言った。

「あら、まあ、それじゃ、あんたは行き先を間違えてるよ。あれも男よ。あんたは聖母マリアさまのところへ行くべきよ」。

第65話
悪魔とお針子 *Teufel und Näherin*

もうかなり昔のこと、一人のお針子がいた。とても裁縫《さいほう》が上手だったので、空が青く大地が緑であるかぎり、後にも先にもこれ以上の縫《ぬ》い手はどこを探しても見つかるものではない、と言われるほどだった。お針子自身もそれなりの自惚《うぬぼ》れ屋で、あるとき冗談半分、本気半分に悪魔と縫い比べの賭けをしてもよい、黒い悪魔は自分には絶対勝てない、と言った。

しかし、悪魔は人が思っている以上にか細い声でも聞き分ける繊細な耳を持っていて、深い地獄の底で、われわれ人の子が地上でしゃべったりささやいたりすることは、細大漏らさず耳にしていた。悪魔はお針子の話も聞き逃してはいなかった。それでお針子のことばを真《ま》に受けて、いかにも悪魔らしい出で立ちでお針子の前に現れた。お針子は冗談を本気にしないでくれと強く言ったが、相手にされなかった。お針子は、二人のうちのどちらが肌着を先に縫い上げるか、賭けをすることに同意させられた。もしお針子のほうが仕上げるのが遅かったら、お針子は悪魔のものになることに話が決まった。早くも賭けがはじまった。裁断からはじまり、これに要した時間は二人ともほぼ同じで、どちらが先とは言えなかった。

けれども、縫う段になると、これはお前さんもその場に居合わせて見てもらいたかったよ、ほんとに！

悪魔はこの後一瞬も遅れじと、せかせかと糸玉全部を一度に針に通した。これはとてもまずい仕業だった。おまけに悪魔の腕は普通の人間よりもはるかに長くて、そのため、一針縫う毎に家を三回まわらなければならなかったし、まずはじめに結び目を作るべきところなのに、それを忘れていて、最初の作業で三回無駄にまわった。

お針子はいつもと同じように針を通し、いつもと同じように盛り上がった結び目を作った。これはお針子には慣れっこの仕事であり、肌着を仕上げるまで目を上げることなく縫いに縫った。肌着が仕上がると、お針子は、ちょうど大慌てで近づいて来た、カラスに瀝青炭《れきせいたん》を塗ったように真っ黒な悪魔の顔面に、その肌着を投げつけた。悪魔は恥じ入り、火のように赤くなって、できるなら地面にもぐりたい心境だった。なにしろ縫い目はまだ完全には縫い合わせていなかったのだから。

今や悪魔は賭けに負けた。それからというもの、悪魔がお針子に対抗心を燃やしてもう一度技《わざ》比《くら》べをしたという話は聞いたことがない。ただ、仕事の取りかかりがまずいと、一針ごとに家を三回まわったあの悪魔のようなことになる、と今でもしょっちゅう言われている。

第66話
地獄の門番 *Der höllische Torwartel*

汚れまみれの男の子がいた。絶対に体を洗わせようとしないし、いつも薄汚れた顔でうろつきまわっていた。脅してもこんこんと諭《さと》してもなんの効き目もなく、日ごとに薄汚くなる一方だった。しかし、あまりにも垢《あか》まみれの汚い格好でうろついていると、悪魔の手に落ちることがある。おかげで相当の人間が痛い目に遭った経験があり、後悔しても遅いのである。この男の子の身にも同じような災難がふりかかった。男の子はとつぜん姿を消してしまい、影も形も見えなくなった。もはやだれも男の子の消息を確かめることはできなかった。

それから七年の歳月が流れ、男の子はほとんど忘れ去られていたが、とつぜんその姿が街角で見られるようになった。しかし、肌の色は真っ黒で、髪はぼうぼうに変わり果て、老《ふ》け込んでいたので、親友でさえも、よほどのことでもないかぎり、同じ人物だと見分けることはできなかった。おまけにとてももの静かで、口数も少なくなっていた。男の子から言葉を引き出すことは容易なことではなかった。

ただ一つ、彼がよく口にしたことがあった。それも特に子どもたちに向かってなのだが、自分は体を洗うのが嫌いだったので悪魔の手に落ち、地獄の門で門番として働かなければならなかった、という。地獄の門番として、彼はこの間ずっと、炎の門をくぐっていく人たちを残らず見た。

その数は膨大で、とても数えられるものではなかった。金持ちの人、身分の高い人、貧しい人、身分の低い人、男も女も、門番の前を通りすぎなければならなかった。ありがたいことに、男の子自身はその門をくぐらなくてもよかったたし、年期は七年間だけだということを知っていた。だから彼はまじめに体を洗い、もう汚れは身につけないという立派な志を抱き、それを誠実に実行した。なにしろ、二度と地獄の門番などにはなりたくなかったし、罰当たりの人々が前を通りすぎるのを見たくもなかったからである。〔「よき意図も実行を伴わなければ破滅に通じる」、あるいは「地獄への道はよき意図で敷きつめられている」という諺がある〕。

第67話
悔《く》い改めた泥棒 *Der reuige Dieb*

あるとき、主任司祭が説教をして、盗んだ物は再び元の持ち主に返さなければならないと言った。このとき、信心深い聴衆の中に、農夫から酪農用タンクを盗んでいた男がいた。男はどうすればばれずにタンクを再び正当な持ち主に返すことができるか、あれこれ頭をひねった。男としては、イースターの告解《こっかい》がはじまる前に、この件にけりをつけておきたかったのである。

やっとどうしたらよいか、考えがひらめいた。男は幽霊の格好をしてタンクを背負い、真夜中に農夫の家へと出かけた。男が玄関のドアをノックすると、農夫が手に明かりを持って現れ、外にいるのはだれなのか見ようとして、玄関のドアを開けた。農夫は、タンクを背負った幽霊が目の前に現れたので、思わずぎょっとした。幽霊が話しはじめた。

「わしはお前さんのタンクを盗んだので、幽霊になってさ迷わねばならぬ身じゃ。今こうして再び元の持ち主に返しに来た」。

「ああ、それなら、それは差し上げます。はい、それは差し上げますです。お前さんが幽霊になってさ迷わねばならんのなら、そのタンクは持って行きなさるがいい！」。

農夫は幽霊をさっさと追い返したかったのだ。それで幽霊のほうもそそくさと姿を消した。その後、男は、自分はタンクを盗んだが、それを返そうとすると、タンクはやると言われた、と告解した。こうして男は赦免《しゃめん》された。世間では、死後もタンクを背負った幽霊となってさ迷わねばならない、と言われている。

第68話
神さまのご褒美《ほうび》 *Gottes Lohn*

何年も何年も前のこと、貧乏な一人の男が、神さまに何かを貸すと、百倍のお返しがもらえるという話を聞いた。男は少し迷った末に、あり金全部を、と言っても硬貨一枚だけだが、献金袋へ放り込み、この硬貨で同じ物が百枚手に入るだろうと固く信じていた。けれどもとっくに一年が過ぎ去ったのに、硬貨百枚の顔を拝むことがなかったので、お人好しのこの男は、神さまを自分で探し出して、神さまに約束を思い出してもらおうと旅に出た。

一日中ずっと歩いた末に疲れ果てて、とある一軒の家にたどり着き、一夜の宿を求めた。ちょうど夕食をとっていたその家の人たちは、男を迎え入れ、いっしょに食事をするようすすめた。しばらくしてその家の人たちは、男にどこへ旅をするのかと質問した。男は包み隠さず話した。「わしは、われらの神さまがご自分でお作りになった借りを思い出してもらうために、神さまを探しに行くところです」。

するとその家の女房が言った。「もしお前さんが神さまのところへお行きなら、わたしたちのことも少し伝えてくださいい。明日は娘が結婚するというのに、今日ひどく重い病気にかかってしまったのです。まるで結婚したらいけないみたいにですよ。もうこれまでにも二回、準備万端整って、結婚式の日取りも決まっていたのに、二回とも娘は病気になったのです。お前さんが神さまのところへお行きなら、わたしたちの気がかりなことを伝えて、なんとしても娘を結婚させてくださるようお願いしといていただきたいの」。貧乏な男はそうすると約束し、夜ゆっくり休み、翌朝早々から旅をつづけた。

男は一日中歩き、夕方になってやっと寛《くつろ》いで休もうという気になった。日が落ちてかなり経ってから、一軒家にたどり着いた。その家の横には大きな果樹園があった。男が一夜の宿を求めると、この家でも暖かく迎えられ、家人たちに「旅はどちらへ」とたずねられた。男は旅の話をした。すると農夫が言った。「お前さんが、われらが神さまのところへ行きなさるのなら、どうしてわしらの果樹園ではもうブドウが育たないのか、聞いてみてくださらんか」。男はそうすると約束し、横になって、オンドリが刻《とき》を告げるまで眠り、それから再び旅をつづけ、一日中ずっと歩き、夕方二人兄弟のあばら家にたどり着いた。

二人兄弟は男を歓迎し、薄いスープを作ってくれた。二人兄弟は男がどこへ行くのか聞き出すと、兄のほうが言った。「お前さんがもしわれらが神さまを見つけたら、どうしてわしら二人兄弟の間ではいつもけんかが絶えないのか、どうすればけんかをしないようにすることができるのか、聞いてみてくれないかい」。男はそうすると約束し、二人兄弟のところで夜をすごし、夜明けとともに再び旅をつづけた。

歩きはじめてまだほんの数時間しか経っていないころ、銀白色の髪に、長い白ひげをたくわえた品のある老人に出会った。老人は物もらいのような姿の男にたずねた。「旅はどちらへ」。物もらいは答えた。「わしは約束を思い出してもらうために、われらが神さまを探しに行くところでさあ」。「そういうことならば」と老人が答えた。「お前さんは目的達成ということじゃ。なんとなれば、お前さんが探しておるのは、このわしじゃでな」。

するとと物もらいはとっさに跪《ひざまず》いて、「もしお前さまが神さままでござらっしゃるのなら、お前さまがわしに約束なされた硬貨百枚をいただきとうございます」。

「安心して家へ帰るがよい」とわれらが神さまが答えた。「それもじゃな、お前さんが家へ帰り着く前に、お前さんは百倍以上のものを手に入れることじゃろうからな」。

そこで物もらいはお礼を言って、すっくと立ち上がり、すぐにも引き返そうとした。けれども宿主たちの願いをちょうどうまい具合に思い出した。物もらいは神さまに、果樹園の女房の気がかりな件を持ち出した。すると神さまは望みどおりの返事を伝えた。物もらいは大いに感謝して神さまに別れを告げ、いそいそと帰路に就いた。

物もらいが二人兄弟のあばら家に着くと、二人はすぐにたずねた。「神さまは見つかったかい。質問もしてくれたかい」。「もちろんだとも！」と物もらいは答えた。「神さまは見つかったよ。そしてお前さん方に伝言を頼まれたよ。お前さん方はどちらもお互い意地を張り合っているから、いがみ合い、けんかばかりして暮らしている。だから、お互いに別れて暮らすべきである。そしてそれぞれ自分だけの所帯を持ちなさい」。

「ああ、それができるんだったら、とっくの昔にそうしていましたよ。でもわしらは貧乏このうえない身なんです。それにがたがたの家のほかには財産は何もないんですよ」。二人兄弟は口を揃えて言った。

「ちょっと待った。そう慌てなさんな。わしに最後まで話をさせておくれ！」と物もらいは答えた。「神さまはおっしゃったんだ。お前さん方は台所のかまどを撤去しなさい」。

二人兄弟は急いで台所へ行き、かまどを打ち壊した。すると、かまどの下にとても大きな壺があった。それも、金貨がいっぱい詰まった壷が。二人兄弟は大喜びして物もらいの首に抱きつき、とても運びきれないほどたくさんの金貨を与えた。そしてなけなしの食べ物で精いっぱいのもてなしをして、さらなる旅に送り出した。

物もらいは今や裕福な身分となり、神さまに感謝しながら、満ち足りた気分で旅をつづけた。今度は、かつて泊めてもらった二軒目の家にたどり着いた。その家でもすぐに質問の矢が浴びせられた。物もらいが、われらが神さまのところへ行ったのかどうか、神さまはなんとおっしゃったのか、と。そこで物もらいは答えた。「神さまは皆さんにこう言えとおっしゃった。お前たちの果樹園ではもうブドウが育たないのではないかと疑心暗鬼になることはない！　以前お前たちは果樹園のまわりにとても低い柵をめぐらしていたので、旅人はだれでもお前たちのブドウの実で元気を取りもどすことができた。だからわしはお前たちの農場に祝福を与えておった。ところが今、お前たちは果樹園にとても高い塀を巡らしたので、鳥さえもブドウをついばむことができない。もしお前たちが世の人にもはや心を閉ざさないというのなら、わしのほうも気前よく、お前たちのブドウに祝福を与えてやる」。その家の人たちは自分たちの犯した過ちのなんたるかを知り、悔い改めて旅人に存分に贈り物をし、盛大にもてなした。

旅人は次の朝、再び旅をつづけ、三軒目の家にたどり着いた。「神さまが見つかりましたぞ」と旅人はドア越しに大声を上げた。両親は旅人を心から歓迎し、家の中へ招き入れ、ことの次第をたずねた。「そうですな」と旅人は答えた。「われらが神さまは皆さんにこう言えとおっしゃった。お前たちは、お前たちのいたいけな子どもをわしに捧げたのに、それをすっかり忘れてしまったのか。それを今になって、どうしてこの世の花婿に委ねることができるのだ。もし娘が健康を保ち、わしがお前たちの家に祝福を与えることを望むのなら、もはや娘をこの世の男に与えることなど考えるでない」。

両親は過ちを犯したことを悟り、それを悔い改めて、旅人に惜しみない贈り物をしたので、旅人は今や元の金の百倍どころか、千倍もの報酬を手にしたのであった。旅人はこの家になお数日滞在し、ここから金の半分を家族に送った。というのは、少しばかり世間を見てまわりたいという気持ちがふと湧いてきたからであった。

旅人は旅をつづけ、ある日、実に見事な庭園にたどり着いた。庭園が気になって立ち止まり、格子垣《こうしがき》につかまって、なるべく近くから豪華な花や美しい樹木をじっくり眺めた。そこでは庭師がかれんな花を無造作に切りたくっていた。旅人はこの無神経な仕事に思わず高笑いした。この高笑いを、庭園の持ち主である伯爵が聞き、いったいなぜ笑ったりするのかととがめた。

「これが笑わずにいられれましょうか」と旅人は言った。「これほど美しい花をこんなに粗末に扱ってよいものでしょうか」。「お前さんならもっとましな仕事ができるとでも言うのかね」と伯爵がたずねると、「はい、もしわしがもう少しましなことができなかったとすると、無駄に長生きしたことになりますね」と旅人は答えた。「そうか、そこまで言うのなら、こちらへ来てお前さんの腕前を見せてもらおうか！」と言って、伯爵は格子垣を開けた。

旅人は二つ返事で庭園へ入り、小刀を手にして花を実に巧みに剪定《せんてい》したので、伯爵は感心し、自分のところにとどまって庭園の世話をしてくれないかとたずねた。「よろしいとも」と旅人は答えた。「たっぷり報酬がいただけて、賄《まかな》いもちゃんとしてくださるんであればね」。「不自由

はさせませんぞ」と伯爵は言った。旅人はその場で庭師として雇い入れられた。今や庭園は旅人の手で華やかなに仕上げられたので、伯爵はそれを誇りとも喜びとも感じて、日毎に庭師に好感をもつようになった。しかし庭師自身は働くことと、ますます美しさを増す庭園に最大の喜びを感じたので、一週間一週間がまるで一時間一時間のように思われ、旅をつづけることなど忘れて何年かがすぎた。けれども家族や懐かしい故郷への思いは抑えがたく、故郷へ帰る決心をした。

庭師は自分の計画を伯爵に話し、報酬をくださいとお願いした。しかし主人である伯爵は、庭師をやめさせようとはしなかった。というのも、これほど腕の立つ庭師をこれから先も雇えるとは思えなかったからである。けれども庭師が断固として自分の決意を主張するので、伯爵は言った。「そこまで言うのなら、好きにするがよい。報酬としてお前さんに与えるのは三つの教えだけだ。第一に、お前さんが旅の途中で二手に分かれた道にさしかかったら、古い道と新しい道にな。そのときは古い道をたどりなさい。第二に、赤の他人の家で、なぜこれこれの品物がここに置いてあるのかとか、これこれの品物はなんの意味があるのかとかたずねてはいけない。第三に、何事も第一段階のものをしてはならない」。そこで庭師は、これはしゃれた報酬だと考えた。伯爵の元を辞し、荷物をまとめた。けれども荷物をしばって別れの挨拶をすると、伯爵はタルトを手わたしながら言った。「記念にこのタルトを上げよう。だが、お前さんの最高の喜びの瞬間以外ではナイフを入れないように！」。庭師はお礼を言って別れを告げ、故郷への旅路に就《つ》いた。

まだほんの少し歩いたばかりのとき、豪華な馬車が追いついてきて、中にすわっている紳士が、庭師にいっしょに馬車で行くよう招き入れた。庭師はなんのためらいも見せず承知し、ありがとうと言って誘いに乗った。いっとき走ったら、道が二手に分かれていた。そのとき庭師は、御者が新しい道を走ろうしているのに気がついた。それで止まってくれと頼み、馬車を降りて、古い道が再び新しい道と合流する地点まで古い道を進んだ。

そこで庭師は居酒屋に入り、馬車が通り過ぎなかったかとたずねた。馬車は見なかったという返事だった。けれどもさらに話をつづけていると、馬だけが猛烈な勢いで走って来たので、何か事故でもあったのかと思って見に行くと、例の紳士が新しい道で重傷を負って倒れていた。強盗が馬車を襲い、御者を殴り殺して、紳士の身ぐるみを剝《は》ぎ盗《と》り、したたかに痛めつけていた。われらが庭師は、自分が伯爵の忠告に従ったことで神さまに感謝した。それで、これから先は常に伯爵の教えを忠実に守ろうと本気で思った。

思いつめたような思案顔で旅をつづけ、夕方わびしい居酒屋にたどり着き、そこで一夜をすごした。しかしなんたる衝撃。窓から外をのぞくと、中庭に人間の腕や手足が転がっているではないか。「これはいったいどういうことか」とすんでのところで質問するところだったが、伯爵の警告を思い出し、のどまで出かかった言葉を飲み込んだ。ベッドに一応は横になったものの、不安と恐怖で、夜通し目を閉じることができなかった。翌朝早々と起きだし、料金を払おうとした。すると居酒屋の亭主が、人間の手足が中庭に転がっているのを見て何か怪しいとは思わなかったか、また、何故それを質問しなかったのかとたずねた。われらが旅人は、「わしは自分に関係ない事柄についてはたずねないことにしておるもんで」と答えた。「お前さんのしたことは正しかったよ」と亭主が答えた。「もしお前さんが質問していたら、お前さんも手足を切り離されていたじゃろうからな」。旅人はここでも神さまと伯爵に心の内で感謝した。別れを告げ、倍の速さで旅をつづけた。なにしろ故郷がもう目の前に迫っていたのである。

村にたどり着くと、自分のあばら家の向かいにある居酒屋に立ち寄った。そして食事をして元気を回復した。窓際の席にすわっていると、若い司祭が自分のあばら家に入って行った。司祭は旅人の妻から熱烈に歓迎された。なんと、妻は若い司祭の首に抱きつき、キスをし、胸に抱きしめているではないか。あまりにもひどい！　旅人は跳び上がり、家の中へ突進して、不実の妻を懲《こ》らしめてやろうと思った。しかしそのとき伯爵の第三の忠告が頭をかすめた。はやる心を抑え、あの若い司祭はだれか、とたずねた。すると、あれはとっくの昔に夫に死なれてしまった未亡人の息子で、司祭に任命されたばかりのところで帰ってきた、明日は神聖なミサをはじめて捧げるので、町をあげての祝い事である、という返事が返ってきた。

そのときとつぜん鐘が鳴り響き、前夜祭の祝砲がとどろいた。男はほとんど涙を抑えることができなかった。心の中で神さまの御心を褒め称えた。翌朝、新任司祭の初ミサが厳《おごそ》かな雰囲気の中で執り行われた。ミサ聖祭が終わると、参列者は全員居酒屋へと繰り出し、祝宴をあげた。男も、正体を知られることなく席に連なり、新任司祭と母親に万歳が唱えられると、男も大声で唱和し、それからこう言った。「本日、司祭の記念日が祝われておりますが、司祭の父親のことが完全に忘れられてはおりませんかな。もうだれもわしのことがわからないのかね。お前もか、愛しく貞淑な妻よ。お前たちもか、わが子どもたちよ」。

するとと異口同音の叫び声が響いた。「おお、懐かしい、懐かしいあなた！」。「おお、懐かしい、懐かしいお父さん！」。その喜びのすさまじかったこと。互いに抱き合いキスをした。驚きは止まることを知らなかった。父は、これがきっとわが人生の中で最高の喜びの瞬間であり、今こそ伯爵の忠告に従い、あの重いタルトにナイフを入れるときなのだ、と考えた。父はタルトを持ってきてテーブルの真ん中に置き、ナイフを入れた。けれどもそれはとても固かったので、すぐにはナイフが通らなかった。ようやく二つに割った途端、なんと、ケーキの中から金貨がざくざくと転がり出た。それは誠実な仕事に対する伯爵からの報酬であった。

父は天を仰いで、厳《おごそ》かに言った。「いいか、お前たち。神さまは、神さまにお貸ししたものにはちゃんとお返しをしてくださるのだからな」。

第69話
しゃれこうべ *Das Totenköpflein*

昔のこと、しっかり者の娘がいた。ところが継母《ままはは》はとても性悪《しょうわる》で、このかわいそうな娘をこう言って家から追い出した。「お前がもう一度でも顔を見せたら、それこそてんぱんに、叩きのめしてやるからね」。それで娘は遠くのほうまで逃げ出し、大きな暗い森に入った。夜が来て、暗くなり、このかわいそうな娘は疲れてへとへとになり、このままだと野獣のいる森の中で夜を過ごさなければならないと考えた。ところがとつぜん、遠くで明かりがちらちらするのが見えたので、その方角へ歩いて行った。

ほどなく美しい城があった。鐘を鳴らすと、すぐにしゃれこうべが窓から見下ろして、娘の望みをたずねた。娘は言った。「中へ入れて泊めていただけませんでしょうか。外にいるとオオカミに食べられそうなんです」。するとしゃれこうべが大声で言った。「お前がわたしを運び上げてくれるなら、わたしがすぐにも降りて行って扉を開けてやってもよいぞ。なにしろ、わたしは転がるしか能がないので、上へ上がって行くことができないのでな」。娘は運び上げると約束した。するとしゃれこうべが階段を転がり落ちて来て、扉を開けてくれた。

娘はしゃれこうべを前掛けにくるみ、城の中へ運び上げた。するとしゃれこうべが言った。「今度はわたしをテーブルの上に乗せてくれ。そして台所へ行って、シュマレン〔甘いパンケーキ〕を作ってくれ。卵と小麦粉はたっぷりある」。娘は言われたとおり台所へ行き、ケーキ作りをはじめた。その作業をしていると、死人の足やら何やらかやらが、かまどの上から落ちてきた。けれども娘はそれに惑わされることなく、ケーキ作りを終え、しゃれこうべのいる部屋に持って行った。シュマレンをテーブルの上に置くと、テーブルのしゃれこうべの側は石炭のように真っ黒になったが、娘の側はきれいな黄色いままだった。シュマレンを食べ終わると、しゃれこうべが言った。「もう寝に行ってよい。しかし真夜中ごろ骸骨《がいこつ》が現れて、お前をベッドから引きずり出そうとするはずだ。けれどもお前が怖がらなければ、骸骨はお前を引きずり出すことはできない」。娘は寝室に行き、ベッドに横になった。十二時の鐘が鳴ると、骸骨が現れ、娘を有らん限りの力を尽くしてベッドから投げ飛ばそうとした。けれども、それはできなかった。それで骸骨は出て行き、娘はもう何にも邪魔されることもなく眠ることができた。

翌朝、娘が目をさますと、しゃれこうべが雪のように白い乙女となって、ベッドの前に立っていた。

「あなたがわたしを救済してくださったの、ありがとう！　お礼としてわたしの城は、中にある一切を含めて、あなたに差し上げます」。こう言ったかと思うと、妖精は白いハトになって飛び去った。今や娘は生涯にわたって金持ちとなり、森の中の城で伯爵夫人のように暮らした。

第70話
雷神 *Der Tunda*

昔のこと、一人の貧しい農夫がいた。暮らしぶりはとても惨《みじ》めなものだった。なにしろ農夫、その女房、七人の子どもたちには、塩漬けの肉も脂料理もなかった。あるとき女房が言った。「あんた、一家の主でしょ、何か食べ物を手に入れてきてよ。ちょっとは猟に行ったらどうなの」。農夫は出かけた。山を越え、谷を渡り、がむしゃらに歩いた。けれどもどこに行っても獣など見つからず、リスすらいなかった。

早くも日が暮れて、農夫の顔はしだいに暗く沈んでいった。「今日手ぶらで帰ろうもんなら、夜はひと騒動だ」と農夫が考えていると、狩人に出会った。狩人は緑色のヤンケル〔短い上衣〕を着て、求愛動作中の黒雷鳥《くろらいちょう》の雄《おす》の曲がった羽を二本、帽子に差していた。「具合でも悪いのかね」と狩人が言った。「お前さん、なんともつらそうに見えるんでね」。農夫は狩人に洗いざらいぶちまけた末、助けてもらえさえしたら何でもするとつけ加えた。「そういうことなら」と狩人が言った。「お前さんにその気があるのなら、わたしはお前さんを助けてやれないこともないんだがね。今日、イノシシの子を七匹あげよう。その代わり、七年後にわたしが何という名前の者か、当ててもらわないといかんのだ。それができんとなればだな、お前さんはわたしのものということだが」。

農夫は、この狩人はひょっとしたら雷神〔トウンダ、北欧神話において神々の父にして最高神であるオーディンの息子トールで、ドイツ語ドーナルと同義〕かもしれないとにらんだ。「しかし七年後なら」と農夫は考えた。「この他所者《よそもの》の名前を耳にする可能性はあるだろう」。それで農夫はそれ以外余分なことは考えず、狩人と契約を結んだ。

狩人がピッと口笛を吹くと、すぐに七匹のイノシシの子が現れ、農夫はそれらを追い立てて満足気に家へ帰った。家では大歓声が上がった。それからというもの、家族の暮らし向きはとてもよくなり、農夫は約束のことなどほとんど気にもかけなかった。けれども、七年目ももうすぐ終わろうかという時期になると、農夫は少々怖くなり、あの狩人が何という名前のものか聞き出すために旅に出た。

どこかしこと聞きまくった。しかし、どこに行ってもまるで埒《らち》が明かなかった！　暗い顔をして家へ向かった。家からあまり遠くないところで隠者に出会った。隠者は農夫に、どうしてそんなに打ち萎《しお》れているのかとたずねた。農夫は隠者に一部始終を打ち明けた。すると隠者は農夫を慰めて、助けてやると約束した。二人が歩いて行くと、大きな木のある場所にやって来た。その大木は道の際すれすれに立っていた。中は空洞になっていたが、まだ枝があり、緑の葉が茂っていた。

隠者が言った。「この木の中へ潜り込むのじゃ。そして、何か声が聞こえるか、耳をすますがよい」。暗くなると、早速狩人が遠くからやって来るのが見えた。隠者は狩人に近づいて行った。

しかし、雷神は隠者を避けて、農夫が隠れている大木に登った。雷神は木の上でぶつぶつ独り言をつぶやいた。

「あの男が知らんとは愉快なことよ。おれさまがとんがりひげさま、だってことをよ」。

農夫は身を潜めていた空洞から飛び出すや、すっとんきょうな声で叫んだ。

「おやおや、これは驚いた！　お前さんは、お前さんの名前が何というのか、わしが知らないとでも思っているのかい。とんがりひげ、これがお前さんの名前ってことよ、はい、おしまい！」。

するとオークの木で凄《すさ》まじい轟音《ごうおん》がしたかと思うと、雷神が姿を消し、後にはとてつもない悪臭が立ち込めた。緑の枝はすべて跡形もなく消え、枯れ木が一本残っただけだった。それは、今でも見ることができるよ。

第71話
かたくなな農夫
Der unversöhnliche Bauer

長年いがみ合っている二人の農夫がいた。片方の農夫が死にかかったとき、主任司祭が呼ばれ、主任司祭が農夫を諭《さと》して言った。

「そろそろ隣と仲直りをしたらどうか」。

すると年老いた農夫が言った。

「はい、はい、わしはもうあいつを許してやりましたよ。でもな、わしの子どもや子どもの子どもがやっぱり、あいつを許しちゃおかんでしょう」。

第72話　継母《ままはは》　*Stiefmutter*

昔のこと、父親と母親がいた。夫婦の間には子どもが一人しかいなかった。その子は上品で心根のやさしい男の子〔この人物について、七種類の呼称があるが、読者の混乱を避けるために二種類にまとめた〕だった。けれどもあるとき母親が病気になり、だんだん悪くなって、何日も経たないうちに、男の子と夫に別れを告げることになった。その後、永遠の眠りについた。

墓堀人がやって来て、母親を運んで行って、穴の中へ埋めた。男の子にとっては、今や家にいても自分の家にいるような感じでなく、心に穴が空いたような気分だったので、母親を慕う気持ちと退屈ばかりが募って、どうにも身の置きどころがないことがしょっちゅうだった。

けれども間もなく家の中がすぐまた賑やかになり、男の子が退屈だ退屈だと愚痴をこぼしまくることは二度となかった。それは、父親が間もなく継母を連れてきて、男の子にこう言ったからである。「いいかね、今度はこの人がお前のお母さんだ。これからはお母さんの言うことをよく聞くんだよ。お前の最初のお母さんにしていたようにな。そしてお母さんから言いつけられたことは、何でも一生懸命にやるんだよ」。男の子はそうすると約束した。

けれども、新しい母親には、最初の母親ほどにはなじめなかった。そして男の子が新しい母親に言いつけられたことをどんなに一生懸命にしたとしても、それは無理矢理したのであって、母親が好きだからしたのではなかった。そのため、言いつけられたことをすることは、以前よりはずっと不愉快なものに思われた。継母のほうでも、男の子にはまったく我慢がならず、男の子が継母のために望みのことをすべてしたにもかかわらず、継母は満足せず、まるでこの子がこの世でいちばん性悪な男の子であるかのように罵《ののし》り、お仕置《しお》きをした。継母は男の子のために優しいことは何一つしてやらず、髪を整えてやることも体を洗ってやることもしなかったので、元々はとてもかわいくて小ぎれいにしていたのに、そのうちだれからも気味悪がられ、だれももう寄りつかなかった。男の子は家を出て森へ行き、一日中かなりの数の豚の群れの番をしなければならなかった。それなのに、朝は出かける前、夜は家に帰った後、雀《すずめ》の涙ほどの食べ物しかもらえなかった。

だから、番をしなければならなかった豚たちがすくすく育っていなかったならば、何の喜びもなかったことだろう。豚たちがもうまるまると太ってきた。だれもが、それらの豚は豚舎で肥育《ひいく》されたのであって、牧草地へ連れて行かれたのではなかった、と考えるほどだった。どうしてそんな風になったのか、男の子自身にもわからなかった。

男の子が豚の群れを追って出かけ、一歩森の中へ足を踏み入れるや、豚たちはいきなり走り出し、ものすごい勢いで森の中へと駆け込むので、男の子が走っても追いつくことはできなかった。夕方になると、豚の群れは全部元どおりちゃんと戻って来た。その腹のふくれ具合や走り具合から見て、その日たっぷり餌を口にしたにちがいないことが見てとれた。いったい豚たちにとってそもそもどこによい餌場があるのか、男の子には不思議でならないことがしばしばだった。しかし、わざわざ後を追っかけることまではしなかった。

あるとき、男の子がたった一人で森の中をぶらつきながら、あれこれと暇つぶしの種を探していると、年のいったお婆さんと出会った。お婆さんは男の子にたずねた。

「坊や、お前はいったい何をしているんだね」。

「豚の番をしているの」。

「坊やは、坊やの豚たちがいつもどこへ行っているのか知っているのかね」。

「それがわからないの。いつもね、豚たちはね、ちょっと森の中へ入って行くと、さっと駆けて行って、夕方お腹いっぱいになって帰って来るの」。

「そういうことなら、豚がどこを餌場にしているか、一度見にお行き。怖がることはないんだよ。何も悪いことなんか、ぜったい起こりっこないんだからね」。

男の子は、一度豚の後を追いかけてみると約束した。お婆さんは、また、いなくなった。

明くる日、男の子は再び豚の群れを追って森へ入った。けれども豚が走りはじめると、男の子もいっしょに走り出したものの、あまりにも速かったので、ほとんど足がいうことをきかなくなった。長時間走り、もう息も絶え絶えになりかかったとき、地面に穴があるのが見えた。そしてその穴の中へと全部の豚が一塊《ひとかたまり》になって駆け込んで行った。このとき、男の子は無理に後を追いかけることはしなかった。というのは、穴の中がとても暗かったので、中をのぞき込むだけで、ぞっとしたからである。男の子はその日もまた一日中、穴の近くでうろうろし、何やかやと暇つぶしの種を探した。男の子がそうやってぶらぶらしていると、とつぜんあのお婆さんがまた現れて、「坊やは今日、豚の後を追いかけ、どこに餌場があるか見たのかね」とたずねた。

「うん、ぼく、ずっと後を追っかけたよ。でも豚たちは真っ暗な穴の中へ入って行ったの。だから、ついて行くのは止めたの」。

「いったいどうして坊やはついて行くのを止めたの。坊やはただ穴の中へ入りさえすればいいんだよ。そしたらわかるからね。何も悪いことなんか起こりっこないんだからね」。

男の子は明くる日は中へ入ると約束した。お婆さんはヨタヨタしながら、またいなくなった。

夕方になり、豚の群れは再びそろって無事もどり、豚飼いの男の子はさっさと家へ帰った。

次の朝、まだ夜も明けきらないうちに、男の子はまたも雀の涙ほどの食べ物をもらって、再び豚を追って森へ行かなければならなかった。男の子が一歩森の中へ入るや、豚たちが再び走り出し、豚飼いの男の子はそれを追って一目散に走り、ほとんど息も絶え絶えに、豚と男の子が穴の中へなだれ込んだとき、男の子はもうすっかり怖いことなど忘れて、豚の後について行った。けれどもそこはまるで袋の中のように真っ暗で、一歩一歩どこに足を置いたものやら見当もつかず、豚たちがするように、鼻で嗅いで後は運任せで走るしかなかった。

男の子がかなりの距離を走ったところ、ほのかな明かりが暗闇の中に射し込んでいるように見えた。これはありがたいと喜んでいるはなから、すぐにやや明るくなり、それからさらに明るくなり、ついに穴が終わり、豚たちといっしょに気持ちのよい空き地へ出た。豚たちは相変わらず全力で空き地を突進したが、豚飼いの男の子は、広々とした原っぱは真っ暗闇の穴ほど怖くはなかったので、少しばかりゆっくり歩いた。男の子が穴の口からまだそれほど出ないところで、例えようもないほどきれいな乙女が三人現れて、たずねた。「坊や、どちらへ？」。

「ぼくは、ぼくの豚がどこへ行くのか、ただ見に来ているだけです。その後はすぐまた出て行きます」と男の子は言った。なにしろ三人の見知らぬ乙女たちがとても怖かったのである。けれども三人の乙女たちは男の子に優しく接し、元気を出しなさいと言いながら、話しかけた。「坊やが豚ちゃんたちを見るつもりなら、もっと遠くまで行かなくちゃならないわ。そしたら、すぐに見つかるわよ」。

男の子は乙女たちについて行った。元気よく足を上げ、それからなお、長い長い道のりを歩いた。さんざん歩いて、もう完全にふらふらになったころ、やっと豚たちの姿が見えた。豚たちは三つの巨大な山を掘り起こし、夢中で食べまくっていたので、豚飼いの男の子が来たことには、まったく気がつかなかった。豚たちがあれほどむさぼるように食べているのはいったい何なのか、男の子には見当もつかなかった。それで少しだけ近寄って見た。すると、豚たちが鼻面を突っ込んでいるのは、三つの穀物の山だった。それで、豚たちが最近どうしてとてもたくさん脂肪をつけるようになったのか、とりたてて変に思うことではないように思われた。男の子は心の中でつぶやいた。「これだと、ぼくはたいして面倒を見なくていいや。あいつら、自分でちゃんと食ってるんだから。それに、いつももどって来ているし」。

それで男の子は向きを変えて、再びもと来たのと同じ道を引き返して行った。その途中で、また三人の乙女たちに出会った。乙女たちは言った。「あなた、豚ちゃんたちのところに行ってたのね」。「豚ちゃんたちをはじめてちゃんと見て来ました」と男の子はさもうれしそうに言った。「豚ちゃんたちはあっちにいて、穀物を食べてるよ」。

「いいこと」と乙女たちは言葉をつづけた。「穀物は全部、あなたの豚ちゃんたちのものよ。あなたは豚ちゃんたちに飽きるまで食べさせていいのよ。そして全部食べ尽くしたら、厚い脂肪をつけていることでしょう」。男の子はそれにお礼を言って、先へ行こうとした。けれども乙女たちが言った。「坊や、夕方になるまでここにいてちょうだい。夕方になったら、豚ちゃんたちといっしょに穴を出て、お家へ帰ればいいの」。

男の子は喜んで誘いに乗り、乙女たちのところにとどまった。乙女たちはすぐに櫛《くし》と石鹸《せっけん》を取りに行き、男の子の髪に櫛を入れ、体を洗い、それから新しい服を持って来た。それを男の子は着せられた。すると男の子はあっという間にまるで別人に見え、きちんとした服を着てとても気持ちがよかったので、喜びすぎて自分の身に何が起きたのか、まるでわからなかった。乙女たちは次に食べ物も持って来て、脂でいためたヌードルやその他の、男の子が生まれてこの方食べたことのないようなごちそうを前に並べた。男の子は食欲旺盛で、われらが主なる神と乙女たちに何度も何度もお礼を言った。乙女たちは男の子を見つめ、優しく言葉をかけ、時々けしかけては、思い切って冗談も言えるように仕向けた。

男の子がスプーンを置いて、われらが主なる神にもう一度ごちそうのお礼を言うと、乙女たちは、もう少しここに居るよう促《うなが》してから話した。「いいこと、わたしたちは坊やの豚ちゃんたちに餌を上げ、坊やはわたしたちのところで服と食べ物をもらったでしょ。だから今度はね、坊やにね、坊やが簡単に守ることのできる約束をしてもらわなくちゃならないの。坊やは、豚ちゃんたちをどこの餌場に追って行ったか、坊やがどこで服と食べ物をもらったか、だれにも一言も話してはなりません、おわかりですね。けれども、坊やがそれをわたしたちに約束し、約束をきちんと守るようにしてくださったら、坊やはいつでも豚ちゃんたちを連れて、わたしたちのところへ来ていいのよ。そして今日と同じように、いつも大歓迎よ」。

男の子はあれこれ思い迷う間もあらばこそ、乙女たちの隠れ家についてだれにも一言も話さない、と乙女たちに対して固く約束した。

日が西の山に沈みかけると、豚たちがいつもの道をやって来た。その歩きっぷりといい、お腹のふくらみ具合といい、餌に関してなんの不足もなかったことが見てとれた。男の子は三人の乙女たちにお礼を言いながら別れを告げ、明日また来ると約束した。それから棒を振り上げて、最後尾の豚を面白半分につつきながら、全速力で穴を抜けて、家へ帰った。男の子は家に帰り着くと、まず豚たちを豚舎に入れ、それから台所へ入り、継母のところへ行った。

継母はさっぱりした姿の男の子を見ると、先ず足の先から頭のてっぺんまでじろじろと眺めて、この子がほんとうにあの男の子かといった顔つきをした。そしてこの子が正真正銘あの男の子だと納得すると、怒りのあまり真っ赤になった。というのも、継母は男の子にかわいらしくてきちんとした格好をさせ、さっぱりした新しい服をあてがってやろうなどとは、まったく思わなかったからである。継母は男の子に一言も口をはさませずくどくどと罵っていたが、さんざん言いたい放題言った後で、やっと男の子にたずねた。「さあ、ちゃんと言いな！　だれがお前にそんなさっぱりした服を着せたんだい」。

「ぼくが自分で着たの」と男の子は答えた。すると継母はまたもや罵りはじめ、男の子が今日これほど上等な服を着てさっぱりしているわけを、なんとしてでも聞き出そうとした。男の子は、けれども、継母に対してその都度あいまいな返事をし、継母に罵りたいだけ罵らせた。そして三人の乙女たちについても、その秘密の居場所についても、ただの一言ももらさなかった。ベッドに入る時間になってやっと、怒鳴り声は止んだ。男の子は満ち足りた気分で粗末なベッドにもぐった。一晩中、昨日味わった楽しい滞在のことを考えたり夢を見たりした。そして豚の群れと再びあの餌場に行きたくて、夜が明けるのが待ちきれないほどだった。

夜が明けはじめるや、早くも男の子はベッドから飛び起き、満足げにさっぱりした服を着、それから豚舎から豚たちを追い出し、うたったり口笛を吹いたりしながら、ブーブー鳴く豚の群れといっしょに森へ向かった。豚は良い餌のことを知っていたので、あまり追い立てる必要はなかった。やがて穴の近くに着いた。豚たちは命令されてもいないのに、全員一塊になって、まるで風のように穴に向かって突進した。男の子はその後を追っかけて走ることはしなかった。豚がどこへ走って行くのか知っていたので、一人で遅れて後を追った。男の子が穴を抜けると、再び三人の乙女たちに出会った。乙女たちは男の子を心から歓迎し、一日中自分たちのところで過ごすようすすめた。男の子は喜んで昨日と同じように、乙女たちのところでまたまた楽しい時間を過ごした。脂でいためたヌードルや他のごちそうをたらふく味わい、性悪な継母のところへ夕方また帰らなければならないのかと思う以外、望むことはもう何もなかった。

けれども日が沈むと、豚の群れが再びやって来たので、男の子は再び家へ帰り、継母の罵り声と悪口雑言をいっしょくたに聞かされた。

こうして長い時間が過ぎた。男の子は毎日穴を通って三人の乙女たちのところへ行き、そこで、これ以上は望めないほどよい暮らしをした。三人の乙女たちの贈り物はますます数が増え、ますます上等になっていった。男の子が若者に成長すると、乙女たちからもらったみごとな服のおかげで、同じ年ごろの若者たちの中では際立っておしゃれな存在になった。けれども夕方になると、いつも継母の罵り声や悪口を聞かされなければならず、乙女たちとその居場所について何一つ言わなくてもよいようにするために、いつも逃げ口上を並べるのに苦労した。

ある日、男の子が例によって三人の乙女たちとともに過ごしながらもてなしを受けていると、乙女たちは、男の子をうず高く積まれた三つの大きな金の山に案内し、こう告げた。「いいですか、あなたは、あなたがこれまでしたとおりのことをこれから先もしてくだされば、これらのお金の山の一つを簡単に手に入れることができます。わたしたちは三人とも皆、呪いを受けているのです。そして呪いが解けるまでにはあと十年だけなのです。あなたがこれから先の十年間もずっと、今までどおりじっと口を閉ざして、わたしたちの居場所についてだれにももらさなければ、わたしたちは救済されるのです。この三つのお金の山のうち、一つはあなたのもの、一つは教会へお願い、三つ目は貧しい人びとに分けてあげてください」。

若者は呪いを受けた恩人たちを哀れに思い、また、金が少しばかり目にちらついたので、自分は今後もこれまでと同様気をつけて、乙女たちについてはだれにも一言ももらさないと約束した。

このときから乙女たちは、若者に食べ物や服だけでなく、金も与えたので、若者はしばしば継母に銀貨を都合してやることができた。しかし、若者を心底毛嫌いしていた継母は、若者がポケットに金まで持っているのを見ると、ただもう新たな怒りの炎を燃え上がらせ、なおいっそう激しく若者を罵った。継母は若者が金を盗んだと言って責め立てた。そして、どこからその金を手に入れたのか白状しないなら、法廷に突き出すと脅した。若者はしかし、乙女たちについてもらすことはなく、その都度言い逃れをすることができた。

継母はついに若者に対する怒りのあまり、本当に法廷に訴え出て、自分の義理の息子が悪業に手を染めていると申し立てた。すると捕吏《ほり》がやって来て、若者を逮捕し法廷に引き出した。法廷では裁判官が、若者がこれほどたくさんの金をもし盗んだのでなければ、どこで手に入れたか白状するよう迫った。若者はあらゆる逃げ口上を申し立てた。しかし裁判官はそれには満足せず、若者がどうしても白状しないなら、塔の穴に閉じ込めるか、縄作り職人のところの絞首索《さく》が待っていると言った。若者は怖気《おじけ》づき、自分はその金を呪いを受けた乙女たちからもらい、その乙女たちのところへは向こうの森の中で、穴を通って行ったと告白した。これで継母と裁判官は満足し、若者は再び自由に行動することができた。

明くる日、若者は再び豚の群れを追って森に入って行った。豚たちは穴目がけて突進した。若者自身も急ぎ足でその後を追った。ところがどうしたことか、穴は塞《ふさ》がっていた。若者も豚も中へ入ることはできなかった。若者がその辺りで豚の番をしていると、穴の中からなんとも痛ましい嘆き声や泣き声がしばしば聞こえてきた。若者はその度に、自分が臆病なばかりに三人の乙女たちの呪いを解いてやれなかったことを後悔した。

第73話
賢い坊や *Der kluge Bub*

昔、一人の農夫が大鎌《おおがま》を持って草刈り場へ行った。農夫は坊やに、草刈り場に行って干し草を熊手《くまで》でかきまぜるよう言いつけた。坊やは鋏《はさみ》を手に持って草刈り場に向かい、草刈り場の斜面になった場所で、坊やの後を追っかけて来たネコの横にすわって、鋏でネコのひげを切ろうとした。

それを目にした農夫は坊やのところに飛んで来て、坊やの手から鋏をひったくり、怒鳴りつけた。「この糞ガキめ！　痛い目に遭いたいのか。ネコにひげがなくなったらネズミが捕れなくなることぐらいわからんのか」。

それから二、三日して、農夫は坊やを連れて町へ行った。町で親子はカプチン会〔一五二五年フランシスコ会から分離した修道会〕の修道士〔長い尖った頭巾のついた修道服を着る〕に出会った。修道士は長いみごとなひげをたくわえていた。するとそれを見た坊やが叫んだ。

「見て、見て、父ちゃん。あのお坊さん、ネズミをうまく捕まえられるね！」。

V ヘアンツェンラント〔ハンガリーの西部地方〕の民話

Märchen aus dem Heanzenlande

第74話

王子の呪《のろ》われた花嫁 *Die verwünschte Prinzenbraut*

昔のこと、一人の王さまがいた。王さまには一人息子がいた。冬のある日、王子は雪の降る庭園内をぶらついていた。ぶらつきながら懐中ナイフを取り出し、小枝を切り取り、棒に仕立てて磨き上げた。しかしそのとき指にけがをした。血が雪の中にしたたり落ちた。そこで王子は城にもどり、指に包帯を巻いてもらい、父親に言った。「わたしの血は雪に落ちてとてもきれいでした。わたしはあのような花嫁が望みです。雪のように白く、血のように赤い」。父親が言った。「それなら、お前は遠くまで旅をしなければならん。他の国々にな」。

王子は出発し、まる一年旅をつづけた。そしてある大きな町にやって来た。町の中を三日間ぶらついていたところ、一人の娘が窓から顔を出していた。とても美しく、王子が願っていたとおりの娘で、雪のように白く、血のように赤かった。娘が上から見下ろすと、王子はすぐに挨拶しながら、ちょっと話をしてもよいかとたずねた。「むずかしいです！　ドアが全部閉まってますの。広場へ行ってくださらないかしら。そしたらぞっとするほど醜《みにく》い女の人がいて、果物を売っています。そこでナシとナッツとリンゴを買ってくださいませんか。そしてそれが手に入ったら、わたしのところへもどって来てください」。

王子が広場に入る前からもう、まだ遠くからなのに女の姿が目に入った。女は大きな嗅《か》ぎ煙草《たばこ》のケースを手にして、ひっきりなしに煙草を嗅いでいた。鼻水が垂《た》れていたので、王子は身体中に虫酸《むしず》が走った。王子はその女からナッツ、リンゴ、ナシを、それぞれ数クロイツェルの値段で買い取った。それを持って再び娘の家へ行くと、ナッツの殻を懐中ナイフでこじ開けるように、と娘が言った。

王子が言われたとおりにすると、とつぜん、すべてのドアが開いた。王子は勇んで娘のいる部屋に上がって行った。王子は娘に向かって、自分は王子であり、王子の妻となるように言った。「わかりました」と娘は言った。「でも、わたしの母は魔法使いなのです。それに、わたしにはお金がほとんどありません」。これに対して王子が言った。「わたしはお金はいりません。わたしはあなたが本当に好きなのですから」。これを聞くと、娘はとても喜んだ。娘が部屋の隅に行くと、そこには小さなテーブルがあり、その小さなテーブルの上には小さな平鍋があった。娘はその平鍋に手を入れて、王子の腕の裏側に膏薬《こうやく》を塗りつけた。それから娘の魔法の杖を手にし、二人そろって窓から飛び出した。そこへ娘の年取った母親が帰って来た。家の中にはだれもおらず、どこもかしこも開けっ放しになっていた。そこで年取った母親は身支度を整えて、二人の後を追った。

娘が言った。「母が来ます。リンゴを投げ落としてください！」。すると、とつぜん、二人の背後に大きな海が出現したので、年取った母親は一息入れないことには、海原を越えて追いかけることができなかった。しかし結局海の上を飛んで来て、またもや二人に追いついた。娘は今度は、「ナシを投げ落としてください！」と言った。王子は言われたとおりにした。すると木々が高くそびえ立つ広大な森が出現したので、年取った母親が森の上を飛び越えることはほとんど至難の業だった。けれども一息つくと、またもや飛び越えて来て、三たび二人に追いついた。すると娘は魔法の杖を取り出して、それを折って三つに分け、下に落とした。すると背後に広大な荒野が出現し、年取った母親は荒野を抜け出すことがまったくできなかった。「ナッツを投げ落としてください！」と娘が言った。するとヘビが襲いかかってきて、年取った魔女や荒野に住む虫けらたちをことごとく食いちぎった。

次の日、二人は王子の生まれた国に入った。夜は町外れの宿屋に泊まった。同じく魔女であった宿屋の女将《おかみ》には、ルイーゼという醜いことこのうえない十九歳の娘があった。母親が娘に言った。「お前はお妃さまになれるんだよ。ほら、ここに針がある。あれが寝入ったら、あの娘のこ とだよ、あの娘の頭に針を突き刺し、窓を開けなさい。そうするとあの娘はハトになって、飛んで出て行くから。そしたらお前は窓を閉めて、王子の横に寝るんだ。王子が朝になって目がさめて、どうしてお前はそんなに醜い顔をしているのかと聞かれたら、旅行のせいでこうなった、と言えばいい」。

ルイーゼは母親に言われていたとおりにした。王子が目をさまし、ルイーゼを見ると驚きのあまりこう言った。「これはまたどういうことだ。あなたはあなたなんですか、それとも、あなたはあなたではないんですか」。するとルイーゼが言った。「はい、わたしです。でも、すぐまたきれいになります。長旅でこうなってしまったのですから」。

この後、二人は起き出して、王子の父親、つまり王さまのところへ向かった。王子は何時に到着するかを前もって知らせてあった。父親はもう大喜びで、王子の到着を待ちきれないほどだった。二人が城内に馬車を乗り入れると、王さまはすぐに駆けつけて、軽快な四輪馬車に歩み寄って扉を開けた。真っ先に降りたのはルイーゼのほうだった。王さまはルイーゼを見ると、一瞬飛びのいた。「お前という奴は」と王子に向かって言いながら、「しかしまあ、お前という奴は、二年もかけてたいそうなものを手に入れたもんだ！　お前はあんな醜い女をわが城に入れると言うのか」。「待ってください、お父上」と王子が言った。「これは長旅のせいなのです。あの人はすぐまたきれいになります」。花嫁はさっそく部屋と召し使いたちをあてがわれた。

六週間が過ぎたころ、朝とつぜん、一羽のハトが飛んで来て、早朝王子の部屋の窓に止まった。王子が窓を開けると、ハトは飛び去った。王子は内側からひもを結びつけ、今度ハトが来たときには、ひもを引っぱって窓をすぐ閉めることができるようにした。ハトがまたもや窓のところへ飛んで来た。王子がひもを引っぱるとハトは部屋の中に閉じ込められた。ハトはすぐにテーブルの上へ飛んで行き、その上をチョコチョコ行ったり来たりした。そこで王子は父親のところへ駆けつけて言った。「きれいなハトを捕まえましたよ」。王さまもすぐにやって来た。ハトは相変わらずテーブルの上をちょこちょこ歩き回っていた。「これはまた見事なハトじゃ！」と王さまが言って、ハトをそっとなでたところ、針が刺さった瘤《こぶ》が王さまの手に当たった。そこで王さまは針の頭をつかみ、それを引っこ抜いた。すると、すさまじい音がして、見ると、ハトの代わりにテーブルの横に美しく気品のある女性が立っていた。これはまた、王子のなんという喜びようか！

王子はすぐに女性を抱きしめ、「お父上、この人こそ、わたしと旅を共にした女性です」と言った。すると、王さまが「結構なことだ。これでこそ、お前の願いがかなえられたということじゃ」と言った。

王さまと王子は、どうしてこのようなことになったのかたずねた。そこで女性が、魔法使いの女が、自分が寝ている間に自分の頭に待針《まちばり》を刺したのだ、と話して聞かせた。王子はすぐにその女性の手を引いて、王子の部屋へ連れて行った。そして三日のうちにもう、王子は年取った女、つまり宿屋の魔女が城へ来るようにと手紙を書き送っていた。年取った魔女が来ると、王さまのところで大ごちそうが用意され、皆飲んだり食べたりしたり、あれこれお互いに話が弾《はず》んだ。その席で王さまが、「ある者が、ある人に魔術を使って、人間として生きられないように仕組んだとしたら、そのような者には、いったいどのような処罰がふさわしいものだろうか」と言った。魔女が答えた。「薪の山で火あぶりにすることこそ、そのような者にふさわしゅうございます」。する王さまが言った。「きさまら老いぼれ女こそ、それがふさわしいわい！」。火あぶり用の薪の山が用意され、二人の女は連行され、そこで息の根が止められた。

早速改めてごちそうが用意され、王子が本当の花嫁を迎えに行った。司教も列席した。二人は礼拝堂で互いに結婚の誓いをした。身分の高い人たちは皆、王子とその妻の幸せを祈り、王子はやがて王さまとして君臨することになった。

第75話
気位の高い水車小屋の娘 *Die hoffärtige Müllnerstochter*

金持ちの水車小屋に一人っ子の娘がいた。娘はとても美しかったが、気位《きぐらい》も高かった。娘にはすでに五十人もの求婚者があった。しかし娘はだれ一人好きにはならなかった。ところがあるとき、一人現れた。狩人だった。なかなかの若者だった。若者が娘の家の前を通りかかったところ、娘が外に出ていて、すぐに若者を呼び止めた。若者を部屋に案内し、安楽椅子にすわるようすすめた。若者は、自分と結婚する気はないか、とぶしつけに求婚した。すると娘は喜んで、「はい」と言った。娘の両親がやって来て、諸事万端すぐに手はずを整えた。すると求婚者が言った。「わたしたちが結婚できるためには、九日目までにすべての準備が整っていなければなりません」。若者は立ち上がって、娘に手を差し伸べ、「明日すぐに来ます」と言った。

次の日、若者はもう来た。けれどもヤギの足で。水車小屋の人たちは死ぬほど驚いた。若者は悪霊《あくりょう》だった。しばらくして若者は立ち上がり、「明日また来ます」と言った。

三日目、若者は馬の足で現れた。椅子にすわり、しばらくとどまってから、また立ち上がり、「帰ります。明日また来ます」と言った。

四日目、若者はオンドリの足で現れた。椅子にすわり、しばらくしてまた立ち上がり、「明日また来ます」と言った。

五日目、水車小屋の人たちはことの次第を主任司祭に訴え出た。主任司祭は、棺を手に入れなければならないと言い、さらに、台所の扉の下の敷居の下に穴を掘り、それから娘を棺に入れて、敷居の下をくぐらせてから中庭へ運び出すようにと言った。そこで水車小屋の人たちはその日のうちにすぐ娘を棺に入れて、街道へと運び出した。そこにはたくさんのバラの茂みがあった。そこに墓穴を掘り、水車小屋の娘は死人のように埋葬された。家では穴をすぐに埋めもどし、地面を再び平らにしたので、もう何も感づかれるものはなかった。

若者がまたやって来た。今度はクマの足だった。娘を探し、どこにいるのかとたずねた。「はあ」と水車小屋の人たちは言った。「それがわからないんです」。若者は、敷居の下から運び出された娘を発見できず、立ち去るしかなく、二度と姿を現さなかった。

その次の年、墓からバラが生えて茂みができた。中に一本、黄金色《こがね》に輝く美しいバラがあった。多くの人がそれを引き抜こうとした。しかし、だれもそれを手に入れることはできなかった。バラは引っこ抜こうとする度に墓の中へ引っ込んでしまうのだった。あるとき一人の領主が四頭立ての馬車で通りかかり、バラを見て、すぐに馬車を止めさせた。墓へ行って、同じようにバラを引っこ抜こうとした。するとバラはまたしても引っ込んでしまうのだった。それで領主はもう立ち去ろうとした。するとバラがまた上へ伸びてきた。領主はもう一度引き抜こうとした。するとバラはまたしても引っ込んでしまった。領主はもう馬車へもどろうとして、向きを変えた。するとまたバラが伸びてきた。領主はバラに近づき、間合いをはかって、素早く手を伸ばし、三度目の挑戦でバラを手につかむことができた。

領主がバラを引き抜いたところ、美しい水車小屋の娘が目の前に現れた。雪のように白く、前よりずっと美しかった。領主が娘の呪いを解いたのだった。そこで領主はすぐさま娘の手を取って、馬車へ案内し、二人はすぐに走り去った。道中、領主はどうしてこんなことになったのか、娘にたずねた。娘は何もかも話して聞かせた。それで領主は娘を二度と娘の国に帰らせなかった。娘をまた失うにちがいないとひどく恐れたのである。その後、領主は娘と結婚し、娘は領主の奥方となった。

第76話

酔っぱらいの仕立屋 *Der besoffene Schneider*

昔、貧乏な仕立屋がいた。財産らしい財産もないのに、何かちょっとでもあると、いつでもすぐに飲み代になった。その仕立屋があるとき王さまの財産を奪う夢を見た。「おい、母ちゃん」と仕立屋は女房に言った。「おれは夢を見たんだが、王さまの財産を略奪することになりそうだ」。「そりゃ、お前さんにはうってつけの話だね」と女房が言った。「お前さんが頭一つ短くしてもらう〔殺されること〕つもりなら、お前さんにもきっとできるだろうってことよ」。

仕立屋は同じ夢を三夜見た。それでそのままにはしておけないと思って、王さまのいる都へ向かった。都の手前で森を通った。午後四時だった。そのとき狩人に出会った。高齢でもう七十歳にさしかかっていた。しかしこの狩人は年を取った王さまだった。狩人は仕立屋に言った。「さて、どちらへお出かけかな、お前さん」。「都へ行って、王さまのところへよ。おれはもう三度も夢を見てね、おれが王さまの財産を略奪することになりそうなのだ」。「金があそこにあるからと言うなら」と狩人が言った。「わしは王さまに仕える狩人だ。お前さんと仲良くしよう。わしは金がどこにあるか知っているからね」。

二人は都へ入り、宿屋に泊まった。二人だけで飲み食いした。仕立屋に頼まれて、狩人が仕立屋の代金を払ってやった。真夜中に狩人は銃を宿屋の亭主に預けた。「さあ、出発だ」と狩人が仕立屋に言った。「王さまの財産を略奪しに」。狩人はすでに見張りの者に事情を話していた。「あそこの後ろに長いはしごがあるから、お前さん、それを運び出して、窓が開いたところに立てかけてくれ」。仕立屋ははしごを取りに行って、立てかけた。すると王さまが言った。「ほら、袋だ。ほら、鍵だ。窓から忍び込め。上にトランクがあり、何百万もの紙幣がある。袋に詰めて、外へ投げ落とすんだ」。

王さまには義理の息子がいた。一年前にお姫さまと結婚していた。その義理の王子の部屋は宝物殿の隣にあった。その部屋で王子はその妻、つまりお姫さまにちょうどひどい難癖《なんくせ》をつけているところだった。「お前の親父はおれに王座を約束した。なのに、今でも王位に就いている。おれはお前をすぐに刺し殺してやる」。「お願い、あなた、あなたはもうすぐ王さまになって、支配できるじゃありませんか！」。「そうだとも」と義理の王子が言った。「お前が同意するなら、料理人に毒入りのタルトを焼かせよう。そしてお前の親父がすべて切り分ける。そしてタルトの最初の一切れを食うのはお前の親父だ」。

仕立屋はこの話を聞くと、なんとか動こうとしたが、体がいうことをきかなかった。話声がしなくなってから、仕立屋ははしごを降りた。地面に降り立つと、はしごを片づけた。すると狩人が言った。「お前さんはこんなに長い間、いったいどこにおったのかね」。「ちょっと来てくれ、話がある」と仕立屋が答えた。そして歩きながら、耳にしたことを話して聞かせた。「確かに」

と狩人が言った。「わしらは王さまの財産を略奪した。しかし、もし王さまの身に何か起これば残念なことだ、あの年取った王さまに。あの王さまはだれに対しても優しいお方だからな」。仕立屋は、盗んだ金をどこに置くのかたずねた。「向こうの荒れ地に干し草の山がある」と狩人が答えた。「あそこにわしらの金を隠すのだ。そしてどの干し草にも銀行紙幣のいっぱい入った袋を隠すのだ。そして宿屋で優雅におしゃべりでもして過ごそう。そうすれば宿屋の亭主も喜ぶだろうし、少しは分け前も手にするというものだ」。実際、二人は夜どおしおしゃべりをし、兄弟の杯を交わした。

ところが明くる朝、今日は教会で王さまのご臨席になる式がある、それで自分はそれに参列しなければならない、と狩人が言った。すると仕立屋が、それは自分もぜひ見ておきたいものだと言った。「それでは別々に教会へ行こう」。しかし仕立屋は、その際は絶対狩人のそばにすわりたい、いったい狩人はどこにすわるのか、と言った。「右側の列で、祭壇の横の一番目の席だ」と狩人が答えた。教会で二人がお互いに相手がわかるようにするために、仕立屋は枯れた小麦の穂をボタン穴にさすこと、自分も同じようにすると狩人が言った。

ことの次第はこんなものだった。仕立屋が教会に入ると、一連隊の兵隊がいた。王さまは、小麦の穂をさした者が来たら、その者はただちに中へ通すようにと前もって命令を下していた。軍隊は、かれらが小麦の穂を見ると、扉までただちに通路を空けた。仕立屋が教会に入ると、だれが小麦の穂を持っているのかキョロキョロと見まわした。すると、王さまが穂をさしているではないか。仕立屋は脱兎《だっと》のごとく逃げ出そうとした。しかし軍隊が扉のところで押しとどめた。仕立屋はショックのあまり、ズボンの中に粗相《そそう》してしまった。

王さまは混乱を横目で見ながら立ち上がり、「あの者をわが元へ連れて参れ」と言った。こうなると仕立屋はますます怖じ気づき、王さまの前でがばと跪《ひざまず》き、「皇帝陛下さま、お許しを！」。王さまは立ち上がり、仕立屋に手を差しのべ、「こちらへ来てすわるがよい」と言った。けれども仕立屋は手をもみながら言った。「おお、皇帝陛下さま、滅相《めっそう》もございません」。「そちはわしと兄弟の杯を交わしたのだ。宿屋で夜、そうではなかったかな。そちはわしに言ったではないか。わしたちは二人で金を盗み、干し草の山に隠し、そちはわしといっしょに城へ入り、宴会に連なり、わしと食事を共にする、と」。

二人が城に入り、馬車から降りたとき、仕立屋が言った。「ズボンの中に粗相してしまいました」。「そちは将軍の服を着るがよい」と王さまは命令した。「しからば、ただちにそちの体をきれいにさせよう」。すぐに召し使いたちが来て、服を脱がし、桶に入れ汚れを落とし、最高位の将軍の服を着せた。王さまがやって来て、「よし、それで結構じゃ。体はきれいになったろうな」と言った。「はい、ご親切に感謝いたします」と仕立屋が言った。

「さあ、わしといっしょに宴席に向かうとしよう」。

「はい、参ります。けれどもタルトは頂きません」。

「そちは何も口に入れてはならん。わしも口に入れたりはせぬ」。

二人が宴席に連なり、若い王さまとその妻、すべての大臣や高官たちは飲んだり食べたりした。けれどもタルトを食べる番になると、老王が立ち上がって言った。「皆の者、そしてわが息子よ、今日からはわが息子が王の座に就くこととする。わしは王の座を退くのじゃ。しからば、タルトを切り分けるは息子の役目とする」。息子――義理の王子――にそれができるわけがなかった。

「おお、お義父上《ちちうえ》」と息子が言った。「わたしはまだ王座に就く必要はございません。お義父上が王座にとどまり、そして飲み食いをお楽しみください」。「近侍！」と老王は大声で呼びつけ、「わが猟犬を連れて参れ。わしにとっては、わが猟犬より大事なものがある。きさまもそうだ」と若い王さまに向かって言いながら、長いフォークと長いナイフを手にして、一切れ切り取って、犬に与えた。犬がそれを口に入れるや、犬はばったり倒れ、真っ黒になった。

「このようにしてきさまはわしを罠《わな》にかけようとした」と老王が言った。「この男のおかげでわしは災難を免れた、この将軍のおかげでな。将軍は三日にわたって、彼がわしの財産を略奪する夢を見た。もしわしがまっとうな政治を行っていない王であるならば、将軍はそのような夢は見なかったであろう。神がわしのために、将軍の夢の中へ天使を遣わして、わしをお救いくださった。きさまは銃殺だ」。つづいて仕立屋に言った。「袋の金はそちのものだ。そちの女房を迎えに行くがよい。そして、わが城に将軍としてとどまるがよい」。

第77話
王さまと三人の兵隊 *Ta Keinich unt saimi trai Suldat'n*

昔、一人の王さまがいた。王さまには、いつもそばで見張りをしている三人の兵隊がいた。一人目の兵隊は扉の前で、二人目は階段、三人目は城の下手の入り口で。真夜中にその兵隊たちが三人そろっていっしょになることがあった。

一人目が言った。「実際、兵隊暮らしはつらいもんだよな。休暇も取れないんだものな」。「そんなこと言ったって、一文にもなるまいに」と二人目が言った。「おれが王さまになったら、任務の割り振りを変えてやるよ」。

三人目が言った。「任務の割り振りを変えてやるって？　そんなことどうやってできるんだい。おれなんか、お姫さまのところで寝られたら、もうそれだけで十分さ」。

王さまは三人の兵隊の話を全部聞いていた。そこで明くる朝三人を呼びつけた。それから、休暇が欲しいと言った者はだれかと問い質《ただ》した。

「手前であります」と一人目が言った。「皇帝陛下さま、そう申したのは手前であります」。王さまは一人目の兵隊に気前よくはずんで言った。「そちは、そちの行きたいところに行くがよい」。

「いったいどいつじゃ、王になりたいと抜かしおった奴は」。「手前であります」と二人目が言った。「手前は王さまになりたいのであります」。「そちが王だとすると、わしは王でなくなる。ということは、そちは軍規を乱したということじゃ。よって、そちは死刑じゃ」。王さまはただちにこの兵隊を捕えさせ、拘禁させた。三日目、この兵隊は射殺された。

三人目の兵隊に対して王さまが言った。「残るはお前だけだ。お前はわが姫のところで寝たいと言うのだな。それでは三日の猶予を与える。その後でそちをわが姫のところへ連れて行かせよう」。王さまはお姫さまを呼びつけて、人が何を望もうとも、いつも「いいえ！」と言うように言い含めた。

四日目、王さまはお姫さまを大広間に行かせ、そこにお姫さまのベッドを置かせた。ベッドのまわりには大きなスペイン風屏風《びょうぶ》〔折りたたみ式屏風のこと〕を立てかけさせた。そのような場所でお姫さまは横になり、眠った。周囲にはぐるりと七十七本のローソクが立てられ、灯がともされたので、お姫さまは明々《あかあか》と照らし出された。さらに二百人の兵隊が投入され、実弾をこめた銃を持って屏風のまわりにぐるりと配置された。そうして後、三人目の兵隊が案内された。兵隊たちは三人目の兵隊を屏風の外側に立たせた。そのため、三人目の兵隊はお姫さまを見ることができなかった。三人目の兵隊はたくさんの兵隊や明かりを見て、すっかり度肝《どぎも》を抜かれてしまった。それで内心考えた。

「これでは手の施しようがない。一巻の終わりだ」

王さまが三人目の兵隊に言った。「もしそちがわが姫のそばに寝ることができなければ、そちは死刑だ」。

三人目の兵隊は、どうやったら事が首尾よくいくか、あれこれ考えた。

真夜中、三人目の兵隊はお姫さまのほうに歩み寄った。

「お姫さま、この広間にあれほどたくさん兵隊が立っていることが必要でありましょうか」。

「いいえ！」とお姫さまが言った。

三人目の兵隊が兵隊たちに言った。「半ば右、前へ進め！」これはお姫さまの命令だったので、兵隊たちは全員大広間を出て行かなければならなかった。

「お姫さま、この広間にあれほどたくさん明かりをつけていることが必要でありましょうか」。

「いいえ！」とお姫さまが言った。「明かりは消しましょう。一本だけ点けたままにして」。

「お姫さま、扉も窓も開けっ放しですが、そうすることが必要でありましょうか」。

「いいえ！」とお姫さまが言った。

「では閉めましょう！」と三人目の兵隊が言った。

「お姫さま、この広間に屏風を立てかけておくことが必要でありましょうか」。

「いいえ！」。

「屏風は外しましょう！」と三人目の兵隊が言った。すると目の前に白い羽布団《はねぶとん》があり、お姫さまの姿が目に入った。

「お姫さま、お姫さまはお一人でお休みになられることが必要でありましょうか」。

「いいえ！」とお姫さまが言った。

「それではお姫さまのところへ入らせていただきます」。そう言って、三人目の兵隊はお姫さまの床に入った。

「お姫さま、お姫さまは人から攻められてはいけないのでございましょうか」。

「いいえ！」。

「それでは、今度はお姫さまを抱きしめさせていただきます」。三人目の兵隊は、すぐさまお姫さまにキスをした。それから二人は夜どおし楽しい時間を過ごした。

朝、王さまがやって来た。三人目の兵隊はベッドでお姫さまの横に寝て、お姫さまを抱きかかえていた。

「そちはわしに勝った。それ故、姫はただちにそちに与えることとする」と王さまは言った。それから三人目の兵隊に王位を譲った。というのは、王さまはすでに高齢だったからだ。こうして三人目の兵隊が王さまになった。

第78話
病気の農婦 *Die kranke Bäuerin*

昔、四人の子どものいる貧しい農夫がいた。女房は七年もの間寝たきりだった。農夫は洗濯、料理、掃除だけでなく、女房の寝床を整えたり、家に暖炉があったので、森へ薪《たきぎ》を集めに行ったりしなければならなかった。この女房が実になんとも大食いで、だんご、シュテルツ〔穀物の粉を主にした濃い粥〕、小さな豆だんご入りスープ、と出された物は全部平らげた。

農夫は、女房が起き上がろうとしないので、もう腹が立って仕方がなかった。それで袋を一つ持って森へ入り、巨大なアリ塚のところへ行った。アリ塚を袋にいっぱいになるまで詰め込んだ。何千、何万というアリが入っていた。農夫はその袋を担いで家に帰り、台所で降ろし、かまどで料理をはじめ、炒《い》り小麦のスープを作っておいて、大麦粉のヌードルを作り、それをスープに入れたので、子どもたちも食べ物にありつけた。それに女房も。

子どもたちが食事を終えて寝床に入った後、農夫が、「おいお前、お前のベッドを整えてやろうか」と言って、女房をベッドから安楽椅子に移してすわらせてから、台所へ行き、袋を担いで来てひもをほどき、中の物をベッドの上にぶちまけた。そしてその上にシーツを敷き、女房を抱きかかえてベッドに寝かせた。農夫も隣の自分のベッドに横になった。

真夜中、農夫は女房に、寝心地はどうかとたずねた。「ああ、痛いよ、あんた！」と女房が言った。「まるで石ころばかりの上に寝ているみたいよ。もう痛くてたまらない」。

次の日の朝、「あんた、ベッドの中に何があるのか、ちょっと調べてみてよ。もう痛くてたまらない！」と女房が言ってベッドから飛び起きると、女房はもう病気が治っていた。

農夫が女房のベッドに行って羽布団をめくると、まずシーツの上にターラー銀貨が転がっていた。たくさんではないが、散らばっていた。次に農夫がシーツをめくると、何千、何万というターラー銀貨や二十グルデン金貨が転がっていた。それがあまりにも大量なので、ベッドの敷き藁《わら》がぺしゃんこになっていた。藁は陰も形もなくなっていた。それで女房は両手をパチンと叩いて、大声を出した。「そうよ、わかったわ。道理で寝心地が悪かったんだわ」。

二人は金をそそくさとかき集めて袋に詰め、秘密の場所に隠した。家族はその日からさっそく安楽な暮らしをはじめ、金持ちも金持ち、村いちばんの大金持ちになった。

第79話
下男《げなん》 *Der Hausknecht*

昔、農家に若者がいた。この若者、よい行いはまるでしたことがなかった。あるとき若者は居酒屋の亭主を訪ねて行って、下男にしてもらえないかとたずねた。

亭主は言った。「おお、いいとも、わしの店においてやってもいいぞ。で、いったい何という名前だ」。「ネコ、というものです」と下男は言った。亭主が言った。「面白い名前だ」。

給仕係も下男にたずねた。「で、いったい何という名前だ」。下男が言った。「地下室でいちばん上等なワイン、というものです」。

料理女が下男にたずねた。「で、いったい何という名前なの」。下男が言った。「陶器のシチュウ鍋の中でいちばん上等なローストポーク、というものです」。

亭主の娘が下男にたずねた。「で、いったい何という名前なの」。下男が言った。「ソーセージで苦しい、というものです」。

下男は警察に住民登録の申請をしなければならなかった。そこでも何という名前かと聞かれ、下男は言った。「七年前のハンス、というものです」。

三週目に下男は豚を殺して、上等な焼きソーセージを作った。それを娘がたくさん食べた。下男はこのころすでに、亭主が金をどこに置いているのか調べ上げていた。下男ははしごをかけて登って行った。それを馬番が見て、亭主に大声で伝えた。「ネコがはしごを登って行っています！」。するとと主人が言った。「つまらんことを言うな。ネコがはしごを伝わないでどうやって登ると言うんだ」。

下男が金を手に入れた。娘がそれを見て大声で伝えた。「ソーセージで苦しい！」。亭主が言った。「そんなにたくさん、食わなきゃよかったんだ！」。下男ははしごを降りた。すると台所にいた料理女が言った。「ちょっとお待ち、一発食らわしてあげる！」。すると下男はすぐさま料理女に二、三発食らわした。料理女は血を流した。給仕係も言った。「ちょっと待った、一発食らわしてやる！」。ところが下男は給仕係を捕まえて、階段を二十段も転がして、下の地下室へ投げ落とした。二人は大声で痛がった。下男は姿をくらました。

二人が大声で痛がるのを聞いた亭主がやって来て、「で、」と給仕係に言った。「お前はいったいそこの地下室で何をやってるんだ」。「地下室でいちばん上等なワインがわたしを転落させたのです」。「このろくでなしめが」と亭主が言った。「きさまがいちばん上等なワインをガブガブやったのなら、よくないのしか残らんわけだ」。

亭主は台所へ入って行った。すると料理女が大声で痛がっていたので、何があったのかとたずねると、「あのですね」と台所女が言った。「陶器のシチュウ鍋の中でいちばん上等なローストポークのために、わたしはこんなにひどい目に遭いました」。「そうか」と亭主が言った。「お前がい

ちばん上等なローストポークを食っておいて、その後でもそんなに熱いのにかぶりつかなきゃならなかったのか」。亭主は給仕係と料理女をすぐに店から追い出した。

けれども下男が自分の金を盗んでいたことに気づくと、亭主は市門のところへ駆けつけて、警官たちにハンス、つまり自分のところで雇っていた下男を見なかったかと質問した。警官たちは言った。「七年前のハンス、そいつは確かに見ましたよ。そいつはここから出て行きましたよ」。

そこで亭主は胸のうちで、七年前自分のところにいたハンスにそもそも何の係わりがあろうか、という気になった。それで亭主は、ハンスがどこへ行ったか問いただすことができなかった。ハンスは金を持って難なく逃げおおせた。ハンスはだれにも捕まらなかった。

VI ドイツ語島ハヨシュ〔ドナウ川の中州にある、ハンガリーの村〕の民話

Märchen aus der deutschen Sprachinsel Hajos

第80話

緑ズボンの怖いもの知らず *Dr Griahöslar Fürchtanichts*

昔、貧乏な女の人がいた。女の人には二人の男の子がいた。兄は靴屋のまじめな職人〔見習期間を終えて試験に合格した者〕であったが、弟のほうはまったくのろくでなしで、そのうえまるで何も怖いものなしで、いつも緑色の古いズボンをはいていた。それで人々は弟のことを「緑ズボンの怖いもの知らず」と呼んでいた。

ある夕方のこと、すっかり暗くなっていた。このとき母親が兄に言った。「ちょっといいかい、

あのろくでなしに水をくみに森へ行かせようじゃないか。あの子は墓地の前を通らなきゃならない。お前、亜麻布《あさぬの》を持って行って、頭からかぶって、通り道に立っておくれ。するとあの子もきっと肝をつぶして怖がることを知り、しっかり者になるだろうからさ」。

これで手はずは整った。母親は緑ズボンの怖いもの知らずに水くみに行けと言いながら、怖くないかとたずねた。「えっ、まさか！」と緑ズボンの怖いもの知らずが言った。「墓場じゅうの幽霊が出て来たってへっちゃらさ」。そう言って緑ズボンの怖いもの知らずは水瓶を持って家を出た。教会の横の墓地にさしかかったところ、道に白い姿のものが立っていた。「おい、こらっ、じゃまだ、どけ」。けれども白い姿のものは動かなかった。そこで緑ズボンの怖いもの知らずは、「腕を振ったって意味ないぞ。おれは怖くなんかないんだからな」と言いながら、白い姿のものの頭目がけて水瓶をたたきつけた。すると幽霊はばったり倒れ、何か悲鳴のような声を上げた。「やっ」と緑ズボンの怖いもの知らずが言った。「きさま、人間だな！」。そしてだれだろうかと確かめた。「ひゃあ、兄貴だ」と緑ズボンの怖いもの知らずが言った。「兄貴じゃないか！　もう一回道で立ちんぼする気はあるかい」。兄はそのまま息絶えた。緑ズボンの怖いもの知らずは、慌《あわ》てて別の町に逃走した。

緑ズボンの怖いもの知らずは別の町に入り、居酒屋の亭主に夜、どこに泊まれるかたずねた。亭主は、あそこに古い城があるが、だれ一人その城へ入る勇気のある者はいない、と言った。「えっ、そりゃまたどうして」と緑ズボンの怖いもの知らずがたずねた。「噂によれば、あの古い城には悪魔が棲《す》んでいるんだそうだ」と亭主が教えた。すると緑ズボンの怖いもの知らずは立ち上がり、こう言った。「悪魔が城に棲んでいるんだって？　だったら拝みに行こうじゃないか。棒を一本、トランプ、タバコを用意してくださいませんか。そしたら今夜のうちにもあそこへ行って、寝ることにするよ」。緑ズボンの怖いもの知らずはすべての品物を用意してもらうと、城の中へと入って行った。

夜、緑ズボンの怖いもの知らずは火をおこし、肉をいためた。料理がすむと、「ああ、今もし悪魔が来たら、何か食い物をやれるんだがな」と言った。

すると頭の上から声がしたので、上に向かって大声で言った。「おいで、お友だち。もし食う気があるなら」。すると人間の足が一本、落ちてきた。緑ズボンの怖いもの知らずはそれをつかんで隅っこに投げつけた。その後もう一本の足、二本の腕、胴体、頭がつづいた。それで緑ズボンの怖いもの知らずは九柱戯《きゅうちゅうぎ》をした。頭が九柱戯のボールだったのである。

とつぜんその男が息を吹き返した。とてつもない巨人だった。巨人はたずねた。「わしについて地下室へ降りて行かないかい」。「行くものか」と緑ズボンの怖いもの知らずが言うと、「つべこべ抜かすな」と巨人が言ったので、頭にきた緑ズボンの怖いもの知らずは、「悪魔ごときがおれさまに命令できるとでも思っているのかよ」と言って、鉄の棒で巨人の腕をたたき落とした。すると巨人は、「わしを行かせてくださいよ。わしも喜んでお前さんとトランプをしますから」。というわけで、二人はしばらくトランプをして遊んだが、そのとき巨人が、そこの洞窟には竜がいて、王女を捕まえていて、竜を打ち殺した者はだれでも王女を妻にすることができる、と言った。

緑ズボンの怖いもの知らずは、竜の話を聞くと、洞窟を探しに出かけた。洞窟に着くと、竜が翼をバタバタと動かして脅した。「おとなしくしろ！」と緑ズボンの怖いもの知らずは叫び、さらに「おれさまが王子さま気取りのおまえをたたき直してやる」と言って、鉄の棒で竜の翼と七つの頭全部をたたき切った。その後で王女を救い出した。王女は喜んで、今すぐ自分と結婚する気があるかとたずねた。「おれは結婚する気はないよ」と緑ズボンの怖いもの知らずが言った。「おれが怖がったりびくついたりしないかぎり、結婚はしないよ」。

二人が王さまのところへやって来ると、王さまと王女は緑ズボンの怖いもの知らずを招いて宴会を開いた。王女がタルトを焼いた。そしてタルトの中に鳥を一羽忍び込ませた。そしてそれを緑ズボンの怖いもの知らずに出した。緑ズボンの怖いもの知らずがタルトにナイフを入れたところ、一羽の鳥が飛び出してきて、緑ズボンの怖いもの知らずの鼻の頭に止まった。緑ズボンの怖いもの知らずはすっかりうろたえたので、客全員がいっせいに声を上げた。「彼はうろたえました。彼は王女さまと結婚しなければなりません！」。

その後、二人は盛大な結婚式を挙げた。二人がまだ死んでいなければ、今でもまだ踊っているだろう。

第81話
親指小僧 *Der Däumling*

昔、一人の男の人がいた。男の人には三人の背の高い息子がいたが、四人目は父親の親指ほどの大きさしかなかった。ある日、男の人は息子たちを連れて畑へ行った。小さなハンスに向かって父親は言った。「お前は背嚢《はいのう》のそばにおるんだな。草の中へ入って行ってはいかんぞ。コウノトリがお前を蛙と勘違いせんともかぎらんからな。そしたらパクリとひと飲みだぞ」。ハンスは背嚢のそばでじっとしていると約束した。

父親の姿が見えなくなると、ハンスは野原を散歩した。すると本当にコウノトリが現れて、ハンスをくわえて森へ飛び去った。父親はハンスの泣き声を聞いた。けれどもコウノトリを追いかけることはできなかった。父親は打ちしおれて家に帰り、他の三人の男の子に森へ行かせて薪《たきぎ》集めをさせた。

コウノトリはハンスをくわえて、巣のある塔の上に舞い降りた。塔の中には巨人とその妻が住んでいた。大嵐が来て、巣がハンスもろとも草の中へ落下した。巨人はハンスが倒れているのを見て、妻に言った。「こいつはつぶしてもいいんだが」。「そうね」と妻が言った。「この子は閉じ込めて太らせましょう。このままだと小さくてやせているから」。二人はハンスを畜舎に入れて、扉にカギをかけた。これはハンスにはうれしいことだった。なんと、畜舎には三人の兄たちも閉じ込められていたのである。ハンスは三人に、三人がどうしてこんなところへ来たのかとたずねた。「昨日おれたちは森で薪を集めていたんだ」と一人が言った。「そこへ薄汚い巨人が現れて、おれたちをここへ追い込んだのさ」。

四人はたっぷり食べ物をあてがわれた。なにしろ太らなければならなかったのだ。夜になると、ハンスが三人に言った。「あのね、ぼくはカギ穴から抜け出て、みんなを外へ出して上げるよ。そしたらお家へ帰ろう」。

話が実行に移され、四人は夜どおし森の中を走った。明け方、大きな川に出た。皆で川に入った。三人は向こう岸にたどり着いた。けれどもハンスだけは溺れてしまった。大きな魚がハンスをのみ込んだ。「今度こそ、ぼくはぜったい死ぬんだよな」とハンスは心の中で思った。魚の腹の中には空気があまりなかったのである。

次の日、王宮に仕える漁師たちが来た。漁師たちは魚を十分捕まえると、王さまのところへ帰って行った。王さまは、魚というものはどのようにしてさばくのか見物したいと言って、料理人の横にすわり、料理人がちょうどいちばん大きな魚の腹を切り開くところをじっと見ていた。とつぜん、ハンスが飛び出してきて、調理台の上をところかまわず跳ねまわった。王さまはじめ、その場にいた人たちは皆、この元気な男の子を見て大笑いし、好き勝手にさせた。

ハンスはとても長い時間跳ねまわり、とうとうタルト用の練り粉のいっぱい入った鉢に転落した。だれもその場面を見た者がなく、ハンスは練り粉の中で溺れる他なかった。

全員が宴会の席についた。お妃さまがタルトを切り分けた。と、ハンスがうれしそうに飛び出した。全員、この小さな親指小僧のことで笑ったり喜んだりした。ハンスは何をしても許された。行きたいところへ行くことが許された。

ハンスは美しい部屋に入り、お妃さまの裁縫箱にもぐり込んだ。そのとき枢密顧問官《すうみつこもんかん》と下僕《げぼく》が部屋へ入って来た。ハンスは、二人がお互い何を話し合うのか注意して聞いた。枢密顧問官が下僕に言った。「今日もしお前が王さまを殺せば、お前を金持ちにしてやるぞ」。下僕は枢密顧問官に対して王さまを殺すと約束し、二人は部屋を出て行った。

ハンスは大急ぎで王さまのところへ行き、二人がどんなことを企んでいるか話した。二人は追放された。ハンスは永遠に王宮にいることが許された。

よい天気の日だった。ハンスは庭園を散歩し、きれいなバラの花の中にすわった。大きなチョウが飛んで来て、ハンスをがっちりつかみ、海の彼方へ飛んで行った。チョウはそれからハンスを手放した。

ハンスは大声で泣いた。自分がどこにいるのかわからなかった。漁師がハンスの泣き声を聞いて、ハンスのところへ来て、どうしたのかとたずねた。「ぼく、お家へ帰りたいの。でも、できないの」とハンスが言った。「向こうの丘の上に」と漁師が言った。「ツルがいる。お前はそいつの羽の中へもぐり込め。そしたら奴といっしょに海を渡って飛んで行ける。奴は明日飛び立つんだ」。ハンスはありがたい助言にお礼を言って、漁師に言われたとおりのことを実行した。

明くる日、ハンスが王さまのところへ着くと、ハンスがまたもどってきたことを皆、喜んだ。王さまはハンスのために小さな黄金製の馬車を作らせ、二匹の銀ネズミにひかせた。ハンスは好き放題馬車を走らせることが許された。ハンスたちが死んでいなければ、今でもまだ生きているよ。

第82話
怖がり屋のミカエル *Grusl-Michael*

昔、二人の兄弟がいた。ハンスとミカエルという名前だった。二人は毎晩仕事を終えて家に帰るときには、教会堂の横の墓地を通らなければならなかった。ハンスはそのたびに怖がり、言うのだった。「おお、なんて気味が悪いんだ」。ある晩、二人がまたも家へ帰るとき、ハンスがまたもや怖がったので、ミカエルが言った。「ちょっとハンス、教えてくれよ。いったい怖いって、どんな具合のものなんだい。おれもそいつを習いてぇもんだ」。ハンスが言った。「どんな具合かって、それ、口ではうまく言えないよ。お前は恐怖学校に行くしかないよ」。「よし、わかった」とミカエルが言った。「そいつをおれは試しに行こう」。

次の朝、ミカエルは父親に告げた。父親はミカエルが企んでいる話のことを聞くと、すぐにせかせかと走り去りながら、言った。「とっとと失せやがれ、きさま、気でも狂ったのか。きさま、何の話を聞いて、この間抜け奴め、そんなことを思いついたんだ」。

するとミカエルが言った。「おれはどうしたって行くんだ！」。そう言って、タンスから一万グルデンを持ち出して家を出て行った。ミカエルは夕方、名親《なおや》〔名付け親〕が鐘撞《つ》きをしている村へやって来た。その名親のところへ行って、自分がしようとしていることを話した。自分はぜひとも怖がることを習いたい。なぜなら、それはハンスにはできて、自分にはできないからだ。それで、だれか自分にそれを教えてくれる者がいたら、その人はよい稼ぎになるだろう、と。

名親はたずねた。「それを教えてくれる者に、お前はいったい、いくら払うつもりかね」。「一万グルデン」とミカエルは答えた。すると名親が言った。「お前さんはこの村にこのままおるんだな。わしがお前さんにそいつを教えてあげよう」。話は決まった。ミカエルはその村にとどまった。

この村には習《なら》わしがあって、毎晩十二時に鐘を撞《つ》くことになっていた。ある晩、名親はミカエルに言った。「わしは少々体の具合が悪い。それですまんが、今晩わしの代わりに鐘を撞いてくれんかね」。

ミカエルは喜んだ。ぜひともさせてくれと言った。しめしめ、と名親はほくそ笑んで、教会の塔の中に身を潜め、白い亜麻布を頭からすっぽりとかぶり、ミカエルが来るのを待ち構えた。

果たせるかな、十一時には、ミカエルは口笛を吹いたりうたをうたったりしながら教会に向かった。しかし、まさか名親が自分を驚ろかそうとしていることなど、まるで考えてもいなかった。ミカエルが塔を登って行くと、白い姿の幽霊が立っているのが見えた。それで、「やあ、こんばんは、お前さんも来てたのかい」と大声を出した。

ところが幽霊は一言も口を利かなかった。するとミカエルは腹をたて、「やい、いったいどういうことなんだ、一言も口を利かんとは。よし、それなら、口が利けるようにしてやろうじゃないか！」。そう言って、したたか平手打ちを食らわした。

「いいか、これはきさまのほうの問題なんだぞ。これでもきさまがやっぱり何も言わないのなら、そのときは塔から投げ落としてやるまでよ」。幽霊は相変わらず何も言わなかった。それどころか、ミカエルに脅しをかけようとした。これにはミカエルのほうが頭にきた。幽霊を窓から外へ投げ落とした。「わかったか、この化け物め！　ご機嫌よう。人間なのか、それとも幽霊なのか知らんがね」。鐘撞きの仕事をすませると、ミカエルは再び教会から出て行った。すると名親のうめき声が聞こえた。名親は足の骨を折っていた。

ミカエルは駆け寄って、「おや、あれはお前さんだったのかい、名親さん。あれはてっきり幽霊だと思っていたんだけど。それはともかく、おれは言われた仕事はちゃんとしたからね。お前さん、とんだ稼ぎになったもんだね。じゃ、お達者で！」。ミカエルは旅をつづけた。

次の日、ミカエルは馬車に出会った。中には二人の男がすわっていた。ミカエルは大声で呼びかけた。「ねえ、おれも仲間に入れておくれよ！」。二人はミカエルをすぐに迎え入れた。二人のうちの一人が、いったいミカエルはどこへ行くつもりなんだとたずねた。そこでミカエルは、自分は怖がることを習いたい、自分に怖がることを教えることができた者には一万グルデン払う、と話して聞かせた。

二人の男は金儲けができると聞いて、「それならわしらについて来なされ、わしらがお前さんにちゃんと教えて差し上げるでな」と言った。話は決まり、ミカエルは二人について行った。

夜になり、森に入った。山際で二人は馬車を止め、ミカエルに言った。「お前さんはここにいなされ。そうすれば明日の朝までには怖い目に遭うこと間違いなしじゃ。わしらはその後で金を受け取りに来るからな」。それから二人はミカエルにマッチ棒とトランプを渡して、馬車で去って行った。

ミカエルは寒くて体が震えたので、たき火をした。ミカエルがふと上を見上げると、二人の男が棺に入れられて吊り下げられているのが目に入った。ミカエルは上を向いて大声で怒鳴った。「おい、ご同輩！　そんな高いところでは寒いんじゃないのかい。おれのところに来いよ。こっちはあったかいぞ。おれはトランプを持ってるぞ。いっしょに遊べるぞ」。けれども二人とも黙ったままで、風が二人をゆらゆら揺り動かしているばかりだった。

ミカエルは、二人が何も言わないのを見てとると、はしごを登って行って、二人を投げ落とした。「ほら、このしみったれ野郎め。火に当たるんだ、そして体をあっためろ」。

それからミカエルは二人に近づいて行って、二人の体を起こし、トランプを配った。けれども二人は何度同じことをしてもすぐにパタっと倒れた。ミカエルは罵声を浴びせた。「きさまら、火傷《やけど》しないように気をつけることぐらいできないのか」。たちまち一人が火の中へ倒れ込んだ。ミカエルは一人の耳にパンチを食らわし、棺を元どおり上に吊り上げながら言った。「ここにぶら下がっていろ、このヒツジ頭め〔まぬけの意〕。おれのところが居心地がよくないのなら、その上でくたばってろ！」。

早くも夜が明けて、二人の男が馬車でやって来た。一人の男が言った。「さあ、例の金をくれ！」。「どんな金のことだ」とミカエルが言った。「お前さんたちはおれに怖がることを教えてはくれなかった。だから、借りもないってことよ」。すると二人が声をそろえて叫んだ。「えっ、なんだって。怖がることを習わなかったって。そんなばかなことがあるものか」。

ミカエルが言った。「おれが怖がらなかったかだと、いったい何にと言うんだ？　あの上の二人のことかい。あいつらに怖がったりするもんか。それでぶん殴ってやってから、また上に吊るしたのよ」。そう言うが早いか馬車に飛び乗って、走り去ってしまった。二人の男は後を追いかけたが、ミカエルを捕まえることはできなかった。

ミカエルはある村に着き、居酒屋に入った。そこで昼食を注文し、怖がることについてあれこれ思いを巡らせた。亭主がミカエルにスープを出すと、ミカエルは皿の中をのぞき込みながら、「ぞっとすることさえできたらいいのに！」と言った。その様子を見た亭主がたずねた。「旦那、いったいスープがどうかしたんですかい。スープの中をのぞき込んで、何やらおっしゃってましたが」。

これに対してミカエルは、スープは美味い、しかし自分には運がないのだと言った。そして亭主に向かって、自分は怖がることを教えてくれる者がいたら、一万グルデン払うのに、だれもそれを教えることができない、と言った。

すると亭主が言った。「いい話がありますよ。あの森の向こうに塔があります。そこには深い洞窟があって、悪魔が支配し、竜が囚われの身の王女の見張りをさせられております。そこなら怖がることを習うことができますよ。金はわたしのものですな」。

ミカエルはこれを聞くと、喜び勇んで、すぐさま塔に駆けつけた。門番が何の用かとたずねた。「洞窟へ入りたいんだ」とミカエルが言った。「おお、お前さん、それはそう簡単なことではありませんぞ。あそこには悪魔が住んでいるのでな」。「そんなことは問題じゃないね」とミカエルが言った。「おれは入りたいし、入らねばならんのだ。ただし、タバコと、鋏《やっとこ》と、旋盤を持って行くつもりだけどね」。

ミカエルは必要な物を手に入れ、洞窟へ入って行った。しばらくしゃがみ込んでいたが、やがて鉄の扉を開けた。すると大きな黒ネコが入って来たので、「やい」とミカエルは言った。「きさまは挨拶もできんのか。そうやって入って来て、お互い何も言わない、それはまずいだろうが。それとも、おれさまのほうから悪魔に挨拶をしろとでも言うのか」。「いちばんやってはいけないことは、するでない」。「しかし、きさまがもうここにいるのだから、後でトランプはできるよな」。

黒ネコは尊大な態度で言った。「お前がまずわしに挨拶をしなくてはな、お若いの」。「なんだって」とミカエルが怒鳴った。「おれさまのほうからきさまに挨拶をしろだと。笑わせやがる。たとえ十二人の悪魔が束になって出て来たって、ない話よ」。

黒ネコは出て行った。しばらくして今度は十二匹の強そうなネコが洞窟に入って来た。ネコたちは爪をガリガリ、鼻をシュウシュウいわせながら、恐ろしい唸り声を上げた。

いちばん体の大きいネコが言った。「どうだ。おれたちは全員十二匹でやって来たぞ。きさまが望んだとおり」。「よかろう」とミカエルは言った。「しゃがむんだ。そしてトランプをしよう、お前たちのお好みならば」。ネコたちは全員、喜んでいっしょにやると言って、ぐるりとテーブルを囲んだ。

けれどもミカエルはネコたちの鋭い爪を見ると、「こんなに不揃いな前足で悪魔がおれさまのトランプに触るなんてごめんだね」と言って、一瞬のうちに十二匹の悪魔全員に旋盤を当てがって、鋏《やっとこ》ですべての爪を切り取った（ネコたちはさぞかし泣きわめいたことだろうよ）。

ミカエルはこの後すぐにネコたちを解放してやったので、十二匹は全員一目散に逃げ出した。門番が扉を開け、ミカエルに食べ物を持って来て、「おや、お前さんはぞっとするようなことがあったのに、未だ死んではいなかったのかい」とたずねた。「えっ、なんでおれが死ななきゃならないの」とミカエルが言った。「だって、悪魔が来たんじゃなかったのかい」。「あ、うん。悪魔は来たよ」とミカエルは言った。「そしてまたいなくなったよ。奴ら十二匹の爪をおれは切り取ってやったのよ。そしたら、奴ら揃いも揃って、断末魔《だんまつま》の悲鳴というわけよ」。「どうですかな」と門番が言った。「明日まで生きている者は、一人としておりませんからな」。「今にわかるさ」と言って、ミカエルは食事をした。

夜になり、ミカエルは横になった。突然、またもや爪をガリガリ、鼻をシュウシュウいわせる音がした。そして十二匹のネコが再び姿を現した。しかしミカエルはそのままつづけて寝た。ネコたちはミカエルのベッドをつかみ、担いで階段を登り、激しく揺さぶった。「おお」とミカエルは言った。「なんていい気分なんだ。大旦那になって担がれているようだわい」。

その後、ネコたちはベッドを小部屋に運び込んだ。そこには死んだ男が一人、棺に納められていた。ミカエルはベッドから降りて死人のところへ歩み寄った。「いやあ」とミカエルは言った。「お前さん、すっかり冷えきっているじゃないか。おれが温かくしてやるよ」。そう言って死人に添い寝した。けれども死人は何も言わなかったので、ミカエルは死人を袋に入れ、長持ちに投げ込んだ。「いいか、このうすのろ。きさまがおれさまのベッドに入りたくないなら、凍えてしまうぞ」。

こうして、二日目の夜が過ぎていった。

門番が再び食べ物を持って来て、「お前さん、まだ生きていなさるのかね」と言った。「そうとも、生きているとも」とミカエルは言った。「それも元気バリバリでね」。すると門番が言った。「お前さんが今晩死ななければ、そして王さまにお姫さまをお連れすれば、お前さんはお姫さまを女房にすることができますぞ」。

夕方になると、天井から人間の足が落ちてきた。「おや」とミカエルは言った。「今度は九柱戯だ」。そのすぐ後、もう一方の足が落ちてきた。それから二本の腕、胴体、最後に頭、と続いて落ちてきた。

そこでミカエルがそれをつなぎ合わせて人間を組み立てると、生きた竜となって目前に立ち現れた。ミカエルがその大きな爪を素早く旋盤に当てがうと、竜は張り裂けるような大声を出したので、十二匹のネコたちが駆けつけて来た。その十二匹にも全員、順番に旋盤を当てがうと、ネコたちは金切り声を上げ、後生だから放してくださいと懇願した。ミカエルは言った。「お前たちは、おれさまをまず、王女さまのところへ案内することだな。そしたら放してやるわい」。

ネコたちは旋盤を当てがわれたまま、王女のいるところまで歩いて行った。王女はちょうどまた泣いているところだった。ミカエルを見ると、駆け寄って来て、ミカエルが十二匹のネコ全部もろとも、竜を捕まえることができたかどうか、ミカエルがそのために来たのかどうかたずねた。ミカエルはこれまで自分の身に起こったことをすべて話して聞かせた。すると、「わたくしを父上のところへお連れくださいませ。そして、わたくしを妻にしてくださいませ」。「もちろんですとも」とミカエルは言った。そしてたくさんの黄金を発見し、塔の扉を叩いた。

門番は、ミカエルが王女を連れているところを見て、目を丸くした。すぐに黄金の馬車が到着し、二人を王さまのところへ運んで行った。

王さまは大喜びをして、ミカエルに王女を妻として与えた。その後、盛大な結婚式が挙げられた。

次の日、王女は父王のところへ行って、「わたくしはミカエルを夫にするつもりはございません」と言った。「何だって、なぜしないのじゃ」と王さまは言った。

そこで王女は、ミカエルが肩を震わせながら「おれを怖がらせるものがない」と言い、それを夜通しつづけるので、ミカエルは気が狂っているとしか思えない、と申し立てた。

二人には賢い召し使いの娘が仕えていた。娘は王女の訴えを聞いていた。

次の朝、ミカエルがやっと寝入ると、娘は沼地に行き、氷のように冷たい水をくみ、生まれたての小さな魚、ヘビ、ヒキガエルをその水に入れた。そしてそれをミカエルの首筋にぶちまけた。

するとミカエルは身震いをして叫んだ。

「おお、ついに怖がることがどんなことか、わかったぞ！」。

今やミカエルは、ハンスと同じように怖がることができるようになったことを喜んだ。もし皆がまだ死んでいなければ、ミカエルは今も王さまのままだ。

第83話
三匹の動物 *Die trei Tiarla*

昔、二人の兄弟がいた。あるとき二人が話をした。「おれたちは世の中へ出て行って、運試しをしようじゃないか」。そう言って二人は森の中へ入って行った。一本の道は右に、もう一本は左にと別れていた。二人は太い木にナイフを突き刺した。先にもどって来た者がナイフを引き抜き、もし錆びておれば、相方は死んでいるという合図になるものである。これでよし、と一人は右の道を、もう一人は左の道を進んだ。

別れた後、一人は長い道のりを歩いていた。すると白シカに出会った。男は白シカを撃とうとした。ところが白シカは見えなくなってしまった。

今度はとつぜん、ウサギが現れた。男はウサギを撃とうとした。するとウサギが言った。「狩人さん、わたしを生かしてください。子ウサギを二匹差し上げますから」。男は撃つのを止めた。それで一匹の子ウサギを手に入れた。

それからまた先へと進んで行くと、今度はキツネに出会った。男はまた撃とうとした。するとキツネが言った。「狩人さん、わたしを生かしてください。子ギツネを二匹差し上げますから」。男は撃つのを止めた。それで一匹の子ギツネを手に入れた。それからまた先へと進んで行った。

今度はライオンに出会った。男はライオンを撃とうとした。ライオンも言った。「狩人さん、わたしを生かしてください。ライオンの子どもを二頭差し上げますから」。男は今度も撃つのを止めた。それで一頭のライオンの子どもを手に入れた。それからまた先へと進んで行った。

男が歩いていると、人間が皆、石でできている場所に来た。男は木の下にしゃがみ込み、火をおこし、ベーコンをいためた。

とつぜん、木の上の方から叫び声がした。「おお、寒いっ！」。そこで男は大声で呼びかけた。「こっちにおいで、こっちは暖かいよ」。年取った魔女が言った。「行こうにも行けないよ。お前さんの動物たちが、わたしにかみつくからさ」。「いいから、こっちへおいで」と男は大声で言った。「こいつらはお前さんに何の害も加えないからさ」。すると年取った魔女は、男に小さな棒を投げてよこした。「この棒でお前さんの動物たちに触れておくれ。そうしたら、もう、わたしをかまないから」。そこで男は年取った魔女に言われたとおりにした。するとすべての動物が石になった。年取った魔女が近づいて来て、素早く男にも触れた。それで男も石になった。その後、年取った魔女は男を、その動物たちもろとも穴の中へ投げ込んだ。

その間にもう一人の兄弟が木のところにもどり、ナイフを見た。ナイフが少し錆びていた。この男も、もう一方の道を進んだ。

この男も同じようにウサギに出会い、撃とうとした。するとまたもやウサギが前の兄弟に言ったのと同じことを言ったので、子ウサギを一匹手に入れ、先へ進んだ。

次はキツネに出会った。キツネは今度も前の兄弟に言ったのと同じことを言った。男は子ギツネを手に入れ、撃たなかった。

最後にライオンに会った。ライオンも前の兄弟に言ったのと同じことを言った。男は撃たず、ライオンの子を手に入れた。この男もまた、すべてが石でできている場所に来た。

男は木の下にしゃがみ込み、火をおこし、ベーコンをいためた。今度もまた、魔女が叫び声を上げた。「おお、寒いっ！」。そこで、「おいで、ここには火があるよ。体を温《あたた》めることができるよ」と大声で言った。今度もまた、魔女は男に小さな棒を投げてよこしながら言った。「その棒でお前さんの動物たちに触れておくれ。わたしをかむといけないから」。魔女が近づいて来た。男は魔女の顔目がけていためたベーコンを投げつけた。そして魔女が言ったことが本当かどうか、棒で触れて試してみた。男がある石に触れると、その石が人間になった。そこで男はその棒を素早く魔女目がけて投げつけた。すると魔女が石になった。その後男は森中を走りまわって、すべての石を人間に変えた。男の兄弟や、兄弟が連れていた動物たちも発見した。その中にはさらに一般の人々や王さま、皇帝もいた。皆、お互い喜び合い、再びそれぞれの家へ帰って行った。

兄弟は今度も右と左、別々の道を歩いた。。棒を持ったほうの男が、町中の人たちが泣いている町へ入った。男はたずねた。「いったい、どうしたのですか」。すると、人々は、王女が竜にさらわれたという話をして聞かせた。

そこで男は王さまのところへ行き、竜がどこにいるのか教えていただきたい、自分が竜を退治するつもりです、と言った。「おお、それはお前には無理じゃ」と王さまが言った。「もう何人も挑戦したが、皆、命を落としてしまったのだ」。「竜がどこにいるかさえわかれば、絶対に退治して見せます」と若者は言った。そこで召し使いたちが、竜が王女をどこにさらって行ったかを教えた。

若者は動物たちを引き連れ、棒も持って出かけた。竜のところへ来ると、竜には七つの頭がついていて、荒れ狂っていた。若者は棒を握りしめると、「動物たちよ、かかれ！」と叫び、そして竜を打ち倒した。動物たちが若者を助け、ほどなく竜の頭は一つも残らなかった。若者は竜の舌を七つとも全部切り取り、王女を膝枕にして横になり、眠ろうとした。「お前たちは、おれたちがだれからも危害を加えられないように気をつけろ」と動物たちに言ってから眠り込み、動物たちもそのとおりにした。

木の上には一人の若い男がいて、若者たちの様子をうかがっていた。だれも彼もが眠り込んだので、若い男は木から降りて来ると、王女を連れ去り、王女に向かって、「お前は、おれが竜を退治したとお前の親父に言うんだぞ。さもないと、お前の命はないからな」と言った。王女は若い男にすべてを約束し、二人は立ち去った。

やがて若者が目を覚ますと、王女がいなくなっていた。若者は動物たちを連れて王さまの都に入った。町ではちょうど王さまの娘の結婚式が挙げられるところだった。そこで若者はまず子ウサギを城に送り込み、何か食べ物を持って来るようにと言った。王女は子ウサギにすぐ気がつき、食べ物を持たせた。次に子ギツネがつづいた。王女は子ギツネにも食べ物を与えた。その後でライオンも入って行って、鉢いっぱいもらって来た。最後に若者も入って行って、王女がすわっている宴席に自分も出席したいと言った。宮廷の人々は若者を信用せず、花婿は、若者は何が望みなのかと聞いた。それに対して若者は、自分が竜を退治したのであり、王女の花婿は自分であると言った。すると偽花婿は激怒し、足を踏み鳴らした。「何を言うか、嘘もいいかげんにしろ！」。

「嘘など申しておりません」と若者は言った。「これがその証拠です」と言って、七枚の舌をテーブルの上に投げ出した。そこで王さまが王女にたずねた。「いったいどっちが本物なのだ」。そこで王女が、この他所者《よそもの》が竜を退治したと言った。そこで、嘘つきはどうしたものかと相談した結果、偽花婿は四つ裂きにして東西南北四つの方角に吊るす決定がくだされ、そのとおりの刑が執行された。

王女は若者と盛大な結婚式を挙げた。もし二人がまだ死んでいなければ、今でも生きているよ。

第84話
若い王女 *Die junge Königstochter*

昔、王さまがいた。王さまには三人の王女がいた。いちばん年上の王女はアウレーリエといい、宵《よい》の明星《みょうじょう》のように魅惑的だったので、この王女を見るとだれでもすぐ恋の虜《とりこ》になった。二番目の王女はアルゲンティーネといい、天空に浮かぶ月輪《げつりん》のように美しかった。いちばん年下の王女はディアマンティーネという名で、まばゆく輝く太陽のように美しかった。その瞳は、まるで夜の闇のように深い黒だった。巻き毛はカラスの濡《ぬれ》れ羽《ば》色で、手は白くきゃしゃだった。この王女がいちばん美しかった。

ある日、王さまは宴《うたげ》を催《もよお》し、たくさんの王子や領主が招かれた。三人の王女は夫を選ぶようにと言われた。アウレーリエとアルゲンティーネはそれぞれ相手を見つけ、いちばん年下のディアマンティーネの番になった。

ディアマンティーネは長いこと考えあぐねていたが、自分が望む三つのものを与えてくれることができる人としか結婚しないと言った。第一に話をするブドウ、第二に笑うリンゴ、第三に銀の鈴のように鳴り響くモモ。まったく当然のことながら、だれ一人としてこの願いをかなえることはできず、領主たちはすごすごと退散するほかなかった。

別のある日、王さまが国の中を旅してまわった。ある村で馬車がぬかるみにはまって動けなくなり、だれも助けることができなかった。そこへ一頭のイノシシが現れ、「王さまがわたしのお願いする報酬をくださいますなら、わたしが王さまをぬかるみから助け出して差し上げます」と言った。王さまが言った。「そなたが望むだけの金と銀を与えてつかわす。ともかくわしをぬかるみから助け出してくれ」。「王さま、それはお断りいたします、王さまの金や銀は欲しくはありません。そのようなものではなく、王さまのいちばん年下の王女さまをわたしにくださいますならば、王さまを助けて差し上げます」。

王さまは一瞬真顔になり、自分はイノシシにどんな約束をしてもよい、だれも約束を守ることを自分に強いることはできないのだから、と考えた。それで王さまは、イノシシに、自分のいちばん年下の王女ディアマンティーネを与えると約束した。イノシシは王さまをぬかるみから助け出し、馬車は走りはじめた。王さまは旅をしている間に、自分の身に起こったことは何もかも忘れていた。

明くる日の朝、イノシシが王女さまをくださいと言ってやって来た。王さまは女中にきれいなドレスを着せて、イノシシの手押し車にすわらせた。イノシシは怒って手押し車をひっくり返して怒鳴った。「これはあなたの娘ではなく、女中ではありませんか」。

王さまは、今度は王女にボロボロの古着を着せて手押し車にすわらせた。イノシシはいそいそと手押し車を押して王宮から出て行きながら、言った――「たとえぼろ着を着ていても、この人こそ本物だ」。

イノシシは畜舎に着くと、王女に手押し車から降りるように言い、中へ案内してこう言った。「わたしの大切なディアマンティーネ、ここがあなたのお部屋です。お腹が空いたら食事をしてください。桶《おけ》にはトウモロコシがあります。疲れたら横になってお眠りください、あそこの隅に藁《わら》があります」。

イノシシはディアマンティーネを一人にした。ディアマンティーネは激しく泣き、泣き疲れて眠った。

ディアマンティーネが再び目を覚ますと、飛び上がらんばかりに驚いた。ディアマンティーネがいたのは、もはや薄汚れた畜舎ではなく、まばゆいばかりの宮殿だった。ベッドは雪のように白い絹布だった。部屋には召し使いがいっぱいいた。ベッドの脇には、目を見はるほど美しい若者が立っていて、挨拶した――「ようこそいらっしゃい、わたしの大切なディアマンティーネ」。

ディアマンティーネは身支度を整え、若者といっしょに庭園内を散歩した。道すがら若者が言った。「わたしの無作法のことで、わたしをお怒りにならないでください。わたしはあなたを、あなたのお父上からかっさらったイノシシなのです。わたしは王の息子で、ある悪い魔女に魔法をかけられていたのです。魔法を解いてくださったのはあなたです。あなたはわたしの妻になる意志がおありですか」。その瞬間、ディアマンティーネはブドウがしゃべるのを聞き、黄金のリンゴがディアマンティーネに微笑みかけ、モモが銀の鈴のように鳴り響いた。ディアマンティーネは若者に手を差し伸べ、結婚を承諾した。そして二人は仲良く王さまのところへ行き、結婚式を挙げた。二人が死んでいなければ、今でも生きているよ。

VII ジーベンビュルゲン〔ルーマニアのトランシルバニア地方〕の民話

Märchen aus Siebenbürgen

第85話

バラの娘 *Das Rosenmädchen*

夜の帳《とばり》が降りた。夕食が終わって、母親はベッドの前にすわって糸を紡《つむ》いでいた。子どもたちは暖炉の前に長椅子を引っ張って来て、そこに寝そべり、トウモロコシの切り株をばらばらと火の中へ投げ込んだ。するとぱっと明るく火が燃え上がった。父親はトウモロコシの実をこそぎ落としていた。ランプに灯はともしていなくて、暖炉の火だけが部屋の中をぼんやりと照らしていた。

「お父さん」といちばん年上の男の子が言った。「ぼくたちに何かまたお話してくれないの。まだ五時になったばっかりだよ。まだベッドには行かないよ。そうでしょ。ぼくたちはおとなしくして聞くからお話してくれるんでしょ」。

「よし、お前たちがおしゃべりをしないなら、今まで全然聞いたことのない話をしてやる」。

「早くはじめてよ、子ネズミのように静かにして聞くからさ」。

「それじゃ、バラの娘の話をしてやるとしよう」。


昔、親のない貧乏な男の子がいました。男の子は道に迷って、どんどん、どんどん、村から遠ざかってしまいました。挙げ句、山姥《やまんば》に見つかりました。山姥は男の子を家に連れて帰り、手元に置いて、まるで本当の母親のように世話をやきました。男の子は大きくなったある日、「お母さん、ぼくは行かなくちゃならないんだ。バラの娘を探すんだ！」と言いました。「そこまでは遠いよ、お前。お前がたとえそこにたどり着いたとしても、それでも娘を手に入れるのは難儀なことだよ。なにしろ娘は竜に見張られているんだからね！」。男の子はしかし一時《いっとき》もためらいませんでした。

そこで母親は男の子に鈴を渡して言いました。「お前がなにか願いごとがあるときは、この鈴を鳴らしなさい！」。こうして男の子が遠い遠い道のりを歩いていると、あるときハチの大群に出くわしたので、養蜂家《ようほうか》の奥さんに、バラの娘がどこに住んでいるか知らないか、とたずねました。

そんなこと知らないよ、と奥さんは言った後で、でもすぐにわかるわよと言って、ハチを全部飛ばして情報集めをさせました。ハチたちはもどって来ました。けれどもなんの情報ももたらしませんでした。そこで養蜂家の奥さんはハチの数を数えました。すると一匹足りませんでした。

その一匹ももどって来ました。そのハチは途中で疲れが出たものの、ちょうどバラの娘のところに行っていたので、望みの知らせを持って帰りました。そこでそのハチが男の子に道を教えることになり、広い広い野原を越えて男の子を案内し、やがて、とある森にたどり着きました。森の外《はず》れに大きな城があって、バラの娘はそこに住んでいました。男の子はその城でガチョウ番として雇ってもらい、いつも庭園の近くでガチョウに餌をあさらせました。そうしながら男の子は毎日、バラの娘が花の中を歩きまわる姿を眺めました。バラの娘はとてもきれいでした。

そのとき男の子は、バラの娘が毎晩町の舞踏会に行くことを耳にしました。夜になり、男の子は鈴を手にして、それを鳴らしました。すると目の前に銅の馬が待ち構えていて、そのそばに銅のマントが置いてありました。男の子はすぐさま銅のマントをはおり、馬にまたがって町へ行きました。舞踏会では男の子はずっとバラの娘といっしょにいました。バラの娘にとって、美しい若者といっしょにいるのはうれしいことでした。けれども若者は舞踏会がまだ終わらないうちにこっそりと抜け出し、馬にまたがって家に帰りました。バラの娘は母親に銅のマントを着た美しい若者について話をしました。けれどもこのときにはもう、若者は貧しいガチョウ番の姿になってガチョウに餌をあさらせ、隠れるようにこっそりと花園の中をのぞき見しておりました。次の夜、バラの娘はまたも舞踏会に出かけました。ガチョウ番の若者は再び鈴を鳴らしました。するとと銀の馬が待ち構えていて、そのそばに銀のマントが置いてありました。男の子は素早く銀のマントを引っかけ、町の舞踏会に行きました。このときも若者は舞踏会の間じゅうずっとバラの娘と話をしました。これはバラの娘にとっても、とてもうれしいことでした。若者はまたもや、舞踏会がまだ終わらないうちに急いで出て行き、馬にまたがり、矢のように走り去りました。

次の朝、バラの娘は母親に対して、再び美しい若者について、彼がこんどは銀のマントを着ていたことを話しました。他方若者は、再びガチョウの世話をしながら、こっそりと花園の中をのぞき見しておりました。母親はその美しい若者にぜひとも会いたくなり、娘に対して、娘はその若者になにか印でもつけなかったのかと質問しました。バラの娘は「まさかそんなこと！」と言いました。「それなら次の舞踏会には少しばかりピッチ〔樹脂〕を持ってお行き。そしてお前と踊るとき、その方の髪《かみ》の毛にピッチをまぶし込むのです」。

夜、バラの娘はまたもや舞踏会に出かけましたが、ピッチを持って行きました。ガチョウ番の若者は鈴を取り出して鳴らしました。すると金の馬が待ち構えていて、そのそばに金のマントが置いてありました。若者はそれに素早くくるまると、ほどなく町に着きました。舞踏会では若者はすぐまたバラの娘のところへ行って、バラの娘と踊りました。そのときバラの娘は、若者の髪の毛に少しばかりピッチをまぶし込みました。

舞踏会が終わり、若者は急いで出て行き、ヒラリと馬に跳び乗り、ほどなく家に帰りました。

翌朝、バラの娘はまたもや母親に対して、美しい若者について、彼が今度は金のマントに身を包んでいたことや、踊っている間に若者の髪の毛にピッチをまぶし込んだことを話しました。ガチョウ番の若者は、またもやこっそりと庭園の垣根の隙間からのぞき見しました。けれども昼になって家に帰ると、娘が長いことじいっと若者を見つめ、髪の毛にピッチをまぶし込んだ痕《あと》があるのに気がつきました。「あなたはわたしたちの救い主です！」と言って、娘が喜びを爆発させました。「わたしも喜んで救い主になりたいです！」と若者が叫びました。

母親が言いました。「さあ、今のうちに逃げましょう。竜はまだ眠っています。でもそろそろ目を覚ますころです。そうなったら、わたしたちはおしまいです！」。そこで若者は外へ出て行って、鈴を三回鳴らしました。すぐに銅、銀、金の馬が待ち構えておりました。若者はバラの娘には金の馬をあてがい、金のマントを着せ、母親には銀の馬をあてがい、銀のマントを着せました。若者自身は銅の馬にヒラリとまたがり、銅のマントに身を包み、三人がいっしょになって馬を飛ばしました。

しかし城内には三本の鉄の輪を巻いた頑丈な樽《たる》があり、その中で竜が一年の眠りについておりました。それがちょうど終わりました。とつぜん鉄の輪が弾《はじ》け飛びました。続いて二つ目、三つ目も。そしてその度ごとに雷鳴のような大きな音がとどろきました。竜は目をこすり、辺りを見まわして言いました。「おれのバラの娘はどこにおるんだ」。けれどもだれも返事をしませんでした。そこで竜は跳ね起きて、部屋という部屋、庭園を調べてまわりました。どこにもだれもおりませんでした。竜は慌てて厩舎へ行き、雄の子馬を引き出し、それに飛び乗って言いました。「さあ、大急ぎで盗人のところへおれを連れて行ってくれ！」。

あっという間に竜は逃亡者たちに追いつきました。三人はその場ですぐ、まるで魔法にかけられたようになって、動くことができませんでした。竜が言いました。「おれはその気になれば、きさまなんぞグチャグチャにしてやれるんだぞ、このちっぽけな虫けらめ。だがそんなことをしたって、おれの名誉には鼻糞《はなくそ》ほどの足しにもならんわい！」。竜は若者から鈴、三頭の馬、金の馬はバラの娘ごと、銀の馬は母親ごと取り上げて引き返して行きました。竜はもう一度振り返って、若者を罵りました。「きさまはバラの娘を救い出すことができるかもしれんぞ。もしきさまがおれと同じように、お袋から馬を手に入れたらな。しかし、そりゃまるっきりないってことよ！」。

それだけのことを言うと竜は城に帰り、再び樽にもぐり込み、一年の眠りに入りました。鉄の輪は樽のまわりに自然にはめられました。バラの娘とその母親はまたもや二人きりになりました。

バラの娘は昼間は花の世話をしましたが、夜舞踏会へ行くことはもうしなくなり、ひたすら救い主の若者のことを考えました。他方若者は、その場から立ち去って、竜の母親を探しました。道中で若者は、網にかかっているカラスを見ました。カラスは若者に向かって、どうか助けてください、いつか恩返しをしますから、と頼みました。若者がカラスを網から外してやると、カラスは飛び立って行きました。

　若者がさらに旅をつづけていると、キツネを見ました。キツネは罠《わな》にかかっており、抜けだすことができないでいました。「助けてください！」とキツネが叫びました。「恩返しをしますから！」。若者はキツネを自由の身にしてやりました。キツネは森の中へ姿を消しました。やがて若者は海岸に出ました。海岸では大きな魚が浜辺でバタバタもがいていました。「わたしを水にもどしてください！　恩返しをしますから！」。若者は魚を海にもどしてやりました。

　若者はまもなく、森の中で小さな家を発見しました。その家には竜の母親〔魔女〕が住んでいました。若者は中へ入って行って、自分を雇ってくれるつもりはないかとたずねました。「おや、いいとも。わたしの雌馬の世話をしておくれ！　お給金は一年でいくら欲しいんだね」と竜の母親が言いました。「子馬一頭だけです！」と若者が言いました。「いいよ、それで！」と老婆は答えました。「でも言っておくけど、夜になって雌馬をちゃんと家へ連れて帰らないようなことでもあれば、お前の命はないんだよ」。魔女はこれまでにたくさんの人を雇い入れ、それらの人たちを全員殺していたのです。

　若者は朝になると、雌馬を野原に連れて行きました。けれどもすぐに雌馬は見えなくなってしまいました。若者は一日中雌馬を探しましたが無駄でした。早くも夕方になりました。するとカラスの姿が目に入りました。若者はカラスに雌馬がいなくなったという話をして、「おれを助けてくれないかい、もしお前にできるなら！」と言いました。するとカラスがすぐさま言いました。「雌馬は雲の中にいますよ。そして餌を食べています。さあ、わたしの首にまたがりなさい。わたしが連れて行って上げます！」。それで若者はカラスに言われたとおりにしました。そして雌馬と子馬を連れて家に帰りました。老婆はけげんな顔をしました。

翌朝、若者が雌馬と子馬を外へ連れ出したところ、また同じことが起きました。雌馬が子馬もろとも、とつぜん姿を消したのです。若者は夕方近くまで探しまわりました。けれども見つけることができませんでした。するとキツネに出会ったので、キツネに困っている事情を話しました。キツネはすぐさま言いました。「雌馬は山の洞窟にいますよ。そこで餌を食べています。さあ、わたしの尻尾にまたがってください。わたしが連れて行って上げます！」。若者はキツネに言われたとおりにしました。若者はキツネの穴を通って洞窟に入りました。そして雌馬と二頭の子馬を連れて家に帰りました。魔女はまたしても目を丸くして驚きました。

三日目、若者が雌馬と二頭の子馬を外へ連れ出したところ、すぐまたそれらは若者の前から姿を消しました。若者は夕方近くまで探しまわりましたが、見つけることができませんでした。このとき若者はまたもや浜辺に来て、しょんぼりと海面を見つめていました。とつぜん大きな魚が波間から現れ、どうしてそんなに悲しそうな顔をしているのかとたずねました。若者は困っている事情を話しました。「雌馬は海の底にいますよ。そこで餌を食べています。わたしがすぐにそこへ連れて行って上げます！」。そう言って魚は若者を口の中へ入れて、海の底へもぐって行きました。こうして若者は雌馬と三頭の子馬を連れて家に帰りました。老婆は不思議に思って、どうしてそうなったのかわけがわかりませんでした。

こうなると、老婆はもう雌馬や子馬たちをどこにも隠せる場所がなくなりました。それで若者はその年が終わるまで、馬の親子を野原で放牧しました。年の終わりに老婆が言いました。「さあ、子馬を一頭選びなさい！」。若者はいちばん先に生まれた子馬を選びました。それはみごとな雌馬になっていました。

若者はその雌馬に乗って、バラの娘を救い出すために出かけました。若者が竜の家の近くに来るや、雌馬がいななきはじめました。それを竜のところにいる雄の子馬が厩舎の中で聞き、いっしょにいななき、足ではげしく地面をけりはじめましたので、何もかもが揺れました。そのため樽の中の竜が目を覚ましました。それは眠りに入ってからちょうどまる一年が終わったときでもありました。三つの輪が大音響とともに次々と弾け飛び、竜は馬のいななきを聞いて飛び起き、厩舎へ慌てて駆けつけました。けれども雄の子馬はすでに厩舎を飛び出して、雌馬のところへ走って行くところでした。そこで竜は雄の子馬のたてがみをつかまえ、その背に飛び乗って落ち着かせようとしました。けれども、子馬は二本足で高々と棒立ちになったので、竜は転落し、凶暴な雄馬に足で踏みつぶされてしまいました。竜はそれで即死しました。それから雄馬は城の塀を跳びこえて、雌馬のところへ駆け寄りました。

若者は城にたどり着くと、すぐに馬から下りて、庭園の垣根を乗り越えて行って、バラの娘とうれしい再会を果たしました。雌馬はすぐに向きを変えて、老婆のところへもどって行きました。雄の子馬はその後を追いかけましたが、追い着くことができず、雌馬はとっくの昔に母馬やほかの二頭の子馬のいるところへもどっていました。若者は今や城の主となり、鈴、三頭の魔法の馬とも、改めて自分の物としました。その後、バラの娘と結婚式を挙げ、晴れやかで喜びに満ちた暮らしをしました。

第86話
いたずら好きの下男 *Der lose Knecht*

　ある女房、隣の家の男が好きだった。いつも亭主が野良仕事に出かけた留守に、隣の家の男と逢瀬《おうせ》を楽しむように算段した。その折には、二人は大いに楽しんだ。ハンスは、これは下男のことだが、そのことをよく知っていて、ある日考えた。「待てよ！　おめえはちょっくらからかってやるか！」。亭主は――これは女房が指図していたのだが――この日もハンスを連れて遠いところにある畑に行って耕すことになっていた。他方、隣の男は、これはハンスが知っていたのだが、一日中、村の近くにある畑を耕していた。

　亭主が村はずれにさしかかると、ハンスは馬車を止めて言った。「親父さん、今日は近いところだけにして、ここからいちばん近い畑を耕すことにしたらどうですか。もう遅いですよ！」。「それでも構わんぞ！」と亭主が言った。そこでハンスはすぐに馬を脇道へ向かわせ、ほどなく畑に着いた。二人は耕しはじめた。それはせっせと働いた。一、二時間後、女房がケーキとワインを持って来た。それにハンスは遠くから気がついて、すぐに自分の白いマントを手に取って、黒毛馬の背中にかけた。それは、畑にいるのは隣の男だと女房にすぐに思わせるためだった。というのは、隣の男は灰白色の馬を持っていたからである。ハンス自身は地面に身を伏せて、女房に早々と見つからないようにした。女房のほうもほとんど注意を払わなかった。女房にしてみれば、亭主とハンスは遠いところにある畑に行っていると思い込んでいたからである。それで女房は白馬がいると勝手に思って、何も考えずにそわそわと白馬目がけて歩いて行った。

女房がすぐ近くまで来ると、ハンスが地面からがばと身を起こし、大声で言った。「はっ、はっ、はっ、はっ、はっ、はあ。親父さん、奥さんがおれたちにワインと暖かいケーキを持って来てくださいましたよ。匂いでそれとわかります！」。女房は顔を上げ、真っ赤になった。けれどもすぐに平気を装って言った。「ねえ、あんた、疲れ直しにちょっと持って来たわよ！」。「そりゃまた、なんという風の吹きまわしだい」と亭主は驚いてたずねた。「そんなこと、今までしてくれたことはなかったじゃないか。それに、おれたちがここにおることが、どうしてわかったんだい」。

女房はつじつまの合うようにあれこれと言い訳をした。亭主は女房の言ったことに納得して、すぐケーキをほおばった。飲んだり食べたりしながら辺りを見まわし、「ハンス！」といきなり大声で呼んだ。「あそこで耕しているのはだれなんだ」。「あれは隣のフザーレン・ヤーコプさんですよ！」。「そうかい。だったらお前、ちょっとあの人にもケーキを一切れ持って行ってやれよ」。ハンスは持って行った。けれども途中でケーキをグチャグチャにつぶし、ボロボロ落としながら行った。「お隣さん！」とハンスは着くとすぐにまくしたてた。「うちの親父さんは全部知っていますぜ。今はゆっくり食っていますがね。それがすんだら、すぐに鋤《すき》の鉄べらを持って、お前さんをぶちのめしに来ますぜ！」。

フザーレン・ヤーコプは心配になった。しかし、どうしても本気の話とは思えなかった。ハンスは急いで引き返し、主人のすぐ近くまで寄って行って、耳元にささやいた。「お隣さんは宝物を見つけましたよ。あの人が旦那さんにお願いだそうです。すぐに鉄べらを持って来て、掘り出すのを手伝ってくださいということです!」。この亭主以上に速く走れる人間がいただろうか。亭主は素早く地面から立ち上がるや、鋤から鉄べらを引っぱがし、一気に駆けつけた。

フザーレン・ヤーコプはそれを見ると、「これは冗談ではない」と考えた。それで一目散に逃げ出した。亭主は長いことそれを追っかけたが、追いつくことはできなかった。とうとうくたびれ果てて、ノロノロと引き返した。そのとき気がついたのだが、走っているときには目に入らなかったケーキのかけらが散らばっていた。亭主はかけらを一つ一つ拾い集めた。

女房は、「うちの人、なにをやってるの」と驚いてハンスにたずねた。「旦那さんは石を集めておいでです」とハンスは言った。「奥さんに投げつけるためにです。旦那さんは何もかもご存じでいらっしゃいますからね」。すると女房は、善は急げとばかりに立ち上がり、走りに走って一気に村にもどって行った。亭主はその姿を見て、ハンスのところへ急いでやって来て、「どうして女房はあんなにメチャメチャに走っているんだい」とたずねた。「よくはわかりませんが、家で火事でも起きたんじゃないですか!」とハンスが言うと、亭主は疲れ果てているのに、後から女房を追っかけて行って、やっと屋敷で追いついた。女房は息をゼイゼイさせながらぶっ倒れ、もう一歩も動けなかった。亭主が追いつくや、女房はもみ手をしながら頼み込んだ。「ねえ、あんた。もう一回だけ許してちょうだい。あたしはこれから先、死ぬまでもう二度と隣の人とは口を利かないから！」。

亭主がそのときどんな目つきをしたか、その後何をしたか、話は伝わっていない。しかし知られているかぎりでは、次の朝クリスマスを迎え、いたずら好きのハンスは、みごとに追い出されたということである。

第87話　ジプシーと三人の悪魔　*Der Zigeuner und die drei Teufel*

われらが主《しゅ》キリストがペテロとヨハネを連れて、世の中がどういう状態であるかを見るために諸国巡りをしていた。ある晩、三人はジプシーの家にやって来て、一夜の宿を求めた。家には妻しかいなかった。夫は居酒屋にいた。「あたしゃ、あんたたちを喜んで泊めて上げたいんだけどね」とジプシーの妻は言った。「でもね、うちの宿六《やどろく》ときたら、帰って来ると、お前さんたちに乱暴を働きそうなのさ！」。「いや、それはたいしたことではあるまいて！」と主が言った。「わしらは隅っこに横になってすぐ寝ることにするよ。そしたら、ご亭主もわしらにすぐには気がつかんじゃろう！」。そう言われてジプシーの妻は三人を断ろうとはせず、藁《わら》で寝床を作った。三人の旅人は横になった。主がいちばん手前、ヨハネが真ん中、ペテロが壁際だった。

ジプシーはグデングデンに酔っぱらって帰って来るや、罵ったり、大声を張り上げたり、妻に殴りかかったりしはじめた。「きさま、おれが酔っぱらっているとでも思っているのか、この嘘つき女め！」。「なによあんた、あたしゃ、何も言っちゃいないじゃないの！」。そのとき、床の三人の姿がジプシーの目に入った。「やい、このヘビ女め、きさまはだれをわが家に引っぱり込んだんだ」。「それは疲れた旅人さんたちよ！」。「なにを抜かしやがる。こいつらは路地裏で寝れんってわけか」。そう言った後、ジプシーは妻のことは放ったらかしにして、今度は手当り次第に殴りかかっていった。殴られたのはキリストだった。主はピクリともしなかった。

朝になって旅人たちがお礼を言って出て行こうとすると、眠ってる間に酔いもさめたジプシーは、自分が三人に乱暴を働いたこと、わざとしたことではない、興奮するとついだれかを殴ってしまう、と言って許しを請うた。主は穏やかに言葉をかけた。「気になさるな。人間だれしも過ちを犯さない者などいやしませんからな！」。そう言って三人は旅立って行った。

一年後、主は弟子の二人を連れて再びこの家に立ち寄った。ジプシーはこのときも家にはおらず、例によって、金さえあれば居酒屋に入り浸っていた。キリストは今回は真ん中に寝た。ジプシーが酔っぱらって家に帰ると、またもや罵り、大声を張り上げ、妻に殴りかかった。妻が今回も気の毒な三人の旅人だと話すと、ジプシーは妻は放ったらかしにして、真ん中の旅人に殴りかかった。「今度はこいつの番だ！」と独り言を言った。けれどもジプシーが殴りかかったのは、このときもキリストだった。

次の朝、ジプシーはまたもや許しを請い、主はまたもや「気になさるな。人間だれしも過ちを犯さない者などいやしませんからな！」と言った。その一年後、三人の旅人はまたも、これが三度目だが、ジプシーの家に立ち寄った。このときキリストは壁際に横になっていた。ジプシーは酔っぱらって居酒屋から帰って来ると、狙いをつけて三人目に殴りかかった。「これでこいつらはお互いに文句の言い合いっこなしだからな！」と独り言を言った。「それぞれ分け前をもらったんだからな」。けれども、今回も殴られたのはキリストだった。

次の朝、三人が別れを告げたとき、ジプシーはまたもや自分の無礼をわび、自分にはもともと悪気はまったくなかった、しかし興奮するとだれかを殴らずにはおられなくなる、と言ってぜひとも許してほしいと懇願した。すると主は、ジプシーは本当はとても心根のやさしい人であることを喜び、言葉をかけた。「三つのお恵みを願うがよい！」。

「それではお願いです」とジプシーは言った。「絶対に空にならない、お金のいっぱい詰まった袋をお願いします。二つ目は、いったんのぞき込んだら最後、わしが突き飛ばしてやるまで身動きできなくしてくれる鏡です。三つ目は、わしの家の前に、いつもいっぱい実がなっているナシの木で、いったんそれに登ろうものなら、わしが突き落としてやるまで降りて来られない奴をお願いします」。「願いはかなえてつかわすぞ！」とキリストは言って、ペテロ、ヨハネを連れて旅をつづけた。

ジプシーは次の日、自分の願いがかなえられているのを見て、大いに喜んだ。「これでわしは心に願うものはすべて手に入れたぞ。こうなったら、これから先ずっと陽気に暮らせるぞ！」。このとき以来、ジプシーは来る日も来る日も、朝から晩まで居酒屋に入り浸りで、まるで皇帝か王さまのような暮らしをし、決まって豚肉を食べ、決まって甘いリキュールを飲んだ。しかしついに死ぬ定めのときがくると、悪魔が現れて言った。「やあ、兄弟のミディ〔ジプシーのこと〕よ、もうきさまはおれのものだ。さあ、おれについて来い！」。「はい、ただいま。ただ、わしの荷物をまとめますんで、その間、お前さんがどんなに美男子か、ちょっくらそこの鏡でも見ていてくだせえまし！」。

悪魔は得意になって鏡を見た。というのは、悪魔は自分でもいい男だと思っていたのである。それでついその気になって、鏡に映った自分の姿を見つめた。ジプシーはというと、自分の鍛冶《かじ》場に行き、鋏《やっとこ》をカンカンに熱してもどって来て、悪魔の鼻をはさむと焼きを入れて引っ張った。悪魔はかわいそうに、一歩も動けず、激しい痛みのためにうめき声を上げた。ジプシーが最後に悪魔を突き飛ばしたので、悪魔は戸口からすっ飛んで行った。それでも悪魔は、自分が生きているということで、喜んで走った。ジプシーは、「奴がてめえのところに現れることは二度とあるめえ！」と考えた。

悪魔は息も絶え絶えに地獄にもどると、父親と兄〔原文では兄と弟の区別はないが、読む際の混乱を避けるために敢えて兄と弟に分けた〕に、自分の身に起きた事件を話して聞かせた。二人は、鼻の真相の何たるかを知った。「お前もだらしねえ奴よな！」と兄が言った。「待ってろ、おれがそいつに目にもの見せてやり、引っ捕まえて来てやるわい！」。そう言ってジプシーのところへ行って、挨拶もせずに、路地からジプシーに呼び出しをかけた。兄の悪魔は鏡をのぞき込まないようにするために、部屋の中へ入るつもりはまったくなかったのである。「やい、ミディめ、きさまはおれさまのものだ。さあ、おれについて来るんだ！」。

「はい、ただいま！」とジプシーが言った。「ただ、少しばかり袋に詰めさせていただきます。

なにしろ長い道中、何か口に入れる物がないといけませんので！」。そう言ってジプシーは外へ出て、大きな炭の袋を持って来て、悪魔に言った。「恐れ入りますが、木に登って、この袋にいっぱい詰めていただけませんでしょうか。わしが旅行着に着替えるまで」。この話は悪魔を喜ばせた。というのは、みごとなナシがほんの前からもう気になっていたからである。

他方、ジプシーは鍛冶場へ入ると、長い鉄棒を取り出し、一方の先端をとがらせ、真っ赤に焼いた。それからもどって来て、それを悪魔に突き刺したので、悪魔は大声で泣き叫んだ。ジプシーが届かなくなるようにと、悪魔はどんどんナシの木の上のほうへ登って行った。けれどもジプシーははしごを持って来て、絶えず悪魔の脇腹をつつきまわした。悪魔はとうとう木のてっぺんまで登り、枝が折れて、まるで袋のようにドシンと音を立てて転落した。おまけに片方の足を折ってしまった。それでも素早く立ち上がるや、ひっきりなしに大声でわめきながら地獄へ駆けもどって行った。

すると弟の悪魔が現れて意地悪くせせら笑った。「あはは、それ見たことか！　言わんこっちゃない！　ざまあ見ろ！」。なんと言われても、兄の悪魔はちくちく刺された脇腹を両手でずっと押えながら、折れた足を見せ、すさまじいうめき声を上げた。悪魔の年取った父親はぼんやりと突っ立っているだけで、なんと言ってよいのか見当もつかなかった。それでもため息まじりに言った。

「そいつはとんでもねえ奴にちげえねえ！　そんな奴なら、わしもお目にかかりてえもんだ！」。

父親はしかし、ジプシーのところへ行く気は断じてなかった。

ジプシーのほうは、再び煩《わずら》わしいことがなくなり、なおひととき陽気に暮らしていたが、とうとうこの世とおさらばする時期が近づいたことを悟り、皮革の長い前掛け、短いエプロン、釘、ハンマー、鋏を墓にいっしょに入れるよう命令した。ジプシーは死ぬと天国の扉の前に来たので、扉を叩いた。するとすぐにたくさんの鍵をガチャつかせながらペテロが現れて、扉を開けた。しかしジプシーを見ると、「ここはお前さんの来るところではない。お前さんは破廉恥《はれんち》な暮らしをしたのだから！」と声を荒らげ、扉をバタンと閉めてしまった。そこでジプシーは、どうかぜひ天国へ入れてください、自分は天国で鍛冶屋の仕事を無料で引き受けると言って、頭をペコペコ下げて頼み込んだ。さらには、手前へ倒れかかっていた天国の扉にこれ見よがしに何本か釘を打ち込んで見せたりもした。けれどもペテロの心を動かすことはできなかった。そのためジプシーは、地獄に行って自分の運試しをする以外に残された道はなかった。「地獄ならお前は少なくとも火〔燃料代のこと〕はただだからな！」と自分を慰めた。「それにいつでもお前の仕事の腕が振るえるからな」。

ジプシーは地獄の門に着くと、ハンマーを取り出して門を叩いた。すると長く伸びた鼻をした弟の悪魔が現れて、門の隙間から外をうかがった。すると恐ろしい男だとすぐわかった。それで恐怖に襲われ、脱兎《だっと》のごとく走り去りながら絶叫《ぜっきょう》した。「奴が来た。奴が来た！」。ナシの木に登っていた兄の悪魔もそれを聞くと、いっしょになって走り去った。年取った悪魔も真っ先に恐怖が頭をかすめ、同じように走り去った。三人の悪魔は地獄のいちばん奥の隅に逃げ込んで身を潜めた。しかしジプシーは扉を叩くのを止めるどころか、ガンガン叩いた。すると年取った悪魔が言った。「わしもそいつを見るだけは見とかんとな」。息子二人はなんとかして父親を押しとどめようとしたが、父親は言うことを聞かなかった。どうにも好奇心が抑えられなかったのだ。父親はほんの少しだけ扉を開け、鼻を突き出した。

パチン！　ジプシーは鼻の頭を鋏ではさんだ。父親は慌てて扉を閉めた。けれどもそのときひげをはさみ込んでしまい、どんなに体の向きを変えても、ひげを引っこ抜くことができなかった。けれども二人の息子は怖がって、父親を助けに行くことができなかった。そのため父親は、自分の魂〔生命のこと〕を哀れにもあきらめるしかなかった。以来、年取った悪魔のことが世間で話題になることもなくなり、話題になるのは息子たち、鼻の長い悪魔と足のわるい悪魔だけだった。

ジプシーはというと、地獄の門の前でいくら待っても埒《らち》が明かないので、もう一度天国の扉を叩いてみた。しかしペテロは頑として態度を変えなかった。ついにジプシーも頭にきて、こう言った。「こうしてわしは天国にも地獄にも入れてもらえないんだから、これはもう承知の上だ。もう一回地上へもどる。そのほうがずっとましに決まっているしな！」。こういう次第でジプシーは、今日に至るまでこの世で暮らしている。金があれば居酒屋に行き、なければバイオリンを弾いて飲み代を稼いだり、金づち片手に靴釘や木摺釘《きずりくぎ》を作って日を送っている。

第88話
千の痣《あざ》を持つたくましいヴィラ *Der tausendfleckige, starke Wila*

若い王さまが世にも美しい王女を妻としていた。けれども王さまの母親——皇太后——は邪悪で腹黒かった。皇太后には、若い王妃がとても美しいのが癪《しゃく》の種《たね》だった。ところが面と向かってはとても好意的に振る舞っていた。あるとき王さまが戦《いくさ》に赴《おもむ》くことになり、王妃が身ごもっていたので、母親に王妃の世話を頼むことにした。すると皇太后は、ある日、狩人に大がかりな狩りを行わせ、ビン一本に千種類の獣の血を集めるよう命令した。年取った女はその血を手に入れると、若い王妃を夕食会に招待し、自分には褐色のワインを、若い王妃には血を、それぞれのグラスに注いだ。それから皇太后が「乾杯しましょう。そして今戦場にいらっしゃる王さまのご無事を祈って、グラスを空けましょう！」と言った。

皇太后はワインを、若い王妃は血を飲んだ。若い王妃は、自分が飲んだのは血である、とすぐに気づいた。若い王妃は数日して男の子を生んだのだが、その子は体や顔に千種類の血斑《けっぱん》ができていた。そのため、だれもが気味悪がって、思わず顔をそむけるのだった。皇太后は狩人には事を秘密にした。というのは、狩人が自分の秘密をもらさないとも限らなかったからだ。そして、王さまの妻が王さまに対していかに不実であるかをあれこれ書き並べた手紙を、ひそかに王さまに送った。

　すると王さまは返事を書き送り、その中で、自分にとってどんなにつらいものであろうとも、妻については裁判所が判決を下すようにとの命令を下した。ただちに七人の王さまが召集され、大半の者は、若い王妃は死刑に処すべきであるという意見に賛成した。一人、最年長の王さまだけは、王さまの妻を深い谷間に連行して、入口をふさいでしまえば多分死ぬであろうし、だれも二度と見ることはなかろう、と提案した。この案が採択され、若い王妃は子どもとともにほどなくして深い谷間に連行され、小さな入口の前に大きな岩が転がされてきた。

　その深い谷間で若い王妃は生きてゆき、自分と子どもの身を草木の葉や根で養いながら、何年もつらい暮らしをした。男の子は、この子に若い王妃はヴィラという名前をつけたのであるが、成長し、たくましくなった。ある日、ヴィラが言った。「母上さま、わたしは山の裂け目がどこへ通じているのか見たいです！」。「ねえ、お前。お前は岩を転がして押しのけるほどたくましくはないのよ」。それでもヴィラは行って試したが、岩はそれこそぴくともしなかった。

　ヴィラは毎日試した。すると一年後、岩が動きはじめた。二年目が過ぎると、もっと動いた。三年目が終わるころには、岩を楽々と脇へずらすことができるまでになった。「もう十分たくましくなりました、母上さま。わたしは奉公に出るつもりです！」。「そういう気持ちがあるのなら、好きなようになさい。でも、わたしのことは忘れないでね。わたしはここに残ります。岩をまた入口の前に転がしてふさいでちょうだい。わたしのような不幸な者がこのような場所にいるのは、だれにも見られたくありませんからね！」。こうして男の子は母親に別れを告げ、岩を再び転がして入口を塞ぎ、奉公先を求めて旅に出た。ヴィラはとてもたくましくなっていた。森いちばんの大きなモミの木を引き抜き、遠慮会釈《えんりょえしゃく》なく踏みつけたので、枝は折れてちぎれ飛んだ。切れ端を手に持って杖代わりにした。ヴィラが息を吐くと、何もかも飛び散った。息を吸い込むとすべてを引き寄せた。ひとたび大声で叫ぶと、声が向けられた先の岩や木々は粉々に砕けた。

あるとき、ちょうど花嫁のところへ行って結婚式を挙げようとしていた一人の王さまが、街道を進んでいた。たくましいヴィラが道に立ちはだかり、大声で言った。「ちょっとだけ馬車をお止めくだい！　あなたさまは下僕がご入用ではございませんでしょうか」。そこで王さまが馬車から外のぞいて見ると、顔面に千種類の血斑があるたくましいヴィラの姿があった。王さまはぞっとして、「いらぬ、いらぬ！」と叫んで、馬車を走らせるよう命じた。けれどもたくましいヴィラが息を吸い込んだので、馬車はその場で釘付けになってしまった。「こういうことですから、どうかわたしをお雇いください。わたしはあなたさまに忠実にお仕えいたします！　どうしてためらっておられるのでございましょうか」。「わしはそちが恐ろしいのだ」と王さまが言った。「それに、わしの家来どもはそちを目にするだけで、皆逃げ出すじゃろうからな！」。「昼間はわたしを隠しておいて、暗い夜だけ働かせてくださいませ！」。

王さまはとても逃げられないと観念した。「それでよしとしよう！」と王さまは言った。「ただし、そちはわしが結婚式から帰って来るまで、ここで待っておるように！」。「わたしも是非結婚式に参列したいと存じます。だれにも見られないように、わたしを地下室へお隠しください！」。「然《しか》らばわしの馬車に乗って奥に寄りかかるがよい。そちを隠してやろう」。こうして王さまは花嫁の城に入り、たくましいヴィラをただちに地下室へ隠し、食べ物や飲み物を十分与え、それから扉を閉め切った。そうはしたものの、王さまは祝宴の間中、心底から喜ぶことはなくて、さもうれしそうな花嫁の横で、言葉少なく沈痛な面持ちで席に着いていた。花嫁の両親や結婚式の列席者たちは、そのことをとてもいぶかしく思い、納得がいかなかった。

花嫁が花婿といっしょに花嫁の部屋に入ると、とつぜん花嫁がバッタリと倒れて死んでしまった。花婿が花嫁に毒を飲ませたか、花嫁に人知れず危害を加えたのでは、という疑いが花婿の上にかけられた。花婿はただちに逮捕され、次の朝には、花婿に対して、まわりに何もなく、ぽつんと建てられている塔に幽閉する、という判決が言い渡され、判決はただちに執行された。

そのすべての成り行きをヴィラが地下室で耳にしていた。再び夜になり、全員が寝静まったとき、ヴィラは扉に向かって一度息を吐きかけた。すると扉はすぐに外側に倒れた。つづいて城壁にも息を吐いて穴を開け、そこから抜け出て、塔に向かった。次に王さまに対して、城壁は叫び声によってすぐにひびが入ったと大声で言って、話しかけた。「もしわたしに対して、あることを約束してくださいますならば、わたしはあなたさまをお救いいたします！」。「で、それはどういう約束だ」と王さまがたずねた。「わたしの母を妻としてくださいませ！」。「その者も、そちと同じように醜いのか」。「さらに千倍も醜いです！」とヴィラが言った。「さようであれば、わしはむしろここにとどまって死ぬほうがましじゃ！」と王さまが言った。ヴィラは立ち去ったが、しばらくしてまたもどって来て、たずねた。「今はいかがお考えでございましょうか、王さま」。「死ぬほうがましじゃ！」と王さまは同じことを言った。けれども、やがて生きていたいという気持ちが募《つの》り、考えを変えた。それでヴィラが三度目も同じように、「今はいかがお考えでございましょうか、王さま」とたずねると、「わしはそちの母親を娶《めと》るとしよう。しかしまず城へ帰り、結婚式の手配をしておきたい！」。「よろしゅうございます！」とヴィラが言った。「お伴いたします」。そう言って、ヴィラは口を大きく開けて、塔に向かってすさまじい叫び声を浴びせると、塔にすぐさまひびが入り、八方に飛び散った。王さまは救出され、ヴィラとともに城へ帰った。すると王さまの家来たちは皆、自分たちの主君の千種類の痣のある従者を見て、宮殿から逃げ出した。

王さまは、ヴィラがどのようにして自分を救出し、ヴィラの母親が息子よりも千倍も醜いにもかかわらず、救出の代償としてその母親と結婚すると約束したことなど、王さまの身の上に起きた出来事をすべて話して聞かせた。するとだれもがびっくりした。特に、王さまの母親が。というのは、何か不吉な予感がしたからである。人々は、ヴィラをひそかに殺害すれば約束はほごになるから、と王さまを説得にかかった。けれども王さまは怒鳴りつけた。「約束は約束じゃ。そしてわしは約束を守るのじゃ！　わしがかほどの信義を破ることなどもってのほかじゃ！」。そして準備に取りかからせ、祝宴の手はずを整えさせた。

それからヴィラとともに花嫁を迎えに出かけた。二人が森を通って洞窟にさしかかると、ヴィラが岩を押しのけた。けれども王さまは、ほどなく目にするであろう醜い姿に、見る前から恐れおののいていた。王さまはいきなりひどく醜い姿を見ることがないように両手で顔をおおい、指の間からのぞき見するだけにした。ところが、なんという驚き！　この世のものとも思われないほどの美女が、深い哀しみに打ち沈んだ姿ですわっているではないか。王さまは顔から手を離した。「まさかこのような事が！　妃ではないか、わが愛しの妃ではないか！」。そう言いながら妃の膝に倒れ込んだ。再会の興奮がともに治まってから王妃が言った。「ご覧くださいませ。あなたさまの息子でございます！」。そして王さまに、ヴィラの体や顔に千種類の血斑がついた経緯、すべては王さまの母親のせいである、とこれまでのことをすべて語った。「母上には悪行にふさわしい罰を与えよう！」と王さまは怒りのあまり我を忘れて叫び、二人を連れて城へ帰った。

三人が城へ帰ると、多くの人が両手で顔を押さえ、あるいは人によっては、醜い花嫁を見ないようにするために姿を隠した。ただ年取った王妃だけは指の間からのぞき見て、美しい女を目にしたとき、それがだれであるかすぐに気づいた。すると驚きのあまり金切り声を上げて目を閉じ、床に崩れ落ちた。人々は、王さまの花嫁が醜いために、年取った王妃が驚いたのだと思った。そして、年取った王妃を助け起こすために目を開けた。すると、新しい女主人のすばらしい美しさが目に入り、大喜びした。王さまは、しかし、母親を逮捕させた。母親に対して、塔に閉じ込めよとの判決が下され、ただちに執行された。そこで母親は飢え死にするほかなかった。

王さまは賢者たちを集め、たくましいヴィラの体の血斑を取り除く手だてはないものかとたずねた。「それは多分可能なはずでございます」と賢者たちは言った。「血を採られたすべての動物たちが血斑をなめて取り除けば、でございます！」。そこで、何の目的かも知らずに年取った王妃のために血の滴を集めた狩人は、千種類の動物を捕まえなければならなかった。そして動物たちがたくましいヴィラをなめたところ、ヴィラはいちばんたくましい男になっただけでなく、最も美しい王子となり、その名を知らぬ者とてないほど称讃された。

第89話
三回殴り殺された合唱指揮者 *Vom dreimal totgeschlagenen Kantor*

ずっと昔のあるときのこと、わたしたちの町に一人の男がいた。この男も「自分は自分、他人は他人」というタイプの一人だったが、女房は情熱的で美人だった。この女房に独身の教会の合唱指揮者がぞっこんで、足しげく通っていた。しかし、それはいつも夫が家にいないと知っているときだけだった。そのときには女房は教会の合唱指揮者のために肉をいためたり、パンケーキを焼いたり、地下室からワインを持ってきて、二人だけの親密《しんみつ》なひとときを楽しんだ。

ところが冬が来た。こうなると、もう女房は教会の合唱指揮者を夏の間と同じように家に招いたり、ごちそうでもてなしたり、ちやほやしたりできなくなった。なにしろこの季節、夫がずっと家にいたからである。女房としては、愛《いと》しい教会の合唱指揮者が夫にばれないように自分を訪ねて来るにはどうしたらよいか、わからなかった。そこで女房は隣の女へ相談に行った。というのは、この隣の女も、この月の中の男〔間抜けの意〕だけは、どうにも好きになれなかったからである。

「えっ、そんなこともわからないの」と隣の女が笑いながら言った。「そんなこと、朝飯前よ。卵を十二個用意するの。それをフライパンに割って入れ、あんたの旦那に卵料理を作ってやるの。で、旦那がそれを食べたら、旦那は目が見えなくなるの。だれでも、十二個の卵を使った料理を食べると、その人は目が見えなくなるのよ」。

「たったそれだけのことなら」と女房が言った。「あの人にはすぐに使えるわね」と言って、家に帰り、まだほの暗くもならないうちから早くも料理をはじめ、ベーコンを刻んで小鍋に入れ、かまどの炭火の上にかけ、十二個の卵を持ってきて、それを割って入れ、料理を食卓に並べた。

女房の夫は食卓の奥にすわるや、女房をじっと見つめた。夫は一見単純に見えたが、しかし、女房が教会の合唱指揮者といい仲だということ、女房が今、自分に対して何かよからぬことを企んでいる、ということはすでに見抜いていた。世間で言うように、静かな水は深い〔物言わぬ人は、腹の中はわからない〕のだ。

女房も食卓にすわり、「神がわれらに細やかな夕食を給わんことを」と唱えた。「あんたは今日、農場で薪《まき》を割ったり、家畜の世話をしたりして大仕事をしたから、お腹もぺこぺこでしょ。さあ、あんたのためにごちそうを作って上げたわよ」。

夫はただ黙っていた。女房は皿の縁をつつくだけで、パンはスープに浸さずに口に入れ、薄笑いを浮かべて夫を見た。夫は無言のまま大食漢のようにガツガツと食べ、女房が目を上げたときには、卵料理を平らげていた。

「美味《おい》しかったのね、美味しかったのね」と女房は言いながら、夫の目の様子ばかりをずっと気にしていた。「美味かったとも、美味かったとも」と夫は答え、目をパチパチさせ、白目をむきはじめた。「今度ばかりは、おまえは卵料理がうまくできたよ。でも、おやっ、痛い！　おい、トゥレング」と叫びながら、夫は目をこすりはじめた。「ランプはどうなってるんだ。それともランプが消えるのか、どんどん暗くなる。それともおれの目がいかれてきたのかな。今はもう全然何も見えない！　ああ、ひどい。おれはなんと哀れな奴よ！」。「ちょっと、あんた。冗談はよして、メーヘル。そんなばかなことあるはずがないでしょ」。「本当なんだ。もう何も見えない！」。「あたしのことも見えないの」。「お前どこにいるんだ。ああ、おれは天罰を受けたんだ！　おれは目が見えなくなってしまった！　おれが何の罪を犯したというんだ！」。

女房の願いは、こうして実現した。夫がまだ嘆き苦しんでいる間に、女房は立ち上がって、かまどのところへ行き、パンケーキ鍋を取り出し、こんがりと焼きはじめた。そうしながら夫に調子を合わせて嘆き悲しみ、嘘泣きさえした。パンケーキを鉢いっぱいに盛ると、緑の壷を持って地下室へワインをくみに行った。女房がドアを開けると、すでに外で待ち構えていた教会の合唱指揮者がそっと忍び込み、かまどに腰かけた。

食卓の奥にすわっている目の見えない夫は何も言わず、ただ長椅子の下へ手を伸ばし、斧《おの》をつかみ、暖炉へ近づいて、教会の合唱指揮者の頭に一撃を加えたので、教会の合唱指揮者はぐうの音も出さずにくたばってしまった。夫はそれからパンケーキをわしづかみにすると、教会の合唱指揮者の口をこじ開けてパンケーキをねじ込み、再びかまどにすわらせた。そして再び食卓の奥に行って、目を伏せた。

その瞬間に女房が入って来た。女房は教会の合唱指揮者が死んでいるのを見るや、大声でわめきはじめた。「助けて、あんた。ここにだれかが入って来て、あたしがあんたのために焼いておいたパンケーキをしこたま口につめ込んで、のどを詰まらせている！　どうしよう。ああ、かわいそうなあたしたち！　よりによって、あたしたちにこんな災難が降りかかってくるなんて！」。「冗談もほどほどにしろ！」と夫が言った。「せめて目が見えさえすればなあ！」。そう言って夫は目をこすりはじめ、まずランプを、次に暖炉と妻を、最後に窒息してかまどの上にいる男を見た。

「なんてこった、トゥレング」と夫は言った。「これはまさか教会の合唱指揮者じゃないか。こいつ、どうやって入って来たんだ。こいつはどうもうさんくさい匂いがするぞ！　それはそうと、お前、パンケーキを焼いて、ワインも持って来ていたよな。まずは腹ごしらえをしよう。そうすればこの死人をどうしたらよいか、知恵も浮かぼうというものだ」。

夫は鉢を手にして、食事をした。けれども女房は何にも手をつけなかった。夫はワインも一人で飲んだ。食事が終わると夫が言った。「こうしたらどうだろう。真夜中におれが死人をバイエルンの婆さんの家の戸口に担いで行って、一クロイツェル分のマッチを頼むとしよう。あの婆さん、当然起きてはこない。そしたらおれが言うんだ。おれはここで死ぬ、と」。

「それだとうまくいくでしょうね」と女房が答えた。

真夜中になって、夫は死人を背負い、バイエルンの婆さんの家の扉の前へ行き、戸を叩いた。

「どちらさまで」と眠りから覚めたバイエルンの婆さんが大きな声を出した。

「わたしですよ、教会の合唱指揮者の」という答えが返ってきた。「一クロイツェル分のマッチをお願いします。でないと、わたしはここで死んでしまいます」。

「お前さんは出来上がっちゃってますね、飲んだくれさん。わたしたちを静かに眠らせてくださいよ。それとも、わたしたちも真夜中まで起きて飲んだくれて、正気をなくせというんですか」。夜回りがちょうど路地の下の端からやって来て、十二時のラッパを吹いた。しかし真っ暗だった。「起きてはくださらないんですか、バイエルンさん。わたしはここで死にます」。戸外に立つ男は消え入りそうな声で言った。

「死になさるがよい！　くたばっておしまい！」とバイエルンが言った。

夜もまだ明け切らないうちに、バイエルンは娘のマリッツィを起こし、掃き掃除をさせたところ、マリッツィがすぐさま青い顔をしてもどって来たので、「どうしたんだい、マリッツィ」とたずねた。「大変よ、お母さん」とマリッツィが答えた。「あたしが店の戸を開けたら、教会の合唱指揮者があそこで死んでたの。あの人に間違いないと思うけど」。

バイエルンはすぐさま駆けつけた。そこで死んでいたのは、まさしく教会の合唱指揮者だった。さて死人をどうしたものか。もし自分の家の前で死んでいるところが見つかったら、自分は絶対人殺しだと思われる。そこでバイエルンは娘と力を合わせて、教会の合唱指揮者を抱え、ジプシー橋まで引きずって行き、つっかえ棒を当てて、そこに立たせた。

二人が家に帰るか帰らないうちに、ドゥミトゥル・カターネが路地の上手の端から雌牛の群れを追ってくる声が聞こえた。「シッ、シッ、シッ！」とひっきりなしに追い立てていた。ドゥミトゥル・カターネと牛の群れがジプシー橋まで来た。そして男が道の真ん中に突っ立っていたので、群れは二手に分かれ、一部は路地を下って行き、一部は小川をわたってルーマニア人街のほうへ行った。牛飼いは群れが二手に分かれるのを見ると、「おい、きさま、道をあけろ！　どかないと一発食らわすぞ！」と怒鳴りつけた。男は、しかし、動かなかった。牛飼いは男に向かって杖を振り上げ、頭に命中させた。男はドサッと倒れた。牛飼いは男に近づき、「悪く思うなよ」と罵り文句を浴びせ、そのまま牛の群れを追って行き、男は転がったまま置き去りにされた。

もしだれも埋葬してやっていなければ、今でもジプシー橋に転がったままだ。

第90話
男の子とヘビ *Der Knabe und die Schlange*

昔、貧乏も貧乏、底抜けに貧乏な女の人がいた。その女の人には男の子が一人いて、糸を紡《つむ》いで二人がなんとか暮らしていけるだけの稼ぎを手にしていた。女の人が家で紡いだら、それを男の子が売りに行った。ある日、男の子はわずか一グロッシェン〔昔のオーストリアの小額貨幣〕の稼ぎしかなかったが、上機嫌で家へ帰る途中、数人のいたずら小僧が一匹の子どものヘビを痛めつけているのを目撃した。男の子はその様子に胸を痛め、「そのヘビ、ぼくに一グロッシェンで譲ってくれないかい」と言った。いたずら小僧たちはその話に異存はなかった。

男の子はヘビをつかんで、家へ持って帰り、「ねえ、母ちゃん。稼ぎでこんなもの買ってきたよ！」と言った。ところが母親は首を横に振って、「まあ、なんて間抜けな子なの。どうして毒ヘビなんかに一グロッシェンも払ったりできたのよ！」と言った。「いいじゃないか、母ちゃん。このヘビ、いつかきっとぼくに恩返しをしてくれるからさ！」。このときから男の子はヘビをとてもかわいがり、自分が飲み食いするものは何でもヘビにもおすそ分けした。

ヘビはしだいに堂々たる大きさになり、十分の大きさ、つまり一人前のヘビになった。ある日、男の子に言った。「実は、わたくしはヘビの大王の一人娘なのでございます。さあ、わたくしの背中にお乗りなさい。わたくしは生まれ故郷に帰りますので、あなたをお連れしたいのです。わたくしの父は、あなたがわたくしのためにしてくださいましたことに対して、お礼をすることでございましょう！」。男の子はヘビの背中にまたがった。二人はあっという間に、とてもとても遠く離れた大きな森に着いた。するとヘビが言った。「この森でいちばん高い木に登ってくださ い！」。男の子が木に登るとすぐ、ヘビは三回シューシューと物凄い息づかいをしたので、その鋭い音で、男の子はまるで長い針で突き刺されたような痛みが全身を走った。とつぜん四方八方からヘビの群れがうようよ、くねくねと寄り集まって来て、行方がわからなくなっていた王女が再び姿を現したことを喜び、身を寄せ合いながら王女に歓迎の挨拶をした。

ついには王女の父親、ヘビの王も現れた。王は他のヘビよりも大きく、王冠をいただき、王冠からは大きな紅玉がまばゆい光を放っていた。王は娘を見ると大喜びした。王女は自分の身の上に起きた出来事を話さずにはいられなかった。王は、悪童たちが王女をつかまえ、痛めつけていたところ、やさしい男の子が王女を買い取って、親切に世話をしてくれたという話を聞いて、その優しい男の子はどこにおるのかとたずね、その親切な行いにお礼がしたいと言った。「もしお父さまが、その男の子に危害を加えない、その男の子の望むものをお父さまがお与えになると約束してくださるのであれば、わたくしがその男の子をこちらへ連れてまいります！」。「よかろう、そうするがよい！」とヘビの王が言った。そこでヘビの王女は、男の子に木から降りて来るようにと大きな声で言った。

男の子は全身恐怖におののきながら降りて来た。なにしろ、ヘビの群れが四方八方から男の子に向かって舌をチョロチョロ出しては、シューシュー音を立てたのである。けれども、ヘビたちは男の子に何の危害も加えないようにと言われた。「さてと」とヘビの王が言った。「お若いの、そなたは何か望みのものを申すがよい。わしの娘のことをとてもよく世話してくれたのじゃからな！」。ところがヘビの王女は城へ帰る途中、男の子に対して、男の子は王の持っている八本足の白い天馬と、王冠にはめ込まれている紅玉だけを求めるようにと言い含めていた。それで男の子は言われたとおりにした。けれどもヘビの王はそれを受け入れようとせず、こう言った。「わしはそなたに、わしの馬たちの中で他のものならどれでも与えてつかわし、たくさんの宝物もおまけにつけてやろう。じゃが、わしの白い天馬と王冠にはめ込まれている紅玉だけは、断じてやるわけにはいかん！」。

けれども男の子に断念させることはできなかった。するとヘビの王は激怒した。「わしに対して、わしのいちばん大切な宝物をそなたにやれというのなら、わしはむしろ、そなたをすぐにのみ込んでしまったほうがましじゃ！」。ヘビの王がそう言うが早いか、もう男の子はヘビの王の胃袋にのみ込まれていた。すると今度は若いヘビの王女が嘆き悲しみはじめた。「まあ、ひどい！わたくし、二度と帰って来なければよかったんだわ。わたくしのお父さまがこんなに恩知らずで、約束を守らない姿を見せるなんて！」。娘の嘆きを聞いた老王は、娘をなだめることができなかったので、いきなり男の子を再び吐き出した。ところが男の子は、もはや貧乏な男の子のようには見えなくて、王子のように堂々として美しかった。

ヘビの王は王冠から紅玉をはぎ取り、若者に与え、「わしの馬もただちにそなたのものとするがよい！」と言って、白い天馬を引いて来させ、若者をそれに乗せて言った。「さあ、これに乗って世の中へ出て行くがよい。そして何か困難に立ち向かわなければならぬときには、その事をそなたの馬に言いさえすればよい。いつでも切り抜けられるように、馬がそなたを助けてくれようからな。また、夜になると、すぐに紅玉を取り出し、馬の額に取りつけるがよい。さすれば、そなたの前方はいつでも昼間のように明るいのだからな！」。

若者は馬に乗って出発した。そしてほどなくしてヘビの国を抜け出した。なにしろ馬が朝風よりも速く走り、常に山の頂から頂へとジャンプして進んだからであった。若者はいつも昼間の明るさの中を進んだ。夜になると、紅玉を取り出す、するとそれが太陽のように光を放つからであった。若者はついに、とある国に入った。その国では富を蓄えた高慢な王が君臨していた。国に入ったちょうどそのとき、夜が明けた。それで若者は紅玉を隠し、宮殿に出向いて、もし王室の厩舎に自分の馬もいっしょにつなぐことが許されるならば、王さまにお仕えしたいと申し出た。申し出は喜んで受け入れられた。

さてその王のことだが、これが大の狩猟好きで、毎日狩りに出ていた。王がいちばんかわいがったのは、家来のうちでいちばん多くの獣を倒した者だった。若い下僕がいちばんのお気に入りになるのに時間はかからなかった。というのは、若い下僕が白い天馬に乗って狩りに出ると、シカ、オオカミ、クマ、雄のイノシシ、と何であれ、若い下僕の手から逃れることはできなかったのである。王は今や他の下僕たちの給金を召し上げて、すべてをお気に入りの若い下僕に与えた。これには他の下僕たちは腹を立てた。それで若い下僕を亡き者にしようと企んだ。

荒野の外れの高いアシの中に、黄金の剛毛の生えた雌のイノシシが、十二頭の子を連れて棲《す》んでいた。この雌のイノシシを射止めようとして、すでにたくさんの猟師が挑んでいたが、惨めな最期を遂げていた。王もそのことを知っており、できることなら射止めたいと願っていた。けれども自分から進んで射止めようとするだけの勇気はなかった。そのようなとき、嘘《うそ》つきで嫉妬《しっと》深い下僕たちが王の前に現れて言った。「王さま、あの下僕めはあの黄金の剛毛の生えた雌のイノシシを、十二頭の子もろとも、捕まえることは朝飯前だとぬかしております！」。

そこで王は、ただちに若い下僕を呼びつけて、耳にしたことを話した。しかし若い下僕は、そのようなことは全く身に覚えがないと誓った。けれども王は頑として譲らなかった。「もし明朝、黄金の剛毛の生えた雌のイノシシが、十二頭の子ともども、わが宮殿の中庭を走りまわっていなかったならば、そなたの首をはねさせるものとする！」。若い下僕はすっかり落ち込んで厩舎に行き、馬に苦しい胸の内を訴えた。「元気を出すんです！」と馬が言った。「わたしがあなたに力をお貸しします。すぐに王さまのところへ行って、バケツ二十杯分の大きくて長い袋一つを用意し、その内側にハチミツを塗ってもらうよう頼んでくるのです」。

準備が整うと、若い下僕は袋を持って馬にまたがった。馬は若い下僕を砂漠をわたってアシの茂っている場所へ運んだ。ここで若い下僕は、馬に言われたとおりに袋を備えつけ、その口を開けた状態にし、その横に立った。馬がいななきはじめた。するとつぜん、アシがバリバリと音を立てて揺れ動いた。雌のイノシシは遠くから馬とその乗り手を目にするや、一瞬動きを止め、カッと目を見開き、息づかいも激しくグオーグオーと唸り声を上げながら、閃光《せんこう》もかくやと思われるほどの勢いで、馬とその乗り手目がけて突進した。けれどもがむしゃらに怒り狂っているので、何も目に入らず、まっすぐ袋の中へと突進したし、子どもたちもすぐその後を追って来た。

若い下僕は袋の口を素早く閉めて、馬に載せ城へ帰った。城の中庭に入り、袋の口を開けると雌のイノシシは十二頭の子どもども、飛び出してあちこち走りまわった。けれども鉄の城門を突き破ることはできなかった。朝、王が目を覚ますと、城の窓は目がくらむほど明るく輝き、恐ろしい唸り声も鳴り響いていた。王は、黄金の剛毛の生えた雌のイノシシを、十二頭の子どもども見て、大喜びした。若い下僕はますます王のお気に入りとなり、王は若い下僕と食卓を共にせずにはいられなかった。

けれども、これで他の下僕たちはますます気を悪くし、若い下僕を亡き者にする新たな策を巡らし、王のところへやって来て言った。「あの下僕めは、金髪のお下げをした美しい王女さまを王さまのところへお連れすることは、自分には朝飯前だとぬかしております！」。しかしその王女は遠く海の彼方に住んでいたのである。王女の美しさはすでに多くの自惚れ屋の求婚者たちを魅了していたが、王女はすべての求婚者を寄せつけなかった。王女はずっと夫なしで暮らしたかったのである。

王はただちに若い下僕を呼びつけて、耳にしたことを話した。若い下僕は、そのようなことは全く身に覚えがないと誓った。けれども王は頑として譲らず、こう言った。「あの王女を三日のうちにこの場に連れて来ていなければ、そなたの首をはねさせるものとする！」。そのため若い下僕はまたもやすっかり落ち込んで厩舎に行き、馬に苦しい胸の内を訴えた。馬は若い下僕を慰め、言った。「わたしがあなたに力をお貸しします。すぐに王さまのところへ行ってください。そして、船を一隻造らせ、王さまが持っている物の中で最も美しく、いちばん上等な物を積むように、と言うのです」。話が実行に移され、多くの高価な品々が船に運び込まれた。その中でもいちばん素晴らしかったのはベッドだった。これほどの物はいままでだれも見たことがなかった。

若い下僕は馬を船に乗せ、出航した。

若い下僕は、美しい王女の国に着くと、船を王宮の近くまで寄せて、四方八方から見えるようにし、紅玉を船べりに取りつけたので、船が煌々《こうこう》と輝き、美しい品々が遠くからでも見えた。美しい王女もまた城の窓辺に歩み寄り、豪華な船を見た。王女はただちに侍女を船へ行かせ、もっとも高価な物、中でも紅玉のついたベッドを買うよう命じた。けれども若い下僕は馬からすでに知恵を与えられていて、このベッドはとても大きくて、あちこち運ぶのは重すぎてできない、それで王女が自ら出向いて来て、王女に気に入るかどうか試してほしい、船の中で他の品々も見て欲しい、もしかしたら、王女の気に入る品物が何かとあるかもしれない、と伝えさせた。

王女はすぐさま、これ以上はないほど華やかな装いに身を包んで船に姿を現し、たくさんの品々を見分し、最後に美しいベッドに身を横たえて、寝心地を試した。ベッドはなんとも申し分なかった。王女がたくさんの買い物をして、いざ城へ帰ろうとして、とつぜん自分が陸地から遠く離れていることに気がついた。実は、王女が美しい品々をながめている間に、船は物音一つ立てることなく岸を離れてしまい、王女が気づいたときには、さらに遠く離れていたのである。それで王女は激しく怒り、これはだまし討ちにも等しい、絶対にただではすまさないと言った。

若い下僕は、王女に対して、王女はそんなに怒らないでください、というのは、王女は強大な王さまのお妃さまになるであろうから、と言った。「そのようなことは断じて永遠にありません！」と王女は声を荒げた。一行が宮殿に着くと、王が慌ててやって来て、並ぶものとてない王女の美しさに目を奪われ、ぼう然としながら若い下僕に言った。「いや、なんとも。そなたにはどのように報いても報いきれないほどじゃ！」。王はすぐさま王女に手を差しのべた。けれども、王女は怒りの眼差しを向けて答えた。「いいえ、断じてそうは参りませぬ。王さまがわたくしの雌馬たちを、若い雄馬といっしょにこちらへ連れて来てくださいますまでは」。王女はこれで逃れられると考えたのである。というのは、夫など欲しくなかったし、それに王は王女の注文に応じられないと思い込んでいたのである。雌馬たちは広大な海底の牧場にいて、監視しているのは若い雄馬だけだった。その若い雄馬は鼻から火を吹き、この若い雄馬に打ち勝つものなどいようはずがないほど強かったのである。

そこで王は若い下僕のところへやって来て、言った。「そなたはわしのために王女を連れて来てくれた。それ故、王女の雌馬たちをも、若い雄馬ともども連れて来てくれなければならん！」。若い下僕は、それは首尾よく行かないと懇願し弁明したが、王さまは言った。「明日のこの時刻までに事を運ばなければ、そなたの首は飛ぶと思え！」。それで若い下僕は、あれほど忠実に仕えたのに、なんという恩知らずなことかと嘆きはじめ、馬に話して聞かせた。「すぐに王さまのところへお行きなさい！」と天馬が慰めた。「そして、わたしのために七頭の野牛の皮でマントを作ってもらってください」。

マントが用意されると、若い下僕は海岸へと向かい、馬の指示に従って、地面に自分と馬がすっぽりと隠れることができるほど大きな穴を掘らせた。それから白い天馬が大声でいななきはじめ、その後、若い下僕といっしょに穴の中へ飛び込んだ。若い雄馬はひっきりなしにいななき声がしたのを聞くと、耳をとがらせ、これはただ事ではないとばかりに、いなき声がした方角に突進した。けれども若い雄馬が岸辺近くへ来てみたが、そこには何も見えなかった。それで急いでもどった。すると白い天馬がまたいないて、すぐまた姿を消した。若い雄馬はまたもや息せき切って駆けつけ、辺りを見まわした。何も見えなかったので、もと来たほうへもどった。するとまた白い天馬がいないた。

三度目だった。白い天馬は、今度はそのまま動かず立ち止まった。そして闘志満々に若い雄馬を待った。若い雄馬は鼻から火を吹きながら突進して来て、白い天馬に襲いかかった。どちらも互いにかみつき合い、血が川と流れた。けれどもどちらも譲らなかった。海の若い雄馬は依然としてひるむことなく、白い天馬の七枚の野牛の皮を次々に食い破っていった。しかし激しい戦いと三度も走ったためにすっかり疲れていた。ところが白い天馬は、まだ本来の力を保持していて、若い雄馬にもう一度噛みついたので、若い雄馬は倒れ、降参した。そこへ若い下僕が近づいて行って、若い雄馬にくつわをはめた。これで若い雄馬はおとなしく白い天馬に寄り添って歩き、すべての雌馬たちが保護者と仰ぐ若い雄馬に従った。

一行が中庭に着くと、王は大喜びし、若い下僕に向かって、「これでもう、そなたには金輪際《こんりんざい》何もしてもらうつもりはないからな！」と言ってから、王女のところへ行き、「雌馬たちと若い雄馬が中庭に着きました。あなたはこれでもう、迷うことなくわたしの妻になることですな！」と言った。けれども王女はまたしてもつっけんどんに言った。「まだでございます。まず雌馬の乳を搾《しぼ》ってください。そして煮えたぎる乳の風呂に入ってください。そうすればわたくしと同じように白くなりますから！」。王女は、王がそのようなことはできないだろうと期待していた。そこで王はまたもや若い下僕のところへやって来て、「いいか、そなたはわしのためにさらに雌馬たちの乳を搾るのだ！」。「おお、王さま。わたしは王さまのために尽くしてまいりましたが、まだ十分ではないと仰せでございましょうか。王さまご自身が、わたしはもう自由の身だとおっしゃってくださったではございませんか」。「わしが命じることにそなたは従わねばならぬ。従えぬというのであれば、そなたの首をはねさせるものとする！」。

そこで若い下僕は顔を曇らせて厩舎に行き、馬に苦しい胸の内を訴えた。馬は若い下僕を慰めて言った。「わたしをすぐに中庭へ連れて行ってください」。若い下僕が言われたとおりにすると、馬は一回、鼻の左の穴から息を吹きつけた。するとすぐさま凍るほど寒くなり、ぬかるみに立っていた王女の馬たちの足がぬかるみの中で凍りつき、それで全部の雌馬からも楽に乳搾りができた。乳は大きな釜に入れられ、グツグツ煮られた。乳が煮えたぎると、誇り高い王女が声を張り上げた。「さあ、王さま、すぐに入って浴びてください」。けれども王はこのとき、たぎり立つ蒸気の中で窒息するのではないかと恐れ、再び若い下僕を呼び寄せて言った。「湯加減をみるために、すぐに釜に入って浴びるのだ！」。これは若い下僕にとって承服できるものではなかった。それで言った。「おお、王さま。王さまは滅相もないことをお申しつけでございます。そのような事はおっしゃらないでくださいませ！」。すると王は脅しつけた。「そなたが従えぬというのであれば、そなたの首をはねさせるものとする！」。

そこで若い下僕は顔を曇らせて厩舎に行き、馬に苦しい胸の内を訴えた。「すぐにわたしを釜のところへ連れて行ってください。そのときには怖がらないで、安心して釜の中へ入ってください」。若い下僕は言われたとおりにした。服を脱ぎ、釜の中へ入ると、馬が鼻の左の穴からとてもたくさんの冷たい息を吹きつけた。それで乳が生ぬるくなった。「おお、天国、天国！」と若い下僕が大声を出し、そのはなから見る間に体が白くなり、若い下僕を見た者は晴れやかな気分になった。すると王が怒鳴りつけた。「さっさと出るんだ！」。というのは、王は若い下僕が美しくなりすぎるのを心配したからであった。そしてすぐに自分で釜の中へ飛び込んだ。

けれども若い下僕が出るや否や、天馬は鼻の右の穴から釜の中へ灼熱の息を吹きつけたので、乳はすぐまた煮えたぎり、王はあっという間に乳の中に沈んでしまい、煮くずれて白い骨のほか影も形もなくなった。今や若い下僕は誇り高き王女の前に進み出て、こう言った。「わたしが白い天馬と紅玉を持つ者でございます。黄金の剛毛をつけた雌のイノシシを、十二頭の子どもも捕まえた者でございます。王女さまをここへお連れして、雌馬たちの乳を搾り、煮えたぎる乳の中で湯浴《ゆあ》みした者でございます。わたしを夫にする意志がおありでございましょうか」。若い下僕は、今やとても美しくたくましい体つきだったので、誇り高い王女は上ずった声で言った。「もちろんです、あなたとなら。ほかの人ならだれもいりません！」。

こうして若い下僕は金髪のお下げをした美しい王女の夫となった。そして、恩知らずな支配者のものであった王国の君主にして王ともなった。嘘つきの家来たちは当然下されるべき罰を恐れて、慌てて遁走《とんそう》した。天馬、若い雄馬、雌馬たちがその先どうなったかは、だれも言うことができないけれども、若い王と美しい女王は、それから後も長く幸せに暮らした。もし二人が死んでいなければ、今もまだ生きているだろう。

第91話
耳の聞こえない家畜番たち *Die tauben Hirten*

耳の聞こえないヤギ飼いが、同じく耳の聞こえないヒツジ飼いのところへやって来て、「おい、兄弟よ。お前さん、わしのヤギを見なかったかい」とたずねた。「村はそこの山の向うだ。ただまっすぐ行きさえすりゃいいのよ。それで行けるよ！」とヒツジ飼いが言った。ヤギ飼いが急ぎ足で行くと、山の反対側に探していたヤギがいた。そこでヤギ飼いはお礼をしようと思って、すぐさま飼っていた「角なし」〔角を切り落としたヤギ〕を捕まえた。お礼としてはこれで十分だと考えたのである。そしてヒツジ飼いのところへ急いでもどって来て、「おい、これお礼だ」と息を切らせながら大声で言った。「お前さんが正しい道を教えてくれたおかげよ。なにせ、もう半日もヤギの奴らを探したのに無駄だったんだからな」。「なんだと」とヒツジ飼いが顔を赤くして怒鳴った。「わしはそいつの角など切り落としちゃいないぞ！」。そう言ってそそくさと立ち去ろうとした。

けれどもヤギ飼いはその後を追いかけて行って大声で言った。「お願いだからこのお礼を受け取ってくれよ！　お願いだからこのお礼を受け取ってくれよ！」。二人が言い合っていると、ところもまた耳の聞こえない馬番にバッタリ出会った。馬番はちょうど盗んだ馬で逃げているところだった。ヒツジ飼いはまっすぐ馬番のところへ行って、馬の端綱《はづな》をつかんで、「おいよ。こいつはな、わしがこいつのヤギの角を切り落としたなんて抜かしやがるんだ！」と言った。「この人はな、わしのお礼の品を受け取ってくれんのよ」とヤギ飼いが大声で言った。「それでこの人がそうしてくれんと、わしは気分が晴れんのよ！」。

「わしは絶対あれは見ておらんぞ、お前さんたちの馬はな！」と馬番が言って、馬を走らせようとした。けれどもヒツジ飼いが馬番を行かせようとはしなかった。「待ってくれ！　行く前にはっきりさせてくれ。わしが悪い事をしているのか、そうでないのか」。「わかった。この馬がお前さんたちのものだとしたら、返してやるよ。だが、鞍はちがうぞ。これはわしのものだからな！」と馬番は言いながら、馬から飛び下りて、素早く鞍を外し、走って逃げた。

ヒツジ飼いは馬の端綱を放した。馬はひと声いななくと、群れの中へ駆けもどった。けれども、ヤギ飼いが、腕にヤギを抱え、息を切らせながらヒツジ飼いを追いかけた。「頼むからこのヤギを受け取ってくれ。そりゃあ角なしだが、いいヤギなんだぞ！」。

こういうわけで三人が互いに後先しながら次々と村に駆け込んだ。村人は騒ぎを聞きつけ、通りへ出て来た。何事が起きたのかわからなかったので、てっきり強盗だと思い、三人まとめて取り押さえ、裁判官のところへ引っ立てて行った。裁判官は怒りの形相ものすごく詰問した。「お前たちは、どうしてこうも村中を騒がせたのだ。何事だ」。

今や三人がそれぞれ、裁判官はもうすでに何もかも知っており、正直に白状するに越したことはないと考えた。

「裁判官さま」とヤギ飼いが言った。「わっしが本当のところを何もかもお話ししやす。わっしは生まれてこのかた、百頭以上のヤギを盗んだり、腹立ちまぎれに、ちょっとこいつの角を切り落としたりしやした。今、わっしはこのヤギをこの男にやるつもりでごぜえやす。この男がわっしにヤギの奴らがおるところを教えてくれたんでごぜえやす。ところがこの男ときたら、わっしのお礼を受け取ろうとせんのです。それで、受け取れと言って、わっしはこの男を追いかけやした。そうしてくれんことには、どうにもわっしの気分が晴れんのでごぜえやす！」。

ヒツジ飼いが言った。「わっしは生まれてこのかた、千頭以上のヒツジを盗んだことは盗みやした。だども、このヤギはわっしが角を切り落としたのではありやせん。それは嘘でごぜえます。この男には、わっしに罪科《つみとが》はないと言うてもらいてえです。それでわっしはこの男の馬を抑えたんですが、この男はそれを嫌がり、馬から飛び下りて、鞍を外して逃げやがったのです。それでわっしも仕方なくこの男を追いかけたというわけでごぜえます。身に覚えのない疑いをかけられるのはまっぴらでごぜえますから！」。

馬番は言った。「わっしは生まれてこのかた、何頭の馬を盗んだか、もう見当もつきやせん。けども、今度にかぎっては、わっしは悪い事はしておりやせん。こいつめが、この馬はこいつのものだと抜かしおったもんで、わっしは馬を手放し、鞍だけを外したのでごぜえます！」。

裁判官や招集された長老たちは、神さまのすばらしい摂理《せつり》に拍手喝采した。そのおかげでこれほどたくさんの犯罪が一挙に明るみに出されたのである。三人のしょぼくれた泥棒はただちに投獄され、ほどなくして刑場に連行され、その犯した罪にふさわしく絞首刑に処せられた。

第92話
幽閉《ゆうへい》された王女 *Die versteckte Königstochter*

昔、商人に若い息子がいた。息子は商売の役にはまるで立たず、一日中ずっとただバイオリンを弾く以外に何もしなかったので、父親は家から追い出してしまった。商人の若い息子は旅に出ると、二本の小さな棒で絶えずバイオリンを弾くまねをする男の子を路地で見た。商人の若い息子はこれが気に入った。「お前、ひょっとしたら、バイオリンを習いたいんじゃないの」。「はい、習いたいです！」と男の子が言った。「だれか教えてくださる人さえいたらいいんですが！」。「だったら、ぼくについておいで！」と商人の息子が言った。「ぼくがお前に教えて上げよう！」。そして、言葉どおりバイオリンを教えた。こうして二人は世間をまわって、パンを稼いだ。

あるとき二人は街道でクマを連れた男と出会った。商人の息子は有り金を全部はたいて男に渡し、クマを手に入れた。すると弟子が言った。「どうしてあんなことをしたのですか。これから先、どうやって食べて行けっていうんですか」。「心配ご無用。二人がバイオリンを弾き、クマに踊らせるのさ。そしたら、すぐまたお金がもらえるさ！」。ところが、クマがどうにもちゃんと踊ろうとしなかったので、商人の息子はクマを打ち殺し、自分がその皮をかぶり、縫い合わせさせ、知らない人が見たら本物のクマとしか見えないようにした。

その後、二人は都に入った。弟子がバイオリンを弾き、商人の息子がクマの格好で踊ったのだが、その踊りがとてもきれいで上手だったので、町中の人が寄ってたかって見物した。そしてバイオリン弾きがまちがって、あるいは下手くそな弾き方をすると、クマが叩いてしかりつけた。もともとクマが男の子に教えていたので、クマ自身のほうが弾くのは上手だったのである。けれども人々はそのことを知らなかったので、本物のクマだと信じた。だからクマのほうがバイオリンの弾き方が上手なところを見せようとすると、なおいっそう人々の笑いは大きかった。

やがて、王さまもこの話を聞きつけ、二人を呼び寄せ、男の子にバイオリンの演奏を、クマに踊りをさせた。するとクマのひょうきんな姿に、王さまも笑いを抑えることができなかった。

ところで、この王さまには一人の、とても美しい娘がいた。この娘はもう十分成長していたが、王さま自身が娘の美しさをいつまでも楽しむために、だれにも妻として与えようとしなかった。娘を山の中に幽閉し、そこへ行く道は、王さまと一人の忠実な家来のほかには、だれ一人知る者はなかった。そして王さまは、娘を手に入れようとする者は、娘を探し出さなければならない、そしてそれを企てながら、娘を見つけることができなかった者は命を失うものとする、というお触れを出させていた。こうすることで、王さまは、すべての結婚希望の者をしり込みさせることができると願っていた。それでも王子の身分でこの冒険を企てる者が何人かはいたが、全員命を落とした。今や、もう長い間、あえて挑む者は一人もいなかった。これは王さまには好都合だった。

その王さまが今、ひょうきんなクマを見て、内心考えた。「お前の娘は山の中でほとんど楽しみがない。お前はぜひとも一度、娘にも楽しい思いをさせてやらなければならない！」。そこで王さまは忠実な家来に命じて、クマを娘のところへ連れて行かせた。しかしそこにたどり着くまでには三つの扉を通らなければならなかった。一番目の扉に使う鍵は岩の下にあった。家来は鍵を取り出し錠を外した。二番目の扉の前には、長いひげを生やした年老いたユダヤ人がいた。家来は老人のひげをつまんで引っぱった。するとひげの中から扉の鍵が落ちてきた。それからクマと家来は三番目の扉にやって来た。ここではどう猛なライオンが見張りをしていた。家来はライオンのたてがみをつまんで引っぱった。すると扉の鍵が転がり落ちてきて、家来は扉を開けてクマを中へ入らせた。

王女はそのときちょうど物思いにふけりながら、一人うたを口ずさみながらツィター〔撥弦楽器《はつげんがっき》〕を弾いていた。クマはその音楽を耳にすると、すぐに踊りはじめた。すると王女はとびきりの大笑いをした。クマは王女を途方もなく喜ばせたので、王女は、クマをなおしばらくの間自分の手元にとどめさせてくれ、と父親に頼むよう言いつけた。忠実な家来が出て行くとすぐ、クマがとつぜん話しはじめ、こう言った。「おお、美しい王女さま。わたしはクマなどではございません。王女さまと同じ人間なのでございます。商人の若い息子なのでございます。さあ、お願いでございます。わたしの顔のひもをほどいてください。そうすればわかっていただけます！」。王女は喜びのあまり胸がドキドキしてきた。というのは、年取った父親と年取った家来のほかは、長いこと人間を見たことがなかったからである。

王女が素早くひもをほどくと、美しい若者が現れた。王女はこの若者が気に入ったので、家来がまだもどって来る前に、また慌ててひもを結び、そして若者がどうやったら無慈悲な父親から自分を獲得することができるかを説明した。しかし若者のほうでは、すべて先刻承知のことだった。家来がもどって来て、クマはもうしばらく手元にとどめておいてもよいとのお許しが出たことを告げたとき、王女は言った。「このクマをすぐに連れ出してちょうだい。もう飽き飽きしたの！」。クマが外に出て、バイオリン弾きの男の子に引き渡されるや、二人は森の中へ入って行った。

次の朝、商人の息子は、クマの皮を脱いで美しく着飾ると町へ入り、王女を探す意志があることを王さまに取り次ぐよう求めた。王さまは笑い飛ばして言った。「そちが愚か者で、そちの命を失ってもよいというなら構わんぞ、わしのほうはな！」。けれども、商人の息子が王女を見つけなければならない時刻は正午十二時と定められ、見つけられない場合には命はない、ということになった。

若者は陽気に上機嫌で銃を手にして狩りに出かけ、時間をつぶした。そうしていたところ、イノシシが目に入った。すぐに撃とうとした。しかしイノシシが言葉を発しはじめ、叫んだ。「撃たないでください。その代わり、いつかあなたのお力になりますから！　さあ、この毛を受け取ってください。もし何か困ったときは、これをまわしさえすればよいのです。そうすればすぐにわたしが飛んで来ます！」。商人の息子は引き金の指を外し、毛を受け取り、また歩きはじめた。

ほどなくして一羽のワシが目に入った。ワシはウサギをついばんでいた。商人の息子はすぐに引き金に指をかけ、引こうとした。するとワシが叫んだ。「撃たないでください。その代わり、あなたのお力になりますから！さあ、この羽を受け取ってください。もし何か困ることがあったらこれをまわしてください。そうすればすぐにあなたのところに飛んで来ます！」。商人の息子は引き金の指を外し、羽を受け取り、また歩きはじめた。

とつぜん死神が目に入った。死神は深い地獄のすぐ縁《ふち》のところに横たわって寝ていた。「おやっ！」と商人の息子は考えた。「この人間を破滅させる奴にもついにわが弾丸の味を知らしめてやろうか！」。商人の息子は引き金に指をかけ、引こうとした。この動きで死神が目を覚まし、自分が置かれている危険を察知した。「お願いだから撃たないでくれ。もしわしがもういなくなったとしたら、この世はどれほど不幸になることか！　だが、いいかね。償《つぐな》いはするぞ。さあ、この骨を受け取ってくれ。そしてもし何か困ったことがあれば、これを一回まわすんだ。そうすればすぐに駆けつけるから！」。商人の息子は引き金の手を外し、骨を受け取り、歩きはじめた。

時間を調べると、半時間しか余裕がなかった。そこで急いで山に向かった。一番目の扉の鍵を岩の下からすぐに取り出し、扉を開けた。次に年老いたユダヤ人のひげをつまんで引っぱり、二番目の扉の錠を外した。それからライオンのたてがみを揺さぶって三つ目の鍵を使い、今か今かと首を長くして待っていた王女のところへたどり着いた。商人の息子は王女の手をしっかりとにぎって、王女の父親のところへ連れて行き、申し上げた。「わたくしはわたくしの務めを果たしましてございます。今度は王さま、王さまがお約束遊ばされました務《つと》めをお果たしくださいませ！」。

けれども年寄りの王は娘を失いたくなかったので、商人の息子に向かって顔を真っ赤にして怒鳴った。「まだそうはいかんぞ！　もしそちがわが娘を手に入れようというのなら、まず部屋いっぱいにあるカビだらけのパンを、一晩のうちに平らげることじゃ！」。商人の息子は、どうやったら助かるのか長いことわからなかったが、ふとイノシシの毛のことが頭に浮かび、それを取り出してまわした。すぐにイノシシが現れたばかりか、ほかの連れもどっさり加わり、パンはあっという間に平らげたうえに、床もきれいになめてくれた。

次の朝、商人の息子がこの件でも首尾よくこなしたことで、王さまはひどく驚いたものの、怒り満面に怒鳴った。「まだこれぐらいでは娘は手に入らんぞ。まず、部屋いっぱいにあるエンドウ豆を集めることじゃ。一粒も残さぬようにな！」。夜になると、商人の息子はすぐに羽を取り出し、まわした。ときを移さずワシが現れ、すべての鳥を連れて来た。一瞬のうちに、ただの一粒もエンドウ豆は残らなかった。

次の朝、エンドウ豆集めの課題も達成されたことを確認すると、年取った王さまの怒りは頂点に達し、叫んだ。「ならぬ。娘はまだそちには渡さぬ。渡すものか、未来永劫《えいごう》に！」。すると商人の息子は骨を取り出してまわした。すぐに死神が現れ、年取った王さまを引きずって行った。

王女は商人の息子に手を差し伸べ、二人は盛大な結婚式を挙げた。これで商人の息子が王位に就いた。新しい王さまはバイオリン弾きを大臣に任命しようとしたが、バイオリン弾きはその話を受ける気にならなかった。そのため、王さまはバイオリン弾きにドッサリ金を与え、バイオリン弾きは別の国に行き、裕福な身分となった。

第93話
白鳥女房 *Die Schwanenfrau*

貧乏な女の人に息子がいた。息子はもう大きくたくましくなったので、いくらかでも稼ぐために旅に出ようとした。息子はある旦那のところで一年の約束で奉公し、ヒツジの番をさせられた。刈り入れの時期になって畑にいると、麦畑に白くてきれいな鳥がいた。息子はその鳥を捕まえようとして駆け寄った。けれども鳥はゆっくりと舞い上がり、森の中へと飛んで行った。若者〔息子のこと〕はずっと追いかけつづけたが、無駄だった。どうしても追いつくことができなかった。それで引き返そうとした。ところがもはや森を抜け出すことができなかった。早くも夕暮れが迫りはじめ、遠くに明かりが見えた。その明かりを目がけて行くと、城に入った。城では老人が一人火に当たっており、スープを作っていた。若者は泊まらせて欲しいと頼み、自分がどうしてこの森の中に迷い込んだかを説明した。「お前がわしに一年間忠実に奉公するならば、お前がその鳥のところへ行く手助けをしてやってもよいぞ！」。若者は鳥を手に入れるために、喜んで同意した。

次の朝、老人が言った。「わしはちょっと出かけてくる。夜おそくなってからしかもどって来れん。家の中をきちんとしておくのだぞ。ほら、鍵を全部渡しておくからな。お前はどの部屋に入ってもよい。だが、いちばん端の部屋にだけは入ってはならん！」。若者は言いつけをきちんと守ったので、老人が夜帰ってきたときには若者に満足した。こうして次の日だけでなく、それからずっと毎日、老人は出かけ、若者は同じ務めを果たした。

長い間、若者は禁止された部屋のことは一度として考えたことがなかった。けれども一年の最後の週になって、とうとう好奇心が頭をもたげた。「お前はここで丸々一年間すごした。そしてもうすぐここから出て行くのだ。それなのにあの部屋にどんな宝物があるか知らないとは」と独り言を言った。そうなるともう、居ても立ってもおられなくなった。奉公の最後の日に、若者は秘密の部屋の扉のところまで行った。反面、開けてはいけないという気持ちもあった。しかしついに鍵を差し込み、扉を開けた。内部は大広間になっており、中央に青々とした池があり、池の上方には大空が広がっていた。池の中には三人のうっとりするほど美しい白鳥の乙女がいて、水浴びをしていた。若者に気づくとすぐ、三人とも白鳥の姿に身を変えて舞い上がり、飛び去った。若者は心配で胸が張り裂けそうになりながら引き返し、気もそぞろだった。

老人が帰ってくると、すぐさま老人の前にひれ伏し、「旦那さま、わたしを罰してください。旦那さまのお言いつけに背く行いをしてしまいました！」と言った。老人は優しく言った。「お前はお前の過ちを告白し、後悔しておるようじゃから許すとする。だが、こうなるともう一年忠実に奉公しなければならんな。お前があの鳥を手に入れるつもりならばじゃ」。この言葉を聞いて、若者は石の重しのような胸のつかえが取れ、喜んで同意した。それからというもの、二度と好奇心に悩まされることはなかった。

その一年も過ぎて、老人が若者のところに来て言った。「さあ、わしについておいで！」。老人は若者を禁止された部屋へ連れて行った。すると三人のうっとりするほど美しい乙女が水浴びをしていた。けれども三人はすぐさま白鳥に変身し、舞い上がって飛び去った。老人は若者に、どの娘がいちばん気に入ったかとたずねた。「いちばん年下のです！」と若者が言った。「よし、わかった。ならば今晩あの部屋に入るがよい。ベッドの下に箱が三つあるのがわかるじゃろう。そしたら端にある箱をわしのところへ持ってくるがよい」。

若者はもう夜になるのが待ちきれないほどだった。暗くなると、大急ぎで行って、箱を持ってきた。「それではこの箱を受け取るがよい。そしてそれを持って家へ帰るがよい。選ばれた娘がお前の後にぴったりついて来るじゃろう。だが、いいか。家に着くまでは後ろを振り向いてはならんぞ。それがちゃんとできたら、お前の母親のところでその娘と結婚式を挙げてよい。だが、箱はお前の目ん玉のように大事に扱うことじゃ。そして軽はずみなことはせず、どんなにその娘がお前に頼み込もうとも、箱をお前の花嫁の手に渡してはならぬ。さもないと、お前は永遠にあの娘を失ってしまうからな！」。若者はすべて言われたとおりにすると約束した。

一番目のことは簡単だった。ムズムズしたけれども、なんとか振り返るのを我慢した。というのは、好奇心のせいで痛い目に遭った身として、今は好奇心を抑えるときだと考えたのである。

若者はやっと母親のいる家へ帰り着くと、素早く乙女に振り返り、首に抱きつき、キスをした。乙女は雪のように真っ白なドレスを着て、目がくらむほど美しかった。若者は乙女をいくら見ても見飽きなかった。ここで結婚の約束が取り交わされ、若者は天にも昇るほど幸せな気持ちになった。けれども乙女のほうは、悲しそうに打ちひしがれていた。若者はあらん限りの努力を払って、乙女の気持ちを明るくしようとした。しかし徒労に終わった。たまりかねて若者は「あなたが今楽しそうにしている姿を見るためなら、何でも上げるんだけど」と言った。「それでは箱の中にあるわたしのきれいなドレスをください」。

若者は衝撃のあまり真っ青《まっさお》になった。若者は自分が不幸な目に遭うはずなのに、なんと浅はかで愚かな約束をしてしまったことか。若者は長いことためらった、ジリジリするほど長く。結局、花嫁に対する誠の心とあふれんばかりの愛情が勝った。若者は自分に言い聞かせたり、自分を慰《なぐさ》めたりした。「これで花嫁がすぐ死ぬはずがない！」とつぶやいた。「それに花嫁がわたしから逃げられるはずもない」。若者は用心のため、すべての扉や窓を閉め切っていたのである。若者が箱を開けると、乙女はドレスを素早く引っつかんで、さっと引っかけるや、たちまち白鳥の姿になって、暖炉にもぐり込んで煙突を抜けて飛び出して行った。若者は悲しみに暮れ、それは言葉にならないほどの悲しみだった。慌てて家の外へ出て、鳥の姿を追い求め、そのままずっと走りつづけて森の中の老人のところまで行き、悲しみを訴えた。

「あの人がここにいないのなら」と若者は最後に言った。「どこへ行けばあの人が見つかるのか教えてください。わたしは世界の果てまでも行って、あの人を捜し出すつもりです。わたしはもう、あの人が好きで好きでたまらないのです！」。すると老人が言った。「あの娘はずっと遠く、海のかなたの、ある島におるのじゃ。そして七つの頭を持つ竜に見張られておるでな。娘のところにたどり着くのもたやすいことではないうえ、たとえ万に一つ、そこまで行けたとしても、竜がお前を殺すじゃろう！」。

けれども若者はそんな話でひるむことはなかった。ありったけの衣類や靴を持って、七年にわたりひたすら旅をつづけた。そして衣類も靴も皆、もうボロボロになってしまい、力も尽きてしまって、これ以上旅をつづけることができなかった。それなのに四方八方どこを見渡しても海はなかった。丘にさしかかったところで倒れてしまい、もうここで死ぬのかと思った。するととつぜん、遠くのほうから騒々しい音が聞こえてきて、それがだんだん近づいてきた。そして見えた。それは三人の強そうな巨人だった。三人の巨人は互いに組んずほぐれつの取っ組み合いをしていた。

若者は三人に、ケンカの原因は何かたずねた。「おお」と三人の巨人が言った。「この世でいちばん値打ちのある物は何なのかということが問題なのだ。一つはマントでな。これをはおった者は姿が見えなくなるのだ。次は帽子でな。これをかぶると、どこへでも連れて行ってくれるのだ。もう一つは剣でな。これを使う者はどんなものでも倒すことができるのだ。この三つを持つ者なら、海の向こうの島で囚われの身になっている最高の美女を救い出し、美女とともに最大の王国を手に入れることができるのだ」。

この耳寄りな話で若者の心は再び明るさを取りもどし、希望がわいてきた。「皆さんがご異存なければ、わたしが争いに決着をつけて上げましょう。その三つの物をこちらへ持ってきてください。その後で皆さん、お互い勝負すればよろしいでしょう」。巨人たちは単純にもすぐにマント、帽子、剣を若者のところへ持ってきて、互いに取っ組み合いをはじめた。若者は素早く剣を手に取り、マントを引っかけ、帽子をかぶり、「すぐに島へ行けたらいいのに！」と言った。サッ！若者は姿をくらまし、間抜けな巨人たちは見送るしかなかった。

若者は島に着くと、帽子とマントを脱ぎ、剣だけを手にして城へと向かった。竜がちょうど門の前で日向《ひなた》ぼっこをしていて、美しい乙女が竜のシラミを取らされていた。竜はとつぜん、人肉の臭いを嗅ぎつけた。すると唸り声を上げながら、興奮してとぐろを巻いた。けれども若者は恐れる気配もなく近寄り、一打ちで七つの頭を全部切り落とした。そして素早くマントにくるまり、城の中へと駆け込み、ドレスの入った箱をつかむや海の中へ投げ込んだ。

それからマントを脱ぎ、乙女、つまり花嫁の前に姿を現した。花嫁のほうもすぐに若者だとわかり、飛び上がって喜んだ。若者は願いをかなえる帽子を使って母親の元へもどり、母親をも遠い島の竜の城へと連れて行った。それから花嫁とともに楽しく結婚式を祝い、竜のものであった全領土、全財産を支配する王にして君主となった。

第94話　褒美《ほうび》と天罰《てんばつ》 *Lohn und Strafe*

ある村に隣同士の二人がいた。一人は百頭のヒツジを飼い、もう一人は三頭しか飼っていなかった。貧乏なヒツジ飼いが金持ちのヒツジ飼いに話を持ちかけた。「わしのヒツジをお前さんのところで飼わしてくれないか。お前さんのほうではどっちみち同じだろ」。貧乏なヒツジ飼いには自分の餌場《えさば》がなかったのだ。金持ちのヒツジ飼いはすぐに「うん」とは言わなかったが、結局承知した。貧乏人の息子が三頭のヒツジを隣人のヒツジがいる野原へ連れて行き、そこで番をした。

しばらくして、王さまが金持ちのところに使いを送り、太ったヒツジを一頭差し出すように言ってきた。金持ちはそのことで王さまに逆らうことができなかった。かといって、百頭のうちの一頭を失う気にはどうしてもなれなかった。そこで金持ちは下男に命じて、貧乏人の三頭のヒツジのうちの一頭を捕まえ、それを王さまの家来に渡すよう手配した。下男は言われたとおりにした。貧乏人の息子は自分のヒツジが連れて行かれてしまい、激しく泣いた。

それからほどなくして、王さまは金持ちに二頭目を差し出すように言ってきた。金持ちは再び下男に命じて、貧乏人のヒツジのうちの一頭を差し出すよう仕向けた。命令どおりに事が運ばれた。貧乏人の息子は、二頭目が連れ去られたときには前以上に激しく泣いた。そこで息子は内心考えた。「王さまはすぐにもう一頭欲しがるだろう。そして金持ちの下男は最後の一頭までも取り上げてしまうだろう。手遅れにならないうちに、このヒツジを連れて逃げるほうがよい！」。息子はずっとずっと遠く離れた場所にある高い山の上へと避難した。山の上には餌が十分にあり、水もきれいで、ヒツジは快適だった。

数日後、貧乏人は独り言を言った。「ちょっと出かけて行って、お前の息子とヒツジたちがどうやって過ごしているか見てみようではないか」。それでヒツジの群れのところへ行って、下男に自分の息子のことをたずねると、下男が言った。「お前さんのヒツジのうちの二頭は、わしらの旦那のご命令で王さまに差し上げましたよ。お前さんの息子さんは、最後の一頭を連れてどこか遠くへ行ってしまったのさ」。貧乏人は悲嘆にくれた。「息子をどこへ探しに行けって言うんだ」。

そう言いながらも、貧乏人はすぐさま息子探しに出発し、ひたすら歩きつづけた。長い間、何の手がかりもつかめなかった。貧乏人は太陽に向かって、太陽が勝手知った道の案内ができないかとたずねた。残念ながら、太陽にはそれができなかった。次にようやく出会ったのがつむじ風だった。つむじ風はとても乱暴者に見えたが、貧乏人は同じように息子がどこにいるか知らないかとたずねた。「あいよ、もちろん知ってるよ。おれはちょうどそっちへ吹いて行くところだ。お前さんを連れて行ってやるよ」。そう言うと、つむじ風は貧乏人を浮き上がらせて、あっという間に山の息子のところへ案内した。息子はまったく日の当たらない谷間にいた。貧乏人は息子に会い、息子がどうやってヒツジを救ったかを聞いて喜んだ。「こうなったら」と貧乏人が言った。「二人ともここで暮らして、こいつの面倒を見ようじゃないか。なにしろ、事ここに至っては、こいつがわしらの全財産だからな」。

　しばらくして、二人の旅人が山を越えてやって来て、貧乏人のところに立ち寄り宿を求めた。それはキリストとペテロだった。キリストが言った。「わしらは長旅をしてクタクタなうえに、腹もグウグウだ。すぐに多少とも肉を食わんことには、死んでしまいそうだ」。貧乏人はそれを気の毒に思い、すぐに言った。「お役に立てますよ」。貧乏人はすぐに出て行き、ヒツジを連れて来て殺し、火を起こし、客のためにどっさりと肉を焼いた。二人には申し分のないごちそうとなったことは言

うまでもない。食事がすむと、キリストは貧乏人の息子に向かって、骨だけを集め、それを全部ヒツジ小屋に入れておくようにと言った。息子は言われたとおりにした。その後、みんな並んで横になって眠った。翌朝、キリストとペテロはとても早く起き出し、まだ寝ている貧乏人と息子に祝福を与えて、そっと旅立った。

貧乏人が息子とともに目を覚ますと、まわりにヒツジの大群がいて、先頭には、昨夜殺したヒツジがいた。それがまったく元気にはねまわり、額には「すべて、貧乏人とその息子のものである」と書かれた札がつけられていた。三頭の犬が群れのまわりを駆けまわっていたが、温和な性質だった。貧乏人は自分の喜びや幸運を隠したままにしておくことができず、ヒツジの群れを連れて村に帰った。

貧乏人が村に着くと、たくさんの見事なヒツジを見るために村中の人が集まって来た。そのため貧乏人は、二人の哀れな旅人のおかげで幸運に恵まれた経緯を何度も何度も話して聞かせなければならなかった。他方、金持ちのヒツジ飼いは、これがうらやましくてうらやましくてどうにもならなかった。それでひそかに考えた。「もしあの話がほんとうなら、お前ならもっとたくさんのヒツジを手に入れるはずだ」。そこで家を出て、貧しい旅人や物もらいを全部集めさせ、すべてのヒツジを屠殺して、肉を焼いてもてなした。それからていねいにすべての骨を拾い集め、それぞれのヒツジの皮の中へ元どおり骨を入れ、旅人や物もらいといっしょに横になった。金持ちのヒツジ飼いはまんじりともせずに、夜が明けるまで貧乏なヒツジ飼いよりも何頭多くヒツジを手に入れることになるか、頭の中で皮算用《かわざんよう》した。なにしろ自分は百頭殺し、貧乏人は一頭しかしていないのだから、というわけだった。

次の日が明けはじめるや金持ちのヒツジ飼いは跳ね起きると、ヒツジの大群を見渡そうとした。しかし、そこには、依然として皮に入った骨がそのままあるだけで、動く物は一つもなく静まり返っていた。「そうか」と金持ちのヒツジ飼いは考えた。「今どこに原因があるのかわかったぞ。旅人と物もらいはとっくに旅立っていなければならなかったんだ。こら、宿無しどもとっとと失せろ！」。けれども連中は日が高くなるまで動かなかった。自分のヒツジはいなくなり、百倍になるどころの話ではなかった。今や金持ちのヒツジ飼いは自分の全財産が泡と消えたことを呪《のろ》い悲しみ、家を出て身投げした。貧乏なヒツジ飼いは、いつまでも富と幸運に恵まれて暮らし、息子は後に王女と結婚したと今でも語り継がれている。

第95話
墓掘り人夫 *Vom Totengräber*

昔、墓掘り人夫がいて、墓地で穴を掘る仕事をして暮らしていた。仕事で穴を掘っていたところ、土の中から遺骨を引っぱり上げた。足で頭蓋骨を蹴飛ばし、大はしゃぎで叫んだ。「今日、おれん家に晩飯を食いに来いよ！」。ところがなんということか。遺骨がとつぜん声を発したではないか。声が答えて言った。「ありがたい。何時に行けばいいんだ」。墓掘り人夫が答えた。「七時ちょうどだ」。墓掘り人夫はそう言いながらも心配になってきて、主任司祭のところへ行き、どうしたらよいか相談した。主任司祭は墓掘り人夫に、家へ帰って夕食を準備し、聖書を読んでいるように、と言った。墓掘り人夫は主任司祭の忠告どおりにした。

七時ちょうどに扉を叩く音が聞こえ、グラグラと揺れ動く姿が入って来て言った。「お前さんはわしを夕食に招待してくれた。それで来た次第じゃ！」。墓掘り人夫はおずおずしながら、「ただすわって食事をしてくれさえすればありがたい」と言った。客は食事を終えると、礼を言い、明日の晩の同じ時刻に、今度は自分が墓掘り人夫を夕食に招待すると言った。墓掘り人夫はいっそう不安が募り、自分は行けないと辞退した。けれども客は、墓掘り人夫が「うん」と言うまで、いつまでもしつこく招待に応じるよう言いつづけた。

墓掘り人夫は心配のあまり、一晩中眠ることができなかった。朝になり、またも主任司祭のところへ行って、今度はどうすればよいのか聞いた。主任司祭は、今回いったん招待を受けた以上、墓掘り人夫は安心して墓地の指定された場所へ行くこと、しかしその前に、自分が墓掘り人夫のために聖別《せいべつ》した晩餐を用意してやるつもりだ、と助言した。

墓掘り人夫は七時ぴったりに墓地の、死人が告げた場所に行った。すると幽霊が扉を開けてくれた。二人がとある部屋からもう一つの部屋へ行くと、女の人が夕食の準備をしていた。幽霊が言った。「晩飯はまだできておらん。お前さんは窓のところへ行って、路地でも見ていなされ」。墓掘り人夫が路地を見ていると、二頭の白い犬が窓の前のオリーブの木の上でケンカをしていた。オリーブの木から葉が一枚落ちた。幽霊は墓掘り人夫に何を見たかたずねた。墓掘り人夫はオリーブの木のこと、犬のことを話した。これに対して幽霊は、オリーブの葉が何を意味しているかだが、今はそれは言えない、しかし相争っている二頭の犬は、生前いつもいがみ合っていた二人の人間だ、と説明した。幽霊はさらにつづけた。「そのままそこにいて、引きつづいて見ているがよい。晩飯はまだできておらんのでな」。

そうして墓掘り人夫が眺めていると、二人の女が篩《ふるい》をつかんで殴り合っていた。手押し車で土を運ぶ男の姿もあった。再びオリーブの葉が一枚、木から落ちた。またもや幽霊が、何を見たかと墓掘り人夫にたずね、もう夕食の用意ができたと告げた。そして、墓掘り人夫が見たものについて、その意味するものが何かを解説した。それによれば、二人の女は生前もしょっちゅうケンカばかりしていた者であり、男は農夫で隣人からいつも畑の土をくすねていた者だった。ようやく二人はおいしい夕食に舌鼓を打った。二人が食事を終えるまでの間に、木から三枚目のオリーブの葉が落ちた。

墓掘り人夫は礼を言い、幽霊といっしょに再び二つの部屋を通って墓地に向かった。墓掘り人夫が町へもどってみると、町はまったく様子が変わっていた。墓掘り人夫は主任司祭を訪ねた。だが主任司祭は墓掘り人夫に見覚えがなかった。墓掘り人夫は自分の体験を主任司祭に話して聞かせた。すると主任司祭は古文書である記録を読んだことを思い出した。それは三百年前に一人の男が墓地で行方不明になり、二度と再び姿を現さなかった、ということだった。墓掘り人夫が落ちるのを見たオリーブの葉は一枚一枚がそれぞれ百年を意味し、墓掘り人夫にとっては三百年がまるで一時間のように、一瞬の間に過ぎていたのであった。

墓掘り人夫が主任司祭を訪ねたときにはまだ若者だったが、主任司祭が古い物語を探し出し、墓掘り人夫の前で読んで聞かせている間に、墓掘り人夫の髪の毛はどんどんと白くなり、とうとう雪のように真っ白になった。そして、墓掘り人夫は粉々に壊れて塵《ちり》になってしまったとさ、おしまい！

第96話 鉄のハンス *Der eiserne Hans*

昔、夫婦がいた。夫婦には子どもがいなかった。それで男は女房に対して、どうして子どもを生んでくれないのかと苦情を言った。「ねえ、あんた鍛冶屋でしょ」と女房が言った。「あんたがどうしても子どもが欲しいと言うんだったら、あんたなら子どもを鍛《きた》えて造れるんじゃないの！」。男は同じことは二度と言わせなかった。十ツェントナー〔オーストリアでは一ツェントナー＝十kg〕の鉄を用意して、七ツェントナーで小さな息子を鋳造し、三ツェントナーで鞭《むち》を鋳造した。そしてその鞭を息子の手に持たせた。すると男の子は元気はつらつと上機嫌に歩きまわった。それで父親が喜び、母親もがっちりした男の子をわが子として認め、夫婦は息子に鉄のハンスという名前をつけた。

けれども息子がある程度大きくなると、その子が夫婦には重荷になって、持て余すようになった。なにしろ息子ときた日には、家中の食べ物を全部平らげ、それでいて満腹だということがなかったのである。母親はいつも大鍋で料理をしなければならなかった。息子が若者に成長すると、夫婦はもう息子を養いきれなくなり、こっそり話し合った。「あの子がもう一週間もわが家におれば、家屋敷も全部食いつぶしてしまう」。それで夫婦は息子に、お前ももう大きくなり、強くなったから、奉公に出るように、と言った。

鉄のハンスは世の中へ出て行けと言われ、喜んだ。それで鞭を持って出て行った。夕方、とある村に入ると、主任司祭の館の前に直行し、鞭を手にして非常に強くしならせたので、すべてのネコが一つところに集まり、もう一度、もう一度と立てつづけにしならせると、下男や下女たちは出て来るし、主任司祭は何事かと思って様子を見に窓のところへ駆けつけた。鉄のハンスは、だれか自分を下男として雇ってくれる人はいないかとたずねた。鉄のハンスはとてもがっしりしているように見えたので、こいつは多分使いものになる、と主任司祭は考えた。あんたはもう十二人の下男を雇っている。しかし十二人も食っているなら、十三人目が食事に加わっても構わんだろう、と鉄のハンスは言った。「お入り！」と主任司祭が大声で呼んだ。「お前さんを雇って上げよう！」。

一日中、きつい野良仕事を終えて、腹ペコになった下男たちがちょうど料理に手をつけようとしていると、新米の下男も食卓にすわるよう指示された。ところがこの新米、十二人全員の分よりももっとたくさん食べたものだから、鍋はたちまち空になり、おかげで十二人の下男たちは、空き腹をかかえたままだった。だが主任司祭は「あの下男が食った分だけ仕事をするのなら、まあ構わんか」と考えた。

次の日、十二人の下男たちはいつもと同様、早く起きて干し草作りの仕事に出かけた。けれども鉄のハンスは昼まで寝ていた。そして下女たちの食事が食卓に並べられたときになって起き出し、いっしょに食べた。するとまたたく間に皿は空になってしまった。下男たちのために弁当を持って行かせたら、鉄のハンスも出かけて草地について行き、下男たちの食べ物もすべて平らげ、それから横になって眠った。これには下男たちは怒り心頭に発した。下男たちは内輪で相談した。「あいつはおれたちのものを全部平らげやがった。ところが仕事は全然せずよ。おい、あいつを起こそう。あいつにも仕事をさせよう」。

そこで下男たちは小枝で鉄のハンスをつつき、顔をなでた。鉄のハンスは、チクチクするのは雄牛にたかるハエだと思って、はじめは手で払いのけていたが、それにしてはあまりにもうるさくなったので目が覚めた。飛び起きて、十二人全員を、それぞれ片足ずつつかんで取り押さえて言った。「さあ、おれはすぐに仕事にかかるぞ！」。そして、十二人の下男に両手で地面をはいまわるような格好をさせてほうき代わりにして、草地全部の干し草をかき集めた。それがすむと、下男たちを解放してやった。下男たちは血だらけの手をして、多くは足を引きずりながら一目散に逃げ帰り、主人の主任司祭に訴えた。主任司祭は鉄のハンスがしでかしたことを聞き、驚いて手を叩いたが、鉄のハンスがどうしてそのようなことをしたのか、あえて問いただすことはしなかった。

次の日、十二人は朝早くから森へ薪《たきぎ》集めに行った。鉄のハンスはまたもや正午近くまで寝ていた。起き上がると、またもや真っ先に下女たちの食べ物を全部横取りした。それから残っていた四頭の雄牛を荷車につなぎ、同じく森へ入った。ところがある場所にとても大きなぬかるみがあったので、車が雄牛もろとも、立ち往生してしまった。けれども鉄のハンスは時間をかけてあれこれ思い惑うことなどなく、車を雄牛もろともつかんで持ち上げて、ぬかるみの外へ出した。

こうして鉄のハンスが森に入ると、とつぜん恐ろしいオオカミが現れ、大声で言った。「おい、お前さんの雄牛をごちそうになるからな！　でもそんな事をしたら、お前が車をひくんだぞ。ちゃんと言っておくからな！」と鉄のハンスは言った。オオカミが雄牛を引き倒すや否や、鉄のハンスはオオカミの首筋を抑え、車につけた。その後すぐに三本足のウサギが現れて、同じように大声で言った。「お前さんの雄牛をごちそうになるからな！」。「いいよ、そんな事をしたら、お前が車をひくんだぞ！」。ウサギが雄牛に飛びかかると、鉄のハンスはウサギを捕まえ、オオカミと並べて車につけた。ほどなくして、今度は悪魔が現れて言った。「おい、きさまの車軸をバラバラに壊してやるからな！」。「構わんぞ」と鉄のハンスが言った。「でもそんな事をしたら、お前を車軸にするからな！」。悪魔は考えた。「そんなこと、どうせ口先だけのことだ」。けれども悪魔が車軸をバラバラに壊してしまうや否や、鉄のハンスは悪魔の首をつかみ、車軸にした。

十二人の下男たちはすでに全員、薪を車に積み込み家路へ向かうところだった。鉄のハンスが大声で呼びかけた。「おれはお前さんたちよりも早く、それも、お前さんたちよりも百倍多く運ぶからな」。下男たちは、しかし、笑って相手にせず、車を進めた。鉄のハンスは今や森の半分を、二頭の雄牛、オオカミとウサギがひく車の上やらまわりに、さらに悪魔の首筋の上にも縛りつけて家路に向かった。

鉄のハンスが森を出ると、予想どおり、十二台の荷車がぬかるみにはまっているのが見えた。そこで自分の薪を、動物もろとも頭の上に載せてぬかるみを越えて運んだ。それからほかの荷車を持ち上げて、ぬかるみから出してやった。しかし、それらの荷車は鉄のハンスの後からついて来なければならなかった。鉄のハンスは村に入ると、鉄の鞭をヒューとうならせて叫んだ。

「こーらオオカミ、そーらウーサギ！

あーくまとコッテイウーシ〔犢牛《とくぎゅう》〕、えーんやこーら！」。

すると村人が皆集まってきて、風変わりな行進を見た。先頭にオオカミとウサギ、それから二頭の雄牛、それから車軸にされた悪魔、そして車の上やらまわりに森の半分の薪、といった格好で車がひかれていた。主任司祭は、鉄のハンスがやって来るのを見ると、どうにも心配になって、考えた。「あの男は危ないぞ。お前はあの男にクリスマスの日〔奉公人の契約更改の時点としてのクリスマスの日〕のようなことをしておかんとな」。鉄のハンスは動物を外し、オオカミとウサギを雄牛と並べて飼葉桶《かいばおけ》につないだので、オオカミとウサギも干し草を餌としなければならなかった。悪魔は綱をほどいてやった。もう一回鞭をくらわせて、それから放免した。悪魔は足を引きずり、ヒイヒイうめきながら地獄へ逃げ帰った。

次の日、主任司祭は鉄のハンスを呼びつけて、悪魔たちが自分の娘をさらって行っており、もしも鉄のハンスが娘を家へ連れ帰ってくれるなら、鉄のハンスが運べるだけの金がギッシリ詰まった袋を一つ、やるつもりだと言った。これはしかし、主任司祭が体よく下男の鉄のハンスを追い出そうとしただけのことであった。主任司祭はひそかに考えた。「この男はここに二度とどって来ることはない」と。鉄のハンスは喜んだ。というのも、地獄については耳にしたことが多々あり、一度見る機会があればと思っていたのである。鉄のハンスは鞭を手にして出発した。

地獄の門の前に着くと、鞭を一回うならせて、声を張り上げた。「開けろ！」。すると悪魔たちが驚いて集まり、いったい声の主はだれなのか、互いにたずね合った。そのとき、足を引きずりながら歩く悪魔が門の隙間から他所者《よそもの》を見た。「大変だ、あれは鉄のハンスだぞ！」。悪魔は足を引きずって歩きながらそう叫ぶや、地獄でいちばん暗い隅っこに逃げ込んだ。他の悪魔たちもそれにつづいた。鉄のハンスは門の外でいつまで待っても埒《らち》が明かないので、地獄の門に蹴りを入れた。門は恐ろしい音を立てて倒れた。しかし地獄中人影はなく、いるのは、杭《くい》につながれて横たわっている、永劫《えいごう》の罰を受けた者たちだけだった。鉄のハンスはその者たちを全員、解放してやった。

「主任司祭の娘さえ見つかればいいんだが！」と鉄のハンスがため息をつくと、「その娘なら、あの暗い隅っこにいますぜ！」と何人かの永劫の罰を受けた者たちが大声で言って、嬉しそうに開けっ放しの地獄の門から外へ勢いよく出て行った。鉄のハンスは娘を見つけ、娘の縄をほどき、地獄の外へ連れ出した。それから地獄の門を再び立てかけ、どんな悪魔だろうと外へ出られないように閂《かんぬき》をかけて、外側から封鎖した。それから主任司祭の娘を肩にかつぎ、帰路についた。

鉄のハンスが帰り着いたとき、主任司祭はちょうど出窓のところに横になっていた。それでいきなり鉄のハンスの姿を見たものだから、少なからずギョッとした。鉄のハンスは言った。「主任司祭さまのお嬢さまでございます」。娘を肩から降ろし、窓越しに部屋の中へ入らせた。「では、お約束の金をいただきます。ただし、わたしが運べる限りの、ぎっしり詰まったのを一袋です。さもないと主任司祭さまはひどい目に遭いますよ！」。鉄のハンスは百エレ〔昔の尺度で、一エレは五十～八十㎝〕の亜麻布を取り寄せ、七人の仕立屋を呼びつけた。仕立屋たちは早速袋を縫い合わせる仕事をさせられた。その袋をかついで、鉄のハンスは主任司祭のところに行き、「これにぎっしり詰めてください！」と言った。主任司祭はありったけの小麦を入れていっぱいにさせ、いちばん上には、これもまた、ありったけの金を敷き詰めた。鉄のハンスはそれには気づかず、満足して袋を肩にかつぎ、親元へ帰って行った。

「ほら、ちょっとした土産があるよ！」と鉄のハンスは父親と母親に言った。「親父さんとおっかさんは、おれに無駄飯を食わしたわけではなかったんだよ！」。そう言いながら、鉄のハンスは袋を地面に投げ出し、鞭を手にして、またもや旅に出た。年寄り夫婦は生涯、小麦と金に不自由なく暮らした。

第97話
隣の男のオンドリと隣の女のメンドリ

Der Hahn des Nachbars und die Henne der Nachbarin

男の人がオンドリを飼っていた。オンドリはいろいろと芸ができた。隣に住む女の人はメンドリを飼っていた。メンドリはなにかにつけてオンドリの真似をしようとした。あるとき男がオンドリに言った。「どこかへ飛んで行って、わしに立派な宝物を持ってきてくれ！」。オンドリはまっすぐ皇帝のところへ飛んで行って、皇帝の天蓋《てんがい》つきベッドの上に止まり、立てつづけに鳴いた。

コケコッコウ！
チェッ！　チェッ！　チェッ！
皇后陛下はベッッドの上、
皇帝陛下はベッドの下！

これには皇帝は頭にきた。それで、大声を出す無礼な輩《やから》を穀物置き場に閉じ込めるよう命じた。命令は実行された。けれどもオンドリはここで穀物を全部、ひと飲みに飲み込んで窓から飛び出し、再び皇帝の天蓋つきベッドの上に飛んで行き、再び鳴いた。

コケコッコウ！
チェッ！　チェッ！　チェッ！

皇后陛下はベッッドの上、
皇帝陛下はベッドの下！

そこで皇帝は、オンドリを宝物殿の銅貨のある場所に閉じ込めるよう命じた。オンドリはこの銅貨も飲み込んで、またもや皇帝のところへ飛んで行き、先ほどと同じように鳴いた。今度は銀貨のある場所に閉じ込められた。次にまたやって来ると、金貨のある場所に閉じ込められた。しかしオンドリはすべてを飲み込んで、家へ飛んで帰った。帰る途中、一グロッシェン銅貨（昔のオーストリアの小貨幣）が口からこぼれて、水たまりに落ちた。まだ家からは離れているのに、オンドリは大声で主人に言った。「家にあるありったけの亜麻布と穀物用の布を広げてください！」。主人が言われたとおりにすると、オンドリはそれらの布に穀物、銅貨、銀貨、金貨をいっぱい広げた。

隣の女はもうなんともうらやましくなり、自分もぜひ大金持ちになりたいと思った。それで隣の男にどんな仕掛けでもって、あれほどたくさんの宝物をオンドリに持って帰らせることができたのかたずねた。男は答えた。「わしはオンドリの奴をいつもぶん殴っているんだ！」。女はそれを聞いて、メンドリをひたすらぶん殴りながら言った。「どこかへ飛んで行って、あたしにも隣の人のオンドリが持って帰ったような宝物を持って帰って来てちょうだい！」。「わかりました。すぐに探します！」とメンドリが言った。

そう言うが早いか、メンドリは飛び立って、オンドリが一グロッシェン銅貨を失くした水たまりのところへ来た。メンドリはその銅貨を見るとうれしくなった。それでその銅貨を吸い込んだのだが、水たまりも全部いっしょに。そのため、もともとそうだったのだが、体がパンパンに膨れ上がってヨタヨタしながら家に帰った。まだ家からは離れているのに、大声で女主人に言った。「ありったけの亜麻布と穀物用の布を広げてください！　宝物を持って帰りましたよ！」。女は布を手早く広げた。メンドリは大量の汚水を一気に吐き出した。その中にたった一枚、グロッシェン銅貨もあった。オンドリはその銅貨を見ると、パクリとくわえ込んで、叫んだ。「これはおれのが落ちたんだ。ほかはお前さん方のものだからな！」。女とメンドリは、まるで犬にかまれたときのように、恥ずかしそうに立ち去った。

第98話
ヴェームス鳥 *Der Vogel Wehmus*

昔、主任司祭の夫婦がいた。夫婦には三人の息子がいた。三人の中で上の二人は自惚《うぬぼ》れが強く、高慢だった。しかし末っ子は謙虚で控えめだった。上の二人が町をうろついて威張り散らしている間、末っ子は家にいなければならなかった。そのため、末っ子は「灰かぶり」としか呼ばれなかった。あるとき主任司祭が重い病気になり、激痛に苦しむ事態となった。国中の医者が主任司祭のもとに呼ばれたが、だれも主任司祭を助けることができなかった。

しかし、ある日の午前十一時ちょうどに、みごとな鳥がやって来て、主任司祭の館の棟にとまって鳴きはじめた。その鳴き方といったら、まるで遠い国の音楽のような響きだった。そして嘴《くちばし》からは真珠《しんじゅ》がこぼれ落ちた。鳥が鳴きはじめた瞬間に、主任司祭は寝床から起き上がり元気になった。けれども鳥が十二時ちょうどに鳴くのを止めて飛び去ると、主任司祭は元の痛みがぶり返し、再び床につかなければならなかった。不思議な鳥はくる日もくる日もやって来た。そしてその鳥が鳴くと、主任司祭はいつも元気になり、鳥が鳴くのを止めると決まって病気がぶり返した。

ある日、「お母さん」と長男が主任司祭の妻に言った。「お父さんがあの鳥のうたで元気になるんだったら、あの鳥を捕まえて、お父さんの部屋に入れなくちゃ。ぼくはあの鳥の飛んで行く道すじを見たことがあるよ。ぼくに灰菓子を焼いておくれよ。出かけて行って捕まえるから」。

母親は長男の言うことはもっともだと思い、ハチミツのケーキを焼き、ビンに甘いワインを入れ、その一切を背嚢《はいのう》に詰めてやり長男は出発した。こうして長男は夕方、とある丘にたどり着いた。毎日鳥が丘を越えて飛んで行くのを見ていた場所である。長男は疲れて腹ペコだった。腰を下ろし背嚢を開けてハチミツのケーキを食べワインを飲もうとしたが、腰を下ろした途端にキツネが現れ、「こんばんは、兄弟！」と長男に挨拶した。

「こんばんは！」。

「夕食に神さまの祝福を。わたしにも少しだけおすそ分けをしてくださいませんか」。

「おお、いいとも。この棒切れが見えるかい。この棒切れがお前の晩飯だ。さあ、こっちへ来い！」。

そう答えて、主任司祭の息子は棒切れをキツネに投げつけた。キツネは森の中へ飛び込んで姿を消した。待ちに待ったみごとな鳥もやって来て、丘を越え、いつもと同じく藪《やぶ》のほうへ飛んで行った。

「そうか！」と長男は考えた。「これならお前なんか、すぐに捕まえるぞ」。そしてなおしばらく、日が暮れるまで待った。それから藪に近づき、巣の中にいる鳥をかならず捕まえるんだという思いで手を突っ込んだ。けれどもしょげた顔つきになった。というのは、そこはもぬけの殻で、藪の中でカサコソと音がしたときに、鳥は飛び去ったのだと考えるしかなかった。そういうわけで、長男は腰を上げてスゴスゴと家に帰った。

次の日、次男が主任司祭の妻のところへ行き、「兄さんは魔法の鳥を捕まえることができなかったけど、あの鳥はぼくから逃げることはできないね。ぼくに灰菓子を焼いておくれよ、出かけて行って捕まえるから」と言った。

そこで母親はバターケーキを焼き、ビンにワインを入れ、その一切をまとめてやった。日が昇りはじめるころには次男はもう家を出ていた。夕方になるまで歩きに歩いた。そして鳥がいつも飛び越えて行く丘にたどり着くと、疲れて腰を下ろし、ケーキとワインを背嚢から取り出し、空腹と喉の渇きをいやそうとした。ちょうどケーキにナイフを入れるか入れないかというときに、またもやキツネが現れて言った。

「こんばんは、兄弟！」。

「こんばんは！」。主任司祭の息子が答えた。

「夕食に神さまの祝福を！　わたしにも少しだけおすそ分けをしてくださいませんか」。

「おお、いいとも」と主任司祭の息子は答えた。「この棒切れが見えるかい。この棒切れがお前の晩飯だ。これできさまは腹ペコで苦しむことは永遠にないよ」。そう言って、主任司祭の息子は棒切れをキツネに投げつけた。しかし、それはキツネには当たらなかった。キツネは森の中へ飛び込んだ。間もなく魔法の鳥も丘を越えてやって来て、近くの薮の中へ姿を消した。次男はもっと暗くなるまでなおしばらく待った。それから捕まえに行った。けれども、手を突っ込んでもなしの礫《つぶて》、無駄だった。薮がザワザワしたので、次男は「鳥は飛び去った」と考えた。そういうわけで次男は家へ帰らざるを得ず、長男よりも多めにお褒めにあずかることにはならなかった。

三人目の息子まで鳥を探しに出かける気になった。息子は母親のところへ行き、「兄さんたちは二人とも魔法の鳥を捕まえることができなかったけど、ぼくはきっと捕まえてみせる。ぼくに灰菓子を焼いておくれ、運試しをするから」。「なんだって。お前のような灰かぶりが、おれたちのような経験豊かな者よりも分別があるっていうのか」と二人の兄は怒鳴りつけた。「家にいて、灰まみれになっていろ。さもないと、きさまはおれたちに恥をかかせるだけだ！」。

灰かぶりは、しかし、思いとどまる気はさらさらなく、結局、母親が灰菓子を焼き、ビンに水を入れて餞別《せんべつ》にしてくれた。こうして灰かぶりは出発し、鳥がいつも飛び越えて行く丘のところまで行き、地べたにすわって灰菓子を食べはじめた。灰かぶりが灰菓子にナイフを入れるか入れないうちに、早くもまたキツネが近寄って来て言った。

「こんばんは、兄弟！」。

「こんばんは！」。主任司祭の息子が答えた。

「夕食に神さまの祝福を！　わたしはとてもお腹が空いているので、わたしにも少しだけおすそ分けをしてくださいませんか」。

「ああ、いいよ」と灰かぶりはキツネに答えた。「こっちにおいでよ。そしてぼくのところにおすわりよ！」。

キツネは灰かぶりのとなりに来てうずくまった。二人で食事をしていると、キツネが主任司祭の息子に、どのような旅をしている途中なのかとたずねた。そこで息子は、父親がとても重い病気にかかっていて、その病気は魔法の鳥のうたによってしか治すことができない、だからその鳥を捕まえに来た、とキツネに話して聞かせた。

これに対して、「その鳥がここにいるとでも考えているのなら」とキツネが言った。「お前さんは勘違いしているよ。鳥はこの薮を抜けて、遠く遠く、豊かな国の王さまのところへ飛んで行くだけなんだ。鳥はその王さまのもので、黄金の鳥籠に入れられているんだ。お前さんが鳥をお父さんのところへ連れて行くつもりなら、わたしが案内して上げるよ。お前さんがそのことを王さまにお願いすれば、王さまはきっとお前さんに鳥を渡してくださるよ」。

灰かぶりはこの話を聞いて喜び、二人はすぐに出発した。三日三晩、二人は休むことなく歩きつづけ、ついに美しい草原に出た。その端に大きな庭園があった。キツネの話では、その庭園に王さまの城があり、灰かぶりは入って行きさえすればよい、自分は灰かぶりが出て来るまで待つつもりだ、ただ、扉の見張りをしている二匹の怪物を恐れてはいけない、次のように唱えるだけでよい、ということだった。

竜どもよ、牙をむくとは何事か。
頭を下げてうつむくがよい。
われは神に身を捧げし者、
なんじらは悪魔の輩《やから》なるに。

末っ子は教えられたとおりにした。庭園へ入ると目の前に塔や窓がたくさんついたまばゆいばかりの城が高々とそびえていた。けれども扉の前には二匹の竜が寝そべっていて、末っ子を目にするや末っ子目がけて襲いかかって来た。末っ子は瞬《まばた》き一つせず、呪文を唱えた。

竜どもよ、牙をむくとは何事か。

頭を下げてうつむくがよい。

われは神に身を捧げし者、

なんじらは悪魔の輩なるに。

二匹の竜はまるで魔法にかけられたかのように、すぐに動きを止め、末っ子をおとなしく通らせた。末っ子が広間に入ると、ちょうど王さまが王妃と二人の娘といっしょに豪華なテーブルについていた。二人の娘はあたかも太陽と月のように美しく、末っ子はいくら見ても見飽きることがなく、何をしに来たのかもほとんど忘れるほどだった。その広間にまさしく黄金の鳥籠に入っている魔法の鳥の姿があった。鳥はまるで異国の音楽を奏でているかのようにうたい、嘴《くちばし》からはキラキラと真珠がこぼれ落ちた。そこで末っ子は王さまに病気の父親のことや、父親がいつも一時間だけ痛みから解放されるうたをうたう魔法の鳥のことについて話をした。そして最後に、父親の病気が完全に治るまでの間、その鳥を貸してくださいとお願いした。王さまはこの願いに心を打たれ、末っ子にその鳥を黄金の鳥籠ごと持たせた。

「これを受け取るがよい」と王さまは言った。「これはな、ヴェームス〔架空の鳥で、羽は純金でできていて、〔そのうた声はとても美しく、病気の者ならだれでもそのうたで治る〕という鳥じゃ。これを持って家へ帰り、そなたの父親が治ったら、またわしのところへ返しに来るがよい」。

灰かぶりはうれしい気持ちで家へ向かった。灰かぶりはキツネに、自分が見たありとあらゆる豪華なものや、ほとんど目をそらすことができなかった、二人の美しい王女について話して聞かせた。そうして灰かぶりとキツネは二日歩き、三日目、すでに灰かぶりの故郷のすぐ近くまで来たとき、キツネが言った。「わたしはここであなたとお別れしなければなりません。あなたはこのまま、まっすぐ道をお進みなさい。そして、地溝《ちこう》に迷い込まないように気をつけてください。さもないと、だれかに突き落とされてしまいます。でも、万が一わたしを必要とすることがあれば、三回パチンと両手を打ち合わせて、『賢さ七倍！　賢さ七倍！』〔子どもがキツネのことをこのように言う〕と叫んでください」。若者はキツネの援助に礼を言い別れを告げた。けれども、ずっと二人の王女のことを考えていたので、キツネの警告を聞き逃し、本道からそれて道に迷ってしまった。

そのころ、家では灰かぶりがかれこれ六日目になっても帰って来ないので、二人の兄は気が気でなかった。というのは、灰かぶりが魔法の鳥をきっと持って帰るのではないか、そして年上の自分たちが恥をかかされるのではないかと恐れていたのである。そこで二人は灰かぶりを探しに出かけた。そして、もし灰かぶりが鳥を持っていたら、灰かぶりを殺してその鳥を奪い取り、自分たちが鳥を捕まえた、と言おうではないかと相談した。

そういうことで二人は森の中に入って行き、灰かぶりが迷い込んだ深い地溝にやって来た。そこで二人は灰かぶりを見つけ、灰かぶりが泣こうがわめこうが容赦なく鳥を奪い取り、かわいそうに灰かぶりをぬかるみの中へ突き落とした。灰かぶりはぬかるみの中へどんどん沈んで行き、二人は灰かぶりを置き去りにして家へ帰った。

灰かぶりは絶体絶命の災難に遭ってキツネのことを思い出し、三回両手をパチンと打ち合わせ、弱々しい声で「賢さ七倍！　賢さ七倍！」と呼びかけた。するとキツネが若者の呼び声を耳にし、駆けつけて言った。「わたしはお前さんにまっすぐ道を進むようにと言いませんでしたか。もしわたしがお前さんの声を聞かなかったら、お前さんはここで死ぬところでしたよ。いいですか、わたしがこの地溝の上でふんばり尻尾を垂らしますから、それをつかんで、しっかりと落ち着いてください。そうしてお前さんを引っぱり出しますから」。若者はキツネの言うことに従ったので、キツネは悪戦苦闘の末、若者を引っぱり出した。その後でキツネが「それじゃあ」と言い、「これから体をきれいに洗って、それから家へお帰りなさい。そして、お兄さんたちのことは恐れるには及びません。お前さんが鳥を持ち帰ったことは間もなくちゃんと明らかになるでしょう。けれども、それでも万が一、わたしの助けを必要とすることがあれば、こちらへ向かって三回、両手をパチンと打ち合わせ、大声で『賢さ七倍！　賢さ七倍！』と言いさえすればよいのです。そうすれば、すぐにわたしが駆けつけます」。そう言うとキツネは森の中へ駆け込んだ。灰かぶりはうれしさ半分悲しさ半分で家路を急いだ。

灰かぶりが家に入ると二人の兄は灰かぶりを罵り、鳥を捕まえて来たのかとあざ笑うようにたずね、自分たちは灰かぶりよりも先に鳥を持ち帰ったと言った。すると灰かぶりは泣きながら、二人の兄が自分をどんなにひどい目に遭わせたかを母親に話した。母親は灰かぶりの言うことを信じてよいのかどうかわからなかった。母親が病気で寝ている主任司祭の部屋の扉を開けると、灰かぶりは例になく大泣きし、力なくしょんぼりと羽を垂らしてうたおうとしなかった鳥が、末っ子の姿を見るや、バタバタと羽ばたきをしてうたいはじめ、真珠がこぼれ落ちた。そして、病気の主任司祭がベッドから跳ね起きて、その瞬間から元気いっぱいになった。そこで皆、二人の兄の不実を悟った。二人の兄は邪心を持っているので、主任司祭は二人がそばにいるのが我慢できなくなり、家から追い出した。

ヴェームス鳥はなおしばらく、主任司祭の館に置いておかれた。主任司祭の健康が完璧な状態で維持されたので、末っ子は鳥を持って、返しに行こうとした。森に着くと、三回両手をパチンと打ち合わせて、「賢さ七倍！　賢さ七倍！」と叫んだ。すぐにキツネが現れ、二人は遠くにある王さまの城へ向かった。道すがら、主任司祭の息子はキツネに、またもや二人の王女の美しさの話をし、妹のほうを獲得する手助けをして欲しいと頼んだ。キツネも応援すると約束した。

二人が城に着くとキツネが言った。「わたしは金、銀ばかりの装身具を並べた美しい店に変身するつもりです。あなたは城から出て来て、その店で豪商におなりなさい。余分の心配はわたしにだけ任せてください」。息子はキツネの言うとおりに実行した。キツネは城の前で一歩前進、一歩後退、一回でんぐり返しをしてこう唱えた。

一歩あっち、
一歩こっち、
両足でピョーン。

と、その瞬間、金や宝石の装身具を並べた豪華な店が現れた。主任司祭の息子はいそいそと城の中へ入って行き、ヴェームス鳥を返して重ね重ね礼を言った。二人の王女は出口まで息子を見送りに来て豪華な店を見ると中へ入り、これらの豪華な品々がすべて息子のものだと聞くと、さらに喜んだ。けれども二人の王女が店の中へ入るや、キツネが全速力で走りはじめ、店は瞬く間に王さまの城から遠く離れてしまった。二人の王女は、全部の商品を見て、いろいろと買い物をした後になってやっと、まったく見知らぬ土地にいることに気づいたのだった。

二人は裏切り行為に遭って、深い悲しみにくれた。特に姉のほうは大声を上げて商人を呪《のろ》った。「あなたはなんという卑劣な人なのですか。キツネのあなた、あなたは魔術師です」と涙を流しながら泣き叫んだ。ところが、王女がこの言葉を発するや否や、大掛かりな店は消えてしまい、四人は緑の森の中に立っていた。そして灰かぶりの横には、金髪のまことに美しい王子がいた。

王子は姉の王女の前に跪《ひざまず》き、「あなたの言葉がわたしを苛酷な魔法から解いてくれました。ありがとう！　年老いた魔法使いがいて、わたしがその娘と結婚しようとしないものですから、わたしをさらってしまいました。わたしがその老女を卑劣漢、キツネと罵ったところ、魔女は、ならば一人の娘が現れて、わたしと同じ言葉で呪いを解かない限り、最後の審判の日までキツネのままでいさせる、と言ったのです。今やわたしは自由の身になり、国へ帰ることができます。あなたさえよければ、わたしの妻になってください。あなたの妹さんとその花婿には、わたしの王国の半分を差し上げます。そして、二人には幸せに、楽しく国を治めてもらいたいものです」。

三人は皆、この突然の変化に驚いたが、王子の申し出を喜んで受け入れた。四人は王の城へもどり、主任司祭とその妻も王の城に連れて行き、二組の結婚式を祝った。すべての人が幸せだったが、二組の若い王さま夫婦は特に幸福そうだった。もしその場にいたなら、わたしたちだってロンパース《赤ん坊の遊び着》ぐらいはもらえたかもしれない。結婚式が終わると、それぞれの夫婦は自分の城へと旅立って行った。この人たちが死んでなければ、今でもその城で暮らしていることだろう。

第99話
シャツ一枚ない女房 *Die Frau ohne Hemd*

昔、ルーマニア人の女の人がいた。その人には娘がいた。娘はとても怠け者で、一度として糸を紡《つむ》ごうとはしなかった。ある晩、母親は娘に言った。

「お前、もうそろそろできるんじゃないの、糸を紡ぎなさい。シャツ一枚しかないいじゃないの！」。

すると娘が返事をした。

「あら、いやよ。母さん、いやよ。今晩はもう寝るの。明日は早く起きて、いっぱい紡ぐわ、いっぱい紡ぐわ！」。

次の朝、母親は娘を起こして言った。

「お前、もうそろそろできるんじゃないの。起きて、糸を紡いでらっしゃい！」。

すると娘が返事をした。

「あら、いやよ。母さん、いやよ。
今朝はゆっくりしたいの。
今晩ちゃんとすわって、
いっぱい紡ぐわ、いっぱい紡ぐわ！」。

こんな調子で、来る日も来る日も同じだった。そんなある日、ルーマニア人の職人がやって来て、母親に娘さんを嫁にもらいたいと申し出た。母親は喜んですぐに承知し、娘のところへ行って、言った。

「お前、もうそろそろできるんじゃないの、
糸を紡いでらっしゃい。
きれいなシャツを紡いで、
お嫁に行くの！」。

すると娘の返事はまたもやこんな具合だった。

「あら、いやよ。母さん、いやよ。
お嫁に行くのが先なの、
紡ぐのはそれからだわ！」。

こうして娘は仕事をまぬがれ、間もなくして結婚式も行われた。けれども花嫁はシャツ一枚しか持っておらず、それももう汚れていたので、ザクセン人の娘から毛皮のコートを借りて、それ

を上に着た。その後、娘の夫は娘を連れて、別の村の実家へ帰った。ところが娘は相変わらずひどい怠け者だったので、糸を紡ごうとはしなかった。一枚きりのシャツはますます汚れてきて、間もなく胴体の部分がところどころちぎれて落ちてきた。そんなところへ二人が結婚式に招かれる羽目になった。そこで女房〔娘のこと〕は夫に言った。

「あんた。ねえ、あんた。
あたし、結婚式に出られないわ。
シャツがボロボロなの、
あんた、行ってくれなくっちゃ、
シャツを買いに！」。

夫は市場へ行ったものの、そこで目に入ったのは、見事に丸々と太ったガチョウだった。それでシャツのことは忘れてしまい、ガチョウを買って、前のベルトに括《くく》りつけた。女房は家の戸口にすわって待っていた。するとはるか山の頂を夫が帰って来るのが見えた。夫も女房を見た。ガチョウをつかみ、高々と持ち上げ、大声で言った。「ガチョウだぞ。おーい、ガチョウだぞ！」。けれどもその声は女房には聞き取れず、何か白いものを見てシャツだと思った。それで急いで家の中へ駆け込み、たった一枚しか持たない最後の持ち物であるぼろ切れ同然のシャツを火の中へ投げ込み、板状のパンケーキを一枚ずつ体の前と背中にあてがって、いそいそと夫の方に駆けて行った。「シャツを買ってきてくれたのね、あんた」。「お前に大声で言ったじゃないか、ガチョウだぞ、って！」と夫が言った。「シャツは高すぎたんだ！」。

するとと女房はすぐに気を取り直して言った。

「あら、そう、あんた。

あんた、なんて素敵なことしたじゃない。

ともかく何か飲みましょう！」。

けれども二人がガチョウを食べ終わったとき、女房が夫にたずねた。「こうなると、あたし、結婚式にはどんな格好で行ったらいいのかしら」。すると夫が言った。

「心配ご無用。

腹にパンケーキをあて、
背中に羽箒《はねぼうき》をくっつけて、
その上から毛皮のコートを借りて羽織《はお》ればいいさ！」。

女房は女房でその通りにして、結婚式の客たちといっしょに教会に入った。そして宴会の時間になって、女房が席につき、万事順調だった。ところが夕方、ダンスをするときになって、花婿が女房に声をかけた。

「毛皮のコートを脱いでください！

ダンスをしましょう！」。

女房はぐずぐずしながら言った。

「あたしを相手にしないでちょうだい。

あたし、ダンスはしないの！」。

花婿が叫んだ。

「そんなこと言っちゃだめです。

今日は皆、ダンスをしなくっちゃ！」。

そう言うと花婿は女房をつかまえ、女房の毛皮のコートを脱がせ、無理矢理踊りの輪の中に引っぱり込んで踊った。そのため、客たちは皆二人を見て大笑いした。花婿はヤッホーと叫び、指をパチンと鳴らして、飛び跳ねながらひっきりなしに叫んだ。

「ホップ、ホップ、ホップ、
腹にパンケーキ、パンケーキは最高、
背中に羽箒、
楽しいったらありゃしない。ホッ、ホッ、ホッ！」。

花婿が女房をはなすや否や、女房は毛皮のコートを引っかぶって、恥ずかしそうに家へ逃げ帰った。それなのに、やっぱり糸を紡ぐことは考えもしなかった。復活祭の時期になると、女房は夫に言った。「あたし、復活祭の食事のこと、どうしたらいいかしら。だって、シャツがないのに」。「気にするな。おれがすぐになんとかするさ！」。夫は女房を樽の中に入れ、教会の前に引きずって行き、人々が教会から出終わって帰路についてから司祭に言った。「司祭さま、わしの女房はシャツを持っておりません。それで外の樽の中で復活祭の食事を待っております！」。「それは奥さんにすぐに差し上げないと！」。司祭は家へ帰り、生木の小枝の鞭を持って来て、樽に歩み寄り、樽に向かって言った。「さあ、出てらっしゃい！」。女房は出ようとしなかったが、出ざるを得なかった。すると司祭は鞭の先端が唸《うな》るほど女房を叩いて言った。

「この怠け者め！

トウモロコシ粥が煮えるまで、

糸が紡げるはずだ！」。

女房は血を流しながら家へ逃げ帰った。怒った司祭が叩くのを止めるまで辛抱する気はなかった。けれども、それでも糸を紡ぐことは考えなかった。ついには夫も女房の怠け癖を持てあますようになり、どうやったらうまい具合に女房を厄介払いできるか考えた。ある日、夫は女房に言った。「おいよ。おれたち、もう長いことお袋さんのところに行ってないよな。ちょっと行ってみようじゃないか！」。「そうね、それはいいことだわ！」と女房が言った。「でもあたし、シャツがないんだけど！」。「袋に入れて隠してやるよ！」と夫が言った。「そしたら、だれにも見られることはないよ！」。「あら、あんた。なんて頭がいいんでしょう！」と女房が言った。

話し合ったとおりに事が運ばれ、夫は女房を馬車にのせた。途中で夫は、だれか人が馬車に近づく振りをして挨拶した。「こんにちは。お前さん達者かね」。夫は作り声でたずねた。「まあ、ぼちぼちよ」と夫は自分に答えた。「ところで、袋の中のそれは何だね」と夫は重ねてたずねた。

「豚だよ」と夫が答えた。「わしが豚を叩いたら、どういう声を出すものか聞きたいもんだねえ」。そこで夫は袋の中の女房を実に巧妙に叩いた。けれども女房のほうでは、知らない人が叩いていると思って、秘密がばれてはいけないと、豚のようにブーブーとうなった。よその人がいなくなったと思い、女房は泣きごとを言った。「ああ、なんて痛いこと。乱暴な奴、よくもあんなに殴ってくれたものだわ！」。

すぐにその後、夫はだれかが挨拶をしている振りをして、再び作り声で言った。

「こんにちは！　お前さん達者かね」。

「まあ、どうにかね」と夫は自分に答えた。

「ところで袋の中のそれは何だね」と夫は重ねてたずねた。

「ヤギだよ」と夫が答えた。

「わしがヤギを叩いたら、どういう声を出すものか聞きたいもんだねえ」。そう言って夫は再び女房を思いっきり叩いた。けれども女房のほうでは、よその人が叩いていると思って、秘密がばれたらいけないので、ひっきりなしに、「メー、メー！　メー、メー！」と大声を上げた。再び静かになったので、よその人がいなくなったと思った女房は、悲しみにかき暮れながら言った。「ねえ、あんた。あたし、もうもたないわ！　これから先もだれかが来て、あたしをぶん殴るんだったら、あたし、袋の中で死んでしまうわ！」。「じゃあまた、だれか来たら、おれはなんて言えばいいんだ。お前はどうする気なんだい！」。「イラクサの藪《やぶ》に入るほうがまだましだわ！」と女房が言った。「もう一回あんなにぶん殴られるのを我慢するくらいなら！」。「だったら、すぐに出ろよ！」と夫が言った。「だれか遠くから人が来るぞ！」。すると女房は慌てて袋から出てきて、イラクサの藪の中に飛び込んだ。夫は長いこと女房をそのまま放ったらかしにしておいた。女房はとてもヒリヒリしたので、身体中に白い水ぶくれができた。やっと夫が声をかけた。「出て来いよ。よその人はもういなくなったよ！」。すると女房は急いで出てきて、袋の中にもぐり込んだ。

やっと二人は女房の母親の家にたどり着いた。夫は袋を担いで行って、家の中へ入れた。「何のお土産なの？」と年取った母親がたずねた。「すぐにわかりますよ！」と言って、夫は素早くひもをほどいた。なんと、娘が飛び出してきたではないか。そしてすぐに暖炉の奥に走って行った。母親は気も狂わんばかりだった。かまどにあったカンカンにやけた火かき棒を引っつかみ、娘めがけて突進し、殴りかかりながら言った。

「お前、もうそろそろできるんじゃないの！

ぶたれなきゃわからないの。

もう、こうするしかないわね！

夜は夜で紡がない。

朝は朝で紡がない。

今すぐ紡ぎなさい！」。

そう言うが早いか、母親は暖炉の後ろの娘に向かって糸巻き竿《ざお》を投げつけた。娘は一枚のシャツを紡ぎ終わらないうちは、絶対に席を立つことも、何かを食べることも許されなかった。怠け者の「お前、もうそろそろできるんじゃないの」〔あだ名〕は、それからというもの――これはこの話でいちばん注目すべきところなのだが――いちばん勤勉な紡ぎ手になった。この話を信じない者は、話し手に酒手《さかて》をはずんだらどうかな。

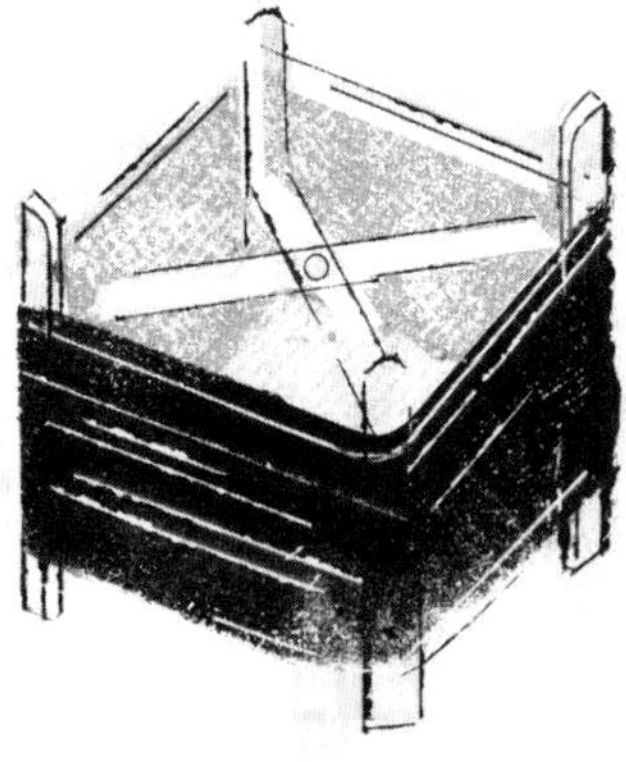

第100話
三回殺されていた主任司祭の話
Das Märchen vom Pfarrer, der dreimal getötet worden war

納屋で、家族がトウモロコシの山の前にすわって皮をむいていた。近所の人や親戚も手伝いに来ていて、村で最近起こった出来事について、あれこれとりとめのない話で時間が過ぎていき、時計はもう八時を打った。

「母ちゃん」と小さな子どもたちの中の一人があくびをしながら言った。「ぼく、眠くなっちゃった。これからまだ何時までむけって言うの」。

「もうちょっとだけ待っててね、坊や。まだ寝ずに起きていて、仕事が終わるのを見届けなくちゃならないの。ほら、まだいっぱいしなきゃならないでしょ。父ちゃんが何かお話をしてくれたら、まだ寝るわけないでしょ」。

「うん、父ちゃん、お話して」とほかの子どもたちも大きな声を出した。「でも、今度は別のお話だよ。また赤い王さまの話じゃだめだよ」。

「わかった。じゃ、いいかい。お前たちはもう疲れているから、短いけど楽しい話をして上げよう。ちゃんと聞くんだぞ。そしてさっさと仕事をするんだよ。聞きながらでも仕事はできるんだからね。じゃ、はじめるからね。おとなしく聞くんだぞ！

昔、貧乏な人がいてね。息子が三人いて、町外れに住んでいたんだ。その人は年を取り、自分はそろそろ死にそうだと思ったので、息子たち三人を全員、枕元に呼び寄せて言ったんだ。

「お前たち、わしはな、自分が死にそうだということがわかるんじゃ。そこでお前たちがお互いに仲良くなるようにしてやりたいのじゃ。そうすれば、お前たちが何を大事にしなければならないかがわかるからな。わしは一生涯貧乏じゃった。それでお前たちに残せるものといえば、この家と雌牛一頭だけじゃ。何でも三人いっしょに使って、仲良くやっていくんじゃぞ。お前たちに神のご加護を！」。

そう言ったかと思うと、父ちゃんは目を閉じ、死んでしもうた。二晩が過ぎて、父ちゃんはお墓に入れられ、永遠の眠りについたのじゃ。

息子たちは父ちゃんの言うことに従い、仲良くしようとしたのだが、兄弟姉妹がいつまでも仲良くしていくことなぞ世の中にはないものでな。上の二人の息子は自惚《うぬぼ》れ屋で威張《いば》り屋で、末っ子をばかにし、いつも灰かぶりとしか呼んでいなかった。末っ子はしかし穏《おだ》やかな子で、兄ちゃんたちに悪口を言われても、じっと我慢《がまん》しておったのじゃ。

間もなく上の二人は雌牛のことでケンカをはじめ、雌牛をどっちのものにするか話がつかなかったので、それぞれに牛小屋を建てて、雌牛が入って行った小屋を建てた者が、雌牛を取ることに決めたんだ。

そこで長男は牛小屋をレンガで建て、次男は木で建てたのじゃが、末っ子は緑の葉のついた柳《やなぎ》で囲いを作ったんだ。

夕方、雌牛がほかの家の雌牛と離れて帰って来たとき、兄弟三人は戸口に立って、雌牛がどこに入って行くのか、ドキドキしながら見ていたんだが、雌牛はレンガの小屋をのぞき、それからブナの木の小屋の前に来た。けれども、ここでもチョロっとのぞいて一声モウと鳴いただけで、柳の木の小屋の前に行った。そこでは立ち止まって、小枝をかじったり葉を食べたりしてな。結局、中へ入って飼葉桶の前にうずくまったんじゃ。二人の兄は怒りのあまり、ほとんど気が狂ったようになって、大声で怒鳴り散らしたんじゃ。「雌牛が灰かぶりだけのものになるなんて、おれたちが認めるわけがない。歳《とし》の市で雌牛を売ろう。そしてそのお金を仲良く三つに分けるんだ！」。

マルクトシェルケンの歳の市はそれほど遠くはなかった。歳の市がはじまると、長男は雌牛の綱を引いて、歳の市へ連れて行った。けれども雌牛を欲しがる人は現れなかった。長男が値段を高く吹っかけ過ぎたのだった。そのため売ることができず、連れて帰らなければならなかった。

兄弟がしばらく待っていると、シュタット〔ヘルマンシュタットのこと。マルクトシェルケンの南にある町〕の歳の市があり、「おれのほうが運がよくて、ひょっとしたら雌牛をお金に換えることができるんじゃないか」と考えて、次男が雌牛を連れて出かけた。けれども長男と同じことになった。どんなに努力しても、雌牛を売ることができなかった。

ザルツブルクの歳の市になった。すると、末っ子が「今度は僕が運試しをして、雌牛を連れて歳の市へ行くつもりだ」と言った。

「おれたちにできなかったというのに、よりによってお前なんかが雌牛を売るだと、この灰かぶりめ！　おれたちがお前に雌牛を任せるなんて、夢を見るのもいい加減にしろ！」と上の二人が怒鳴りつけた。けれども末っ子は二人の兄にいつまでも頼み込んだので、とうとう二人も根負けして、末っ子が雌牛を連れて行くのを許した！

遅くなってやっと末っ子は家を出た。末っ子が野原にさしかかったころには、もうザルツブルクから帰る人たちと出会った。「神さまのご加護がありますように！」。末っ子はその人たちに挨《あい》拶《さつ》した。「歳の市では雌牛はどうやって歩くんでしょうか」。「三本で」とその人たちは答え、笑いながら遠ざかって行った。「三本で？」と末っ子は考えた。あれこれ思い悩むことはなかった。斧《おの》を手にするや、雌牛の足を一本切り落とした。雌牛は足を引きずって歩くのもやっとだった。

末っ子はまたもや歳の市から帰る途中の人に出会い、同じようにたずねた。「歳の市では雌牛はどうやって歩くんでしょうか」。その人たちは三本足の雌牛を見て、「二本で」と答え、笑いながら遠ざかって行った。「まさか？」と末っ子は考えた。「二本で？　だったらすぐに楽にしてやるよ」。そう言って斧を手にすると、雌牛の足をもう一本切り落とした。雌牛はかわいそうに、大声でうなり、どさっと倒れた。もう立っていることができず、ましてや、歩きつづけることなどもっての外だった。

「雌牛をどうしたらいいんだろう」と末っ子は考えた。もう夜になっていて、月が丘の向こうから昇ってきた。ひんやりした風がわき起こり、激しく吹きつけはじめた。雌牛は倒れて死んだ。

末っ子は怖いやら心細いやらで、「助けて！　ぼくはなんてかわいそうな人間なんだ！　ぼくは今、この雌牛をどうすりゃいいんだ」と叫んだ。「雌牛を失くし、お金も持たずに帰ったら、お兄ちゃんたちはぼくを殴り殺すに決まっている！」。

「クルツ！　クルツ！　クルツァ！　クルツァ！」と近くで音がした。風が古い柳の木を揺さぶった。

「何だって？」と末っ子は叫んだ。「雌牛を買うって言うの？」。

「クルツァ！　クルツァ！」と柳の木が答えた。

「本当に？　いくらで？」。

「クルツァ！　クルツァ！」。

「六百グルデンだって？　それっぽっちかよ。でも、ぼくはあんたらと駆け引きする気はないからね。いつ、お金をもらいに来たらいいんだい？」。

「クルツァ！　クルツァ！」。

「三週間してからだって？　そりゃ、長いなあ。でも、ぼくはそれまで待つことにするよ。でも、ちゃんと約束だからね。もしそのときお金を払おうとしなかったら、あんたらを切り倒すからね。雌牛はここに置いとくからね、お休み！」。

「クルツァ！　クルツァ！」と柳の木が答えた。

末っ子は浮き浮きした気持ちで家に向かった。自分がこんなにも高く雌牛を売りつけたことがうれしかった。けれども、家へ帰って、雌牛の足を二本切り落とし、それからその雌牛を古い柳の木に売りつけたという話をすると、ひどい目に遭わされた。

「おれがいつも言ってたじゃないか」と次男が怒って言った。「お前は何もわかっちゃいないんだ。灰にまみれてりゃいいんだ。今度は、お前は雌牛まで殺しやがった。だが待てよ。もしお前が三週間経ってもお金を手に入れることができなかったら、お前は具合の悪いことになるぞ。ああ悲しい、おれたちはなんてかわいそうな奴なんだ！」。

「ともかくもう三週間待ってよ」と末っ子が言った。「そしたらわかるよ、ぼくが嘘なんかついてないってことが」。

一週間目が過ぎた。二週間目も過ぎた。そしてそろそろ三週間目も。最後の日になって、三人は馬車を手に入れ、袋と斧を載せ、街道を下って野原に着いた。

夜だった。この晩も月が明るかった。風が吹いた。三人は柳の木のところに着いた。

「今日で三週間が終わったよ」と末っ子が口火を切った。「ぼくたちは雌牛のお金をもらいに来たんだ。そろそろ払ってくれるかい？」。

「クルツァ！　クルツァ！」と柳の木がギイギイ音を立てた。

「なんだって、払うつもりはないって？　もう一度、怒らずに言うけどね。お前さんが言うことを聞かなければ、ぼくたちはあんたを切り倒すよ」。

「クルツァ！　クルツァ！」と柳の木が答えた。

「そうなの？　じゃ、いいや！」と末っ子は大声を上げるや、斧を手にして柳の木に切りつけた。かけらが飛び散った。するととつぜん、柳の木の幹の中でジャラジャラと音がして、純金がバラバラとこぼれ出てきた。

「そうか、お金を払おうと言うんだね？」と末っ子がたずねた。「お互い仲良くするほうがいいに決まってるもんね」。

三人は素早く黄金を集めて袋に入れ、袋に入りきらない分は馬車の中へ投げ込み、木くずを上にかぶせ、意気揚々《ようよう》と家に向かった。

三人が家にたどり着いたのは九時ごろだったろう。三人は袋を降ろし、部屋の中へ運び込んだ。いよいよ金を分ける段になると、上の二人は末っ子に、主任司祭のところへ行って、枡《ます》を借りて来るようにと言った。さらに長男は末っ子にこうも言った。「さっさと行って来い。でも、言うんじゃないぞ。お金をはかることになっているんだなんて！」。

「わかった、言わないよ」と末っ子は返事をして、家を飛び出した。

末っ子が主任司祭の館に入り、頼みがあると言うと、台所にいた主任司祭の奥さんが書斎に向かって大きな声で呼んだ。「ねえ、ゼッピー〔ヨセフの愛称〕。ちょっと出て来てちょうだい！　男の子が来て、枡を借りたいんだって」。

「わかった！」と主任司祭は大きな声で答えた。まだ部屋の敷居をまたぐかまたがないうちに、「お前たちはいったい、枡で何をはかると言うんだね」。

「お願いでございます、とてもお偉い主任司祭さま。ぼくたちはかわいそうな人間でございます」と末っ子は答えた。「いちばん上のお兄ちゃんが言いました。ぼくたちがお金をはかることになっているんだなんて、あるわけがないって」。

「そりゃ、わたしにもよくわかっているよ。お前たちがはかるほどのお金など持っていないことはな、はっ、はっ、はっ、はっ！」と言って、主任司祭は大笑いした。「それじゃ、スザンヌ、枡を持って来て、この子に貸してやっておくれ」。女中が枡を持って来た。末っ子はお休みなさいと言って、急いで家へ帰った。

「おい、ペピよ」と主任司祭は奥さんに言った。「いったいあの貧乏人のがきどもは枡で何をはかろうというんだろうね。見当もつかんよ。ちょっと行って、見て来ないと」。そう言うと主任司祭は小さな書斎用頭巾を頭に載せて、階段を駆け下りた。それで、薪を運んでいた下男をあやうく突き倒すところだった。

末っ子が家へ入ると、末っ子のことだから何かへまを仕出かしたのではないかと心配して、上の二人が、末っ子が主任司祭にどのような言い方をしたのか質問した。「ぼくはちゃんと言ったよ」と末っ子が答えた。「ぼくたちがお金をはかるはずがないって」。

「ほら、言わんこっちゃない」と二人は腹立たしそうに言った。その同じ瞬間に次男は窓のほうに目を向けた。果たせるかな、窓の外には早くも頭に小さな書斎用頭巾を載せた主任司祭が来ていて、探るように中をのぞいているではないか！　黒い姿の男が外から中をうかがっているのを見ると、次男はビクッとしてほとんど心臓が止まりそうだった。「見ろよ、主任司祭がもう来て、おれたちをじっと見ているぞ！　おれたちはなんて哀れな人間なんだ。もうおしまいだ！　灰かぶり！　灰かぶり！　何もかもお前のせいだぞ！」。

「ぼくに任せて！」と末っ子は小声で言った。「ぼくが主任司祭ののぞき見を二度とできないようにしてやるから！」。末っ子はドアを開けて門のところに行き、金棒をつかんで道路側の扉を開け、主任司祭の小さな頭巾に思いっきり打ち込んだので、主任司祭は地面にドサッと倒れて死んでしまった。

末っ子がもどって来て、何をしたかを話したところ、「ああ、なんてことを！」とほかの二人が叫んだ。「お前はおれたちをいちばん不幸な人間にしてしまった。おれたちは三人とも全員、命がないんだぞ！」。

長男は真っ先に冷静になった。急いで出て行って、死んだ主任司祭を中庭へ引きずり込み、それから居間に入った。その後、三人で金を小銭一枚も違わないように仲良く分けた。けれども、主任司祭の殺害をどのような事件にでっち上げるかが問題であった。三人はあれこれ相談し、最後に長男が言った。「いい考えがある。今、隣の家はリンゴが熟れている。いちばんきれいに熟れている木の上に、主任司祭を軽く縛りつけておくのだ。それから手にリンゴを握らせておこう。そうすると、まるで主任司祭が食っているように見えるからな。隣の人が後で様子を見に来て、主任司祭が木に登っているのを見つけたら、隣の人は絶対に主任司祭を叩き落とすはずだ。そして、主任司祭が自分に小便をかけた〔恥をかかせた〕と考えるだろう」。

言うが早いか、即実行した。月夜で明るかった。真夜中過ぎ、隣の女房が目を覚まし、夫に言った。「ねえ、ハンス、起きてちょうだい。そしてリンゴがどうなっているか見に行ってきてよ。風が強く吹く音がするの。簡単に盗みに入るかもしれないから」。夫は起き上がって庭に出た。リンゴが草むらにびっしりと散らばり、枝はたわんでギシギシ音を立てていた。風でリンゴが振り落とされたのである。夫は大きなリンゴの木の下に行った。見上げると、だれか人の姿があり、ちょうどいちばん大きなリンゴにかじりついているところだった。夫はびっくりしたが、すぐに我に返り、上に向かって怒鳴った。

「そこで何をやってるんだ、おい。きさまはだれだ。やい、降りてくるんだ。それとも降りられるようにしてやろうか、リンゴなんか盗みやがって！　聞こえないのか。よっし。じゃ、口の利き方を教えてやる！」。

けれども木の上の男はまるで無頓着《むとんちゃく》で、平気《へいき》の平左《へいざ》でリンゴを食べつづけた。夫は今度はもう一方の手を振り上げて脅しつけた。「なんだ？　きさまはこの上、人に脅しもかけようというのか？　よし、待ってろ、この卑怯者《ひきょうもの》め！」。そう言うと、夫は折れた木の枝を木の上の男に投げつけた。すると運悪く命中したので、男は木から落ちて、すぐにぐったりとなって死んでしまった。

「おお、キリストさま、お助けください！」。夫は男に近づいてじっと見て、声を張り上げた。

「わしはわしらの偉いお方を殴り殺してしまった！　わしはどうすればいいんだ。なんとかわいそうな人間なんだ、わしという奴は！」。

けれどもトゥレニイ――女房のことなのだが――には名案があった。「朝になって、雌牛たちが牧場へ出たら」と女房は夫に言った。「そしたら、あんた、あたしたちの庭の奥にある、主任司祭さまの馬が餌を食べる草地に行くの。子馬〔三歳までの馬の呼称〕の、気の荒い奴のね、背中に主任司祭さまをしばりつけて、館の方へ主任司祭さまごと追い立てるの」。

日が昇りかけるころにはもう、夫は草地に来ていた。手はずを整えると、子馬に一鞭くれて、主任司祭の館に向かって早足で走らせた。

道路に面した扉の前にたまたまお上品ぶった、主任司祭の妻が立っていて、たった今、家畜の群れに追い込んでおいた雌牛を目で追っていた。そのとき、暴れ馬に乗った夫が突進して来るのを見てびっくりし、大声を上げた。「おお、イエスさま！　イエスさま！　この老いぼれの抜け作！　いったいだれがあんたを子馬になんか乗せたの。あんたはもうひどい年なのに、まだばかな真似が治まらないの！」。そんな声などどこ吹く風、主任司祭は扉にさしかかったが、速度はいっこうに落とさなかった。妻は恐怖の叫び声を上げた。「やめて、ゼッピー、ゼッピー。後生だからお願い、そんな飛ばし方しないで。ぶつかって死ぬわよ！」。けれども主任司祭はそれには耳を貸さず、子馬が突入して来て、主任司祭は扉の上に頭をしたたかぶっつけて、落馬して死んだ。

「ああ、あたしって、なんてかわいそうな人間でしょう」と主任司祭の妻は悲しみに暮れた。「あたし、あなたに言わなかった？　ゼッピー、ゼッピーって！」。

編者あとがき

パウル・ツァウネルト

本書の表題は、その冒頭の表記でも明らかなように、ドイツ〔語圏〕南東地域に由来する民話集の起源とはじまりを示唆している。現在こうして目にしているこの作品は、ヴィクトール・フォン・ゲラムプなしでは生まれなかったであろう。この新版は彼に対する記念として捧げるものである。

グラーツにある彼のシュタイアーマルク民俗学博物館を、これは彼の類稀《たぐいまれ》なる独創性の産物だが、彼とともに見て回るならば、ここには単に郷土と民衆への愛――これは自然にわかることであり、加えて収集家としての眼力、収集家としての技量も同じく多言を要しない――だけでなく、博物館の活性化、影響に対する実践的な感覚が醸成されたということも看て取れるものであった。シュタイアーマルク地方の民話に関しても、彼はすでに取り組んでいた。彼は同地の州立文書館にあった手書きの作品集を掘り出したが、また彼自身も民話を書きとめたり、昔の出版物を調査し、これらすべてに関して、巻末の注釈で精細な情報を提供している。彼はこの文書館にロムアルト・プラムベルガー神父をも引き合わせている。プラムベルガーは、彼が直接わたしに語ったところによれば、ナッハバールガウ北部の出身であるが、シュタイアーマルクの人々の田園生活に精通していた。彼は彼に情報を提供してくれた主要な人物について報告している。

「わたしの民話の語り手は、わたしの民話の大部分はその人達のおかげなのだが、犬のマリア、ネコ背のホイス、盲目の牧童、そして大工のペーターである。犬のマリアは、実際の名前はマリア・フェラッヒャーであるが、六十歳くらいの物乞いをして暮らしている女の人で、ひどいぼろ切れを身にまとい、三匹か四匹の小犬を連れて、上部ムルタールを浮浪しながら農民たちに慈悲を乞うていた。困苦をもたらす戦争と厳しい山岳地帯の冬のせいで、救貧院に収容されることを潔《いさぎよ》しとしない善良な老女は幾重にも苦しんだ。しだいに追いつめられていった彼女は、一軒の農家の廃屋で寒さと飢えで息絶えているところを発見された。自慢するわけではないが、わたしはこの善良で貧しい女性を好意的に見る数少ない人間の一人だった。わたしは彼女がわたしに提供してくれた真珠のような民俗学の情報に対するお礼として、幾度か食べ物だけでなく、彼女に、故郷を喪失した女性に対して、あちこち小突き回された女性に対して、尋常ならざる暖かさを与える優しい言葉をいろいろかけた」。

彼に対する情報提供者の二人目は「ネコ背のホイス」で、本名はマットホイス・シュペルルなのであるが、この人はモラウ近郊の、したがって上部ムルタールも含むのだが、リーネッグの「使い走り」であった。彼は健康な肌に恵まれず、子どものころから何年も床に臥し、家の中にとどまらなければならなかった。そのため、年老いた祖母や異郷の地からやって来た人たちの話をむさぼるように聞いた。彼は年を取ると、子どもたちの間で人気の語り手となり、その子どもたちを通して、プラムベルガーも彼のことを知ったのであった。

三人目の語り手、「盲目の牧童」は、ザンクト・ラムブレヒトの農民であった。アルプスの放牧場からほど遠からぬこの地域の生粋の農家の地所は、彼が管理する「牧童の地」であった。目が見えなくなったのは年を取ってからで、その時期になって子どものころ耳にしていた話を思い出したのである。

四人目は大工のペーテルルで、ペーター・シュトゥルプというのが本名であったのだが、カールヒャウという、険しい山々に囲まれた人影の乏しい盆地の農民の息子であった。彼は大工になった。プラムベルガーが彼と知り合ったのは一九一六年、戦時中の冬のことで、彼が五十歳のとき、カールヒャウの教会近くの食堂においてだった。彼は子どものころ、年取った家政婦から聞いていた民話を物語るすばらしい才能を持っていた。

ケルンテン地方の民話の収集もまた、ゲラムプの仲立ちによって可能となった。エーデンブルクのI・R・ビュンカー所長がこの草稿を残しておいてくれていたのである。民話、伝説、笑い話を収めたこの文集は、一九〇九年に生まれた、リーザータール由来のものである。主たる語り手は、夏場高地の放牧場で暮らす作男であった。ビュンカーはすべての話を方言のまま書きとめていた。けれどもより多くの人に読んでもらうために、わたしは幾つかの民話で、純粋の方言で再現したのは登場人物の会話の部分だけにした。

シュタイアーマルクのミュルツタールの場合と同様、オーバーエスターライヒのアッターガウの場合も、ウイーンの画家ジークフリート・トゥロルは実に入念に、そして深い造詣《ぞうけい》をもって民間伝承を記録した。オーストリアの伝説や笑い話は、伝説と風習を多く伝えるこの文集から得られたものである。ただし、最後の話はこの系列には含まれない。

チロール地方の場合には、ツィンゲルレ兄弟の収集、ある一つの例ではTh・ヴェルナレーケンの『オーストリアの子どもと家庭のための民話』、とやや古い文集から得たものである。

この地域の話の中で散見される短い笑い話は、主にフォーアアルルベルク由来のもので、デルラーによって民俗学の雑誌で伝えられたものである。

ヘアンツェン（狭義ではアイゼンブルク県の西側の、シュタイアーマルク州に隣接する部分を、広義ではかつてのエーデンブルク、ヴィーゼルブルク、プレースブルク各県をも含む）の話は、選び出した数はわずかであるが、少なくとも西ハンガリーにあるドイツ系の話として取り上げたものである。これらの民話は、I・R・ビュンカーがすでに一九〇六年、『ヘアンツェン方言による笑い話、伝説、そして民話』と題した文集として出版している。ビュンカーは、彼の報告によれば、全部の話をただ一人の語り手だけから収集していた。その人は同地方で道路掃除夫として暮らしている、読み書きのできない人だった。

さらにハンガリーにまで入っていくと、シュワーベン‐ハンガリーのハヨシュの村の民話がある。この村は南ハンガリーの低地にあって、ドイツ語島を形成している。この地の民話は、イルマ・ジョルジュパル・エッケルトが、一九四一年、彼の地の農民の娘ユリア・ガイガーの記録を民俗学の立場から研究してもたらしたものである。これらの民話は、純粋の方言だけの姿しか見せていない点で、ビュンカーの精緻な手法とは正反対のものである。というのは、この娘はそれらの民話を、彼女自身が聞いたり語った通りに、また頓呼法《とんこほう》〔今までの相手から急に転じて別の人へ、またはそこには不在の人や事物に向かって荘重に呼びかける表現法〕をまったく使わないですませるなど、完全にありのままに書きとめていたからである。

ジーベンビュルゲンの民話については、これは古風‐詩的な特徴に富み、同時に他の国民性との関係でも特異な伝承を持っているのだが、この地の民話はまずもって、ヨーゼフ・ハルテリッヒの古典的な収集を取り上げた。これに加えて、さらに、我々が都市教区司祭アドルフ・シュレルス氏というジーベンビュルゲンの庶民の文化財の保護者に負うところの、口承による幾つかの民話が入れてある。

訳者解説

(一) 民話の採録

民話は今さら言うまでもなく、ある特定の民族やある特定の地域で語られる昔話や伝説などの説話である。ここでは「特定の」ということが意味を持つ。民族や地域はそれぞれ民話を有するので、世界の民族の数、言語の数は数え方によって大きく数字が変動するとしても、ともかく何千という枠組みは残されているので、それらの数だけ膨大な民話群がある。従って民話を読んだり、語ったり、聞いたりして楽しんだり、研究したりする素材も無数にある。その中で特定の民族、特定の地域に目を向けるならば、特定の民話の姿が浮かび上がってくる。本書はドナウ川流域の民話を扱ったもので、このような観点で興味深い素材を多々提供してくれる作品である。

1. 地域

本書は、ドイツに源を発し、オーストリアを貫流し、黒海に注ぐドナウ川流域の民話集である。編者であるドイツの伝説の研究者パウル・ツァウネルトの「あとがき」に従えば、民話群はドイツ〔語圏〕南東地域に由来する。源流から黒海河口までに関係する流域国は十カ国に及ぶが、その中でドイツ語が話されているオーストリア、地域的にドイツ語が話されているハンガリー、ルーマニアの三つの国が舞台となっている。

オーストリアには全部で九つの州があるが、本書に登場するのはウイーンとブルゲンラントを除いた七つの州である。それぞれの州名は目次と本文中の記載で明らかである。ハンガリーについていえば、ハヨシュの村がある。人口三千人余（二〇一一年現在）の小さな村で、ハンガリー国内にあってドイツ語島を形成している。ドイツ南西部のヴュルテンベルクからの移民が住んだ地域である。ルーマニアについていえば、本書の巻末を飾るジーベンビュルゲン地方が舞台である。これはドイツ語の呼称で、ルーマニア語ではトランシルバニアとかアルデアルと呼ばれる地域で、十二世紀半ば以降、国境防衛などのために呼び寄せられたドイツのザクセン地方の人などが定住していった地域である。

2. 語り手

編者パウル・ツァウネルトが「あとがき」でかなり詳しく紹介しているように、本書の民話は、(イ) 特定の語り手から聞き取ったもの、(ロ) 特定の語り手から聞き取ったものを記録した文集、(ハ) 語り手は不明ながら文字の形で記録されていた文集など、から選んだものによって成り立っている。(ハ) については「あとがき」に委ねるとして、前の二つについては若干の言及をしておきたい。

（イ）の直接の語り手の大部分は犬のマリア、ネコ背のホイス、目の見えない牧童、そして大工のペーターであるが、（ロ）の採録された文集の主たる語り手は夏場高地の放牧場で暮らす作男であった。ヘアンツェンの話を提供したのは道路掃除夫として暮らしている読み書きのできない人だった。ハンガリーのハヨシュの村のものは農民の娘ユリア・ガイガーが書きとめていたものである。

このように列記すると明らかなように、語り手たちは決して恵まれた境遇にある人たちではない。童話の世界に君臨するドイツの『グリム童話集』は、童話の王様アンデルセンのいわゆる創作童話と異なって民話であり、当然その伝承者がおり語り手がいる。すでに諸研究で明らかなように、ヴィルト家、ハッセンプフルーク家、ハクストハウゼン家の令嬢たち、フィーマン夫人、老兵などの名前が挙げられている。ほとんどは良家の出である。童話を収集したグリム兄弟は、その収集した童話を「卵の黄身」と称し、自分たちはいっさい手を加えていない純粋の民話であると述べているが、実際は兄弟の加筆修正があったことは周知の事実である。

二十世紀後半、女性解放運動が盛んとなり、性差別の論議の格好の素材になったのは『グリム童話集』であった。「赤ずきん」の主人公の少女にはグリム家が信仰するプロテスタント精神が込められて、女の子は親に絶対的に服従するような性格を与えられ、「灰かぶり」（＝シンデレラ）は素敵な王子さまに出会い、見初められるのを待つ、依存するだけの存在だと批判された。アメリカのコレット・ダウリングの『シンデレラ・コンプレックス』（柳瀬尚紀訳、三笠書房）がミリオンセラーとなり、その問題提起に反応した『私の中のシンデレラ・コンプレックス』（木村治美監修、三笠書房）が企画されて、女性の自立と依存の間で揺れ動く心の葛藤が日本でも大きな関心を呼んだことはまだ記憶に新しい。その論議の延長線上で『グリム童話集』が指弾されたわけであるが、その兄弟が収集した民話がどの程度に原形をとどめているかという議論はさておき、書き換えで表現が整備されて読みやすくなった一方、物語の内容が社会問題として批判の対象となり、おかげで良くも悪くも『グリム童話集』が世界的に広く注目され、世代を越えて愛読されるようになったことは事実である。

本書、『ドナウ民話集』でも編者ツァウネルトが「あとがき」で述べているように、「より多くの人に読んでもらうために、わたしは幾つかの民話において、純粋の方言で再現したのは登場人物の会話の部分だけにした」ということである。純粋の方言は、民話の雰囲気を忠実に伝えるのには適している。しかし、その方言になじみのない人間には近づく術がない。われわれ日本人でも、国内の他地域の方言は理解できないことがあるのと同じである。わけても外国人には大きな障壁である。本書の翻訳作業もオーストリア出身者や、ルーマニアの方言を専門とする学者の助力を得てはじめて可能となった。民話の雰囲気を残しながらより広範な読者を目指したのが本書の特長の一つである。

民話はどのような語り手によって話されるのがふさわしいのか、ここに一つの問題提起がある。

「優れた語り手は、貧しい層、極貧の農民層、農民労働者層から現われる」(オルトゥタイ『ハンガリー民話集』徳永康元・石本礼子・岩崎悦子・黍栄美子編訳、岩波文庫)。つづいて優れた聴き手についても同書は言及している。「富裕な地主層には権威があり、農民的規範によれば民話の語りにはふさわしくないし、聴き手仲間としてはなおのことだめである」。このような論の展開について、同書は以下のような根拠を挙げている。

「農民の階級的位置、虐げられていることへの自覚と苦い怒りが痛切な表現にこめられている。見逃せないことは、貧しい農民の熱い願望を実現させる特別な能力について語る表現力である。傲慢で悪質な主人からの屈辱に対して、竜の威力に対して、一番小さい、ばかにされていた愚か者の息子が立ち向かう。使い古されたテーマが、語り手の口を経て貧しい聴き手集団に、生きることへの勇気と正義への信頼と期待をよびさます」。

民話の優れた語り手、優れた聴き手についてのこのような発言に対して、その論拠を社会状況が変貌を遂げている二十一世紀の今、短絡的に字義通りに理解すべきではない。つまり、民話の世界が限られた特定の社会階層の人々だけの専有物ではない、ということはきちんと確認しておかなければならない。社会はさまざまな構成員から成り立っているのであるから、むしろ引用文の字句は抽象化され、一般化されて理解されなければならない。つまり、農民や極貧階層の人に限らず、物質的に、あるいは精神的に窮境、あるいは限界状況に置かれた人間が事態をどう受け止め、克服して行くか、弱者がどのようにして自己の存在を確保するか、幸福を獲得するかといった観点から民話を位置づけ受容すべきである。

同時に、民話を弱者の根性物語に収斂《しゅうれん》させてはならない。民話は魔法物語や妖精物語、動物寓話、笑い話などさまざまなジャンルをも併せ持つ物語群である。階層を問わず人々の願望や空想、恐怖にも対応しているものである。それらは階層を越えて人々の心に訴えることができる。そのため、民話は民族や国家の枠を越えて広がり、受容されるのである。

訳者は比較民話学の視点を強く意識して民話に取り組んでいる。そこで、以下、本民話集に採録されている民話を、特に比較民話学的視点から考察する。

（二）　比較民話学的視点から見た本書の特長

民話は、国家なり、民族なり、種族なり、なんらかの人間集団の中で、作者が特定されない形で作られ、語られ、伝えられる。そしてその集団固有の物語もあれば、他集団から伝播《でんぱ》したものもある。伝播したものは伝えられたままの形を保持するものと、伝えられる過程で改作されるものとがある。

理論上はこのような分類が可能であるが、ある物語の固有性の検証は、全世界のすべての民話を網羅《もうら》しないことには成り立たない。これは現実的には不可能な作業である。個々の民話研究者や愛好家がなし得る作業は、この三つの視点のいずれかからアプローチすることである。先に引用した『ハンガリー民話集』に収められた原本の編者のオルトゥタイ・ジュラが唱える、「たった一つの民話にも百を越える文化の流れが見出される」という説は、単にハンガリーの「民話が東洋と西洋の民話世界の境界に立っている」ことだけから立論されたわけではないはずである。これはどこの人間集団にでも当てはまる。人類の歴史は人間の誕生、移動、融合の歴史でもあるので、そこで語られる物語は、自《おの》ずと他文化との関係抜きに作られたり、語り継がれたりするものではない。

1. 本書の民話の話型の特長

本書に採録されている民話は、ドイツと国境を接するドナウ川の比較的上流に位置するオーストリアから、中流域のハンガリー、下流域の黒海河口近辺のルーマニアにかけてのものであるが、この地理上の位置が民話の話型と微妙に絡み合っていることを指摘しておきたい。

ここで指摘するのは、話の冒頭と末尾の表現、つまり発端句と終結句の型である。日本では普通「むかし、むかし、あるところに」ではじまり、「どっとはらい」とか、「〜だそうです」で終わる。他方、ドナウ川の源流に位置するドイツで編まれた『グリム童話集』は、「むかし、むかし」ではじまり、「〜となりました」といった形で終わることが多いが、本民話集は、「むかし、むかし」といった表現ではじまり、「死んでいなければ今も生きている」といった終わり方をするものが目立つ。この終結句の表現は、ドナウ川中流域のハンガリーの民話に特に目立つもので、『ハンガリー民話集』を一読すればすぐに納得できる。そしてこのハンガリーの民話は、「あったとか、なかったことか」という発端句の表現でも異彩を放つ存在である。話の中身の設定ないしは枠組みの虚構性が強く出ている民話群である。

このようにして諸地域の民話を比較するに、本民話集は、発端句は『グリム童話集』などに近く、終結句はハンガリーの民話に近いものが多々見受けられる。ドナウ川の流れに沿ったそれぞれの地域の人々や民話の固有性と融和性が如実に看取されるのである。ハンガリーのさらに下流域のルーマニアについても、末尾はハンガリーと同じ型のものがある。また、本民話集には登場しないが、同じ流域国のクロアチアの民話にも、ルーマニアのそれと通じ合う特長をもった話が見出される。

2. 本書の民話の固有性と融和性

（イ） 手なし娘

世界には類話と見なされる民話が多数ある。俗に「手なし娘」といわれるものもその一つである。本書に掲載されている「騎士の手のない奥方」（二五頁〜）もその一翼を担うものであるが、これは同じキリスト教文化圏のドイツ、フランス、スペイン、イタリア、スイス、ロシアなど多数の国々で確認される。しかしそれにとどまらずイスラム教文化圏に見出されるばかりでなく、仏教文化圏の日本にも見出される。

話の基本構造はお互いに酷似していて、主人公は若くて美しい、あるいは慈悲深く敬虔《けいけん》な女性である。そのため、女性の周辺の人物の嫉妬によって手を切られ、放浪の身となるが、さまよっている間に王や王子に見初められ、王や王子と結婚する。しかし夫が戦争に行き、城からいなくなった後子どもが生まれるが、そのことを知らせる手紙が往信復信とも、特にキリスト教文化圏の場合は悪魔によって書き換えられ、子どもが殺されそうになるが、義母などの愛情のおかげで命だけは守られるも、城から出て行き、再び艱難辛苦《かんなんしんく》の流浪の旅をする。途中、幼子に水を飲ませようとして前にかがみ込む瞬間、背中の幼子が水面にずり落ちかかるが、そのとき、ないはずの手が生えてきて、幼子を抱き止める。戦《いくさ》で不在だった夫が帰宅して妻子のいないことに驚き、手紙の書き換えの真相を知り、こちらも艱難辛苦の妻子探しの旅をして、幸せな再会を果たす。ヒロインの美点に加えて、神仏の加護がハッピーエンドをもたらす話が一般的である。

本書、オーストリアの「騎士の手のない奥方」では、娘の美しさに嫉妬した実母が娘の手を切らせるが、実母によるこのような行為は、訳者の知るかぎり、本書だけである。ドイツの「手なしむすめ」(『グリム童話集』)の場合、ある貧しい粉ひきの男の娘がヒロインで、悪魔が両腕を切断する。フランスの「手なし娘」(『フランス民話集』新倉朗子編訳、岩波文庫)では、兄妹いっしょに暮らしているが、兄が妹をとても可愛がるので兄の妻が嫉妬して魔女に相談し、夫(=兄)

をだまして両手を切らせ森に放置させる。娘は王子と結ばれ、二児を授かる。戦場にいる夫との手紙は、往復とも、魔女によって書き換えられる。スペインの「手なし娘」（エスピノーサ『スペイン民話集』三原幸久編訳、岩波文庫）の場合、薪拾いが仕事の父親を持つ娘一人。悪魔が現れて娘をさらい、両腕を切断し、木に吊《つる》るす。手のない娘が両足で十字を切ると、悪魔は姿を消す。娘は王に発見され、王子と結婚。夫の留守中に双子の王子を出産。戦場にいる夫との手紙は悪魔に書き換えられる。ロシアには「手のない女」（レジメ、宮川やすえ『ロシア民話選』、明石書店）という話があるが、フランスと兄弟姉妹の関係が逆で、弟が結婚すると、妻が弟と仲のよい姉に嫉妬して、姉の手を切断させる。姉は森の地主の息子と結ばれ、男児を出産。戦争に行った夫との往復の手紙を書き換えたのは宿屋のかみさんだった。姉は放浪の途中、井戸水を飲もうとして、うっかり子どもを井戸の中に落としてしまうが、夢中でないはずの手を伸ばすと、両腕が伸びて、子どもを助けることができた。が、その後、腕はまた消えてしまう。年月が経ち、男児は立派な青年になり、出征し、活躍し、親にも褒美が与えられることになり、探した結果、戦場に出かけて看護活動をしていた母親（＝姉）が見つかる。大将になった夫、活躍した息子、母親の三人がそれぞれ夫婦、親子と確認し合い、喜び合う。夫と再会した途端、母親の腕が伸びてくる。

これらの類話群と若干異なるのはイタリアの「手なし娘」（バジーレ『ペンタメローネ』杉山洋子・三宅忠明訳、大修館書店）である。

ある王が実の妹ペンタ姫に求婚。妹の手が好きだという兄に妹が手を切って与えると、怒った兄は妹を木箱に入れて海に捨てる。海上で拾われ船乗りの家に連れて行かれるが、嫉妬深い船乗りの妻に再び海に捨てられる。ある別の国の王に拾われ結婚し王妃となるが、船旅に出た夫君に宛てた王子誕生を伝える手紙が、港で船乗りの妻の嫉妬のせいで書き換えられ、再び苦難の旅をするも、親切な魔法使いの王に保護される。魔法使いの王が「世界一不幸な者コンテスト」を開催したところ、王妃と王子を失って悲嘆に暮れるペンタの夫の王と、妹ペンタに求婚し後悔に苛《さいな》まれている兄王が共に応募。魔法使いの王は、ペンタの夫の王を世界一不幸な者と認定し、王国、王冠、王笏《おうしゃく》等を与えた。魔法使いの王のこの配慮で、ペンタは夫の王とも、また反省した兄王とも再会したばかりか、魔法の力で手も元通りになり、全員めでたくハッピーエンド。

スイスの「手を切られた娘」(『スイス民話集成』スイス文学研究会編、早稲田大学出版部)は趣を異にする。貧乏な家の長男の嫁が、長男の父親の悪魔との取引の犠牲になって、悪魔にそそのかされたこの父親に両手を切られるが、家を追い出されてさ迷っていたとき、泉の水に切り取られた手の傷口が触れたところ、手が生えてきて元の姿にもどり、嫁と赤子は無事元の家に帰還し、狂喜の歓迎を受ける。他の類話と異なり、王や王子、金持ちなどとの婚姻関係の成立はない。

イスラム教文化圏にも類話がある。『アラビアン・ナイト』にあるもので、「貧者に施しをして両手を斬られた女の話」(前嶋信次編訳、平凡社・東洋文庫)というタイトルで、第三四七〜三四八夜に語られる。

ある国に王がおり、その王は、人に施しをしたら手を切り落とす、とお触れを出す。ある日のこと、食べ物がなくて困っていた一人の物もらいの人が、女の人に食べ物を恵んでくださいとお願いする。女の人は王のお触れのことが怖くて恵んでやろうとはしなかったが、物もらいの人にぜひにと頼まれて気の毒になり、パンを二塊恵んでやる。するとそれが王の耳に入り、女の人は捕らえられて両手を切り落とされてしまう。

それからしばらく経ったある日、王はお妃が欲しくなり、母君にお妃の世話をするよう頼む。母君は、奴隷女の中に美しいのがいる、でも玉に瑕《きず》で両手がない、と伝える。王はそれでもその女性が見たくて会ってみると、その美しさに心を奪われ、お妃にする。その女性こそ、王が両手を切らせた当の人だった。するとそれまで王の寵愛《ちょうあい》を受けていた妃嬪《ひひん》（訳語を使用）たちは嫉妬に駆られ、王に彼女についての偽りの告げ口をして、そのお妃を追い出させる。お妃は童児《どうじ》（訳語を使用）とともに放り出され、砂漠の中をさまよう。

童児を肩に乗せてさまよっていたお妃は喉《のど》の渇きに耐えられなくなって、たまたまたどり着いた水流のほとりに出て、水を飲もうとし、身を屈めたとたん、童児は水中に落ちてしまう。自分では救い出すこともできずただ泣くしかなかったお妃の前に二人の男が通りかかり、水中から童児を救い出したばかりか、お妃の両手をも取りもどさせてくれる。二人の男の話によれば、二人は元、二塊のパンだったとのこと。類話は仏教文化圏の日本にもある。

「手なしむすめ」（『日本の昔ばなし（I）』（関敬吾、岩波文庫）とか、「手なし姉さま」（瀬川拓男・松谷みよ子編『日本の民話　１０』、角川書店）である。本書にあるオーストリアの類話では実母が娘の両腕を切断させるが、日本では継母《ままはは》がその役割を演ずる。娘を見初め、結婚するのは立派な若者だったり、京都の長者の息子だったりする。実際に手を切断するのは継母にそそのかされた実の父親の場合と使用人であり、旅に出た夫への子ども誕生の知らせを書き換えるのは、両話とも継母である。娘が子どもに水を飲ませようとして身を屈めた途端、背中の子どもがずり落ちそうになり、慌てて無いはずの手で押さえようとしたら、両方の手がちゃんと生えて、ずり落ちる子をしっかりと抱き止めた。娘は一方の話では神社、他方の話ではお寺でお祈りをしながら暮らしていて、妻子を探して旅をしていた夫と再会する。モチーフに若干の違いがあり、話の進め方に疎密の差はあるが、両話は純然たる類話である。

以上でわかるように、「手なし娘」の類話は民族、宗教、地域の枠を越えた広がりを見せている。この中で本書の話の特異点は、娘の両手の切断の主謀者が実の母親であるということだけである。『グリム童話集』の「白雪姫」や「ヘンゼルとグレーテル」の原話で、子どもを殺そうとしたり、森に置き去りにしようとするのが実の母親だったり、両親だったりする話があるが、そのようなヨーロッパの民話群の一つと考えれば、このような話があってもおかしくはない。

（ロ）本民話集と『アラビアン・ナイト』との関係

「貧しい靴職人」（八四頁〜）は、本書の民話としては、モチーフの面から見て、『アラビアン・ナイト』の痕跡を色濃くとどめている極めてまれな例である。俗に「開け、ゴマ！」で有名な「アリババと四十人の盗賊」と類話の関係にある。対応関係にある主立ったモチーフを、上が本書、下が『アラビアン・ナイト』で抜き出してみる。

主人公　貧しい靴職人――貧しい木こり
盗賊　三十六人――四十人（ともに首領を除いて全員殺される）
盗賊の巣窟の岩戸を開ける呪文
「岩よ、開け！」――「おいシムシム（胡麻《ごま》）、お前の門を開けろ！」
主人公の危機を救う人　賢い女中――賢い奴隷女
この女性が後日結婚する相手　主人公の妻の死後に主人公と――主人公の息子と
主人公が手に入れた金をはかる枡《ます》を貸す人であるとともに、主人公を脅して
盗賊の巣窟に入り惨殺されて岩戸に吊るされる人　守銭奴の商人――金持ちの兄
枡の裏側に塗って何をはかったかを調べる物　両話ともハチミツ
盗賊が主人公の家の門につける印　両話とも二回
主人公の家の門に印をつけるが確実な証拠を残せず首をはねられた者　両話とも二人
盗賊に殺された死体を縫い合わせる人　守銭奴の商人は仕立屋――金持ちの兄は靴職人
一人生き残った盗賊の首領が油売りになって復しゅうを企むのは両話同じ

以上で分かるように、かなり細かい点まで重なり合っている類話である。
同じドナウ川流域にあって、『アラビアン・ナイト』の発端部からヒントを得て成立したと思

われる話が『ハンガリー民話集』にある。「美男ヤーノシュ」という話で、国中で評判の美男であったので、王が一度見てみたいといって城へ呼びつける。ところがヤーノシュは妻の背信行為を目撃して美貌が失われる。そのような惨めな姿で王の前に現れたヤーノシュは、その激変の理由の説明を求められ、三日間の猶予を与えられる。その間にヤーノシュは王の妻、つまり王妃が王を裏切って、大鼻のトルコ人従僕と戯れている場面を目撃して美貌を取りもどす。今度は王は、ヤーノシュが一挙に美貌を取りもどした理由を説明させる。そこでヤーノシュは、王妃について目撃した事実を白状する。自分でも実地にその光景を確認した王はヤーノシュを連れて旅に出て、自分たち以外にも夫を裏切る妻がこの世にいるかどうかを調べることにし、同輩がいることを確認して城にもどり、なに食わぬ顔をして元の暮らしをつづける。

この物語の展開はユーモラスな仕立てであるが、基本的な構造は『アラビアン・ナイト』そのものである。「枠物語」の分野で世界的に有名なこの物語集を、枠組みの点から俯瞰するならば、これは大帝国の支配者シャハリヤール王と賢妻シャハラザードを巡る物語集の形を取っている。

兄シャハリヤール王の招待を受けて兄の国へ旅立とうとした小国の王、弟シャーザマーンが、忘れ物に気づいて城へ引き返したところ、自分の妃が不義の道に走っているところを目撃し、妃と相手の男を殺して後、兄との約束を果たすために兄の国へと向かう。兄のところで狩りに誘われるが、気が進まないと言って城に残っていたところ、兄の留守中に兄の妃も不義の道に走っていた。弟は、これほどの大帝国の王でさえも妃に裏切られることを知り、自分を慰める。兄が狩りを終えて城に帰ったので、目撃したことを伝えると、兄も狩りに出かけたふりをして城に残り、様子を見ていると、妃がまたもや弟の話したとおりのことをしているところを目撃する。

そこで兄弟の王は、自分たち以外にも妻に裏切られる男がいるのかどうか確かめるために世の中を巡る旅に出る。そして、妻に裏切られる男は自分たち以外にもいることを確認し、城にもどる。それ以来、兄は国中の若い女性を一夜の相手にさせた後、その命を奪う。このようにして国中の若い女性がいなくなり、残るは宰相の娘二人だけとなる。姉がシャハラザードで、毎夜、王に面白い話を語って聞かせ、話を完結させないで朝を迎える。こうして生きながらえて話をつづけるうちに、兄の女性不信の心が解けていき、シャハラザードに対する信頼と愛情が育まれ、国民に対して慈悲深い王となり、神の国へと旅立つ。

このような枠組みで読むと、『アラビアン・ナイト』は極めて優れた心理療法の書であると言える。『イソップ寓話集』（山本光雄訳、岩波文庫）に「ウサギと蛙」という話があるが、臆病なウサギが、自分たちよりもさらに不幸な蛙を見て、集団自殺を思いとどまる内容である。弟は、権力の大きさ故に、自分よりもさらに不幸な境遇である兄を見て、自分の不幸を慰めている。兄はシャハラザードによって女性不信を解消し、慈悲深い王となっている。シャハラザードは優れた心理療法士である。枠物語の中で話される個々の話については言及しないが、『ハンガリー民話集』の「美男ヤーノシュ」という話が、『アラビアン・ナイト』と大きな枠組みを共有していることを指摘しておきたい。

さらに、この『アラビアン・ナイト』の夫を裏切る話の起源はインドにあると唱える説がある。『アラビアン・ナイト』を表現形態の面で特徴づける枠物語は、インドの『カター・サリット・サーガラ』(岩本裕訳、岩波文庫)にはじまるとされている。この説話集の中に「それぞれの妻に裏切られた三人の男」の話があり、『アラビアン・ナイト』の話はそれに由来する、とコスカンが主張している(『アラビアン・ナイトの世界』(前嶋信次、平凡社))、という。このインドの大説話集『カター・サリット・サーガラ』は、さらにヨーロッパや日本の説話にも多大の影響を与えているが、それは後述する。

(八) 非教条的土俗性

本書に「こげ茶のミヒェル」という話(二二六頁〜)がある。内容は本書にあるとおりであるが、注目すべきはその思想である。盗賊の首領、こげ茶のミヒェルは悪業を重ねた末改心し、天国へ入ることができたが、現世において悪人であればあるほど、多くの見張り役の天使に伴われて天国へ入る。ところがこの悪人の兄弟である聖なる隠者が天国に入るときには、生前の悪業歴がないため、天使は一人しかついて行かない。これを聞いた聖なる隠者は激怒し、天使に向かって言った。「きさま一人とだけで天国へ行くというのであれば、むしろ悪魔の群れと連れ立って地獄へ行くほうがましじゃ」。人はだれでも天国へ行きたがる。しかし、それで孤独な存在になるのは困る。聖なる隠者は、天国で孤独になるより、地獄で群れの中にいることを選んだ。

同じく、「名づけ親をさがす貧乏な織物師」（三〇六頁〜）では、「お前〔死神〕さんの前ではだれも差別がないですからね」と貧乏な織物師が言う。同趣の話が『グリム童話集』にもある。「名づけ親になった死に神」で、神さまはこの世に金持ちと貧乏人を作ったから不公平だが、死神は貧富の差がない扱いをして全員を連れて行くと言って、死神に名づけ親を依頼する。『グリム童話集』の中では神さまを擁護する文言が入れてあるが、本民話集は、民衆の心の中にはこの話の貧しい人のような考えが存在したことを正直に伝えている。

『ハンガリー民話集』に収められた原本の編者のオルトゥタイ・ジュラの説によれば、民話と語りへの慣習は瀆神《とくしん》行為であると言われ、キリスト教会から何世紀にもわたって非難されてきたという。民話は単に日常生活での楽しみや慰めにとどまらず、教条的な宗教の枠の外にある民衆の魂の世界をもすくい取ったのである。

（二）寿命の話

本書に「寿命の話」（三一八頁〜）がある。人間の一生をいくつかの段階に区分することが眼目の寓話、つまり例え話であるが、これには類話が幾つかある。その中で古いものとして、『イソップ寓話集』に一つ、話がある。

「馬と牛と犬と人間」（抜粋）

……人間は、ゼウスから貰った歳のうちは無邪気で善良であるが、馬から貰った歳になると、ほら吹きで高慢ちきであり、牛の歳に達すると、支配することに通じ、犬の歳にはいると、怒りっぽく口やかましくなることとなったのです。

『グリム童話全集』（高橋健二訳、小学館）では、「寿命」（抜粋）というのがある。

〔神さまは生きものたちに三十年の寿命をきめてやろうとして〕

神さまは哀れに思い、〔ロバに〕十八年の命を与えました。

神さまは、それはもっともだと思い、〔犬に〕十二年をお与えになりました。

神さまはめぐみぶかく、サルに十年の命を与えました。

〔神さまは人間に対して〕「三十年生きなさい。」

「ロバの十八年をたしてやろう」と、神さまはいいました。

「犬の十二年もおまえにやる。」

「よろしい、さるの十年もおまえにやろう。」

こうして人間は七十年生きます。はじめの三十年は人間の年月で、たちまちすぎさります。そのあいだ人間は健康で明るく、喜んで仕事をし、生活を楽しみます。そのあと、ろばの十八年がつづきます。そのあいだは、重荷をつぎつぎしょわされます。つまり、ほかの人をやしなう麦を運ばなければならなくて、まめにはたらくむくいが、ぶたれたり、けられたりすることです。それから犬の十二年がくると、すみっこに横になって、唸るばかりで、ものをかむ歯ももうありません。その時間がすぎると、さるの十年でおしまいです。そのとき、人間は頭が弱り、ばかになり、まのぬけたことをやって、子どもの笑いものになります。

日本の類話は以下のとおりである。

「神さまの年定め　人間の年六十」（『日本の民話　3　神々の物語』）（抜粋）

〔馬に対して〕「おまえの寿命は二十歳じゃ」

〔犬に対して〕「犬の寿命は十歳じゃ」

〔人間に対して〕「人間よ、おまえの年も三十と決めよう」

「馬から預かった年が十年ほどある。それを加えて四十歳にしてやろう」

「犬の年を二十年預かっておるから、あわせて六十歳」

本民話集に収められている類話から関連事項を抜粋すると、以下のとおりである。

「寿命の話」（オーストリア）

「わたしはお前に十八年を免じてやろう」。それでロバは、十二年生きなければならなかった。

「わたしはお前にも十二年を免じてやろう」。それで犬は、十八年生きなければならなかった。

「ではお前にも十年を免じてやろう」。それでサルは、二十年生きなければならなかった。

「わたしはお前〔人間〕にロバの十八年をおまけしてやろう」。

「それならさらに十二年おまけだ、犬の年を」。「それでも、わたしにはまだ少なすぎます」。

「それではもう一つおまけで、十年与えよう。サルがもらいたがらない十年をな。お前はこれで満足せんといかんぞ」と言って、主なる神はたしなめた。

こうして人間は三十年という人間らしく生きる年数をもらい、ロバの十八年をもらい、その間は働かなくてはならない、しっかりと。そして荷物を運ぶ。それから犬の十二年をもらった。そのときには早くも少々厄介者になり、かたくなになる。それからサルの十年をもらう。このとき人間は世間の笑われ者となり、子どもたちにばかにされる。

ここで、『グリム童話集』にある「寿命」と、本民話集にある「寿命の話」について是非指摘しておきたいことがある。

現在、日本で出回っている『グリム童話集』の「寿命」の話の翻訳は、先に抜粋した動物の年数（寿命）と同じ年数を、人間に初めに与えられた寿命に加算している。しかし本民話集では、神さまが免除してやった年数を人間に加算してやっている。

この指摘を具体的に示すために両作品の原文のドイツ語と『グリム童話集』の邦訳例を摘出すると、以下のようになる。

登場人物	グリム童話集	ドナウ民話集	邦訳（一例）
ロバ	schenken	schenken	与える
犬	erlassen	schenken	与える
サル	schenken	nachlassen	与える

ここで摘出した三つのドイツ語の訳語を二つずつ取り出してみる。schenken は「贈る」と「割り引く」という意味であり、erlassen という単語は「公布する」と「免除する」という意味である。

ついでに nachlassen に関して言えば、「ゆるめる」と「割り引く」である。このような意味のドイツ語の邦訳に当たって、何故すべて「与える」という意味に解されたのかを考えてみるに、いちばん簡単な理由は、schenken という単語の日本における代表的な訳語が「贈る」という意味だからである。従って「グリム童話集」のような翻訳が流布するのも頷《うなず》ける。さらに、犬に対する erlassen も、「公布する」という意味に近い既存の邦訳のような可能性が残る。つまり、『グリム童話集』の既存の邦訳はすべて、この童話集だけを単独で読んでいる場合には、あり得る訳例なのである。しかし、このドナウ民話集の神さまの補足説明を読めば、自ずと誤解は解ける。本民話集では、補足説明として、例えばロバは「十八年免除」してもらい、「十二年生きなければならない」と言い渡されている。『グリム童話集』の schenken や、erlassen、ドナウ民話集の nachlassen という三つの単語をこの文脈で解釈すれば、『グリム童話集』と本民話集の寿命の類話は完全に合致し、併せて、日本の民話「神さまの年定め　人間の年六十」とも符合する。

このような視点で考慮すれば、どの類話においても、神さまは最初、動物や人間に平等に三十年の寿命を与えようとしているのであって、各類話は動物たちが辞退した年数だけ人間が余分にもらう話となり、話の基本構造が同一であるということが首肯《しゅこう》される。既存の邦訳の訳語の検討が望まれる。

もう一つとても興味深いのは、サルの存在である。野生のサルが珍しくもない日本の「神さまの年定め　人間の年六十」にはサルは登場しないで、人間の寿命は六十歳どまりである。ところが、野生のサルが全く生息していないドイツの民話では登場し、人間の寿命は七十歳に伸びている。一つの民話の誕生と伝播に関わる謎である。

（ホ）三回殴り殺された合唱指揮者

本書のジーベンビュルゲン地方の民話として収録されているものに、「三回殴り殺された合唱指揮者」（四八〇頁〜）と、「三回殺されていた主任司祭の話」（五五三頁〜）というのがある。内容は本書のとおりであるが、興味深いことに、よく似た話が日本の落語にある。「算段の平兵衛」という上方落語の演目である。

特定の職業を持たず、村人同士のトラブルの解決やもみ消しを生業として暮らす男が主人公で、妾《めかけ》に惑わされる庄屋を殺し、別の人を犯人に仕立て上げて、自分は罪はないふりをするが、犯人に仕立て上げられた人が、自分が殺人犯だと勘違いして算段の平兵衛に金を渡してもみ消しを謀る。このようなもみ消し工作が三度重ねられる。モチーフなどの細部においてはジーベンビュルゲン地方の二話と差異をみせるが、殺人のもみ消し工作三回のプロセスは基本構造として共有しており、同地の民話と日本の落語がどのような接点を持っているのか、興味深い。

（ヘ）キツネ

キツネは民話（寓話を含む）の世界では、世の東西を問わずずる賢い動物として登場する。日本でも、例えば関敬吾が編纂した『日本昔話集成』(角川書店)においても、七百話近い昔話の中でキツネが四十話近くも登場し、大半が人間をだまして悪戯《いたずら》をする内容である。悪戯の結果、人間が振り回される場合が多く、キツネ自身が痛い目に遭うのは少数である。中には例外もあって、「人間無情」(234A)では、大津波がきて、旅人に助けられ、恩返しをする。目を西方に向けると、『イソップ寓話集』と『キツネ物語』(鈴木覺・福本直之・原野昇訳、白水社)がこのテーマに沿った存在として浮かび上がる。

『イソップ寓話集』には無数の、と言ってよいほどキツネが登場する話がある。寓話集の舞台が小アジアで、キツネが身近な動物だったせいであろうか、同地域でのキツネ観に負うところが大きいのではないかと推察される。「ゼウスとキツネ」では、キツネはものわかりがよく、如才なく、考えがあり、貪欲と評され、「ウサギとキツネ」では悪賢い者という意味で稼ぎ屋と呼称されている。同寓話集では、キツネのこのような性格描写を通じて、巧みに食べ物をせしめたり、命拾いをしたりする一方、ずる賢さが周知の存在として、逆に食べ物を得損なったり命を落としたりもする。同寓話集の作者についてはイソップという特定の個人説と不特定多数の作者がいるという集合名詞説があるが、いずれにしろ寓話の内容は人々の生きる知恵や下層階級の人たちの不満のはけ口となっていることは事実で、キツネの話は人々に共感をもって受け入れられたことであろう。日本においても、キツネは人をたぶらかし、人に憑き、神の使令として信仰の当体となっている(『日本昔話集成』)ように、全面的に有害な動物というよりは、そのずる賢さが人間の弱点をからかう存在として、好意的に見られている面は否定できない。

同じヨーロッパで、この寓話集に機縁のあるのが『キツネ物語』という動物叙事詩である。同書の解説によれば、この物語は十二世紀後半にフランスで生まれた。主人公はキツネのルナールで、舞台は動物宮廷。登場人物は人性と獣性の二面性を持ち、聖職者の姦通、法の網をくぐる行為等、社会の裏面や奥底に潜む否定的な側面を痛烈に、そして痛快に暴いていく。そして「知恵こそモラル」の思想に貫かれ、ひたすら自己の行為を正当化することで生き抜く。「〈時の最高権力者〉ノーブル獅子王の病気を治してあげたこと以外に罪を犯したことはない」といった言説をはじめとして、「抜け目がなくてこすからく、悪知恵を働かせて、あらゆる動物を見つけ次第だましします。このキツネとはまさに悪知恵の塊ルナールのことです。狡智や悪巧みに長けているものはみなルナールと呼ばれるのです」といった性格描写がなされる。この物語の最大の特長は、キツネという抜け目がなくてこすからく、悪知恵を働かせる者を描くことによってなされた中世社会への批判である。もちろん、社会批判だけが焦点とはならない。同書の解説にもあるように、「当時の社会の活写がなされ、当時の色々な階層の人間やその暮らし振りが、眼前に浮かんでくるような印象を受ける」といった魅力も備えている。

このようなヨーロッパの文物に登場するキツネと微妙に性格を異にしているのが、本書にある「白鵜」（一九二頁〜）や「ヴェームス鳥」（五三三頁〜）に登場するキツネである。内容は本書のとおりであるが、ここで問題としたいのはキツネの性格描写である。前者は既に死んでいるが、主人公の善意で借金を払ってもらい、埋葬もしてもらった老人が変身していたものであり、後者は意に染まない結婚を拒否したために魔法をかけられ、キツネにされていたが、主人公の三男坊の活躍がきっかけで魔法が解け、元の姿にもどる王子である。両話ともキツネが親切で正直な登場人物をひたすら援助する。ただし、援助する際には抜け目なく知恵を働かせる。しかし悪の側面は皆目見せない。『イソップ寓話集』や『キツネ物語』にはない描写姿勢である。これらの民話と共有する描き方が、同じドナウ川流域国のハンガリーの民話にある。「いらくさ王子」（『世界の民話』東欧（Ｉ）』ぎょうせい）といい、狩人に追われたキツネをかくまってくれた水車屋をいらくさ王子に仕立て、フランスのペローの「ねこ先生または長靴をはいたネコ」と同趣の計略を駆使して、王国を手に入れさせる。両話とも動物報恩のモチーフが入っている。

もう一点、キツネの性格描写の特異性を指摘しておきたい。本書に登場するキツネは、日本のそれと同じく「化ける」。これは既述のヨーロッパの民話にはない特異点である。しかし、その化け方は日本のそれと同一ではない。日本のキツネは自分で人間や地蔵菩薩などに化けたり、木の葉を小判に見せかけたりするが、本書のキツネはいずれも元は人間であったものが、魔法にかけられてキツネに変身させられており、あるきっかけを契機に元の人間にもどることで一貫している。ここには、キリスト教文化圏にあっては、神の被造物である人間は、他の動物達とは一線を画するより高き存在である、という宗教観が反映されているのであろう。

さらに付言するならば、日本の民話の「ツル女房」や「蛤女房」などは、元は動物であったものが、報恩のため、恩を施してくれた人間の前に、人間に変身して登場する。しかし素性がばれて、元の動物に立ち返って行く。日本では、あくまでも元は動物であったものが、一時的に人間に変身し、キリスト教文化圏では元は人間であったものが、一時的に動物などに変身させられており、両者は対照的な変身観を提示している。

なお、ヴェームス鳥は二十世紀末にオーストリアのアニメの素材となり、そこではその歌声でもって、人の病気を治す存在であり、キツネが援助者として登場する。

（ト）女の知恵にはかなわない

これは本書にある話（二五二頁〜）であるが、話の内容、つまり話の構造が酷似したものが、興味深いことに日本にもあり、それもかなり古くからあったようである。

話の内容は本書のとおりであるが、要点を略述すれば、離婚を言い渡された妻が嫁ぎ先の伯爵家を去るにあたって、「自分がいちばん好きなものを持ち出してもよい」と言われたとき、夫をワインで酔わせて運び出したことである。

所変わってこの日本においても、一二八三年に脱稿された仏教説話『沙石集』（無住道暁、渡邊綱也校注、岩波古典文学大系）に類話と思《おぼ》しき説話がある。同集第七、（一）で「無嫉妬ノ心人ノ事」と銘打たれたもので、離縁された妻が、その地の習わしにしたがって、何でも好きな物を持ち去ってよいということで、夫をさしおいて他に欲しい物などないと言って、夫を感激させ、元の鞘に納まって生涯添い遂げる、という内容である。

この話が原話となって、江戸時代の落語にも同趣の演目がある。『江戸の笑い話』（徳田進著、教育出版センター）にあり、「女房のほしい物」といい、離縁された妻が、夫が書いた離縁の条件を記した誓文を盾に取って、自分がほしい物は夫だけだと言って、夫を馬に乗せて婚家を出るというユーモラスなもので、その後夫婦は五百八十年添いつづけたとなっている。同じ類いの話は江戸初期、策伝和尚によって編まれた笑話集『醒睡笑』（鈴木棠三訳、平凡社・東洋文庫）にもある。夫の愛情が急にさめて離縁を言い渡された妻が、周囲の女たちから身につく物を持って出て行けと唆されるのに対して、夫以外に惜しいものはないと言うと、それをそっと聞いていた夫がたまらなくなって、離縁を取り消し、死別のときまで添い遂げた、という話である。

このように、妻が機転を利かせて夫を手放さず、夫婦が生涯添い遂げるという核心部分は共有しており、本書のものと日本のものとも重なり合う点が多い。ヨーロッパと日本で偶然同じような話が作られたというのは説得力が乏しく、伝播のルートは不明ながら、互いに類話群を形成していると言える。

これらの話と、話の基本構造上類話の関係にあるとは言えないが、「女の知恵にはかなわない」という点で、女が知恵を発揮して一つの城の者全員の命を守るという、ある意味、ユーモラスな話がある。

それは一五八〇年に刊行されたフランスのモンテーニュの「随想録」の冒頭第一編、第一章

「人々は雑多の方法を以て、同一の目的に達する者なることを論ず」(ミシェル・ド・モンテーヌ著『モンテーヌ随筆集』、高橋五郎・栗原古城譯、国民文庫刊行會、上巻)で取り上げられているもので、モンテーニュは、一一四〇年、ドイツ皇帝が敵のバヴァリア公の城を囲み、敵方の落城を目前にしたとき、敵の出す降伏の条件を一切受け入れず、「城中に居る婦人達が其の體面を全たうして、各自其の手に持てるだけのものを携帯して、徒歩で、城外に退去することだけは許してやらうが、其以上の寛典《かんてん》は一切容れぬ」と断言すると、城中の婦人達は、直ちに彼女等の夫や子ども等をはじめとして、主君をも背負って退去したという逸話を紹介し、その膨大な著作をスタートさせている。

(チ)灰かぶり

「灰かぶり」で最も有名な民話は「シンデレラ」である。これは英語のタイトル名で、ディズニー映画で広く知られているが、フランスのペローの童話「サンドリオンまたは小さなガラスの靴」、ドイツのグリム童話「灰かぶり」と互いに類話の関係にある。日本で人々の念頭にまず浮かぶのは、ペローの童話を色濃く出し、ガラスの靴で知られたディズニー映画である。R・D・ジェイムソン(アラン・ダンタス編『シンデレラ』池上嘉彦・山崎和恕・三宮郁子訳、紀伊国屋書店)によれば、この民話のルーツは九世紀の中国にある「葉限」ということである。しかも興味深いことに、その論拠を日本人の南方熊楠《みなかたくまぐす》が一九一一年に注目したところに求めている。南方熊楠自身も、彼の『南方熊楠随筆集』(筑摩書房)の中で、彼が接した『酉陽雑俎《そ》』に「支那のシンデレラ物語あるを見出し、備忘録に記しおき」と書き、「西暦九世紀の支那書に載せたるシンデレラ物語」という題目で物語を詳細に紹介している。

この話は、美しくて気立てのよい娘が継母や義理の姉たちに虐待されるも、王子に見初められ、いったんは姿をくらますが、靴を証拠として見初められた娘と確認され、王子と結ばれ、幸せな境遇になる、というのがその基本構造である。上述のフランスとドイツの童話、イタリアの『ペンタメロン』にある「灰かぶりネコ」、イギリスの「エシー・パトル」などはその系列に属する。ロシアの民話「金の靴(レジメ)」では、下の娘が実の母親や姉にいじめられるが、王子に見初められ、同じく結ばれる。日本のいくつかの翻訳や解説で、「継母による継子いじめ」がモチーフとして使われているという理由で、「米福粟福《こめぶきあわぶき》」を類話と見做すという説が散見されるが、この日本の話には「靴」のモチーフが使われておらず、議論の余地がある。物語に登場する靴に合う女性がもっとも望ましい女性の属性を有しており、その靴がシンデレラという人物を特定する絶対的な物証なのである。

この話の類話はアフリカにもある。「魚を助けたまま子」(『おはなし村』江口一久採話、保育社)であるが、ヨーロッパ列強の植民地の故であろう。

このようにヨーロッパに広く流布しているシンデレラの話が、本書『ドナウ民話集』には登場しない。たまたま編者の元に届かなかったのか、そもそも語り手たちが知らなかったのか定かではないが、ともかく採録されていない。その代り、「灰かぶり」と呼称される男児の主人公が登場する話は「ヴェームス島」、「三回殺されていた主任司祭の話」など数例ある。両話とも先に触れたジーベンビュルゲン地方のもので、主人公は例外なく三男坊で、上の二人の兄、場合によっては父親からさえも愚鈍者扱いされる存在であるが、途中では多くの危険や困難に遭遇するも、誠実で正直、親切な人柄のおかげで援助者や幸運に恵まれ、最終的には兄たちをしのいで人生の勝利者となる。ただし、男児の場合、靴のモチーフは使われていない。

この男児の灰かぶりの話が日本にもある。『日本の昔話（Ⅱ）』（岩波文庫）にある「灰坊」で、鹿児島県大島郡(当時)で採録されたものであるが、「まちがね」という名前の男児が主人公である。殿さまの息子であるが、母親が死に、継母がきて、いじめられ、継母の虚言で父親の怒りを買い、追い出される。宿無しの身となり、姿をやつして長者の家で下男奉公し、その働き振りのよさが高く評価される。あるとき芝居の踊りが二回催され、「まちがね」はその都度豪華な装いをして姿を現し、奉公先の長者の娘に見初められ、結ばれる。

男の三人兄弟があって、普段はいちばん軽んじられる末っ子が大活躍をして、上の二人の兄に勝ちを収める物語は、イギリスの「三匹の子ブタ」を代表として世界に無数にある。三人姉妹の末っ子が美しさ、人柄などで上の二人の姉を圧倒する話も同じく無数にある。男兄弟の場合は末子相続の伝統が反映されている可能性があるが、三姉妹の問題と合わせて考えると、心理学的な効果が興味をひく。子どもにとって、年下であれば年上の兄や姉に劣等感を抱きやすい。そのような関係性の中で、劣位にある者が活躍することは、同じく劣位にある者に夢や勇気、希望を与える。民話が子どもや社会的弱者に歓迎される理由の一つはここにある。それ故、そのような民話が多数存在することも納得できる。

このような視点で灰かぶりの民話を顧みるに、ドナウ川流域と鹿児島県大島郡（当時）で採録された双方の「灰かぶり」の民話で、三男坊と一人息子の違いはあるが、「灰かぶり」という呼称を共有した劣位にある者という位置づけは同じである。この関係を、ジーベンビュルゲン地方の「三回殴り殺された合唱指揮者」や「三回殺されていた主任司祭の話」と、日本の「算段の平兵衛」という落語が共有するものを持っているということを絡める際に、伝播の可能性を軽率に論ずるべきではないが、共有された呼称や話の構造、話に通底するものの存在を意識すると、単純に世界には偶然同じ発想が併存するといって、双方の文化の交流、伝播の可能性を完全否定することも逆に軽率と言えよう。

（三）　説話でつながる世界

本解説では敢えて特定の民話を抽出して論を進めてきた。筆者の関心は国境を越えた民話相互の関係にあり、地域や民族を異にする民話が類話として存在するところに、人類の悠久の接触、交流を感じ取っている。もちろん、民話とは、もとよりそれぞれの地域や民族が編み出した説話の一つであるから、独自のものがあって当然であり、類話の視点だけからある地域や民族の民話を考察することは、研究者としては片手落ちである。しかし、独自の民話はそれ自体として楽しみ解釈すればよいのであって、類話の視点からそれぞれの民話が独特の変更を加えていること、つまりそれぞれの地域や民族が、ある伝播してきた民話に自分たち独自の解釈、発想を入れ込むところ、簡単に言えば話を改作するところに、その地域や民族の個性が浮き出てくるはずである。そのようなアプローチによる民話解釈もあって然るべきだと考える。そして、なにより類話を通して関係する地域や民族間の接触、交流の軌跡をたどることは大変刺激的なことである。

このような立場から世界の、民話を含めた説話一般の様相を眺めたとき、古代インドの有名な説話『カター・サリット・サーガラ』が耳目を集める存在である。この説話集が大きな広がりをもって、東西の説話群をつないでいる事実は驚異的である。

『カター・サリット・サーガラ』は、表現形式からいえば、枠物語というジャンルでイスラム教文化圏の『アラビアン・ナイト』、イタリアの『デカメロン』にその痕跡を色濃く残している。そこから同じく、イタリアの『ペンタメロン』に、つづいてはフランスの『ヘプタメロン』に枠物語の形式が継承、模倣されている。執筆年代から言えば、イギリスのチョーサーの『カンタベリー物語』は、『デカメロン』の直系の後継の枠物語である。

表現形式だけでなく、具体的な個々の物語のレベルでもその痕跡は鮮明に残っている。『デカメロン』の末尾を飾る難題嫁物語と銘打っておきたいグリゼリディスの話は、この『カンタベリー物語』の中の「学僧の話」へと連なっている一方では、フランスのペローの童話集にも引き継がれ、もっと細部に目を凝らすと、トロイの木馬がインドでは木象と形を変えてモチーフを共有し、木象に潜んだ兵士が油断した敵を倒している。類例は他にも多数あるので、ここでは日本に絡めて一つだけ言及しておきたい。

日本人として最も驚き感激するのは、日本人ならだれでも知っている『竹取物語』の叙述のモチーフの数々が、この『カター・サリット・サーガラ』に見出されるという事実である。その例を幾つか指摘しておきたい。

（イ）かぐや姫が光を放つこと

『竹取物語』（『竹取物語　伊勢物語　大和物語』阪倉篤義他校注、岩波書店）の冒頭部から引用すると、竹林で「もと光る竹なむ一筋ありける。〔竹取の翁が〕あやしがりて寄りて見るに筒の中光りたり」という形で小さなかぐや姫が発見される。

『カター・サリット・サーガラ』においては、比喩的な表現を含めて光を放つ人物は何人も登場する。例えば、「この娘は生まれるや否やその美しさで部屋を輝かし、はっきりと言葉を発し、しかも起き上がって坐りました。」（二）（以下、巻数のみ記載）

「生れでた女児はその部屋を光輝で照り映えさせ」（三）
生まれたばかりの王子が「部屋を照らし輝かした」（三）

（ロ）飛車

『竹取物語』のほとんど終わりのところ、天人がかぐや姫を迎えに来る場面がある。「大空より（人）、雲に乗りて下り來て、土より五尺ばかり上（りた）る程に、立ち列ねたり」とあり、さらに次の段落で、「立てる人どもは、……中略……飛車を一（つ）具したり」という形でかぐや姫が乗って天上に帰る飛車の描写がある。他方で、『カター・サリット・サーガラ』においては、「天上の車に乗って見物に來た天女のようでありました」（一）とある。またこの説話集では全四巻にわたってたびたび空中飛行の話があり、『竹取物語』とちがって、地上に触れる（＝着地）場合（三）もある。

（ハ）天人流謫《るたく》

流刑、遠島、島流し、貴種流離譚《きしゅりゅうりたん》、流謫、これらはほぼ同趣のもので、犯罪者や好ましからざる人物を僻遠《へきえん》の地へ追放や隔離する系統の表現である。率先して都から遠ざかった光源氏、太宰府に左遷され怨念が恐れられた菅原道真、南海の孤島に置き去りにされた絶望の僧俊寛、エルバ島に流されたナポレオンなどが有名人（物語中の人物を含めて）の例である。この系統に天人流謫が加わる。『竹取物語』のほぼ終わりのところ、天人がかぐや姫を迎えに来た場面で、天人たちの中で主だった者と思われる人が竹取の翁に向かって言う。「かぐや姫は、罪をつくり給へりければ、かく賤しきをのれがもとに、しばしおはしつる也。罪の限果てぬればかく迎ふるを」。さらに次の段落で、天人が言う。「いざ、かぐや姫。穢《きたな》き所にいかでか久しくおはせん」。それ故、かぐや姫を迎えに来た天人たちは地面には降り立たない。かぐや姫は天上界で罪を犯したために罰として、この地上に堕ろされ、罪の償いを果たして刑期満了になり、天上に帰ることができるようになったのである。つまり、天人にとって、この地上は穢らわしい場所、刑務所なのである。『カター・サリット・サーガラ』においてこれに対応するものとしては、例えば、「お前のような不従順な召し使いは〔穢らわしい地上に住む〕人間になるがよい。」（二）といった類いの表現が、邦訳された三百五十篇中四十篇もの話の中にある。

（二）結婚しないかぐや姫（求婚難題譚）

『竹取物語』は、その内容から小さ子物語、異常誕生、致富、求婚難題、羽衣、天人流謫といった昔話のモチーフを数多く含みながら、しかも氏名不詳ながら特定の作者がいるため、昔話ではないという不思議な物語であるが、そのモチーフの一つ、求婚難題譚の視点から両作品を読むと、見事に符合する箇所がある。

物語の中で、一方で姫への純粋な愛情と、他方で官位授与をちらつかされ、自らの出世への打算の両方の理由で翁は結婚をすすめて、「この世の人は、おとこは女にあふことをす、女は男にあふことをす。その後なむ門ひろくもなり侍る。いかでか、さることなくてはおはせん」という。これに対してかぐや姫は、「なむでうさることかし侍らん」といって結婚をすすめる翁に抵抗する。翁も負けてはいない。「變化の人といふとも、女の身持ち給へり。翁のあらむ限りは、かうてもいますかりなむかし。……中略……思ひ定めて、一人一人にあひたてまつり給(ひ)ね」。

この二人のやりとりを次の『カター・サリット・サーガラ』の引用文と比べてみる。

幸運と美の女神をもしのぐほど美しい王女カナカ・レーカーが父王に対してこう言う。

「父上さま、わたしは今結婚を望んでいません。それですのに、父上は何故わたしの結婚をお望みになり、また何故にそのことを固執なさいますの。」(一一)

これに対して父王は言う。「姫よ、娘を嫁がせないでいて、父親としてわたしはどうして罪障を消滅することが出来ようか。それに、身内に頼るべき娘が自由に振舞うのは相応しくない。娘と言うものは他人のために生れたのであって、その故に守護せられるのだ。父親の家は娘にとっては幼少の時代を除いては不適当なのだ。夫の家こそ適当な場処なのだ。」(一二)

『カター・サリット・サーガラ』には、天人と地上の人間との結婚に関する物語が多数あるが、呪文《じゅもん》や呪詛《じゅそ》によって天女が人間の男と結婚する例はあるものの、天女と人間の男との結婚は原則的には否定されている。かぐや姫も結婚しない。帝《みかど》がむりやりかぐや姫を連れ帰るために輿《こし》を呼び寄せると、かぐや姫は姿を消して「影」になってしまい、心を少し傾けた最高権力者の帝すら受けつけない。

結婚しない一つの理由は彼女が天女であったからであるが、それだけでは解釈としては片手落ちである。ここには『竹取物語』の作者の問題意識があるとしか言えない。それは氏名不詳の作者の結婚観の反映であって、作者は、かぐや姫に求婚する五人の貴公子を実名で、あるいは架空の名前にしながらそれとわかるように実在の貴族を登場人物に仕立て、絶妙な性格描写とともに、面白おかしい揶揄《やゆ》、厳しい批判を浴びせ、同時に当時の男社会における女の位置や生き方に関して、当時の男女関係の不特定性、つまり比較的自由な男女関係、女性の社会や家庭における地位の低さ、不安定性に対する批判を展開したもので、それをかぐや姫の「なむでうさることかし侍らん」という結婚拒否の発言に集約させているのである。だからといって、作者が男女の結婚を否定しているとは言えない。あくまでも当時の結婚について問題提起をしていると考えるべきである。この姿勢の中に男女関係を含めて、男の生き方、女の生き方、宮廷人の生き様等についての作者の時代に対する批判精神が流露し、その問題意識はそのまま優れて現代的な意義を有しているのである。

以上、内容的に重なる発想の発言を『カター・サリット・サーガラ』と『竹取物語』から引用した。しかし、これをもって一挙に前者が後者に伝播されたというつもりはない。前者の作品としての成立は十一世紀であり、後者のそれは九～十世紀と推測されているわけであるから、前者が後者に伝えられたということはあり得ないわけである。しかし、前者の原典の成立は二～三世紀とされているので、これらの説話ないしはその類話、あるいはその一部がなんらかの形で伝播してきたということは十分考えられる。何故なら、氏名不詳の日本の作者がインドや中国の文物、口承された物語と全く無関係に『竹取物語』を創作したとは、その具体的な記述内容から言ってあり得ないのである。つまり『竹取物語』、とりわけそのヒロインのかぐや姫については、インドと中国の視点を是非入れなければならないと考える。

史実としてどう評価するかはその分野の専門家に委ねるとして、四世紀にはインド人の裸形上人が和歌山県に漂着し、補陀洛山寺《ふだらくさんじ》の開祖となったとか、六世紀にはインド発祥の仏教の公伝（年号については複数の説がある）があった。八世紀（七三六年）にはインド人が来日し、同じく八世紀（七五二年）には奈良東大寺の大仏開眼供養にインド人僧侶が招かれたわけで、歴史の表に登場するもの、表には必ずしも登場しない人や文物の交流はいろいろあったはずである。このような交流を通じて、直接間接にインドの思想や文化、説話などが渡来したことは十分あり得ることである。

また、中国伝来の思想も考慮されなければならない。かぐや姫が竹から生まれるという事実だけで言っても、中国の少数民族ミャオ族にある、自分たちの先祖は竹である、自分たちの先祖は竹から生まれたという夜郎国《やろうこく》の建国神話を知らずして、『竹取物語』の作者が独自の発想でかぐや姫が竹から生まれるという話を創作したとはとても考えられない。同物語中の多くのモチーフ、小道具にインドや中国の文物が登場するように、この物語にはインドや中国から伝播した説話のモチーフが多々含まれているのである。

本書の幾つかの民話を取り上げ、あるいは逆に世界的な分布をしているのに本書には登場しない民話についても言及しながら、民話の領域での世界の諸地域、諸民族の相関性を見てきた。『カター・サリット・サーガラ』はこの視点の基軸となる存在であることも強調した。

このような枠組みの中で本書『ドナウ民話集』が一定の位置を占め、読者諸賢の楽しみや研究に貢献できるならば幸いである。

（四）最後に

本書は民話であって、当然方言が主流を占めているため、読解は難渋を極めた。翻訳作業を進めるに当たって、オーストリアのご出身で鹿児島大学法文学部の與倉アンドレア教授の息長いご支援なしにはこの作業は完成しなかった。また、ルーマニアのジーベンビュルゲン地方の方言については、『ジーベンビュルゲン語－ザクセン語辞典』（仮題）という方言の辞典の編集主任を務められた同国の言語学者ジグリッド・ハルデンバング博士の、「救急車のように、いつでも助けてあげる」という大変好意的な支援に負うところ大である。

本書の出版に当たっては、本書の価値を認め、出版への道を切り開いてくださった編集部の新井正光編集主幹に、懇切なご指導をいただいたことと併せて、特記して謝するものである。

二〇一六年五月二十日

小谷裕幸

小谷　裕幸（こだに　ひろゆき）
岡山県出身。1940年生まれ。大阪大学文学部卒業。同大学院修士課程修了（独文学）。鹿児島大学名誉教授。独語・独文学、児童文化論専攻。
＜翻訳書＞
『ふしぎなどうぶつえん』（サラ・バル作、1986年、冨山房）
『びっくりどうぶつえん』（サラ・バル作、1987年、冨山房）
『東洋紀行 1』（東洋文庫555：G. クライトナー著、大林太良監修、小谷裕幸・森田明共訳、1992年、平凡社）
『東洋紀行 2』（東洋文庫558：G. クライトナー著、大林太良監修、小谷裕幸・森田明共訳、1992年、平凡社）
『東洋紀行 3』（東洋文庫560：G. クライトナー著、大林太良監修、小谷裕幸・森田明共訳、1993、平凡社）

ドナウ民話集
二〇一六年七月二十一日　第一刷発行
編　者　パウル・ツァウネルト
訳　者　小谷裕幸
発行者　坂本喜杏
発行所　株式会社冨山房インターナショナル
〒101-0051　東京都千代田区神田神保町一―三
TEL. 03 (3291) 2578　FAX 03 (3219) 4866
URL：www.fuzambo-intl.com
デザイン　平田栄一
印　刷　株式会社冨山房インターナショナル
製　本　加藤製本株式会社

ISBN978-4-86600-017-6 C0098

冨山房インターナショナルの本

グリム童話　全3巻

山口四郎訳

ドイツ文学の第一人者が訳した本物のグリム。小さな子でもひとりで読める総ルビ付き。各巻にグリムのもつ力を解き明かす充実の解説付き。（各巻一五〇〇円＋税）

昔むかしの物語

イワナ・ブルリッチ＝マジュラニッチ作
山本郁子訳

クロアチアのアンデルセンと呼ばれた著者がスラブの昔話をもとに、親子や家族の大切さを描いた八つの物語。ノーベル文学賞の候補に二度あがる。（一六〇〇円＋税）

イソップ物語　最新版

楠山正雄編
武井武雄画

味わい深い文、心を引きつける挿絵！ 大正期に人々が愛読した絵本が甦りました。子どもたちに、清新な世界をおくります。発行・冨山房企畫（二四〇〇円＋税）

ギリシャ神話　新版

ボールドイン著
杉谷代水訳

明治時代に坪内逍遥が「美しい文章」と絶賛した文語体の訳に現代文が付いた二段組。神々が織りなす壮大な物語の世界の待望の復刊。発行・冨山房企畫（三五〇〇円＋税）

新版 ドイツ詩抄
—珠玉の名詩一五〇撰

山口四郎訳

ゲーテ、ハイネ、シュトルムをはじめ、選りすぐりのドイツ詩に、詠んで快い日本の言葉にこだわった音読のための訳詩集。ドイツ詩集の決定版。（二二〇〇円＋税）